粤 名家文丛
粤派批评丛书

本项目受广东省宣传文化发展
专项资金资助出版

广东省作家协会
广东人民出版社 组编

蒋述卓集

蒋述卓 著

SPM
南方出版传媒
广东人民出版社
·广州·

图书在版编目（CIP）数据

蒋述卓集 / 蒋述卓著. —广州：广东人民出版社，2021.1
（粤派批评丛书）
ISBN 978-7-218-14441-2

Ⅰ. ①蒋⋯　Ⅱ. ①蒋⋯　Ⅲ. ①诗学—中国—文集　Ⅳ. ①I207.2-53

中国版本图书馆CIP数据核字（2020）第153973号

JIANG SHUZHUO JI
蒋述卓集　蒋述卓　著　　　　　　　版权所有　翻印必究

出 版 人：肖风华

责任编辑：钱飞遥
装帧设计：河马设计
排　　版：广州市奔流文化传播有限公司
责任技编：吴彦斌　周星奎

出版发行：广东人民出版社
地　　址：广州市海珠区新港西路204号2号楼（邮政编码510300）
电　　话：（020）85716809（总编室）
传　　真：（020）85716872
网　　址：http://www.gdpph.com
印　　刷：恒美印务（广州）有限公司
开　　本：787毫米×1092毫米　1/16
印　　张：25.25　　　字　　数：396千
版　　次：2021年1月第1版
印　　次：2021年1月第1次印刷
定　　价：88.00元

如发现印装质量问题，影响阅读，请与出版社（020-85716849）联系调换。
售书热线：（020）85716826

"粤派批评"丛书编辑委员会

学术顾问：陈思和　温儒敏
总 主 编：张培忠　蒋述卓
执行主编：陈剑晖　林　岗　贺仲明
编　　委（按姓氏音序排列）：

陈剑晖	陈平原	陈桥生	陈思和	陈小奇
程国赋	范英妍	古远清	郭小东	贺仲明
洪子诚	黄树森	黄天骥	黄伟宗	黄修己
黄子平	纪德君	江　冰	蒋述卓	金　岱
李钟声	林　岗	刘斯奋	彭玉平	饶芃子
宋剑华	苏　毅	温儒敏	吴承学	肖风华
谢望新	谢有顺	徐肖楠	许钦松	杨　义
张培忠				

总 序

在近百年来的中国文坛，"京派批评""海派批评"以及20世纪80年代崛起的"闽派批评"已是大家公认的文学现象，但"粤派批评"却极少被人提起。其实，不论从地域精神文化气质，从文脉的历史传承，还是从批评的影响力来看，"粤派批评"都有着自己的精神气质和文化品格，有它的优势和辉煌。只不过，由于历史、现实、文化和地域的诸多原因，"粤派批评"一直被低估、忽视乃至遮蔽。正是有鉴于此，我们认为，以百年"粤派"文学以及美术、音乐、戏剧、影视等评论为切入点，出版一套"粤派批评"丛书，挖掘被历史和某种文化偏见所遮蔽的"粤派批评"的价值，彰显"粤派"文学与文化的独特内涵和深厚底蕴，这不仅能更好地展示广东文艺批评的力量，让"粤派批评"发出更响亮的声音，而且有助于增强广东文化的自信，提升广东文化的影响力，促进区域文化发展，从而在当前打造广东"文化强省"的进程中发挥积极的文化效应。

出版"粤派批评"丛书，有厚实的、充分的历史、现实、文化和地域等方面的依据。

1．传统文化的影响。岭南文化明显不同于北方文化。如汉代以降以陈钦、陈元为代表的"经学"注释，便明显不同于北方"经学"的严密深邃与繁复，呈现出轻灵简易的特点，因此被称为"简易之学"。六祖惠能则为佛学禅宗注进了日常化、世俗化的内涵。明代大儒陈白沙主张"学贵知疑"，强调独立思考，提倡较为自由开放的学风，逐渐形成一个有"粤派"特点的哲学学派。这种不同于北方的文化传统，势必对"粤派批评"的形成起到潜移默化的作用。

2．文论传统的依据。"粤派批评"的起源可追溯到晚清，黄遵宪的"诗界革命"，梁启超的"小说界革命"的倡导，开创了一个时代的风潮，在全国产生了普泛的影响。20世纪二三十年代，黄药眠在《创造周刊》发表大量文艺大众化、诗歌民族化文章，产生了很大影响。钟敬文则研究民间文学，被视为中国民间文学的创始人。中华人民共和国成立后的十七年，"粤派批评"的代表人物是黄秋耘、萧殷和梁宗岱。黄秋耘在"百花时代"勇猛向上，慷慨悲歌，疾恶如仇，高举着"写真实"与"干预生活"两面旗帜，大声呼吁"不要在人民疾苦面前闭上眼睛"。在中国当代文学理论批评史上，萧殷也许不是一流的评论家，但却是一流的编辑家。王蒙曾说过："我的第一个恩师是萧殷，是萧殷发现了我。"而梁宗岱通过中西诗学的贯通，建立起了现代性与本土经验相融汇的诗歌理论批评体系。新时期以来，"粤派批评"也涌现出不少在全国有一定知名度的批评家。如在广东本土，"30后"的有饶芃子、黄树森、黄修己、黄伟宗；"40后"的有刘斯奋、谢望新、李钟声；"50后"的有蒋述卓、程文超、林岗、陈剑晖、郭小东、金岱、宋剑华、徐肖楠、江冰；"60后""70后"的有彭玉平、谢有顺、贺仲明、钟晓毅、申霞艳、胡传吉、纪德君、陈希、杨汤琛；"80后"的有李德南、陈培浩、唐诗人；等等。在北京、上海、武汉及香港等地生活的"粤派批评"家的有杨义、洪子诚、温儒敏、陈平原、陈思和、吴亮、程德培、黄子平、古远清等，其阵容和影响力虽不及"京派批评"和"海派批评"，但其深厚力量堪比"闽派批评"，超越国内大多数地域的文学批评。如果将视野和范围再开放拓展，加上饶宗颐、王起、黄天骥等老一辈学者的纯学术研究，"粤派批评"更是蔚为壮观。

3. 地理环境的优势。从地理上看，广东占有沿海之利，在沟通世界方面具有得天独厚的优势；同时，广东处于边缘，这既是劣势也是优势。近现代以来，粤派学者在中西文化交汇的背景下，感受并接受多种文明带来的思想启迪。他们视野开阔，思维活跃，不安现状，积极进取，敢为人先，因此能走在时代变革的前列。黄遵宪、康有为、梁启超、孙中山等是这方面的代表人物。他们秉承中国学术的传统，开创了"粤派批评"的先河。这种地缘、文化土壤的内在培植作用，在"粤派批评"的发展过程中是显而易见的。

"粤派批评"有属于自己的鲜明特点。

1. 从总体看，除发生期的梁启超、黄遵宪外，"粤派批评"家不像北京的批评家那样关注现代性、全球化、后殖民等宏观问题，也不似"闽派批评"那样积极参与到"朦胧诗""方法论""主体性"的论争中。"粤派批评"家有自己的批评立场、批评观念，亦有自己的学术立足点和生长点。他们师承的是梁启超、黄遵宪、黄药眠、钟敬文这些大家的治学批评理路。他们既面向时代和生活，感受文艺风潮的脉动，又高度重视审美中的文化积累和文化传承；既追求批评的理论性、学理性和体系建构，注重文学史的梳理阐释，又强调批评的实践性，注重感性与诗性的个性呈现。比如，古远清的港台文学研究，饶芃子的海外华文文学研究，郭小东的中国知青研究，陈剑晖的散文研究，蒋述卓的文化诗学研究，宋剑华对经典的阐释重构，都各有专攻，各擅胜场，且处于国内领先地位。

2. 中国现当代文学史写作，是"粤派批评"最为鲜亮的一道风景线。在这方面，"粤派批评"几乎占了文学史写作的半壁江山，而且处于前沿位置，有的甚至成为中国现当代文学史写作的高地。比如20世纪80年代，钱理群、陈平原、黄子平联合发表的著名论文《论"二十世纪中国文学"》，其中的陈平原、黄子平均为粤人。洪子诚的《中国当代文学史》以方法先进、富于问题意识、善于整合中西传统资源和吸纳同时代前沿研究成果著称，它与陈思和的《中国当代文学史教程》被学界誉为中国现当代文学史的"南北双璧"。杨义的三卷本《中国现代小说史》是将比较方法运用于文学史写作的有效实践，该著材料扎实，眼光独到，文本分析有血有肉，堪与夏志清的《中国现代小说史》比肩。此外，温儒敏的《中国现代文学批评史》、黄修己的《中国现代文学发展史》、古远清的港台文学史写作也都各具特色，体现出自己的史观、史识和史德。

3. "粤派批评"还有一个亮点，即注重文学批评的日常化、本土经验和实践性。"粤派批评"家追求发现创新，但不拒绝深刻宽厚；追求实证内敛，而不喜凌空高蹈；追求灵动圆融，而厌恶哗众取宠。这就是前瞻视野与务实批评结合，经济文化与文学批评合流，全球眼光与岭南乡土文化挖掘齐头并进，灵活敏锐与学问学理相得益彰，多元开放与独立的文化人格互为表里。这既是广东本土批评家的批评践行，也是他们的共性和个性特征，是广东文化研究和文学批评的可贵品格。

"粤派批评"的这种特色，可以用八个字来概括：创新、实证、内敛、精致。

创新。从六祖慧能到陈白沙心学标榜"贵疑""自得"，再到康、梁，粤地便一直有创新的传统。这种创新精神在百年的"粤派批评"中也得到充分的践行和展示，这一点在当下应受到特别的重视。

实证。康有为的老师朱九江，其著述被称为"实学"，他倡导经世致用的实证研究，这一批评立场和方法，在后来的许多粤派批评家身上也清晰可见。

内敛。"粤派批评"虽注重创新，强调质疑批判精神，但它不事张扬作秀，它的总体基调是低调务实，是内敛型的。正是因此，它往往容易被忽视，被低估，甚至在某些时段被边缘化。

精致。"粤派批评"比较个人化，偏重民间的立场和姿态，也不热衷于宏观问题的发声和庞大理论体系的建构，但粤派批评家的批评实践具有"博"与"精"并举，"广"与"深"兼备，"奇"与"正"互补的特点，这形成了"粤派批评"细微却精致的特色。

建构"粤派批评"，不能沿袭传统的流派范畴与标准，而需要有一面旗帜、一个领袖、一套共同或相近的文学理论主张、一批作品或论著来证明、体现这些理论主张。事实上，在当今中国的文学语境下，纯粹的、传统意义上的文学流派或学派是不存在的。因此，"粤派批评"更多地是描述一个客观的文学事实，即"粤派批评"作为一个实践在先、命名在后的批评范畴，并非主观臆想、闭门造车的结果。它不是一个具有特定文学立场、主张和追求趋向一致性和自觉结社的理论阐释行动。它只是一个松散的、没有理论宣言与主张的群体。因此，没有必要纠结"粤派批评"究竟是一个学派，还是一个地域性的概念，但有一点可以肯定："粤派批评"已是一个特色鲜明的客观存在，即虽具有地方身份标志，却不是局限于一地之见的文艺理论家批评家群体。

"粤派批评"丛书不仅要具备相当规模，而且应做成一个开放、可持续发展的产品链，这样才能产生较大的规模效应，发出自己强有力的声音，并将这种声音辐射到全国。为此，丛书分为"文选"和"专题"两大版块。文选共38本，分"大家文存""名家文丛""中坚文汇""新锐文综"四个层次。

专题共12本。两大版块加起来共50本，计划在3年内完成。以后视情况再陆续补充，使之成为广东一张打得响，并在全国的文艺版图中占有一席之地的文化名片。

党的十九大报告指出："发展中国特色社会主义文化，就是以马克思主义为指导，坚守中华文化立场，立足当代中国现实，结合当今时代条件，发展面向现代化、面向世界、面向未来的，民族的科学的大众的社会主义文化，推动社会主义精神文明和物质文明协调发展。"在广东省委宣传部的指导支持下，广东省作家协会和广东人民出版社联合编纂出版"粤派批评"丛书，是贯彻落实十九大关于文化建设发展精神和习近平总书记关于文艺工作的重要指示的一项重要举措，是讲好中国故事、传播中国声音、阐发中国精神、展现中国风貌的一次文化实践。我们坚信，扎根广东、辐射全国的"粤派批评"必将成为新时代坚定文化自信、实现中华民族伟大复兴路上其中一块稳固的基石。

"粤派批评"丛书编辑委员会
2020年5月15日

作者照

作者简介：

蒋述卓，1955年生，广西灌阳人。文学博士，1988年毕业于华东师范大学中文系中国文学批评史专业，师从著名文艺理论家王元化教授。暨南大学中文系教授、文艺学专业博士生导师，国家重点学科文艺学学科带头人，广东省人文社科重点研究基地"海外华文文学与汉语传媒研究中心"主任，中国文艺评论基地（暨南大学）主任，暨南大学文化产业发展研究院院长。曾任暨南大学学报主编、文学院院长、学校副校长、党委副书记、党委书记、广东省文史研究馆馆员。

学术兼职有中国文艺理论学会副会长、中国古代文学理论学会副会长、中国中外文艺理论学会副会长、广东省中国文学学会会长、广东省作家协会主席、广东省文艺评论家协会名誉主席、国家社会科学基金评审委员会委员、《文学评论》《中国比较文学》《文学与文化》《中国文学研究》《东方丛刊》《符号与传媒》等杂志编委。

出版过《佛经传译与中古文学思潮》、《佛教与中国文艺美学》、《宗教艺术论》（大陆版与台湾版）、《宗教文艺与审美创造》、《中国宗教艺术论》（英文版）、《在文化的观照下》、《文化诗学：理论与实践》、《宋代文艺理论集成》、《二十世纪中国古代文论学术研究史》、《诗词小札》、《文化视野中的文艺存在》、《传媒时代文学的存在方式》、《流行文艺与主流价值观关系研究》、《蒋述卓自选集》等著作20余种。发表学术论文200余篇。曾获中国首届青年优秀社会科学成果奖二等奖，教育部第四届人文社会科学优秀成果奖励二等奖、第七届三等奖，中国文联文艺评论论文类特等奖、广东省第八届鲁迅文学艺术奖，全国第四届高等学校教学名师（国家级教学名师）奖，广东省优秀社会科学家，为享受国务院特殊津贴专家。

前　言

本书所收集的文章分两大部分，大致可以反映出我的文化诗学的理念、方法及其批评实践。

我一直在建构的文化诗学批评，萌发期应在我随导师王元化先生攻读博士学位期间。受他的学术研究"三结合"（古今结合、中外结合、文史哲结合）方法的影响，我在1986年就写作了一篇《将古代文论放到中国文化背景下去考察研究》（载于《文艺理论研究》1986年第3期）的文章。经过三年的学习，元化先生用文化视野研究中国古代文论和古代思想史以及当下文学、文化现象的观念和方法，深深地影响到我的学术理念与研究道路。我提出的文化诗学批评就是接受这种影响的结果。后来我在研究王元化"综合研究法"与王元化在文学史上的意义的时候又进一步强调了他的研究在"文化诗学"上的意义和价值。

1994年我写了《应当建立文学史研究的"文化史派"》（载于《江海学刊》1994年第3期），此文虽然谈的是文学史研究，但把我对文学与文化的关系以及将文学置于整个文化背景、文化结构、文化系统之中去研究的思想已经透露出来了。1995年前后，当时的文学批评处于失语状态，即文学批评面对先锋文学的兴起一时找不到对应的批评方法和词语而陷入困境，许多批评家提出要"突围"和构建新的话语。而我在《当代人》杂志1995年第4期上发表的《走文化诗学批评之路——关于第三种批评的构想》则是我对文学批评应当建立一种新的阐释系统的详细论述，进一步体现我从文化角度去评论文学的思想与方法。当时围绕文化诗学批评集中写了几篇文章，如《人文关怀与文化的解剖——关于批评的价值几点问题的思考》（载于《太原日报》1994年12月20

日)、《批评的理论与方向》(载于《作品》1995年第6期)、《突围、选择与建构》(载于《作家报》1995年2月4日)、《努力塑造国际大都市的文化风景线——广州建设国际大都市的文化设想》(载于《文明导报》1994年第6期)、《提高人的综合素质,塑造现代文化人格——广州迈向国际大都市时期公民文化人格建设断想》(载于《文明导报》1994年第9期),等等。我所提倡的文化诗学批评,就是将文化学的理论与方法运用于文学批评的一种新阐释系统与方法,它既是文化的,又是诗学的,这就要求文学的文化批评要保持审美性。我提出在保留中国传统文学批评中的整体印象式批评、诗意描述与领悟式批评等优势的前提下,融合西方文学批评的各种理论与方法,创造一种新的文化诗学的理论与方法。再之后,我还主编一本《文化诗学:理论与实践》的书,从"文化诗学"这一特定角度进入,从中国传统文化及西方文论中寻找文化诗学批评的精神基础与理论资源,最终落实到20世纪中国文学理论与批评建设的策略性选择上,努力从理论上解决中国文学批评阐释系统的立场、话语与方法论问题,着意在实践层面上解决文学批评的跨文化与现代性及文化诗学批评的可操作性。

我在20世纪80到90年代从事中国古代文艺理论、佛教与中国文艺美学以及宗教艺术的研究比较多,将中国古代文艺理论研究与文化研究结合起来,并研究古代文论的东方特点与人文精神,进而思考古代文论的现代转换及其思维方式,是我进行文化诗学批评研究的专业根基,故这本集子收录这方面多篇文章。我也是在此基础上开始关注全国文学的创作现实,关注广东文学与文化现象,也逐渐将以文化视野研究中国古代文论的观念与方法转移到关注当下文学与文化的现实上面,并不时对当下的文学现象、文学思潮、文化现象等发表看法,开始我的文化诗学批评的实践。我将中国的文学现象也包括广东的文学现象作为文化诗学的批评对象,相继从文化视野出发去评论过一些作家作品。我后来在《羊城晚报》开设"诗词小札"专栏,就中国古典诗词与现当代诗歌进行文化评论,也是出于对文化诗学批评实践的动机。《诗词小札》后来结集在中国青年出版社出版,看似一本普及型的评论著作,但却体现了我的文化诗学批评意图,很受读者的欢迎,此书后来还获得广东省第八届"鲁迅文艺奖",也可谓是"无心插柳柳成荫"了。

前言

1995年上半年,我当时为暨南大学文学院院长,在香港岭南学院(后改为大学)的中国现代文学研究中心做了三个月的访问学者,就开始关注港台文学,写了好几篇关于港台文学与作家的研究文章,那篇论台湾诗人洛夫的长文就是在这段期间写就的。关注港澳台地区及海外华文文学后来也便成为我文化诗学批评实践的一个侧面。

我在20世纪90年代中期提出的文化诗学,是出于一种西方理论引入中国之后本土化的需要和文学批评发展现实的需要。我一直认为,西方文学理论以及西方文化研究的理论引入中国,应结合中国文学与文化发展的现实状况进行本土化的改造,而不应当只是理论框架与话语的照搬。在批评实践中,还应当结合中国已有的文学理论与批评的经验加以融合,努力构建起自己的理论话语与方法。这便是我在本世纪初不断就传媒时代文学的存在方式、消费时代文学的意义、流行文艺与主流价值观关系研究以及文化研究的本土化诸问题进行探讨与研究的动因。

在文化诗学批评实践方面,我自1997年起还开始关注城市文学、城市文化与城市审美等课题,也提出过关于建构"城市诗学"的论题,可惜未能充分展开。后来,我又将研究视野投入到文化产业的发展领域上,因为文化产业与城市发展密切相连。

在国内,除了我提文化诗学批评之外,还有北京师范大学的童庆炳教授、程正民教授和李春青教授,漳州师院的刘庆璋教授以及中山大学的高小康教授等,他们都在不同时期提出过构建文化诗学的命题,尤其是童庆炳教授在文化诗学的理论构建及其研究方法方面提出过许多给人深刻启发的创见。我与他们的区别就在于更强调文化诗学在文学批评(视角与方法)的实践方面。回首文化诗学批评构建的这一段路程,我觉得无论在理论方面还是在实践方面都尚未令人满意,但适逢"粤派批评"在讨论与建设中,对我的文化诗学批评进行一番检视,也算是对"粤派批评"的一点贡献吧。

蒋述卓

写于2018年3月16日,2020年5月4日再修改

目 录

第一辑　文化诗学批评的理论构想

走文化诗学之路
　　——关于第三种批评的构想／2

文化诗学批评：第三种批评的设想／8

批评理论的方向与希望／10

应当建立文学史研究的"文化史派"／12

论王元化"综合研究法"的文化诗学意义／15

把古代文论放到中国文化背景中去考察研究／26

论当代文论与中国古代文论的融合／35

多维视野中的古代文论现代转换／43

传承与延续：叩问中国古代文论的当代价值／49

古代文论现代转换的思想方法／56

论中国古代诗学的原创意识／61

中华文艺理论的人文精神／66

古典美学研究应与当代美学研究相沟通 / 73

中国古典美学表达方式的东方特性 / 76

消费时代文学的意义 / 84

消费时代文艺学的自身调整与建构 / 93

流行文艺与主流价值观关系初议 / 98

21世纪文艺学发展与中国现代人格建设 / 109

论艺术与市场的张力关系 / 118

文化研究的本土化：功能与原则 / 130

第二辑　文化诗学批评的实践意义

批评的专业化与批评的品格
　　——兼论文学批评与学术机制的关系 / 144

文学的刻意与不经意 / 150

当代文艺评论应自觉与文化传统构成一种对话关系 / 153

现实关怀、底层意识与新人文精神
　　——关于"打工文学现象" / 157

论史铁生作品的宗教意识 / 164

轻风掀起乡村的衣角
　　——读付秀莹的长篇小说《陌上》/ 172

走进岭南
　　——论广东文学的文化走向及其评价 / 175

异质文化交流与碰撞的结晶
　　——广东近年来中短篇小说创作评述 / 180

喧哗声中的纯美追求

  ——读杨克《陌生的十字路口》/189

今我追思，雨雪霏霏

  ——评熊育群的长篇小说《己卯年雨雪》/191

沉潜、感悟与文化视野

  ——评钟晓毅《在南方的阅读：粤小说论稿（1976—1996）》/194

创造诗意政治　熔铸文化诗篇

  ——评丘树宏的诗集《长歌正酣》/197

用思想去触摸伟人的心灵

  ——读黄刚长篇散文诗《山高谁为峰》/202

别是一家春

  ——评刘国玉焦墨画/205

建构"粤派批评"的学术谱系

  ——"粤派批评"丛书编辑之缘起/207

百年海外华人学者的文学理论与批评/210

华文行走文学的文化功能/223

论"欧华文学"中欧洲游记散文的文化视野与诗意抒写/231

细看和风入文来

  ——在中日文化的比较中看日本华文文学/242

论洛夫中、后期诗歌的禅意走向及其实验意义/248

文化眼睛里的文化风景

  ——评也斯新作《游离的诗》/275

中国古典诗词的生命精神与哲学智慧/277

诗词传统与文化精神传承 / 303

文化传统与艺术原创 / 305

城市文学：21世纪文学空间的新展望 / 307

论城市文学研究的方向 / 314

当代艺术生产对都市人审美意识的培养 / 323

广场文化：城市文化的新资源 / 335

城市文化与城市审美 / 342

发挥广州在粤港澳大湾区文化建设中的引领作用 / 358

大学在城市产业转型中的角色定位
　　——以文化创意产业为例 / 363

附录：文化观照与现实关怀
　　——蒋述卓文艺思想述评 / 370

第一辑

文化诗学批评的理论构想

走文化诗学之路

——关于第三种批评的构想

文学批评走到了世纪的门槛边了，理应不再犹豫与彷徨，然而，1978年以来，批评在经过拨乱反正、反思、引进与探索新方法等阶段以后，现在仍然对"如何行"的问题感到迷惑。批评何为？批评价值取向何在？运用什么话语进行批评的操作？诸多问题仍然未得到解决。批评以什么形态迈过这个"世纪之槛"，就成为了我们不得不思考的重要问题。

一

时下文坛多在讨论批评的失语问题。这种失语，我以为有两个方面的含义。一方面指批评家面对多元化的创作找不到对应的理论与方法进行批评，传统的批评话语，如"意识形态""反映生活""生活真实""风骨"等派不上用场。另一方面，持后现代主义理论的先锋派批评家们，完全操持西方的话语来批评文学，看似有语实则无语。因为：第一，他们完全套用西方的语言，让西方的语言淹没了他们的思想见解，也淹没了他们自己的语言；第二，由于他们把"技巧抬高于素材之上，把分析抬高于叙述之上，把批评家抬高于作家之上"，故不仅得不到大众的承认，也得不到作家们的承认。有的作家就宣称先锋派批评花样翻新，却并未深入作家之"心"与作品之"心"。先锋派批评语言与概念的"狂欢"只不过是一种假象，当剥去它们那些词藻、术语以及袭用西方的分析套路以后，却发现那些语言与概念不过是"皇帝的新衣"。

失语的产生绝不仅是一个语言的问题、方法的问题，而是一个思想与价值的丧失问题。20世纪80年代末以后，文学也好，批评也好，都在逃避，都在退隐。它们逃避现实，逃避崇高，逃避理想，也逃避文化（有的虽写文化却只是猎奇）。先锋派批评之所以在1990年以后操持起西方的一套语言而驰骋文坛，只是因为当时文坛与思想界都处于价值真空的时期。面对汹涌而至的商品经济大潮和文化探索锋芒的暂时受挫，作家与批评家都陷入了困惑之中。由于缺乏理性光芒的照射、理想的指引和价值基点的支撑，只好"跟着感觉走"。丧失了思想与理性，丧失了价值选择，把西方语言作为自己的语言也就成了唯一也是合理的选择。

失语的产生，又是一个文化机制与批评系统不成熟的表现，先锋派批评家大量使用西方后现代主义的话语作为自己的语言，并没有加以严格的限定以及文化的过滤与转换，很多情况下是在不确定的意义上使用的，并且把一些明显并不现代的作家也硬拉入后现代的圈子来评论，从而造成了批评的零散、分裂与自相矛盾。在那一系列的批评文章中，我们很难找到一个相对稳定的阐释系统，有的只是支离破碎的语词、模仿的文体与叙述套路。先锋派批评家亦如先锋派作家，模仿西方的套路和方法，制造出了一批又一批的"通货"。

我并不反对术语与理论的引进，事实上，在如今的世界，没有哪一种文化是能够独立于他种文化而存在的。文化的交流不可阻挡，术语与理论的引进也是必然之事。然而，对外来术语与理论的引进不能不顾东西方文化背景的差异而简单地移植与套用，输入它们必须得到本土文化的认同、融合，并且有助于激活本土文化中的文学理论与文学批评，从而在本土语境中实现新的创造。如果引进与移植仅仅停留在理论独白的角色，而不进入本土文化的语境，这种引进与移植就很可能是昙花一现。尽管喧闹一时却难以扎下根来并长成茂树。更重要的是，引进外来术语与理论的目的必须明确，它不应该是临时的应对工具，也不是仅仅为了否定传统而做大面积的术语换代，而是为了重建自己的文化与阐释系统，包括批评系统。这也就是说，最终还是要有自己的声音，自己的话语和自己的思想。

二

于是，建立一种新的阐释系统就刻不容缓地成为我们当下重要的任务。

这种新的阐释系统就是文化诗学。

文化诗学，顾名思义就是从文化角度对文学进行批评。这种文化批评既不同于过去传统的文艺社会中那种简单的历史批评或意识形态批评，又不简单袭用戏仿后现代主义文化或西方人所建立的第三世界文化理论的文化批评理论。它应该是一个立足于中国本土文化语境、具有新世纪特征、有一定价值作为基点并且有一定阐释系统的文化批评。

文学是文化的一部分。不管处在什么时候，文化必然反映出一定社会的、文化的、民族的心态、精神和品格。文化又是综合的，从综合的角度去批评文学则可避免偏执一端的弊病，如只以文本为中心的语义学批评、只从社会学角度的社会学批评，总会存在某些缺陷。文化诗学能带来更宏观、更广阔的视野，也会更为深刻地剖析文学。从文学批评史上看，立足于文化，站在文化哲学的角度来批评文学与阐释文学理论，总会比单一的阐述角度显得深刻很多，分量也厚重得多。如中国古代的刘勰，近代的王国维、鲁迅，西方的马克思、别林斯基、车尔尼雪夫斯基、杜勃罗留波夫以及歌德、葛兰西、巴赫金、罗兰·巴特等。文学批评家应该兼文化哲学家。在目前的中国，恰恰缺乏的就是这种一身二任的人物。我们希望多一些文化哲学式的文学批评家，或许能使中国文学批评真正形成系统，具备大家气派，出几位批评巨人。

文化诗学的价值基点是文化关怀和人文关怀，其内涵的具体表现可分为三个层次：

1. 从文化的角度分析作品表现出来的文化哲学观，即分析它为我们提供了怎样的文化观和文化思想。

2. 要把作品描绘的社会心态、人物命运与心态放到一定的文化背景下去分析，揭示出作品所具有的文化内涵以及所反映出来的社会文化心态。批评家要站在文化发展的角度反映历史、思考历史，观照当下文化的生存状态与发展趋势。

3. 要站在跨世纪的角度，着重关注作品对文化人格的建设问题。人格是文化理想的承担者，人文关怀的重点应该放在人格建设上。作品的基调、价值取向是否有利于现代文化人格的培养和建设，是衡量作品是否具有审美价值的重要标志之一，因为文学作品审美教育的任务就是为了培养人、塑造人。江泽民提出"要以优秀的作品鼓舞人",也就是要塑造现代人格的问题。批评家要帮助作品实现这一重要任务。

在第一层次上,主要是解决一个叙述者文化立场与文化背景问题。因为我们分析作品,不仅仅是分析作者"说什么"和"怎么说"的问题,更重要的还是要分析作者"说什么"和"怎么说"背后的文化背景,即他"为什么这么说"以及"站在什么文化立场上这么说"。作者描绘一种社会生活,必然表示着他对这种社会生活的文化立场、文化观念、文化思想。作者是否具有深厚的文化修养和文化根基,决定着他"说话"的深度和厚重度。

在第二层次上,主要是解决文学作品与文化背景的关系,即要看作品所描绘的社会生活是否能够复现文化或呈现文化的当下状况,并且符合当时社会状态存在的文化背景。也就是说,批评家往往要把作品当做文化的一部分来处理,将其放置在文化的大环境内去考察。斯蒂芬·葛林伯雷说过:"伟大的艺术是文化的复杂的斗争与和谐的超常灵敏的记录。"从文化角度去批评文学,自然会涉及文学所反映出来的文化生态环境与文化模式。

在第三层次上,主要是解决一个批评的时代性问题。批评与创作一样,都要紧跟时代。批评应该着眼于未来,着眼于文化的建设,而不是对文化进行消解,只破不立。批评作用于读者,绝不仅仅是介绍与推销、沟通与传达,更重要的任务还在于陶冶情操、宣扬理想、塑造人格。这也是批评体现文化关怀的重要方面。

文化诗学的阐释系统主要在一种文化对话中来建立,这种对话包括:东方和西方的对话、现在和未来的对话、作者与大众对话、作品与社会的对话。这种阐释系统的立足点还是文化,运用的概念、术语应该是中西方相融合的产物。这是因为,近百年来的批评理论已经很西方化了,但另一方面又不能抛弃中国文化传统,要体现出中国文化精神的内涵。如果仅从翻译西方文学批评而言,要尽量做到如钱钟书先生提到的"化境",使西方文学批评的术语真正本土化。这种本土化并不是指词语字面上的中国化,而是指词语表面上能真正体现中西方文化精神的对接与融合。文化上的对话是一种处于平等地位上的对话,而不是一种侵袭和强权。词语上完全照搬不是对话,并不能建立起文化诗学的阐释系统。由于东西方文化语境的异质,照搬的词语往往游离于本土文化之外，难有生命力。先锋批评大量搬用西方现代主义的词语而进入不了大众的层面，就是因为没有进入中国的文化语境。如果从未来的发展来看，这种阐释系统要具有一定的普适性，也必须做到中西融合，使其具有更强更广大的可接受性，同时这也是使中国文学批评融入世界文学理论的最佳选择。文学批评作为社会文化批评的一部分，必须具有更丰富的文化内涵，这也是使文学作品进入社会文化生活的最佳桥梁。

三

文化诗学的立足点是文化，但并不能将其等同于文化研究。它是将文化学的理论与方法运用于文学批评的一种新阐释系统与方法。之所以称"文化诗学"，就是要求文学的文化批评必须保持审美性。这种文化批评的审美性亦着重在发扬中国传统批评理论与方法的优势，使传统文学理论与方法在现代化的转化过程中得到审美维度的再确立和审美意义的再开掘。同时，也使西方文学批评的各种新理论与方法在经过中国文化的选择、过滤与转化之后，归结并提升为审美性，从而成为文化诗学的有机组成部分。

中国传统文学批评多用一些比喻词或意向性的概念来表述，如高古、飘逸、雄浑、苍凉、气骨等。这类批评只可意会，而难以具体言说。虽然如此，但它却可以引发读者的审美联想，具有很强的审美生发性。在文化诗学里，我们要保留这种审美生发性很强的特点，而又要用现代美学理论、现代文化理论（这些理论主要都是近几十年来从西方引进的）对其作进一步的引申和发掘，使批评变得深入、具体并具有明确的审美指向性。比如批评一位作家的散文，我们可以用飘逸、散淡去概括它，但又不仅仅停留在传统意义上的意象式表述，而是可以对其作品作深入的结构分析、心理分析乃至于社会风气、社会思潮、文化原因方面的分析，力图把这种审美感受式的批评开掘得更深，使其转化成为一种文化诗学的批评。总之，我们可以在保留中国传统文化批评中整体印象式批评、诗意描述与领悟式批评等优势的前提下，建设文化诗学的理论与方法。

文化诗学也不能视为一种文学的外在批评，就在于它保持了审美性，这也是它与西方文学批评中的新历史主义区别开来的重要标志。西方新历史主义是对20世纪二三十年代新批评的一种反拨,将过分注重文学内部的文本批评的趋势做了大的扭转,更多地强调对作者与社会文化、政治遭遇以及意识形态方面的关系的研究以及对作品如何被社会所接受并且参与政治与社会运动过程的研究。新历史主义着重在批评的历史——社会学取向上,离开文学审美性的趋势已很明显。因此,我们现在所提倡的文化诗学不同于斯蒂芬·葛林伯雷所主张的那种属于新历史主义范围内的文化诗学。文化诗学既是文化系统的实证性探讨与文学审美性描述的统一与结合,又是文学外在研究与内在剖析、感受的统一与结合,是西方哲学化批评与中国诗化批评的化合。

  文化诗学的建立是一个很艰难的过程,要经过许多人的努力,并为之付出呕心沥血的实践才行。我在此文的描述只不过是一个开端与引子,它的清晰面貌与轮廓还需文化诗学的批评家们去充实它、完善它。尤其在理论术语的建设上,还需要做非常细致、扎实的工作。当然,文化诗学只是文学批评理论与方法的一种探讨、一种设想,它不可能是唯一的探讨和选择。

(原载于《当代人》1995年第4期)

文化诗学批评：第三种批评的设想

我所设想的第三种批评是一种文化诗学批评。

文化诗学批评，顾名思义就是从文化角度对文学进行批评。它要求文化诗学批评的操作者具有宏观的、广阔的文化视野，立足于文化哲学的高度来批评文学与阐释文学理论。因为文学是文化的一部分，不管什么时代、什么背景，文学必然反映出一定社会的、文化的、民族的心态和精神品格。

文化诗学批评的理论基点是文化关怀与人文关怀，其内涵具体表现可分为三个层次：

一、从文化角度评价作品表现出来的文化哲学观，即评价它为我们提供了怎样的文化观念和文化思想。尤其是处在即将跨入21世纪的门槛边，作家对社会发展、人类进步持怎样的文化观，不能不引起批评家的关注。

二、要把作品描绘的社会状态、人物命运与心态置于一定的文化背景下去评价，力图揭示出作品所具有的文化内涵。在当下的社会，批评家更应关注人生存与发展的状况，剖析社会各阶层人的文化心态。在社会急剧变化的时刻，人物角色不断变化，从打工仔到老板也不过几年间的事，一切均在变动，一切似乎又都是文化在起推动作用。心态的变幻也便被赋予文化的意义。

三、要着重关注作品对文化人格的建设问题。人格是文化理想的承担者，人文关怀的重点应该放在人格建设上。作品的基调、价值取向是否有利于现代文化人格的培养和建设，是衡量作品是否具有深刻文化价值的重要标志之一。

文化诗学批评的审美特性在于它的诗意描述与感悟式批评。它是中国传统诗学批评的发挥与提升。它保留中国传统批评的审美感思与审美生发性，力求做到给读者留下审美的空白，触发读者更多的审美联想。因此，文化诗学批评既追求与社会文化的贴近，又追求审美遨游式的超脱与心境体验。这也是由实出虚、虚实结合的一种批评方式。

文化诗学批评不同于"美学—历史批评"和社会学批评，也不同于纯粹的文体文本批评和结构主义批评。作为第三种批评，它更强调批评家的文化意识与文化眼光。生命的投入的含义，一方面指批评家应与作家、读者进行情感交流、审美的相互感染和生命的相互对话，另一方面注意不要一拿起笔就将作品砍成七大条八大块，搞得支离破碎，把一个活生生的有机生命体肢解得诗意全无。语言分析要不要，要；文体分析要不要，要。但这些都应该是在尊重作品生命完整的前提下进行。审美的诗意批评只有在生命投入的情况下才会得到充分体现。文化意识与文化眼光并不是只从多读文化哲学的书籍即可获得的，它更多的来自批评家对社会文化现象的观察与体悟。文学作为社会文化现象的表现，同样是活泼泼的文化表征，批评家不可能不从文化视角去审视、评价它。

第三种批评不是一种地域性的批评，不带地方色彩。第三种批评也不是一个批评的流派，而是一种新的批评意识与批评方式，是批评在经历过若干个螺旋式阶梯之后的必然产物。在文化研究弥漫全球的今天，立足于本土文化背景、文化传统、文化语境，从发挥中国文学批评优势出发，提出文化诗学批评应该是适时的。

当然，文化诗学批评的具体操作方法是多样的。我相信，当批评家具有文化诗学批评的意识，自觉地运用文化意识与文化眼光，在投入生命的批评实践中，定会逐渐形成第三种批评的态势。

（原载于《广州文艺》1997年第3期）

批评理论的方向与希望

中国当代的批判理论是在一种理论的引进与转述之中度过喧闹的狂欢潮，自20世纪80年代以来的短短15年中，中国的理论批评几乎把20世纪以来的西方理论重新演示过一遍。中国的批评领域成了西方批评理论进行实验与举证的场所。当各种各样的"方法论"热过以后，当各种冠以"后"的批评理论风行之后，人们禁不住还得要问：中国当代的批判理论何在？

中国当代的批判理论的佝偻症与失语症当然是自身营养不良造成的，但是，作为向文学批判理论提供理论营养的哲学却负有重要的责任。当代哲学界在价值论哲学、文化哲学上一直未有大的突破与建树，鲜见自成体系和一定阐释系统的哲学著作。我们的哲学家也很少参与到文学理论与批评中来，从而形成了哲学与文学的阻隔与断裂。许多文学批评家虽然也想加入哲学创造当中去，但往往由于学养与专业的限制而偏于一隅，难以深入。

在21世纪即将到来之际，批评界急切盼望能够构建起具有中国特色的批评理论。纵向而观中国批评理论的发展，理应在大引进大转述之后有自己的创造与见解，老停留在当"二道贩子"的地位是应该脸红了。因此，理论的创造不仅应该而且必须。横向而观，英美批评理论重新回归到历史主义与文化批评，著名的政治学家亨廷顿还预计未来的世界是"文明的冲突"，说到底还是各种文化的冲突。面对未来的新世纪，中国也不能不深刻地思考东西方文化的问题，因为它涉及中国未来的发展与走向的重大课题。中国的哲学家在理论与现实的需要下必须构建自己的一套文化哲学理论，用以回应西方与世界的挑战。批评理论自然不能逃避世界的现实而钻进"象牙塔"内，实际上西方任何一种新的批评理论的兴起都与世界哲学的主潮密切相关。中国批评理论应与中国的文化哲学相呼应，建立一种新的文化诗学。

新的文化诗学是站在文化哲学的高度来批判文学与阐述文学理论的一种新的探索。它既不同于传统的文艺社会中那样简单的历史批评或意识形态批评，又不简单袭用西方后现代主义文化或第三世界文化批判理论以及新历史主义批评理论。它应该是立足于中国本土文化语境，有自己的阐释系统和理论特征的文化批评。中国近百年来的批评理论实际上已经够西化了，要使新的文化诗学体现出中国文化精神的内涵，就应该对已有的理论术语进行清理，使引进的西方词语尽量体现出中西文化精神的对接与融合。同时，还要发挥传统文学批评重审美感受与诗意批评和领悟式批评的优势，使其在现代化的转化过程中得到审美维度的再确定与审美意义的再开掘。

在文学批评史上，任何有成就的批评家同时也都是文化哲学家。如中国古代的刘勰，近代的王国维，现代的鲁迅，西方的马克思、别林斯基、车尔尼雪夫斯基、杜勃罗留波夫以及歌德、葛兰西、巴赫金、罗兰巴特等等。在目前的中国批评界，恰恰缺乏的就是这种一身二任的人物。未来的世纪中，我们希望多一些文化哲学家式的文化批评家，这便是批评理论的希望所在了。

（原载于《作品》1995年第6期）

应当建立文学史研究的"文化史派"

我们的文学史研究，40余年来多是作家作品的编年式体例，其主要范式是将文学史置于政治学、社会学的领域中加以考察，偶尔也夹杂进某些经济因素与文化因素的成分。虽然在指导思想上力图贯彻马克思主义的唯物史观，但客观的效果却并未达到。作家作品编年式的文学史，给人的印象不仅是一连串人物与作品的拼凑与串连，而且常常是只见人、作品而不见其社会文化背景，其个体的人、作品常常是与社会总体的人文环境相脱离的。更重要的是，在文学史发展规律的揭示上，只见按朝代的分段，而无法见到文学流变下社会文化心态的变迁以及民族文化精神的流向。读完全史，留在我们脑海里的只是无数作家与作品的排列，而对整个文学发展所体现出来的中华文化精神的了解仍是雾里看花，朦胧一片。

近年来，在把文学史置于文化学领域进行研究方面已有不少新的尝试，也有了一些新的著作。但是，就目前而言，文学史的文化学研究仍未形成气候，多数还是作家作品的编年式研究，即使是某些分体文学史如诗歌史、赋史、小说史等也仍然保留着编年式研究的痕迹。我认为，这种局面应该打破，在大力提倡跨学科研究的今天，在素有文、史、哲融通的国学研究传统上，文学史的文化学研究理应开展得更好些。在中国，也应该形成一个文学史研究的"文化史派"。

文学史的文化学研究，基本的涵义可以包括如下几个方面：

1. 把文学置于整个文化结构中，从总体上去把握文化发展所体现出来的文化形象与文化精神。所谓文化形象，指文学所体现出来的社会民众的心理和情感、社会风尚与社会理想。如魏晋南北朝时期的"潇散"、盛唐时期的"雄壮飘逸"等，都是那一时期的文化形象。文化形象体现在社会生活的各个方面，文学则是其符号的记录与反映。文学史现象的分析应揭示并树立起某一时代、阶段的文化形象；所谓文化精神，则是对文化形象的理论提炼与浓缩，因而更具概括性。文化精神反映出整个民族的文化心态、文化价值取向与审美取向，具有相对的稳定性。而在各个时代的具体表现中，又呈现出一定的流动性和变异性。换句话说，文化精神也在社会文化的建构中缓慢地变化，或重塑，或部分改造，或吸收外来文化等。

2. 对作为文化现象的文学史要作更深层次的文化分析。这种分析可以从三个方面着手：一是要分析具体文学现象与事实背后的文化意义层次；二是要挖掘文学现象与社会文化精神之间相互沟通与契合的中介；三是要研究历史文献（历史记载、传记材料、评论记录）所具有的文化意义或反文化的意义与价值。

3. 把文学与整个民族的思维方式以及传统性格联系起来考察，努力揭示它们之间的内在联系。

4. 把文学与汉语语言、书法乃至中国的绘画、雕塑、舞蹈等文化现象的演变发展及其特性综合起来研究，在互相联系又互相区别的过程中揭示文学的文化质。这方面的研究视角应区别于过去的美学史角度，它是从揭示文学的文化系统质的角度去研究文学与语言、书法、绘画等的关系的。

也许有人会说，文化是广泛的，研究文学要从如此广泛的方面去考察是难以把握的。然而，文化塑造出思想和行为的潜在模式，直接和间接地影响着人类日常生活的每一面。文学是社会文化系统中的一部分，它深深受制于一个民族的文化模式。虽然文学也可以看作是一个相对独立的系统，但相对于文化这个大系统来说，它只能是该系统的一个要素。部分如离开完整的系统其就不成为要素。对文学的阐释正是如此，恰恰是从整个文化系统着眼以后，对文学运动的把握反而才是更准确的。

当然，我们要避免把文学史的文化学研究等同于文化史研究，不要使文学研究消解于文化的分析中。文学史的研究仍然要扣准文学来进行，既要具有生动、充实的史料，又要有对文本的审美分析，要使文化阐释与美学分析结合起来。文学史的文化学研究是借文化研究来阐释文学，文学研究与文化研究并进，而不是以文学去注解文化。好的文学史可以为文化史的研究提供典型的例证，丰富与推进文化史的研究，而不是文化史的简单演绎。要克服那种先设文化理论框架，而后以文学现象去填充的弊病，一切从文学与文化事实出发，实事求是。同时，在把文学风格上、形式上、美学趣味上的变化与文化变化结合起来分析时，还要注意文学自身发展的特殊性，不能忽视形式结构自身运动的某些特性。要看到，文学与文化的运动并不总是平行或平衡的，也不是后者完全影响和决定前者的简单决定论。

  文学史研究的方法自然是多样的。然而，在我看来，文学史的文化学研究却是最为重要也最有前途的一种，而且也是可以容纳多种研究方法、多种学科研究于一炉的一种有效的方法。在我们不断尝试与探索的过程中，只要注意避免历史上包括国外文学史研究领域中的文化史派的某些缺陷，不断总结经验，就一定会产生出优秀的文学史，并形成有中国特色的"文化史派"。

  我们呼唤并期待着"文化史派"的出现。

（原载于《江海学刊》1994年第3期）

论王元化"综合研究法"的文化诗学意义

王元化先生在中国文艺理论的现代性进程中,有着重要的地位。他不仅以"独立之思想,自由之精神"为自己作学与为人的准则,而且始终以一种强烈的现实参与意识关注着动荡时局下文艺理论的建构与调整。在长期的耕读过程中,他结合自己"中学传统与西学先进并重"的家世背景以及融通古今中外的学识修养,以一种文化诗学的视界观照古今中外的文学创作与文学理论,试图以一种较之同代人更为先进的研究方法——"综合研究法",来探讨文学创作的一般规律。他融合古今、中外、文史哲的综合化学术倾向正是其长期以来在文学理论方法论上自觉思考与实践的必然结果。我们下面将探讨王元化文艺思想中的文化诗学倾向,并揭示其"综合研究"方法论对我国新世纪文论建设的重要意义。

一、综合研究法的思考与实践

正如杜书瀛所说,"文化大革命"结束之后,"当时中国的哲学界、美学界、文艺创作界和文学理论界,求变求新的心情可以用四个字来形容:急不可耐。如何实现新变?最有效最便捷的途径莫过于方法的更新"[①]。而与当时学界"急不可耐"的求变心态相比,王元化对文艺理论方法论的研究显得更从容一些,更深思熟虑一些。他早在20世纪60年代初就开始思考有关文艺学方法论方面的问题,可谓开一代之风气,1982年明确提出的"综合研究法"更是对20世纪80年代中国学界的方法论热有一定的促进作用。

---

① 杜书瀛:《"方法论"热——新时期文艺学的反思之一》,《文艺争鸣》1999年第1期。

王元化是从对《文心雕龙》的研究中引发出对文艺学方法论的思考的。他在《文心雕龙创作论》第二版跋中说："这本著作是企图在《文心雕龙》的研究上（或者可以说，在我国古代文论的研究上）采用新方法，做出一点尝试。为此，我曾经过多年的思考。"他明确指出这种研究方法具体说就是"古今结合、中西结合、文史哲结合"的三结合方法。①细观王元化有关综合研究法的论述，我们发现，其中可以包括两层含义：第一，对文学理论而言，运用综合研究法，意味着将古今中外的文学理论、美学思想相互比照，加以辨析而研发出具有普遍意义的文学规律；第二，对文学批评而言，运用综合研究法，意味着不仅关心文学文本的意义，而且从文、史、哲等各个视角出发研究作品中反映出的文化内容、史学韵味及哲学深意，将文学的内部研究与外部研究有机结合。我们觉得，这两层含义都包含了文化诗学方法论思考的因子。文化诗学，顾名思义就是从文化角度对文学进行批评，它立足于当代文论建设，又从中国传统文论及西方文论中寻求精神基础与理论资源，是一种沟通古今、既接通传统又适应当下、既富理性观照又重体验感悟的批评方式。文化诗学离不开综合性的学术视野及研究方法，因为文化本就是综合的，从文化的角度去批评文学文论，当然其方法论也就是综合化的。所以说，王元化"三结合"的综合法实际上正暗合文化诗学方法论的实质。

　　在文论（主要是古代文论）的研究上，他一反以前的以古论古的做法，特别倡导综合研究。首先他强调要有理性精神的观照，即将文学理论上升到哲学、美学的高度；其次，在古代文论的研究中要有现代精神的穿透，使古代文论的范畴、概念具有现代意义；最后，在中国文论的研究中要有西方文论的比照，使中国文艺理论具有世界文论的意义。《文心雕龙创作论》正是他实践的成果，在具体论述中，他采取了"历史还原——比较辨析——清理批判——理论拓展"的递进式方式。

　　首先应对古代文论进行历史还原，也就是首先需要以实事求是的态度揭示它的原有意蕴，弄清它的本来面目，并从前人或同时代人的理论中去追源溯流，进行历史的比较和考辨，探其渊源，明其脉络。具体说来，就是"应该

---

① 参见王元化：《文心雕龙创作论》，上海古籍出版社1984年版。

按照历史的发展观点，探源溯流，看看这一概念在不同历史时期和不同作者那里，具有怎样不同的特定涵义，经过了怎样的发展和变化，这样才可以作出比较切合实际的论断。①"而不是固守成说，躺在前人的论说中讨活。其次，尽量收集一些与本论题相关的资料，进行比较和辨析。因为"如果把刘勰的创作论仅仅拘囿在我国传统文论的范围内，而不以今天更发展了的文艺理论对它进行剖析，从中探讨中外相通、带有最根本最普遍意义的艺术规律和艺术方法，那么不仅会削弱研究的现实意义，而且也不可能把《文心雕龙》创作论的内容实质真正揭示出来。②""对于萌芽形状尚未成熟的文学现象，只有用后来已经成熟的发达形式的文学现象才能加以说明。"③也就是说，我们需要把古与今和中与外结合起来，进行比较对照，分辨同异，以便找寻出在文学发展中带有规律性的东西。要想将《文心雕龙》中所蕴涵的创作规律真正揭示出来，不仅要将之与我国古代文论作比较，而且要将之与后来更发展了的文论，包括中国现、当代文论，还有外国的优秀文艺理论，互相比较和辨析。这实际上就是他所倡导的"中西结合"与"古今结合"方法的具体应用。通过古今中外文艺理论的比较，其目的就在于尽量把中国文艺理论的许多术语用明确的、现代的科学语言表达出来，以顺利实现古代文论的现代转型。第三，对古今中外的文论需加以清理和批判。我国古代文论大抵是封建社会的产物，作为封建文学的艺术标准具有时代和阶级的局限，这就需对它们进行必要的清理和批判。只有经过清理和批判的文论才是辩证的、科学的，才能更好地成为当代文论的有机组成部分。对西方理论也应加以清理和批判，而不是盲目地用西方理论来套中国的文学现象。例如，他对黑格尔、歌德、席勒等西方理论家的哲学美学思想和文艺理论都进行了清理和批判。在以上基础上，第四点就是对艺术规律进行进一步的拓展，使处于萌芽状态的艺术理论得以明晰化。"因为批判继承古典文艺理论遗产的目的，除了说明它的原来面目'如何'，也必须进一步弄清问题本身，究明它到底应该'怎样'。"④只有弄清了问题本身的真实面目，尽

---

① 王元化：《文心雕龙创作论》，上海古籍出版社1979年版，第68页。
② 同上，第152页。
③ 同上，第71页。
④ 同上，第70页。

量将该论题理解得更清楚,才能加入到具有更大普遍性的美学、文艺学大系统中去。

我们应该发现,王元化的《文心雕龙》研究并不是简单地用现代汉语的形式将它翻译出来,其用意是以"文心"为契机,"企图从《文心雕龙》中选出那些至今尚有现实意义的有关艺术规律和艺术方法方面的问题来加以剖析。①"所以在具体论述中,王元化没有固步自封,就事论事,而是采用一种开放的结构来归纳、总结、延展文学创作论的规律问题。可以说,他的这种方法论的思考始终没有离开哲学思想的观照,没有离开历史的考辨,在具体的论证中更是熔铸古今,概括中外,紧紧抓住艺术思维的个性,对于形而上学的知性分析方法盛行的时代无疑是一剂清醒剂,对告别庸俗的机械的方法论、提倡新的方法论无疑起到很大的推动作用。

王元化不仅在中国古代文论的清理中使用"综合研究法",在具体批评实践中也提倡"综合研究法",如在鲁迅研究中、《红楼梦》研究中,都明确提出要进行综合研究。

王元化非常注意作家传记对研究作家、作品的重要意义。传记无疑是了解作家生平、作品创作背景的一个最重要的参照。赫塞贝格在《研究民族艺术的方法》中就强调了作家传记的重要性。②1981年1月王元化发表的《关于鲁迅研究的若干设想》中首先提到的就是如何为鲁迅作传的问题。他认为鲁迅研究者们应该具有广阔的视野和敢为天下先的精神。他说:"恕我冒昧地对我们的鲁迅研究提出一点意见,那就是不要把注意力拘囿于狭窄的领域内,天地是广阔的,何必都挤在大体雷同的题目里做着大同小异的研究呢?我们应该提倡一下敢为天下先的开风气精神。研究鲁迅不一定都非得走直径,仅仅限于与鲁迅直接有关的范围,似乎一旦离开了鲁迅的名字,就是离题旁涉、越俎代庖,属于自己职责以外的事了。是不是可以开拓一些表面看来似乎与鲁迅研究并无直接关系而实质上对于鲁迅研究却大有裨益的领域呢?"③作品是作家的心血

---

① 王元化:《文心雕龙创作论》,上海古籍出版社1979年版,第68页。
② 赫塞贝格:《研究民族艺术的方法》,见周宪等编:《当代西方艺术文化学》,北京大学出版社1988年版,第25页。
③ 王元化:《文学沉思录》,上海文艺出版社1983年版,第25页。

结晶，离开作品不能理解作家。但是，如果只根据鲁迅本人的作品来品评，明于此而昧于彼，那就会使许多具针对性的问题难以索解，难以做出实事求是的深入评述。因为他的性格成长、思想发展、感情变化，他所处的时代、环境和他在文学史中所占的地位，都需要综合地考察，才能实实在在地准确把握作者的精神风貌。因此，鲁迅研究者首先应对其传记进行综合研究。研究者还应该尽量从拘于一隅的狭窄范围中走出来。他说："试问：研究我国现代文学的某一作家，能够不去了解他的时代、社会和背景么？——这就需要一些政治、经济、历史的知识。能够不去了解他和前代或外国作家的继承或借鉴关系、和同时代作家的交互影响以及对后代所发生的作用么？——这就需要有比较全面的文学创作和理论的知识。能够不去了解他在作品中反映出来的时代思潮、思想根源和美学观点么？——这就需要有一定的思想史和美学的知识。我以为，这些知识都是文学理论研究者不可缺少的。鲁迅研究并不例外，甚至还应该特别注意这一点。鲁迅曾经说过，专家多悖，博学者多浅。倘使抛开上述应有的知识，孤立地研究鲁迅和他的作品，不但难免于悖，而且也往往流于浅薄和空疏。因此，我倡议鲁迅研究要采用综合研究法。"① 因为鲁迅本身的学识就是广博的、多面的，其作品涉及古今中外，其本身就蕴藏着多种学科的综合，一直延伸到自然科学领域，如果不采用综合研究法进行剖析，就难免捉襟见肘，穷于对付。

他还提到一个如何利用已有成果的问题，这也是采用"综合研究法"经常碰到的问题。"文学理论的研究往往不得不依靠史学、哲学、美学等已有的科研成果。"② 借鉴已有的研究成果，并不是摘果子、坐享其成，别人不能代替自己思考，就算别人已经解决的问题，也需要去核实、去融通、去深化，更需要联系自己的课题进一步去探讨。

由上可知，无论在文学理论的研究中，还是在具体作家作品的分析中，"综合研究法"都是必需的。

---

① 王元化：《文学沉思录》，上海文艺出版社1983年版，第56页。
② 同上，第59页。

二、对新方法论的反思

如果说王元化在最初倡导"新方法论"时起到开山之功,那么在全国一片为"新方法论"的叫好中,王元化又保持了清醒的头脑,对"一窝蜂"盲目引进各种方法而无视文艺理论自身规律的做法提出了质疑。

新时期经过拨乱反正之后,中国学术界开始解放思想,开始跳出庸俗社会学的藩篱,文艺研究也不例外,学人们迫不及待地引进各种方法来研究文艺学。引进的这些方法,确实给日渐荒芜的文艺界带来了活力,给长期泛滥的庸俗社会学以致命打击,使当时的文艺界空前活跃。但是,我们也不得不看到这种急功近利过后,必将留下一些后遗症,"短短几年,几乎把西方曾经有的新的老的方法都拿过来了。不管是否适合中国的'国'情、'学'情,先拿过来甚至强行移植过来再作理会;不管对文艺学好用不好用,先用了再说,甚至有时不甚理解也要强行'征用'——这里大约用得上'文革'中常说的那句话了:理解的也执行(运用),不理解的也执行(运用),在执行(运用)中加深理解。"① 王元化对此很早就表示过他的担忧,显示出他的先见之明。

在《文心雕龙》学会第二届年会上,王元化发表了《关于目前文学研究中的两个问题》的讲话,针对一些人把精力主要用到创造新名词上的做法表示了异议。他说:"我并不是说不要用新名词,新观念往往需要用新名词来表达。但现在有些文章用了许多生涩的杜撰的名词、术语,其中有许多是不必要的,因为完全可以用易懂的语言把问题交待清楚。正如我们运用马克思主义来分析问题,是运用它的观点和方法,而不是搬弄名词。对新方法论也应如此。运用新方法论的成败标志,应该体现在研究的成果上。如果运用新方法解决了问题,推进理论的进展,以至有所突破,纵使论点还有值得商榷的地方,那也是取得了成就的;如果运用新方法只得出了和以前运用老方法得出的同样结论,理论上毫无进展,徒然点缀一些新名词、新术语,那就变成空疏的花架了。"② 也就是说,运用新方法的关键应该在于能够推进理论的进展,而

---

① 杜书瀛:《"方法论"热——新时期文艺学的反思之一》,《文艺争鸣》1999年第1期。

② 王元化:《传统与反传统》,上海文艺出版社1990年版,第70页。

不是点缀一些生涩的杜撰的新名词、新术语。他对盲目引进自然科学方法而无视社会科学的自身规律的做法也进行了批评。他在《思辨随笔》序中说:"这几年我越来越对大陆上那些运用自然科学方法的论著发生疑问。……感到自然科学的规律与社会科学的规律很不一样,因此也就很难以前者去解释后者的各种现象。"①盲目地引进自然科学方法入社会科学的研究中,只是袭取外人的皮毛,其后果则是毁弃了自己的本性,从而逐渐失去独立研究和自由发展的精神。

但他对"新方法论"也没有采取完全否定的态度,而是认为应认真研究马克思主义和新方法论的关系,并慎重运用新方法来为文学研究服务。他觉得在这方面应该注意三个问题,一是不能将马克思主义与新方法论对立起来,应该运用马克思主义来剖析新方法论,同时运用新方法来丰富和发展马克思主义;二是要有宽容精神,应容忍在文学领域应用新方法的失误,应满怀热情地支持这种探索,而不是一棒子打死;三是应该集思广益,倾听别人的意见,有追求真理的自我批评精神。

在《新思潮与新成果》(1986年)一文中也论及这方面的问题。他说,当前,我们在认真研究建设中国特色的社会主义的同时,要研究当代世界的新变化,研究当代各种思潮,吸取科学发展的新成果。由于长期以来我们在过去极左思潮的影响下,在理论界造成了大量的空白点,与西方理论有了很大的差距。但我们在处理西方优秀理论的吸收问题时,却往往出现两种极矛盾的现象:一方面,我们对西方当代哲学社会科学的新成果,可说是茫然无知的。另一方面,我们却又信心百倍地对它作出独断式的批判。因此,他在论及引进外来东西的时候,提出了一个与众不同的观点:"我认为在引进时,不要作过多的限制,我们还没有很好进行研究,先不要轻易地说哪些该引进,哪些不该引进。任何一种具有一定影响、发挥一定作用的理论,都应该认真对待,纵使其中有不好的成分,甚至大部分是不好的成分,也应该从其总体中剥取合理的内核,来为我们所用。人们的共同精神财富,不可能是没有缺点的绝对纯洁的理

---

① 参见王元化:《思辨随笔》,上海文艺出版社1994年版。

论的融合，而只能是从有这种或那种缺陷的理论中提出精华积累而成。"①为了纠正过去研究工作中的偏颇，他认为有两项工作要做：一是填空，二是追踪。我们需要把目前从资料掌握到理论探讨都落后的状况中迅速扭转过来，我们应该在研究工作领域内提倡脚踏实地的务实精神，而不要"一窝蜂"。他反对用"热"这一词，因为热得容易往往也冷得快，而实际上我们的研究工作万里长征还只走了一小步。他还反对立竿见影的、急功近利的实用主义的做法。他说："事实上，无论学习或研究，都不是可以立见功效的，我不赞成有一些人不看原著，仅翻语录汇编，找出处，作论据，匆忙下结论的做法，这会在理论界形成一种空疏浅薄的学风。"②他还谈到"学术领域内新陈代谢"的问题。他认为，更新不是趋新猎奇，新的诞生不是随心所欲、按照人的主观好恶任意摆弄出来的。

后来杜书瀛对新时期文艺学发展进行反思的时候，也对"方法论"热作出了客观的分析，他总结了方法论的更新给中国文艺界带来的活力，也指出了不少问题：其一，借鉴新方法中所表现出来的学术上的某些浮躁、简单化、急功近利；其二，自然科学方法与社会科学、人文科学方法，的确存在着巨大差异，有的不能移植，因为二者之间可能存在某些不可通约性，有的可以移植，但要想移植，也必须解决方法的转换问题，譬如先转换为哲学方法，然后才能运用于文艺学研究；其三，每一特定对象的特定方法，都有自己的独特性。要求方法的绝对一律，是不合"物理"也不近"人情"的。③

可以看出，杜书瀛所提到的许多问题在十多年前已经被王元化谈及。可以说，王元化看到的盲目引进新方法论上的问题是具有某种前瞻性的。即使在21世纪的今天，在如何处理新方法和旧方法的关系上仍拘囿于王元化所提及的一些问题上，盲目地套用西方理论方法解决中国文学现象，肆意将西方术语、观念移植到中国文论建设之中，这些现象在学界还大量存在。因此，王元化的这些理论在当今时代对纠正理论界的不良作风仍具有很大作用。我们不能随便

---

① 王元化：《传统与反传统》，上海文艺出版社1990年版，第78页。
② 同上，第79页。
③ 杜书瀛：《"方法论"热——新时期文艺学的反思之一》，《文艺争鸣》1999年第1期。

地抛弃所谓"旧"的方法,也不能随便不加鉴别、不假思索地采用所谓"新"的方法。选择一种新的方法应看是否切合自己的研究对象。

三、对新世纪文论建设的意义

20世纪是中国文学批评逐渐走向世界化的时代,也是西方数千年文论思想和基本话语模式全面涌入中国学界的时代。虽然曾有过一段时间的倒退,但文学批评仍不可阻挡地逐步走向开放的学术征程。由于西学的刺激,文学思想得到不断解放,学术教条被逐一突破,批评界的理论热点层出不穷。但是我们也应看到,在引进西学的过程中也留下了不少弊端。特别是20世纪80年代那种"跑马占地"式的西学热过后,人们发现中国文论话语已失去了言说的自由。由于拼命向西方看齐,迫不及待地与西方、与世界对话,使中国文学批评被动地挤进西方话语的阵营,盲目地与西方新潮合唱,最终只能失去自我的文化身份。对西方新潮的追逐非但未给中国文论的建设带来实质性的突破,而且还使中国文论家背后那条绵延千年宏阔深厚的文化传统的根在这股潮流中断裂了、消泯了。当代文论面对世界文化大融合、大对话的多元化格局,陷入了尴尬的"失语"状态。无论是断然回到古代文论还是全然接受西方话语,对当代文论家都意味着"失语",因为我们的文化血液的精神气质中,既有了西方的东西,更有着东方的东西。我们只有从当代中国的社会生活、人的生存状态以及文学创作的文化背景出发,对古代文论进行整理、批评、反省,才可能避免低水平的重复。如果中国文学批评的狂热还不降温,还不冷静下来,从中国的文艺文化实践和世界文艺文化的现实中提升出理论思想,中国文学批评的"失语症"将不可能得到根本的治愈。中国不仅要关注对西方的借鉴,更应该从中国文化传统的独特性与现当代的文艺文化的实践出发。如果一味模仿西方,必将使中华民族彻底失去自我。

王元化在文学理论的现代化进程中,虽然有过一定时期的迷失与徘徊,但他却从20世纪80年代以来,一直保持着清醒的头脑,在对中西文化交流的抉择中没有迷失自己的方向。他把自己一贯的主张——"以西学为参照系,以中学为主体,重建中国文化"——贯穿于自己的学术研究中,在中国文论的现代化进程中占据着重要的地位。其学术思想可能对"失语症"有所纠正,并对我们今天的文化诗学理论建设起到一定的借鉴作用。

在古今结合上,古代文论的研究成果应与当代文学批评与文学理论有机融合。对于古代文论的概念、范畴,研究它们的原意固然重要,但如何实现其现代转化则是我们更应注意的问题,用王元化的话说,就是应当"选出那些至今尚有现实意义的有关艺术规律和艺术方法方面的问题来加以剖析",也就是说,文学理论应该面对当下的人文现实环境,要从关注当前人民的生存与发展状况的角度,站在解决当代人精神困惑与精神文明建设的高度去研究。这样,古代文论的精华才拥有得以现代转型的现实生长点,古代人的人文关怀才拥有面对当代人文现实、实现与当代人的精神对话的现实可能性。

在中西结合上,应注意本土立场是至关重要的,应该充分认识到中国传统思维的合理性,在东方视野的基础上进一步认识中国文学批评的思维结构、认知模式及话语表达方式。但也要充分进行中西对话,放宽理论视野,在不同的文化、文论模式中寻求对话和沟通,在对话中发现古代文论和西方文论在价值上的互补性,并在东方文论中看到西方文论遗漏的东西,在"杂语共生"的局面中广取博收,逐步建立起既扎根于本民族浓厚的文化土壤,又适合于当代文学实践的中国文论新话语。在中西对话研究中激活中国固有的文论精神和话语能力,从而建立起一套与当代中国人的生活与艺术息息相关的话语系统。只有在互激互补的"杂语共生"中,在古今中外各种理论话语的碰撞、交流与整合中,才能生成中国当代文论的新的形态。

在文史哲结合上,不仅要将文论研究置于历史意识的观照与哲学理性精神的贯穿中,还应考虑更多学科的交叉研究。如将古代文论与乐论、画论、书论等打通研究,将会更有助于揭示中国古代文论的民族特色。只有在语言、神话、宗教、科学、历史、哲学等诸多学科的文化视野中考察文学,才能打破文学的自闭症,打破文学研究上的单向思维和平面思维,才能使文学在更广阔的维度被多重解读,生成无穷的魅力。

综上所述,虽然王元化的诗学实践还不能完全达到自己提出的"三结合"的标准,还不能提炼出一套真正属于自己的理论话语,但是,他为我们指明了一条诗学研究的方向:综合研究的最终目的必将通往文化诗学。他的学术研究中实际上已显示出"文化系统的实证性探讨与文学审美性描述""文学外在研究与内在剖析、感受""西方哲学化批评与中国诗化批评"[①]相统一结合的可贵尝试。虽然文化诗学作为当代一种新的阐释系统，还需要一个艰难的理论构建的过程，但我们相信，只要循着王元化的学术发展道路做深入的理论探索，文化诗学成熟形态的到来将指日可待。

（原载于《湖南师范大学社会科学学报》2003年第6期，蒋艳萍为第二作者）

---

① 蒋述卓：《在文化的观照下》，广东人民出版社1997年版，第146页。

把古代文论放到中国文化背景中去考察研究

古代文论作为一门理论科学,尽管它的研究对象是古代的材料,但它同样感到了一种方法与观念上革新的必要。

研究方法还是提倡多样化好。任何一种方法都不是万能的,研究者必然会根据不同的研究对象选择不同的研究方法(比如对古代文论作家生卒年代的考证或对古代文论中关键性字词、术语的考辨与解释,就不能不沿用乾嘉学派的方法,这种方法并没有过时),有时一个研究对象甚至得采取多种方法(所谓微观与宏观相结合便是综合的方法,其实微观方法与宏观方法又是各自包括多种方法的)。我认为,不管采用什么方法,将古代文论放到中国文化背景中去考察研究是极为重要的。

中国古代文论之所以具有浓厚的民族特色,就因为它植根于中国文化背景,而中国文化背景及其传统从它一开始形成以来便与西方存在着差异。我们研究中国古代文论,正是为了揭示出我们的古代文学和古代文论是怎样在中国的文化背景中滋长起来的、它带有怎样的民族特色、其发生发展有什么规律、它为世界文学理论提供了哪些有价值的东西。揭示出这些东西,对我们今天发展马克思主义文艺理论体系大有帮助。

将古代文论放到中国文化背景中去考察研究,首先应该注重考察中国古代文论产生的"精神气候"。过去,我们往往把"经济基础决定上层建筑"的原理简单化和形而上学化,忽视社会的精神气候对思想理论的影响与制约作用。所谓精神气候,丹纳解释为"风俗习惯与时代精神",其实这就是指社会心理。在经济基础与思想理论的关系中,社会心理是一种中介。丹纳曾经认为,精神气候可以选择艺术家,它"只允许某几类才干发展而多多少少排斥别的"。他又说,"由于这个作用,你们才看到某些时代某些国家的艺术宗派,忽而发展理想的精神，忽而发展写实的精神，有时以素描为主，有时以色彩为主。时代的趋向始终占着统治地位。企图向别方面发展的才干会发觉此路不通，群众思想和社会风气的压力，给艺术家定下一条发展的路，不是压制艺术家，就是逼他改弦易辙"①。他还就古希腊社会的精神气候对于古希腊雕塑的影响和制约做过精彩的分析。从精神气候对思想理论的影响与制约方面，我们试考察一下我国文论的开山纲领"诗言志"吧。"诗言志"的产生与《诗经》文学的产生有密切联系，但《诗经》文学又是在什么精神气候下产生的呢？现在许多研究者都谈到《诗经》文学中的忧患意识问题，我是赞同这种提法的。正是因为当时整个社会存在的忧患意识，才使得《诗经》中充满忧患意识，社会中的忧患意识才是《诗经》文学产生的真正动力。不用说当时的平民百姓有着饥寒劳苦与战争徭役的忧患，当时的统治者也不可能每日歌舞升平、宴乐宾客。周灭商以后，一方面要防止异族的侵犯，另一方面要忧心忡忡担心自己统治的巩固，"以殷为鉴"正是这种意识的表现。不要看到《诗经》中还有《颂》那样雍容富贵的诗歌就否定统治者中的忧虑，可以说在整个社会中都各自深藏着不同性质的忧患意识。"饥者歌其食，劳者歌其事"，为了表达主体的人对这种忧患现实的心理感受，人们选择了诗歌这种抒情方式，而"言志"也便成为当时抒情文学的理论总结。这种由精神气候影响并制约文学发展趋向的事实，我们在魏晋南北朝文学及文学理论的发展中仍然可以看到。对魏晋文学自觉时代的到来和形成的精神气候，李泽厚同志在《美的历程》中有过精辟的论述。如当时由于战乱、瘟疫所带来的痛苦，使得整个社会在相当一段时间中和空间中弥漫着对生死存亡的关心、哀伤以及对人生短促的感慨、喟叹，哲学怀疑论所包含的人本主义思想促使人的自我意识的觉醒，促使文学的自觉时代迅速到来。魏晋南北朝时期还值得分析的是当时自然山水文学的产生。自然山水文学产生于晋代，并非偶然。两晋社会，残酷的政治斗争和政治迫害以及名教的虚伪，导致许多人远离现实，隐居林泉。"人生似幻化，终当归空无"，当哲学本体论的追求在玄言清谈中还不足以弥补精神上苦闷的时候，自然山水就被选择作为精神寄托的对象。人们要在自然山水中找到自己，确认自

---

① 丹纳：《艺术哲学》，人民文学出版社1963年版，第35页。

己，同时与自然合二为一。因此，当时的整个社会崇尚隐士，"竹林七贤"被人们看作高士。由崇尚隐士也便爱好山林，爱好山林也就想通过歌颂山林追求心理的平衡，自然山水文学也便蓬蓬勃勃兴起了。

一个民族的文学以及文学理论的产生发展除了受社会、时代的精神气候所制约和影响外，还受本民族传统的思维方式以及传统性格制约。研究中国古代文论不能不对中华民族的思维方式和传统性格进行研究，因为这种通过历史积淀所形成的思维方式和传统性格在颇大程度上决定文学现象的深层意识结构。现在人们都谈论：中国较早地发展了抒情诗，而西方较早地发展了叙事诗；中国早期的神话也没有古希腊神话发达。对这种差异的原因有过不少解释，有人认为中国抒情诗特别发达，是因为有史传文学代替了叙事方式。有人认为中国早期神话没有古希腊发达，是因为中国没有宗教。其实，这两个问题应结合起来一起考察。从保存下来的神话中，我们知道无论东西方在人类早期都面临过大洪水时期。但在对待洪水的态度上东西方却迥然不同。西方人面对洪水不是采取现实的态度，而是幻想着乘坐诺亚方舟逃生。于是对神的崇拜代理了心理的寄托，对命运及人生的感伤都寄寓于对神的祈祷声中去了，对神的赞颂留给了神话。这样，对神的祈祷充满着感情，使感情得以宣泄，而神话却只是叙述神灵的历史与生活。而中国人面对洪水却是老老实实地治水，一代治不了下一代再治，神话里甚至天裂了也要将它补起来。这种积极进取、生生不息的精神构成了中华民族的传统性格。中国人自古以来就对"神""上帝"充满怀疑。孔子"敬鬼神而远之，可谓知矣"，甚至"不语怪力乱神"，荀子提出"制天命而用之"。由于神的观念被社会的现实感所冲淡，为积极的进取精神所战胜，早期对天的崇拜最终没有发展成为宗教，"天"倒与政权统治的权威牢固地结合在一起，帝王被称为"天子"。但是，人非草木，太现实的态度毕竟使人压抑，要得到心理平衡，就要求一种感情的宣泄，为找到这种心理补偿，抒情文学便应运而生。当然，这只是其中一个原因，另一个原因我们不能不追究到民族思维方式的差异。中华民族早期思维方式是偏重感性的，是通过具象把握世界、认识事物的。象形文字的制作和八卦的造成基本奠定了中国"观物取象"的思维方式，这种思维方式以最感性的东西来表现理性的内容，就使文字蕴含着一种艺术因素，甚至是抒情性的艺术方式，所以，中国的象形文字一直是一种"有意味的形式",直到今天,书法还作为一种艺术长盛不衰。正是这种传统的思维方式影响了中国抒情艺术的产生,影响了意境、意象理论的产生。人类最原始的思维方式是大致一样的,西方人最早的思维方式也是感性的,但由于西方早期科学家与哲学家一开始就卷入科学与宗教的冲突之中,感情与理性的搏斗时刻进行,对于他们,理性比感情更为重要,用科学来证明上帝的存在与否只能通过理性的分析与逻辑的推演,随着科学与哲学的发展,这种理性分析与逻辑推演逐渐占据主导地位,构成有特点的西方思维方式。

又比如中国悲剧与西方悲剧比较,悲的意味要弱得多,这与中华民族性格是分不开的。前面说到,中华民族从早年起,积极进取精神一直是很强烈的,尽管忧患意识萦绕心头,但主体的内在意志和坚强的人格力量支持着人们与忧患现实作坚韧不拔的斗争。因此,人们在内心深处不愿看到自己的失败,总希望自己主体的人格力量取得最后的胜利。这种对主体的自信和对社会的责任感逐渐积淀于民族性格,表现于艺术就往往是以乐制悲,以善克恶,以画补缺,以完美代不完美。因此,悲剧不悲,总要以"大团圆"表示一个光明的尾巴。

谈到中国文学艺术的特点,我们不能忽视它的一个较突出特点,那就是它与哲学的紧密结合、水乳交融。注意这一特点,也是我们将中国古代文论放到中国文化背景中去考察的一个关键。

从世界文学发展的普遍性看,诗人与哲学家总是二位一体的。诗人写诗,总是带着他的哲学观点来看待世界、透视世界的,从这个意义上讲,第一个诗人就是第一个哲学家。而哲学既是诗的升华与总结,同时又是诗赖以产生的深层意识。而关于诗的理论则可以视作诗与哲学的一种中介与桥梁。与西方相比,中国文学最显著的特点之一是它时时处处都闪烁着哲学的光辉。先秦文学本来就与哲学浑融一体,《庄子》《孟子》既是美文学,又是哲学著作,屈原的《离骚》《天问》则充满理性的怀疑和批判,是哲学上的怀疑主义。魏晋六朝,如果文学脱离哲学或哲学脱离文学都会变得黯然失色。唐代文学一开始便以强烈的宇宙意识和强烈的自我意识开始它的引吭高歌,"诗圣"(杜甫)、"诗仙"(李白)、"诗佛"(王维)各有自己的哲学根基，又都在力图阐明自己的人生哲学观，在努力塑造一种人生哲学境界。宋诗的说理并非诗歌的倒退，作家们对哲学的孜孜追求，像苏轼、朱熹，都在作品中自然流露出来。明之李贽、汤显祖，清之曹雪芹，如果没有一种进步的哲学思想作为他们作品的底蕴，怎能让人动情动心，达到认识社会的目的？

同样，文学理论作为文学与哲学的中介，它沟通着两者。它将哲学引进文学，又将文学上升为理论，总结为一种文学哲学。因此，古代文学理论的产生与发展就不仅仅只是与文学的发展相互联系，也深受着哲学思潮和哲学观念的影响。古代文学理论中的许多理论范畴及其术语似乎都可以追溯到它的哲学渊源，如"文气""言意""形神"等等。拿"文气"说的产生与发展来说吧，在它的发展阶段中受到了不同时代哲学思潮的影响，因而呈现出不同的表现形态。先秦时期，既是哲学上"气"的提出时期，又是"文气"说的萌芽时期。老子、庄子、《周易》以及宋尹学派都在哲学本体论上谈论"气"，这种围绕"气"的争论，不仅成为后来中国哲学史上的气道之争、气理之争的"气"的最原始的模型，而且成为中国古代文论中"文气"说的理论渊源。"文气"说正是吸取哲学上"气"的概念，把它移植到文学上来的。先秦时期尽管文学与哲学还混合一体，但还是有人把"言"与"气"联系了起来，如从孔子始，就已经有人谈论"辞气"问题，①孟子则进一步提出了"知言养气"说。尽管"气"在孟子那里被赋予了道德的含义，"养气"实际上成为道德修养的代名词，但这种"知言养气"说对后世产生了深远影响，以后许多作家、批评家谈修养都沿袭过孟子的说法。这可以看作是"文气"说的萌芽。魏晋时期，是"文气"说的正式提出时期。从先秦时期"文气"说的萌芽到魏晋时期"文气"说的正式提出，中间还有很长一段时间，在这段时间中，由于天文学、气象学、医学的发展，哲学上的"气"的讨论进一步深入。董仲舒的阴阳五行学说以及《淮南子》都在宇宙本体论上探讨"气"。值得注意的是，当时的一本医学著作兼哲学著作《黄帝内经》对"气"的研究做出了极大的贡献。它把宇宙阴阳"气"的运行、相互作用

---

① 出自《论语·泰伯》。

运用于人体的研究，包含有朴素唯物主义因素和丰富的辩证法思想，在当时，许多哲学家、思想家都从《内经》中吸取养料，王充就是最有代表性的一个。而曹丕"文气"说的提出在很大程度上受到了王充和《黄帝内经》的影响，可以说，正是《黄帝内经》与王充的《论衡》为曹丕"文气"说的提出提供了科学的依据和哲学基础。不过，《内经》是间接影响，王充的《论衡》是直接影响罢了。"文气"说经过南北朝得到了进一步的丰富与发展，刘勰的《文心雕龙》和钟嵘的《诗品》功劳最大。到唐宋以后，"文气"说则逐渐走向成熟和完善，并且由笼统到具体、从神秘到明确、从粗糙到精致。唐宋以后，根据"气"的地位的变化和替换，大致有这样一条发展线索，即"气"在"文以道（意）为主"（唐）——"文以理为主"（宋）——"文以神为主"（清）的发展中发展，其间都受到过哲学思潮的影响。唐时期，儒道释三教合一，但气道之争仍然存在，哲学上的气道之争影响到文学，文学则提出了"文以载道""志在古道""文道合一"，此段时间，强调文章的"道"（内容）更重于文章的"气"，在道气关系上，"气"处于辅助地位。晚唐杜牧就明确提出过"文以意为主，以气为辅"[①]。"意"同"道"一样都是文章的内容。宋代，哲学上的气理之争同样影响到文学，当时的"文气"说，由于二程、朱熹的唯心主义理气观占统治地位，而出现了"文以理为主""学道为先，养气为助"的理论形态。清代"文气"说讨论得更全面更深刻也更具体，刘大櫆的"因声求气"将"文气"的神秘性破除了，而把"文气"落实到具体的音节和字句上，同时他又提出"文以神为主"的说法，用"神"取代"气"的主导地位，认为"神者气之主，气者神之用，神只是气之精处"[②]。其"神"的概念不可能不受到当时哲学理气关系讨论的影响，尤其是哲学家王夫之的"神"的概念的影响。

文学与社会联系是多方面的，文学的发展也是由无数个力的平行四边形促成的，如果排除其他因素的诸多联系，只就文学研究文学的发展规律，反

---

① 出自杜牧：《答庄充书》。
② 出自刘大櫆：《论文偶记》。

而会流于一般化、表面化。而将中国文化中的诸多因素与文学的发展联系起来考察，将会帮助我们更深刻地认识文学的发展原因及其发展规律。因此，我们在考察文学时，除了注意社会的精神气候、民族思维方式、民族性格以及哲学渗透与影响的因素外，还应注意科学技术的发展对文学及文学理论的影响。比如"文气"之"气"，最早使用的领域是天文学、气象学，接着才转入医学、哲学领域，最后移植到文学领域。又比如魏晋"文学的自觉时代"的到来与形成，除了当时社会的精神气候、哲学影响等因素外，纸的发明与使用恐怕也是一个不可忽视的重要因素。纸在东汉发明，首先为魏晋文学的发达提供了物质基础，它取代了以前笨重的竹简；无论从书写、阅读、携带以及传播都给人们带来了便利。纸的使用加快了信息交换频率，反过来信息交换的加快与社会的需要又促使了文学的快速发展，同时促使了文学与社会的腾飞。因此，"洛阳纸贵"就不仅仅标志着文学的迅速传播，标志着文学的发展，也标志着社会文明的进步。

古代文学理论的发展虽然与中国文化背景中的诸多因素有密切联系，但它毕竟有自己相对的独立性，有自己的符合逻辑的发展规律。这需要我们很好地运用马克思主义的唯物辩证法，用历史与逻辑相统一的方法来考察中国文学史及中国文学思想发展史。运用历史与逻辑相统一的方法来进行研究，就要求我们不要把中国文学史和中国文学思想发展史写成只是一部作家作品的编年史，而应该一方面把中国古代文学以及中国古代文论的现实的历史看作逻辑思维的出发点和基础，将历史的次序同观念、范畴的逻辑规定的推演结合起来考察；另一方面，又必须清除掉那些属于外在形式、属于局部应用范围的东西，在历史的现象中抓住逻辑发展的阶段和环节。历史从哪里开始，思维进程也就从哪里开始。中国古代文论的发展并不是直线发展的，各种理论范畴之间充满着矛盾，这些矛盾的运动推动着古代文论的循环往复的前进，往往是一个圆圈向另一个圆圈的发展过渡。而这种发展过渡又不是简单的重复，而是一种通过由肯定到否定、由否定到否定之否定的过程达到一个新的阶段。而且这种圆圈的构成并不一定完全以人物的年代先后为顺序，而以圆圈内观念与范畴的逻辑推演为顺序，当然这种顺序与历史的次序在本质上是一致的。正如列宁给欧洲哲学史举的几个圆圈一样，不一定要以人物年代先后为顺序。列宁举出，古代：从德谟克利特到柏拉图以及赫拉克利特的辩证法；文艺复兴时代：笛卡儿到伽桑狄、斯宾诺莎；近代：霍尔巴赫经过贝克莱、休谟、康德到黑格尔，由黑格尔到费尔巴哈再到马克思。①列宁所举的圆圈，都是清除其外在形式，把握它的基本概念而抓住它的发展环节的。如果说先秦时期的文论从"诗言志"开始它的逻辑起点的话，那么到汉代《毛诗大序》的"以礼节情"观则完成了第一个圆圈。如果说曹丕的"文气"说是魏晋南北朝文论的起点，到刘勰的《文心雕龙》则完成了第二个圆圈，这期间文与气、言与意、心与物、形与神、文与质等理论范畴的逻辑推演同历史的发展次序又是相一致的。唐代文论如果从陈子昂高标"兴寄"、提倡"汉魏风骨"而反对"采丽竞繁"的齐梁艳风开始的话，那么经李白、杜甫、白居易、柳宗元、刘禹锡到韩愈是一个圆圈的完结，这期间"道"与"文"的争论一直是螺旋式上升的。韩愈同时又是向宋代的过渡人物，宋之以理入诗、以散文入诗，其开山鼻祖就是韩愈。宋的圆圈继续着理与文、道与文的争论，但较之唐又进入一个新的阶段。自明中叶开始，随着市民阶层意识的抬头，新文学的圆圈在荡激着个性解放与反个性解放的风云中螺旋式上升。如果说李贽、汤显祖算作开始，则曹雪芹以至开近代风气之先的龚自珍则是明清这一圆圈的终结。可以说，整部中国文学思想史就是一个由肯定到否定、由否定到否定之否定的过程，是由许多个小圆圈构成的大圆圈。

将古代文论放到中国文化背景下去考察研究，自然是一种综合研究法，它以马克思主义唯物辩证法为指导，以传统的文艺社会学的研究方法为主体，贯串历史和逻辑相统一的研究原则和方法，同时又融进比较研究法、系统科学的方法等。在这种综合研究中，如何体现系统科学的整体性原则、结构性原则、层次性原则、动态性原则、相关性原则尤其显得重要。体现这些原则，有助于我们打破单向思维和平面思维，建立双向思维甚至立体思维。而思维空间的开拓，将会促进古代文论研究新局面的开创。

目前，围绕中国文化传统问题正展开热烈的讨论，它所采取的研究方法更是多姿多彩，像文化人类学的方法、结构分析方法，甚至语义学方法、考古

---

① 参见列宁：《哲学笔记》，人民出版社1974年版，第411页。

学方法等都在使用,注意吸收文化学研究领域内的研究方法与研究成果,会使我们获得新的视角和方法,受到许多启示。使中国古代文论研究同文化学研究的步伐相一致,同世界文化的发展趋向相一致,为当代马克思主义文艺理论的发展提供养料,应该是我们努力的方向。

(原载于《文艺理论研究》1986年第3期)

论当代文论与中国古代文论的融合

讨论中国古代文论遗产如何"古为今用"实际上在20世纪50年代末、60年代初就已开始,当时,周扬同志根据毛泽东同志关于文化继承与发展的一贯思想,提出了"建立中国自己的马克思主义的文艺理论与批评"的建议,其中要做的重要工作就是如何批判继承中国古典文艺理论遗产的问题。当时的《光明日报》《文学遗产·增刊》以及一些文艺刊物都开辟栏目讨论古代文论,围绕着"风骨""文气"等古代文论中的某些重要命题与概念还展开过争鸣与商讨。

十年"文革",在全盘否定中外文化遗产的极左思潮干扰下,"古为今用"被歪曲,古文论研究与其他正常学术活动一样被迫中止。十一届三中全会之后,随着思想解放的到来,古代文论研究掀起热潮,经过近十五年来的建设,古文论研究在广度与深度方面都有了长足进步。但是,回过头来巡视古文论研究所走过的历程,我们觉得在如何做到"古为今用"且与当代文论有机融合上存在相当大的距离。原因何在?我以为关键还在于没有真正做到"今用"。

从古代文论研究者来说,这些年来虽然做了大量的概念、术语、范畴的释义以及命题理论意义的阐发工作,但由于较少了解当代文学创作实际,不敢轻易涉足当代文学批评,于是很难把自己的研究心得与当代文学理论和批评实践结合起来。固然,术业有专攻,要求古代文论研究者都能参与到当代文学理论与批评的建设中去是不现实的,但要求他们更多地关注当代文学创作与批评,并能从当代文学理论的建设与发展的角度去从事古代文论的研究并不算苛求。因为做到这一点,古代文论研究才更具现实意义,更具建设价值。

就从事当代文学批评与理论研究工作者而言,他们在批评实践与理论研究中更多的是使用西方文学批评理论、方法、术语。40至60年代是别林斯基、车尔尼雪夫斯基、杜勃罗留波夫，80年代以后则是西方20世纪的各种文学批评与批评理论和方法的流行，新批评、结构主义、心理分析批评、后现代主义、解构主义等等，潮流一浪接一浪。西方理论与话语的大量涌入反而造成了中国当代文学批评与理论的"失语"，这正是当代批评界忽视中国古代文论传统的继承，不创造性地运用古代文论的理论、方法与术语的后果。

可以这么说，古代文论研究没有真正做到"今用"，有中国民族特色的当代文学理论没有得到很好的建立，古今文论研究工作者、批评家都有责任。谈古代文论的现代转换，谈古代文论与当代文论的有机融合，没有古今文坛研究者、批评家的双方配合、携手共进是做不到的。如果没有一定的运用，双方就很难相互促进和共同提高，更谈不上融合。古代文论价值的转换，古代文论理论观点与思维方法的发扬以及古代文论话语的转型，只有在参与现实之中才可真正发挥出民族精神与特色的魅力，也才可进入到当今文艺理论的主潮之中，也才有古代文论在真正意义上的实现"今用"，亦即所谓"意义的现实生成"。正是由于"用"的意义越来越凸现出来，在某种程度来说，当代文学批评家、理论家就应该更多进行"古为今用"的实践。这不是我们要走向传统，而是现实的需要与召唤，使得传统在朝我们走来。我们要实现中西对话，首先得先做好古今对话；我们要从"失语"走向"得语"，就应该立足于本民族的立场，建立自己的理论话语体系，而传统理论话语就是我们当代理论话语体系大厦的基石。

于是，站在什么样的基点、寻找什么样的途径、采取什么样的继承方式来"用"古代文论，在"用"中与当代文论达到有机融合就成为我们当下应该认真思考的问题。

一、立足于当代的人文导向与人文关怀，面向当代人文现实，开展现实与历史的对话，吸收古代文论的理论精华

文学理论作为面向人类精神与灵魂的精神产品自然要面对当下的人文现实环境，要从关注当前人民的生存与发展现状的角度，站在解决当代人精神

困惑与精神文明建设的高度去研究文学、从事批评、提出理论观点、融合古代文论。应该说,在注重人的精神道德取向,面向社会现实,提升人类灵魂方面,古代文论是相当有成就的。孔子、孟子、庄子、刘勰、陈子昂、韩愈、白居易、李贽等人的文学思想,都是出于对社会、人类精神状况的忧虑与关怀而提出来的,其针对性、批判性与建设性的意义都是不可低估的。比如孔子的"礼乐""诗教"思想就包含着对塑造理想文明社会、培养理想文明的文化人格的一种价值导向。他提倡以"仁"为本,以"礼"为用,礼乐结合,共同实现"仁"的道德理想。他倡导"尽善尽美"的中和之美的审美理想,也成为中国文化传统中的精髓,对塑造中华民族性格起着深刻的影响。孔子的"有德者必有言"与孟子的"知言养气"说对于作家自身修养的强调也深深影响后世。又比如荀子,在如何处理"欲"的问题上,他既不像道家那样提倡"少私寡欲",也不像墨家那样提倡"非乐"的节欲,他肯定欲望的存在与产生的必然性,主张对人的欲求加以引导,关键在于使人的思想达到"中理"即合理。"心之所可中理,则欲虽多,奚伤于治!欲不及而动过之,心使之也。心之所可失理,则欲虽寡,奚止于乱!故治乱在于心之所可,亡于情之所欲。"①因此,社会的治乱问题不在于欲求的多少,而在于思想是否"中理"。只要做到"重己役物",而不要"以己为物役"②就可以"养乐",正当地享受音乐。孔子、孟子、荀子的上述思想在当今建设社会主义精神文明的过程中都是具有启示意义的。小平同志曾说过"我们十几年的最大失误在于教育"这样的问题,所谓"教育"主要指思想的教育。如今我们有的文艺作品放弃崇高的理想追求,也讳言"道德"二字,有的还专打"擦边球",在"黄"与"非黄"之间寻找刺激以求得作品的畅销,这与用正确的道德观、价值观去培养一代新人的文化人格是背道而驰的。个别作家与演员追求金钱至上,见利忘义,也败坏了作为精神文明创造者的声誉。那么,在建设当代的文学理论与批评理论的过程中,我们难道可以对传统文论中那些强调艺术要有助于道德人格培养、有助于人的思想情操净化以及主张真善美结合的观点视而不见、弃而不用吗?

---

① 出自《荀子·正名》。
② 同上。

又比如古代文论中的自然之美，它主张追求艺术创造的自然天成，反对矫情饰行与繁采寡情，这亦是值得我们当代文论认真去借鉴与运用的。当代文学创作中为文造情、装腔作势、矫情饰行者不少，但我发现很少有批评家会运用古代文论中的"自然真美"理论去批评。按理来说，当代人追求生活节奏的明快，追求性格开放任性而行，为减轻精神压力会更亲和自然，也更能接受"自然真美"的理论。但是，我们的文学创作却完全抛弃古典"天人合一"与自然天放的传统，追随西方走刻意求奇、求新、求怪的道路。批评家也惯于和乐于使用西方批评术语，用后现代主义的一套框架来规整这些作品，两者相互呼应，使文学创作越来越难以理解，也越来越失去意义。从关心当代人的精神与心理健康方面而言，当代文论应该融汇古代文论中"自然真美"理论，引导文学创作在有益于人民的身心健康方面发挥作用。

二、立足于民族精神与民族性格的继承与发扬，寻找古代文论的现实生长点，探索其在理论意义上和语言上的现代转换

我们当代人虽然在思想上、语言上与古代人有了差异，但我们的思维、行为仍然生长在民族精神与民族性格这棵常青的大树上。文化传统的延存、文化血脉的接续使古代文论与当代文论的融合有了基础与可能。当代文论要继承和融进古代文论的一些重要理论命题、基本概念、基本范畴与术语的话，应该多从民族精神与民族性格上去考虑，在古今文化精神相通的基点上激活古代文论，这样才能更准确地找到古今文论的契合点，才能更好地实现古代文论的现代转换。

古代文论中重视艺术生命的理论就充分体现出了中华民族重生、卫生、畅生、赏生的文化精神。古人把文的创生与天地相打通，把艺术世界看作是与人的生理、心理世界以及天地宇宙相通相连的一部分，艺术的生命与人的生理生命、心理生命乃至宇宙生命存在一个大系统之内。人为五行之秀，大地之心，人之文效法自然，自然充满生气，山川草木均含有性情，俱著生意。文之抒情，画之写意，莫不通过山水具貌写出自己的性情精神，这正是中国艺术富有生命力的原因。而为文者须养气，此气包含有天地自然之气、人文道德之气

以及人的生理心理素质等，亦关乎人的生理心理健康。作书作画可以养气长寿，作文不宜钻研过分，使得神疲气衰，应"率志委和""贵闲"，这又关乎卫生、养生之道。艺术的功用除治国辅政扶民之外，又具备"卧游""畅神""赏玩"等功能，对人感性生命的发扬与精神的寄托都有益处。古代文论还对艺术生命的有机统一、整体连贯表现出高度的重视，"气脉一贯""一气呵成，神完气足"等等的说法表达了对具有内在生命力的有机整体观。除此外，古代文论还强调艺术生命的内在张力，"气韵生动"并非只限于具象，更在于其能促使人产生无穷联想，故气韵之特点是"生者生生不穷，深远难尽"。"流动""飞动"等等又包含着对生生不息、跃动飞扬的艺术生命的褒扬与提升。古代文论正用这些范畴、概念去揭橥中华文化精神的底蕴与精髓的。

当代文论可不可用这些充满民族特点、体现民族文化精神的术语、范畴来构建理论话语呢？我想，如果当代文论在整个理论体系构建的大思路上能够从西转向东，能够在体现民族文化精神上多去尝试的话，应该是可以实现转型的。比如关于艺术创作过程的理论，完全可以用艺术家生命与宇宙生命的交往，艺术家生命精神的激发、高扬、投射，艺术与社会、人生、自然的对话乃至艺术生命的完成等等这样的角度去阐述，其间可以把物感说、心物融合论、文气论（包括养气说、气贯论、气韵论等等）、风骨论、阳刚阴柔美论等等一并纳入，加以整合，形成一个艺术生命的创作系统理论。有论者说，"中华美学就是生命的美学，就是以独特的方式感悟生命和开垦生命的美学"[①]。我以为中国古代文艺理论亦可作如是观。那么当代文论要具有活泼泼的生命，要建构具有生命力的文艺理论系统，怎么可以把高度重视艺术生命的古代文论排斥在外呢？高度重视生命质量与生活质量的当代人又怎么可能抛却"自家宝藏"不用而到西方去寻求所谓生命理论呢？用"风骨"、阳刚阴柔去评价学者散文、文化散文、小女人散文以及当代的小说创作又有何不可呢？

古代文论中关于"艺道合一"的理论，关于儒、释、道人格与艺术境界相通的思想，也体现着中华民族精神与民族性格，具有鲜明的中国特色。艺与

---

① 张涵、史鸿文：《中华美学史》，西苑出版社1995年版，第5页。

道一，表示了中国文人对从事艺术事业的高度尊重，从"艺"不仅仅是技巧，也不仅仅是事功，而是与求"道"闻"道"相合一的盛事，是贤者品德与智慧的表达。艺与道合，还表示了艺术可符合天地自然宇宙的规律，可以揭示自然之理、社会人生之理。正因为如此，艺者的人格才与"道"相通，与艺术境界相通。儒者的风流温雅、道者的飘逸自然、释者的清寂空明，在在都与艺术的境界相伴相生。人生即艺术，境界透人格，古代文论对"道"、对境界的追求与人格的培养与完善是分不开的。而当代文论缺乏的正是这种精神。如果能继承这种精神，于现实中提倡艺术对人文理想的追求，正确认识艺术创造、艺术批评与人格完善的一致性，也就能认真地吸取古代文论的精华，严肃地对待文艺创作与文艺理论。

三、从继承思维方式和批评形式入手，将古代文论特有的思维方式以及独有的批评方式与技法融入到当代文学批评与文论中去，创造具有鲜明民族特色的当代文论

古代文论中的辩证思想非常突出，它充分体现了中国古代哲学的思维方式与民族特点。有无相生，虚实相成；阴阳奇偶，对待并立；动静相宜，浓淡相补；和实生物，同则不继……古代文论中陈述两两相对的范畴与强调"叩其两端"的辩证思想既丰富又深刻。这与现当代西方文论偏爱极端、喜执片面形成强烈对比。中国当代文论在某种程度上也染上西方色彩，某些批评家喜欢西方的尼采、弗洛伊德，但偏偏忘记了中国的孔子、老子、刘勰。在思想方式与方法上，某些批评家把中国古代"叩其两端"、强调和谐的思想简单地视为折中主义，而更喜欢过犹不及的肯定与否定。中国古代哲学与古代文论的适中精神与中道的思维方式是一笔很有价值的遗产，当代文论完全可以将其吸收并化为自己的思想方法，并且用以指导自己的文学批评。思想方法的渗透是无形的，是"润物细无声"，接受并继承中国古代文论的辩证思维方式将使当代文论受益无穷。比如现在一谈文艺理论体系的建立就是黑格尔的"正—反—合"式的逻辑体系，或者是从"孤独""狂欢"论起的西方文艺理论模式，为什么不从中国古代文论的辩证思维中吸取营养，改变一下现有的思考角度与思维方

式呢？

中国独有的感悟式批评方式也有待重新发掘它的价值。这种感悟式的批评看似缺乏逻辑分析，但它背后却潜藏着批评家的全部文化智慧和审美经验，它决非只是一种随意性的印象批评。这种感悟式批评至少在三方面是值得我们重视的。一是整体的艺术把握。这种整体把握把艺术看作一个有内在生命的有机整体，不主张概念性的知识分解和逐层逐级的逻辑推理，而提倡对艺术作品"意"与"象"的整体把握，认为这样方可避免对艺术批评对象的肢解与撕裂。二是以喻象的方式接近被评的对象，做到"以生命形式显示生命"①。喻象方式虽然不是确指的、明晰的评价，但却很符合艺术批评"言不尽意"与形象思维的特点。从接受美学角度看，喻象方式更尊重读者，留下更多想象的余地，更能体现中国艺术作品具有"韵致""意境"的创造方式。喻象方式也是"若即若离"的艺术把握方式，其妙处正在"可能与不可能之间"。喻象方式最常见的形式是以具备活泼泼生气、饱含生命趣味的生命形态来比喻文学作品，它既包含生趣盎然的大自然的生命形态，也包含人的生命形态，如身躯、心理器官以及神韵气度等。这种具有生命感的生命喻象运用于文学批评，可以展示艺术的生命精神，是以生命对接生命，以生命形式显示生命。三是于会心处画龙点睛，道出精髓。这主要表现在那些评点式的批评方面。所谓会心处，也是感悟豁通处。评点批评虽然是一种灵活的随文批评形式，但它却注重文本的解读，注重批评者感受的引发。看似缺乏理论色彩，但往往以精炼语言"搔到痒处"，点到枢机处，道出评点者的独到心得。这三个方面于我们当代文论都是应当继承的。就第三方面说，目前已有新的探索，如漓江出版社推出李国文评点《三国演义》、王蒙评点《红楼梦》，江苏古籍出版社出版陈美林评点《儒林外史》等，就是一种尝试。当然，当代批评继承的不仅仅只是感情式批评的形式，而更应该从精神上去吸取其理论精华，并创生为当代批评的新形式。

在此文中我突出强调了"用"，这决非是提倡实用主义，而是本着理论必须联系实际与实事求是的原则，对古今文论的研究与建设提出一点建设。没

---

① 朱良志：《中国艺术的生命精神》，安徽教育出版社1995年版，第257页。

有"用"的实践,就还可能流于空谈。没有"用"的探索,就不知道古今转型的艰难。没有"用"的过程,就很难达到有机的融合。这个过程肯定是很艰苦的,很痛苦的,可能会有相当长一段时间。试想,从王国维起就开始了现代文论的转型至现在已快一个世纪了,我们的工作做得并不令人满意。古代文论的研究者、批评家都有责任来推进古代文论融合的过程,更有责任尽快地创建中国当代文艺理论话语和理论体系。时不我待,"用"字当先。"用"是动力,是机会,是实验,也是成功的希望。

(原载于《文学评论》1997年第5期)

多维视野中的古代文论现代转换

在近20年来的文学理论界,还从来没有像"古代文论的现代转换"这一命题的讨论持续这么长久。有的学者想以"伪命题"的说法终结这场讨论,但事过几年,还是有认真的学者重提这一问题,并从中西文论融合的角度论述了古代文论现代转换的重要意义及其可能。①古代文论现代转换的问题之所以被再度重视起来,一方面是由于当代中国文艺理论学科建设的迫切需要,另一方面也说明这一命题具有再度开发与挖掘的空间。如果我们不是只执一端而是从多个视角出发,继续讨论这一命题是有助于古代文论的研究和当代文艺理论学科的建设的。

一、从全球地域化视野看,古代文论现代转换的问题具有实现本土文化建设和实现中华文化伟大复兴的意义

当今世界文化思潮从总体上看是越来越趋于全球化,但这种全球化主要是指全球范围内的国与国、地区与地区之间的相互联系、相互依存、相互补充,而不是指全球文化一体化、单一化。而在许多国家和地区,面临全球化的问题也有不少相反的看法,有的反对全球化,尤其是反对以英美文化为核心的霸权性的全球化,有的则主张保持与建设本土文化以抵抗全球化。在全球化的浪潮中,地域化的问题逐渐浮出海面。出于政治、经济以及文化发展的需要,一些带有地缘意义的政治、经济组织应运而生,如东盟、博鳌亚洲论坛以及欧盟的不断扩大等,美国近期在中亚国家中推行的"颜色革命"运动也带有明显

---

① 见《中国文论:直面"浴火重生"》一文所载刘飞博士对钱中文、杨义、童庆炳、顾祖钊四位教授的访谈录,《社会科学报》2005年3月31日。

的地缘性色彩。于是，在全球化的背景下，又出现了一个"全球地域化"的词语，其意指在全球范围内地域性的文化在不断增长。

早在1997年，我在一篇题为《论本土主义与全球一体化的冲突与融合》的文章中就提到："本土主义的存在完全取决于文化差异，取决于文化传统的延传。"①并指出本土主义与现代化并不冲突；本土主义与全球一体化既有冲突，也有融合。如今看来，全球地域化与全球化之间的关系是本土主义与全球一体化的问题的延续和扩张。

在理论界也是如此。从国际文化交流的角度看，理论是无国界的，理论作为人类共同的文化财富谁都可以享用，相互之间的借鉴与影响符合文化发展规律。但从理论生产、创造与继承的角度看，理论又是具有本土性和国别性的。它的创造带有一定的传统继承性，并具有地域或国别色彩。古代由于交流的不便，理论生产地域性更强。在当代，理论生产的地区性色彩也不可避免。国情不同，理论生产者个人的文化背景、文化传统、文化立场不同，都使其生产的理论带有地域性，赛义德的"东方主义"也是具有全球地域化色彩的。中国近二十年以来，引进了西方不少新理论，但传译、传播过程中也有诸多"误读"产生，它们在中国也被改造。比如后现代主义传入中国后，曾被人称为"伪后现代"，这正是因为国情的不同和接受产生的变异，也属于理论转换过程中的"再创造"，这种再创造也带有地域性。

正是从这一意义上看，古代文论现代转换的提出和继续讨论，是本土文化传统自然延续和实现其在当代的创造性转换的必然要求，符合文化生产与继承的发展规律。中国当代文艺理论的生产与创造，是在中国特色社会主义文化背景中进行的，它具备鲜明的中国性。它要根据当代中国的文艺经验进行理论创造，也要吸收中国古代与现代文论的优良传统，还要吸收西方古代、近代、现代文论的精华，这也是符合理论创造与继承的发展规律的。西方文论被吸收到中国当代文艺理论中来，不会也不能照搬，要进行创造性转换，为什么中国古代文论被吸收到当代文艺理论中来就不能实现创造性转换了呢？从文化传统

---

① 蒋述卓：《论本土主义与全球一体化的冲突与融合》，《广东社会科学》1997年第4期。

的自然延续和内在要求看,中国当代文艺理论界要求实现古代文论的现代转换是很自然的,是本土文化建设的必然发展和内在要求,也是为了在21世纪中叶实现中华文化伟大复兴而提出的客观要求。

二、从传统文化实现创造性转换以及古代文论现代转换的实践结果看,古代文论创造性的现代转换是有经验可借鉴的

中国传统文化自20世纪初开始,就处于是否需要保持、是否可以实行现代转换以及如何转换的争论中。"五四"时期,一部分人文知识分子主张反叛中国传统文化,追求西式文化,提倡以西方文化为主干建立新型的中国文化。他们甚至提出完全不要读中国传统的书,因为传统的东西阻碍了中国发展,必须抛弃。有个别学者甚至大声疾呼要全盘西化;而另一部分人文知识分子则认为要守护和回归中国传统文化,要保护中华文化之根,在返本的基础上实现创新,在还乡的同时进行"灵根自植"。他们中的一些人也并不完全排斥西学,主张承受和回抱中国的文化传统,在优美的文化精神传统中立定脚跟,"再在自己的立场上发展内在的宝贵生命和创造精神;再原原本本地看西方文化,以取法乎上,得乎其中"[①]。这就是后来被称为"新儒家"一派的典型主张。

新儒家一直以来都在进行着传统文化创造性转换的实践,从20世纪20年代到60、70年代,这项实践曾取得了丰硕的成果。只是因为1949年以后,新儒家的一批人流散到港台与海外,而大陆又鲜有哲学家、思想家再做这样的鼓吹和实践,就是有如冯友兰等,也由于一定的压力而改弦易辙,故到了80年代后期提到新儒家,大多数中青年学者还是甚感陌生。新儒家立足于儒家思想并对其进行阐扬,他们根据20世纪世界的变化,"援西入儒,返本开新",对儒家文化进行了重新阐发和弘扬。新儒家的价值不仅仅在于他们对中国哲学做出了创造性的贡献,还在于他们对传统诗学进行了创造性的现代转化。侯敏在其博士论文《有根的诗学——现代新儒家文化诗学研究》中曾对新儒家的文化诗学进

---

① 方东美:《原始儒家道家哲学》,见黄克剑、钟小霖编:《方东美集》,群言出版社1993年版,第43页。

行过全面的研究,指出新儒家不仅以中国哲学的宇宙观、人生观、本体观和价值观出发,建构了以"人化—心化—生化"为中心的中国诗学理论体系,而且还对中国古代诗学某些具有民族特色的理论范畴和美学观念,用现代意识和话语加以了阐释。如他们分别以道、境、和、游、心等范畴为轴心,开展了对中国传统诗学的诠释。他认为:"20世纪末,国内学界提出开展中国古代文论的现代转换。其实,这项工作新儒家早就开始实践了。"①侯敏的这一提法我认为是符合事实的。新儒家所进行的古代文论的现代转换,其经验是值得我们重视的,那就是对本土文化的充分自信,在立足中国哲学与文化传统的基础上,与时俱进,志在为20世纪的社会、人生寻找新的人生哲学与生命诗学,同时容纳吸收西方古典与当代哲学的思维与精神,自创成体系的中国诗学话语。

在中国现代诗学建设道路上,除了新儒家一派外,还有像朱光潜、朱自清、闻一多、宗白华等一些属于审美派的哲学家与艺术理论家,也在进行着传统文论现代转换的实践。朱光潜在对西方悲剧心理学充分研究的同时,思考了中国诗论的问题;朱自清对古代文论中的重要范畴和概念进行了仔细的清理和现代诠释;闻一多运用西方人类学理论对中国古典文学现象进行了阐发;宗白华则着重对"意境"理论进行深入研究,建立了以重视艺术生命、揭示艺术意境理论有机构成的一套新的"意境"理论。宗白华的理论中有王国维理论的影响,也与新儒家一派中的"生命诗学观"有内在相通之处,但宗白华更多在于立足于分析中国艺术审美,在一种中西比较、中西融合的思维中创建了具有现代意义的生命美学。如果说朱光潜、闻一多等人的文化诗学实践还是"融而未明"的话,那么宗白华的理论则建构了现代中国文化诗学的初步形态。宗白华等人所进行的传统文论现代转换的实践也创造了值得借鉴的方法和途径。

还有一位重要的理论家的现代转换实践值得重视,那就是王元化先生。他在20世纪60年代所撰写、在80年代才出版的《文心雕龙创作论》内,既运用中国传统的考据、义理、词章相统一的诠释方法,又运用中西比较的方法,站在现代理论高度,运用当代理论的解剖刀,对《文心雕龙》的重要理论命题、

---

① 侯敏:《有根的诗学——现代新儒家文化诗学研究》,上海人民出版社2003年版,第10页。

概念、范畴进行了现代诠释、挖掘它们在当代的重要价值。王化元先生所主张的古今、中外、文史哲"三结合"的"综合研究法",也对中国文化诗学的建构做出了杰出贡献。

三、从用中国智慧解决中国问题的角度看,古代文化现代转换的途径会是多元的,前途是光明的

古代文论现代转换问题之所以还受到一些人的质疑,原因大约有二:一是认为口号与观念都提得不借,但转换的实绩却并不显著;二是在转换实践中有的学者将其简单化了,比如将转换理解成一种挪移,用古代文论的范畴去解释当代文学的问题,这自然会造成一种生硬和不合。其实,现代转换首先应该有一种思维方式的调整,有一种对当下文艺生存状况的精神回应。中国传统文论凝聚的是中华民族的智慧,我们首先应学会用中国智慧去解决中国的问题。

中国禅宗的创立就是用中国智慧创立中国理论的典范。禅宗的思维方式是不立文字,以心传心。禅宗对印度佛教的吸收并不拘泥于文字,而重在以中国式的感悟方式去领悟佛教的精神,从而实现了印度佛教的中国化。我们进行古代文论的现代转换,由于古代与现代文化语境已经转换,就应根据回应当下的需要,从继承古代文论的精神与思维方式出发,而不是简单地进行一种词语和概念的挪用,或者简单地用古代文论的概念、范畴去解释当代文论的现实。那种认为古代文论概念、范畴在当代还可使用,就谓之可以转换,否则就不可转换的看法与做法都是僵硬化和缺少中国智慧的。

前面我提到新儒家文化诗学的现代转换经验是值得重视的,主要是他们着重在精神传统上继承,并根据对当下生存境遇的思考去对古代诗学概念、范畴进行现代诠释,并不是简单的个别与部分词语的挪移,而是一种整体上的现代整合。但是,我们学习这种经验时,又不得不对新儒家文化诗学的整体发展做更深入的拷问。因为古代文论传统并非儒家一家,还有道、佛部分。此外,在构建当代文论新话语新体系时,也不可能完全儒家化。因此,古代文论现代转换的途径是多元的,对古代文论传统进行现代诠释与激活的方式也将是多样的。

在思维方法上和表达方式上,古代文论的现代转换也不可能简单地沿用古代文论传统的重感悟、直觉和形象表达的方法,而应将感性与知性、理性逻辑结合起来。因为经过这一百年的训练,中国人在语言表达上已经习惯于现代白话文的表达,而现代白话文的语法是受西式影响的;中国人也习惯于用逻辑推理的思维去思考问题和表达所思考的结果。因此,将感性与理性、直觉与逻辑结合起来,是正确的选择。而之所以还提出保持感性和直觉,是因为中国的这一文论传统还有其鲜明的民族性。现代转换不能丢掉民族性,更不能放弃中国的文化立场,否则就形不成理论的主体性。创中国话语既需要理论的自信,又需要选择一种正确的话语表达方式和思维方式。我相信,充满智慧的中国人经过努力一定会找到解决问题的办法,尽管这种寻找是艰难的。但是,丢弃传统去找肯定会陷入迷途,这正如禅宗批判的那样,放着自家宝藏不用,而到处外求,终会一无所获。我们需警惕这种流浪式的外求。

(原载于《浙江大学学报》2006年第1期)

传承与延续：叩问中国古代文论的当代价值

一

在现代化建设的进程中，如何对待中国传统文化、如何看待中国古代文论的传统及其当代价值，已然成为一个不可回避的问题。这一问题不仅仅是关涉一个价值评价问题，更重要的是关乎一种思想观念和方法问题。有的学者仅从价值方面入手，看到的只是古代文论的历史价值，他们认为古代与近现代文化已经是不同文化形态，古代文论难于进入当代文论思想体系之中，最好只将古代文论当作文化遗产来看待。这是有失偏颇的。应该看到，文化传统是流动的，中国古代文论作为中国文化传统的一部分，也随着文化传统的流动而进入到当代文化与文学的建设当中来。古代文论作为精神文化、思想观念方面的文学遗产，更是以其思想的继承性和超越性特性，跨越时空，对当代文化建设产生着积极影响。

中国古代文论是世界文明与文学理论体系中重要的一支，它与西方欧美文学理论、东方印度文学理论等成为世界文明的宝贵财富。植根于中国文化土壤之中，中国古代文论有自己的思维方法、入思方式、表达方式，有一整套较为完整的理论命题和范畴体系，是具有强烈民族个性和特色的文学理论。对中国古代文论传统的尊重、继承以及在当代的弘扬，是一个成熟民族理应担当的责任。有的学人以西方重逻辑重理性辨析的传统去苛求中国古代文论，这在思想方法上首先是错误的，同时也是缺乏民族自信的表现。因此，正确对待中国古代文论的当代价值，首先不能自我矮化中国古代文论。只有建立在自信的基础上，才能产生尊重传统的敬仰之心，也才会有重建中国文论身份的信心和希望。

重建中国文论身份，的确是当今先进文化建设的需要。几年来，学者们都在讨论当今中国文论的"失语"问题，主要针对的问题就是当今文论界太过于西方化，文论体系已成为"一个带有浓厚的西式风格建筑"①，而要重建中国文论身份，就应在中国文论传统中寻找其与现代精神相符的内核，并且从人文价值入手，根据现代社会的发展需要，在价值取向上获得更多的启示。我赞同代迅提出来的观点，他说："中国古代文论并非仅仅沦为被研究的客体，透过西式的概念范畴和思想体系，在这个建筑不易为人们所察觉的内部，中国古老的思想传统依然发挥着制约和引导作用"。②遗憾的是他对此没有继续发挥和阐释。在重建中国文论身份的过程中，中国古代文论的因子和精神自然会在当代文论中传承与延续下去。

二

在科技社会飞速发展的今天，东方的思维观并非毫无价值，越来越多的科学家认为，东方宇宙观将所有现象看作统一和相互联系的整体意识，恰恰对观察与把握世界最有启示性。西方科学思想是将整体分解成若干类别进行研究，他们虽然也强调有机整合，但却不是以整体为灵魂的。而中国思想中的宇宙观却将本质、变化、整体三者融合为一，在总体上把握并预测着事物的统一本质、相互联系与发展变化。"一切即一""一即一切""万变不离其宗""有无相生""一阴一阳之谓道""道通为一""惟变所适"等等，都体现着高度的智慧。中国古代文论的整体观、变化观、辨证观也是表现得最为充分的，这种思维方式本身就是中国宇宙观与哲学意识的表现，它在中国当代文论建设中依然会发挥着"制约和引导"的作用。比如"相反相成"的思想与马克思主义文论中的辨证观会融合在一起，对于当代文论与文学批评产生着深远的影响。又如中国研究者叶舒宪等人使用较熟练的"原型批评"法，虽是从西方运来，但在他们用以解释中国的经典如《诗经》《楚辞》时，就明显与中国

---

① 代迅：《中国古代文论：两种言说方式及其现代命运》，《文艺理论研究》2005年第3期。

② 同上。

学术研究方法中的"义理、词章、考据"相统一的方法相融合，同时又受到中国古代文论重整体把握思维方式的引导。又比如古文论的诗性思维方式和表达方式虽然在当代文论中不大好体现，但重视审美分析与审美表达的因子还存在着并起着潜移默化的作用，在一定程度上冲淡了西方文学理论那种纯思辨和纯逻辑推理的色彩。其实，在当代学者的研究中，这种诗性思维方式还起着相当重要的制约作用，如杨义的《李杜诗学》对李白醉态思维以及对中国文化诗学的研究，对当代诗论建设也是有启发作用的。

中国古代文论所体现的"中和"精神，在价值取向上亦对现代化和当代文论建设起着导向作用。"中和"既是一种待人处事的原则，也是一种处理人与自然、人与社会关系的态度，更是一种人的心态。"和"既对外也对内，既强调保持个体的独立与自主，同时又追求个体与群体、个人与社会的和谐融合，从而达到一种"适中"与"和合"的状态。这种价值观在当代社会发展中肯定是有作用的。从大处着眼，当代社会要追求生态的平衡，生存与发展的和谐都需要继承与弘扬"中和"的精神，处理好人与自然、人与人、人与社会、国家与国家、政治团体与政治团体等之间的关系，才能保持人类社会的平衡、和谐与发展。就文学这一局部来说，文学也要保持"中和"的精神，不仅要在生产体制上创造和谐的生态环境，而且要在文类、文体、风格、题材等各方面保持平衡发展的和谐局面，不能出现过分偏倚或缺失的现象，如限制暴力倾向的描写，处理好公安题材、帝王题材过多占有电视黄金时段的关系等，都是在如何保持文艺生态环境方面所做的有益工作。又比如庄子文学思想中所提倡的"朴素而天下莫能与之争美"的观点对于今日的保持环境美、生态美的日常生活追求也是会起到导向作用的。

因此，从文化的脉络上说，提倡古代文论在当代的价值是继承文化的血脉，是当代社会弘扬文化传统的题中之义。21世纪文化复兴的工程缺少不了古代文论这一环。像西方文艺复兴时代，又有哪一项不是借向传统的复归而实现新的创新的呢？当代与传统在文化的脉线上是贯通一气的，割断传统不仅割不断，而且也是不明智的。例如当今的历史剧写作，提倡以现代意识去重新处理历史题材自然是可以的，但由于太过于张扬，太过于现代，有的还将现代的民主观、权力观、个人观强加在古人身上，反而使历史与传统变得支离破碎。

此外，从文化的精神上说，古代文论所具备的知识智慧与生命精神充分体现着中国文论的精、气、神，当代文论对其精神的传承与延续也是重建中国文论文化身份的重要环节。比如古代文论中的"心物合一"观，强调在世界、作家与作品文本三者之间的主客融合，这种主客体之间的"对话""交流"理论应当视为今日文论的智慧源泉，并且仍然发挥着它深远的影响作用，其精髓已深入到中国学人的骨子与血液里面的了。庄子很早就提倡"物化"理论，提倡自然与审美主体的双向精神往来；刘勰则说"心"与"物"之间能相互赠答："目既往还，心亦吐纳；春日迟迟，秋风飒飒；情往似赠，兴来如答。"① "目"所及的"物"与"心"所纳的"物"之间存在一种"往还"与"吐纳"的"对话"过程，这种主客融合的"天人合一"智慧观又有谁能否认它的永恒价值呢？事实上，我们在李白的诗、苏轼的词、汤显祖的戏剧、曹雪芹的小说等古人的创作中都能感受到这种大智慧的存在，并深深为其折服，我们当代学人的思想方法中也或多或少打上了这种精神的烙印。其实，在当代的影视与小说作品中，真正的优秀之作，或者说能真正以民族特色打动东方与西方观众之心的，恐怕还是如何运用这种中国式的智慧所创作的作品，而不仅仅只是摹仿西方以"动作"为主、片面注重"目"与"物"的效果的作品。比如在东京举办的国际电影节中，中国的作品《暖》和《我们俩》都能获奖，它们都是以"心物合一""以情融物"去打动人的；而越南裔导演陈英雄创作的《青木瓜之味》等作品，就是以鲜明的东方特色，其中也包含着强烈的以情动人的成分去征服西方观众的；日本著名导演黑泽明的作品很大程度上也依仗着这种东方式智慧的发挥，从而在国际上获得殊荣。"心物合一""主客合一"这种生存智慧与审美原则，应当成为全人类的共同财产才是，它在当代的价值还远没有得以传承与张扬。我们怎么能说古代文论的价值仅仅只能是一种供研究的客体而缺乏当代的价值呢？

我们还得说到中国古代文论中的生命形式论及其所透露出的艺术生命观在当代的价值。中国古代文论非常重视"气"，"气韵生动"成为古代文论、

---

① 出自刘勰：《文心雕龙·物色》。

画论、乐论共同的理论命题，正是因为它张扬艺术的生命形式，主张艺术作品的有机统一，将艺术生命视为人之生命的精神投射。顾祖钊先生认为气韵生动论在整个中国文艺理论体系中处于关键位置，"如果人的传神之处称为'阿堵'，诗的关键之处曰'诗眼'，那么就气韵生动论之于中国文艺理论体系而言，也是牵一发而动全身的'诗眼'所在"[①]。"气"本是人之生命存在必不可少的成分，血、肉、骨构成人之架构后必须有"气"的贯通，有气则生，无气则亡。古代文人将人之"气"推及于艺术，认为艺术作品之气才是作品存在的生命关键，并对作品之"气"的存在方式进行了非常仔细和多方面的探索，到清代的桐城派还将"气"的探索延伸到语言构成的因素上去，可以说"气"论的探索是十分精微的。但是，为什么有些当代学者会认为"文气"论是模糊的呢？是难以继承的呢？原因恐怕有两方面，一是还不了解古代文气论的精到与精微所在，二是古文论研究者对文气论的内涵、对其价值作当代的阐释还不够充分，故而或多或少淹没了它在当代的价值，使其得不到更多的认可。在当代中国画领域为什么会出现"国画消亡论"的论调，究其实，也与绘画界对古代画论传统包括"气韵生动"论的忽视有关。中国的文艺理论在20世纪80年代极力推崇美国学者苏珊·朗格的艺术形式是一种生命形式的观点，但却对古代文论的文气论不甚了解，我认为这是很不正常的。在这里，我并不是说我们只要古文论而不要西方文论，而是提出我们至少应该中西并重、中西融合，而不能只认"西"而不认"中"。古代文论中的"气韵生动"论又何尝退出过我们当代的雕塑、绘画、书法、音乐、文学领域呢？吴为山的雕塑、李可染和赵无极的画、沈鹏和李铎的书法、谭盾的音乐、王蒙与贾平凹的文学等，都继承和延续着"气韵生动"的理论，只不过这些艺术家们没有在理论上去专门标出而已。也就是说我们在当代对古文论的"用世之心"还没有特意去标明和强调而已，但对其文化精神的传承和延续一刻也没停止过。作为本土传统的中国古代文论，由于当代文类和文化语境的变化，它的某些概念和范畴体系已然失去其效能，但它的精神却是不会失效的，而我们对古文论的继承更多应放在对其思想方法和文化精神上的传承和延续上，并在当代文化中发挥其作用。我很高兴

[①] 顾祖钊：《气韵生动与华夏审美理想》，《东方丛刊》2005年第3期。

的看到,早在2000年底,在复旦大学召开的"20世纪中国古代文论研究的回顾和前瞻"的学术研讨会上,已形成了这样的共识:在20世纪中,中国古代文论不断地迎合现代文化,表现出无比高涨的参与意识,但又总被现代文论挤向边缘,挤出书斋。目前主流形态的现代文艺理论体系是西方的,传统文论中仅有某些与西方文论共通的理论观念被动地纳入到西方文艺理论形态中去。中国文论的"用世之心"在20世纪远未实现,而不仅仅是简单的"失语"问题。中国文论应当大胆实践,为传统文论在新世纪当代文化中寻找立足点,使古文论中所蕴藏的审美精神、审美理想活跃于新的语境之中。[①]古文论界的这种见解是合乎实际的、开通的,而且对当今中国文论界的发展是有针对性和引导性的。由是而观,古文论界的学者们并不是在提倡古文论的"好箭"在当代的中的之用,而是在提倡古文论的"箭法"以及"箭道"在当代仍可继承,使其文化精神、思想方法、审美精神、审美理想在当代仍能焕发其活力。所谓"激活"也正是从这种角度上去说的。

三

如果站在全球化的角度,我们来叩问古文论的当代价值,我们会觉得这种叩问更有意义。中国自1840年鸦片战争以来,一直怀有对现代化追求的急切感,而且一直在向西方国家学习如何富强的办法,除了西方的各种技术以外,西方的各种思想观念也涌入中国。在现代化进程的追求中,中国并不持文化保守主义观,而是想尽快地融入世界。20世纪上半叶的救亡图存运动,目标指向仍然是国家的现代化。下半叶的"追英赶美"和"大跃进"运动,又何尝不包含着一种追求现代化的愿望,只不过因方法不对头而呈南辕北辙的效果。改革开放以后,这种愿望变得愈加强烈。如今在经济取得飞速发展、综合国力有很大增强的状况下,又急切地叩问传统文化包括传统文论的当代价值,从深层的文化原因上看,亦是要在现代化的过程中重塑中国文化身份,取得世界文化的

---

① 王铁仙、王文英主编:《二十世纪中国社会科学·文学学卷》,上海人民出版社2005年版,第76页。

认同。我相信丰厚的中国文化资源，经过调整、激活，将成为中国步入现代化强国行列的强大人文动力和精神支撑。

  世界的全球化需要中国的加入，世界的全球化也不排除中国文化的本土特色。中国文论要得到世界文化的认同，必须具有它的异质价值。正是在和而不同、求同存异的原则下，中国文论才会突破西方中心主义而呈现它的世界性。文化的全球化和世界性并不趋向文化的单一性，恰恰是文化的多元化才能更显示出各个国家、各个民族文化的长处，才能更显示出世界文化的丰富多彩。因此，叩问古代文论的当代价值，是为了进一步挖掘传统文论、传统文化的长处，加快中国文论的建设步伐，使中国文论更快地成为世界文论的有机组成部分，成为人类共享的思想资源。正是在这种意义上，叩问古文论的当代价值才具备世界性的眼光。美籍华裔学者杜维明教授认为，在中国现代文明进程中，中国不仅要向西欧、美国学习，而且也要向非西方、非西欧、非美国的地方学习，才能更好地做好自我调节，"我们应该是在一个不亢不卑的多元文化背景下发展自己的长处，寻找各种双赢、互相学习、互惠的资源"[①]。叩问古文论的当代价值，正是为了寻找发展自己文化长处的立足点，推进中国现代化的进程。

（原载于《学术月刊》2006年第6期）

[①] 杜维明：《中国现代文明进程的人文思考》，《东方丛刊》2005年第3期。

古代文论现代转换的思想方法

古代文论的现代转换问题已经讨论好几年了,但是还有人对此命题持怀疑态度,认为古代文论是古代历史与时代的产物,是不可能实现现代转换的。还有人认为古代文论的现代转换充其量不过是一个古为今用的"利用"问题。

如何看待古代文论的现代转换这一命题呢?我以为关键在于一个思想方法的问题。

古代文论现代转换这一命题,是基于中国当代文论"失语",有中国特色的文艺理论尚未建立的状况提出来的,其目的在于使古代文论的研究适应现代社会生活与现代文化建设的需要,并且使古代文论的传统能够转换生成一种新的,具有中国特色、中国风格的文艺理论。谈古代文论的现代转换,焦点在于现代转换,而不在于如何研究与利用。因此,谈现代转换不仅仅是一个以现代观点去研究古代文论的问题,而是涉及古代文论传统在现代社会中如何被激活、被创造性地转换成新的理论、思想和话语体系的问题。谈现代转换也不是一个古为今用的"利用"问题,"利用"是从部分着眼,"转换"是从整体出发。"利用"是把古代文论当作文化传统的一部分,努力使古代文论传统在现代社会的条件下生成新的东西。"转换"是从整体出发,不是说古代文论的思想内容和话语体系可以全部实现转换,而是指可以从整体出发去对待古代文论传统,将其视为可再生与重建的东西,使它在现代社会中获得新的生命。事实上,由于时代与语言条件的变化,古代文论中的某些思想内容与概念、术语已成为陈迹,要与现代接轨并实现转换是做不到的。

遵循这样的思路,古代文论的现代转换就既要立足传统,又要面向现代。立足传统,才不会失去"根";面向现代,才能做到"生"。目前,学界有人提出要重建中国文论的话语体系,正是感觉到中国文论当下正处在一种

"无根"与"失语"的状态中。传统不可能拒绝，传统正在朝我们走来并指向未来。而要实现现代转换，又必须面向现代。这不仅是一种现实的要求，也是一种必然的选择，更是中国文论走向世界、与世界对话的必要条件。因为，现代转换生成的中国文论不可能是知识理论的独白，它应该具备回应世界文论的能力。

要达到此目的，古代文论的面向现代就必然要求研究者以现代的理论视野、观点、方法去诠释古代文论，重释中国文论传统。而现代的理论视野、观点、方法在现在意指什么呢？可以说，一指马克思主义的文艺、文化观，一指西方现当代的文艺、文化理论。而此二者对于中国古代文论来说，都可以指的是"西"。因此，如何正确地面对"以西释中"成为古代文论现代转换中不可回避的问题。

应该说，20世纪以来，我们的文学、文论研究与文艺理论的建设大部分是在做"以西释中"的工作，只不过有时候做得好一些，有时候做得不好；有些人做得好一些，有的人做得不好罢了。有功效的"以西释中"，对于沟通中西文论，使中国文论走向现代化是有贡献的。20世纪初的王国维，可算是较为成功的例子。他借西方之思维方法，融中国之词语，推出了"主观之诗人"与"客观之诗人"、"理想"与"写实"以及"悲剧"等新的概念与词语，同时又赋予"境界"以新的内涵，使古代文论的研究跨出了现代化研究的第一步，也使中国文论建设开始了现代化的第一部。"以西释中"，最初可能是牵强的、"格义"式的诠释，亦可能产生曲解与误解。任何异质文化间的交流都不可避免地发生误解，但是这种误解却使得不同文化得以沟通。从沟通到融合再到创生，往往是必经之路。沟通是文化融合与文化创生的前提和基础。正像汉晋时期印度佛教文化传入中国时那样，佛教的概念、词语往往要依附老庄词语才可能被人接受。反过来，魏晋玄学又借助老庄化的佛学得以发展，玄佛合一的潮流终于使得中国文化得以大大推进与丰富，而隋唐宋明哲学的不少新概念也由此得以创生。因此，赞同并主张古代文论应该实现现代转换的话，首先应该持宽容的态度对待"以西释中"的工作，即允许以西方文论的思维、观点、方法对中国文论作诠释与分析，以求得现代化。

"以西释中"，可以像美籍华人学者、斯坦福大学教授刘若愚的《中国文学理论》那样，借艾布拉姆斯的"文学四要素"理论给中国文学理论分类；也可以像台湾学者徐复观的《中国艺术精神》那样，以胡塞尔现象学的理论和方法去分析庄子艺术观；还可以像台湾比较文学学者所持的阐发研究那样，借西方文论之观点分析中国文学与文论。诠释的方法可以是多样的，但功能却是一致的，即在现代思维与观点的观照下沟通了中西文论。当然，沟通中西应该是中西双方均"在场"，而最后的结果应该是促使中国文论走向现代化与世界化。

面向现代化还有一个如何以开放的态度对待站在现代意识的高度挖掘古代文论的现代意义的问题。实现古代文论的现代转换，还应该贯通古今，允许将古代文论所蕴涵的具有现代意义与价值的思想、观念挖掘出来并加以现代意义上的理论提升。同时还应该允许对古代文论潜在的理论体系做较为现代性的整理与勾画。这也是建设中国文艺理论所必须做的工作。

当然，做这一工作不是为了向现代证明，当今的文艺理论观点古人早已有之，而是立足于找到古代文论在现代意义上生成的转换点与生长点。这种现代性的阐发研究不能一概斥之为任意拔高。如果能做到既尊重研究对象，又不拘泥于古，将古今打通并做现代意义上的提升与阐发是应该鼓励与肯定的。正如西方当代历史学家克罗齐所说，任何历史都是当代史，处于当今时代的古代文论研究也是当代研究。所谓"还原"研究是不可能的。对于古代文论潜在理论体系的整理与勾画也是如此。要将古代文论"潜在"的理论体系变为"显在"，就不是"还原"，而是站在现代理论上的挖掘。作为受到过西方文艺理论体系与逻辑思维训练过的当代研究者，再回过头去观照古代文论的时候，总难免要带上一些"体系"的整理与勾画，并非是毫无用处的，它对于中国当代文论体系如何在古代文论的基础上寻找生长点并加以建设是会有借鉴作用的。

至于对古代文论概念、范畴的内涵进行清理与现代阐发，是很重要的工作，它是实现中国文论话语创生的关键。对古代文论的概念、范畴的内涵进行清理，可以帮助我们弄明白到底哪些概念、范畴已经难以与现代接轨，哪些概念、范畴可以加以现代化改造而有可能被转换成现代话语。清理是做基础的工作，把基础拓实是必须的。对古代文论概念、范畴进行现代阐发，则可视为在做话语创生的前期工作。没有现代阐发，就难以明白古代文论的概念、范畴是否具备成为新话语的条件。当然,在对文论的概念、范畴进行内涵清理与现代阐发时,必须顾及它所产生的文化背景以及当时所应用的文化语境,切忌生搬硬套,任意拔高。如果有些概念、范畴原本是比较模糊的,我们应尽量运用现代的文学理论与美学观念去分析,使其清晰化。就算它很难转换成当代文论的术语,也应尽量发掘其理论价值,以供创生新话语做借鉴。如"文气"这一概念,在古代文论中其含义是较为模糊的,随着各个时代的不同作家的使用,其意义还不断变化。如何将这一概念的含义清晰化,就既需要一种历史的变通意识,又需要用现代美学观念去诠释。清理工作就是要使古代文论的概念逐渐清晰化,在清晰化的基础上我们再来考虑它们的转换方式与途径。

话语上的现代转换,就是话语创生工作。话语不仅仅指文学理论、文学批评所使用的基本概念、术语,它还包括批评的视角、语态、语式、文本形式以及组织架构关系。话语的创生就要从全方位去考虑,而不仅仅只在基本概念与术语上做文章,更不能因为古代文论的某些概念、术语由于古代汉语的表达形式而一时难以转换成当代文论的概念、术语,就断定古代文论不能实现现代转换。中国古代文论的话语,尤其是批评话语是很富有诗意性的。诗意化批评是我国古代文论的长处,如何使这种诗意化批评的精神在当代仍能保留并使之发扬光大,是现代转换工作中尤应注意的。话语现代转换工作中,既要吸收、融合西方文论话语辩证、逻辑分析的特点,又要继承和发扬古代文论诗意化批评的特色。融合中西、贯通古今,才能创生出一套新的话语。

融合古今、贯通中西,既不搞概念术语的大换代,也不搞中西拼凑的大杂烩,而是要真正扎根于民族文化土壤之中,创生出既具民族特性又具现代意义的话语体系。中国文论只有具备自己的话语体系时,才可谈得上在世界多元共生的文化格局中立足,并引起世界文论的重视。

总之,要实现古代文论的现代转换,应持宽容开放的心态,采取务实而有创造性的工作。各方面的学者都应支持这一项工作。做古代文论研究的,不妨深入到中国文论的潜在体系里去,深入到中国文化的深层结构里去,把古代文论的概念术语做一番认真清理并对其作现代性的阐释,同时也不妨涉及一下当代文论,尝试一下转换工作;做比较文学、比较诗学研究的,不妨把"以西释中"的工作做得更完善些、更深入些,为现代转换提供更多的对照、借鉴;

做当代文论研究和文学批评的,亦不妨尝试运用一下古代文论的批评思维、方法、形式乃至某些概念术语到当代文论与批评中去。中华民族本来就是具有创造性的民族,只要中国学者齐心协力,共同努力,现代转换的工作是一定会取得较有成效的实绩的。

(此文收入蒋述卓、刘绍瑾著《古今对话中的中国古典文艺美学》,暨南大学出版社2012年版)

论中国古代诗学的原创意识

中国古代诗学中的不少理论、观念、概念都是具有原创性的，如"诗言志""诗缘情""情境""意境""神思""风骨""气韵""滋味""兴趣"等等。中国古代诗学之所以能自成体系，并在世界文明中占有重要地位，与它的原创性质极为有关。虽然中国古代诗学中有"以复古为创新"的方面，但这种因袭性只是在传统形成的一定时间内有效，一旦达到某种限度，传统的部分成分与结构还将突破，创新又会到来。同时，这种因袭性的形成，也可从另一侧面说明中国原创性诗学形成较早，基础坚实，且符合延续上千年的社会类型和文化实情，形成的传统就会显得耐性强，延续久。

追究中国古代诗学的原创意识及形成，如下几点值得重视，而且对当今的理论创新都有启示。

一、注重符合基础文类的发展实际

美国比较文学学者厄尔·迈纳在其著作《比较诗学》中提到，中国诗学这种"情感—表现"的原创性诗学是在抒情诗的直接背景中产生的，早期欧洲诗学"摹仿诗学"则建立在戏剧的基础上，而戏剧是一种再现的文类[①]。这说明一种原创性诗学的形成与它所基于的基础文类相关。中国古代诗学最早的"言志"说、"缘情"说都是基于抒情诗的，"志"与"情"通，"情""志"其实可合而为一。《毛诗大序》论诗之产生，提出"物感"说，就是基于从人的感情受物所感，人心动荡，而形成音乐与合乐而吟的诗。"物

---

① 厄尔·迈纳：《比较诗学》，中央编译出版社1998年版，第33页。

感"说突出的是艺术的感情因素，"情"于是成为中国古代诗学中的核心范畴并得到不断衍生。至陆机而有"诗缘情而绮靡"，至刘勰而有"情以物兴""物以情观"的情物论，至王夫之则有深广宏大的情景论。研究古代文论的著名学者王文生教授更将情境理论当作中国抒情文学思想体系中的核心课题来进行研究，提出"只有'情境'才是抒情文学基本质素的准确概括和抒情文学结构的最好标志"①。抒情文学作为中国的基础文类，与中国的其他艺术门类触类旁通、相互融会，使得在基础文类基础上形成的诗学理论、观念、概念也可在其他艺术门类中得到恰当的运用，如绘画、书法领域中有"畅神""散怀"之说，有"意境""气韵""形神"之说，而古代戏曲、戏剧理论仍然运用"情采""入情""情真""情理""传神""意趣神色"等概念。这说明，以抒情文学为基础文类而形成的中国古代诗学是真正代表中国古代各种艺术门类的理论，是最富原创意识的理论。

基础文类之所以重要，就在于理论必须符合文学发展实际，必然是从基础文类的大量实践中总结提炼出来的。否则，脱离文类发展实际的理论就没有生命力，也就谈不上创新，更谈不上属于原创。中国当代文艺理论面临的基础文类虽然已经分化，各种文类共同生长，但在当代大众文化兴盛的时代，叙事性文学尤其是影视创作成为最热门的文类，理论工作者应注意从最热点的文类中寻找规律，提出中国式的具有原创性的理论。这将是中国当代文艺理论建设的创新之路。

二、具有中国文化的本土特点，符合中国人的思维方式

迈纳在谈到原创性诗学的产生时还提到："一种原创性诗学不是在某一特定文化体系发轫之初就出现的，而是出现于紧随其后的某个时期，在诗人由无名氏变成公认的作者、诗被赋予独立性存在之后。"②中国古代诗学是在中国文化体系已初步成型的情形下出现的，它的出现深深受到中国哲学体系与思

---

① 王文生：《论情境》，上海文艺出版社2001年版，第11页。
② 厄尔·迈纳：《比较诗学》，中央编译出版社1998年版，第32页。

维方式的影响，带有十分浓厚的东方色彩。比如"物感"说，就受到中国先哲宇宙观的影响。中国先哲认为宇宙由阴阳二气构成，阴阳二气相互运动变化又相互补充，并且对应五行（五种物质）、五方（五种方位），还可在人的身上产生感应。总之，天人感应理论认为天地万物与人都存在着"以类相动""倡和有应"的关系。此种具有浓厚原始思维特征的宇宙论，使抒情文学中的"物感""心动而情发"理论得以顺理成章地发生。又比如"文气"说、"气韵"说，也是中国诗学特有的概念与范畴，它们与中国的"气"论哲学密切相关，有着深刻的文化内涵。中国古代诗学谈"气"，是将天地之气、人身之气与艺术作品之"气"打通来论的，"气"不仅是宇宙万物的灵根，而且贯穿艺术作品通体的生命。一体俱化的生气浩荡流淌，铸成艺术生命的生气远出、空灵飞动。这种"文气"论与西方文论中谈的作品"生气灌注"是完全不同的，同时也是西方人难以理解与把握的理论。因此，中国古代诗学本土特色的形成有着深刻的文化机制。

中国文字是象形的，远取诸物，近取诸身，是从对天地万象的观察感悟中加以适当概括与抽象的符号表现。《周易》哲学中的卦象源自具体物象，反映了从具体到抽象的思维过程，也体现了具象与抽象同存并用的运思方式。中国古代诗学的许多术语、概念、范畴也深深地体现着中国人具象与抽象同存并用的思维方式。如"风骨""滋味""气韵""兴趣""神""逸""飞动"等等，表面看来朦胧飘忽，难以明确界定，但它却具有具象与抽象同存的特点，让人能感悟到它丰富的内涵和多边的意义。中国古代诗学的这种表达法在今天似乎难以继承，因为今日学者已经完全习惯于用抽象去思维与表达，但在古代的文化背景中却是原创性的。钱钟书先生在1937年发表的《中国固有的文学批评的一个特点》一文中曾提到，像"风骨"这样的文论范畴，正是人化或生命化特征的具体呈现，是新颖的生命化的文学批评术语。它比起西方文论来说，在某种意义上要"深微得多"。钱先生还指出这种人化文论在理论上的诸多好处[①]。钱先生之所以特别看重中国古代文学批评的长处，我以为主要还是看重它的中国特色以及原创意义。

---

① 钱钟书：《中国固有的文学批评的一个特点》，《文学杂志》第1卷第4期。

三、创造了一套独特的理论话语和理论体系

中国古代诗学是有自己的适合于抒情文学的理论体系与理论话语的。它以"物感"为起点,以感情为核心,以心物融合、主客统一的意境为最高追求,串起涉及创作论、作品论、鉴赏论、批评论等方面的诸多理论概念、术语、观念和范畴。刘勰的《文心雕龙》当然是"体大思精"的典范,是具有完整理论体系和一整套理论话语的代表作。实际上,不同时期的不同理论家、批评家都或多或少创造了自己的理论术语,为抒情文学理论体系做出过贡献。如钟嵘的"滋味"说,陈子昂的"兴寄"说,王昌龄的物境、情境、意境"三境"说,殷璠的"兴象"说,皎然的"取境""取势"说,严羽的"兴趣""气象"说,公安"三袁"的"性灵"说,李贽的"童心"说以及王士禛的"神韵"说等,这些术语的提出从不同侧面丰富了中国古代诗学的理论话语,成为中国抒情文学理论体系的有机组成部分。中国诗学的形成并非是由一两个人完成的,而是在中国文化传统和文化背景中由一代又一代的理论家、批评家不断探索与实践才完成的。一个理论家所提出来的理论体系毕竟是有限的,后人还要不断突破与超越它。正是在不断突破与超越当中,中国诗学理论体系和一整套诗学话语才成型、完整。同样,西方文论也不是每个人都像黑格尔那样具有完整体系的。西方"摹仿诗学"的形成也经过了从亚里士多德开始到后人不断丰富发展的过程。

四、敢于提出己说,借鉴与改造外来的、其他艺术门类和学科的术语

在中国古代诗学中,不少理论家提出自己的理论主张都是具有强烈针对性和现实性的,如陈子昂针对"齐梁文风"的弊端以及它在初唐文坛的影响,提出了"兴寄"说;严羽针对南宋诗坛"以文字为诗,以才学为诗,以议论为诗"的弊病而大胆地营造了自己的理论体系和一系列独到的理论术语,如强调"别材""别趣",主张以"妙悟"为学诗门径,以"兴趣""气象"为诗之追求。他的"诗禅"说也是大胆借用禅宗术语而融进自己的理论体系中去的。

中国古代诗学的不少理论术语都是借用的，如"风骨"是借用人物品鉴中骨相学的，"取势"是借用《孙子兵法》中的军事学术语的，中间还可能经过了围棋学与绘画理论的转借。"中和""滋味"等也是从中国的饮食文化中转借过来并加以改造的。作为僧人的诗论家皎然，其提倡的"取境"说就直接取自于佛教，佛经《大乘义章》中就有"六识相望，取境各别"的说法。"意境"说也从佛经中借用，被改造成最有特色的诗学理论术语。苏联理论家巴赫金借用音乐学中的"复调"术语创造出了复调小说理论，被视为了不起的理论创造，中国古代诗学向不同艺术门类和其他学科的借用不是也体现了创造性吗？

中国当代文艺理论的创新除了从最热点的文类中寻找理论的新生长点之外，还要立足于中国的现实国情与文化土壤，既要坚持与时俱进的文艺观念，又要继承与发扬中国古代诗学思维方式和表述方式的优势，还要充分深刻地理解中国文化精神的精髓。在创造当代中国特色的理论体系与理论话语时，要在大胆引进外来理论、概念、术语的时候加强消化、改造与融会的工作，真正做到"以我为主"，使其成为符合中国当代文艺发展实际的有机组成部分。敢于创新对当前文艺理论工作者来说不难做到，而善于创新却是要潜心思考与勇于实践的。在党的十六大精神的指引下，理论创新成为每个理论工作者的内在需求，理论的前进也如同社会的发展一样，不进则退，形势逼人。在中华民族文化复兴的伟大进程中，理论研究如果滞后于文艺与社会的发展，那将是有愧于伟大时代的。

（原载于《文艺研究》2003年第2期）

中华文艺理论的人文精神

中华文艺理论源远流长，博大精深，具有浓厚的民族色彩，是世界文艺理论宝库中灿烂的明珠。它所体现的人文精神滋润了无数艺术家的艺术创作。

人文精神是中国传统文化最显著的特征之一，它表明中国传统文化具有强烈的人文关怀与道德追求，同时又具有鲜明的艺术化或情感性成分，是一种重仁讲情、崇艺重生、强调和谐的文化。有的文化学者甚至认为中华传统的人文精神也就是艺术精神。[①]的确，中华文化的人文精神在中华文艺创作与理论方面体现得最为充分。中华文艺理论人文精神的表现，主要有以下三个方面。

一、对艺术生命的高度重视

在中国人的观念中，"文"与天地自然之"道"相通，与山川草木息息相关，是充满勃勃生命的创造物。刘勰《文心雕龙·原道》论"文"，说天地山川草木乃"道"之文，而人之文乃为"天地之心""五行之秀"的人所创造，仍然是"道"的体现。"辞之所以能鼓天下者，乃道之文也。"按照当时"宇宙论"的构架，在"人文"与"道"之间的中介乃是"气"，"通天下一气耳"[②]。"道—气—人—文"的运行路线，也就是表明文亦是气所激荡、鼓动的结果。《易传》认为"一阴一阳之谓道"，阴阳二气互动而生生不已，演化出大千世界。因此，宇宙间的万物都充满着"气"，有气则生，无气则亡，气成为万物的生命所在。这是中华传统文化中生命主义的重要观点。

---

① 参见吴森：《从"心理距离说"谈到对中国文化的认识》，《比较哲学与文化》，东大图书公司1984年版。
② 出自《庄子·知北游》。

那么，文之气自然也是文的生命所在了。"观于人身及万物动植，皆全是气所鼓荡。气才绝，即腐败臭恶不可近，诗文亦然。"①古人论文非常强调"气"，论文先论"气"，并推崇"以气为主"的作品为至品。"气"成为艺术生命力的代名词。

与这种"文气"论相关，艺术创造就非常重视取法自然，所谓"外师造化，中得心源""搜尽奇峰打草稿"等，都是主张从自然万物中获得生命的灵气，以充实与壮大艺术的生命机能。同时，古代文艺理论中的"物感"说，主张艺术家的心灵因受到自然万物乃至四时气候的感应而产生创作冲动，即是突出一种万物与人之间的生命共感。这既是古代哲学"天人合一"观的表现，同时又是古代文艺理论突出艺术家主体作用的表征。正是在生命共感的基础上，进入艺术家眼中与笔下的自然往往被人格化、感情化，而成为创造艺术生命的有机组成部分。"岂独山水，虽一草一木，亦莫不有性情。若含蕊舒叶，若披枝行干，虽一花而或含笑，或大放，或背面，或将谢或未谢，俱有生化之意。画写意者，正在此处著精神……"②天下山水本为气所积聚而成，自有生气贯乎其间。因此，草木山水自有其趣灵性情，自有"生意浮动"之生命。于是，艺术家笔下的山川景物的生命，"就绝不仅仅是艺术家本人的主观生命情调的投射或移情，也不仅仅是代山川而立言，确切地讲，是艺术家的生命与大自然的生命融为一体。而只有生命与生命的对接与融洽，才可能造就艺术灵动的生命"③。

不仅如此，中华文艺理论还将艺术的有机生命比作人的有机生命，即认为艺术作品像人一样，有血、肉、筋、骨、气，几者缺一不可。如说诗，"诗有肌肤，有血脉，有骨骼，有精神。无肌肤则不全，无血脉则不通，无骨骼则不健，无精神则不美。四者备，然后成诗。"④古人认为艺术自有其生命的律动法则，天地氤氲，万物化醇，艺术作为人的生命的精神投射物，自然也具有生生不息的生命。因此，这种比喻决非任意和无逻辑的，在它的背后有着强大

---

① 出自方东树：《昭昧詹言》卷一。
② 出自唐志契：《绘事微言》。
③ 蒋述卓：《说"飞动"》，《文学遗产》1992年第5期。
④ 出自吴沆：《环溪诗话》。

的文化哲学作为依托，那就是"生生之谓易"。

中华文艺理论的这一艺术生命观与自然生命论与西方文艺理论是截然不同的。西方古希腊的亚里士多德也讲艺术品的有机统一性，但往往是先部分后整体，更多的是从解剖学的意义上去说的。而中国讲艺术的有机统一，往往是先整体后部分，是从和谐互动的宇宙观上把握的。西方美学家黑格尔也讲"生气灌注"，但他认为自然是没有生命之美的，只有靠了人的心灵"灌注"给它生气，才获得生命之美。其主客是分离的，而中国文艺理论家认为自然本身就充满生命，人与自然的生命共感造成了艺术的生气勃勃与神气远出的生命形式，主客是合一的。由是而观，中国人对艺术生命的体会与重视是非常独特而且更切近自然与艺术的关系的。

中华文艺理论还把对艺术技巧的运用也纳入艺术生命创造的范围内来论述。如艺术对虚实、动静、浓淡、远近、明暗的处理，对起承转合的章法结构的重视乃至于对前人句、意的继承与革新等，都与艺术意境、韵味、风神的创造紧密相连。像绘画中的"计白当黑"，黑白的互相结合成为艺术作品具有充实生命力的要素。像书法中行笔的"行"与"留"，强调行处留、留处行的相互依存。虽讲的是笔法，但涉及书的韵与势。清包世臣《艺舟双楫·述书》中说："余见六朝碑拓，行处皆留，留处皆行。凡横、直平过之外，行处也，古人必逐步顿挫，不使率然径去，是行处皆留也。转折挑剔之处，留处也，古人必提锋暗转，不肯撒笔使墨旁出，是留处皆行也。"这种动静结合、虚实互补又正是源于古代哲学阴阳互动、刚柔结合的思想的。文艺之道的刚柔相济、动静互渗亦体现出宇宙的生命之道。至于在对前人句、意的继承与革新的论述方面，古人亦用所谓"死法"与"活法"来概括。墨守成规、不具变化的袭用被看作"死法"，灵活自由、富于变化与创造的谓之"活法"。"活法"与"死法"关系到一个艺术家是否具有艺术创造力的问题，和作品艺术生命力能否形成的问题。

二、对高尚人格的极力推崇

中华文艺理论从人文关怀出发，非常重视艺术家情感的抒发性以及艺作品的情感穿透力。《文心雕龙·明诗》说:"诗者,持也,持人情性。"《诠赋》篇又说:"原夫登高之旨,盖睹物兴情。情以物兴,故义必明雅;物以情观,故词必巧丽。"钟嵘《诗品序》也说诗重在感物而抒情言志。中国诗歌理论的开山纲领虽主张"言志",但经过后人的发展与诠释,也变成"在己为情,情动为志,情、志一也。"(唐·孔颖达语)。情志的合一表现出了艺术家的仁爱之心,即把个人感情与社会之志糅合为一体,把对社会的人文关怀当作艺术家的责任,而不仅仅是个人情感的宣泄。所以,文论史上的"发愤著书"与"穷而后工"论,强调的决不只是个人的怨、愤,而是强调个人的遭遇、感受与社会、时代的情绪相通,并起到对社会的针砭与矫正作用。文学史上屈原的《离骚》就是最典型的例子。而围绕着对屈原的评价,又引出了对人格的重视问题。司马迁说:"屈平正道直行,竭忠尽智,以事其君,谗人间之,可谓穷矣。信而见疑,忠而被谤,能无怨乎?屈平之作《离骚》,盖自怨生也……其志洁,故其称物芳;其行廉,故死而不容。自疏濯淖污泥之中,蝉蜕于浊秽,以浮游尘埃之外,不获世之滋垢,皭然泥而不滓者也。推此志也,虽与日月争光可也。"[①]因此,艺术家创作之情的抒发,也就与艺术家人格的高下清污相关。中华文艺理论并在此基础上形成的"文品即人品"的理论,突出地强调了人与文的统一以及艺术作品的美善统一。

同时,中华文艺理论强调要注重对艺术家人格的培养,其"养气"理论就成为别具一格的道德人格培养论。孟子倡养"浩然之气",而此"气"乃"配义与道,集义所生","气"实际上成了一种道德力量与人格力量的象征。养气是为了正身,正身之后方可为文,反过来,为文又必须以养气为本。宋陆游说:"然知文之不容伪也,故务重其身而养其气。"[②]诚于中而形于外,心中有真气、正气,文自然如其人。道德人格的培养也就在艺术创作论中占有极其重要的地位。当然,在艺术创作中,人品与文品未必一定能做到相符与统一,文学史上也出现过人格拙劣而作出清高诗文的例子,但是,中华文艺

---

① 出自司马迁:《史记·屈原列传》。
② 出自陆游:《上辛给事书》。

理论中这种注重艺术家的内在修养以及追求人格完善的理论,却是具有积极意义的。

即使是论文章内容与形式的关系,古人也把它与人格联系起来。《论语·雍也》载:子曰:"质胜文则野,文胜质则史。文质彬彬,然后君子。"孔子把"文质彬彬"的得体比拟为"君子"应具的风度,实则亦主张为文之人的品性应具有较高的修养,成为君子。孔门弟子进一步发挥孔子的思想,将文质的统一看作是"礼"的组成部分,并把它视为君子内在美与外在美相统一的人格表现。《大戴礼记·表记》说:"君子服其服,则文以君子之容;有其容,则文以君子之辞;遂其辞,则实以君子之德。是故君子耻服其服而无容,耻有其容而无其辞,耻有其辞而无其德,耻有其德而无其行。"服饰、文辞等都与君子的德行的要求融汇在一起,其德(质)应与服饰、文辞等(文)相统一。否则,那种掩恶之"文"和饰过之"文"是令人厌恶的。《中庸》甚至认为"君子之道,闇然而日章;小人之道,的然而日亡。"有内在之质就必然发于外在之文美。所以,文质彬彬的艺术审美观同样涉及政化与修身,并与仁义、礼乐相联系。

另外,在儒家的思想与学说中,音乐艺术也是人格完善的重要途径。孔子就非常重视诗歌与音乐修养在"成人之道"中的作用。孔子说:"兴于诗,立于礼,成于乐。"[①]乐成为一个人人格境界完成的标志。同样,对音乐的学习,也要由技艺层面进入精神层面,更进而达到具体人格的把握方面。《史记·孔子世家》记载着一个孔子学琴的故事,内中记载孔子对于"习乐"的要求,是由"习其曲"到"习其数",再到"得其志",然后"得其人",这样一个过程的终结是把人格融入音乐,在习乐之中得到人格的升华。荀子也把音乐、舞蹈、诗歌的教育看作是人格修养日趋完美的必要手段。乐教能够清除邪污之心,感发善心,所以成人之道必须用雅颂之声来加以配合。总之,艺术理想的追求是与人格的完善相一致的。

---

① 出自《论语·泰伯》。

三、对艺通合一的不渝追求

中华文艺理论很强调载道、弘道和所谓道艺的合一。中国学说与思想中的"道",包含有哲学之道与艺术之道。天道、地道、人道属哲学之道,天道、地道之"道"既指宇宙的本体,又指宇宙变化的总规律。人道则主要指社会伦理的仁义之道。艺术之道则指艺术创作的规律。然而,在古人看来,这三者是相通的。孔子说:"志于道,据于德,依于仁,游于艺。"[①]《庄子·天地》则说:"通于天地者,德也;行于万物者,道也;上治人者,事也;能有所艺者,技也。"道与艺的关系,成了一种体用关系。天地之道,不仅体现于具体的社会制度(如礼乐制度)与生活方式中,而且也体现在具体的艺术创作中。

这种体用关系当然可以表现为若干方面。从与艺术相关的方面看,至少有这样两个方面:一个是说艺术作品可以体现天地自然之道。艺术家通过艺术创作可以"直指天地之心",获得哲理的启示。南朝宋时的画家宗炳在《画山水序》中说:"山水以形媚道。"画家的山水画创作就在于写了山水之理与画家之"神"(意)。在这个层面上言,艺术创作成为"体道""悟道"的重要途径。另一个则是说艺术家通过创作完成其仁义之道的实现。韩愈说其为文"本志乎古道"[②],他的"道"即指孔孟的仁义之道。朱熹则说:"三代圣贤文章,皆从此心写出,文便是道。"[③]陆九渊说:"棋所以长吾之精神,瑟所以养吾之德性。艺即是道,道即是艺……"[④]这是把明道、载道的艺术创作与个体人格的实现牵连起来,从艺实际上又成为一种具体的道德实践活动。从这一层面上看,人生的过程又是一种艺术化的过程,人生的艺术化又成为道德完善的至高境界。因此,能真正体道者,也就成为圣人、贤人。不过对于人生的艺术化,儒、道、佛三家有不同的理解,但在追求理想人格的完善上却是一致的,在"弘道"的目标追求上也是一致的,只是"道"的具体含义依各家有异

---

① 出自《论语·述而》。
② 出自韩愈:《题哀辞后》。
③ 出自《朱子语类》卷一百三十九。
④ 出自陆九渊:《语录》。

而已。

　　至于在对艺术之道的把握上，古人则从"道法自然"的角度强调"以天合大"的理想，从"忘乎技"的角度强调道在技中。《庄子》通过庖丁解牛与梓庆削木为锯的故事，说明了技巧的最高境界也就是心物合一、天人合一的境界。唐画家符载说："物在灵府，不在耳目。"①自然对象必须经过人的精神观照，在艺术家"澄怀味象"之中达到人与自然的高度融合。只有在这种精神熔铸的前提下，技艺的操作才会真正做到"得心应手"。对艺术之道的掌握，艺术家的"灵府"往往是更重要的。孔子说："人能弘道，非道弘人。"艺术家对道艺合一的追求正是要表现出人的精神，要符合于天道、人道的要求，在艺术创造与生活的实践中，领略天地造化之功和人生的意义。艺术追求"天人合一"的境界，说到底还是追求做人的至高境界，即真、善、美合一的境界。

　　因此，对艺术生命的高度重视，对高尚人格的无限推崇以及对道艺合一的不渝追求，其核心问题还是人，它所表现出来的是对人的生命的高度重视和对做人的高度重视。这正是中华文艺理论人文精神的精髓。

（原载于《开放时代》1995年第3—4期合刊）

---

①　见《观张员外画松石序》。

古典美学研究应与当代美学研究相沟通

在文化变革的20世纪90年代，古典美学研究也要跟上时代的步伐，与当代美学研究的沟通将是深化古典美学研究的重要途径。

古典美学研究不应仅仅局限于古代美学的理论材料，而要面对更丰富更活泼的美学发展现象，尤其是一些以物质形态存在并保留至今的古典美学材料，如建筑、雕塑、工艺品、服饰、家具等，它们包含着丰富的审美创造经验。总结这些丰富而活泼的审美创造经验，会使我们感到古典美学理论的生命力，同时又感到它给当代美学的现实发展提供了理论材料和遗产的借鉴。我读过台湾美学家蒋勋先生《美的沉思》一书，就深深为该书丰富而生动的美学材料所吸引，同时又感到它在生动丰富的材料的基础上所进行的理论研究是非常坚实的，因而也是具有生命力的。比如他从楚国漆器的造型、色彩，谈到了楚国的审美创造经验，同时又从大处呼应了楚文化重流动重夸张的审美特点。他认为，楚国漆器的造型一般说来倾向于抽象的变化，线条刻意夸张，造成"飞动"的效果。漆器的彩绘以黑红二色为主，造成强烈的对比，常常是在黑底上旋以鲜红的云纹钩连，流动与速度的感觉就特别强烈。生动叙述与理论概括相结合是该书最大的特点。读他的书可以使你感到其中跃动着古典美学的勃勃生命，它的感染力是绝非仅从理论形态入手的美学著作可及的。因此，从古典美学丰富的审美创造现象入手去总结古人的审美创造经验，并将其上升为理论，就往往能使我们感到古人所创造的审美经验还留存并延续在我们的现实生活中。有时，甚至还会感到，我们当代人的审美眼光未必就一定比古人高多少，有的甚至可能还是因为未能很好继承与吸取古人的审美创造经验，而在美学创造上萎缩了，退步了。像中国的宗教建筑与山水风景美的匹配衬托关系，古人就有许多宝贵而丰富的审美创造经验，它们并不以理论材料出现，而是蕴含在这些建筑与山水风景的关系中，需要我们去进行实地考察，仔细地进行总结提升。但是，我们现在的许多建筑却很少考虑与周围山水风景的关系，往往只顾及自身造型，难以与整个山水风景谐合，甚至破坏了原有的山水风景美。

古典美学研究也不应只着眼于古代美学的材料，而要与当代美学与艺术的发展结合起来考察，用当代的美学观念、美学方法去发掘古典美学的深刻内涵。比如"气"与"势"这些范畴的研究，就不能仅仅以古论古、以古证古，而要与当代艺术创造联系起来研究，发掘古典美学的涵义与价值。从古人的审美创造和理论叙述中看，首先，"气"与"势"是艺术创造的一种内在的原动力和驱动力，其次，它们又成为艺术内在生命的节奏感和流动力；再次，它们在艺术创造过程中都具有包孕和伸张的艺术张力。因此，"气"与"势"从艺术审美创造过程揭示了艺术表现与传达的审美机制奥秘。这些审美创造经验以及美学内涵在当代艺术中仍然得以延续和发挥，如现代书法既继承了古代书法讲求气势的特点，又改变了传统的"力在字中""力在势中"的包孕和伸张的内蕴表现方式，更注重从具象的力度上和外旋式的力感上去表现"气"与"势"。像马承祥的作品《滴水穿石》，是从具象上表现水穿石的力度，让读者从形象直接感受到水的韧性与力量。那个"穿"字与"水"字穿石而过，力既在字中，又在象中。其实，这种创造法在清代书法家王铎那里已有出现，如他写的"断"字，就把"斤"旁最后一竖处理为枯墨并赋以点形，以似断又续的具象表现出"断"的气势。像彭世强的作品《回》，则以一种外旋式的力感去表现气势，把气与势发挥到了极点。同样，"飞动"这一代表中国艺术精神的美学范畴也仍然在中国当代艺术发展中得以发挥，如广东现代舞实验剧团所表演的现代舞既吸收了西方现代舞的舞蹈语汇和技巧，又体现了中国人重"飞动"、重圆、重和谐流动的思维方式。

20世纪90年代古典美学的研究，当然有赖于当代哲学与当代美学的发展，因为它要从当代哲学与当代美学那里吸收崭新的理论及其思维方法。依我之见，20世纪90年代的哲学可能是价值论哲学与生命哲学的结合，它们的结合将会给当代哲学带来某种突破。古典美学研究也将会在重生命、重价值的领域内得以进一步的开拓和深化。这是因为，随着科技的发展，在带来人类物质丰富和便利的同时，技术也加剧对人的异化，而追求市场利润和效率又使得拜物主义、拜金主义、官僚体制等大行其道，让人愈来愈失去生命灵性。存在主义哲学、生命哲学和现象学美学在西方的兴起，正是基于此一背景。当下我们也进入市场经济时代，科技与市场对人性的异化也成为我们愈来愈需要面对和重视的问题。在当代哲学美学的观照下，中国古典美学的价值得以显现。比方说，中国禅宗美学要求"去蔽"而追求"真我"，把人生艺术化，把获取真理当作安顿自己与人类心灵的必然目的，把"恬然澄明"当作最高境界，这一艺术意境的追求，将禅境、艺境和哲学境界融合在一起，寻求生命本真和诗性的生存方式，它对于克服当代人的物质化和功利主义的弊端而重返活泼泼的生命灵性，具有重要的启示。又比如，古典美学批评强调直觉感悟，强调体验和整体观照的东方思维，使批评成为主体与对象相互渗透、相互融合、相互观照的过程，也使艺术与生命、与价值融为一体，能够克服西方批评理论对作品的肢解，把作品视作"死"的客体对象来解剖、分析的思维弊病，这就使得艺术的创造、批评和欣赏的过程本身就是生命澄明、情感交融、灵性显现的生命活动。当下生态环保的问题也使得古典美学精神具有现代价值，叶维廉先生从对中西山水诗的比较分析中指出，中国美学精神"以物观物"与西方的"以我观物"不同，就在于中西方文化的差异，道家"浑整"的宇宙观，使得东方文化反对用人为的概念和结构来表宇宙现象的全部演化生成过程，"以物观物"就是中国艺术的主魂，"即物即真""求天然之真趣"，是以自然现象未受理念歪曲地涌发呈现的方式去接受、感应、呈现自然。叶氏将对中国古典山水诗体现出来的生态精神用于教育实践，带领学生到自然中去吟咏、创作，正是古典美学精神与当代美学研究打通的尝试。事实上，正是以"气"为艺术生命力的中国美学精神，贯通天地人三才，将自然、人生、创作者与艺术作品，把构思、创作与批评欣赏融合为一个整体，在艺术这一生命的形式中诗性生存，使生命"生气灌注"。这种重整体、融通的美学精神正随着时代问题的凸显而彰显其价值，因之提出并回答时代问题，正是古典美学研究与当代美学研究相沟通的关键所在。

（原载于《学术月刊》1993年第1期）

中国古典美学表达方式的东方特性

中国古典美学是在东方文化的土壤中培植生长起来的绚丽之花,它在审美观照方式、内容与形式的结构、表达方式以及内在精神等方面有着鲜明的东方特性,表现出了丰富的中国文化内涵。本文只择取中国古典美学表达方式的东方特性进行论述。

本文认为中国古典美学的表达方式有如下三方面的特色,它们的形成均体现了中华民族的思维方式与东方特性。

一、具象表达方式

中国古典美学常用具象来表达审美感觉,而不像西方古典美学那样靠抽象的理论概念进行逻辑推演来表达审美判断。因此,在中国古典美学中,我们很少看到美学批评家使用判断来作审美评价,其表达审美评价的主要手段是批评家和读者共同进行的"品"。"品"加"评"所构成的"品评"则成为中国古典美学最主要的审美评价方式。

"品"的方式来源于中国人对烹饪的鉴赏,即起源于中国人的味觉美。日本美学家笠原仲二曾经从"美"字乃"羊"和"大"的组合推论出"美"字起源于对"羊大"的感受性,并进而指出:"中国人最原初的美意识是起源于'甘'这样的味觉的感受性。"[①]"品"字从口,常与"从口,未声"的"味"字相联系,品味"甘"的饮食也就成为中国人最初的审美意识,而且奠定了其最初使用的手段是官能性的感受。

---

① 笠原仲二:《古代中国人的美意识》,北京大学出版社1987年版,第2页。

这种官能性感受发展到汉代产生了品评人物的方式。品评人物主要还是靠"目"测，在魏晋时期，品评人物即对人物的审美评价也主要依赖物象让观者去感受。《世说新语》载："世目李元礼：'谡谡如劲松下风。'"（《赏誉》）"王公目太尉：'岩岩清峙，壁立千仞。'"（《赏誉》）"时人目王右军：'飘若游云，矫若惊龙。'"（《容止》）"有人叹王恭形茂者，云：'濯濯如春月柳。'"（《容止》）又有人评嵇康"岩岩若孤松之独立；其醉也，傀俄若玉山之将崩"。（《容止》）这些评语都是重形象的审美性描绘，而不做出判断，它表达的是评赏者的感受，同时也让读者自己去感受并达到完成。

这种依靠感受、重视感受的审美方式表现于南北朝时期的艺术品评中，同样呈现为以具象方式去表达审美感受的形式。如萧衍评书法："王羲之书字势雄逸，如龙跳天门，虎卧凤阙""索靖书如飘风忽举，鸷鸟乍飞""钟繇书如云鹤游天，群鸿戏海"。[①] 钟嵘以品论诗，标举的也是"滋味"，尤其推崇诗的辞藻，"干之以风力，润之以丹彩，使味之者无极，闻之者动心"。[②] 他所重视的仍然在读者的官能（视觉与听觉）感受。他对诗的品评，仍然运用具象方式来表达，如评曹植诗是"骨气奇高，词采华茂，情兼雅怨，体被文质"，并用比喻评他的诗文"譬人伦之有周、孔，鳞羽之有龙凤，音乐之有琴笙，女工之有黼黻。"又说："孔氏之门如用诗，则公干升堂，景阳、潘、陆，自可坐于廊庑之间矣。"[③] 这些都是推崇曹植"卓尔不群"的赞语，但都采用了具象的说法，尤其是用刘桢只能登堂，另外三人张协、潘岳、陆机只能坐于厢房之间，而只有曹植不仅登堂而且已入室相比较，则能给读者强烈的印象，并留下可以联想的空间。又如评范云与丘迟之诗，也用自然物象做比喻，说"范诗清便宛转，如流风回雪。丘迟点缀映媚，似落花依草。"[④] 从魏晋南北朝时的人使用的一些诗评来看，他们大致也是采用这种具象表达法的，可见

---

① 《梁武帝评书》《书法钩玄》卷四，见北京大学哲学系美学教研室编：《中国美学史资料选编》上册，中华书局1980年版，第210—211页。
② 钟嵘：《诗品序》，同上书，第213页。
③ 钟嵘：《诗品》，同上书，第215页。
④ 钟嵘：《诗品》，同上书，第216页。

当时评诗的一般风气。《世说新语·文学篇》载:"孙兴公云:'潘(岳)文烂若披锦,无处不善;陆(机)文若排沙简金,往往见宝。"又如钟嵘《诗品》所载汤惠休评诗,说:"谢(灵运)诗如芙蓉出水,颜(延之)如错彩镂金"。①此种说法还见于《南史·颜延之传》:"延之尝问鲍照己与灵运优劣。照曰:谢五言如初发芙蓉,自然可爱;君诗如铺锦列绣,亦雕绩满眼。"

这种具象表达方式延伸而下,通过唐而直至明清,其形式虽略有变化,但形成的传统却保持始终,从而构成了中国古典美学独特的表达方式。

这种具象表达方式虽是依赖于感觉,依附于感觉,但并不仅仅局限于感觉,而是通过诉诸感觉激发读者的审美想象,从而达到一种审美观念的表达。日本比较思想家中村元曾经指出,中国人的思维方式是"以具体形式表达的复杂多样性"。②因为具体,才有个别;因为有个别,才更能体现审美意象的复杂多样性。具象不像概念,它是无定性的,它所表达的审美意象也就更具备暗示性、象征性与启发性。这也就是说,用具象更有生发力和想象的空间。中国古典美学提倡的最高审美方式是"象外之象""味外之旨",它所运用的方法乃是"得意忘言"。因此,具象之使用并不是目的,而只是手段,舍具象之筏而登审美意象之岸,才是中国古典美学品评方式的真正目的。

应该说,中国古典审美意识主要还是一种具象性意识,它运用比喻、象征等手段,把具体物象与抽象性道理融合在一起,具象不仅体现抽象的宇宙之理(道),而且也通向人的心灵宇宙。从庄子到魏晋时期的郭象都认为山水即天理(道),从"以玄对山水"到"庄老告退,而山水方滋",中国古典美学重视具象性的意识的审美传统变得更为牢固。传为晚唐司空图所作的《二十四诗品》,将中国古典美学这种"随象运思""思与境偕"的方式推向极致,他评各种诗歌的美学风格和意境,都是通过一个具体形象体系的描绘来完成的。可以说,司空图的论诗是将具象、哲理、美学、诗融合成一体的典范之作。而司空图的论诗,其基础还是在于"辨味",他认为"辨于味,而后可以言诗

---

① 钟嵘:《诗品》,见北京大学哲学系美学教研室编:《中国美学史资料选编》上册,中华书局1980年版,第216页。
② 中村元:《东方民族的思维方法》,浙江人民出版社1989年版,第141页。

也"。①可见,他重视的还是一种强烈的感官感受。不同于钟嵘的是,他认为对"味"的理解还不能停留在诗的表面的感官感受,还应该达到它的深层含义,所以他特别强调诗的"醇美",认为"醇美"之"味"才能具有"韵外之致"和"味外之旨"。这种具象性意识也正好符合中国古典美学追求含蓄、隽永的要求,也体现了东方民族综合型思维而非分析型思维的特点。

此外,由于中国古典美学的具象性意识不是从概念到概念的抽绎,故始终不脱离感性生命。这不仅表现在它所用以描绘审美意识的自然物象往往是活泼律动充满生命动感的生命有机体,而且还表现在它运用拟人化方法来论诗评诗的方式上。如用人身体的各部分作比喻来表达审美意识,说诗、文、书法、绘画等都有"气""血""筋""骨""肉""神"等,认为气必须贯穿于艺术作品全部,就好比是人,"一肢不贯,则成死肌;全体不贯,形神离矣。"②总之,中国古典美学所运用的喻象都是非常强调生命感的。

二、辩证灵活的表达方式

中国古典美学表达方式的特殊性还表现在它常常使用辩证的、流转变化的范畴。这些范畴如同中国语言传统中的对偶艺术一样,往往是两两相对的,如"阳刚"对"阴柔"、"形似"对"神似"、"虚"对"实"、"巧"对"拙"、"动"对"静"、"雅"对"俗"等。这些范畴看似相互对立,但在中国古典美学的范畴论述中,并不看重它们之间的对立关系,而更看重它们之间的相互转换变化、相互包容和相反相成的关系。如"虚实相成""刚柔相济""静中有动,动中有静""化俗为雅,雅俗相和""大巧若拙"等等。再推而广之,还产生一些对偶性的理论命题,如"诗中有画,画中有诗""以形写神,形神兼备""不似之似似之"等等。

辩证灵活的表达方式使用的概念和范畴都是流动变易的,表面看来是缺

---

① 司空图:《与李生论诗书》,见北京大学哲学系美学教研室编:《中国美学史资料选编》上册,中华书局1980年版,第316页。
② 归庄:《玉山诗集序》,见郭绍虞主编:《中国历代文论选》第三册,上海古籍出版社1980年版,第291页。

乏准确的纯逻辑的界定性阐述，但由于它着重在揭示范畴之间相互转换变化的关系，反而更能把握艺术内部的联系，从更深一层来说，相对性的范畴具有它内在的合理性。中国哲学家方东美认为，中国哲学有生之理、爱之理、化育之理、原始统会之理、中和之理、旁通之理。而"旁通"一词统摄四义：一、生生条理性；二、普遍相对性；三、通变不穷性；四、一贯相禅性。[①]中国古典美学范畴的辩证性深得"旁通"之理。正是在概念与范畴的辩证运动中，审美意义才得以生成。这正是中国古典美学相对性的妙谛。比如中国绘画美学认为，画中之空白也是画的有机组成部分，白是虚，黑是实，但只有虚实相合才成为一幅完整的画。也只有虚实的相互运动，才有绘画的无穷韵味。也正是从这个意义上说，白即黑，黑即白。中国绘画"计白当黑"的独特美学原则成为了美学创造与表达方式相对性的典型之一。

中国古典美学追求和谐的境界，其辩证的思维方式和表达方式使其超越一般的相对性意义和折中意义，成为圆满之中又充满灵动的美学。中国古典美学追求生命质感，其辩证思维方式和表达方式使其在揭示范畴之间的流转变易与相互包含的复杂且生动的关系中，范畴的意义动态形成，并且富有生生不息的生命延伸感。

也正是从这一点出发，我们透过中国古典美学辩证灵活的表达方式触摸到中华民族审美思维的元结构：太极思维。从那酷似阴阳二鱼流转运动的太极图像中，我们能解读出上古时期中华民族重视生命律动和变易决定一切生命的思维模式。一阴一阳之谓道，阴阳交替，产生消息起伏、循环往返的宇宙，产生相接相续的四时，产生出动态万千的艺术世界。太极思维包含着阴阳的相反相成、矛盾互补、对立统一并且互相转换的丰富哲理。

三、言简意丰的表达方式

中国古典美学在语言的表达方面崇尚简洁。由于它的许多理论术语与概

[①] 方东美：《哲学三慧》，见黄克剑、钟小霖编：《方东美集》，群言出版社1993年版，第349页。

念都是从其他领域如哲学、军事、饮食以及自然界借用而来，而且不少还采用的是喻象方式，因而使得其理论术语和概念留有较大的意义联想与扩张空间，具备了实现意义超越语言的可能性。比如，"味""态""势""趣""神""兴会""妙悟"等等，都是简洁而意义非常丰厚的理论术语。就"神"而言，从哲学之"神"到艺术之"神"，具有了多种相互转移、借用的意义，其内容在不同的时空环境中有着不尽相同的理论内涵。哲学界的"神"乃是"精气"活动的结果，在医学领域同"精"连为一体为"精神"，特指主宰人的生命现象，在宗教界则指与形体相对立的灵魂。到了艺术领域，顾恺之的"传神"指刻画对象的精神本质，宗炳的"畅神"之"神"指创作主体的精神与感情，"应会感神"之"神"指的是艺术构思过程中的艺术想象活动。又比如"一"，哲学之"一"与"气""道"相等同，《淮南子》云："道者，一立而万物生矣。是故一之理，施四海；一之解，际天地。"清代画家、画论家石涛据"一"与"道"通的理论，提出"一画"说，看似简单，却包含多重含义。他认为，"一画"是万物的本原和法则，"一画者，众有之本，万象之根"①。画家应以"一画"为根据去描绘刻画万物，才能描绘出事物的真实形态，才能传神；"一画"又从属于艺术家之心，艺术家掌握了"一画"的法则才能达到主客体的相互融通；画家还应以"一画"贯串于创作过程的始终。可以说，"一画"之理统摄绘画之道，"一画"之理不明，对画之法则就不明。"一画"之说具有深刻丰富的艺术哲学道理。石涛借用道、佛思想说"一画"，从绘画最基本的"一画"（线条或一字）论起，阐明了"一画"即包含绘画所有法则的道理。故他说："我有是一画，能贯山川之形神。"②

中国古典美学的这种表达方式自然与汉语言文字的特征密切相关。汉字是属于表意体系的文字，字形和字义有密切关系，汉字形体的构造就有"六书"的说法，即象形、指事、会意、形声、转注、假借。象形是汉字构造最基本的原则，会意、形声在多数情况下以象形为基础。这种构造方式使得汉字本身逐渐有了本义、引申义的区别，存在着一字多义的现象，汉语言在发展过程

---

① 《石涛画语录·一画章》，见北京大学哲学系美学教研室编：《中国美学史资料选编》下册，中华书局1981年版，第327页。

② 同上，第332页。

中也存在着言简意繁的状况。《周易·系辞》很早就指出："书不尽言，言不尽意。……圣人立象以尽意。"随后，也便产生了言、象、意三者之间关系的讨论。到了魏晋，玄学还将言、象、意关系的讨论上升到形而上的哲学高度。王弼《周易略例》亦云："夫象者，出意者也；言者，明象者也。尽意莫若象，尽象莫若言。"由于汉语言及其汉语文学本身有着"言不尽意"和"得意忘象"的特征，故在理论术语和概念的表达上也认为"言"在传达功能上是有局限的，不如"象"在内涵和指向上比"言"更宽泛更精致。而"象"却是比"言"更简化的，建立在"象"基础上的"言"也不得不趋于简易，所以中国古典美学不仅注重具象的表达方式，而且在概念、范畴的表述上也力求以简易为上，并力求多用形象去表达，但意义却可以多层而繁复。这也是中国古典美学重视隐秀、含蓄的重要原因。

此外，中国古典美学的这种表达方式还与中国经学中的解经传统相关。中国经学中的解经是一种典型的具有东方特色的阐释方式。经是原典，围绕着原典，中国的经学解释可以做出多种延伸性阐释，其中包括各种无意或有意的误读。如对《周易》的阐释，解易家围绕着卦象可以展开丰富的联想，引发出多重的成系列的意义。如对《诗经》的阐释则有"诗无达诂"的说法，围绕着《诗经》中某句诗可以延伸出历史、道德等多层含义。在中国的解经传统中，作为原典的"经"是"简"的，但阐释却是可以"繁"的。圣人之言是"简"的，阐释圣人之言可以是"繁"的，解经正是要将原典和圣人之言的意义扩大和延伸。正是在这一阐释传统的延续中，中国古典美学尤其是原创性美学的表达方式往往是遵循言简而意丰的原则的。

四、结论

从总体上说，中国古典美学的表达方式是诗化的，它不仅是一种自然之思，而且是一种诗语之思。它不追求对美学概念和理论命题做逻辑性的界定性的阐述，而追求在具象和观念、具象和意义之间的融合，从而留下更多的意义空白，让读者去体验，去想象，去扩充。这种具象性表达方式还始终充满感性生命，它运用的喻象不仅体现抽象的艺术哲理，而且通向人的心灵和精神；中

国古典美学范畴不是固定不移的,而是可以在概念的相互转换、相互包含之中构成相反相成的关系,它体现出艺术内部的内在联系,其意义在动态中生成与延伸;中国古典美学在语言表达方面崇尚简洁,但却蕴含着较大的意义联想与扩张空间,具有超越性与开放性。原创性的经典著作的表达往往遵循着言简而意丰的原则。

(原载于《光明日报》2001年8月1日)

消费时代文学的意义

一

文学是否面临着一个消费时代，许多人还是持怀疑态度的，有的人甚至拿中国东西部的不平衡、整体还在建设小康社会之中来否定消费时代的到来。

法国学者让·鲍德里亚（Jean Baudrillard）在马克思提出的历史变化的三个阶段即前商品化阶段、商品阶段和商品化阶段的基础上提出了第四个阶段，那就是消费社会阶段。在消费社会中，商品不仅仅是数量的极度扩张问题，而是商品太多，反客为主去制造人们的各种需要。人们的消费行为不仅仅是一种经济行为，而是转向为一种生活方式和文化行为。综观世界经济发展大势，全球进入了消费社会已成为大多数专家认可的事实。

中国经济正处于向市场经济加速转型并尽快完善社会主义市场经济体制的时期。尽管我国现在还存在着东西部发展的不平衡，城市和乡村、山区发展的不平衡，但在总体上中国已进入了一个消费社会的中级发展阶段。随着居民收入的稳定增长，居民在满足基本的生活需要"吃"的同时，用于娱乐、旅游、休闲等享受性消费的支出增加。2002年我国城镇居民家庭恩格尔系数已为37.7%，比1998年的57.5%下降了19.8%；2002年与1996年相比，下降了10.9%。彩电、冰箱、洗衣机、空调器、影碟机、热水器等耐用消费品已逐渐成为居民家庭生活的普通用品；家用电脑、笔记本电脑、轿车等高档消费品也渐次进入居民家庭；住宅需求也成为城镇居民共同追逐的消费热点。[①]有专家认为，当前要考虑的不是实行适度消费政策，而应该是继续扩大内需，促使我国将巨大

[①] 参见陈新年：《消费经济转型与消费政策——关于如何进一步扩大消费的思考》，《经济研究参考》2003年第83期。

的消费潜力转化为现实购买力，才能保持国民经济长期发展的后劲。①因为近十年来我国的最终消费率和居民消费率在呈不断下降的现象。这种高储蓄、低消费的现象对国民经济是不利的。

无论是从经济发展的现实还是从将来的走向来看，扩大内需、刺激消费既是发展我国经济的政策，也将是我们不得不认可的事实。

再从文化消费角度来看，在我国，文化消费的严重不足更是我们要引起高度重视的问题。据统计，在中国居民的文化消费中，绝大部分是教育消费，就2001年来说，教育支出人均428.3元，而文化娱乐支出仅122.3元，文娱耐用消费品支出139.4元，教育支出占的比重显然过大。②仅就图书市场言，2000年中国人均购书5.55册、29.77元，而1999年，美国图书销售240.2亿美元，人均约为100美元，折合800多元人民币。③从生产与消费的相互制约、相互促进的关系看，文化消费的严重不足将不仅直接影响到文学艺术的生产与发展，影响到国民经济的正常运行，而且还会影响到整个国民素质的提高。没有文化消费的主体，繁荣与发展文学艺术生产亦将成为空想。

因此，对消费时代的来临，我们确实不能采取鸵鸟政策了。波涛汹涌的消费时代的到来，已经成为我们不可躲避的事实。作为批评家、理论家、文化人，我们也应该以经济学的眼光去看待社会问题，既不要对消费社会的到来采取躲避政策，也不要对消费社会抱有偏见，而应该是承认事实，积极应对。这才是实事求是、与时俱进的态度。

二

在当下消费时代，文学面临的最大问题是两个，一个是消费时代的文学

---

① 参见陈新年：《消费经济转型与消费政策——关于如何进一步扩大消费的思考》，《经济研究参考》2003年第83期。

② 参见李康化：《文化消费：扩大内需的有效途径》，见江蓝声、谢绳武主编：《文化蓝皮书/2003年：中国文化产业发展报告》，社会科学文献出版社2003年版。

③ 参见贺剑锋、刘炼：《我国图书买方市场的特征及对策研究》，《出版科学》2001年第4期。

究竟是什么，另一个就是消费时代文学的意义问题。围绕着第一个问题，前几年已展开过讨论，虽然没有什么定论，但有些学者的观点如彭亚非的《图像社会与文学的未来》和费勇的《什么是我们这个时代的文学》①给这个问题的思考提供了新的途径。而在文学的意义问题上，一些批评家、理论家们却更多地流露出担忧：一是文学艺术的商品化会导致文学艺术意义的减弱，尤其是教育意义的衰减；二是在刺激消费过程中，其他领域对文学艺术的借用或利用带来的日常生活审美化会使文学艺术的"诗意"泛化，继而削减文学艺术的感染力；三是文学艺术的商品化会造成文学艺术创造性与个性的丧失，从而导致文学意义的流失。

应该说，要弄清楚这三个问题确实是一个复杂而艰难的课题，而且这也是一个正在变化和正在实践中加以解决的问题。这些问题实际上在法兰克福学派那里就早已提出并讨论过，但对这些问题的看法却存在着困惑和争论，结论也并不一致。对这些问题的探讨一直在进行着。

从文化经济学的角度看，文学艺术的商品流通过程中并不仅仅是流通着财富，它也会生产和流通着意义、快感和社会身份，所以，读者（受众）从作为消费品的文学艺术中仍可获得意义和快感。他们选择什么样的文学艺术，实际上也决定着他们的文化价值观。正如约翰·费斯克（John Fiske）所指出的那样，消费者"在许多商品中选择特定的一种，对消费者来说，选择的是意义、快感和社会身份"②。商品流通过程中的意义和快感可以有强弱之分、多少之分，但并非文学艺术作为商品流通之后就只会减弱它的意义。意义是否减弱或者保持与增强，这主要取决于文学艺术本身所具有的社会与艺术价值。从传播学角度看，文学艺术作为商品交换流通量越大，其意义的影响面也越大，其社会的效益也会越大，它们所具有的社会价值会得以放大。如果从赢得更多的交换/流通机会来看，作为商品的文学艺术倒还要更认真地去考虑它的艺术价值和社会意义，因为拙劣的艺术商品只会败坏消费者的胃口，并加速它退出市场的速度。比如粗制滥造的肥皂剧与蹩脚的言情武打小说。从营销角度看，

---

① 彭亚非文、费勇文载于《文学评论》，2003年第5期。
② 约翰·费斯克：《大众经济》，见陆扬、王毅选编：《大众文化研究》，上海三联书店2001年版，第134页。

作为商品的艺术同样必须树立自己的品牌意识，也要制造得精致优美以吸引更多的消费者。正如张艺谋的电影和他的其他艺术制作一样，他通过多种艺术手段创造一种唯美主义的氛围，就是力图想以精美制作赢得更多的市场与消费者。张艺谋是想走市场道路的，事实上，他在《红高粱》和《秋菊打官司》制作成功后，就一直在探索电影的市场化道路。他能将《一个都不能少》《我的父亲母亲》这样并不具备轰动效应的题材打造成具有轰动效应的作品，就在于他懂得了一些市场之道。后来人们批评他的《英雄》与《十面埋伏》，认为它们并不成功，这恰恰是他太想树品牌了，没有把握好文学意义与市场的互动关系，反而损坏了它的市场效果。我想，他会在市场化的探索中不断总结经验教训，取得更好成就的。他编导的《印象刘三姐》在民间文化的再创造与市场化运作的融合上就取得了进步。

　　文学艺术作为商品生产与流通之后，是否一定会减弱或失去教化功能，甚至引起道德上的滑坡呢？这也不是绝对的。必须承认，文学艺术作为商品去生产，它所注重的当然会是市场，但在市场占有与道德滑坡之间并不存在必然的联系。这正如市场经济兴起与道德的沦丧并不存在必然的联系一样。对于资本渗入文化生产以后带来的"道德恐慌"，从18世纪以来就一直存在，正如英国文化评论家特里·洛威尔所指出："18世纪，小说的兴起引起广泛的攻击，小说被指责在道德上对思想薄弱的妇女和仆人产生了有害的影响，而她们是这一新形式的热切的消费者。从教堂到评论界，小说受到一致抨击。这一现象在20世纪30年代的电影和50年代的电视身上重新出现。这次的恐慌同样集中于意志薄弱的儿童和青少年，担心他们会沉溺于放纵地模仿媒体上播放的暴力内容。"① 在中国，明清戏剧、小说兴起之时，也曾受到官方的道德抨击，认为它们是"诲淫诲盗"，有的地方官还颁布禁令禁演"淫戏"，如清代周际华在任地方官时就曾出令《禁夜戏淫词示》，其中说到："民间演戏……惟是瞧唱者多，则游手必众；聚赌者出，则祸事必生；且使青年妇女，涂脂抹粉，结伴观场，竟置女红不问，而少年轻薄子，从中混杂，送目传眉，最足为诲淫之

---

① 特里·洛威尔：《文化生产》，见陆扬、王毅选编：《大众文化研究》，上海三联书店2001年版，第128页。

渐。"①这亦是将"道德恐慌"对象锁定于妇女和青少年身上。即使在20世纪90年代末和本世纪初，人们也一直担忧电视剧《还珠格格》中的"小燕子"形象会影响到青少年的道德追求发生偏向。现在，当《魔戒》小说和电影出场时，又有人担心青少年会坠入幻想，将历史与现实不作区分，干出一些荒诞不经的事情来。其实，人们看到的只是资本渗入文化生产以后带来的"可能存在"的负面影响，或者是有极个别的个案出现就以个案推及全部，造成"道德恐慌"的声势，但对它所产生的道德方面的积极影响，甚至在文学想象领域的拓展作用却估计不足，同时对当代青少年所具有的知识面和接受力也缺乏正确估价。比如青少年喜爱的《魔戒》《哈利·波特》中同样渗透着有关正义、善恶等伦理观念的教育，通俗歌曲中同样也可承担主流意识形态中的道德教化功能，像李春波演唱的《一封家书》《工作》、陈红演唱的《常回家看看》等，其中也贯穿了孝敬父母、增强家庭责任感以及忠于职守、干好本职工作等朴素的道德教育。从影响与收效上说，这些歌曲的歌词远强过那些空洞枯燥的道德教育报告和报纸上充满陈词滥调的高头讲章。

在当今消费社会中，文学艺术常常被其他的文化现象如广告传媒、时装表演、商品包装、各种节庆等所借用，并覆盖到大众的日常生活之中。这种借用造成了许多亚文学艺术现象，或称之为文学边界的扩大，从而形成审美的泛化或称日常生活审美化的态势。对此文化现象我们究竟如何应对？

首先我们应该看到，文学艺术的这种被借用不是什么坏事，对文学艺术的发展来说，反而会起到一种形式上的拓展与推进。历史上文学艺术常常被宗教所借用，产生诸如西方的教堂音乐、教堂壁画以及中国敦煌的变文等等。宗教看重的正是文学艺术的感染力。当今的广告借用文学增强它的影响力和感染力，若有独创性，亦可能产生"广告文学"这一新的文学体裁；主题公园中不乏大型歌舞，这种大型歌舞亦可独立为一种形式，区别于晚会歌舞形式，将来诞生出的精品亦可能成为大众文化中的艺术经典；通讯借用文学创造具有文学性很强的短信，"短信文学"的产生也呼之欲出（实际上这种形式我们在《世说新语》中不是也见过吗？）。网络文学更是借助网络的普遍使用而正逐渐形

---

① 出自周际华：《家荫堂汇存从政录》。

成它独有的文学体裁、语言等形式特征，并且改变着读者的阅读习惯，甚至改变了受众与生产者的相互关系。从马克思主义的观点看，当物质生产条件包括技术发生一定变化之后，意识形态包括文学艺术等上层建筑在内都会产生或快或慢的变化。一个时代有一个时代的文学艺术，在当今信息时代与消费时代，文学艺术发生扩容、变异并产生变种，应该是可以理解、容忍并逐渐接受的。

其次，文学艺术被其他领域所借用带来的日常生活审美化也并非坏事，而是好事。在全面建设小康社会的追求进程中，大众对美好生活的追求欲望只能是越来越强烈。大众要求他们的衣食住行越来越趋向于审美化，而生产者为了适应消费者的需求而将审美"灌注"于产品中，会成为消费社会的正常态势。美理应属于大众。大众在美的产品与全社会制造美的氛围中得到美的熏染进而提升自身的素质又有什么不好呢？在送人的礼品包装盒上印上唐诗不是既富人情味又富艺术性吗？在逛商场时顺便观赏布置得美轮美奂的陈列橱窗，不也是赏心悦目吗？宽敞舒适又富艺术趣味的购物环境我们会排斥吗？刺激消费当然是销售商的目的，但对"灌注"其中的艺术性难道我们就只有反感、排斥吗？日常生活成为审美文化的一部分，艺术也成为美好生活的一部分，艺术生产又成为文化制作的一部分，亚文学艺术现象亦能给大众带来美的享受，诗意泛化一下又有什么不妥呢？

再次，对什么是消费社会中的"诗意"问题，也应有一个新的理解。拿中国画来说，昔日描写幽壑高林、渔樵寺庙谓之有诗意，到"岭南画派"创始人高剑父以及现代国画大师齐白石等人，描写平民百姓以及百姓日常生活器物也不能说它就缺乏诗意。徐悲鸿画马固然符合传统的诗意，但写实写史的题材如《田横五百士》等也有诗意。当今的一些文人画，将候车的白领、闲居弄猫的妇人画进画中，也不能说就无诗意了。茅盾文学奖得主、长篇小说《白门柳》作者、广东画院院长刘斯奋撷取日常生活现象入画，不仅入时，而且也揭示了日常生活的诗意。当今油画界描写日常生活成为画家们的共同倾向。2004年第10届全国美展，广东作者孙洪敏所创作的《女孩·女孩》，画的是两个入时但又精神疲惫的女孩，其意义也是较丰富的。此画曾获得银奖提名。[①]细想

---

① 参见《南方日报》，2004年9月12日第7版。

一下，西方的一些优秀画家，过去描写的也多是贵族的日常生活，如洗浴、梳妆、宴会等，它既是时尚，同时也充满诗意。如今的画家本着"笔墨当随时代"的精神，把笔触放到平民的日常生活中，只要思想深刻，也同样会获得诗意的。在科学技术发达的时代，通过一定的技术诗意还可能被放大与加强。如灯箱广告中的巨幅照片，电视中富有诗意与视觉冲击力的广告片等。在这一点上，我倒很赞赏法兰克福学派代表人物之一的本雅明，他认为在机械复制时代，以电影等为代表的现代机械复制艺术的诞生，虽然使得传统艺术的"光韵"（相当于"诗意""韵味"）消失，但因为它把艺术品从"对礼仪的寄生中解放了出来"[1]，使艺术成为大众的东西，从而使得艺术的功能、价值以及接受都发生了根本改变。既然现代艺术的功能、价值以及接受都发生了转变，为什么"诗意"就不会发生转变呢？在当代社会，我宁可将"诗意"理解得更广泛些，正如海德格尔所说过的人应该诗意地栖居在大地上。这里的"诗意"不仅指人类应具备精神家园，亦指人与自然、人与人之间、人与社会之间的和谐关系。当代文艺具备丰富而深刻的思想，给陷入物质迷茫当中的人以启蒙与警醒，让人在现实中重建对合理生活的希望与信心，不也是当代社会的"诗意"吗？

至于文学艺术的商品化是否会造成文学艺术创造性和个性的丧失，这也是一个尚存争议的问题。本雅明和詹姆逊都认为艺术的商品化会损害艺术的创造性，尤其是詹姆逊认为在后现代文化时代，艺术的独一无二性消失，成为模仿的"类像"。丧失创造性和艺术个性的现象在当今的文艺生产或文化生产中固然存在，因为文学艺术作为商品流通自然会造就一批制造"通货"的生产者。但购买艺术的大众口味也是变化的，到一定的时候他就不满足于"通货"而要求接受"精品"了。其实，在商业竞争激烈的消费社会，文学艺术要在市场竞争中脱颖而出并赢得市场的占有量，如果没有强烈个性与创造性，消费者也是不买账的。优秀的艺术生产者既要考虑市场需求，又要在适应市场中坚持其艺术理想和艺术个性。巴尔扎克曾经为了市场而写作，但他在大量创作中也

---

[1] 瓦尔特·本雅明：《机械复制时代的艺术作品》，中国城市出版社2002年版，第17页。

留下部分具有创造性的"精品"。莎士比亚的剧作也曾迎合过大众的口味,但他创作的优秀作品仍然是所有剧作家中最多的一个。在消费社会,连物质产品的生产也要打个性的品牌,才能吸引更多的消费者。如手表、手机、微型洗衣机等,其工艺设计师在能保证其功能实现的前提下,也越来越追求外形的个性化和独特性。最近,德国的皮勒(Piller)教授首次提出了"个性化批量生产"的概念,即客户(购买者)可以借助互联网等工具参与到生产过程当中,自行设计所需要的个性化产品,再由厂家组装、生产和配送。戴尔公司的电脑已开始实施按用户要求组装各种个性化电脑。瑞士的一些手表厂可以由客户对手表的设计进行参与。皮勒教授的研究小组正伙同阿迪达斯公司,在网站上请消费者自行设计运动鞋,并由其他用户参与修改,最后再由用户投票选出最受欢迎的款式进行批量生产。作为精神生产的文学艺术作品,更要面临大众的评头论足,如像戏剧、电影、电视连续剧等,如果缺乏独创性和个性,就会被大众无情地抛弃。因此,在市场经济与消费时代,艺术的商品化同样也向艺术的独创性提出了更高的要求,关键在于艺术家和理论家是否能应对这种要求与挑战,拿出更具独创性的作品来。

三

以上是我为消费时代文学的意义问题所作的辩护,目的是想从积极或正面的方面去理解文学存在的价值以及发展的前途问题。我总觉得我们当前的理论界、批评界对文学存在的价值、文学的意义、文学的发展路向太过于悲观。一些理论家、批评家总是认为当前的文学由于受到价值多元与市场经济的冲击,意义趋于贫困化、平面化、低俗化,有的甚至持一种"新左派"的立场,认为当前文学已完全丧失了批判性,沦为了金钱与肉欲的奴隶,是与消费社会、市场经济合谋而扼杀了文学。我以为这些看法有失辩证法。我不否认当前文学确实存在一些弊端,但这些弊端的解决只能靠发展。发展也是文学得以生存与发展的硬道理。20世纪90年代以来,文学大大发展起来了,这应该是事实。比如90年代始作家和批评家都开始重视叙事,实现了从"写什么"到"怎么写"的重大转变;文体大大发展,单散文一项就出现了许多突破;小说创作中也有像阿来的《尘埃落定》、陈忠实的《白鹿原》、张平的《抉择》等重磅作品，其价值并不逊色于20世纪80年代的作品；还有文学与电影电视的联姻，既形成了电影电视的繁荣期，反过来电影电视又扩大了文学的影响力，吸引了大量观众等等。这些都极大丰富了人民群众文化娱乐与精神的需求。可以肯定地说，当前文学并没有衰退和走下坡路的迹象，更没有要"终结"的预兆。如果当前的文学正在变得无意义、无价值，正在当着金钱的奴隶，那文学还有什么前途呢？发展又有什么意义呢？消费社会的到来真的就成了文学的克星了吗？技术时代的到来真的就会使文学彻底从地球上消失吗？我看未必。像中国宋元明时期，文学亦曾面对过市场，经历过消费与肉欲泛滥时期，宋元话本中不也是有佳作留存吗？"三言二拍"不也成为中国文学的经典，其中也不乏追求精神至上的优秀之作吗？就是颇存争议的《金瓶梅》，不也风风雨雨撞入到21世纪来了吗？想当年这些东西都曾是迎合过市场和大众的，它们倒也构成了中国文学中"有意义"的部分与环节。当今文学在迎接市场经济和消费社会的挑战中，依然在寻找和探索新的定位、新的意义、新的价值，出现了许多新的转变和转机。我对消费时代文学的前途是充满希望的。

　　文学是人学，是关注人、研究人、研究人与社会、人与人之间关系的精神生产。古往今来，文学充满对人类和社会的爱，歌颂也罢，批判也罢，都是为了追求人类与社会更美好的前程。自20世纪现代主义文学产生以来，文学似乎表现对人类、社会绝望的成分多，但正如阿多诺所言，人们正是从卡夫卡式的绝望之中看到了希望，得到了拯救。从批判中得到拯救，从绝望中获得希望，这正是文学的人文关怀。用佛家语说这是大慈悲。文学与文化研究之所以相通，是因为它们在本质上都渗透着批判精神，充满着对人类社会的拯救关怀。这种人文关怀精神在21世纪不会过时，往后恐怕也不会过时，除非文学不再是由人来创作。人文关怀在各个时代有不同的表现形式，在21世纪文学及其文学研究只要坚持批判、拯救，并实现对现实的超越，大方向就不会错。这可能是文学还之所以为人们热爱而未能被终结抛弃的原因。

（原载于《文学评论》2005年第6期）

消费时代文艺学的自身调整与建构

随着消费时代来临,文学发生着快速的变化,读者的趣味也发生了很大变化。文艺学如何贴近文学发展的实际,贴近社会生活,贴近读者大众的阅读与欣赏实际,做出相应的反应,是发展文艺学的关键。为此,文艺学自身需要进行调整,放宽视野,与时俱进,做一番新的建构。

首先,应澄清文学的基本问题。在媒体与信息扩张的今天,文学的发展确实遇到了问题,比如什么是文学的文学性和文学的存在方式,如何看待亚文学现象等等,都直接与"当今文学是什么"这一基本问题联系在一起。当今的文学文本呈现出多样形态,它不再是过去单一的纸质媒体,可以存在于网络、影视、摄影、广告、歌曲之中,文学性开始向日常生活弥散与播洒。一些亚文学的东西浮升上来,如手机短信就介乎日常生活的沟通与制造文学意味之间。但是,尽管文学的存在方式发生了变异,构成文学的基本问题并没有完全改变,只是部分产生了变异。比如,(一)文学是语言的艺术;(二)文学是情感的、能打动人引起人共鸣的产物;(三)文学是深刻思想完美表达的艺术;(四)文学是可引起人快感、美感并达到娱乐的艺术。只要文学这四项基本特质还存在,它不管以什么方式、载体出现,它都构成文学,并具有文学性。比如崔健的摇滚曲《一无所有》、陈小奇的《涛声依旧》,它能在感情上抓住你,打动你,那它就是文学。难怪著名文学评论家、北大教授谢冕要将崔健的《一无所有》选入《百年中国文学经典》的诗歌类中去。有人说:"大多数传媒文学是不可能经典的"。[1]我以为这话既对但又不全对。宋词当时在酒楼坊肆流行的时候,又有谁想到它也能成为日

---

[1] 参见曹万生:《消费时代文学人文性变异之思考》,见《中外文化与文论(第11辑)》,四川大学出版社2004年版。

后的文学经典呢？今天看，宋词当时的传播方式也相当于今天通俗歌曲的流行方式。许多优秀的唐诗之所以优秀，是因为它们在当时就被人广泛传唱，流行于社会之中而得以奉为经典的。流传甚广的"旗亭赌胜"故事反映出唐代优秀诗人的佳作在当时社会流行与被消费的盛况。流行的未必就是坏诗，不流行的未必就是好诗。白居易的《琵琶行》《长恨歌》以及他的其他诗作在当时社会广泛流行，正说明其作品的思想与艺术价值得到读者的喜爱。其实，唐诗上万首，经典选本也只选数百首，许多诗被历史淹没了。所以，严格说起来，历史上大多数文学作品也不可能成为经典，而不仅仅是传媒文学而已。就如今天的长篇小说，一年一千部，又有多少能成为经典呢？经典是相对于后世来说的，是后世人对前世人创作的认可。当社会有需要出一千部小说，且有市场，它就有出现的理由，这总比"文革"时期只有八部样板戏要进步得多。我们不能要求所有的传媒文学都成为经典，但也不要想到只有传统的纸质媒体文学才可创造经典。其实，从逻辑上说，传媒文学这个词也是有问题的，难道纸质媒体就不属于传媒之一种了？报纸也是传媒，难道报纸上发表的小说、诗歌不能成为经典，而只有传统的文学月刊杂志比如《十月》《收获》《花城》等发表的小说、诗歌、散文才可能成为经典？经典不经典，跟传媒没关系，关键在它提供的信息是否构成文学，并能否具备日后成为经典的元素。

  其次，应弄清文类的变化。当今时代，基础文类已发生新变化。梁启超所处的时代，小说已受到大众的重视，并产生广泛的社会影响，故小说被梁启超视为"文学之最上乘"，小说这种叙事文类已代替诗赋抒情文类成为文学的主流。而如今，虽然叙事文类仍是主流，但内部却产生了分化与变化。如影视借文学为蓝本插翅飞入大众百姓家成为核心媒体，而杂志、戏剧等沦为边缘媒体或文类。不同的媒体形式反过来又影响到文学的创作方式，包括叙事的方式。比如流行歌曲，我们长期视其为"快餐文化"而不研究它们的文学构成、思想文化内涵及其表征。当今流行歌曲在叙事文类的影响下也靠近叙述，而减少了抒情。我们的文艺学不能无视文类内部的变化。不去研究并及时总结这些变化的现象，理论就会滞后，而且新的原创性的文艺学也无法构建。美国比较文学学者厄尔·迈纳曾指出，一种原创性诗学的形成必然是与它所基于的基础文类相关的，像早期欧洲的"摹仿诗学"建立在再现文类戏剧的基础上，中国古典"情感—表现"诗学则是在抒情文类抒情诗基础上产生的。[①]从20世纪初以来，经过100余年，中国的叙事文类已成熟，且与国际上的叙事文类理论相通。但中国当前在叙事文学方面的诗学并没有多少原创性，是追随西方而行的。如果我们掌握好当今文类的变化，研究其美学构成规律，尤其是研究中国叙事文类的独特性，对构建有原创性的文艺学是有帮助的。比如现在有学者提出，中国现当代小说中存在着一种"写意小说"的问题，将它们的出现与中国文化传统、中国诗画乐的艺术传统联系起来综合考察，就有助于揭示中国当代小说创作的特有规律。

再次，要尊重中国经验。外国的理论进入到中国是要产生变异并带上中国人的理解和再创造的。如20世纪早期从西方传入的"现实主义"理论，在茅盾等现实主义作家那里有自己的理解，到了50年代—60年代则更有邵荃麟、秦兆阳等理论家的自我创造。80年代—90年代传入中国的后现代主义理论，也是变了种的了，难怪起初还有人指认他们是"伪后现代"。这没什么奇怪，因为它带上了中国学者的理解和阐释。理论流通与交流虽无国界，但理论的产生与再创造却有国别，这就凸显出中国经验之重要了。中国面临的消费时代与西方发达国家所处的消费时代有差别，作家的感受不一样，所产生的文学艺术也不同，这便是中国文学的中国经验。同样是大众文化，但在中国和西方面临的命运也可能不一样。比如西方的现代舞，邓肯当年创立时是为了使舞蹈从古典舞中解放出来，使舞蹈从宫廷、贵族豪宅走向平民，并走向自然，但现代舞传入中国却成了精英式的东西，它想要成为大众化也难。当前文化产业界也想引进一些在西方国家属于大众文化的戏如《猫》《大河之舞》之类，但到中国后由于票价的问题，一般大众是难以问津的，它们反而成了"小众文化"。这就是中国经验之不同。文艺学只有很好地尊重中国文学的中国经验，研究中国的真实问题，才能更好地诠释中国文学，创建新时代要求的文艺学。

又次，调整观察视角。文艺学关注当代文艺现象，也应与时俱进地调整

[①] 厄尔·迈纳：《比较诗学》，中央编译出版社1998年版，第32—33页。

观察问题的视角。如从生产的视点观察文艺现象，对文学作品的产生、消费与流通过程进行把握，充分了解其中的形象是根据何种需要生产出来的，其生产方式有何特点，为何需要按照那种方式去生产。从生产视点观察问题是文化研究很重要的一个因素，文艺研究吸取其优势，能够更好地补充自身的不足。马克思主义文艺生产观很早就提倡从生产与消费对象的关系研究文艺，后来的接受美学也具有类似的视角。只不过，过去文艺学对文艺生产的问题未加以特别重视而已。又比如文学当中的虚拟真实问题，也必须从当今数字时代的生存方式、交往方式去加以理解。"虚拟"问题如今也成了哲学的一个热点难点问题，生活中的人往往也错将电脑中的虚拟世界当作真实。何为生活真实？虚拟真实是否也构成了我们真实生活的一部分？现在不少奇妙的故事就产生于"虚拟"的真实生活之中。

最后，坚持文学的批判、拯救与超越功能。在消费社会，文学并非一味追随市场，迎合大众口味和趣味，它应该坚守文学的理想，坚持文学的批判、拯救与超越功能。千百年来，文学有歌颂盛世、粉饰太平的功能，文学在为帝王宫廷服务的时候的确有这种功能，这也是文学功利的一面。文学功利性的一面还可表现在批判性上，如白居易主张的"新乐府运动"，虽提倡文学对现实的讽喻，但也是具备功利性质的。白居易针对中唐社会现实，根据文学发展的需要，提出"文章合为时而著，歌诗合为事而作"，主张诗歌要多关注世事民生，这本身并没有什么不合适的地方。文学功利性是不可能被完全排除的。关键是文学还有"无用为大用"的一面，也还有大关怀大拯救的一面。伟大的文学家往往都有一腔悲天悯人的大胸怀，他们对社会与人生的批判，有时往往是功利性色彩淡得很的。他们往往从人类生存困境与出路的探寻入手，在人类的绝望处指出希望，实现将批判与拯救结合起来的文学超越，从而带给人类以信心、勇气与希望。20世纪西方文学中的现代主义、存在主义文学正是在揭示人类生存困境之中透露出批判与拯救，20世纪中国文学中的鲁迅也是如此，他在犀利地批判中国国民性的创作中寄寓了他对中国民众、社会的拯救与希望，他的"救救孩子"的呐喊不是对中国社会和广大民众的警醒和拯救吗？"寄意寒星荃不察，我以我血荐轩辕"，鲁迅怕的就是民众、社会对他的不理解。中国当代文学中能怀有鲁迅那样阔大胸怀和远大关怀者罕有。消费时代的文艺学应该坚持文学的价值与理想，鼓励与引导文学创作的批判性、拯救性与超越性，在消费社会中为人类社会提供强烈的人文关怀。

（原载于《学术研究》2006年第3期）

流行文艺与主流价值观关系初议

随着中国工业化、市场化、城市化进程的快速发展，也随着媒介科技化的高速发展，中国的文艺生产与消费也步入了"高铁时代"。文艺领域中雅与俗的界限愈来愈模糊，"它不仅是中国当代文化的独特现象"，而且是"全球化语境下一种具有普遍性的文化景观"。①雅与俗的相通与融合也呈不可逆之势，并逐渐为消费者接受，成为"文化大餐"中的"美味佳肴"。最典型的例子莫过于2012年中央电视台制作的春节联欢晚会了。在这次晚会上，中国顶尖歌手宋祖英与国外大牌歌手席琳·迪翁搭档用流行手法演绎了中国民歌经典《茉莉花》，郎朗与侯宏澜联袂演出了钢琴与芭蕾合作的艺术品《指尖与足尖》等。中国社会自从进入21世纪这十余年来，流行文艺承接20世纪90年代以来的发展脉络，正呈泛漫之势，并逐渐填充着大众文化消费与文化想象的空间，它们看起来好像是在主流文化的边缘上跌跌撞撞，实际上却在与主流文艺和主流价值观的摩擦与互动中不断扩大着自己的地盘。这背后究竟有什么文化原因？对流行文艺的价值观到底怎么评价？流行文艺与主流价值观真的存在巨大鸿沟吗？本文就试图对流行文艺与主流价值观的关系作初步的探讨。

一

我这里用流行文艺而未用常见的大众文化一词，是想将文章的讨论面缩

---

① 参见朱立元：《雅俗界限趋于模糊——90年代全球化语境中的中国审美文化之审视》，《常德师范学院学报》2000年第6期。其实，雅俗界限差别不那么明显的观点很早就见于西方的大众文化理论当中，如约翰·斯道雷的《文化理论与通俗文化导论》、多米尼克·斯特里纳蒂的《通俗文化理论导论》、阿兰·斯威的《大众文化的神话》等。

小一下。流行文艺实际上是大众文化的一部分,用它可以将如花园广场、购物中心、游乐场等大众文化现象排除在外,而只讨论以文学艺术面貌出现的文化现象,如青春文学(韩寒、郭敬明、张悦然、落落的文学)、网络文学中的流行创作样式(如悬疑小说、穿越小说、耽美文学等)、流行歌曲、流行电影和电视作品(如《失恋33天》《步步惊心》类)、电视娱乐节目(如《星光大道》《中国好声音》类)、时尚杂志(如《瑞丽》等)。如果硬要给出一个定义,我以为可这样去界定:流行文艺是指受人民普遍喜欢和热烈追随并带有某种商业性、时尚性、娱乐性的文艺样式和文艺现象。流行文艺的特性也由此而呈现,那就是大众性、商业性、娱乐性、追随性以及高技术性,其中娱乐性是主体,制造粉丝是其商业模式,充分利用高科技如互联网、以声光电技术为主的大众传媒以及信息通讯技术等是其成功运作的重要手段。

流行文艺的存在已不可回避,而且它还无孔不入、无处不在,它极大地影响着人们的日常生活,影响着人们的生活方式、思维方式和价值观念。在文艺愈来愈被人们当作消费品与娱乐品的时代,流行文艺所提供的文本却让人们感觉到逐渐变得眼盲与脑残,并心甘情愿地接受其在生活与行为方式上的指导。但同时它也给大众带来愉快与意义。流行文艺的制作更多地是由文化工业过程来决定,也更多地根据消费者的反馈去调整。流行文艺所创造出来的文艺新内容、新样式以及冒出来的新词汇与新观念引起了热烈的争议,对其中包含的价值观也存在着反差很大的评价,有的甚至是陷于"冰火两重天"的境地。

究竟如何看待流行文艺中的价值观?它与主流价值观存在多大的差距呢?

二

这里涉及到底什么是主流价值观的问题了。有的人认为在我国现在是价值观混乱,根本不存在什么主流价值观;有的人则认为当前的主流文化已经就是大众文化了,主流价值观就是大众文化所表现出来的价值观,等等。但我认为,从当前中国的文化现实所表现出来的状况看,主流价值观还是国家所提倡的价值观,它是有强烈的意识形态性的,是一种具有价值导向的文化理念,它体现的还是国家与民族的意志,如党的十八大报告中所倡导的社会主义核心价值观就是主流价值观的集中体现。简言之,社会主义核心价值观从三个层面上体现为二十四个字,即倡导:富强、民主、文明、和谐(国家层面),自由、平等、公正、法治(制度层面),爱国、敬业、诚信、友善(公民层面)。[①] 应该说,这种主流价值观的导向是符合人民大众的价值追求和内心愿望的。这些价值观并不是悬在空中的口号,而在于大众个体的积极实践,以求得国家意志与大众意愿的统一。

从当前社会文化发展的状况看,大众文化包括流行文艺与政府倡导的社会主义核心价值观还存在一定的差距,有时甚至会出现背离的个别现象,但我们并不能由此而以偏概全,抹杀大众文化在积极践行社会主义核心价值观即主流价值观方面所作的努力,大众文化所体现出来的价值观追求与主流价值观并没有存在天然的鸿沟,相反,大众文化包括流行文艺在发展实践中还为主流价值观提供了积极的因素,并作为创新的内容逐步被主流价值观所接纳。流行文艺能为大众所喜欢与追随,总有它的理由,它们至少在以下几个方面做出了积极的努力,并为主流价值观提供了积极因素,还与主流价值观产生了互动的影响。

第一,坚持个体精神与感性领悟的表达方式。

回顾20世纪八九十年代的文学发展历程,有着青春冲动的青年文学都是具有个性反叛精神的,如刘索拉的《你别无选择》、徐星的《无主题变奏》、崔健的《一无所有》、余华的《十八岁出门远行》等,这种追求个体精神张扬的文学传统到了21世纪的青春文学中依然存在,而且走得更远。韩寒的出道,其实也是由纯文学杂志《萌芽》这一青年文学的摇篮培养出来的。但后来他与郭敬明、张悦然等的迅速崛起,却脱离了正统文学期刊的羁绊,踏上了商业性很强的流行文艺之路。但正是这些青春文学(或称"80后"作家现象),强烈地表达出了校园青年在成长中的个性精神:孤独、忧伤、骚动以及对传统教育体制的反叛。他们对成长过程的反思并非没有价值,而是真实地反映出了这一代

[①] 见胡锦涛:《坚定不移沿着中国特色社会主义道路前进,为全面建成小康社会而奋斗——在中国共产党第十八次全国代表大会上的报告》,人民出版社2012年版,第29页。

青年人对社会传统教育体制的看法、对新的人际关系的评价以及对自我价值如何实现的思考。也正因为如此，电视剧《还珠格格》中的"小燕子"形象才那么为他们所喜爱，不为别的，就是"小燕子"那种具有叛逆、敢说敢爱敢恨的个性精神感染了他们。他们不像五六十年代的中年人那样只是怀旧，而是在青春反思中前行。20世纪90年代是整个社会怀旧思潮盛行的年代，陈小奇、李海鹰等的歌曲《涛声依旧》《弯弯的月亮》、"老照片"系列图书的出版等浸透着怀旧的情绪，透露出新旧转型过程中淡淡的忧伤，那种时代的忧伤情绪也未必不对"80后"文学青年产生影响。当然，我们很难将中国的青春文学与美国塞林格的《麦田里的守望者》以及杰克·凯鲁亚克的《在路上》去相互比照，但我们也注意到"80后"的前辈们如崔健、北岛、王朔、马原、余华等，分明都受到过塞林格与凯鲁亚克的影响。[1]这些文学界前辈的作品也未必不对"80后"文学青年产生影响。有文化学者兼批评家指出："在'80后'作品中，我们会发现一种青春自由的过度发挥，就是过分注重人物的率性而为，而缺少了反思与批判，甚至没有价值判断。"[2]这种批评当然是道出了他们的缺陷并且是一剑封喉的。但仔细想一下，想指望"80后"的作者有多深刻的理性思考，有过重的反思与批判，这很难符合他们的身份。他们只凭自己的感觉行事，只凭自己的感悟去写作，他们多多少少有一种"我拿青春赌明天"的勇敢，有一种"何不潇洒走一回"的豪爽。这与他们的前辈们经常是思虑过多、犹豫行事是大不相同的。当50年代出生的人还在考虑要不要出远门时，他们已经唱着"快乐老家"，背着行囊，骑着或开着车"自由飞翔"了。"活出敢性"[3]不仅仅是韩寒一个人的价值追求，也成为了"80后"一代青年的共同心声。

其实，青春文学也是有价值判断的，他们既有忧伤，也有温情，既有彷

---

[1] 张闳：《"我就要走在老路上"——〈在路上〉的中国漫游记》，朱大可、张闳主编：《21世纪中国文化地图》（2007年卷），商务印书馆2008年版，第116—120页。

[2] 陶东风：《青春文学、玄幻文学与盗墓文学——"80后"写作举要》，《中国政法大学学报》2008年第4期。

[3] "活出敢性"是韩寒在一则广告中的用语，但"敢性"一词在其《我所理解的生活》（浙江文艺出版社2012年版）中屡次提及。

徨，也有励志，他们的爱情观总体上看还是健康的。他们当中既有卫慧与春树，也有落落与周云蓬，《杜拉拉升职记》中有压抑也有进取，《失恋33天》则真实地记录了他们如何从困惑与困境中走出而获得心的自由和新的爱情的心路历程。谁能说周云蓬的《中国孩子》里的价值观不是以人为本的先行吟唱呢？他们中的很多人都是在唱着《阳光总在风雨后》[①]扬起青春的激情踏上创业与打拼之路的。

当青春文学独树一帜可以单飞之时，他们也没有忘记与主流价值观相切近。郭敬明主编《最小说》杂志，其宗旨就是这样去表达的："以青春小说为主，资讯娱乐以及年轻人心中的流行指标为辅，为青少年提供一个真正能展示年轻才华的原创文学平台，杂志将更注重对于年轻人才的多方位开发，年轻资源的累积和培养，展现真正是有中国文化精神的新青春文学，以积极、健康、时尚的青春文学品质奉献读者！"[②]

第二，寻求与主流文艺相接近的主题与内容，在与主旋律若即若离、若隐若现的表达中透露出对主流价值观以及传统文化的拥抱与热爱。

从2003年当年明月在网络上"用讲故事的方式说历史"发表他的《明朝那些事儿》开始，网络文学开始了以"草根"身份说史、说古典、说文化的新潮。紧随着的，则是网络文学的奇幻/玄幻小说以及"穿越小说"的出现，言情、悬疑、盗墓等文学现象也蜂拥而出，其有影响力的作品如《鬼吹灯》《盗墓笔记》《藏地密码》《步步惊心》《梦回大清》等风靡网络并走红于出版界，并且一直影响到21世纪头十年的影视剧的改编与播出。在这些"梦回"或"清穿"的文艺生产中，传统显然表现出它的强大优势，或许这些作者在回避现实，但借传统而言说现实并透露出他们对治国理政的理想，多多少少也表达了他们对历史与现实的反思。他们无力去改变现实，于是寄托于历史而发泄他们的郁闷；他们无途径去出谋参政，于是就借拥抱传统而表达他们对"重塑人生""改变命运"以及"再造中国"的遐想。那些"重生"招牌的小说如《重

[①] 歌曲《阳光总在风雨后》中有歌词"谁愿意躲在避风的港口，宁有波涛汹涌的自由"，其间充满青春的勇敢与激情。与此类励志歌曲类似的还有《从头再来》《飞得更高》等。

[②] 参见郭敬明主编《最小说》杂志。

生于康熙末年》《重生之贼行天下》《重生之大涅槃》等都表达出来一种面向中国、面向世界的宏大叙事。

这种对传统的热爱之风，的确又不是凭空而起的，其实在电影界早已为之，而且从大牌导演刮起，最早是由李安的《卧虎藏龙》获得奥斯卡奖为发端，引发出国内导演的武侠热、历史热、传统热，如《神话》《英雄》《无极》《刺秦》《赤壁》《画壁》《画皮》《关云长》等，继之而来的则是荧屏上的清宫戏泛滥，以至于造成"四爷太忙"的混乱。到最后，传统只变成了一个幌子，只是编剧与导演在那自说自话而已。这种风气其实又与20世纪90年代以来一直劲吹"国学"之风不无关联。

再放大一点看，其实拥抱主流价值观以及传统文化最成功的是流行歌曲，它们借言说文化之名成功地将热爱中华文化、热爱祖国等主流价值观所提倡的东西毫无缝隙地对接并融合到了一起。从最早张明敏演唱《我的中国心》开始，这种对重大主题的拥抱就一直未断过。《中华民谣》《大中国》《我的名字叫中国》《红旗飘飘》《好大一棵树》《亚洲雄风》以及2012年春晚上的流行歌曲《中国范儿》与《中国美》等，此类型主题的歌曲一出再出，而且还可以流传开去。而在香港与台湾，如方文山与周杰伦的联手合作，刮起了"古典风""民族风"，打造了如《东风破》《发如雪》《青花瓷》等具有古典意象的歌曲作品，满足了大众对精致、华美、和谐的审美期待。内地的跟风则以推出了"凤凰传奇"和李玉刚的《新贵妃醉酒》达到最高标志。可以这么说，流行歌曲是所有文艺样式中最为主流文艺所宠爱的，是最能与主流价值观不谋而合并能承担起构建主流价值观重任的一种文艺样式。它能堂而皇之地登上中央电视台这主流媒体的舞台，尽情挥洒它的才华，并能为上上下下所接受，可谓风光无限。当然，流行歌曲中也有与主流价值观相悖却又能在暗地里行走而不被人发现的，它们宣扬的价值观显然是有违现有道德观的，如《香水有毒》《广岛之恋》等，不过因为它形态小，唱者也不一定深究，也就被轻轻放过了。流行歌曲的"大"功自然将其"小"过掩盖掉了。

第三，在思想禁区的边缘试探并作微小的突破，给读者带来新观念和新生活方式的冲击。

20世纪90年代后期，日本的耽美文化流入中国。互联网兴起之后，耽美小说不断涌现，并逐渐形成了耽美圈。与这有关的电影《霸王别姬》《断背山》也逐渐为社会大众所接受。于是，耽美由日本的"唯美""浪漫"之义逐渐演化为中国的独特含义，即被引申为同性之间不涉及繁殖的恋爱感情。"耽美同人"的概念也便流行开去。耽美文学的出现，开始是在思想禁忌的边缘上试探，但慢慢地发展则有了新的价值表达，即超越性别限制，超越生物的冲动，而旨在追求真情真爱。同时，它在一定程度上也提升了女性对自身身份的认同，在争取两性平等上有了新的价值评判。耽美作家吴迪曾自述过她的写作史，其中的创作心理与价值诉求也是很值得重视的。①

如今，在消费主义盛行与奢靡之风泛滥之际，网络上又流行开来一种"小清新"的流行文艺作品，虽说它们带有浓烈的小资味道，与主流价值观并不十分切合，但其清新的格调也给文坛带来另一种独特的风景，同时也是对过度消费主义的反叛。

从流行歌曲对爱情的表达与诉求看，其细微的变化也透露出来价值观的悄然变迁。20世纪80年代，流行歌曲对爱情的诉求还是总要与社会、与祖国联系在一起的，如《血染的风采》《十五的月亮》《月亮走我也走》等，其情感诉求的背后还隐含着一个"大我"。但在进入90年代之后，情歌则渐渐缩小到个人的范围，甚至表现为一种私密的语言，有的时候还表现出一种对游离于婚姻之外的第三种感情的容忍（如《心雨》一类）。有的又表现出对恋人分手或无法结合之后的大度（比如《分手后还是朋友》《只要你过得比我好》）。还有的则是表现为在失恋之后的自我疗伤、自我坚强（如《再回首》《梦一场》以及《好久不见》等），难怪很多年青人还将此类情歌当作失恋后的精神慰藉，它们的确能起到抚平心灵创伤、帮助失恋者走出心理困境的作用。在这些情感的表达中多多少少体现出了一种新的价值选择：宽容、理性地对待爱情和对恋人的尊重以及无论分分合合一切从对方着想的情感付出。爱情至上，恋人

---

① 吴迪：《一入耽美深似海——我的个人"耽美·同人"史》，见广东省作家协会、广东网络文学院（筹）编：《网络文学评论》第1辑，花城出版社2011年版。

至上,这在一定程度上也提升了社会文明的程度。虽然看起来流行歌曲每次都是一点点的在突破,但累积起来却成为推动社会文明向前发展的动力。自然,情歌中也有不健康的杂音与噪音,但与健康情绪的情歌比较起来,它们所占的比例还是很小的。

第四,叙事表达姿态上的平民化与艺术形式上的创新。它们与主流文艺形成了鲜明反差,推动了主流文艺放下身架并重视起叙事表达与形式创新的问题。

流行文艺最大的优势在于它的平民姿态,用通俗的话说就是非常接"地气",它用老百姓的眼光去观察日常生活,用日常生活的语言去表达它的叙事,也用与老百姓一样平视的眼光去看事情,故能得到上上下下的喜爱。比如电视剧《蜗居》《媳妇的美好时代》等等。再回顾一下,当年电视剧《还珠格格》热播的时候,也不过是将皇宫生活平民化,将皇帝凡人化而得到老百姓的热捧而已。我们经常会批评流行歌曲的口水化、直白化、浅薄化,但恰恰是流行歌曲的这一特点,让它插上了翅膀迅速地飞入大街小巷。在一定角度上说,流行文艺很有点"三贴近"(贴近生活,贴近实际,贴近群众)的味道。这一点,韩剧在中国的热播也多少给中国的流行文艺乃至主流文艺上了好好的一课。

至于艺术形式的创新,无疑又是流行文艺的另一大优势。穿越,看起来好像是这几年的创新,但细究起来,它不过是唐代传奇小说传统的继承与变异而已,如《南柯太守传》中的"一枕黄粱"的故事就是典型的穿越。而且这种形式也不仅仅是中国人在玩,外国人玩得更多,电影《午夜巴黎》不是穿越得更离奇也更出彩吗?当然,在网络文学中大家都来玩穿越,于是就形成了一阵"风",因为穿越更容易让作者表达他们的内心期待。艺术形式上的松绑与创新让网络写手平添了更加丰富更加自由的艺术想象。如网络小说《盗墓笔记》《鬼吹灯》等,说奇谈怪,悬念丛生,再加之在创作时就与读者产生互动,在艺术的形式表达上很能满足读者的阅读期待。为了迎合视觉文化时代读者的需要,现在的流行小说又采用文艺加动漫的方式出版,以新颖新奇而又饶有趣味的艺术形式吸引眼球,争取读者。

三

毋庸置疑，流行文艺也存在着诸多缺陷与弊端，比如低俗、粗糙、芜杂、思想性不纯正、艺术性不强等，但是，因为它们的流行性，在社会上形成了强大的影响，一时间人们倒弄不清到底它们是主流，还是主流文艺是主流了。因此，如何促使主流文艺乃至主流价值观与流行文艺形成良性的互动关系，则是我们应着重去加以研究的了。

首先，主流文艺应给自己松绑，放下身段，努力去贴近大众的实际生活，接好"地气"。

主流文艺是以国家体制为主导、以舆论作引导的文艺，要给自己松绑，就是不要老带着体制和面具跳舞，要将主流价值观化为具体的、形象的、活生生的平民意识和平民生活形态。主流价值观包括主流文艺不能"生活在别处"，而应该回归平民大众的生活之中，否则再好再正确的舆论引导也会被神化并被束之高阁。我们现在的主流文艺似乎有一种通病，一接触到重大题材就概念先行，或主题先行，喜欢用一些大而空的语言去言说，给人留下的印象并不深刻，也不易让人记住。有时候，高雅的艺术降低身段，放平心态和姿态，反而更能为大众喜欢，而贯串其中的主流价值观也就自然地走进大众的生活当中。比如2013年3月底在中国美术馆举行的"许鸿飞雕塑展"就解构了过去视雕塑艺术为高雅艺术的理念，建立起了一种新的平民化的雕塑语言。许鸿飞通过诙谐、幽默的"肥女"雕塑，表达出来一种乡村与都市生活的日常叙事方式，洋溢着一种对幸福生活的享受，对劳动、健康、生命高度关注与热爱的温暖情怀。这种接"地气"的雕塑深受大众的喜爱，谁又能说从它们当中不会体会到主流舆论与价值观的引导呢？

其次，主流文艺要具备与流行文艺共生共荣的观念，除主动拥抱流行文艺之外，还要向流行文艺学习重视市场营销的经验，在争取更广泛的读者/观众方面迈出更大的步伐。从历史的经验上看，高雅文化要赢得大众，也必须得到市场的认可，市场认同会使高雅文化走得更远。如世界顶级男高音帕瓦罗蒂录制了普契尼歌剧中的《今夜无人入睡》这首歌，在1990年，他花了不少力气才使它成为了英国流行音乐排行榜的首位。1991年他又在伦敦海德公园举行免费音乐会，参加人数达十万人以上。他之所以深受大众的欢迎，与他主动拥抱市场、拥抱大众相关，而他在商业上的成功并没有使他的演唱掉了价。①在中国，主流文艺也发生了很大的变化，中国作家协会开始吸纳流行文艺作家包括网络作家入会，"五个一工程"评奖也将图书出版的印数、戏剧演出的场次、电影放映的观众数制定为评奖准入的门槛，电影《建国大业》《建党大业》也开始走明星路线……如果从提升文化软实力、实现文化"走出去"的战略方面去考虑，流行文艺更易在外国人中产生沟通的效果，其次才会是民间艺术和高雅艺术，最后才是体现本国各阶层共有的主导价值观的主流艺术。②主流文艺如何吸收流行文艺在形式上创新、在市场中行走、在读者或观众中互动的经验，形成自己更有特色更有吸引力的艺术趣味，将会更有助于国家文化软实力的提升。我们也不妨学学韩国的经验，将电视剧作为国家工程的运作模式，将主流文化变成流行文化和时代的风尚，既能宣扬主流价值观又能赢得大众的喜爱和可观的经济效益，还可以走出国门，影响世界。

在流行文艺方面，也要充分意识到，如今的大众不再是被动的受众，而是有着抵抗性与挑战性的大众。文艺产品的丰富性就像一个大超市，大众有了更多的挑选自由。如果流行文艺只停留在玩技巧、重技术层面而不去强化思想深度和提升审美趣味的话，大众将会自动抵抗它的产品。在网络互动时代，大众评论的口水也会将艺术的次品淹死。当代的大众对文化含量高、创作精美的产品的需求在不断增加。其实这种现象在国外的后工业社会时期也早就存在过。正如德国的一位文化学者指出过的："当代消费文化正在从大众消费向充满审美和文化意义要求的消费过度。文化观念在商品的价值评估中起着日益重要的作用。"③消费需求结构的改变要求流行文艺做出相应的调整，从通俗靠近高雅，从高雅吸取养分，并最终实现俗与雅的合流，将会成为流行文艺的可

---

① 参见约翰·斯道雷：《文化理论与通俗文化导论》（第2版），南京大学出版社2001年版。

② 参见王一川：《艺术的隐性权利维度》，《创作与评论》2013年第2期下半月刊。

③ 参见彼得·科斯洛夫斯基：《后现代文化：技术发展的社会后果》，中央编译出版社1999年版，第110页。

取之路。从当前的状况看，非主流的流行文艺在逐渐形成潮流，并都在争取主流的认可，而主流文艺也在向它招手（我不用"招安"一词，因为那显得有"庙堂"与"江湖"之分），并力求二者形成合流。摇滚歌手汪峰的创作与演唱之路就明显表现出这种合流的趋势。从价值引导上说，主流价值观要发挥提供道德框架的作用，而流行文艺又可在价值新标准的建立方面提供某种新的因素，同时亦照样承担着伦理教育和增加国家软实力的任务，二者的互动与互补是可以做得到的。

综而观之，流行的东西未必都是好的，但流行的中间必定有好的。主流文艺是大河，流动是缓慢的；非主流的流行文艺是小溪，快而急，充满活力，它汇入到主流之中则可推动主流的发展。流行文艺与主流价值观并不存在着不可跨越的鸿沟。

丹尼尔·贝尔在《资本主义的文化矛盾》一书中申诉自己的文化批判立场时说过他是一位文化保守主义者，而我在做上面的阐述时为流行文艺辩解过多，但我并非文化上的激进主义者或新潮的鼓吹者，相反，我希望主流文艺与流行文艺二者合流，是一种文化折中主义。其实，这些观点早在我前几年的文章《消费时代文学的意义》[①]中已有萌芽。在自然科学领域做科学研究，经常会有"试错"的尝试，并能得到人们的宽容。如果我们在文化研究方面，也能持宽容的态度，允许一部分人也尝试一下"试错"的味道，或许更能激发人们探求真理的热情。就请大家将此文当作"试错"的探究去读吧。

（原载于《文学评论》2013年第6期）

---

① 蒋述卓：《消费时代文学的意义》，《文学评论》2005年第6期。

21世纪文艺学发展与中国现代人格建设

历史迈进了21世纪。21世纪是中国建设现代化的关键时期。党的十五大已确立了在本世纪中叶基本实现社会主义现代化的战略设想。现代化不仅仅意味着物质的极大丰富、政治的高度民主,同时也意味着精神文明的高度发展。正如美国学者考尔伯特·罗兹曼在谈到现代化时所指出"我们把现代化视为各社会在科学技术革命的冲击下业已经历或正在进行的转变过程。业已实现现代化的社会基本经验表明,最好把现代化看作是一个设计社会各个层面的一个过程。"[①]面对当前中国现实,在现代化的过程中,为培养现代人格为核心的精神文明建设也许更为紧迫,更为复杂艰难。在现代化这一历史背景下,21世纪中国文艺学发展除了追求自己的现代性外,还将成为社会主义精神文明建设的重要角色,为培养和建设现代人格作出应有贡献。

一

马克思主义认为全部哲学问题不过是哲学家们用不同的方式认识和解释世界,而关键问题又在于如何改造世界。那么,改造世界的目的何在?显然是为了人的解放,实现人的全面自由的发展。马克思、恩格斯在《共产党宣言》中指出,代替存在着阶级与阶级对立的资产阶级旧社会的,将是这样一个联合体,在那里,每个人的自由发展是一切人的自由发展的条件。在《资本论》中,马克思指出了共产主义社会将使人们在"最无愧于和最适合于他的人类本性条件下"进行生产,同时指出共产主义正是"以每个人的全面而自

---

① 转引自祝勇编:《知识分子应该干什么》,时事出版社1999年版,第429页。

由的发展为基本原则的社会形式"。①文艺学作为人类文化的重要表现形式，无法回避人的问题。"文化上的每一进步都是迈向自由的一步。"②因此，文艺学的发展最终也通向人的全面而自由的发展。当然，人的发展也是一个历史的过程，人性不是抽象的，而是在社会进程中具体地变化着的。马克思告诉我们"首先要研究人的一般本性，然后要研究每个时代历史地发生了变化的人的本性"③。这就是说"人的一般本性"和"每个时代历史地发生了变化的人的本性"既有联系也有差别。在"每个时代历史地发生了变化的人的本性"中既有与"人的一般本性"相通之处，也有相异甚至是相反的一面。换句话说，每个时期"历史地发生了变化的人的本性"中既有顺应着人性发展通向未来的部分，也有只适应于当代、从长远的角度来看乃是人的一般本性的扭曲部分。但能够通向未来并不是可以原封不动地保存于未来，只适应当代的，也并不等于就是历史的负面。与此相应，每个时期的文学中也都存在着这样的两个部分。举个例子来说，最近中央电视台播出《钢铁是怎样炼成的》使举国上下再度掀起"保尔热"，显然，这部小说在今天取胜之处不在于语言的优美和情节的丰富曲折，而在于保尔形象所体现出来的震撼人心的精神力量和人格魅力。小说所弘扬的革命理想主义、英雄主义和爱国主义的精神是与中国现阶段这一"历史地发生了变化的人的本性"相适应的；而小说中所包含的社会主义人性美和人道主义精神是永恒的指向"全面而自由发展的人"。同样，浩然《金光大道》的再版，而且还是精装本，我们相信它再也不会引起现时代人们的共鸣，因为历史已告诉我们，浩然走的"金光大道"是与"历史地发生了变化的人的本性"背道而驰的。

21世纪的中国处在实现社会主义现代化的历史时期。现代化首先是人的现代化。现代化必然是异常深刻的人格革命。"社会现代化促进人的现代化，现代化的人可以产生现代的国家。"④我们很难想象，一个没有现代人格的民族

---

① 《马克思恩格斯全集》，人民出版社2006年版，第25卷第927页、第23卷第649页。
② 同上，第20卷第126页。
③ 同上，第23卷第669页。
④ 英格尔斯：《人的现代化》，四川人民出版社1985年版，第10页。

如何支撑现代化的大厦。党的十三大报告中就明确指出："从根本上说，科技的发展，经济的振兴，乃至整个社会的进步，都取决于劳动者素质的提高和大量合格人才的培养。"中国科学院《1999年中国可持续发展战略报告》把国民素质与自然条件、科技能力等一并列为中国可持续发展的十二大挑战。报告特别强调了国民素质的重要性。那么，现代化建设需要什么样的人才，或者说，我们需要的现代人格的内涵何在？它是通向"全面而自由发展的人"又同时符合"现代化"这一特殊时期"历史地发生了变化的人的本性"。这就要对"现代化"及其表现出来的"现代性"作一番考察。

"现代性"（modernity）一词是一个内涵繁复、聚讼不已的西方概念。在西方影响较大的现代性理论主要表现为对现代性的批判。马克斯·韦伯把现代化等同于理性化，并指出，社会理性化过程亦即"目的——工具合理性"的日益增长的霸权表现为：理性的胜利没有带来预期的自由，却导致了非理性的经济力量和官僚化的社会组织对人的控制。在这一理论的影响下，又产生了霍尔海默尔和阿多诺对启蒙与现代化的批判理论，还有哈贝马斯的交往行动理论等等。但是，中国现代化的发生语境十分独特。农业人口占绝大多数，工业不发达，没有市场经济和市民经济的自然孕育；公共文化空间狭小，国民素质低下；观念意识落后，传统包袱沉重。这种被M.列维称为"后发型现代化"模式决定了中国现代化需要观念变革的推动、思想的启蒙和国民整体素质的提高，这也就决定了个体的尊严和人格保障必须建立在民族强大与社会文明程度提高的基础之上。在当前社会阶段内，人与人之间的平等、维护自我尊严、尊重他人人格等意识尚很薄弱，一些权力部门与有权力的个人、对民众个体生命的忽视和对他人人格的侮辱与践踏造成了对社会文明的破坏。如广东东莞一间超级市场将一位有小偷嫌疑的孕妇的手指斩断；江苏徐州一个收容遣返站为了收钱肆意虐待殴打民工等等。这些虽是极端的例子，却暴露出我们社会中的人格平等意识极为缺乏。当然，相对于二十年前，我们现在的人道与人格平等意识随着市场经济的发展已有了非常大的进步，但与社会文明程度发展的要求尚存差距。因此，现阶段培养现代人格时，更需注重从最基本的人格意识、公民意识培养起，它注重的是现代性的建设而不是对现代性的批判和解构，更无须超前鼓吹什么"后现代性"。当然，我们这里谈的"现代性"的内涵要有所扩大，它至少包含以下两个层面：其一，作为历史进程的现代性，是以工业革命和启蒙思想以及理性原则来支撑的（而西方较多的是从这个层面来使用现代性）；其二，作为审美现代性或者说文化现代性，应以人文精神为基本内涵。钱中文先生说："所谓现代性就是促进社会进入现代发展阶段，使社会不断走向科学进步的一种理性精神、启蒙精神，就是高度发展的科学精神和人文精神，就是一种现代意识精神表现为科学、人道、理性、民主、自由、平等、权利、法制的普遍原则。"[①]我们认为这种表述是较为准确、深刻并富有启示的。

二

21世纪文艺学的发展在培养现代人格方面有何作为？这个问题包含两个方面内容：一、文艺学的发展如何具备现代性；二、文艺学在培养现代人格方面如何发挥作用。

我们先来谈第一个问题。20世纪文艺学要求的现代性只能根据现代性的普遍精神与文艺学自身显现的状态，从合乎发展趋势的要求给予确定。它主要表现在三个方面：第一，文艺学自身的科学化。上个世纪中叶开始，我国文艺界流行的是"文艺为政治服务""文艺从属于政治"的口号。十分明显，这里的主体是政治，文艺完全处于从属地位，文艺自身的自主性完全被否定掉了。结果在"文革"中文艺堕落为批判的"武器"，一场场政治杀伐总是从文艺批评开始。20世纪80年代开始，随着改革开放的不断深入，我国的广大文艺工作者对文化专制主义进行了清算，同时大量引进西方文艺学理论，试图在借鉴西方文论的基础上对文艺理论进行改造。90年代开始，古代文论现代转换呼声四起。这都表明文艺正在现代性要求的指引下走向自身、走向自律，获得自主性。第二，文艺的现代性表现在关注现实人生，促进现代审美意识的形成，从而对现代人格产生潜移默化的熏陶。20世纪后二十年，形成中的现代审美意识

---

① 钱中文：《文学理论：走向交往对话的时代》，北京大学出版社1999年版，第279页。

已初步改变了文学创作的面貌,同时也初步促进了文艺学的改造。我们看到,在文艺创作中政治群体意识逐渐解体,个体的、个性的审美意识不断生成,同时又以极快的速度形成了另一种带有群体性特征的意识,不过这是审美群体意识,即大众文学审美意识。中国大众文艺的兴起是很有意味的。可以说,20世纪前几十年里,大众文化是一些文化精英启蒙民众的不懈追求的目标。无论是梁启超的小说"新民"、鲁迅的改造国民性、30年代的几次"文艺大众化"讨论、抗战时期如何以文艺唤起民众抗日,还是之后的文艺为工农兵服务路线的提出,都是基于这一点:文艺既能启蒙大众又要让大众喜闻乐见。但是,在20世纪末的十几年里,随着中国改革开放的深入,由于市场经济日渐全球化,西方的大众文化通过高科技手段作为商品开始向我国倾销,加上当时港台文化的影响,我国大众文艺急剧发展起来。"文艺大众化"这个喊了半个世纪的口号在当前随着大众文化的崛起似乎一下子变成了现实。面对风起云涌的大众文化,我们一方面要认识到,大众化要让民众有机会参与文学艺术,把应该属于他们的权利还给他们,它促使大众文学审美意识形成,满足了人们的广泛审美要求,显示出广泛的民主性,是符合文艺现代性要求的。但另一方面,我们更应看到,中国大众文化自身的弱点十分突出,浓重的低俗趣味和人文精神的缺失表现最为明显。人文精神的缺失必然使作家刻意去迎合低俗趣味,专注于物欲的追逐与玩弄性本能,追求和崇拜金钱。因此,在现代化建设的今天,面对大众文艺的现状,文艺启蒙大众、塑造符合现代化建设的现代人格仍有重要意义。第三,文艺学现代化要求促进文艺人文精神化,关心人的生存价值,也提升人的价值与理想追求。20世纪末,中国文艺界的一些现象引人深思。首先,在创作尤其是小说创作方面,有些作品丧失了关注和表现当前现实的热情,或是转向遥远历史或是有意地模糊历史时间,醉心于琐碎家世、豪门恩怨、妻妾争宠、秽行丑闻;或表现出对不健康的畸形情欲和性欲的特殊偏爱,写性成风,观淫成癖;另有一些作品或以调侃油滑或以冷漠无情的方式咀嚼颓唐和无聊,消解着读者的理想。从文学艺术所塑造的文学人格形象看,20世纪80年代初文学形象中体现着"你别无选择"的思索与行为追求,80年代中期则有了"你不可改变我"的人生抉择与理念,而到80年代末、90年代初写平凡、写世俗日增,出现了"我是一个俗人"的宣言,到90年代中期后,物欲、性欲等各种无穷尽的欲望充斥于文学形象的人格之中,那真是"欲望的旗帜浮出海面"。在去年,某一实验戏剧甚至把"毫不利己,专门利人"的人格说成是"不是人的人",对崇高的消解达到这种地步,要想使文艺发挥塑造人、培养人、引导人的作用那简直是缘木求鱼了。这种创作现象虽是个别,但很值得注意。如果任其发展就会与邓小平同志要求的培养社会主义"四有"新人背道而驰,与江泽民同志的"以优秀的作品鼓舞人"也有云泥之别。其次,在文学批评方面,一些批评文字转化为商业包装营销术,而另一些则追新逐异,沿袭、照搬西方时髦理论,醉心于玩弄理论名词而放弃严肃的社会责任。这些现象的出现,从根本上说,是在市场经济条件下中国传统知识分子缺乏自主自立自尊的奴性人格的又一次凸现,从"媚权"走向"媚俗""媚钱",同时却又丢掉了那可贵的人文关怀。显然,这是与文艺学的现代化要求背道而驰的。因此,在21世纪里,我们必须找到一个新的立足点,重新阐释文艺的意义、价值与人的生存发展、人文精神的建立的关系。

三

文艺学如何在培养现代人格中有所作为呢?从马克思主义人学理论来看,文艺作为人的自由自觉的活动,其本质特征和价值功能是与人的自由和全面发展一并展开并相适应的。历来美学家都注意到这样的事实:审美是人的精神自足的重要领地。席勒早就指出,人只有在是人的时候才会游戏(审美);黑格尔发现审美是人的解放的必经之途;海德格尔认为"人诗意的栖居"乃是人的此在不被忘却的本真状态;马克思说"只是由于人的本质的客观地展开的丰富性,主体的人的感性的丰富性,如有音乐感的耳朵,能感受形式美的眼睛,总之,那些能成为人们享受的感觉,即确证自己是人的本质力量的感觉,才一部分发展起来,一部分产生出来。"[①]同样,中国古代思想家也有精彩之论,孔子曰"兴于诗、立于礼、成于乐",庄子说"得至美,而游乎至乐,谓之至人",王夫之说"能兴谓之豪杰""兴者,性只生乎气也"等。这些思想

---

① 《马克思恩格斯全集》第42卷,人民出版社2006年版,第126页。

家都从不同角度表达了审美是人的自由境界，即作为本体论存在的自由状态，亦即"自由而全面发展"的状态。因此，文艺的本质功能在最高层次上是通向"人的一般本性"，符合人的自由而全面的发展。同时，我们又应该看到，人们在一定的历史阶段和社会条件下追求自由和合理发展的要求有多么丰富，那么，这个阶段文艺活动的内涵就会有多么丰富。也就是说，文艺在最高层面上通向"人的一般本性"并不排斥其在诸如意识形态层面、文化层面与一定历史时期相适应的"发生了变化的一般本性"的功能。我们应看到中国的现代性远没有展开。中国的现代化只处于起步阶段，即从农业社会向工业社会的过渡阶段。我们与想象中的现代化的差距起码还有五十年（争取在本世纪中叶基本实现现代化）。如前所述，作为历史的现代化所带来的科技理性、社会理性等蕴涵的进步价值还没有释放出来。即使在世纪中叶基本实现物质现代化，而作为现代化的主体人的现代化仍不容乐观。因此，现阶段文艺学的发展不可能不关注现代人格的建设，为这一"历史地发生了变化的人的本性"服务，为社会主义精神文明建设出力。因此，文艺要"弘扬主旋律，就是要在建设有中国特色社会主义理论和当前的基本路线指导下，大力倡导一切有利于发扬爱国主义、集体主义、社会主义的思想和精神，大力倡导一切有利于改革开放和现代化建设的思想和精神，大力倡导一切有利于民族团结、社会进步、人民幸福的思想和精神，大力倡导一切用诚实劳动争取美好生活的思想和精神。"①当然，我们应该看到"文艺在精神文明中的功能不宜夸大，不能把道德状况的好坏，归因于文艺，但是应当肯定文艺是现代化建设中的重要角色。"②社会主义精神文明既包括教育、科学、文化知识等文化方面同时又包括理想、道德、纪律等思想方面。它是人类文明发展到一个崭新的历史阶段的产物，它的内容比任何时代的精神文明都要丰富和高尚。现代人格是现代文明的承担者，那么，现代人格又如何培养呢？显然，教育是培养现代人格的根本途径。正如马克思所说"它不仅是提高社会生产的一种方法，而且是造就全面发展的人的唯一方法"。当然，教育又包括德育、智育、体育、美育。我们说文艺培养现代人格

---

① 江泽民：《在全国宣传工作会议上的讲话》，《人民日报》1994年1月24日。
② 缪俊杰：《"文学艺术与精神文明"学术研讨会纪要》，《作家报》1995年6月24日。

是指文艺教育作为美育的一部分在教育、培养现代人格方面所担负起的独特功能。所谓美育,即审美教育,亦即通过艺术和其他审美活动形态净化和升华的情感意绪、人格襟抱,并与德育、智育、体育结合起来去培养全面发展的人。其中文学艺术是进行审美教育的最重要的方式和最凝练的形式。优秀的文艺作品塑造出生动的艺术形象、鞭挞丑恶、颂扬美好,因而可以培养人的高尚审美趣味,帮助人们提高识别美丑妍媸的判断,从而趋善避恶、崇美厌丑。马克思主义认为艺术生产不仅为主体生产对象,而且也为对象生产主体。"首先,对象不是一般的对象,而是一定的对象,是必须用一定的而又是由生产本身所媒介的方式来消费的。……因此,不仅消费的对象而且消费的方式,不仅在客体方面而且在主体方面,都是生产所生产的。"①而艺术"不过是生产的"一种"特殊的方式","并且受生产的普遍规律支配"。②因此"艺术对象创造出懂得艺术和能够欣赏美的大众——任何其他产品也都这样。因此,生产不仅为主体生产对象而且也为对象生产主体"③。所以现阶段文艺学在培养现代人格时主要担负着现代人的审美意识的培养,它应包括健康的审美观、较强的审美能力和创造美的能力。审美意识也即一定的审美心理结构,它包括人的审美观念、审美理想、审美趣味、审美需要、审美能力、审美情感等。它是人类精神文明的重要组成部分,它是现代人格的重要内涵,直接表示出一个人、一个社会精神面貌和文明程度。众所周知,人类所面对的有真、善、美三个领域,与此相对,人类的精神世界也就有知、情、意三个领域,而美与审美恰恰处于真与善、知与意的中介领域,承担着统一真与善、知与意、感性与理性、个别与一般的重任。因此,审美教育是实现精神文明的中介和桥梁。明乎此,我们就能认识以艺术教育为核心的美育在社会主义精神文明中的作用,自觉地把美育同人们的道德行为、知识技能、身体锻炼、社会实践、日常生活联系起来,以审美教育引导人们自觉地依据美的规律创造社会主义物质文明和精神文明,从而达到德智体与真善美的统一。因此,21世纪文艺学的发展在面对当下人文现实,培养现代人格时要有所作为也应该能有所作为。首先,要深入研究艺术生

---

① 《马克思恩格斯全集》,第12卷,人民出版社2006年版,第741页。
② 同上,第42卷第121页。
③ 同上,第12卷第742页。

产的理论，努力探索审美教育的规律，以便更好地实施艺术教育，培养和改进现代人的审美心理结构，推动现代人格的形成；其次，面对大众文艺，不是去近俗，而是去导俗、化俗，即以高雅的艺术观念去引导大众趣味，使俗文艺得以提高。比如最近中央电视台播放的《贫嘴张大民的幸福生活》可以说是化俗为雅的成功之作。这部作品正是以大众文艺的形式去演绎一个平凡而又平凡的普通人的生活。据统计，收视率达70%。作品着力表现的是普通人身上自强不息的人格魅力。正如编剧刘恒所说："在这部电视剧里，我所极力张扬的是张大民身上那种对生活挫折的超强韧性，我个人认为这是中华民族最可宝贵的大长处。"显然，从培养现代人格的角度，这部作品达到了较好的效果。再次，多做普及高雅艺术工作，把高雅艺术推向全社会，让人们在潜移默化中提高自身的素质。比如，以举办免费音乐会、办画展等方式去培养"有音乐感的耳朵，能感受形式美的眼睛。"当然，现代人格的培养是一个长期过程，不会一蹴而就，我们文艺工作者要知难而进，不能因为民众的素质较低而不为不做。确实，现在的大型音乐会场还会有人打手机、BB机响、乱鼓掌等现象，前不久，南京电影制片厂摄制音乐故事片《刘天华》时出现让人尴尬的场面：不少人特别是一些年轻人大都不知道刘天华何许人也，更有人反问："刘天华？错了，是刘德华吧？"我们并不是说刘德华就不可以知道，但仅知"刘德华"而不知"刘天华"的现象确实不是我们所希望看到的，也确实反映了一些众所周知的现实和问题。当然，我们也无须过于悲观，也应看到另外的一面。据报载，沈阳再次举办人体画展时，观众大都已很平静地对待了，这说明我们的观众"感受形式美的眼睛"正在形成，至少具备这种审美的潜力和能力。如何挖掘这种潜力，正是21世纪文艺学在培养现代人格过程中的重要任务之一。当然，我们说文艺可以为精神文明建设出力、可以塑造现代人格，这是以文艺自身的独立性为前提的，否则，如前所述，它就会容易离开自身而走向堕落。因此，21世纪文艺学发展的现代性要求与现代人格建设功能从根本上是相通的。

（原载于《文艺理论研究》2001年第1期，李自红为第二作者）

论艺术与市场的张力关系

文化的产业化是一种全球现象,而艺术走向市场是经济全球化过程中的必然趋势。艺术走向市场首先需要确立一个前提,即艺术生产不仅是一种纯粹的精神生产,也是一种物质生产,艺术产品是待价而沽的商品。因此,艺术活动就不仅限于从构思到完成作品这一系列环节,还牵涉作品完成之后的宣传、消费、收益以及收益的再分配。市场给中国的艺术发展带来了生机活力,但同时市场的商业属性容易使艺术生产走向庸俗化、功利化,某些艺术家可能会因市场需求而炮制大量低劣的作品,而艺术本身应该承载的审美、思考、批判、引导等价值功效就容易受到挤压和悬置。由此,艺术和市场之间就出现了某种张力关系。

一

艺术在本质上是一种精神生产,即艺术家通过某种艺术形式来表达内在的精神状态;市场是一种经济运作行为,以创造物质财富、实现商品交换为目的。艺术走向市场意味着艺术家的精神产品进入宣传、展览、销售、收益等商品流通环节。在这一过程中艺术家获得属于自己的那一份财富以维持继续创作的需要,同时也获得附加的名誉、地位等。但市场并不对艺术家的收入予以确切承诺,有很多高质量的艺术作品进入市场能获得受众的追捧和认可,而一些粗制滥造的庸俗作品也受市场欢迎;部分艺术精品由于不擅长宣传可能备受冷落,而部分质量一般但经过特殊包装的作品却获得高收入。这样一来,艺术和市场之间的关系就显得错综复杂。艺术从本质上看是一种精神生产,而市场的核心诉求是获得经济收益。因此,尽管走向市场已经成为当今艺术发展的重要途径，但我们首先还是需要理清一下，在中国的经济转型期，艺术是如何与市场联姻的？艺术走向市场是不是社会发展的必然？而市场又给艺术发展带来什么样的悖论性困境？

广东是中国改革开放的前沿，中国艺术市场勃兴也正始于这里。比如，早在1980年，广州的东方宾馆就在酒店内开设音乐茶座，将音乐创作表演与消费结合起来，既娱乐了客人，又培养了歌手，有的歌手还被唱片公司挖掘，出版了个人专辑，实现了文艺与市场的结合。

1992年，"首届90年代艺术双年展"在广州中央酒店国际会议厅举行，"成为大陆艺术界的一次涉及90年代艺术发展的基础及其方式的操作尝试"，"表明大陆现代艺术第一次因官方的认可、学术的评定、法律的保护、经济的支持和新闻的宣传这一综合力量的产生而取得了合法化结果。"[①]这一次艺术展览活动开创了国内企业进军艺术市场的先河。自1993年始，"红色美术作品"开始进入拍卖行，其中吴作人、李可染、刘春华等人的作品成为广受市场认可的艺术商品。

跨入21世纪，随着城市化、工业化进程不断加快，中国市场的繁荣程度已经超出了人们的预期。人们会问，市场到底给艺术的发展带来了什么机遇和挑战？当艺术成为人们日常生活的重要组成部分时，艺术究竟应该以什么样的方式存在、其意义和目的又何在？消费主义时代，艺术的神圣性很大程度上被消解了，我们看到大量粗制滥造的所谓"艺术作品"涌入市场，部分作品对低俗、色情、暴力的无节制表现也使人们产生了某种道德恐慌。因此，值得思考的是，在商品化社会里，艺术的急功近利、唯利是图会不会造成艺术本位的整体丧失？艺术会不会纯粹沦为大众生活的装饰和点缀，而丧失了审美、批判和引导功能？在游戏和消费中会不会造成艺术品位的缺失、价值的断裂和人文精神的衰落？

---

① 吕澎：《中国当代艺术的历史进程与市场化趋势》，北京大学出版社2010年版，第361页。

二

围绕着艺术和市场，应该讨论的问题不是艺术要不要走向市场，而是在两者的冲突与张力之中，如何确立艺术和市场各自的定位，使两者相互适应、谋求共赢。

（一）艺术需要市场，市场可以为艺术的发展和传播提供渠道与平台

首先，艺术走向市场使得从事艺术相关工作成为一门职业。在一个分工明确、信息密集的社会，艺术不应该是艺术家自我把玩、自我娱乐的工具，如果艺术不借助市场进行传播，那么它很可能会被淹没在历史与文化发展的潮流中。艺术家如果想要唤醒作品在社会上的审美感召力，就必须积极利用市场提升作品的影响力。而且，随着社会对艺术生产需求的逐渐加大，各种层次、品位、风格的艺术创作将会大量涌现，不同艺术产品之间的竞争使其必然要通过市场的包装、宣传、销售而获得自身的品牌效应。

其次，市场使艺术创作进入商品流通过程。由此，艺术品的价值几乎不可避免要通过艺术品的市场价格来呈现，这对艺术创作构成了极大挑战。尽管艺术作品的精神价值不能用金钱进行衡量，但是市场有自身的运作规则，所以艺术品价格的高低不是由创作者决定，而是受作品质量、宣传效果、市场口碑、受众的艺术品位和经济能力等复杂因素的制约。当然，艺术并不是完全为了获取经济利益而创作生产，否则艺术就成了市场的奴隶。艺术家及其作品在思想性、艺术性方面的创新和探索不应该停止，这是艺术的立足之本及永恒追求。"真正自由的艺术，并不会消极地适应周际，它总会一再地突破老的适应关系，由自己来建立新的适度。"[①]艺术创造的真正精神是立足于历史和现实，探索新的形式及内容，从而在艺术创造和社会受众的审美感知之间建构一种新的平衡。总而言之，"优秀的艺术生产者既要考虑市场需求，又要在适应市场中坚持其艺术理想和艺术个性。"[②]正如习近平总书记在文艺工作座谈会上指出的那样："优秀的文艺作品，最好是既能在思想上、艺术上取得成功，

---

① 余秋雨：《艺术创造学》，长江文艺出版社2013年版，第215页。
② 蒋述卓：《消费时代文学的意义》，《文学评论》2005年第6期。

又能在市场上受到欢迎。"①

再次，艺术在经济全球化的市场环境下成为传播中国文化的重要力量。21世纪的综合国力竞争不仅是经济、政治、军事的较量，也是文化软实力的比拼。文化传播不仅限于宣扬中国优秀传统文化，我们迫切期待艺术家能够结合中国的历史和现实，为世界贡献具有中国本土特色和中华民族美学精神的当代艺术作品。当代文化的传播途径多种多样，其中艺术是一种非常富有感召力的传播载体，应该被纳入当前国家的文化发展战略中。市场把艺术带入了资本运作的发展模式，这无可厚非，但我们需要思考和解决的问题是，在经济全球化的文化景观中，艺术如何从资本的诱惑、西方文化的渗透中找到自己的本土文化立场？当前，中国的知识分子已经开始自觉地反省和思考如何处理中国本土文化和西方文化之间的关系，艺术界当然也避免不了直面艺术创作的本土化问题。中国当代艺术的发展应该立足本土，创造出真正"坚守中华文化立场、传承中华文化基因，展现中华审美风范"②的作品来。

（二）市场需要艺术，市场通过资本运作使艺术的精神价值转换成社会的物质财富

"艺术需要市场"指向艺术发展需求，而"市场需要艺术"则指艺术产品作为精神生产的成果必须要服务于人们的文化生活和社会经济发展的需要，这涉及文化消费的问题。一方面，文化消费可以满足社会大众的精神生活需要。随着生活水平的不断提高，人们的精神文化需求逐渐增大。艺术生产作为文化消费的重要支撑，与人们的消费需求紧密结合，比如近年来电视选秀节目、真人秀节目的走红，就是生产与消费相互需要而催生的火爆文化现象。另一方面，文化消费可以刺激内部需求，推动经济增长。以文化产业来推动社会经济发展，这已经成为国家经济文化发展的重要战略。在艺术市场经济收益背后，包含了各种复杂的环节，如市场评估、调研以及广告商的资金投入等。从这个角度可以说，我国市场经济的繁荣离不开艺术市场所贡献的力量。

市场应该尊重艺术，市场应该鼓励而不是排斥艺术的创新发展，为艺

---

① 习近平：《在文艺工作座谈会上的讲话》，《光明日报》2015年10月15日。
② 同上。

生产和传播建立良好有序的环境以及多层次的文化消费平台。艺术一旦进入市场，就涉及作品的艺术批评、艺术品定价以及艺术品收益的整体分配等问题。艺术的市场活动带动媒体、律师、经纪人、批评家、受众、投资者、出版商、企业等不同行业主体的集体参与，与政治、经济、文化具有不可分割的联系。

三

在现实中，艺术和市场之间的张力与冲突很难避免，艺术追求精神品质和市场追求产品效益之间的矛盾不时凸显。因此，我们要深入追问：在消费时代，艺术与市场之间能否拥有共同的目标和诉求，从而为彼此间的冲突寻求适当的解决方案？

艺术走向市场是当代艺术在社会结构转型期为寻求生存而选择的发展途径，但在其过程中充满了各种反对、质疑的声音。有些人指责艺术走向市场带来人文精神的衰微及艺术神圣性的消失，而神圣性的消失在他们看来就是艺术的死亡。这样的指责确实引起了很多人的共鸣，甚至在20世纪90年代引发了关于人文精神的大讨论。但是，持相反意见的人认为，艺术只有进入市场才能获得自身的充分发展，并进一步满足人们的精神文化需求。

走向市场并不是艺术的目的，否则艺术就成了市场的工具。那么，在走向市场的过程中，艺术创作的目的到底是什么？在艺术生活化、价值意义不断地被解构、戏仿的当下，大众接受艺术是不是单纯的消费过程？在市场的喧嚣中，艺术的声音、氛围会不会变得越来越微弱、淡薄？我们常忧虑于此类问题，但即便如此，艺术的价值终究是不可能动摇的。"文学艺术的商品流通过程并不仅仅流通着财富，它也会生产和流通意义、快感和社会身份，所以，读者（受众）从作为消费品的文学艺术中仍可获得意义和快感。他们选择什么样的文学艺术，实际上也决定着他们的文化价值观。"[①]应该肯定，艺术总是具有引导受众审美的功能。有研究者根据哈贝马斯的"公共领域"理论指出，现

---

① 蒋述卓：《消费时代文学的意义》，《文学评论》2005年第6期。

代社会及其文化形成的重要背景在于"艺术公共领域"的形成。①更有研究者呼唤对中国当代艺术公共领域的建构:"改革开放以来,在国家化艺术与个人化艺术之间,逐渐兴起了一个有着一定缓冲及调节作用的中间地带,从而为艺术家的艺术创作和公众的艺术鉴赏及评论开辟出一定的自由空间,这就是艺术公共领域。"②这些学者都承认,正因为有一个公共空间的存在,使得艺术在公共层面上具有重新构建引导公众审美鉴赏力的可能。

回顾西方艺术发展史可知,"艺术公共领域"是西方现代社会的产物。在西方中世纪的神权社会,艺术公共领域不可能形成,因为艺术创作完全由宗教主导,教皇对艺术的规定就是一种不可动摇的权威,艺术根本没有任何可供大众讨论的空间。在文艺复兴初期,像达·芬奇、米开朗基罗、拉斐尔等画家的艺术创作都是在崇高的宗教情感的驱动下完成的,艺术被赋予了某种神圣感。在现代社会,宗教神权的威望日益衰落,艺术也走向消解神话、消解权威的道路。这在很大程度上促使艺术真正走向市场、进入大众生活,艺术真正成为一种社会公共财富。但是在这一过程中,市场也对艺术构成了一定的挑战。

2014年习近平总书记在文艺工作座谈会上的讲话具有极大的现实针对性。这次会议对文艺创作的时代要求、存在弊端和发展方向,对艺术体制政策的改革完善,对文艺评论工作的加强都提出了指导性意见,尤其谈到如何处理艺术和市场之间关系的问题。讲话批评了文艺创作上"存在着有数量缺质量、有'高原'缺'高峰'的现象,存在着抄袭模仿、千篇一律的问题,存在着机械化生产、快餐式消费的问题"③,而这些问题基本是艺术与市场联姻过程中出现的弊端。因此,讲话鲜明地指出文艺不能在市场经济大潮中迷失方向,强调艺术创作必须把满足人民的精神文化需求作为出发点和落脚点,彰显艺术作品的崇高精神和灵魂深度。推动艺术发展,"要坚持百花齐放、百家争鸣的方针,发扬学术民主、艺术民主,营造积极健康、宽松和谐

---

① 周宪:《艺术现代建构的文化逻辑》,《文学评论》2014年第4期。
② 王一川:《中国艺术公共领域的当代构建》,《中国高校社会科学》2014年第6期。
③ 习近平:《在文艺工作座谈会上的讲话》,《光明日报》2015年10月15日。

的氛围，提倡不同观点和学派充分讨论，提倡体裁、题材、形式、手段充分发展，推动观念、内容、风格、流派切磋互鉴。"①在鼓励文艺表达主流价值观的同时，倡导沟通与对话。在学术层面，我们应该提倡的则是在艺术公共领域已现雏形但"艺术公赏"②还未真正建立起来的情况下，建立一种公共的审美讨论空间，让主流文艺、大众文艺、先锋文艺等多元生态形成一种良性互动关系。在当前状况下构建这一公共的审美空间，至少可以从以下四个方面入手。

（一）提高艺术的审美品位

中国当代前卫艺术，特别是当代"实验艺术"③发展很快。从积极意义上讲，中国实验艺术以大胆创新的姿态出现，对于中国当代艺术走向市场起到了关键作用。以行为艺术为例，实质上，它是力图以贴近人群的方式，以惊世骇俗的行为引发观众的警醒和思考。但是，当代越来越多的行为艺术走向了以展示肉体、血腥和暴力的极端方式进行创作。一批行为艺术家受到严厉的批评，他们被指责以"后感性"的艺术名义不断地挑战着人类的底线④。实际上，中国当代实验艺术中这种刻意制造受众恶心生理反应的探索方式，已经触及了社会道德伦理的底线。尽管它们以极端的表现方式，表明了艺术先锋性探索的努力，显示了艺术家在中国经济爆发性增长、城市现代化迅速扩张以及社会巨变中产生的焦虑、不安、恐惧、愤怒、迷茫等复杂情绪，但是，行为艺术如果以挑战人类感官的方式进行创作，那么在拒绝社会的同时也拒绝了受众，违背了寻求受众理解与认同的初衷。

---

① 习近平：《在文艺工作座谈会上的讲话》，《光明日报》2015年10月15日。
② 参见王一川：《全媒体时代的艺术状况》，《人文杂志》2014年第11期。艺术公赏指艺术鉴赏的某种公共对话。
③ 参见巫鸿：《关键在于"实验"：谈90年代的中国实验艺术》，见巫鸿《作品与展场——巫鸿论中国当代艺术》，岭南美术出版社2005年版。中国当代实验艺术，人们通常用"前卫艺术""先锋艺术""当代艺术"描述，伴随着20世纪90年代以来的全球市场化进程，这些作品常常突破传统的国画、油画、雕塑等艺术门类，转向探索性的装置、行为、录像、多媒体等创作形式。在我国全球化的文化发展战略下，中国主流意识形态与当代实验艺术已然开始尝试着进行对接与合流。
④ 吕澎：《中国当代艺术史：2000—2010》，上海人民出版社2014年版，第166页。

随着经济全球化进程的加速，我国在与世界接轨的过程中迫切需要建构一种积极的国家形象。2015年9月中共中央政治局会议通过的《中共中央关于繁荣发展社会主义文艺的意见》指出："举精神旗帜、立精神支柱、建精神家园，是当代中国文艺的崇高使命。弘扬中国精神、传播中国价值、凝聚中国力量，是文艺工作者的神圣职责。"①从这个意义上讲，中国当代艺术的吸引力应转向对中国精神气质的塑造以及人民大众审美精神品质的正面提升上，在这其中，各种文艺类型均应把握机遇，努力发挥自身的作用和影响。从中国当前文艺生态看，代表着国家意志的主流文艺和代表着大众意愿的流行文艺，已逐渐形成一种雅俗共赏的良性互动关系，而中国当代实验艺术的发展恰恰可在互动中提升其在公共空间的影响力。从2000年开始，国内一些官方博物馆开始策划大型国际当代艺术展览，把中国实验艺术当成全球当代艺术的一个组成部分予以接纳。②由此可知，流行文艺、先锋文艺等和主流价值观之间并不存在天然的鸿沟。习近平总书记明确指出，文艺创作"一旦离开人民，文艺就会变成无根的浮萍、无病的呻吟、无魂的躯壳"③。优秀的文艺创作应该更多着眼于引导与提升大众的审美趣味上，艺术家不应沦落为庸俗趣味的追随者。艺术需要自由想象的空间，但不应该以哗众取宠、博取人们眼球的心态一味地追求作品的轰动效应，要真正领会"低俗不是通俗，欲望不代表希望，单纯感官娱乐不等于精神快乐"④的深刻内涵，做推动当代文艺发展的先觉者、先行者、先倡者。

（二）加强艺术评论工作

首先需要明确艺术学科里的艺术史、艺术理论和艺术评论的关系。艺术史着重梳理艺术的历史发展进程，对不同时代的艺术风格、流派等进行实证性阐释、分析、研究；艺术理论则从更为宏观的角度来探究艺术的本质、概念、

---

① 《中共中央关于繁荣发展社会主义文艺的意见》，《光明日报》2015年10月20日。
② 巫鸿：《作品与展场——巫鸿论中国当代艺术》，岭南美术出版社2005年版，第109页。
③ 习近平：《在文艺工作座谈会上的讲话》，《光明日报》2015年10月15日。
④ 同上。

原理等。相比于艺术史和艺术理论,艺术评论侧重于对当前的艺术创作、艺术生态进行更具针对性的具体分析和批评,它对艺术现状非常敏感,又敢于通过媒介在公共领域发表理性的艺术批评意见,同时能够兼顾学界与大众的审美水平。当然,扎实而丰厚的艺术史、艺术理论修养是一个优秀的文艺评论者必备的基本素养。文艺评论者应摒弃愤世嫉俗或者谄媚吹捧的态度,要以更为理性的心态面对文化现象及文艺作品,努力挖掘艺术作品的精神内涵,向大众发出公正的、专业的批评声音。

强调艺术评论的重要价值,跟中国当代审美公共领域的构建密切相关。首先,艺术批评作为对艺术创作的理性介入,代表了文艺界对艺术发展的积极关注,在此过程中也必定存在不同批评家对于同一新生艺术作品、现象或潮流的不同态度和意见,多元化的批评使得艺术创作能够获得更为准确的定位和理解。比如当波普艺术、玩世现实主义等艺术潮流刚出现时,我国依然处于较为单一的艺术生态中,因此,这些潮流引起了舆论的批评和排斥。大众文化、通俗文化、流行文化的兴起,也都曾引起文艺界甚至整个社会的质疑。但是,上述潮流最终都获得了社会的认可,除了得益于市场外,还离不开艺术评论家做出的努力。他们从艺术发展的历史及现实意义出发,通过专业的分析和批评,肯定当代艺术的重要性,让流行文艺、先锋艺术等获得自由发展的可能。其次,社会分化造成了专业的细化和知识的分层,如何在保持艺术批评专业性、思想性、独立性的前提下又能够为大众所接受,自然成为艺术评论者需要思考的问题。从理论上讲,知识分化使评论家在艺术问题上具有更多的话语权,但这并不意味着艺术评论可以以绝对权威的态度对大众进行教育。在今天,文艺产品大量生产,各种审美趣味交相混杂,人们一方面对生硬的艺术教条存在排斥,另一方面又对真正的艺术启蒙充满期待。因此,艺术评论者应以更为扎实的积累、开阔的视野来展现高水平的审美判断力和艺术鉴赏力,潜移默化地教育引导公众。最后,在艺术市场全球化背景下,我们也应该遵守"生态平衡原则、价值重构原则和审美原则"[1]以规范艺术批评。其中,生态平衡原则是承

---

[1] 参见蒋述卓、曹桦:《文化研究的本土化:功能与原则》,《外国文学研究》2015年第2期。此文的"价值重构原则、生态平衡原则和审美原则"是针对文化研究领域提出的,本文认为这三个原则同样可以作为文艺批评的原则,并适当地进行生发性阐释。

认在主流意识形态的引导和制约下，流行文艺、实验艺术等多元文艺生态具有自由发展的合法性，同时又相互影响，形成良性互动关系；价值重构原则是力图发掘新生文艺样式的价值倾向，挖掘其中的文化认同，在价值层面对其进行引导和提升；审美原则是以批判性视角发现艺术作品内部创造性的、美的因子，把自身的艺术感悟呈现给受众，激发人们欣赏艺术的公共热情。

（三）加大艺术教育力度

如前所述，在社会逐渐分化的当代，艺术将成为形成公共价值认同的重要载体。如果说社会分化是理性启蒙的必然结果，那么艺术教育则是在更高层面上的文化信仰构建。我们可以从三方面入手加大艺术教育力度。

第一，在大力发展经济的同时，重视人文精神的培育，加大艺术教育投入。现代化进程带来的对工具理性的崇拜容易使人们更趋向于功利主义和实用主义，而忽视人文学科对提高人们精神素养所起到的重要作用。艺术教育，首先指高等艺术院校中文学、音乐、美术、舞蹈、电影、戏剧等学科门类的创造性人才的专业培养；其次指中小学基础艺术教育对学生人格的培育；还指旨在提高全民文化艺术素质水平的广义审美教育。培养专业的艺术人才是艺术教育的前提，是保障大众审美素质不断提升的基础。因此，重视人文艺术学科建设，加大对艺术教育的扶持力度，不断完善艺术教育发展的人才培养机制，挖掘艺术人才的审美个性、创新能力和创造水平，将是我国艺术教育的长远发展目标。

第二，充分利用城市公共空间进行艺术展览、文艺表演、艺术教育等活动。在政府主导和市场参与下，艺术作品可以通过美术馆、展览馆、博物馆等获得展览、传播、销售，这是艺术品转换成公共文化产品的重要条件。为了强化艺术在全社会的普及和影响，学校可以组织学生进入各类展馆参观学习，艺术展览时应该加大对艺术作品的免费讲解。如今，艺术活动逐渐成为多主体参与互动的公共行为。以"南国书香节"为例，它是由广东省委宣传部、广东省新闻出版广电局、南方出版传媒股份有限公司、广东新华发行集团等单位共同打造的全民文化活动。活动邀请国内著名作家、学者进行讲座、签售，提高了参与者的文化素养，也带动了活动期间书籍、报刊、音像、工艺品等文化产品的消费，促进了文化产业的发展。再比如，近年来台北市美术馆的双年展中的专题展就加入了休闲、娱乐、互动因素。比较有代表性的还有我国城市的广场文化艺术活动。作为大众文化的表现形式，广场文化活动包括大型文艺汇演、群众性歌舞、体育休闲活动等，既突出群众自发性，也体现政府引导性。广场文化寓教于乐，政府与民间应该积极通过市场运作，大力推动开发广场文化的美育价值以及文化产业价值。总而言之，艺术应该成为城市公共空间中人与人、人与环境互动的媒介。

第三，充分利用多媒体资源进行艺术审美教育。互联网时代使得文化的广泛传播成为可能，但传播的效果可能流于表面而无法深入。人们接受艺术教育越来越受到舆论的操纵和影响，人们的阅读和思考在使用微信、微博的过程中越来越碎片化。因此，更多的艺术教育工作者应该利用现代媒体工具，引导人们关注艺术娱乐性之外更多的思想价值，开辟相互学习、交流的理性讨论空间，让个性表达、思想碰撞、学者引领在这个公共空间形成良好的互动。

（四）注重艺术创新与人文关怀

如前所述，艺术的文化商品属性容易造成企业盲目追求收益而排斥创新。艺术创新对于企业来讲确实存在投资风险，但是不断创新是艺术生产能够持续获得受众认可、艺术的精神价值和经济收益得以实现的根本保障。同时，能够引起受众广泛认可的艺术作品，其背后一定承载着某种独特的人文价值。因此，企业应该鼓励艺术的创新行为并敢于参与到艺术创新体制的建构过程中。

2012年浙江卫视《中国好声音》的选秀形式和艺术风格让人感到耳目一新，节目传播平民追求音乐梦想的励志精神，燃起了观众对中国音乐选秀节目的热情。随后，大量音乐选秀节目蜂拥而起，但其中多有雷同、创新不足，这对于电视综艺节目或者中国音乐事业的长远发展未必是好事。再以中国的美术馆为例，企业赞助行为加速了某些美术馆的市场化转型，企业家为了保障收益，往往会加大对已成名艺术家的作品的引进和收藏，而排斥探索性、实验性的新生艺术作品。但如果这样的趋势不断加强，那么艺术的创新必定会被抑制，最终损害的是艺术自身发展。因此，深圳华侨城集团于1997年投资兴建何香凝美术馆的经验值得借鉴,尽管由民间出资,但是何香凝美术馆以建设"国家级现代艺术博物馆"为目标,近几年组织了一系列当代艺术展览以探索实验和社会功能、学术价值和视觉美感之间的复杂关系[①],为实验艺术的发展保留了空间。

上述例子表明,企业不能因盲目地追求资本收益而导致艺术发展走入死胡同。企业兼顾商业利益和社会责任,关心艺术的创新发展,是企业社会责任感的体现。当然,艺术创新并不容易。当代的许多文化创意产业园一开始希望能够凭借文化创意催生经济社会效益,但许多园区最终都走向难以为继的困境,不得不进驻其他业态来维持运营,越来越浓厚的商业气息冲淡了园区的创意氛围。因此,在企业进行文化创意生产的过程中,政府也应适当给予一定的资金、政策支持。

艺术创作、艺术评论、艺术教育、艺术投资四个方面是相互联结、牵缠互绕的关系,从中可以寻求中国当代公共审美空间构建的路径。在此基础上,我们期待艺术和市场之间构建起理性共容、平等对话的关系,让人们在围绕艺术话题所进行的公共对话中获得审美素质的提高和文化需求的满足。艺术和市场之间的张力就此消除了吗?不是。艺术和市场的冲突很难避免,甚至会继续产生尖锐的摩擦。但也不必过分悲观,艺术在市场环境中产生的问题,终要在艺术与市场的不断磨合中寻求解决。

(原载于《中国高校社会科学》2016年第1期,李石为第二作者)

---

① 巫鸿:《作品与展场——巫鸿论中国当代艺术》,岭南美术出版社2005年版,第199页。

文化研究的本土化：功能与原则

文化研究进入中国已有二十余年了。20世纪90年代初，文化研究基本上处于翻译、介绍并初步应用阶段，其间亦存在着诸多的弊端，如生硬套用、简单比照等。进入21世纪，文化研究学者则开始对其进行反思，其中反思最得力者当数陶东风。他在《批判理论的语境化与中国大众文化批评》一文中，对以援引西方文化理论尤其是法兰克福学派的批判理论分析中国大众文化所形成的"负面性"质疑表达了遗憾。他指出："从方法论角度说，一个不争的前提是：西方的研究范式与中国的本土经验必须形成良性的互动关系。我们应当从中国的实际问题出发创立或引用合适的理论，而不是从理论出发制造或夸大中国的所谓'问题'"[1]。后来，他又在2004年的一篇文章中，阐述了他在文化研究方面的转型过程，他的思考主要还是聚焦在如何考虑文化研究的中国语境问题，即反省西方批判理论在中国的适用性问题。[2] 到了2010年之后，对文化研究的反思又进入到了一个新的阶段，其中以盛宁的文章《走出"文化研究"的困境》最为典型。在此文里，盛宁不仅指出了中国"文化研究"一开始就陷入了一种认识的误区，"硬是把一个原本是实践问题的文化研究，当成了理论问题没完没了地加以讨论，而把必须做的正经事却撂在了一边"，而且鲜明地倡导"把对文化研究的理论兴趣转向具体的个案分析"，同时在运用时，"还得看我们的研究和批判能否对现行文化价值观的重构产生积极的影响"[3]。与

---

[1] 陶东风：《批判理论的语境化与中国大众文化批评》，《中国社会科学》2000年第6期，第144—145页。

[2] 陶东风：《研究大众文化与消费主义的三种范式及其西方资源——兼谈"日常生活的审美化"并答赵勇博士》，《河北学刊》2004年第5期。

[3] 盛宁：《走出"文化研究"的困境》，《文艺研究》2011年第7期。

此同时，还有朱国华的文章《阿多诺的大众文化观与中国语境》（《文艺研究》2012年第11期）、赵凯的《大众文化的定位与批评尺度——兼与陶东风商榷》（《文艺研究》2013年第6期）以及陶东风的《核心价值体系与大众文化的有机融合》等，他们都就文化研究的本土化问题提出了各自的意见，代表着这两三年来对中国文化研究的范式与方法的集中反思。

在本土化问题上中国的文化研究究竟存在什么弊端？我们如何构建中国文化研究的本土化？在理解多数学者反思的基础上，本文还想就这两个问题进行探讨。

一

文化研究引入中国后，对文化思想界是起到很大助推作用的，其最大的功劳就是为研究者开辟了研究的对象和研究视角，为分析大众文化现象提供了理论和方法。20世纪80年代至90年代初，理论界流行的是结构主义、后现代主义，虽然也采用文化研究的某些理论，但也只是在文艺批评领域内，并非全面铺开，如当时用来分析大众文化现象包括对"张艺谋神话"的批判，多是用"民族寓言"类的后殖民理论以及新历史主义等，运用文化研究理论将大众文化作为专门的对象进行分析还是在20世纪90年代中期之后。随着"日常生活审美化"命题的讨论并展开，文化研究的对象逐步扩大并日益明朗，研究视角也随之拓展，如性别视角、身份视角、政治文化视角等，其中以陶东风的广告分析、戴锦华的电影分析等最有影响。

随着文化研究的逐渐变热，也随着文化研究理论的逐渐展开，文化研究的弊端也逐渐显露。深究起来，中国的文化研究至少存在着三大缺陷：

（一）文化研究的对象太大太泛，缺乏具体的细小的个案分析，使得文化研究流于表面。有的研究看似使用了文化研究视角，但得出的结论却平平常常。例如将"9·11"作为一个大文本现象来做文化分析，继而谈到美国与第三世界的关系，就显得空洞；没有专业知识的支持，还会显得外行。又如将葛兰西的"文化领导权"理论运用来分析中国"十七年文学"现象，看起来是使用了文化分析法，但实际得出的结论还是大家都能想得到的，并没有特别令人感到新鲜与独到之处。

（二）视西方文化研究理论为一个笼子，将中国的文化现象统统都往笼子里装，似乎装进去了就能解决问题，而缺乏对中国问题的有针对性的分析与诠释。这种"照搬法"的理论分析，常给人以隔靴搔痒之感，而对中国问题的分析与解决却无多少助益。关于这一点，陶东风以尼尔·波兹曼的"娱乐至死"理论在中国的被滥用为例进行了批判性的反思，并称之为"西方文化理论在中国的被绑架之旅"[①]，他的意见是很有针砭性和启发性的。从学术创造的角度看，对"照搬法"说轻一点，是一种理论的懒惰，说重一点，则是拉虎皮做大旗的吓人之术。

（三）文化研究虽然也有强烈的问题意识，但往往是不顾中国国情，就简单地将中国问题与西方问题相联系，将两者混为一谈。让笔者感到十分困惑的是：我们的学者用西方理论家在资本主义社会中得出的批判理论，比如美国丹尼尔·贝尔在《资本主义的文化矛盾》中提出的理论以及尼尔·波兹曼根据美国社会分析得出的理论来分析并批判社会主义中的文化现象，它们之间难道就没有区别吗？这种分析不会出现错位吗？这种不顾中国国情的分析的实效性不是很值得怀疑的吗？

二

其实，文化研究在中国就应该根据中国国情的分析而产生变异，这才叫"西方文化理论的中国化"。文化研究要接地气，也要顾及中国当下的现实问题，从现实问题出发，而不是从理论框架出发，否则依然是毛泽东所批判过的"教条主义"或"本本主义"。这是我们在构建本土化的文化研究时必须清楚的立场问题。以马克思主义为指导，以中国当下问题为基点，以西方文化理论为参照，这是我们做文化研究的最佳选择。

那么，什么是"中国问题"呢？有哲学工作者指出："我们这里所说的

---

① 陶东风：《理解我们自己的"娱乐至死"——一种西方文化理论在中国的被绑架之旅》，《粤海风》2013年第5期。

'中国问题',是指改革开放以来中国在特殊的历史境遇和发展环境下所衍生出来的、关涉中国未来社会健康发展的核心问题"①,将这一概念移植到文化研究中,笔者以为也是适用的。因为这一概念既照顾了历史与当下,也考虑到了未来,关键还在于有"特殊的历史境遇和发展环境"所作的限定。而"中国问题"既特殊,也一般,既有历时性也有共时性,在具体分析"中国问题"时就要充分考虑到它的变异性和丰富性。

中国当下的文化现象就有着它的丰富性与变异性。比如摇滚,在西方后工业社会里,已经产生了"金属摇滚"和"死亡摇滚",反映出后工业社会中的人的心理状况,但在中国,摇滚则成了"平民摇滚"或"全民摇滚"(如"凤凰传奇"的摇滚之风),它并没有更多的工业化色彩,细究起来还带有鲜明的农牧时代的色彩(草原歌曲风格的影响),网民嘲笑它们是"农业重金属",并且具备全民狂欢与嬉戏的味道(如《最炫民族风》《郎的诱惑》等),有的甚至成为广场上老头老太太跳健身舞的伴奏乐。而汪峰的摇滚,又成为了励志歌曲的同义语。如果我们硬要拿西方摇滚精神去批判中国当下的摇滚,说它们丧失了摇滚的反叛精神,是"伪摇滚"等,就可能很不到位,也不会为老百姓所接受,我们所持的可能还是精英文化或小众文化的立场。中国的问题就是将文化引进后迅速本土化,正如将带有贵族色彩的桌球引进之后,城乡各地都摆上了桌球,连小市场边也会出现一元一盘的桌球游戏。又如现代舞,邓肯创立的现代舞在美国属于大众文化,引入中国后则成了小众文化。

这就是中国大众文化的变异性。它抽离西方文化发展的历史和政治语境,功能性地成为本土大众的日常文化需要,没有了反叛的姿态,缺乏亚文化的"抵抗"和"风格",更缺乏与现实政治的对话,而成为一种人类学意义上的日常实践和娱乐需要。从詹姆逊的后现代主义文化逻辑来看,这是一种扁平化,但这种扁平化却不是晚期资本主义的符号过剩和精神分裂所致,而是一种从大众文化匮乏到大众文化权利实现的过渡阶段的文化现象,属于普通大众日常精神领域的自主化、去政治化的过程。它仍然属于中国社会世俗化的

---

① 邹广文:《当代哲学如何关注"中国问题"》,《哲学动态》2013年第3期。

历史进程的一部分，是社会大众参与建构新的社会价值的过程。不如此看待，我们就难以理解中国近年来电影票房的飞涨，更难以理解全民热议"中国好声音""爸爸去哪儿"的现象。二三线城市电影银幕建设的大力推进是中国电影票房飞涨的原因，但相比于欧美国家，我们电影票价的虚高仍然是制约很多人看电影的障碍，不要说很多打工一族，就是在校大学生平均观影人次也是很低的，这意味着大众的文化接受仍然较为匮乏。另一方面，我们可以看到每年生产的很多电影、电视产品因为缺乏必要的宣传资金和商业卖点，而没有播放的渠道，而电视收视的单一指标又导致对高收视影视作品类型的过度跟风，导致抵达受众的文化类型的过于单一和质量低下，因而"中国好声音""爸爸去哪儿"的全民热议的出现，与20世纪90年代全民空巷观看电视剧《渴望》一样，都是文化匮乏的一种表征，只不过这种匮乏是节目品质的匮乏。因此大力发展文化产业，生产更多质量上乘、风格多样的文化产品来满足不同层次和差异的文化需要，仍然是大众文化所面临的最直接的现实。对大众文化产品进行价值分析并维护大众文化发展的文化生态就成为本土文化研究的最重要的功能。事实上，社会上对大众文化的褒与贬，文化研究学者对本土三十年大众文化的变迁的认识，主要还是立足于大众文化的价值取向的角度，比如对80年代流行音乐的启蒙价值的肯定和对当下大众文化的拜金主义取向的分析，只不过受到西方文化研究的影响，对当下中国社会价值问题的认识存在错位，未能充分认识当下社会价值思潮的复杂和主流价值重建的未完成性，过于强调主导文化与新生文化之间的对立而没有看到当下主流文化和价值观与大众文化及其价值观之间的互动。

一种大众文化的性质应该从其所处的历史语境和基本功能来分析和定位，而不是从先设的理论框架和政治立场出发来评价。因此，构建文化研究的本土化，首先必须避免陷入"理论陷阱"。针对中国问题进行分析时应该是只将西方理论作为参照，而不是作为框架去套用，有什么问题就分析什么问题，该用什么理论就用什么理论，而不是将中国问题当作西方理论的诠释，更不能像某些经济学家那样将自己的分析去当作政策的诠释。实际上，早在1995年，徐贲就在《文学评论》上发表了《美学·艺术·大众文化——评当前大众文化批评的审美主义倾向》一文，一针见血地指出国内文化研究所存在的以审美主义和道德论批评和贬损大众文化的倾向，而这种倾向的理论资源就是阿多诺的群众文化理论。在对阿多诺理论的解读基础上，徐贲进一步指出："如果说阿多诺的'审美主义'把艺术当作改革社会的唯一希望，那么，他的'精英主义'则反映了他对大众认识能力的彻底丧失信心。这两者都是阿多诺具体生存处境的产物，不能当作具有普遍意义的理论来运用。"① 因此他呼吁"走出阿多诺模式"，不再把阿多诺的理论"当作一个跨时代、跨社会的普遍性理论来运用"而要回到"历史的阿多诺"，透过阿多诺文化理论在西方文化批评中的起落来反思其理论的精英主义性质，进而提出积极的、非精英主义的大众文化的实践批评，"大众生存环境的改善是与大众利益相一致的，大众改善生存处境的要求必定会在他们的集体文化活动中体现出来。这是大众文化活力的源泉，也是实践批评积极对待大众文化的原因"②。徐贲的反思抓住了本土文化研究的根本弊端，对文化研究的阿多诺化、非语境化和精英化倾向的批评在今天读来仍然具有强烈的针对性。只可惜这种反思并没有引起足够的重视，以至于2000年前后，陶东风仍然需要撰文强调批判理论的语境化问题，而在2010年盛宁的反思文章中，也不无遗憾地指出本土文化研究终仍然普遍存在理论化追求取向，可见"理论陷阱"问题的严重。

事实上，西方的文化研究本身就具有反理论的色彩，斯图亚特·霍尔就曾声明他并不生产理论，而是根据问题的实际需要来运用理论。其实，西方的文化理论家也早已认识到，文化研究应该是多视角的，"在具体的文化研究中，视角的选择依赖于研究的主题事件、研究的目标及范围"③。周宪也曾在反思德国精英主义和英国民粹主义两种文化研究的范式基础上，提出超越对立的方法在于透过不同角度来考察同一对象的"视角主义"④。因此，问题的克服在于对文化现象的多角度透视，在借用理论的同时反思理论的效度，从而从

---

① 徐贲：《文化批评往何处去》，吉林出版集团有限责任公司2011年版，第152页。
② 徐贲：《美学·艺术·大众文化——评当前大众文化批评的审美主义倾向》，《文学评论》1995年第5期。
③ 道格拉斯·凯尔纳：《批评理论与文化研究：表达的脱节》，见《文化研究方法论》，北京大学出版社2011年版，第29页。
④ 周宪：《精英的或民粹的？——两种文化研究范式及其启示》，《中国社会科学》2000年第6期。

中国问题本身来形成我们自己的阐释方法和话语建构。比如我们借用西方亚文化理论来分析中国的青年亚文化现象，用"抵抗"与"收编"的理论去套用并分析，似乎也有一定的效果，可以解释某种现象。如"快乐女声"中的李宇春，原来钟情于中性的服装，带有"抵抗"的意味，但如今终于被商业化"收编"，她穿上裙子了。但问题的关键在于，"李宇春"们的文化是否真正形成了一种完全与主流文化相对抗并区别开来的文化。在西方，亚文化理论的形成是与摩托男孩、朋克、光头党等具有鲜明风格特征的另类文化的产生联系在一起的，而在中国并没有出现真正意义上的类似西方的"朋克族"，更没有形成有异于主流文化的群体性的亚文化。即使出现一个《还珠格格》中的"小燕子"，出现追捧《流星花园》中的青少年偶像的一时风潮，但它们都没有形成某种抵抗。要说有抵抗，也是十分温和的，我们也大可不必将它们与政治、阶级等拉扯起来。其实，在西方学者看来，所谓亚文化"并不是作为真实对象而存在，而是由亚文化理论家所造成的"[①]，"亚"的概念内涵一是有别于主流社会的独特性和差异观念，二是还具有底层或下层的含义。伯明翰学派就曾用它来分析工人阶级的青少年的文化，但在中国，这种具有鲜明的阶级特征和身份意识的亚文化是不具备的。倒是农民工问题、富二代问题才有可能形成亚文化的问题，而在这方面我们的研究是跟不上的。农民工并没有创造出他们同质群体性的文化，他们不过借用其他阶层的文化来表达他们的意愿而已，正如"旭日阳刚"们偶尔会通过翻唱《春天里》来表达他们心中的某种渴望。盛行一时的校园歌谣不是亚文化，北京"北漂族"包括地铁演唱者也没有产生出一种亚文化，因此，我们在运用亚文化理论来分析中国问题时，倒是应该十分小心而又谨慎的。问题的实质在于，我们自己未创造出一种理论去揭示与分析中国的类似于亚文化的现象，而西方有现成的，于是就借用了。但笔者这里强调的是，借用也必须顾及中国实际，必须在本土化上下功夫。

其次，构建文化研究的本土化还得避免"政治化的陷阱"。盛宁在他的文章中其实已提到这一点，他认为文化研究的问题不仅在于在理论问题上原

[①] 克里斯·巴克：《文化研究：理论与实践》，北京大学出版社2013年版，第400页。

地打转，而且在于一转到研究中国真问题的时候，就将问题政治化，他告诫："再不要动辄就把文化问题政治化，让人无法对问题展开深入的讨论"[①]。盛宁就此问题没有展开论述，但他说的极为在理。诚然，政治性是西方文化研究的一个重要特征，是其意识形态批判的主要目的。但这种政治性关切恰恰是与西方文化研究的问题意识有关。法兰克福学派对极权主义的批判，英国文化研究强烈的左翼政治色彩以及美国文化研究的政治正确性诉求，形成了各具特点的权力批判和政治诉求。那么，中国文化研究的政治性又是什么？明了中国文化研究的政治性需要先回答中国问题是什么，而这就不能简单地以立场代替分析，将理论来代替实际，而只有回到就问题分析问题的实事求是的态度上来，需要政治性分析才进行政治性分析，而不是将所有问题都上纲上线，在明显不具有政治性的问题上强加立场，非得什么问题都意识形态分析一番。关于这一点，笔者很赞同张晓舟对西方媒体在报道周云蓬时的有失职业水准的工作方式的批评，他说他们是"只要立场不要现场，用立场替代现场"[②]，比如唱"红歌"问题，20世纪90年代初期曾掀起过一阵"红歌"热，但那根本就与政治无多大关系，它只不过是将"红歌"引入到通俗歌曲中加以演绎而已。大众喜欢"红歌"既有怀旧的成分，也有喜爱通俗歌曲的成分，研究者如果非得将它上升到解构"红色"的层面上去分析，就很有点货不对板。其实，制作者与演唱者都无此想法，他们不过想借机商业化一把而已。要看到，大众文化的勃兴包括文化产业的勃兴（其中自然有娱乐业的勃兴），无非就是要给艺术生产力松绑，最大限度地解放艺术生产力、发展艺术生产力，让老百姓得到真正的文化实惠。如果我们进一步思考就会发现，实际上这种过度娱乐化恰恰并非官方意在消解公共关怀的有意所为，如果是这样，我们又如何理解出自广电总局的一版又一版的"限娱令"？这种以哈维尔和阿伦特的后集权国家的理论来分析当前"娱乐至死"的问题，恰恰是忽略了本土大众文化所处的社会结构的差异性和复杂性。

---

① 盛宁：《走出"文化研究"的困境》，《文艺研究》2011年第7期。
② 张晓舟：《请不要穿着敌人的裤子去骂敌人不穿裤子》，见张铁志著：《时代的噪音：从迪伦到U2的抵抗之声·序二》，广西师范大学出版社2010年版，第17页。

三

政治化的分析与意识形态的归纳与提升,并非完全对大众文化的发展有帮助,从本土文化研究的基本功能出发,我们除了要避免理论化和政治化的双重陷阱之外,关键还在于建立实现这一功能的若干原则,以使本土的文化研究能够有自己的问题关切和理论方向。

正如我们上面已经论述,对大众文化产品进行价值分析并维护大众文化发展的文化生态就成为本土文化研究的最重要的功能。这一功能必然要求文化研究的价值重构原则和文化生态平衡原则。首先对文化研究本土化的价值重构原则进行分析。这一点盛宁文章也提到过,但他依然未加以展开。盛宁指出,文化研究不是简单的"站队"表态,将关注点从精英文化转到草根文化(大众文化)或者将精英文化作为批判对象就够了,"关键还得看我们的研究和批判能否对现行文化价值观的重构产生积极的影响"[①]。关于这一点,美国文化学者道格拉斯·凯尔纳也在他的文章指出过:"文化研究不仅是一种学术时尚,而且还能成为人们为更理想的社会和更美好的生活而奋斗的一部分"[②]。这里面就包含着一种价值重构与引导问题。笔者很高兴看到,最近对大众文化研究中有了一种新的趋势,就是注意价值观的分析与引导了。如陶东风在《人民日报》上分析韩国的电视剧《大长今》的价值观要比中国的电视剧《甄嬛传》显得更为正确。[③]这种比较立足于大众文化文本的价值取向,注意到大众文化不同文本之间的价值取向的差异,就价值观说事,而不对其做意识形态政治化的解读,反而更切合当下大众文化的实际文化功能。陶东风也在关注着核心价值观与大众文化的有机融合,提出这种融合需要实现两个转化,即官方文化转化为主流文化,再由主流文化转化为大众文化,因此寻找核心价值体系与大众文化之间的契合点和转化机制,就成为当下文化研究的一个重要理论课

---

① 盛宁:《走出"文化研究"的困境》,《文艺研究》2011年第7期。
② 道格拉斯·凯尔纳:《批评理论与文化研究:表达的脱节》,见吉姆·麦奎根编:《文化研究方法论》,北京大学出版社2011年版,第32页。
③ 参见陶东风:《比坏心理腐蚀社会道德》,《人民日报》2013年9月19日第8版。

题。① 蒋述卓也在研究流行文艺与主流价值观的关系。以流行歌曲为例，它的发展与嬗变过程就包含着价值观的变迁。如果说20世纪80年代初，当台湾省歌星邓丽君的歌声引入大陆时，推动的还只是一种政治冲击与思想启蒙的话，那么，随后而来的罗大佑、齐秦、费翔等人的歌曲带来的却有着更多的价值观的表达。从"外面的世界很精彩，外面的世界很无奈"②当中，我们可以看到些许颓废与伤感，而从"我拿青春赌明天"之中，我们又可以看到那"何不潇洒走一回"③的青春冲动，但骨子里却还将人生看为过客，透露出几分人生的无奈与虚无；在"跟着感觉走，紧抓住梦的手"④当中，我们会体会到追求"风一样自由"⑤的"你"和"我"的梦想，但当时对什么样的价值观才是真正的价值观还显得十分的朦胧；而从"谁愿常躲在避风的港口，宁有波涛汹涌的自由……阳光总在风雨后，乌云上有晴空……阳光总在风雨后，请相信有彩虹"⑥当中，我们分明又能感受到一种积极开朗、勇于进取并相信未来的对正能量的追求。而这一些歌都曾在中央电视台的《同一首歌》栏目中演唱过，并被视为观众最喜爱的经典歌曲⑦。从流行歌曲的流行与变迁之中，我们都可以把握到某种社会文化思潮的涌动以及某种价值观的新变。对流行歌曲进行价值观的分析，有助于我们对价值观重构的引导与提升。

其次，文化研究的本土化要建立一种文化生态平衡的原则。大众文化在中国的呈现缤纷万象，但由于其有流行性、商业性、粉丝性的特点，有时难免会出现跟风、扎堆、摹拟、复制等现象，如有了"超级女声"就会有"超级男声"，有了"中国好声音"就会有"中国最强音"等等。大众文化历来备受诟病的"同质化"根源于其资本逻辑，这正是霍克海默和阿多诺在《启蒙辩证

---

① 陶东风：《核心价值体系与大众文化的有机融合》，《文艺研究》2012年第4期，第5—15页。
② 出自齐秦词曲《外面的世界》，原唱齐秦。
③ 出自陈乐融、王蕙玲词，陈大力、陈秀男曲《潇洒走一回》，原唱叶倩文。
④ 出自陈家丽词、陈志远曲《跟着感觉走》，原唱苏芮。
⑤ 同上。
⑥ 出自陈佳明词曲《阳光总在风雨后》，原唱许美静。
⑦ 参见孟欣主编：《同一首歌：观众最喜爱的经典歌曲100首》，现代出版社2006年版。

法》中所论述的，资本的逐利性使其往往选择成功经验进行复制以减轻风险，这是大众文化复制性的基础。而大众传媒的"眼球效应"和媒介选择进一步对大众文化的内容和类型进行筛选，最终导致了大众文化产品单一的局面，使当代文化生态失去了平衡，文化多样性的充分发展空间受到严重的挤压。这不仅使得大众文化多样性需求的权利受到抵制，而且容易对单一文化产品产生审美疲劳，更为严重的是影响了文化生产的创新能力。作为文化研究者应警惕文化生态的恶化，对文化生态的不正常现象给予批评与引导。生态批评是目前文化研究的国际前沿，从根本上讲，生态系统不仅包括自然生态，还应该包括人文生态，而且自然生态与人文生态之间并非割裂的关系，对文化生态的批评和引导，正是本土学者理论创新并参与国际学术对话的可能契机。中国文化生态的问题，不仅仅是一个市场化的问题，它产生于国家文化体制改革的过程之中，因而不健全的市场体制和商业机制、不健全的管理政策和消费基础，都是当下大众文化过度功利化、内容庸俗化、类型单一化、竞争恶劣化问题产生的重要原因。因而，中国政府文化管理部门出台的"限娱令"以及它的"加强版"也是有文化生态平衡的意义在内的。诚如评论者所言，"加强版'限娱令'的出台，其一可以发挥文化多样性的传播导向的作用，其二可以发挥对文化产业的投资和生产的导向作用。对卫星频道综艺节目和影视剧的数量和播出时段的限制，突破收视率的单一杠杆，为本土原创动画、少儿节目、纪录片等提供了播放的渠道，提示着文化传播渠道的文化责任。渠道的开放对于丰富本土文化产品的类型，推动文化产业内容丰富性和多样性的意义是深远的。尤其对于本土恶劣的动画渠道环境而言，更是提供了一线生机，使其从被动方转向主动方。由于我国目前文化产业内容结构的单一，这在一定程度上会引发一开始的内容供给危机，但更为重要的是，它会向文化产业市场释放信号，起到对文化产业的内容结构的调整作用。"[①]这种评论就比那种始终确立政治立场，将政府主管部门的文化政策的出台始终视为是对文化的权力管控的分析，显然更为中立和客观。文化研究者不仅要进行深刻的专业的学术分析，同时还要积极介入大

---

① 参见郑焕钊：《发挥'限娱令'对文化产业发展的两个导向》，发表于新浪博客http：//blog.sina.com.cn/s/blog_a7b59eda0101mcnt.html，2013年10月24日。

众文化的在场批评，比如"中国好声音"第一季在音乐评点上的专业性引导、音乐类型上的多样化选择等方面，对于流行音乐文化生态的建立就具有重要的意义。而第二季、第三季的将专业性引导放弃而变成纯娱乐，将多样化放弃而变成单一的音乐风格选择，同时媒介逻辑深深地影响了导师的专业判断和选秀走向，使得音乐选秀节目走向不健康。在场批评尽管可能不那么深刻，但对文化研究的本土化却是必要的，因为它是面向大众文化受众的批评，目的在于帮助受众形成大众文化的接受素养。

最后，文化研究的本土化还要建立审美的原则。大众文化异彩纷呈，表达形式千姿百态，与之相对应的文化研究的对象也就变得极为广泛，如城市空间研究、广场舞研究、超级市场的布局与装潢研究、网络虚拟空间及传媒研究等等。尽管文化的呈现形态多种多样，但文化的表达最终都指向人格的塑造、心灵的养育。正因如此，文化研究也就必然通向审美研究。同时，我们还要看到，大众文化的表现形态其中大部分是以文学艺术的方式去表达的，那就更脱离不了审美研究了。就拿"星跳水立方"节目来说吧，它是城市电视台中的一档娱乐节目，以跳水的体育运动方式作为载体，邀请明星跳水来吸引观众，其中自然离不开审美的成分。明星的身材、跳水的姿势以及跳与不跳的勇气都与美与不美挂起钩来。还有城市的公共空间研究，包括着城市建筑造型、城市街道布局、城市公共空间的美化，也都涉及审美。审美价值是大众文化价值的重要构成，这是无可否认的事实。但长期以来，无论是精英主义的立场，还是民粹主义的立场，都将大众文化的审美问题抛弃一边，要么视大众文化的审美是低劣的，要么视大众文化没有本质的价值。对审美价值的拒绝还来自于文化研究的方法本身，无论是政治经济学的、社会学的还是意识形态的分析，都将审美视为一个文化政治的问题，而不是一种价值存在。因此，重建文化研究的审美原则，肯定大众文化的审美价值，既是从本土大众文化的基本功能出发的要求，也是当今流行文化雅俗合流的发展趋势的内在要求。当今的文化创意产业，其核心部分还是文学艺术，大众文化的载体大部分也是以文学艺术为主要内容和表达方式的，文化研究如果没有确立审美的原则，那是难以深化和持久的。

应该说文化研究本土化不仅仅是一种理想的状态，而是通过持之不懈的实践完全可以达到的，关键点还在于要坚持理论创新。我们应该有这种自信，相信通过中国问题的分析，一定会产生中国自己的理论话语，也一定会有靠中国自己去解决自身问题的办法，指望只依靠西方理论来解决中国的问题，必然会形成偷懒心理，其结果反而是理论的错位，产生不顾自身状况乱开处方乱吃药而并不见效果的后果。正如中国的经济有自己的运转实际情形一样，中国的文化问题也有它自身的运行状况。以马克思主义为指导，以分析中国自身文化问题为基点，以西方文化理论为参照，将文化研究本土化，正是理论创新的内在要求。

（原载于《外国文学研究》2015年第2期，曹桦为第二作者）

第二辑

文化诗学批评的实践意义

批评的专业化与批评的品格

——兼论文学批评与学术机制的关系

一段时间以来，文学批评常为人讥笑与嘲弄，或言其"缺席"，或言其沦为商业化的奴隶等。批评家在人前似乎说话底气不足，亦难以为自己辨白。事实上，文学批评受到社会浮躁风气和消费价值导向的影响，确也存在着被人诟病的痛处。

我们有必要回顾一下：20世纪80年代以来刮起的商品经济风潮对社会影响甚巨。从经济学角度看，这场商品经济风对推动市场经济的前进步伐无疑是有极强推动力的，但对尚无思想与心理准备的知识界来说，却是当头一棒。知识界刚刚从"文革"中复苏过来，才树立起来的一点点自信与自尊又被突如其来的"下海经商"潮与"脑体倒挂"表象慢慢击碎。知识界包括文学界都对市场经济难以适应，其感觉仿佛是初长的菜苗一夜之间遭遇到了霜露——蔫了。进入20世纪90年代中期，知识界经历过心理上的煎熬，终于逐渐认可市场经济这只无形的手的力量，知识分子也逐渐认识到自身的社会与市场价值，并有意地开发这种价值并使其增值。在社会狂炒院士价格、明星效应的同时，学术界又引入了量化考核机制，知识分子在此时倒真有点头脑发热了。有的知识分子还自觉地加入到"炒作"的队伍，"炒"文化，"炒"学术，"炒"批评，并力图将自己也"炒"热，借此获得社会地位与经济效应的双重效果。随着消费社会与大众文化时代的到来，知识界包括批评界围绕着消费目的来活动已日益彰显，媒体介入批评，甚至与出版商合谋炒作学术，使得批评的商业化、学术的谋生性色彩越来越强烈。

在这段社会转型时期的历史中，文学批评到底怎么了？它完全是被动地裹夹在商品经济与消费社会的大潮中丧失掉自己的地位，被挤兑到边缘，而且还失去了自己的价值追求了吗？是因为社会的金钱价值导向与消费欲望的无限刺激以及学术机制、文化机制的转换而导致批评的失向与倾斜了吗？

不是。如果说批评完全是被动地顺从、适应社会风气与学术文化机制，那是错误的，是批评不敢正视自己角色与地位的软弱的表现。在变化多端的社会风向中，批评坚持了自己的立场和品格了吗？显然没有。

事实上，我们不能责怪或抱怨社会风气与学术体制的好坏，关键还在于批评家是否坚持了学术立场与学术人格。其实，有思想的批评家并不为社会风气所左右，相反，他时刻以批判的眼光透视着社会，并坚持着自己的专业水准而不降格以求。另外，评价一个学者与批评家的贡献与地位，学术传统与现行的学术体制也并不只强调他论文的数量而不强调质量，比如申报博士点或重点学科，带头人只要填五种有代表性的论著，整个学科点的成果也只要求填30篇代表性论文和20种著作。现在一些高校尝试在人文社会科学领域评资深教授，如果真正评起来恐怕也还是评他在学界突出的创造性贡献，而并非只看他论著的多少。在文学创作界也一样。有的作家早期的创作水准就高，足可以代表他的整体水平，如"曹禺现象"；有的作家一生作品不少，但都平平，没给人留下多少印象。衡量一个作家的水准与地位，还是看他代表作的水平的。在人文社会科学领域，虽然在总体上而言是年纪越大越成熟，积累越多名气越大，但也不否认有的人在青壮年时做的研究由于开创了一种新的研究方法，得出新的有开创性的结论，那时就已奠定了他的学术地位，如人类学、社会学领域的研究就有此现象。所以，学术评价体系从传统上言还是看他对学界突出的创造性贡献，而不只重数量。现在也没有人要去推翻这一传统。

再说市场导向的影响。尽管市场对学术、对批评影响甚大，但人文知识分子也并非完全屈服于市场，他们对市场始终是存有戒心的。对于市场热炒文化和人文知识分子，比如热炒余秋雨等，大部分人文知识分子是抱观望态度与谨慎态度的。现在有人专挑余秋雨的刺，并非就是出于嫉妒、就是怨恨市场，有的确实是出于对文化的虔诚，觉得人文知识分子不应该传播有误的文化信息，用假文化知识糊弄老百姓。中国人文知识分子有对文化虔诚崇拜的传统，觉得做学问就应该处于一个清静的地位，应该严肃认真。正如钱钟书所说"学问乃是荒村野老之事"，绝大部分人文知识分子都能接受这种地位和角色定位。

中国知识分子与西方知识分子不一样的地方在于，西方知识分子多将知识当作谋生的手段。正像哈佛大学哲学教授罗伯特·诺齐克指出的，西方知识分子的学校教育让他觉得他们理应成为社会上最受尊敬的、最有声望和获得最高收入的人，但他走向社会之后，却得不到这种待遇，因此对市场心怀怨恨。[①]中国的知识分子也有"唯有读书高"的传统，"学而优则仕"的传统体制对他们有所保护，传统中的知识分子对市场隔膜，对官场熟悉。在文化传统中，学问等同于"道"，"朝闻道夕死可矣"，真正有志于从事学问研究的就是选择了清贫。这种传统在现代知识分子身上留下的痕迹还很深。尤其是近代以来，科举取消，读书做官的路堵塞，做学问与当官成为两种不同路向的选择。长久以来，知识分子已然养成一种做学问就是清贫的习惯。20世纪80年代初期，知识分子面对市场冲击确实是有过一番心动神摇，但到现在为止，知识分子并不完全靠市场经济价值来衡量自己的学术。他们中有许多人也清楚地知道，做学问不如去上课赚钱，也不如去编畅销书赚钱，但他们并没有去做赚钱的事，仍然坚持在做扎实的学术。当代中国人文知识分子对市场是抱静观态度的，一方面认为市场经济时代到来一切要由市场来导向是挡不住的趋势，是社会进步的表现，另一方面对自己从事学术要完全与市场挂钩一直是不热心不主动的，甚至是怀疑的。

从现状上说，现在也不能不说是人文知识分子做学问的好时机。一是经济状况改善，"脑体倒挂"现象基本改变，知识分子收入处于社会的中上水平，虽说赶不上企业家，但也好过一般的小公务员；二是学术研究与批评环境相对自由宽松，即使拿不到社科基金，但只要自己按兴趣研究，拿出有价值的成果，有眼光和经济实力的出版社也还是会出版的。更何况管理部门还提出引导的政策，人文社会科学的资深教授也可享受自然科学领域院士待遇呢！当然，我这样说，不是说现在的学术体制已经完善了，而是说现在的学术体制也在发生变化，知识发展的规律会逼迫管理部门改掉那些过于僵化教条的评价体

---

① 参见罗伯特·诺齐克：《知识分子为何拒斥资本主义》，秋风编：《知识分子为什么反对市场》，吉林人民出版社2003年版。

系、考核指标，会推出更多顾及人文社会科学特点及其发展规律的评价标准。

在文学批评方面也是如此。面对消费世风和与之相应的新的文学生产机制，文学批评也还得有自己的立场和品格。王晓明在《面对新的文学生产机制》一文中曾列举了当前十种新的文化/文学生产机制[①]，这些新的文化/文学生产机制委实将对文学批评产生很大影响，我们必须要对它们加以认真研究。然而，不管怎么说，文学批评在正视这些新的文化/文学生产机制时，必须坚持它的批判眼光和专业化。批判眼光是批评的学术立场，专业化则使批评保持和强化它的学术品格。我之所以强调专业化，是因为批评不是广告，也不是个人的理论自娱和与娱乐配套销售的文化工业产品，而是真正富有思想与学术立场的艺术品。只有专业化，批评才能走近艺术，推进艺术，正如我们通常看到的美术批评和音乐批评一样，那是很需要专业知识和专业话语才能走进乐迷和懂行的美术爱好者心里去的。专业化的批评自有它的专业性标准，它之所以与"媒体批评"相区别，就在于它有一定的学术范式和专业术语。"媒体批评"是抓热点，因为没有热点它就抓不住读者，抓不住市场，同时这也是为了满足大众的需要。而真正的文学批评却是要面对文化/文学现象，沉静下来反复认真地思考才做出来的。专业化批评是不赶热点的。举个例子，有的批评家今年在报纸上批评这个批评那个，都说是好作品，但三年后呢？他来个180°大转弯——说当年的那些作品都不值得一提。这种自相矛盾的说法证明媒体的热点批评往往产生泡沫，显出浮躁，而专业批评家作出的批评是靠积累，靠反复思考，是经得起历史淘洗的。到现在为止，我们大都还记得批评家季红真在1985年写的那篇《文明与愚昧冲突——论新时期小说的基本主题》的批评论文，就是因为它有极强的专业性。

说到这里，大概我提出的专业化批评已很接近人们通常所说的"学院派"批评了。正如南帆所说："'学院派'批评要求言之有据，要求严谨的论证。这是'学院派'批评的可贵品质，也是'学院派'批评反感以'个性'或者'自我'包打天下的原因。"[②]但专业化批评与"学院派"批评还是有区

---

① 王晓明：《面对新的文学生产机制》，《文艺理论研究》2003年第2期。
② 南帆：《"学院派"批评又有什么错》，《中华读书报》2003年6月25日。

别的。"学院派"批评显得严谨，有较强的理论色彩，比较讲究追问事情的原委成因，爱追溯历史，讲究批评观点形成的共同积累和基本准则，但有时不免带有些学究气；而专业化批评则主要强调批评的到位，它也遵守批评的基本准则，但更强调个性的体验和思想上的尖、新、深，文字会显得灵动活泼。它在文学批评的专业领域站得住，有一定说服力和冲击力。比如青年批评家谢有顺，他的批评算不上"学院派"批评，但其专业性是很强的。因此，不管是"学院派"也好，"非学院派"也好，我认为批评必须做到专业性，才能立得起，留得住，才可避免炒作性、浮躁化。

韦勒克在论及文学批评、文学理论和文学史三者关系时说得很好。他既强调文学理论对文学批评的指导意义，同时也强调文学批评的形成要重视文学史知识的基础，在文学史方面他又尤其重视历史上各类文学批评所做出的积累。文学批评要做到专业化，就应该重视理论，重视文学史，而不能抛弃已有的共同积累和基本的理论准则，而只顾"自我"的言说，甚至天马行空、独断专行。我们都钦佩巴赫金在小说理论方面的创造，但只要细读巴赫金，会发现他在创造出"复调"与"对话"理论的过程中，引用过多少前人的研究成果。他也是立足于前人的积累，并站在前人的肩膀上才有自己的创造的。当然，这些创造还是他独特的分析眼光与审视角度起主导作用，是他独自体验与剖析的结果。他对陀思妥耶夫斯基的批评及其理论创造，正是因为其专业性强，才被世界文坛所重视。

批评的炒作与浮躁自然与"跟风"相关，而"跟风"与批评家缺乏学术勇气、不敢坚持批判立场相关，更重要的则是缺乏思想。没有思想，故只有随大流，更不敢对低劣作品和不良文化/文学现象进行一针见血的批判。过去人们是将批评视为锋利的解剖刀的，但现在这把刀子变成为人涂脂抹粉用的毛刷刷了。有的批评则借虎皮做大旗，将国外的理论搬弄一番，却毫不涉及现实问题，看似挺专业挺理论化的，但思想是他人的，其文风还是显得浮躁、苍白。坚持批评的学术品格，就是要坚持批评家有思想，有思想的批评才有锐气，才有活力，才敢大胆地贴近文学、贴近现实。有思想的批评才会让人读来痛快，哪怕是过了几十年上百年读来也仍然让人激动。而"跟风"的、"炒作"的批评很快就会变成明日黄花，被视为"快餐文化"的附属品。一个批评大家或批评巨人，应该是兼备思想家与文化哲学家的才能的。现在，我们经常提学术创新，于批评方面的创新也就是要道出自己的思想，说自己的话，不说随大流的话。要做到创新，没有怀疑精神和批判意识，没有深刻的思想支持，也是做不到的。有了思想，有了批判意识，批评才有自己坚定的立场，才可在消费浪潮与浮躁世风中坚持自己的专业性，才可避免商业化的污染，才可真正显示出批评的"在场"与不可缺少的角色和作用。希望这不仅仅是我一个人的愿望和理想。

（原载于《文艺理论研究》2003年第5期）

文学的刻意与不经意

在中国，刘勰的《文心雕龙》被视为经典的文艺理论著作，但有的学者却独持一说，说它最多只能算是文章学的著作，因为它讲的多是如何构思文章、经营结构与遣词造句等，所论文体也多有应用性文字，如奏、议、诔等。这有无道理？对照一下确有相合，但《文心雕龙》除此以外，也有理论性的指导性文章，如《原道》《明诗》《神思》《知音》等，且占的分量颇重。总体上看，《文心雕龙》还是一部文艺理论的著作。

不过，这提示了我们，作文还是需要有一点刻意的。

如谈文章的构思，刘勰认为"若情数诡杂，体变迁贸，拙辞或孕于巧义，庸事或萌于新意；视布于麻，虽云未贵，杼轴献功，焕然乃珍。"他将文章的构思经营比喻为将麻织成布，麻未经打造时并不贵重，但经过加工尤其是杼轴的功劳编织成布，则可能是流光溢彩的珍品了。古人常用工匠所使用的织布机的喻象来说文学艺术作品的构思与经营，就是借其中的编织工序来喻指文学艺术作品的磨炼与锻造。因此，艺术家在一定程度上带有手艺人的意味，艺术家也被视为掌握了一门技艺的匠人。所谓"艺术巨匠"也便是艺术大师的同义语了。

也正如此，许多的大作家为寻找小说的开头可以等上好几年，其实在他胸中早已有了无数次的酝酿，万事俱备，只欠东风，开篇之句一旦启动，文思就如洪水开闸，奔涌而来。如马尔克斯《百年孤独》的开篇："多年以后，奥雷连诺上校站在行刑队面前，准会想起父亲带他去参观冰块的那个遥远的下午。"这样的开篇后来几乎成为中国上世纪八九十年代作家去刻意模仿的样板，理论家甚至将它看作小说叙事学中的经典常加论述。又如陈忠实寻找《白鹿原》的开头，当他写下"白嘉轩后来引以为豪壮的是一生里娶过七房女人"时，他知道他的小说已成功在望，并将成为他一生的经典。这便是作家的匠心所在，也体现出作家的刻意追求。这要花费作家们的多少心思与心血啊！现在再翻开陈忠实为《白鹿原》写的序，里面记载了他人到五十的体验与开悟，尤其是最后倒数的第三段文字里，记录了他收到读者来信后的感受，他说有一个石家庄的医生或护士写来的信，信里说："我想写出这本书的人不累死也得吐血……不知你是否活着还能看到我的信么？"这让陈忠实陷入沉默无语只想喝酒。这也让我们深深感知到那些创作出文学艺术经典的大作家大艺术家们又有哪一个不是在呕心沥血呢？没想到二十年以后，那位医生或护士的信竟成谶语，读来不得不令人扼腕痛惜！

其实，不仅是作家在进入写作阶段时需要苦心经营、刻意并精心地创作，就是在他深入生活体验生活阶段也是要刻意的，这便是他对生活的留意与留心，去发掘生活的意义与价值。陈忠实当年在陕西作协供职时，看到一些读者或作者都去拜访成名了的作家路遥，他深受刺激，决定返回老家去潜心创作。表面上看他是寻找安静的环境，但实际上这是他在寻找《白鹿原》的创作契机，在一种重温生活与再度深入生活之中去再现《白鹿原》故事发生的原型环境。

作家在深入生活、做生活积累时是如此，在读书做知识与文化积累时也是如此，都是要刻意去做长期的准备的。比利时的华文作家谢凌洁告诉我说，她为了近期的一部长篇小说《双桅船》的创作，竟然长期泡在欧洲一些国家的图书馆与博物馆里，目的就是要掌握与熟悉二战时期欧洲一些国家的文化与历史。唐浩明、二月河他们在创作历史小说时所做的知识准备与文化积累也都是经过了一个较长时间的。

故刘勰说："是以陶钧文思，贵在虚静，疏瀹五藏，澡雪精神。积学以储宝，酌理以富才，研阅以穷照，驯致以怿辞，然后使元解之宰，寻声律而定墨；独照之匠，窥意象而运斤。此盖驭文之首术，谋篇之大端。"他说文学创作构思不仅要具备虚静的心理，而且需要积学、酌理、研阅的积累，这些都是需要刻意准备的。

自然，创作的刻意还得避免模仿与雷同。我们注意到，因为太刻意模仿马尔克斯与博尔赫斯，我们有的作家也陷入了雷同的泥潭。也像有些网络小说，太刻意去写"穿越"，就陷入了雷同与沿袭，千人一面，难出新意。在创作上，刻意地模仿往往是失败的，学习经典，只求神似与精神，不可刻意模仿情节与造句。学习经典，是接受启发，举一反三，最后是写出自己。

创作的刻意是需要的，必须的，因为要积累，要反复酝酿，但创作的另一面——不经意也是不可忽视的，而且也是必要与必须的。

创作前的心理准备就需要解衣磅礴式的放松，需要进入一种自由与放松的心态，这就不能太刻意，这正如治理失眠症去刻意数羊一样，越数则越难入睡，相反这则需要不经意。许多作家正是在不经意中突然有所悟而进入他的写作阶段的。刻意寻找与不经意的感悟与发现，是一体两面、相反相成的，这便是创作灵感发生的规律。

大题材、大制作需要刻意、留意和长期注意，但一旦进入写作之中又要能处理好刻意与不经意的关系，有时的不经意反而会产生意想不到的效果，审美效果的"陌生化"在不经意中的被发现、被创造的几率也最高。所谓"神来之笔"也正是在不经意当中被创造出来的，这自然也包括故事的叙述与人物的命运，而不仅仅指语言。

小题材的写作，尤其是散文和诗的创作，在不经意中有所触动，发现美的趣味和智慧的亮点，这是常见的。当今的微信朋友圈内，小发现、小制作往往是取一花一景，不求全求大，反而更彰显日常生活之美。

不经意不是不注意、不留意，而是在偶尔的注意与留意当中有所发现，从而构成一种出乎意外的独特之美。当然，我这里绝不否认散文和诗的创作也需要刻意去经营的功夫，诗创作也有"苦吟"的过程，所谓"吟安一个字，捻断数茎须"是也。散文的结构，尤其是像梁衡写作的那些哲理性很强的散文，就更需要苦心构思与经营的了。然而，即使如此，梁衡寻找写作的契机也需要在刻意与不经意的互动过程中去发现。如他的《觅渡，觅渡，渡何处？》，就是他在数度实地考察之后有所寻找又有所感悟而启动创作的。我写过一篇散文《戒台读松》，是在去了两次北京的戒台寺之后，发现那里的松树各有姿态与风格而有所感悟所写的。在这当中，刻意经营与不经意的发现，绝对是一对艺术辩证的范畴，正是它们的相互矛盾又相互转化、相互依存又相互促进，从而催生与推进着文学艺术创作的。

（原载于香港《文综》2016年第9期）

当代文艺评论应自觉与文化传统构成一种对话关系

文化传统是一个民族稳定的精神基座,这个精神基座大致是由集体的生活方式、审美习惯、哲学理念等方面构成,但我们更为强调的是从哲学、艺术层面来谈论文化传统。如今,尽管我们现代人的生活方式在一定程度上被西方文化所影响,但是我们的哲学精神、审美精神依然保留着自身的独立性和自足性。文化传统的承传和积淀又是在漫长的历史过程当中形成的,因此具有一种稳固的集体认同的精神力量。

正因为文化传统的稳固与强大,中国在走向现代化的过程中,几乎每一个重要的社会转型期都会面临如何对待文化传统的问题。"五四"新文化运动以来,"古今之争""中西之争"一直是知识界争议不休的问题。这个问题背后,涉及中国在走向现代化的过程中,由于不断经受着西方文化的强势渗透和冲击以及人们对古典文化传统的不断反思和质疑,以往统治了中国几千年的"原道""宗经""征圣"的文化传统不断地被瓦解。即便这样,中国的知识分子其实一直都没有抛弃文化传统。"五四"文化运动与文化传统之间并不是排斥对立的关系,而更多的是一种批判性继承关系。

在不同时期的社会转型中,我们总会看到两种相互对峙的力量——保守与变革,这两者既形成一种张力关系,又具有双面性。从保守角度看,保守者往往相信文化传统背后的稳定性与超越性,他们相信文化传统一定存在着不因时间而改变与褪色的价值,因此会有意识地去坚持并维护文化传统的价值,可是一旦文化传统的保守力量走到极端,则容易转变成一种不顾时代与现实变化而盲目固守的狭隘态度,从而阻碍文化的革新。从变革的角度看,永远会有一批人走在时代前沿，去发现文化传统自身的弊病，并自觉地努力推动文化传统的更新与再造，但是变革一旦走向激进和极端，就容易导致全面否定文化传统，从而滑向文化虚无主义。

因此，我们要辩证地看待文化传统与现代化之间关系。事实上，中国文化传统既有"万变不离其宗""原道""宗经"等对文化的永恒价值的固守，但同时也有"道通为一""惟变所适""相反相成"等注重不同事物之间的变化关系的把握。文化传统不是一个凝固的实体，它一直处在一个不断变化着的时空序列之中，我们既要看到文化传统的传承性，又要看到其在不同时代的变异性。

我们应该立足于此来思考文化传统与当代文艺评论之间的关系。文化传统要完成现代价值的创造性转化，离不开当代文艺评论的批评实践。一方面，从文化脉络来说，强调文化传统与当代社会的接轨与融合，是对中国文化传统之根的体认与再造，也是当代社会弘扬文化传统以及中华民族文化复兴的题中之义；另一方面，文化传统作为一种精神和思想资源，应该以其继承性与超越性，成为当代思想文化建设的重要精神来源，进而对当代文艺理论的本土建构产生积极影响。而这，必须建立在文化传统与当代文艺评论之间的互动与对话之中。

换言之，文化传统必须具有现代视野，与此同时，从事当代文艺评论者又必须具有充分的文化传统意识。文化传统与当代文艺评论之间的对话，不仅是一个理论命题，同时也是一个丰富的、具体的、鲜活的话语实践过程。

首先，在文化立场层面，当代文艺评论与文化传统的对话必须建立在整体性的文化视野上。整体性的文化视野有两层含义。其一是注重文化传统的持久性与包容性。在回归文化传统的同时，我们要更加注重挖掘文化传统的永恒价值。毋庸讳言，在全球化、现代化的发展进程中，中国文化传统在世界格局的流动变化中一度受到强大的冲击和消解，如今，主流意识形态以及民间社会几乎不约而同地在重新呼唤民族的、本土的文化传统的回归。在文化传统的进一步更新与重建过程中，我们又必须警惕走向单一化，即在文化传统回归的同时不应该排斥西方文化，我们应该更多注重学习和借鉴西方文化。当代文化精神的觉醒，应该以承认人类精神的多样性为前提，文化传统的复兴必须在世界视野中来获得比较和呈现。其二是注重文化生态的多元性。20世纪90年代以来，大众文化的兴起与勃兴成为了一个显著的社会景观，同时，大众文化的大受欢迎也一度使精英知识分子的文化话语权受到了挑战和挤压。20世纪90年代中期在国内掀起的"人文精神大讨论"，既表现出知识分子对文化传统的消解的担忧，但也因为其表现出来的精英主义的批评立场，加深了大众文化与精英文化之间的对立。不过，在当时显得新潮时尚的大众文化，比如风靡一时的电视剧《渴望》，如今看来其实更多表现的却是对传统的亲情伦理和世俗生活的回归与守护。大众文化并不完全是对文化传统的背离和抛弃，反而与文化传统之间也存在着一定的联系。如今，在客观存在着主流文化、精英文化、大众文化的多元文化生态下，如何以一种整体性的视角来看待不同文化之间的良性互动关系，从而在文化的交融互动中重新探讨如何回归文化传统，弘扬文化传统，应成为当代文艺评论者思考的问题。

其次，在学理方法层面，当代文艺评论与文化传统的对话应自觉发掘和运用古代文艺理论的资源。文艺理论是文化传统的一个重要组成部分，当代文艺评论应该有意识地对传统文艺理论进行创造性的批评实践。当然，如果从广泛层面而言，文艺理论传统既包括中国古代文论，也包括近现代以来通过一系列译介进入国内，进而参与到中国现代化进程之中的西方文论传统。特别是近三十年来，西方众多前沿的、先进的学术思潮被大量引进和译介。但正如习近平总书记在2014年文艺工作座谈会上指出的，"不能套用西方理论来剪裁中国人的审美"，我们已经看到，对于西方文论的迷恋和推崇，很容易将之拔高到一个非历史的高度，从而不顾文化发展的实际情况，盲目套用西方文论来解释中国本土的文化现象。正因此，如何在借鉴西方文论的同时更加自觉地思考本土文艺理论话语的生产和建构，已成为学界探讨的重要方向。当代文艺理论的本土话语建构，必定离不开中国古代文论的参与。事实上，中国古代文论深深地根植于中国文化的土壤之中，其相反相成的哲学思维、顿悟式的诗性思维和感物传统，以及"中和""气韵""意境""物化"等概念，构成了中国古代文论较为完整的理论命题和范畴体系。当然，由于古代与现代文化语境已经转换，某些概念和范畴体系在当前的文化语境下已经失去了效能，当代文艺评论也要避免不加选择地挪用古代文论对当代文化进行生硬的阐释。当代文艺理论的一个重要方向是，从继承古代文论的精神与思维方式出发，以中华民族自身的文论传统资源作为内在基础和文化命脉，面对全球化程度日益加强的现实语境，处理好文论建设的现代性与民族性的关系，创造出既有现代思维高度，又具有民族性的中国风格、中国风骨、中国气派的当代文论形态。文艺评论则必须积极地参与到这一理论构建的过程之中。

再次，在具体的批评实践层面，当代文艺评论要实现与文化传统的对话应更侧重强调文化传统的价值实现。文化传统现代价值的实现，必须切实地转换到具体的批评实践中。归根到底，要延续文化传统，还是要靠富有传统文化精神的文艺作品的传承。事实上，在当代文艺作品中，真正的优秀之作，或者说能真正以民族特色打动东方与西方观众的，恐怕还是运用中国式的智慧所创作的作品。对于当代文艺评论而言，一方面，应该从学理的角度思考文化传统的持久性和在新时代的价值实现，比如儒家的仁义礼智信、道家的逍遥物化、佛家的大慈悲等，应该如何在全球化视野中获得新的价值载体和价值表述？文艺评论应该为当代文艺创作者如何加强文化传统的吸引力与感召力提供思考，探讨文化传统在价值观念上与现代人生活的契合点，呼吁和引导文艺创作者加强对传统文学艺术形象和文化资源的创造性运用。另一方面，当代文艺评论要加强对具有传统文化精神的文艺作品的关注和批评。正如习近平总书记指出的："文艺批评是文艺创作的一面镜子、一剂良药，是引导创作、多出精品、提高审美、引领风尚的重要力量。"当代文艺评论的价值引领，就在于对那些继承和发扬中华优秀传统文化的作品给予更多的关注和肯定，对一些盲目追求市场效益而粗制滥造、以低俗的恶趣味来博取人们眼球的文艺作品予以理性的审视和批评，引导人们回归到积极的、正确的价值观上来。唯其如此，当代文艺评论才能够自觉地跟文化传统构成一种良性的对话关系，从而加快文化传统在现代社会的价值实现。

（原载于《中国文艺评论》2017年第10期）

现实关怀、底层意识与新人文精神
——关于"打工文学现象"

作家的人文关怀大致可分为两种层次：一是对人类的终极关怀，即追求人类生存的意义、死亡的价值、人的全面和自由的发展以及人的精神追求等；二是对人的现实关怀，即对人类生存处境和具体现实环境的关心、人性的困境及其矛盾、人对自由、平等、公平、公正、公义的艰难追求以及人类的灵肉冲突等等。在现实关怀之中，包含着作家强烈的人道主义关怀和人本主义意识，体现出作家对人的生存状态的高度重视，对人的价值的集中关注，尤其体现在对社会底层命运的关注以及对他们生存欲望的深刻理解和同情。过去的文学大师如果戈里、陀思妥耶夫斯基、狄更斯、雨果、巴尔扎克、鲁迅、曹禺、巴金等都是这类现实关怀的典范。20世纪的后半期，西方发达国家进入后工业时代，文学大师以及后现代哲学大师们更多地体现为第一种层次的人文关怀，但对于发展中国家来说，现实关怀仍然是作家人道主义精神的重要部分，文学的底层意识仍然显得十分重要和必要，并能在世界文学史中闪烁出异彩，

如南非作家库切的创作，还能获得诺贝尔文学奖的青睐。

中国20世纪80年代以来的现实就是一种发展中国家的现实。改革开放初期，社会的工业化进程刚刚加速，在沿海地区进行的"三来一补"企业以及靠劳动密集型起家的工业，劳动条件艰苦，许多企业还处于原始资本积累阶段，其着眼点在于"物"，眼里还顾不上人。那时的工厂聚集一批从农村转移来的农民工，其生活的艰辛正如一些打工诗人所描写到的是"像老鼠一样在生活着"。深圳当年流行在"三资"企业的"打工歌谣"中有一首唱道："一早起床，两腿齐飞，三洋打工，四海为家，五点下班，六步晕眩，七滴眼泪，八把鼻涕，九（久）做下去，十（实）会死亡。"打工阶层尤其是农民进城务工阶

层的生存状况是非常艰难的,稍有不慎还要被辞退,有的受了工伤得不到赔偿。20世纪90年代始,城市改革开始,不少国有企业改革的起步往往是以一部分工人的失业为代价的,因为国家要调整工业结构,城市要"腾笼换鸟",换下来的"鸟"有的却无能力再进新的"笼子"了,于是工人从过去的骄宠一下子就沦入社会底层,这确实让许多人唏嘘不已。在今天,虽然有的大城市发展得很繁荣,大厦林立,车水马龙,灯红酒绿,丝毫不亚于国外发达国家的城市,也有了诸多首席执行官、大企业家、白领、中产阶级、小资等,但在这些城市的表面繁荣中也仍然有挣扎在维持基本温饱水平的贫困户,还有流浪在城市各个角落乞讨的流动人口。更何况城乡之间的差别没有缩小,反而在继续扩大,底层还是构成我们这个社会基础的较大部分。从总体上来说,社会在发展,在进步,在步入小康,但我们还必须关注底层,为底层呼吁,并为改造底层、提升底层做出切实的精神关怀。

这就是说我们这个社会和这个阶段需要文学的底层意识。

底层意识是一个形象的概括,如果按写作者分,则可分为两类,一类是由已不是社会底层至少说是中等阶层或知识分子写作中体现出来的底层意识,由于他们关注社会底层的生活艰辛和生存困境,其作品往往有强烈的现实关怀精神。但有时往往也不免有俯视的感觉,有的还对底层生活存在一定的隔膜,多少带有一些臆想的成分,有的流露出过于同情的意味。另一类则是由本身就处于底层的写作者即进城务工或在乡镇企业务工的打工者所写的"打工文学"所体现出来的底层意识。由于他们有亲历的体验,会更让人感觉到平实。有的为了给自己打气,反而更趋理想化一些。尽管有两类写作者的不同表达,但底层意识在精神内涵上是一样的,即对社会底层生存状况的关注与揭示,意在唤起社会对社会底层命运的重视,为社会底层遭遇不平等、不公正待遇鸣不平,对社会改革中出现的相对贫困和暂时困难给予关注,对社会底层前途的改变与未来路向充满着忧虑与同情。

与20世纪80年代"伤痕文学""大墙文学"相比较,当前文学的底层意识主要不在反思造成对底层人物伤害的社会原因和人性原因,而是着重在对现实生存境遇的描述,因此表现出来的人道主义关怀更多的重在"切近"而不在"反思"。与"知青文学"相比较,当前文学对底层人物命运的描写更着重在写出他们的无奈与生存挣扎,而"知青文学"着重在反思当时青年的盲从和迷茫。当前的底层写作与底层意识的表现,更多地与社会主义市场经济的艰难进程和社会改革的阵痛联系在一起,其中虽也有对愚昧的鞭笞和文明的启蒙,但更多的主题却超越了"文明与愚昧冲突"的限制,而将笔触深入到对社会转型期阶层的分化与身份的转移、社会改革带来的生存困惑和道德困扰以及许多还难以一时作出好坏对错判断的难题。值得重视的是,当前文学的底层意识已具备了新人文精神的因素,有了超越一般人道主义同情和平等意识呼吁的新质。

这种新人文精神的质素大致表现在如下几方面:

身份焦虑与主体觉醒。身份焦虑是文学底层意识中常常表现的内容,底层人物通过对自身位置与身份的辨认,表达出一种对自我价值的质疑或确认,反映出一种维护自我尊严、追求平等公正和自我价值认同的主体意识。榛子所著的小说《且看满城灯火》就是通过对工人阶级在国有企业衰落过程中对自己身份的焦虑和质疑,揭示了当前工人阶级的生存状态、身份转移和出路艰难的问题。叶大生有着工人阶级的情结,因为他从他父亲叶国权那儿继承了工人阶级的身份与传统,他四兄妹分别被作为老工人的父亲叶国权命名为"大生、大产、大模、大范"。但在国有工厂在市场浪潮冲击下,由于管理和市场定位的缺失日渐走向衰败的过程中,他们四兄妹都相继失去了国有工人的身份。老二大产早早就看穿,跳出工厂去承包了酒店,靠色情服务去招揽生意;老三大模下岗后只能靠卖馒头、摆书摊过日子,从事小本经营;老四大范沦为擦鞋女工,最后还沦落到被人包养的境地;有技术有名气的老大大生在工厂坚持了许久,但最终也受不了"民营企业家"可赚钱的诱惑,离开了国有工厂,另外去办起了私人工厂。小说通过大生的回想道出了对如今工人身份的质疑。过去他四兄妹刚参加工作,父母领着他们去饭店聚餐庆贺,来到大桥上看城市景观,四兄妹相继喊出:"啊,且看满城灯火/敢问谁家天下/看我工人阶级!"那时的工人是何等自豪,可如今的产业工人却丧失身份,没有了光荣感与归属感了。小说写得很有苍凉感,透露出了国有企业衰败和工人身份失去的某种无奈,但小说表现出来的质疑与追问都是令人警醒的,也反映出了底层人物对自我身份的焦虑和探求。大生最后离开国有企业去办了自己的工厂,因为他在国有企业里无法施展他的技术,他需要的是能有所作为。老二、老三、老四都分别在默默地寻找自己的出路,虽然有像老二那样违规操作的,但也有像老三那样凭小本经营生存的。小说虽然对国有企业持批判态度,但也对它们的现实境遇表示了理解——国有企业疲惫了,衰老了,而国企改革又"像一个不称职的清洁工,在厂区和车间里扫来扫去,扫得浮皮潦草",改革的不到位最终使国企衰败,工人下岗,也留不住有技术的人才。联想到这几年有些国有企业领导借企业改制之名,变卖国有资产肥了自己腰包而不管工人生存与出路的例子,就足见这小说提出的警示和预示是有强烈现实针砭意义的。小说给大生留了一条光明的出路,实际上也是对他的身份觉醒和对自我价值追求的认可。

"打工文学"中经常充满着对身份的追问,因为是进城打工,他们反而不忌讳自己就是"打工仔",而且也非常清楚自己的位置是移动的、漂泊的,是要靠维护自己的自尊和发挥自己的才能才会去获得应有的价值回报的。张伟明的小说《对了,我是打工仔》里的"我"懂得用编造的"劳工法"去维护自己不加班的利益,他的小说《下一站》中的吹雨竟然敢对着香港总管杜丽珠的面一字一顿地说出:"告诉你,本少爷不叫马仔,本少爷叫一九九七。"然后他毅然地炒掉了老板而走下了"下一站"。黎志扬的小说《打工妹在"夜巴黎"》中四川辣妹子容妮在歌舞厅里狠劲地踹了想揩她油的香港"秃头"一脚,当然,最后她只好守住在工厂做工的一份工了。周崇贤的小说《漫无依泊》写出了打工者在城市里的身份与灵魂都漂泊无依的痛心感受,"我"虽然有文字写作才能,但因无钱付城市增容费,就只能是城市的"边缘人"。相对于作家们的底层写作而言,打工文学的底层意识对身份的焦虑更为迫切,对自我的尊严更为看重,更要维护。即使在现实中遭受到不公平不平等的凌辱,也要在文字上精神上获得自信与自尊。在张伟明的小说《我们INT》里,"我"在梦中对香港总管小姐的痛快占有,也是弱者在想象的性关系改写中挽回打工仔自尊的一种书写。

身份焦虑是主体觉醒的重要标志。打工仔意识到自己的身份而不甘屈辱,宁可辞工"炒老板鱿鱼"而不愿低三下四丧失人格;工人对过去身份的质疑,在下岗后仍然要寻找出路或寻找自我价值实现的另外途径,虽是无奈中的选择,但依然是适应市场竞争的主体选择。相对于过去作家们写底层人物的逆来顺受和"哀其不幸,怒其不争"而言,当前的底层写作更让人觉得富有社会与时代的气息以及对人的自我尊严的维护。这就是经过二十年改革开放以后人的主体意识觉醒，人的自我价值提升，人的自由度相对扩大的结果。对道德缺失的拷问和对道德与法律关系的思索，底层写作既关注底层人物艰难的生存境遇，但同时也对底层人物在对待金钱与道德、金钱与传统伦理关系、金钱与人格尊严维护、金钱与法律冲突时出现的道德缺失进行了批判，同时也对能正确运用法律约束自身行为以及维护法律与正义的行动作了肯定。晓苏的小说《侯己的汇款单》中侯己的儿媳因想霸占公公打工寄回来的500元汇款而失去了应有的伦理制约，而村子中的药铺老板、杂货铺老板，还有村支书、村主任都想要雁过拔毛。一张汇款单将底层人物中的乘人之危和自私、贪婪面目全都浮出地面。残雪的《民工团》以她那惯用的怪异与冷峻将小人物之间在"死囚"般生存处境里还相互告密和互相压迫、为了追求一己利益而力争强权等道德错位和灵魂缺失进行了揭露。虽然她采用的是一种变形的写法，让我们觉得另类，但其借用"民工团"这一底层组织来展开，又让你感觉到其对道德拷问的严厉以及对人性追问的犀利。周崇贤是早期"打工文学"的代表人物之一，他的"打工情爱系列"小说曾对打工者的情爱问题进行过深入细致的剖析，其中既有对打工妹为保护自己贞操而拼死挣扎的赞赏，也有对打工妹出卖自己肉体不算还助纣为虐的鞭挞（如小说《米脂妹》中的也非和李红）。而在周崇贤、林坚、安子等"打工文学"先驱们之后，"打工文学"对爱情的思考变得更复杂起来，如王世孝的小说《出租屋里的磨刀声》，虽然也写的是打工者的爱情悲剧，但其中却将困境与仇恨、物质与精神、道德与法律等的思考带入了小说中。小说写了底层人物对社会与环境的仇恨，但磨刀人最后终于带着自己受伤的女人消失了。天右因生存环境的窄逼也失去了自己心爱的人，他怀着报复心理染指磨刀人的女人宏，但在他误砍了磨刀人之后还坚持要送磨刀人上医院，并付医药费。仇恨埋在了心底，并没有让它肆意横行，他们在内心深处设置了不干傻事的法律底线。磨刀只是他们发泄仇恨的一种心理借代。在罗迪的小说《谁都别乱来》中，处于社会底层并坐过牢的歌厅歌手"我"检举了盗窃高级小轿车的朋友阿华，之所以这么做是因为他并不想出卖朋友，容不得社会犯罪。这是他的社会良知，是他不允许任何人乱来的理由。底层人物虽有仇恨，但并不干触犯法律和扰乱社会的傻事，虽在底层受过欺压但也不容忍"乱来"

的犯罪。这就是法律意识普及的结果,也是对社会良知和道德操守的坚持。从这一点说,底层写作并没有陷入愚昧的陷阱,而具备了坚守良知和法律的新质。

对城市认同的追问以及对融入城市的思考。底层写作中城市已由过去的隐在背景走向前台。随着民工潮的兴起,越来越多的农民工涌向城市,他们一方面为城市建设做出了贡献,另一方面也依赖着城市开始了他们的另一种人生。作为城市的边缘人,他们无法认同城市,但又离不开城市。林坚《别人的城市》中打工仔段志在城市中受挫后不得不离开城市回到故乡,在他眼中这城市属于别人,但他因在城市住过回到乡下后再不能适应传统的生活,最后又不得不返回城市。黄海的诗歌《这个城市没有记住我的名字》里说"漂流,在乡村与城市之间漂流/不属于乡村也不属于城市",正是他们的真实写照。虽然城市未记住他们的名字,但并不妨碍他们像"好奇的小鹿"一样"伸长脖子"去探寻城市的奥秘,"永远望着水泥建筑流兮盼兮"。尽管他们不是城市人,但他们也在思索,"如果我成为了这个城市的一分子/就有构成砖和瓦的义务和权利"。打工者并不是简单的打工,他们在追问他们应有的义务和权利。他们的父辈希望他们的子孙能成为城里人,黄海的诗《致我的父亲》题记里写道:父亲将儿子打工寄回的汇款退回来,说只要儿子能过得像个城里人,他就是饿死也瞑目了。"父亲呵!你说你一辈子的荣耀/是儿子蜕变成城里人所得到的幸福"。这些追问和梦想如今在深圳已正在变成现实,安子是早期外来工成为"白领"的典范,因为她靠自己的奋斗有了属于自己的天空。而杨广,六年如一日不懈追求,获得了高级电工的资格证,他终于成为了首位调入深圳市具有深圳市户口的首位农调工(见《南方日报》2005年4月6日第C01版)。在周崇贤《漫无依泊》中打工者无法成为城市人的心痛感正在现实中逐渐融化。经过城市生活的洗礼,农民工也树立了与城市人共同的现代观念,如林坚《深夜,海边有一个人》《流浪者的舞蹈》等小说,不同程度地写出了打工者也必须改变与世无争的传统文化标志,参与到奋斗拼搏的竞争中去,"要搏杀才能有出路"也成为多数打工者的心声。"过客"心理、"边缘人"心理正在逐渐改变。这也是近年来闽南语歌曲《爱拼才会赢》在打工者与卡拉OK厅里大为流行的原因。

最后，我还得对"打工文学现象"说几句话。打工文学现象从社会学角度去看，应视为社会底层人物素质提高的表现。农民工进城务工是农村剩余劳动力向城市转移的必然趋势，也是社会现代化进程（工业化、城市化、市场化）的必然之路。农民工进城务工恰恰成为了社会现代化大潮中的弄潮儿，他们适应社会的需要，在生存中拼搏，在竞争中提高。其中的佼佼者能拿起笔书写自身的感受与经历，道出了一个阶层的心愿和呼声，不能不说是当今新一代农民的骄傲。打工文学作家中有的人成为了专职的文字工作者，当了记者、编辑、文秘，有的人还成为了律师和中级管理者，这充分表明当今社会的自由发展空间的扩大以及对人的能力与价值的认可。最近，团中央还专门为"打工文学"改了名，叫"进城务工文学"，并为其设立了"鲲鹏文学奖"，这一切都是新人文精神在社会与文学当中的体现。"进城务工文学"虽然是底层写作，但其透露出来的新人文精神理应受到评论家们的重视，它们也是这个时代这个社会的一脉气息、一种文化状态、一个阶层精神面貌的表现。

（原载于《文艺争鸣》2005年第3期）

论史铁生作品的宗教意识

史铁生，这位下过乡当过知青又因病致瘫不得不返城成为残疾青年的作家，在中国当代文坛中是非常独特的。他的独特，一是在所有作家中他有独特的人生经历——一个活蹦乱跳的小伙子突然瘫痪，成了不得不依靠轮椅生活的"多余人"；二是由此产生了独特的创作心理——以一个残疾人的身份和角度去观察和虚构世界，表达他特有的人生观、价值观；三是作品有了独特的韵致与思索，尤其是自20世纪80年代后期以来的作品具有较浓的宗教情绪与宗教意识。

史铁生的创作是从感伤走向宁静、走向沉思的。沉思的时候更多地带有宗教的感悟，因而使他的作品具有宗教一般的情怀与精神。但是细读他的作品，我们又很难把他所体悟的宗教具体划归为哪一种宗教，它体现的是一种普遍意义上的宗教关怀与终极追问。他所做的只是对人生中的困境与问题进行宗教性的思考与追索，这恰恰是任何宗教都不可回避的问题。史铁生是将适合他心灵与精神需要的某些宗教因素纳入、融化到他的思想之内，并借此生发出新的精神宗教。通过精神宗教的追问，他的心灵与精神获得了安顿与超度。

一、在生与死的思考与超越中重构生的意义

由于残疾的不幸经历，史铁生的作品对生与死作了较多的思考。他在散文《我与地坛》里，曾写到他在瘫痪以后摇着轮椅到地坛去"一连几小时专心致志地想关于死的事"①。等到他把"死"的问题想清楚以后，剩下来解决

---

① 史铁生：《我与地坛》，《我与地坛——史铁生散文小说选》，中国社会科学出版社1993年版，第4页。

的是"怎样活"的问题。由于有过这样的心路历程,他的作品虽然常常描写或讨论到死,但对死亡的事实却很少描写,更多的时候死亡只是一个议题,一个被悬置起来的追问而已。作为与"死"的对照物,"生"才是史铁生所真正关注的。

在他的作品中我们可以发现:

《插队的故事》中年轻气盛的知青反复讨论怕不怕死的问题,而写到一位女知青死于窑洞的塌方只是一笔带过,并没有详细描写。

《来到人间》里,面对生来就残疾的聪慧的女儿,夫妻俩无法下决心以死亡来摆脱痛苦,他们所要解决的是如何使女儿面对残疾这一事实,在残酷的生存环境中活下去。

《毒药》中那位多次想用毒药来了结此生的老人,终于领悟到死亡的意义而选择了生。

《一个谜语的几种简单的猜法》中,病人之间常议论到死,患癌症的1床常对"我"说的是"你不会死",而那个给病人带来优雅滋味的护士却从容安详地死去了,死去时也不忘让一盆花还能长时间地吸到水。

《中篇1或短篇4》中,那个死于湖上的人走到岸边一块大石头前就好像走到了床前,脱了鞋爬上床,脱下棉大衣当被子,还吸一支烟,最后在大雪中安然躺着死去。

奥斯瓦尔德·斯宾格勒说:"所有高级的思想都是起源于这种对死亡所做的沉思冥索,每一种宗教、每一种科学、每一种哲学,都是从此处出发的。"①佛教向往死,视死为生的超脱,它所逃避的是痛苦的生。道教不敢正视死,追求长生不老,而这种愿望是最不切实际的幻想,人不得不死的现实令无数追求长生的王公贵族们扼腕叹息。基督教面临死,是等待上帝的拯救,甚至于人的残疾、病痛也等待着耶稣的抚摩以求痊愈。而史铁生却正视死和生的痛苦,正如他在《一个谜语的几种简单的猜法》中所提到的那个最为简单而常被人忽略的谜语"就在眼前可是看不见"一样,人们往往不敢正视现实并忽

---

① 转引自刘小枫主编:《人类困境中的审美精神》,知识出版社1994年版,第404页。

视现实，于是就永远解不开生死的奥秘。史铁生认为，人生是上帝给你的一个游戏，一个谜，我们应该明智地重视生的过程，把这种游戏玩好，把这个谜猜破。正像俄狄浦斯猜破了斯芬克斯之谜一样，人只有认识了生死之谜，才可以有理由生存下去。

史铁生说："对于必死的人（以及必归毁灭的这个宇宙）来说一切目的都是空的。他又生气又害怕。他要是连气带吓就这么死了，就无话好说，那未必不是一个有效的归宿。他没死他就只好镇静下来。向不可能挑战算得傻瓜行为，他不想当傻瓜。在沮丧中等死也算得傻瓜行为，他觉得当傻瓜并不好玩，他试着振作起来，从重视目的转而重视过程，唯有过程才是实在，他想何苦不在这必死的路上纵舞欢歌呢？这么一想忧恐顿消，便把超越连续的痛苦看成是跨栏比赛，把不断地解决矛盾当作是不尽的游戏。"① 在史铁生看来，"死"并不可怕，而"生"才是最艰难的。在他的作品内，他对生存的困境描写得越是真切，生存的意义才显得越发重要。他近乎残酷地写到人超越死亡企图的破灭，如《原罪》中十叔所虚构的那个"神话"，《命若琴弦》中老瞎子所信奉的那张"药方"，最后都成为泡影，但这"虚设的目的"却是相当重要的，有了它才越发凸现出人超越生死之虑的精神价值。这"虚设的目的"实则就是史铁生式的"精神宗教"。

史铁生认为，无论你怎样设计命运，都不可避免地要设计痛苦。人们可以设计来世，设计希望，设想完美，但没有缺陷、没有艰难坎坷与挫折的人生是不完美的。痛苦是"上帝"留给人的一笔财富，是"上帝爱我"的标志。这里很有点基督教上帝惩罚人类始祖从天国到人间受难的意味，但在史铁生的理解中则视为人类无法摆脱的一种必然。他说："第一，人生来注定只能是自己，人生来注定是活在无数他人中间并且无法与他人彻底沟通。这意味着孤独。第二，人生来就有欲望，人实现欲望的能力永远赶不上他欲望的能力，这是一个永恒的距离。这意味着痛苦。第三，人生来不想死，可是人生来就是在走向死亡。这意味着恐惧。上帝用这三种东西来折磨我们。"② 这就是人所面

---

① 史铁生：《答自己问》（创作谈），《作家》1988年第1期。
② 同上，1988年第10期。

临的三种困境。如何超越这种困境,就需要人具有智性与悟性了,也就是说需要某种"宗教精神"了。按史铁生的看法,"宗教精神便是人们在'知不知'时依然葆有的坚定信念,是人类大军落入重围时宁愿赴死而求也不甘惧退而失的壮烈理想"①。具体化为小说中就是人所相信的那个"神话"(即理想),表现在史铁生身上,则是通过写作达到审美的超越。因此,在小说《原罪》中,瘫痪在床上的"十叔"依托的就是一个"神话"。"十叔"实际上又是一个清醒的信奉者,他对那些还不谙事的小孩说:"一个人总得信着一个神话,要不他就活不成,他就完了。"②"人信以为真的东西,其实都不过是一个神话;人看透了那都是神话,就不会再对什么信以为真了;可你活着你就得信一个神话。"③因此,人生追求并不在于"目的",因为目的是"虚设"的,不过是一个"神话"。但这个"目的"却很重要,它是一个人生命奋斗的动力与支撑。而转换一个角度来看,既然"目的"是虚设的或虚幻的,那人生努力就不在于目的,而在于过程。人生也就要从重视目的转为重视过程。就像加缪的西绪福斯那样,人通过过程完善自己,欣赏自己,就能化痛苦为欢乐。人或许从此就可以找到"活下去"的理由。

从这一点来看,史铁生不是一个文化的逃亡者、生活的厌世者与绝望者,也不是一个狂想者。他从人生的过程与目的的参透中给人的个体生命加以历史定位,以冷静的态度坚持着理想并由此重构了"生"的意义。史铁生与张承志不同。张承志是以皈依伊斯兰教中的哲合忍耶教派为旗帜来坚持他的理想主义,史铁生则是以个体生命对"目的"的超越来支持着理想。史铁生也与贾平凹不同。贾平凹在《废都》中表现了一代知识分子的绝望和理想的幻灭,反映出了知识分子无法给自己定位的悲哀,史铁生则冷静地对待一切,而更看重个体生命对命运的反抗,把"实在"的"过程"提升为"生"的意义,由此超越绝望与幻灭。所以,在《命若琴弦》中老瞎子最后把那张他已识破的"药方"仍然封在了小瞎子的琴盒里,预示着人的命运就在这不断弹下去的过

---

① 史铁生:《自言自语》(创作谈),《作家》1988年第10期。
② 史铁生:《原罪》,《我与地坛——史铁生散文小说选》,中国社会科学出版社1993年版,第194—195页。
③ 同上。

程中。《来到人间》里,夫妻俩费尽心血终于使生来残疾的孩子接受了"侏儒症"这一现实,并保持一股硬劲,像一个正常人那样生活下去。老瞎子与患"侏儒症"的小孩最终战胜了自己。这种"超越自我"的方式也就最终能超越生与死的困境。正是在超越困境的基础上,史铁生重构了"生"的意义。

二、对人生命运的思考和对宿命的追问

如何看待人的一生?如何看待人生命运的安排?世间究竟有没有宿命?这是史铁生作品常怀的追问,并从中逼问出宗教的意识。

在散文《我与地坛》中,他反反复复讲的就是两个字——宿命。他进进出出地坛,所有的感觉都是宿命,"仿佛这古园就是为了等我,而历尽沧桑在那儿等待了四百多年"①。地坛等待着他出生,等待着他忽地残废了双腿,等待他失魂落魄地摇着轮椅闯入其中思考生与死的问题。在这个园子里,他所见所想到的人及其他们的故事仿佛也都是命定了的。那位不断练习唱歌的小伙子,那位腰间挂着扁瓷瓶喝点酒的老者,那个捕鸟的汉子,那个每天穿过园子去上班的中年女工程师,还有那位由于苦闷而练长跑却总是错过机会的朋友以及一位长得漂亮却又是弱智的小姑娘,他们一个个似乎都由命运在安排着。面对上帝的安排,我们用"无言"的态度才是对的。他想申诉却无法获得答案,只能叹道:"谁又能把这世界想个明白呢?"②上帝偏偏要把漂亮和弱智这两种东西都赋予小姑娘,上帝偏偏要让世界存在着愚钝与机智、丑陋与漂亮、残疾与健康,这是不可更改的。"看来差别永远是要有的。看来就只好接受苦难——人类的全部剧目需要它,存在的本身需要它。看来上帝又一次对了。"③由看到命定,他联想到救赎,又思考着他为什么要写作,仿佛他到园子里来写作也是命定的,正如他构想的园神所言:"孩子,这不是别的,这是

---

① 史铁生:《我与地坛》,《我与地坛——史铁生散文小说选》,中国社会科学出版社1993年版,第3页。
② 同上,第15页。
③ 同上,第16页。

你的罪孽和福祉。"①

值得注意的是，史铁生在这篇散文的最后还从一个他者的角度来审视自己，甚至还逼问出"我"到底是"谁"这样富有宗教意义的课题。

史铁生总是在涉及宿命时才不断地提到"上帝"。在他那里，"上帝"就等于"命"。他认为，世界上50亿人就有50亿个命运，这是上帝早已安排好了的。有时候，偶然事件的出现造成命运的转折，那也是上帝必然的安排，就像上帝在洗牌、在掷骰子一样，必然完全是由偶然决定的。史铁生的《小说三篇·对话练习》中，一对男女在黑暗中对话，其中就谈到了上帝借某些人给另外的人分配命运的问题。他们谈到了招生，四人中录取哪两个刷掉哪两个，都是上帝借招生的人在决定被招者的命运。上帝决定人的角色都是偶然的。小说《宿命》里，"我"就是因为骑车轧着了一只很大很光又很挺实的茄子，摔到了汽车跟前，被撞断了脊骨。于是，出国留学的机票与机会也随之永远作废，命运改变，被种在了病床上。这到底是谁的错呢？不是司机，不是"我"，也不是茄子。再追究下去，可能是在小饭馆排队买包子，又遇见了一个熟人，耽误了一至五秒。还可能就是班上那个淘气的学生耽误了"我"约二十分钟，于是有了可敬的老太太校长让给"我"戏票叫"我"去看戏。这种在劫难逃的事情的出现，就只能归之于命了。

史铁生通过小说揭示了命运的神秘与深奥，也揭示了个体生命在历史与社会中角色定位时偶然所起的作用，同时还叩问到了个体生命之间的社会关系对于生存空间扩大与价值拓展的意义。由于他个人的独特经历，他是相信"命"的。但对"命"的追问又表现出了他精神上的矛盾。一方面他承认有宿命的存在，个人无法知道也无法反抗决定你命运前的那个"偶然"；另一方面，虽然构成宿命的原因无法揭示，但命定的东西靠事后的经历是可以识破的，识破了则心地平安，精神快慰。也就是说，事后的识破更能体现出审美的意义，也更能体悟到生命的终极价值。史铁生用一盘盘电影胶片来比喻人生的经历。在一盘盘铁盒子里，某人的某一段生命就在其中，那一段生命的前因后

---

① 史铁生：《我与地坛》，《我与地坛——史铁生散文小说选》，中国社会科学出版社1993年版，第19页。

果也同时在那儿存在，焦虑、快乐、痛苦都早已制作好，只不过上帝还未放映它罢了。随着时光的流逝，我们才一步步地知道这铁盒子内的命运、经历是怎么回事。如果一个人在事后能有机会在天堂或地狱里看到自己一生的影片，那是会被每一种境遇所陶醉的。①

为了表现这种事后的识破，史铁生的一些小说则把故事的前因后果故意打乱，让它们互相缠绕在一起，造成一种事后的审视感，又让人的命运呈现出神秘。比如他的小说《中篇1或短篇4》就是如此。小说中，不仅人称在转换，人物角色也在转换，而且又常常出现作者跳出文本叙述时间之外的叙述，形成一种时空错位。如"但这会儿对你来说，那件事尚未发生"②。"当然你看不见。对此你一无所知。未来的大暴雨将大到什么程度，人们无法料定。"③那个女人出了院门。往西走，看似离你越来越远了，事实上她正一步步走近你的命运。她能否走进你的命运，现在，决定于那座老桥了。"④正是用这种颇富先锋意味的叙述方式，史铁生表达了他对宿命是靠事后去识破的看法，同时也反映出个体生命的历史定位是具有不确定性与偶然性的。什么是"命"，那只有取决于"上帝"的意愿与"构思"。史铁生还在另一小说中写道，有时候似乎一切都已安排妥当，但"上帝"为了使人生这场"戏剧"有更佳的效果，还会"闭上眼睛把他创造的这个舞台摇一摇，把所有角色的位置都摇乱，像抽签儿之前要摇一摇签筒那样，像玩牌之前要先洗牌那样，让每一个角色占据的位置都是偶然的，让他们之间的排列是随意性的"⑤。

然而，史铁生对宿命的看透并不走向绝望，走向消沉，他对命运的思考仍然与他重视"生"的"过程"连在一起，而把命运的好坏视为无足轻重的问题。在散文《好运设计》中，史铁生给读者一个频交好运的设计，但好运到头也仍然免不了陷入"死亡"这一绝境。怎么办？唯一的就是把"目的"转化

---

① 史铁生：《随物十三》第七，《我与地坛——史铁生散文小说选》，中国社会科学出版社1993年版，第32页。
② 史铁生：《中篇1或短篇4》，同上书，第103页。
③ 同上，第107页。
④ 同上，第108页。
⑤ 史铁生：《小说三篇·脚本构思》，同上书，第149页。

为"过程"。这样的话,坏运反而更利于一个人去创造"精彩的过程"。"你立于目的的绝境却实现着、欣赏着、饱尝着过程的精彩,你便把绝境送上了绝境。梦想使你迷醉,距离就成了欢乐,追求使你充实,失败和成功都是伴奏;当生命以美的形式证明其价值的时候,幸福是享受,痛苦也是享受。"①所以,全是"好运"的设计并不是成功的,"如果为了使你幸福,我们不仅得给你小痛苦,还得给你大痛苦,不仅得给你一时的痛苦,还得给你永远的痛苦"②。从这点来看,史铁生又并非是一个悲观的宿命论者,而是一个乐观的"过程论"者,他对命运的看法体现了人类智慧者对生命意义与价值的肯定与重视。

综观史铁生的创作,他的小说与散文互相补充着来阐发他的终极关怀。小说借形象、故事艺术地表达他的思想,常显得比较神秘;散文则常采用与读者对话的方式,直接托出他对人生、命运、死亡等的终极思考。他所倾心并致力于接近与创造的,是一种富于普遍意义上的"精神宗教",并力图以一位残疾作家的身份表达他对"上帝"的思索与探讨。

(原载于《南方文坛》1999年第1期)

---

① 史铁生:《好运设计》,《我与地坛——史铁生散文小说选》,中国社会科学出版社1993年版,第66—67页。

② 同上。

轻风掀起乡村的衣角

——读付秀莹的长篇小说《陌上》

轻轻掀起《陌上》的第一页，小说的"楔子"就这样开头了："芳村这地方，怎么说呢，村子不大，却也有不少是非。"小说就在一幅幅乡村风俗画的展示中道出这芳村的是是非非。

说是是非，其实都是些鸡毛蒜皮的事，无非是东家长西家短，婆媳之间、父子（女）之间、夫妻之间、妯娌之间、干群之间的拌嘴吵闹，连带着一些流言蜚语。真正的冲突也不过是自个儿摔盆砸碗，闷头儿睡觉。有的时候还只是言语上的指桑骂槐，表面上的阿谀逢迎。但你千万别小看这鸡毛蒜皮的事，它们在日常流动中却孕育着时代风气的转变，给人心头添堵添乱，让你在浏览这乡村风俗画之中感觉到这乡村熟悉而有陌生的面孔。

这乡村正是北方时下的乡村。村里为发展经济办起了一家又一家皮革厂，新盖的楼房多了。有的还贴着明晃晃的瓷砖，即使是农妇也都用手机，也可在家上网，晚饭后可以看《甄嬛传》和跳广场舞。谁家要给儿子娶媳妇，不但要建楼房，还得买小汽车。然而，随着皮革厂的发展，污染来到了，在北京要开什么会的时候村里的厂得关门。重要的是，此时的风俗人情、人心世道开始变化了。婚丧嫁娶、生小孩，随礼也就开始讲究起来了，互相攀比着，生怕别人看不起。虽然风俗还在，但人情却淡薄了，伦理观也在发生悄然的塌陷：皮革厂的老板可以有几个相好的，也可以干政；有能耐的农村妇女可以去城里开发廊与沐足店；村干部在村委会对面的小饭馆吃喝并与饭馆主人的儿媳私通主人也视而不见；老人老得动不了了，子女们也不管，老人只得喝农药自尽；一个赌徒为了当村委会主任拉选票到处给村民散发东西，村民照拿不误；不挣钱的农作物也没人在意去种了。一种浓烈的金钱与物质欲望强烈地侵入村庄，改变着乡村的面貌，让我们对这曾经熟悉的村庄感到如此陌生和失望。

作者在写这些的时候，不动声色，夹杂着的只是她微微的担忧，正如小说中时常写到的乡村的气味："不知道花的香气悄悄漫过来，一阵子一阵子，有点甜，又有点微微的腥气。"我觉得这便是作者的隐喻。乡村的味道大约就是如此的复杂、生动而多变的。

作者并没有给小说设置宏大的结构，只是随着节气的变化去描写乡村的日常进程；作者也没有给小说设置什么中心式的人物和故事以及冲突，但在一篇篇故事的叙述展开中揭开一个又一个人物的内心焦虑和渴望。书中的许多篇章甚至是可以独立成为一个短篇或中篇去发表的。但全书串联在一起，却又是那么有整体感。我以为这正是作者深谙中国古典小说的叙述传统，采取的是一种似断实连的缀段式叙述结构。从每个故事看，是呈板块状，而从以节令为线索看，又呈线状。节令的连续展开将每个故事、每个人物的活动空间串缀起来，展示出一幅宏大、生动、蓬勃的当下乡村生活图卷。

由此可以看出，作者在小说的"楔子"中专门将节令浓墨重彩地书写一番原来是有独到之意的，这正应上刘勰《文心雕龙》"神思"中所说："使玄解之宰，寻声律而定墨；独照之匠，窥意象而运斤。此盖驭文之首术，谋篇之大端。"

小说最后以在京城工作的小梨回乡过年为结束，主体是写她的经历与感受：她从城里回来却没有车，她在村里的小学同学却有车还有硕大的金戒指，连村里开超市的也都欺负她这从外面回来过节的，这芳村的年味大不如以前了，人们竞相在比照在夸耀，人情人心都变了，看来这故乡是回不得了。作者以"题记"的方式"是不是回不去的才叫故乡"表达了她的一声叹息，沉重而滞缓。作者就以这样点到为止的笔触轻轻撩起了如今乡村的面纱。

《陌上》写的是河北乡村的事，作者的籍贯又出自河北（尽管她现在在京城工作），她的这部小说就很自然地让人联想到孙犁的"荷花淀派"。这不仅是指她那点到为止的叙述手段，也包括她那写景写人时常采用的白描手法以及恬淡素净、清丽而有韵致的文字。曹文轩教授说："在一个失去风景的时代，阅读她的作品，我们随时可以与风景相遇。"小说中乡村风景是迷人的，小说中的各色人物与他们的喜怒哀乐也是满满的风景，而这些在付秀莹的笔下都像是描写天上的月亮一样，淡淡地勾勒出来，背后则是无数闪烁着的星星，就像人的心事一样，深深浅浅，让你去猜个够。

（原载于《文艺报》2017年8月11日）

走进岭南

——论广东文学的文化走向及其评价

一

曾有一段时间,广东评论界在呼喊如何使广东文学"走出岭南"的问题。当时提这样的口号的本意是如何促使广东文学提高质量,向更高标准看齐,能在全国产生更大的影响。这种呼唤与提倡在当时应该说是不错的,也是有意义的。但现在对此做一番认真的反思的话,觉得这种提倡还是有一些问题。

第一,走出岭南是以内地尤其是北方的文学标准为准的,是拿广东向内地看齐。但事实上,由于广东所处的改革开放的窗口的地位,经济基础发生了崭新的变化,文化意识形态也相应起了变更,其文学创作应该有新的标准来衡量才是。仅以内地的文学标准来衡量广东的文学创作是不恰当,也是不公正的。

第二,走出岭南如果强调的是全国性影响的话,也是不符合读者接受群的分类的实际的。中国这么大,经济与文化发展极不平衡,不同的读者对于不同题材、主题的接受也不同。如在北方产生极大反响的《渴望》,在广东的反应并不热烈,共鸣较少;相反,《公关小姐》《外来妹》则为广东观众所乐于接受。因此,一味强调全国性的影响,无助于广东开拓新的描写领域以及新型文学观念的创立。

正是基于这样的理由,我认为,广东文学未来的发展,尤其是当前处于文化转型时期的发展,并不是如何走出岭南,而是应该"走进岭南"。

二

何为"走进岭南"？

"走进岭南"就是广东文学如何走进广东当下存在的鲜活与日益变化的社会生活问题。从这几年广东文学创作的状况看，广东文学尤其是电视文学的创作之所以取得成功，在很大程度上是占了题材新鲜的便宜。小说《商界》，电视剧《公关小姐》《外来妹》《情满珠江》，电影《雅马哈鱼档》《女人街》等，都以反映广东当前改革开放带来的新的文化现象、经济行为、观念与价值的变化、文化人格的变化为题材，形成了鲜明突出的南国特色。

也许有人会说，这些作品的反映与描写还流于表面、浅层，只反映了某些现象。然而，我要说，这些最简单、最表面的现象也许正是广东文化中最深刻的东西，最能反映广东变化中的现实问题，因为它们代表了广东社会变革中所产生的新的文化现象，反映出广东人民目前的文化生存状态。广东剧作家、《雅马哈鱼档》与《心天一角》的作者章以武曾经说到，他在与珠江三角洲农民的交往中已经明显地看到并感觉到广东的农村文化已经发生了前所未有的变化。比如一个农民企业家自豪地说，20世纪80年代他们要依靠香港老板来开拓国际、内地市场，靠他们提供资金来办厂、办店，但到90年代却反过来了，现在香港老板要借助农民企业家的依托来扩大国际、内地市场，企业的主要资金由农民企业家出，香港老板只能来参股入股了。这是一个现象，最显而易见的事实，但它却反映出了一个深刻的东西，它说明了农民企业家崛起以后视野开阔了，胆量大了，实力雄厚了，他们有勇气、有能力、有自信，能够自己把握自己的命运，有了自身开拓、自身发展的能力，他们真正开始洗脚上田，思想观念、价值观念都产生了质的变化。这就是岭南的生活，这就是事实，这也就是典型。所以，我说最简单、最表面的事实也许正是最深刻的东西。密切地追踪广东的这种飞速变化的现实，如实地反映出这种生活，就不仅仅是一个题材新鲜问题，同时也将是深刻的东西。当然，从题材到主题的提炼还需要作家的努力，题材不能决定一切，但如果我们能将这二者很好地统一起来，不正是广东文学的优势所在吗？

正是在这一意义上，我认为，走进岭南的首要之点就是真正走进岭南的生活。

走进了目前的岭南,既是广东文学的优势,也是广东文学的希望。

三

广东在经济体制改革、新型文化创造的探索方面都走在内地的前面。当内地还在讨论要不要引进外资的时候,广东的珠江三角洲早已涌进大批的香港与外国老板;当内地还在为计划经济抑或是市场经济论争时,广东的市场经济成分已在迅速发展,市场调节机制已经在商品流通过程中占主导地位。相比于内地,广东最先感受到香港文化的"港",也最先得到特区文化的"特",在吸收外来文化并探索新文化的建设方面,广东是有贡献的。因此,对于广东现在的新的生活方式、新的经济行为、新的城乡关系、新的人际关系、新的价值观念,我们只能从历史发展的角度去看待。广东当代的发展史是中国历史上最有贡献的一页,广东当代文化的现状也是中国文化转型时期最有活力的一个方面。广东的务实与敢为天下先的探索与创造精神,是"摸着石头过河"的典型表现,是建设有中国特色社会主义的典范操作。看广东文化以及广东转型期文化的文学,也就不能拿内地的眼光与标准去衡量。这个要求不仅是对身处广东的作家、评论家提出的,而且也是对内地的评论家、作家提出的。所以,"走进岭南"就意味着我们必须站在一种历史发展的高度,一种文化转型的高度来理解岭南的当代文化状貌。换句话说,我们不是拿岭南文学削足适履式地塞进内地的文学模式去评价,而是应该从了解岭南、理解岭南的开放或胸怀,给岭南文学以文化意义上的肯定,肯定它在文化转型时期的开拓作用与重要地位。

比如说,文学如何表现忧患意识的问题,就不能仅仅停留在农业社会观念中与视野中,而要根据广东从农业社会向工业社会转型的实际情况去看待。按照农业社会的要求,文学表现忧患意识的最重要成分就是反映人的生存状态问题,即如何解决农民的温饱问题,如路遥的《老井》《人生》、余华的《活着》等,但在广东尤其是珠江三角洲地区,现在的状况就不仅仅是一个生存的问题,而是一个发展的问题了。农民们在解决了温饱问题以后,就要考虑更高层次的需求问题,如事业的发展、爱情的获得、人格的自尊以及现代人格的完善等。因此，这种忧患意识体现的层次也就不一样。如果说《外来妹》还是反映外地打工妹在解决生存问题上的挣扎以及生存问题解决后的独立与发展的话，那么，《情满珠江》中的诸多人物就进一步反映了他们在改革开放大潮中如何开拓与发展自己的事业，在实现自我价值的同时获得爱情满足等精神需求问题。广东的改革文学也切入了矛盾，也写了悲剧，但比较过去的作品所反映的矛盾与悲剧来看，艺术表现可能更乐观些、更豁达些，风格更明朗轻松些。因为按广东的现实与发展，由于有了较丰厚的经济作为基础，人的自由发展的机会更多，解决矛盾的办法及其选择更多。因此，广东文学不能说没有忧患意识，只不过它的忧患意识与过去不一样了，它思考得更多的是发展问题，而不仅仅是生存问题了。其悲剧的成分可能更富现代性，其解决矛盾与悲剧的办法也就更豁达与乐观得多。比如《心天一角》与《泥腿子大亨》中，就反映了农民企业家由于自身人格的缺陷所造成的事业悲剧与爱情悲剧，也反映了他们由于旧观念的束缚而不能充分发展自己的悲剧。尽管在最后，出路是光明的，是乐观的，但整个剧还是体现出一种强烈的忧患意识与悲剧成分，而且它们所带来的启示是更具现代性的。我以为，只有这样去看，也许才能更准确地理解广东文学中的忧患意识与悲剧成分问题。

当然，不能说广东文学目前就完全摆脱了旧观念的束缚，没有了旧的文学模式的牵制。首先，广东文学仍然难以免俗。就目前的几部有影响的作品来看，广东文学还仍然具有沉重的"知青文学"的影子，而且往往是从"知青文学"模式发展出来的。其次，对观念与价值的更新问题，作家想当然的成分多，真正来自生活的具体的感性的东西还太少，在一定程度上削弱了可信性。这些将会是需要我们深入地"走进岭南"去解决的。

四

"走进岭南"又是为了更好地树立岭南。岭南作家应该有这个自信，相信通过自己的实绩一定能够证明岭南当代文学在中国文化转型时期的重要地位。岭南文学的特殊价值，我以为，并不仅仅在它的地域性，也不仅仅在它的题材优势，如果只从这两方面去理解，那是十分狭窄的，而且是陈旧的。重要的是什么呢？是它的现代性。这种现代性包括它所反映出来的新的文学观念、新的审美方式，也包括它所表现的现代生活方式、现代价值观念、现代新型人格等。这些富有现代色彩的东西是植根于岭南这一文化转型的社会文化背景中的，在这一独特的文化背景中，它将会创造出一套新的文化语境。随之带来的将是一整套新的观察方式和思考方式，它必将冲击并改变内地所持的批评价值观和批评标准观。因此，岭南作家如果还死死套在要向内地去讨一"说法"，以内地的标准为标准而进行创作的话，就可能是作茧自缚，其文化视野是会变得狭窄的。我们不妨把背得太久太沉重的包袱甩掉，用自己创作的实绩来创造另一套新的批评标准。

这一新的文学批评标准当然是与广东社会处于文化转型时期相适应的。我认为，它的内涵可以这样表述：

真实反映处于文化转型时期的广东社会状貌、文化心态以及如何建设初具现代社会特点的生活方式、道德观念、价值观念、文化人格的奋斗过程，同时把对现代社会发展的理想追求与人文精神的塑造结合起来。

有的理论家认为，文学只有在对社会持道德与文化批判时才会显示出对社会的矫正意义，才能体现出它的人文关怀。这一观点是偏颇的。实际上，作家在肯定的同时必定寓含了他们的批判，在探索之中也表现出他的文化思考，一种力图超越旧的东西的思考。这同样是一种人文关怀。文学的新的人文精神既包括批判也包括探索与建设，而且这二者本来就是相互统一而不可分割的。

若我们以这样的标准衡量与看待广东文化转型时期的文学的话，或许更能贴切地估价它在中国新文化建设过程中的地位与作用。

（原载于《岭南文报》1994年6月20日第30期）

异质文化交流与碰撞的结晶

——广东近年来中短篇小说创作评述

改革开放以来，广东不仅成为全国经济高速发展的标志性地区之一，而且成为中国最为庞大的移民地区之一。尤其是随着深圳、珠海、东莞等现代城市的崛起，来自全国各地的新移民更是以千万计。这一蔚为壮观的移民群体，带着他们的智慧和勤劳，为广东的经济繁荣提供了巨大的人力资源，同时也为广东的文化发展积蓄了强劲的内在能量。事实上，我们只要检视一下近年来的广东文学创作，便可以发现，无论是诗歌、散文还是报告文学、文学批评，都有一大批"移民作家"活跃其中，从某种程度上说，他们甚至构成了广东文学创作的核心力量。

这种新移民作家群的崛起，在近年来的广东小说创作中显得尤为突出。以广东省作家协会编辑的《2005—2006广东小说精选》（花城出版社2008年版）和《2007—2008广东小说精选》（花城出版社2009年版）为例，两书共收录了七十多篇中短篇，百分之九十五以上的作者均为外地迁入广东的中青年作家。像曹征路、南翔、曾维浩、魏微、盛可以、黄咏梅、熊育群、于怀岸、王十月、鲍十、盛琼、央歌儿、王棵、盛慧、吴君、黄金明、谢宏……这些活跃于当前全国文坛的作家，无一例外地打上了"移民"的印痕。

面对这一重要的文学现象，探究广东本土作家为何"失衡"并没有什么意义，因为作家的成长与地域文化之间存在着永难厘清的复杂关系。回首中国现代文学史，鲁迅、茅盾、郁达夫、徐志摩、艾青、周作人、夏衍……他们的巨大文学成就也都是在离开故乡浙江之后所取得的。这也意味着，重要的不是本土文化是否培养了自己的作家，而是这种地域文化是否为作家的写作提供了丰沛的精神资源，是否为他们的创作提供了灵活多元的审美契机。如果从这个层面来思考，广东新移民作家群的崛起，无疑隐含了许多丰富的文化信息和审美追求。

在通常情况下，人们谈论"移民"身份，往往会不假思索地将之视为一种"跨越国界的迁徙"，似乎只有完成了国家、民族等空间范畴上的移动，才能称得上是"移民"。其实，这只是一种物理层面上的、狭义的移民观念。拉什迪就曾一针见血地指出，"在许多方面，鉴于都市文化的国际本质和越来越同源的本质，从一个地方到另一个地方，例如从美国农村到纽约市，是一种远比从孟买迁往纽约更极端的移民行为。"[①]在拉什迪看来，要判断一个人是否属于"移民"，关键要看"根、语言和社会规范"这三个核心元素是否出现了根本性的变化。在谈论君特·格拉斯的文学成就时，拉什迪就认为，正是"移民的身份"对格拉斯的创作产生了至关重要的影响，因为"他丧失了他的地方，他进入一种陌生的语言，他发现自己处身于社会行为和准则与他自身不同甚至构成伤害的人群之中。移民之所以重要，也见诸于此：因为根、语言和社会规范一直都是界定何谓人类的三个重要元素"[②]。

拉什迪的说法显然颇有说服力，因为他明确地指出了异质文化对人类生存的影响。移民之所以能够深切地体察到自己的迁徙身份，并非是因为空间变化所带来的外在环境的差异，更重要的是，曾经耳濡目染的文化环境发生了根本性的断裂，使他们深切地体会到异质文化所产生的错位和尴尬。广东作为岭南文化的重要阵地，无论是语言还是社会的习俗规范，都迥异于内陆之地，这无疑使那些迁入此地的内陆人群强烈地感受到自身的"移民身份"。无论他们承认与否，作为一个外乡人，当他们踏入广东这片土地，就意味着进入了一个"陌生的语言"系统，也进入了一种全新的文化规范之中。

当这种充满异质特征的文化环境呈现在自己的眼前，几乎所有的移民都会情不自禁地带着新奇的眼光和复杂的心态，认真地体验、梳理和思考自己所置身的生存境域，并试图寻找属于自己的审美感受，就像拉什迪所说的那样："移民否决所有三种元素，也就必须寻找描述他自身的新途径，寻找成为人类

---

① 布罗茨基等著：《见证与愉悦》，百花文艺出版社1999年版，第340—341页。
② 同上。

的新途径。"①这种"新途径",在广东新移民作家的笔下,常常体现为一种具有强烈的异质特征的人际关系,一种欲融入而又无法融入新环境的尴尬与伤痛。从某种意义上说,这也是新移民常常遭遇的无奈而又无助的生存镜像,是一种难舍"此岸"却又难返"彼岸"的缱绻与决绝。像王十月的《国家订单》和《寻亲记》、熊育群的《无巢》、南翔的《人质》、裴蓓的《李大富这十年》、魏微的《李生记》、盛可以的《惜红衣》、曾楚桥的《幸福咒》、吴君的《痛》和《亲爱的深圳》等等,都是通过一个个极为典型的异乡生活事件作为叙事载体,生动地演绎了这种移民群体的内心困顿和冲突。

在《国家订单》里,王十月通过一个小厂老板的艰难挣扎,既展示了市场竞争机制的残酷,又凸现了小老板与职工之间特有的情感。因为一份来自美国的"国家订单",小老板找到了工厂生存的新希望,他试图带领工人全力一搏,使自己经营多年如今却已奄奄一息的小厂起死回生。这一突然而至的机遇,让李想、张怀恩等员工却陷入尴尬之中。一方面,他们对小老板深怀感恩和同情,毕竟老板对他们从不刻薄;但另一方面,家庭、个人发展又是一个不得不考虑的生存因素。于是,在走与留之间,他们选择了与小老板相濡以沫的奋斗,不料几天的紧张加班,却让张怀恩累死在车间里,小老板旋即陷入诉讼的危机之中。在这部小说中,王十月非常明确地将人物安置在一种特殊的伦理关系中,使老板和员工之间形成了一种情感和利益的双重纠葛,并且,这种纠葛还包裹在强大的道德化伦理之中。从某种角度上说,张怀恩和李想的最后一搏,既是为了向老板表达自己的真情实感,也是为了道义上的自我安慰,只是这种道义在市场竞争法则中,注定成了一个悲剧的象征。他的《寻亲记》以"我"寻找二姐的种种艰难,既传达了亲情之间割不断的牵挂,又展示了现代市场经济中的冷漠和无情。曾经美丽的二姐在四处漂流的打工生活中,虽然与"我"近在咫尺,可是要相见一次却难于上青天。为了生存,他们在异乡饱受孤独,却无法获得亲情的慰藉。这种"移民"内心的痛苦与撕裂,无疑折射了我们这个时代里漂泊者的诸多无奈和伤痛。

熊育群的《无巢》则立足于一个曾经轰动广州甚至全国的新闻事件,将

---

① 布罗茨基等著:《见证与愉悦》,百花文艺出版1999年版,第340—341页。

那个叫郭运的打工青年意外伤害案演绎得痛彻心扉。带着全部的希望和理想，郭运从遥远的故乡来到广东寻找生活的财富和梦想，不料却在欺骗中一次次陷入窘境，直到最后彻底的绝望，以至于在非理性的状态下将路人怀抱的婴儿扔下了高架。面对这一残酷的现实，郭运的父母以及失去婴儿的夫妻都不得不承受失子之痛的漫长煎熬，尤其是郭运的父母，还将背负道德的谴责。这里，熊育群虽然没有将笔触伸向复杂的社会伦理之中，但是，郭运的奔走以及他所遭受的一次次屈辱，已折射了市场经济所特有的社会规范，也道出了移民在新的文化环境中所面临的生存困境。南翔的《人质》同样如此。小说以一场人质危机的成功化解，在展现出警人员人道至上伦理观念的同时，也婉转地传达了劫持者的绝望和无奈。此外，像盛可以的《惜红衣》里董葡萄的屈辱式抗争，魏微的《李生记》里的民工跳楼秀，裴蓓的《李大富这十年》中有关李大富投机神话的破灭，曾楚桥的《幸福咒》里来顺因工伤而亡故，谢宏的《两张脸》里杨艳的"两张脸"和黄孔的无奈，吴君的《亲爱的深圳》和《痛》里所透示出来的对都市生活的爱与恨等，都体现了移民群体在新的生活环境中所无法回避的焦灼、伤痛和无助。如果仅仅从表面上看，这些小说所展示的都是现代都市里尔虞我诈的物欲生活，也是底层平民寻梦碰壁与饱受欺辱的生存状态，但在这种生存的背后，又分明地凸现了人物内心深入的孤独——它饱含了漂泊无依的感伤和无奈，亦隐藏着迁徙后的焦灼和艰辛。而这，恰恰是移民心中挥之不去的隐痛。

由于地域文化的差异，移民群体不仅对新环境中的社会规范有着异常敏锐的感知力，而且对感情的需求也会变得尤为强烈。原因有二：一是新环境所引起的陌生感和孤独感，使他们迫切需要情感的慰藉；二是新环境所造成的内心失衡，使他们对原本信任的情感产生潜在的危机。从本质上说，这两种原因都会导致移民群体在精神上的亚健康，说得严重一点，是一种精神隐疾也不过分。按照史铁生的解释，如果一个人的精神出现残缺，那么，他对情感尤其是爱的需求就会变得十分突出。"我们因残缺而走向爱情。我们因残缺而走向他者，但却从他者审视的目光里发现自己是如此的残缺。我们试图弥补残缺，以期赢得他者的垂青或收纳，但我们又发现这弥补不可能不求助于他者，因为只有在他者同样祈盼的目光中,那生就的残缺才可获弥补。"[1]史铁生的这段话,其实反映了人类生存的某种本能性需求,而在广东的"新移民"作家群里,有关这种情感需求的表现不仅非常普遍,而且颇具人性的深度。像曹征路的《测谎记》、央歌儿的《大战》、黄咏梅的《哼哼唧唧》和《开发区》、盛琼的《二女》、溪晗的《隐秘》、魏微的《在旅途》以及盛可以的《缺乏经验的世界》等,都对两性之间情感进行了别具一格的演绎。

曹征路的《测谎记》通过一对夫妻的情感危机,展示了爱的专制与脆弱。身处欲望横流的现实社会中,作为警察的杨柳总是无法对丈夫老狼保持信任,尤其是当老狼的前女友、影视明星顾萌萌受邀来到老狼的单位之后,杨柳更是怀疑丈夫的不轨。为此,她不惜动用手中的权力和人际关系,将老狼弄上了测谎仪。尽管老狼顺利地通过了测谎,但他对妻子信任也从此降到冰点,并进而与顾萌萌陷入肉欲的狂欢之中。或许,我们可以认为,正是杨柳的极度不信任彻底摧毁了这个原本温馨的家庭,但是,如果我们进一步追问:是什么原因让杨柳对丈夫如此的不信任?仅仅是顾萌萌的一次受访?还是杨柳看到了太多的社会现实,从而对情感失去了信心?央歌儿的《大战》也触及这一问题。小说以女儿菁菁在青春期的早恋为主线,将一家三口之间的情感纠葛紧密地缠绕在一起。其中,既有丈夫泽俊与"我"之间的冷战,又有菁菁与父母之间的代际冲突,它们相互影响,彼此激化,构成了一个都市家庭全方位的情感"大战"。虽然这一切都因为女儿最后的"觉醒"而获得了平安着陆,但是,泽俊与"我"之间的那种冷漠和厌烦,仍然将现代都市人的信任危机表现得惊心动魄。

在一个欲望横流的时代,人们越来越远离爱,远离信任和承诺,却更加看重性的满足以及肉身的短暂快乐。魏微的《在旅途》就非常精确地表现了这种都市人的情感病灶。李德明事业有成,但四十多岁还是单身一人,不是没有合适的结婚对象,而是他根本就不想对爱有所承诺。他带着成功男人的身份,自由地穿梭在一个个女性之间,无爱一身轻。盛可以的《缺乏经验的世界》则以一个单身女人在火车上的情感际遇为主线,精心演绎了一个成熟女人与不谙

---

[1] 史铁生:《史铁生自选集》,海南出版社2006年版,第409页。

性事的男孩之间的欲望冲突。"它源于一场邂逅,因此没有任何的危险;它引爆了女人长久冷落的躯体,因此又充满了野性的掠夺之势。在这种关系的叙述中,盛可以非常精确地把握了女人的欲望心理和理性包裹的矜持,让一个遥不可及的阳光男孩,慢慢地撕开了女人隐秘却又无法言说的生存之痛——它看似生猛、果敢,带着猎豹般冲击目标的势头,实则虚弱、无奈,布满了无爱的苍凉与伤痛。心比身先老,在女人的内心中,经验以及由经验浇铸起来的人生,已成为无法负载的生命之重。"①

当然,也有一些作家仍然倾心于物欲时代的真爱表达,像黄咏梅的《哼哼唧唧》、盛琼的《二女》、溪晗的《隐秘》等,都是通过女性内心的视角,在一种充满温情的语调中讲述了爱情特有的诗性魅力。它与金钱无关,与地位无关,与喧闹的社会欲望无关,只与内心深处的那种心灵碰撞息息相关。《哼哼唧唧》中的柳艳阳为死去的丈夫所做的一切看起来匪夷所思,但每一个清明祭品的选择都渗透了柳艳阳的疼痛、思念和对丈夫的无限爱意,尽管丈夫生前是那么平凡的一个小人物,尽管他们的生活曾经是那么的波澜不惊,但是,当爱人远逝,柳艳阳却以决绝的方式无怨无悔地守护着那份情感,为自己,更为圣洁的爱。《二女》里的诗雨之所以不惜自毁富足而安静的家庭,就是因为"她终于明白了,什么是最重要的。也许,物质是好,优裕是好,富足是好,安闲是好,但对于她来说,这世上,还有比这些更好的东西"。这种更好的东西是就是一种诗意的心灵碰撞,一种倾心于理想而无所畏惧的甜蜜。《隐秘》虽然也讲述了一对中年男女之间的隐秘感情,但它同样剥离了浮华的名与利,将男女主人公还原到一种诗意的层面上,使爱超越了时间的障碍而变成异常完美。

我们常说,爱情的巨大诗性原则就在于它只从属于心灵而非物质,它追求的是情感和灵魂的水乳交融,可以超越所有现实时空的拘囿,并隐喻着人的某些生存理想,而且这些理想往往是天然的反庸俗反市侩乃至反功利的。但它又并不拒绝现实,它昭示的是一种可供追求的现实理想,是人的内在心灵的诗意栖居。"我们永远没有办法把爱贬为仅仅是纯粹属于智性的或纯粹属于意志

---

① 参见洪治纲:《2008中国短篇小说年选·序》,花城出版社2009年版。

的事物，因为那就等于把属于爱情的情感或者是感官的部分弃之不顾。因为，爱的本质既不是概念，也不是意志。爱或可以是欲望，是感觉。爱本身就是深入到精神中的某些肉欲。由于爱，我们才得以感觉：凡是精神的必有属于它的实质的肉体成分。"①恩格斯甚至把爱情直接称为性爱，把性爱的最高形式称为性的冲动，这意味着性欲——这种人的自然属性，是爱情的基本条件。当这些"新移民"作家置身于这种无爱泛欲的现实环境中，他们依然不忘呼唤那份爱情的诗意理想，这无疑是非常难得的。从某种程度上说，这也许是他们寻找情感慰藉的一种策略吧。

有人说，哲学就是一种乡愁的冲动。其实，文学又何尝不是如此？多少世界一流的作家写了无数的作品，最终却发现自己并没有在真正意义上离开过故乡一步，哪怕故乡只有"邮票"那样大小。尤其是对于"移民"群体，充满异质文化的生存环境虽然给他们提供了一种审美表达的"新途径"，但故乡，从来也不需要想起、永远也不会忘记的故乡，依然是他们魂牵梦绕的叙述载体。广东的"新移民"作家群也不例外。在2005—2006年和2007—2008年的两本广东小说精选里，我们可以清晰地看到他们对自己家乡的深切眷恋，亦可以读到内陆各地的风土人情。像曹征路的《天堂》、魏微的《姊妹》和《家道》、鲍十的《秋水故事》和《芳草地去来》、于怀岸的《一粒子弹有多重》、黄金明的《村庄的黄昏》、毕亮的《继续温暖》、盛慧的《他成了一棵树》、盛可以的《淡黄柳》、王十月的《成长的仪式》等，都是在一种浓郁的故土氛围中，展示了各种颇富意味的生存镜像和人性风貌。

曹征路的《天堂》运用一种充满生活质感的吴方言，讲述了一个叫天堂山的乡村里质朴却不乏浪漫的民情风俗。在那里，人们讲仁义，重人情，拜关公，"地方不大，讲究不小"，但是，他们同样也有浪漫的怀想，也有男男女女之间说不尽的私情和暗恋。他们以插花作为暗号，男女之间演绎了一个又一个鲜活灵动的故事。蝉儿因丈夫残废，自然也有人插花，但她坚守妇道，忍辱负重，甚至成为"三八红旗手"。尽管最后蝉儿还是与他人有了私情，尽管这个人又被人暴打而逃走，但蝉儿依然是蝉儿，依然守着自己的家庭，为生活而

---

① 乌纳穆诺：《生命的悲剧意识》，花城出版社2007年版，第164页。

奔波,为命运而隐忍。《家道》讲述了一个小城里的父亲因罪入狱之后,一对母女面对强大的世俗伦理所遭遇的种种尴尬、困顿和伤痛。她们背负着贪官家属的耻辱,穿行在各种冷漠的目光之中,以敏感而又无奈的心情咀嚼着人世的沧桑,直到最后,不得不背井离乡。表面上看,它对父亲的罪并没有很好的反省,但实质上,它仍然是以母女内心里无法言说的疼痛来回应"罪"的深远惩罚以及它在伦理层面上所辐射出来的巨大威力。盛琼的《我的叔叔余乐》则以温馨的笔触,展示了乡村社会步入开放时代的人情变迁。叔叔余乐三十多岁时终于娶到了一个心仪的妻子,开始了稳定而安宁的世俗生活,不料社会的迅速变化终于瓦解了人们既定的生存观念,余乐的妻子也因此与他人私奔而去。社会变了,故乡的人也变了,甚至变得"心比石头还硬"。

当然,更多的作家在回望故乡的写作中,还是始终浸润着某种温暖的色调。像鲍十的《秋水故事》中对乡村夫妻之间情感的质朴叙述;魏微的《姊妹》里对两个彼此仇恨了一生的女人之间关系的微妙化解;毕亮的《继续温暖》以一对爷孙相依为命的生活,既传达了他们对外出务工的亲人的思念,又凸现了乡村伦理中的纯朴和安宁;黄金明的《村庄的黄昏》以寓言化的手法,生动地展现了一个村庄的梦想和祈求、权力和情欲、仇恨和杀戮,隐含了作家对故土民情极为复杂的情感;于怀岸的《一粒子弹有多重》借助爷爷的革命传奇经历,既凸现了爷爷对军人生命的理解,又展示爷爷对手下那些远逝的生命的愧疚和折磨,并最终以一颗子弹来成就了自己作为军人的全部荣耀……

说实在的,读这些小说,我们或许不一定能品味到强烈的地域文化的质色,但在叙述的肌理之中,我们仍然可以感受到创作主体极为深厚的情感基质,它渗透在叙事话语之中,附着在人物的情感之上,洋溢着特有的亲切感。如果将它们与这些作家笔下的新环境叙事相比较,我们便可以发现两者之间在主体情感上的巨大差异——那是一种无人可以剥夺的恋乡之情,是终身也走不出的乡愁。

面对异质文化的交流和碰撞,移民作家无疑比任何一个本土作家都拥有不可替代的优势。这一点,可以从世界文学发展的总体格局中得到印证。像布罗茨基、索尔仁尼琴、纳博科夫、米兰·昆德拉、辛格、库切、奈保尔……这些世界一流的作家都是在移民文化的冲撞中获得了辉煌的艺术成就。像近年来因《追风筝的人》和《灿烂千阳》而蜚声于世界文坛的胡赛尼，也同样是从阿富汗移民美国的作家。或许，这是一种命运的恩赐——它在给了他们人生迁徙的颠簸和苦难的同时，也给了他们丰富心灵的精神回报和酬谢。

广东的"新移民"作家们也正在自觉地整合自身的这些优势。一方面，他们积极寻找艺术表达的新途径，以强烈的介入姿态直面新的生存环境，思考并展示改革前沿的社会面貌和生存镜像；另一方面，他们又不时地回望故土，在记忆中重现各种或温馨或凝重的人生场景，叩问丰富的人性之域。如果从精神视野上看，他们所拥有的多重文化资源无疑为他们的写作提供了丰沛的叙事资源和广阔的叙事前景。也正因如此，我们有理由期待着广东的小说创作走向辉煌。

（原载于《南方文坛》2009年第5期）

喧哗声中的纯美追求

——读杨克《陌生的十字路口》

现代文明社会是一个喧闹的世界，它有太多令人目眩神晕的高楼大厦，有太多的雍容华贵和金银幻象，有太多惊心动魄的迪斯科与摇滚，有太多的随波逐流和欲望。而在这喧闹异常的社会尤其是都市中，却有一位纯美诗歌的守望者与执着者，他就是杨克。

杨克的诗如他的那一张娃娃脸，充满着对纯情、纯美的精神向往，在20世纪这最后几年，我们似乎看到他仍保持着他在80年代初的那一颗诚挚天真的心和那双温存清纯的眼睛。然而，杨克毕竟是长大了，他自20世纪90年代以来的诗也表现出异常惊人的冷静和深刻犀利的剖析与思考。他从多数人的认同与向往中"往后站"，把社会的发展与都市的发达放置到一个更宽更大的人文背景中去观察，因而从中发现了矛盾及其对文明进步的伤害。《石油》一诗就是这种精神感悟的产物。当石油从一个世界转入到另一个世界，从一种形态变为另一种形态时，它对人类的贡献与伤害都是巨大的。贡献是明晃晃的，伤害却是隐秘的。它不仅仅是环境的污染、绿色的退化，更重要的是造成了精神与灵感的陷落。又如《AA制》，这是多数人都赞成的一种新型消费方式和男女青年的生活方式，但杨克偏偏在大多数人的叫好声中冷静地唱起了反调："各拿各的工资，各交各的伙食／各有各的存折，各怀各的心事／你买领带，我购首饰／连微笑和感情也平摊开支／两个穿西服的中国人／心里横着一把刀子。"他从一种形式上的独立中看出了实质上的分离和蕴藏着的冷漠，看出了现代社会中人与人之间人情的淡薄。在都市多姿多彩的迷宫中，杨克以精神透视的方式，戳穿了那些"精心营造"的"时髦"和都市神话。他看出那洋味十足的"情人节音乐会"飘荡着的是"金属的旋律"，他看出那由钢筋水泥建造起来的都市并非"灵魂的庇护所",而是"患现代综合征"失去澄明天空的"贝壳"(《真实的风景》)。

对于都市与现代文明,自18世纪以来就存在两种截然不同的看法,一种是务实的,一种是精神的,杨克持的是后一种。对都市与现代文明的精神批判是"向后站"而不是"向后看",它的目的与旨意还是希望都市与现代文明在前进与发展的路途中不要迷失了精神的方向,切勿为了眼前的毫利而牺牲了人类的大利,社会文明的大厦构成永远是物质与精神两根支柱支撑的。所以,杨克的方式是诗人的方式。

杨克诗歌的纯美追求,不仅仅是情调、思想精神上的追求,而且也是形式和语言上的追求,他的诗既不古典,也不洋味,更多的则是一种自然和谐,随遇而安。他并不刻意去追求诗的体式,只是依内容而定大小长短,以达意为目的。顺着诗节,读者可以把握他思绪的流动。诗的意象也以明朗为多,并不以奇特艰深的意象去取胜,而以整体之构架创造出一种现代艺术意境。读他的《观察河流的几种方式》,你不会感到有任何特别突出的意象,但你却获得了多方的思想启示;从水与河流、水与岸、水与泥土和石头、水与女人还有男人、水与精神等等关系的揭示中,我们领悟到许许多多难以尽言的东西。这是一种新的意境,它具有古典诗歌的"重旨""复意""内秀"等特点,但同时又是现代性或某种后现代的思考。在语言追求上,他坚持以语言自身美为基础,将其提炼得更有光泽与圆润,它如河中滚动过无数次的鹅卵石,随着思想的流水自然转出,毫不伤害读者的视觉与听觉。像《在商品中散步》就写得很平和,如"光洁均匀的物体""感官在享受中舒张／以纯银的触觉抚摸城市的高度"等都很符合一种散步的心境。

在各种新生代、新新生代诗歌弥漫诗坛的时空里,有一个纯美诗人杨克的存在,也使喧哗的诗坛与社会多几分沉静。

今我追思，雨雪霏霏

——评熊育群的长篇小说《己卯年雨雪》

在中国人民纪念抗日战争胜利暨世界反法西斯战争胜利七十周年之后的三个月，在十四年前网络上看到长沙会战并与作者所熟悉的村庄紧密相连而有所触动，在经历过湖南若干田野调查及去日本访问、体验的基础上，熊育群捧出了他的精心之作——长篇小说《己卯年雨雪》。

这样说，是指作者并不因应时而轻易出手，而宁愿将创作的佳酿酿得更醇更美一些。这样好的一个题材，倘若处理得不好，就白白浪费了。作者正是出于一种责任与使命，精心酝酿，精心构思，精心写作，才得以取得满意的收获。当熊育群拿到样书打电话给我时，我听得出他对自己的满意。

对于长沙会战那一场惊心动魄的战争，究竟如何去描述它，这确实是让作者也让读者都捏一把汗的。小说既要做到不违背历史真实，又能恰如其分地虚构，做到真假统一，就看小说家的本事了。而描述一场大的战争，如果不是从全局去正面描写，那写战争的延伸与局部，就颇要费一番心思。文学艺术史上这样写战争的不乏先例，如卡尔维诺的《通往蜘蛛巢的小径》，通过小孩子皮恩的眼睛去观察发生在意大利的游击战争，从而使小说的叙述艺术得以充分的发挥。又如前苏联电影《这里的黎明静悄悄》以及意大利电影《美丽人生》，都是以局部反映整体，以平凡映衬奇特的。熊育群的这部小说也深谙这种艺术处理之道，它通过中日两国两对恋人的命运交叉，从侧面入手而反映出长沙会战的艰辛与残酷，反映出了湖南人民艰苦卓绝的抗战以及悲剧式的牺牲与奉献。更为重要的是，它通过战争对日本青年心灵的毒害深掘了日本军国主义仇恨教育与愚民教育的罪恶，也写出了战争降临中中国人民在奋起反抗时还保留着对人性、人情的那份温厚与温情。

这便是小说中那些难以令人忘怀的人物命运及其心灵挣扎：武田千鹤子与武田修宏、祝奕典与左坤苇，还有王旻如、左太乙等等。

武田千鹤子就是书中重要主角之一。小说开篇就是以她的一身戎装而亮相的。她在日本侵华战争进行中来到中国慰问日本军队，恰恰又被派到慰问她丈夫武田修宏的部队。她与丈夫短暂相逢又因卡车掉队而被中国抗日战士袭击，丈夫被杀，自己被俘。她在中国人的照料下慢慢康复并生下了丈夫武田修宏的孩子。她曾跳过湖自杀，也逃跑过而险些丧生，她在康复中一次又一次地想过复仇，一次又一次地在中国人的仁慈心肠与胸怀的感召下反思着自己所受的奴化教育和仇恨教育的过错。她最终被押往长沙战俘营，但她的心灵旅程则足以让她得到心灵的反思与教育。她最后几乎是从心底里无条件地依赖多次救她的恩人祝奕典了。

祝奕典是中国的游击战士，他并非正规军队，但却是抗日英雄。起初他本能地回避杀人，但目睹日本军队的残暴罪行，他开始组织抗日的力量杀日本兵。他袭击了日本人的军车，打死了车上的日本兵，俘虏了武田千鹤子。因为武田千鹤子长得像他死去的恋人王旻如而心生纠结，一次次想杀掉她而终未下手。后来在左太乙的感召下，他又几次救过武田千鹤子并照料她。面对这个日本女人，他彷徨过，因为他的恋人王旻如惨死在日本人的凌辱之下，心底的仇恨又让他不愿意宽恕这个日本女人。这便是他在送武田千鹤子去寻夫时又毅然转身离去的心理。但他最后还是因为这个日本女人被判了窝藏罪，他在法庭上的表白是"不想做昧良心的事"。一个抗日英雄因为人情与人性的温厚而付出了十年的监禁，这便是一个中国男人宽厚的胸襟与胆识。

同样，一个仁者的阔大胸襟还表现在老者左太乙身上，他用草药治好武田千鹤子的伤，在最后远行出走时还交代女儿女婿要照顾好千鹤子，在她没生孩子之前不能把她交给任何人。而祝奕典的妻子左坤苇则更是体现了一个中国妇女的博爱与仁慈。她不仅尽心尽力地照顾好受了伤的千鹤子与生育了孩子后的千鹤子，更是在祝奕典带千鹤子去寻夫而将千鹤子遗弃的时候，祈求祝奕典去把千鹤子找回来。在她身上，竟然有着一种观世音菩萨式的心肠与形象。

对于武田修宏，作者则着力刻画了他如何从害怕战斗而逐渐走向了对杀人麻木的心理历程。他曾经拒绝去杀那些老老实实干活的农民，但最终为了战胜杀人的恐惧去向人借刀来杀一位中国青年,他举起刀时就犹如举起棒球棍一样。因为杀人不够干脆和没有技艺而被人嘲笑,他自惭形秽,而他看铃木杀人时又竟然是在追求一种完美。作者正是在一层一层地剥开日本士兵心理的手术刀下洞见人性的异化与绝情。当然,作者也并没有让武田修宏一路下去变成一个绝情的人,而是最后以他去寻找千鹤子并死在寻找儿子的乡村里还原了他的凡人身躯。作者想表达的是,在对待亲人的态度上,一个日本人与一个中国人又会有什么两样呢?只是因为利益,因为被蛊惑,因为被利用,一个本性善良的日本青年最终被引入了被毁灭的歧途。

作者在写这些的时候,也并非有意回避战争对峙的残酷,他只不过是在虚实结合上对战争作了艺术的处理。作者也无意去回避日本士兵杀人的残忍,相反,他利用一些历史资料与民间田野调查得来的第一手材料,真实地还原了当时手无寸铁的中国村民被日本士兵任意杀戮的悲惨情景:为了睡一个安稳觉,将全村乡民无论老幼全部杀死;将孩子抛向空中然后用刺刀去接;枪杀孕妇及其从母腹中滚出来的婴儿;日本兵撤退时在断墙上所写下的标语"吃的牛肉鸡,杀的蠢东西,奸的美貌妻",等等。

作者正是在战争与温情的关系上、在人性的残忍与温暖本能的关系上展开了他的艺术触角,谨慎而细微地进行着探索,应该说这种探索是成功的,因为它通过一波三折、引人入胜的恋情故事开始了一场战火中的人青春抒写与美好人性的畅想曲。这里面有正常的青春绽放,也有对扭曲了的青春恶之花的鞭挞。作者之所以给小说取了一个很平实的名字,让你初看根本无法将它与战争联系起来,就是想让读者在进入故事之后能得到更多的心灵震颤与启发。那场1939年的难以让人忘怀的战争与雨雪终于被载入文学的史册,而这个文学故事又将引起中日两国的无数读者反思那场战争,追思那场引人深思的雨雪。

沉潜、感悟与文化视野

——评钟晓毅《在南方的阅读：粤小说论稿（1976—1996）》

文学评论家中要算小说评论的最辛苦，因为他的阅读量实在太大，而要追踪小说发展的潮流则更不易，除了要耐心阅读外，还得处处留心阅读。钟晓毅就选择了这样一种辛苦的行当，也可算是自讨苦吃，但读她的这部《在南方的阅读：粤小说论稿（1976—1996）》却感觉不到她有什么苦累。广东小说创作近二十年的发展脉络和独特价值，上百部长、中、短篇小说的各自定位与意蕴，就在她自然流畅的论述中轻盈地跳跃而出。她能有如此不凡的表现，一是由于她的才气，二是得之于她的长期积累。才气之显，早见于她获得过"广东省社会科学优秀成果奖"与"鲁迅文艺奖"；此书的独到与流畅的文笔也是才气横溢的表现。长期积累表现于她多年来发表的关于广东文学的评论以及她的评论集《走进这一方风景》和《穿过林子便是海》上。其实，钟晓毅追求的"顺乎自然"的境界，正是在沉潜于广东小说创作领域中有了深刻而丰富体验与感悟之后的自然萌生。这里用得上钟晓毅在此书结束语中引用的禅意故事来评论她的这部书：

不断地追踪广东小说创作的足迹——随时；

以自己的才性去感悟广东小说——随性；

实事求是地评价广东小说——随缘；

站在南方的文化立场，又把这些作品置于全国文学创作潮流与文化背景中去审视，揭示出广东小说创作的独特面貌与个性——随喜。

最为可喜可赞的当然是钟晓毅审视广东小说创作的整体视野、通变眼光与文化视角。在这部综论广东小说创作的专著中，她将广东小说的各种类型（伤痕小说、改革小说、知青小说、商战小说、农村小说、都市小说、打工小说、特区小说、军旅小说、历史小说等）放置在岭南这个大的文化系统中以及广东改革开放历史的流变中来加以观照，从而勾画出广东小说的整体风貌与精神流变。同时，在勾勒广东小说创作发展线索时又紧密地与全国小说发展的脉络相扣连，在与全国小说创作的比较中凸现广东小说的独有价值与文化个性。

如她认为，广东描写商战、股市以及其他商业经济活动的小说，就是在广东处于改革开放的试验地和市场经济发育较早的时代机缘下培育出来的。他们除了描写市场经济中商业竞争与个人冒险活动外，更多的是关注与催生一种新型的文化人格。因此，广东有广东的另类忧患，广东的都市人有自己的人文状态与生存方式。商战小说使昔日平和恬静内秀的南方蕴藏了一种新的张力和生机。虽然有的商战小说还不肯把商战写得十分残酷与激烈，喜欢用亮丽的色彩来加以遮掩，但在他们灵动飞扬的叙述中仍夹杂着新时代、新形势下的思辨与沉郁。这种评论就不仅涉猎广东现实环境的变化，而且也涉及昔日岭南文化的意蕴。正是在今昔比较中看出了广东小说给岭南文化带来了新的挑战与刺激。

如论杨干华《天堂众生录》这部农村小说，紧紧扣住南方农民的文化性格与北方农民的文化性格的区分去进行分析，指出在杨干华的作品内，南方农民喜欢做梦，而且会把梦托付给神灵。当他们觉得自己的力量无法应付现实时，便信奉古训、信赖祖先与上苍。南方农民机巧、讲究实惠，恪守"枪打出头鸟"的传统准则，都体现着南方农民生活、心理的多层次结构，在他们的人生背后有着岭南文化的底色。

还如论广东小说的都市题材作品，往往浸透着一种对凡尘世俗的乐意体验，同时又有一种近乎游戏的反讽和天真之气。广东的都市小说，应从《你不可改变我》和《商界》的基础上，再去追求具有宁静、圣洁、乐观、淡泊的新人文精神。因此，推而广之，广东小说似乎更适合于"日神精神"之路，而北方小说是由《你别无选择》走向《浮躁》再走向《废都》的，更适合走"酒神精神"之路。

可以这样说，钟晓毅所作的种种分析论述，都是在一种整体、流变的文化审视下做出来的，因而显得贴切而不牵强，实在而不夸张。

钟晓毅的笔触是在一种十分平和、求实的心态下展开的。她无意于要拔高广东小说创作的成就，也不刻意去为广东小说在全国小说中争一席地位，但在她的整体叙述中———一种平和的叙述中，分明又道出了广东小说特有的审美价值与文化地位。这正是她站在南方的文化立场阅读南方小说的结果。对每一个具体的作家作品的论述亦如此，她通常不持过分的、偏激的褒和贬，即使是对某些已得到较高评价的作家也好，她仍然持一种个人的再评价，不卑不亢地指出它的优点，不温不火地点出其缺陷。而当置于广东文学创作的大系统时，这些作家与作品又各自具有了他们的历史定位。因此，钟晓毅着眼的是广东小说的整体与流变，而不是个别作家作品的得与失。从这种整体与流变的叙述中，广东的作家、评论家或许会悟到许多东西。

作为南方的读者、学人，我对南方文学有一种天然的亲近。我曾经呼唤过要"走进岭南"，从岭南文化的历史与现实变化中去看待广东文学，也曾经提出过要建立"第三种批评"——文化诗学批评。尽管钟晓毅并未当面与我讨论过此类话题，但从我们个人的某些批评实践中，我觉得我们之间有着不少相似相近与可会心之处，这也就是我敢于冒险为曾经是我的同事也是我的学术同辈人的钟晓毅的大著写这样一篇小评的原因。

（原载于《岭南文报》1998年4月8日）

创造诗意政治　熔铸文化诗篇
——评丘树宏的诗集《长歌正酬》

我认识丘树宏是从读他的长诗《以生命的名义》开始的。其实，在这之前他已经写了好些年诗并小有名气了，但《以生命的名义》发表时正值2003年"非典"暴发之际，他以满腔的热情和强烈的政治使命感歌颂了抗击"非典"的英雄们。此诗先在报纸上发表，后又经中央电视台和中国作家协会联袂以同名大型节目加以传播，这让他诗名大振，也由此触发了他立志踏入专门从事政治抒情诗创作的光荣然而也是艰难的道路。今日出版的诗集《长歌正酬》就收集了他2008年以来、尤其是近年来创作的九部长篇诗作，包括《共和国之恋》《30年：变革大交响》《珠江》《海上丝路》《MACAU·澳门》以及大型交响组歌《孙中山》等。

在20世纪的五六十年代，政治抒情诗曾经风行一时，一些著名诗人如郭小川、贺敬之等人的诗作飞扬在普通人的耳边，成为人们经常朗诵的篇章，他们也由此成为家喻户晓的"人民诗人"。但进入八九十年代以及21世纪以来，当充满激情的岁月渐渐褪去，以诗去触摸与反映重大的社会事件、讴歌祖国的重大成就也就渐成稀声，颇让人产生"大雅久不作"的感叹。现在的读者关注更多的是身边的小事、离奇的怪事以及明星们的香事臭事，网上看新闻更多过纸上读文学。在当今的多元化时代，如何能让政治抒情诗重新进入人们的阅读视野，让诗人的激情能够在读者的心田泛起涟漪，那的确是存在着极大挑战的。

丘树宏就是这样一位迎接挑战并不服输的诗人。他的《长歌正酬》的出版为后激情时代怎样创作政治抒情诗提供了经验与典范。

在如何让政治抒情诗也走进人们内心的探索上，丘树宏首先靠的是诗人的真诚。对中国的政治、中国所走过的道路、中国正从事的伟大事业，丘树宏是真信真懂真心，有着一片赤子般的情怀，这完全取决于他的世界观、人生观和价值观。当人们在感叹"三观尽废"时，丘树宏却以他的信仰在回味着共和国六十年来取得的伟大成就，在体味着三十年改革开放的艰难而又辉煌的历程；在一些官员唯恐握权太小时，丘树宏却从市委组织部部长的位置上主动要求转到宣传部部长的岗位上去，因为他认为这更有利于他的文学思维与才能的发挥以及对"文化化人"的构想。正是这种真诚，使得他的诗既有政治热情同时又包含着生命的体温，既显得刚强雄健，又包含着诗人对生活、对祖国充满大爱的柔软。

《长歌正酣》中的诗作基本上都是史诗，立题宏大，眼界开阔，气势磅礴，这取决于诗人的文化自觉。这种文化自觉具体表现为他对历史的深入思考，从历史的发展趋势去把握政治与社会发展的脉络，从而可以通过诗歌表达某种政治预见。同时他又能以文化的眼光去诠释历史，让历史人物与事件在文化的河流中站立起来、标示出去。他2012年7月写作的《海上丝路》、2012年10月写成的《海上丝路·香云纱》，基于他长期在珠三角地区包括珠海、中山工作的经历，也有他写过瑞典"哥德堡"号复制帆船首航广州的诗歌、写作《走进百年珠海》《香山梦寻》等散文作底子，他一直在这样的历史中徜徉、感悟，终于将三千年海上丝路的历史以史诗的形式表达了出来。他认为海上丝路不仅是中国的光辉历史，也是全世界共同的文化遗产，它理应得到重视和发掘。而在2013年的九十月间，习近平主席出访西亚、中亚以及东南亚时，就倡议要与周边国家共创"丝绸之路经济带""21世纪海上丝路"。这是巧合吗？不是。这是诗人的文化自觉与政治敏感，才产生了这种政治预见。他于2014年2月写作、同年6月发表的大型史诗《珠江》，也是在对珠江历史的回望和对珠江现实发展的讴歌中，提出了珠江的发展在中国发展中的地位与作用："啊，珠江梦，中国梦，海陆相映中国红；啊，珠江梦，中国梦，日月共舞中国龙。"只有珠江与黄河、长江这些中国龙齐心共舞，才会圆梦中国。呼吁人们要重视中华民族这"一条与长江黄河一样伟大的母亲河"。而2014年7月，国务院正好批准了《珠江—西江经济带发展规划》。这也是巧合吗？决不是。这还是诗人的文化自觉与政治敏感，才可能产生这种政治预见。我们还看到，诗人在纪念辛亥革命100周年时创作大型交响组歌《孙中山》,不仅站在一种"世界潮流,浩浩荡荡,顺之者昌,逆之者亡"的历史大势中去评价和讴歌孙中山,更从一种中西文化碰撞与熔铸的角度评价了孙中山"三民主义"民主革命纲领的伟大和《建国方略》的宏伟。"走出一个人""点亮一片天",伟人的诞生虽在翠亨,但翠亨却连着中国,连着世界。同样,天下有许许多多的路,但唯有"中山路"却成为文化的见证与历史的记忆。孙中山正是以他的精神、人格、理想站在历史的巅峰,成为中华文化的奇迹。丘树宏2017年开始首倡"孙中山文化"概念,而后一直孜孜以求地呼吁"孙中山文化工程"要上升为"国家命题"。而据媒体介绍,习近平同志上任至今,已经在不同场合不下十次引用孙中山的"世界潮流"和讲到孙中山,以阐述印证他的观点和理念。这,我们就更不能简单地用"巧合"来分析丘树宏了。

政治抒情诗要走入人心,除了诗人的真诚与诗人的文化自觉之外,还少不了诗意的表达。丘树宏的《长歌正酣》的诗意表达倚重的是两个方面:多姿多味的意象,简约而精致的语言。这两个方面正是他的诗具有艺术魅力的奥秘所在。如他在《30年:变革大交响》中,将安徽凤阳小岗村18户农民在1978年为分田到户所按的手印,分别以四大意象去加以表述,给读者留下无穷的艺术联想和深刻的艺术印象。他写道:"18个鲜红鲜红的手印啊,是18道嘶哑绝声的喉咙""是18只充满血丝的眼睛""是18颗炽热炽热的红心""是18个沉重坚实的步履",并分别演绎了这些意象的深刻含义,这就是艺术与政治、与历史的完美结合。还是在此诗中,他将2006年废止了历史上延续2600年、新中国实行近五十年的农业税形容为"中国的脐带断了",极其形象地道出了中国已开始与农业大国的母体相分离从而迈入工业化国家的步伐。又比如他写的《海上丝路·香云纱》紧紧抓住香云纱的艺术意象,展开了对中国通过海上丝绸之路广交天下朋友体现和平善意的描写。诗中他写道:香纱是五彩的鲜花,香纱是魅力的使者,香纱使大海喧闹,香纱尽显中国风华。此诗虽然是一个音乐情景歌舞剧的台本,但艺术性却全通过诗的意象去表现。

丘树宏的诗之所以为读者喜爱,还在于他善用艺术的手段去控制并使用语言。他崇尚诗句的简短,认为这更利于读者朗诵,也更便于读者接受与记忆。自然，这种简短不是单一的简短，而是短中含深意，是一种简约，同时也是一种提炼，通过提炼使其达到精致。如《孙中山》，每组诗三节或者四节，每节的句子都不长，长短交错，颇富节奏与旋律感。其中有一组歌《翠亨村》："珠江长，南海远，江海波浪翻；潮涨潮落咸淡水，沧桑说千年。桂山下，兰溪畔，山河绿如蓝；春来秋去翠亨村，走出一个人。悠悠咸淡水，沧海变桑田；走出一个人，点亮一片天。"简约与精致达到了完美的程度，让人无可挑剔。

再如，他的《海上丝路》序曲"天地开混沌"：

悠悠远古，
苍苍茫茫；
乾坤黯，
水汤汤。

盘古开天地，
女娲止洪荒；
结绳记日月，
龟甲驮阴阳。
大陆兴，
农耕忙；
木舟动，
向海洋。

三皇五帝铸华夏，
泱泱文明起东方！

仅仅60个字、14行短句，就将中国的亿万年历史以及中华文明的远古起源总揽无余，且诗意盎然、气象万千。

总之，丘树宏是一位用生命去触摸远古人文历史、触摸当代火热生活的诗人，他往往以一种文化与政治、文化与诗意相结合的视角观察、审视、咀嚼、体悟着人生和社会，然后以发自内心的真诚、如虹似钟的气势、多姿多味的意象、简约而精致的语言挥写为诗。他确实不愧为一位有文化自觉意识、有自我艺术追求、输送正能量诗篇的时代歌者。

用思想去触摸伟人的心灵
——读黄刚长篇散文诗《山高谁为峰》

这是一场伟大的革命，这是一场亘古未有的革命，这是一场塑造伟人、创造江山的革命。当"百年辛亥"纪念活动正开展得如火如荼之时，诗人黄刚首先在《人民日报》上发表了他的长篇散文诗《山高谁为峰》的部分诗稿，引起了社会各界的重视。当他将较为完整但还有待补充完善的诗稿发到我邮箱，让我一睹为快时，我忍不住要为他的诗作击掌叫好，继而写下这篇评论。

黄刚想到用散文诗的方式来书写辛亥革命的领导者孙中山先生的伟人形象及其他对身后的影响，我认为是恰当的。散文诗没有像诗歌那样有用韵的要求，更适合于表现作者发散式的感情；散文诗在结构上、章节上更为自由，更适合于表现时间跨度长、人物众多的事件。更重要的，还是诗人因势因情来选择他所钟爱的表达方式，达到一种随心所欲而不逾矩的境界。

此长篇散文诗展现孙中山先生一生追求革命、为革命献身的历程，着重揭示出他如何成为一座为群山簇拥的山峰的历程，并由此追溯了他作为一座奇峰对身后所产生的重要影响。诗人首先抓住培育孙中山的文化土壤着笔，重点书写了翠亨村的思想树、兰溪水、犁头尖山、古榕、龙田等，向读者展示了孕育伟人的土地的特殊性。如那株酸豆树，是中山先生从万里之遥的檀香山带回来的，一颗西方的种子在东方的土地上冒芽并成长，这恰好寓意着西方的基因与东方的雨露的化合。中山先生钟爱此树，是看中它扎实的木质与特殊的味道，"先生希望生命与意志像酸豆一样绵长而醇厚"。树成长了，先生的思想也逐渐成熟了，他从西方带回来的民主与革命的思想也由此在东方的大地上发芽生根，而最终结出硕果。诗人指出这酸豆树不是一般的树，而是一棵中西合璧的思想树，它活了120岁了，但依然滋长着勃勃的生机，喻示着中山先生的思想不死。这正是以树写人,以树衬人,并以树写出翠亨村文化的特质,从而为这座奇特"山峰"的出现打下了坚实的铺垫。

黄刚先生是一个善于思考并有思想的诗人,他力求在此长篇散文诗里去探索这座伟大的"山峰"是如何形成的,并由此而去触摸伟人的心路历程。因此,诗人专门写了"在路上"一节,着重写出先生的行走,这种先行者的行走正是探求救国救民真理的路程。先生从翠亨村渡海西行,是"用先行的圣手寻觅救国强种的妙方";先生为了兴中的理想,流亡海外十六年,这种行走更是无惧风雨和雷电的行走;从这里我们可以看到,革命不仅是思考出来的,更是流血流汗干出来的。先生的走就是实干,先生正是把说与走、思与干、知与行完全统一起来的革命先驱者。在探索山峰形成的思绪行程中,诗人又不仅仅只关注孙先生一人,而将视线拉开,将目光投入到孙先生的同伴们,那些为革命出钱出力甚至流血牺牲的先驱者,如为革命流第一滴血的他的同乡陆皓东,同盟会的中坚、独立无敌的豪士黄兴,给世上留下回荡正气和绝美情书的林觉民,那为革命义薄云天、舍身破家的兄长孙眉,等等。正是在众山皆响的环境中,中山先生的理想才践行为现实,正是在众星拱月般的众山簇拥中,中山先生才显得更为伟岸和英明。

为突出伟人思想的伟大,诗人还专门探索了中山先生在《建国方略》《实业计划》中表现出来的理想火花,如在"改良现有水路及运河"一节中,首次提出了在长江上游的水利开发的设想,这也是后来的三峡水利工程的最初来源。九十年后,孙先生的理想终于开花结果。还有向天蜿蜒的高原铁路计划,这个天才的创意也只有伟人才有如此大胆的设想,这一连接天堂的设想也终于变为现实了。而这一切设计与创意又都源于先生关于惠及民生的博大思想。先生之所以伟大奇特,成为奇峰,更重要的在于他心灵的博大与宽阔。

伟人之所以成为高山仰止的山峰,还在于他的思想影响千古,诗人通过后人对中山先生的纪念以及如今的中山市所发生的翻天覆地的变化,深情地颂扬了中山先生思想的不朽。比如中山装,成为了"一个时代的生命象征"与"一个民族的复兴象征";中山城,是先生"遗落下厚重的翠亨情,铸造出不朽的中山魂",是先生的精魄"铸造固化为一座厚重的人文山脉";中山路,是因先生而名遍及全中国的一条不断被人们复制的开满斑斓鲜花的路,它"从物质空间到精神空间","承载着革命、建设、发展的使命",更预示着"一个民族复兴的发端";而香山榄菊、古镇灯饰、大涌红木、开发区火炬科技园等,又表明中山精神的继承与发扬在当今时代结出的硕果。什么是对伟人最好的纪念?就是后代的中山人将中山变得更加幸福,更加美丽。

  细细地诵读此长篇散文诗,我的脉搏随着诗人的叙写而高低起伏,我的思绪随着诗人的思想而上下飞升,那座叫孙中山的山峰在我心目中变得愈发真实、亲近并且伟岸巍峨。

别是一家春

——评刘国玉焦墨画

甲午仲夏时节,阳光像火一样的热情,我走进了粤北山区的翁源县,走进了翁山诗书画院,也走进了刘国玉的世界。

刘国玉的世界是焦墨的世界,是对中国传统山水画的精细传承和大胆创新的世界。在一片纯黑的墨色里,画家用恣肆而略带野性的笔墨,淋漓酣畅地表达着他对岭南山水的理解。那山那林那水,远视如烟如雾,仿佛有一股蓊蒙氤氲之气在流动,近观则可辨出山岭的条条肌理筋脉,见出层林的苍莽耸拔。墨痕笔过之处、浓淡润枯之间产生着细微而有层次的变化,分明又有着岭南山水的别样色彩感与韵律感。

刘国玉创造的焦墨世界里,有高古静穆,有沉雄浑厚,有元气淋漓,又有空渺清脱,它让你想起范宽、石涛笔下的画境,又会让你想起黄宾虹、张仃的笔墨。

刘国玉选择的道路是在复古中寻求创新的道路,但如果没有对一种画学理念的追求与坚持,那是很难取得突破性成就的,尤其在创新方面,如果不走出传统,不突出自己的个性,形成自己的面目和风格,那只能是古人膝下一愚奴。也正是在创新一路上,刘国玉充分发挥了他早年学习西画的特长,在传统的笔墨中融进了西方的绘画语言,在他的笔墨中分明又呈露出西式的构图与透视感,同时还有印象派的墨彩感。

刘国玉其实是很文人的。在翁山诗书画院里,他专门设置了"论经堂",一方面用于收徒授课,另一方面还邀请名家名士前来讲座。他十分强调书画工作者必须内外兼修,具备良好的文化素养,他自己就是一位精通古典诗词创作的专家,这从他给自己的画命题以及题诗中就可见出。我参观过他的

"论经堂"后曾题词道:"论经谈道频挥麈,舞墨吟诗共放情",就是对他内外兼修主张的赞许。

  自古高人在民间。小地方有大文化,翁源这样的小地方,现在至少产生了像涂志伟、刘国玉这样两位杰出的艺术家。涂志伟是画油画的,但他用西方的语言描画中国的历史文化题材,创造了许多大画名作,得到了国际上著名油画大师的称许,从而享誉国际画坛。我参观过翁源的涂志伟美术馆后感慨万千,曾写下"从翁山出入世界眼,以西方语铸中国魂"的赞语。今日面对刘国玉的世界,我认为是"从传统入出现代法,以焦枯墨润国画田",至少在中国画领域,刘国玉以别样的视角与笔法,使中国画的发展路向又变得更为温润顺畅起来。

建构"粤派批评"的学术谱系
——"粤派批评"丛书编辑之缘起

2016年5月,暨南大学中国文艺评论基地、广东省文艺评论家协会、《羊城晚报》等单位联合举办"文学评论与20世纪中国文学史的生成学术研讨会",除邀请广东各高校、科研机构的资深专家和学者代表出席之外,还特意邀请杨义、洪子诚、叶维廉、温儒敏、陈思和、陈平原、黄子平、黄维樑、古远清等粤籍学者参与学术对话,虽然部分学者因日程冲突最终未能出席,但是"粤派批评和文学史研究的广东力量"这一议题还是获得了充分探讨,与会专家围绕"粤派批评"合法性、理论内涵、建构向度、理论内涵、现实意义等问题展开的争论,后来通过媒体传播引发社会热烈关注,随着大批省内外专家的积极介入,促成其成为一个指向学术价值和理论建构反思的重要课题。

本次讨论产生的社会影响超过了我们的预期,而从广东学术走到当下这样一个多点开花的阶段性局面来看,"粤派批评"之所以在创作、研究、传媒、管理等领域引发强烈反响,或许又意味着这只是一次迟到的思想碰撞而已。"粤派批评"体现出实践在先、命名在后的特征,可能面临作为学术概念接受和推广的质疑,但它肯定不是闭门造车的结果。当然,我们也无需在一些大众舆论话题上消耗过多的精力,比如粤派批评"成立与否?""存不存在?"以及成员划分等话题,肯定人言人殊,莫衷一是。真正具有建构性意义的是系统梳理自晚清以来的学术传统,再现岭南地域空间对于文化视野与思辨能力的培育作用,重新感受一代又一代思想文化先贤对中华传统、民族前途和家国命运等重要问题的关注,并以此作为当代学者从地方切入时代、用学术剖析社会的参照,产生一批视野开阔、思想深刻、理论前瞻性强、务实创新的精品。

由广东人民出版社推出的"粤派批评"丛书，就是这样一种设想的呈现。这套丛书之所以能获得广东省委宣传部的专项资金顺利出版，与广东近年重视文化艺术与学术研究的大环境密切相关，系统整理一百多年的学术成果是一项大工程，需要良好的物质条件和外部环境，我们很幸运地抓住了这个前所未有的时代机遇。当然，正如法国思想家布尔迪厄所说，文化生态由诸多因素共同构成，缺少哪一块都不能有效运转。就本项目而言，主管部门、出版机构、学者群体高瞻远瞩的视野可能是关键，各方面充分意识到这是一项极有历史意义和现实价值的工作，有义不容辞、舍我其谁的担当。

应该说，这套丛书对于推动"粤派批评"的学理建构迈出了相当重要的一步，根据我们的计划，先整理出版一批近代以来岭南地区在全国产生了巨大影响的文学评论家著作，比如黄遵宪、康有为、梁启超、黄药眠、梁宗岱、萧殷、钟敬文等，此部分工作已经基本完成，将来要扩充到音乐、美术、戏剧、影视等领域。目前进行当代学者的文集编辑，这是根据学术发展脉络和相应成就择优选择的。当代广东学术格局宏阔，涉及学科丰富，比如饶芃子的海外华文文学研究、黄修己的文学史研究、郭小东的中国知青研究、陈剑晖的散文研究、蒋述卓的文化诗学研究、宋剑华对经典的阐释重构等，都是学界公认的代表。我们还打算收录一批"70后""80后"年青评论家的作品，展示"粤派批评"的新锐力量，如谢有顺、陈培浩等。在年轻一代学者当中，有的已名满天下，有的则崭露头角，总之，他们是今后相当一段时间内在批评领域发挥重要作用的生力军和骨干。"粤派批评"丛书作为打造"粤派批评"的第一张名片，必须体现出对未来的关注和关怀。此外，我们也酌情纳入部分出生于广东但因学习、工作等原因长期居于外地的粤籍学者，只要他们在文化与观念认同不存在冲突，就可以通过学术委员这一专家遴选机制参加公开、公平的评审。包括广东在内的地方学术，必须创造良好的环境保持开放性、包容性、生长性的常态化发展，才能免受固步自封的地方主义、宗派主义观念束缚，激发精品力作的持续生产。

我曾在不同场合阐释，"粤派批评"不是一个狭义的学派口号，它是一个相对宽松的概念，如果要从总体精神气质上进行概括，创新、务实无疑首当其冲。从六祖慧能，到陈白沙心学标榜"贵疑""自得"，再到黄遵宪、康有为、梁启超、孙中山，粤地始终在寻找理解世界、探索未知的途径，经过一代又一代文化精英的发扬光大，这种求实求新的精神一直延续到当代。而表现在文学批评和文学史研究方面，"粤派批评"可以归纳为这样四个词：严谨的态度、得体的尺度、开放的角度、优雅的风度。在评选这套丛书的作者时，我们也大致按这个标准取舍。

习近平总书记曾在全国宣传思想工作会议上指出，宣传阐释中国特色，要讲清楚每个国家和民族的历史传统、文化积淀，要讲清楚中华文化积淀着中华民族最深沉的精神追求，要讲清楚中华优秀传统文化，要讲清楚中国特色社会主义植根于中华文化沃土。那么，对于各个地方来说，也要有讲清自身的文化历史和学术传统的能力，这是粤派学术谱系清理的深层意义。梳理学术谱系可以寻根溯源，知道来处，有所归依，同时也可以遴选经典。

众所周知，经典是经过时间反复筛选之后留存下来的作品，记录了人们共同的情感记忆和生命体验，因此拥有唤起共鸣的文化功能。但是与文艺作品强调形象塑造和情感表达相比，理论类的经典诉诸认知向度和观念结构，因此具有更鲜明的时代特征，这一点容易让人产生时过境迁的感觉。彼时开启风气的惊人之论，可能成为此时的老生常谈，必须置入时代语境，才能理解一种观点的历史性、创造性价值，以同理之心、同情之心看待前人走过的道路。我们无法想象一个缺乏敬畏之心的学者能取得多大的成就，当代学者要接棒粤派学术前行者在文艺领域开启的理论之旅，并且赓续其关注时代、关心现实的批评理念，在学术原创性、主体性、实践性层面探讨广东学术场域的建构，确保批评话语能为本土文艺发出及时、嘹亮的声音，而且在改革开放的前沿阵地积极探索，起到引领时代文艺理论前沿的作用，更需要不断重返这些经典。

（原载于《中国文化报》2018年3月29日）

百年海外华人学者的文学理论与批评

海外汉学的研究者多是从中国辗转到欧美等地生活、求学或任教的华人。早在18世纪初，黄嘉略向法国人传播中国文学，成为海外华人文学研究的起点。到了19世纪末，陈季同致力于中国古典文学研究，真正推动了海外华人文学研究的发展。其后，辜鸿铭、陈铨、林语堂、陈世骧、王际真、夏志清、李欧梵、王德威、刘若愚、程抱一、徐复观和叶维廉等人继续以"跨语际批评家"的身份对中国文学展开了译介和研究[1]，产生了大量著述。海外华人学者的文学理论与批评具有重要意义，本文拟描述其学术历程，进而为当前的文学研究提供借鉴。

一、历史分期与地域分布

百年海外华人诗学的发展脉络，可分为四个阶段：

第一时期为18世纪初至20世纪头十年。此期海外华人主要聚集于东南亚和欧洲，以儒家经典翻译、明清小说研究和戏剧研究为主题。文学翻译方面，18世纪初黄嘉略翻译了《玉娇梨》前三回。其后，陈季同选译了《聊斋志异》的26篇作品，结集为《中国故事》。辜鸿铭以民族主义热情充当"东方观念与西

---

[1] "跨语际批评家"这一概念最早由刘若愚提出。在《语际批评家：中国诗学阐释》中，刘若愚写道"第一种是以中文为母语，在中国出生并接受教育，而现在则身处英语国家或至少在以英文为教学语言的机构中任职的批评家。第二种则是以英语或其他欧洲语种为母语，而视中文为学术对象，并以教授或研究中国文学为专业的批评家。"（J. Y. Liu, *The Interlingual Critic: Interpreting Chinese Poetry*, Bloomington: Indiana University Press, 1982, p.ix）

方观念的电镀匠"①,英译了《论语》《中庸》和《春秋大义》等儒家经典。此外,林庆镛和曾锦文等侨生用印尼文、马来文翻译了《三国演义》等中国小说。文学研究方面,黄嘉略撰写《两个中国文人的对话》和《孔子、文人及其情感》等文章,介绍了以孔子为代表的中国文人及其情感世界。陈季同的《中国戏剧》论及中国戏曲的内容、风俗、舞台、结构和行当,认为中国戏剧有别于欧洲戏剧的附庸风雅,是大众化的平民艺术。其后,朱家健在《中国戏剧》中结合彩色插图说明了中国戏剧的起源、剧场、演员和道具等,并认为道德性、艺术性和音乐性是中国戏剧的三大特色。值得一提的是,陈季同和朱家健论述中国戏剧时以欧洲戏剧为参照,注重辨析二者在主题、艺术和表演方面的异同,是在中西比较文学领域的可贵尝试。可见,早期海外华人诗学主要以翻译为主业,以比较为策略,进行了开创性的探索。

第二时期为20世纪20—30年代。此一时期的海外华人诗学群体主要聚集于法国。这是因为当时中国在法国设立了中国学院,鼓励中国学子研治中国诗学,以实现中国文化之海外传播。此期的华人诗学有以下四个主题:一是中国古代文学研究。曾仲鸣和冯沅君分别通论中国诗、词的发展情况及其民族特色,徐仲年、罗大冈和陆怡则分别专论李白、白居易和温庭筠的生平与创作。李辰冬、郭麟阁、卢月化、吴益泰和贺师俊着力于解读《红楼梦》《西游记》等古典小说,而陈绵、蒋恩恺、沈宝基以及王光祈则致力于整理戏曲著作和挖掘其音乐特色。此外,曾仲鸣、徐仲年、吴益泰和贺师俊还翻译了大量中国古典文学作品。二是中国现代文学研究。敬隐渔出版了《中国当代短篇小说家作品选》,选译了鲁迅、茅盾和郁达夫等人的九篇小说。王澄如写作了《鲁迅:其生平与著作——对中国革命的贡献》,通过广泛的文本阅读,指出"鲁迅是'一个真正富有使命的革命者'"②。三是中外文学比较研究。方重、陈受颐、范存忠、陈铨和钱钟书等人尝试发现中国文学对西方文学的影响。四是林语堂的中国文学译介和诗学主张。林语堂不仅系统

---

① 张明高、范桥:《林语堂文选》下册,中国广播电视出版社1991年版,第464页。
② 德国学者托马斯·哈尼师第一个发现了王澄如的这篇博士论文。引文见托马斯·哈尼师:《汉学的疏误?——1945年以前中国留学生对汉学的贡献和推动》,马汉茂等主编:《德国汉学:历史、发展、人物与视角》,大象出版社2005年版,第157页。

地翻译了"儒道佛"三家的经典文献,还在《吾国与吾民》《生活的艺术》中以轻松的姿态陈述其对中国文学、文化的理解,蕴含着深刻的诗学主张,包括中国人文主义、生活审美化和性灵抒情等主题。概言之,此一时期在作品翻译、文学研究和诗学思想阐发等方面取得了长足的发展,乃百年海外华人诗学的第一个高峰。

第三时期是20世纪40—50年代。随着国际汉学中心由欧洲向美国转移,此期的华人学者逐渐聚集于北美大陆。由于国际局势动荡,此时期的中国诗学研究无法与前一时期的辉煌相比,但仍有可圈可点之处。一是中国文论经典的翻译与研究。陈世骧英译《文赋》并阐发其诗学观念,肯定了《文赋》为中国文学批评的发端。其《寻绎中国文学批评的起源》强调了"情""志"对于中国文学批评的重大意义[1],是其提出中国抒情传统命题之先期准备。其后,方志彤也英译了《文赋》,麦克利什(Archibald MacLeish)高度评价译文之准确[2]。此外,方志彤还英译了《二十四诗品》,并考证出该书非司空图所作[3]。另外,施友忠翻译了《文心雕龙》,被认为是迄今首部最佳的英译全本。二是中国文学翻译和中国现代文学研究。如王际真不仅翻译了《红楼梦》等古典文学作品,还翻译了《阿Q及其他——鲁迅小说选》《现代中国小说选》和《中国战时小说》,为美国中国现代文学研究奠定了文献基础。在此一时期,华人学者们切实展开了中国现代文学研究。据《中国留美同学博士论文目录》,陈沈爱丽对中国现代文学进行了总体研究,陈夏露韵和许芥昱则分别对鲁迅和闻一多做了个案剖析[4]。此一时期的海外华人诗学研究显示出过渡性质,如陈世骧的《文赋》翻译和研究是其中国抒情传统之预演,许芥昱等人的现代文学初探是美国对于中国现代文学研究的先声。此期著述虽然不多,却具

---

[1] 陈世骧:《中国文学的抒情传统:陈世骧古典文学论集》,北京生活·读书·新知三联出版社2015年版,第31页。

[2] 见A Chinese ArsPoetica, The Art of Letters, Lu Chi's "Wen Fu," A. D. 302, by E. R. Hughes, Review by Archibald MacLeish, *The Kenyon Review*, Vol. 14, No. 3(Summer, 1952), pp.524—529.

[3] 方志彤:《〈诗品〉作者考》,《文学遗产》2011年5期。

[4] 袁同礼:《袁同礼著书目汇编》第六册,国家图书馆出版社2010年版,第255、250、266页。

有承前启后的作用。

第四时期是从20世纪60年代至今。此一时期的华人诗学群体主要聚集于以美国为代表的英语国家，欧洲的非英语国家亦有一些华人学者分布。此外，东南亚地区也聚集了不少华人学者。这一时期的成果是百年海外华人诗学的第二个高峰，它所引发的"学术地震"深远持久。主要体现在四个方面：

一是对中国文学传统的发扬与建构。如陈世骧、高友工、林顺夫、孙康宜、蔡英俊、吕政惠、萧驰和陈国球等人建构和发扬了中国文学抒情传统。刘若愚则综合"文学四要素"抽绎出中国文论体系的六大理论支柱，包括形上理论、决定理论、表现理论、技巧理论、审美理论和实用理论。此外，叶嘉莹对中国文学兴发传统的还原，余国藩、马幼垣和王靖宇对中国古典文学叙事传统的探求，均具有引领性意义。

二是对现代文学版图的拓展。夏志清从纯文学的角度抬举沈从文、张天翼、张爱玲和钱钟书等人的小说，认为其作品兼具审美价值和人道主义关怀，确立了启蒙主义文学史观。夏济安论述了20年代至50年代左翼作家的美学和文化政治。李欧梵探讨了现代文学与传统文学、现代性与传统资源之间的关系。王德威接续了陈世骧、高友工等人所建构的中国抒情传统，将其下延至中国现代文学。

三是对儒道艺术精神的现代阐释。徐复观融汇儒道，强调以工夫为方法和手段提升主体之人格修养，达至圆满俱足的境界，追求为人生而艺术。杜维明则拈出"相遇"和"听的艺术"阐述"天人合一"观念背后的生态美学启迪。叶维廉指出道家美学的观物方式是"以物观物"即消解距离，物物相洽，并时共视，物物相应。此观物方式区别于西方哲学的"以我观物"，是对后者的反拨。

四是海外华文文学研究。如方修一方面整理编纂了大量"马华文学"作品及相关史料，另一方面以现实主义文学观对"马华文学"的发展进行勾勒，开启"马华文学"研究之先河。此后，王润华继续编选"马华文学"作品集，并出版相关书籍对"马华文学"、世界华文文学及其文化内涵进行了跨国比较研究。此外，黄锦树标举"美学的现代主义"，驳斥方修的现实主义文学观，并以文学批评实践贯彻其美学主张，丰富了"马华文学"研究风貌。

总之，此一时期的海外华人诗学尝试建构起中国文学的理论体系，扩展了中国文学研究的格局。

二、立足于传统的现代性诉求

中国传统可分为远传统和近传统。远传统指新文化运动以前的古典传统，近传统则是新文化运动以后的五四传统，刘再复、黄曼君和杨匡汉均明确以远近之别言说古今传统①。在此一思路中，古典正统文化因其腐旧被坐以"落后传统"之名，而非正统文化则因合时宜享有"进步传统"之誉，成为新文化运动的基石。有意思的是，在对远传统的批判中，新文化运动也逐渐成为传统的一部分。此一传统以新兴政治经济为驱动，追求民主和科学，强调独立与自我，在此后的历史发展过程中被不断地释读，展现出强大的生命力。所以，传统并非全然等同于封建、落后和前现代，传统既可以上溯到古典时代，也可以下延至现代。

华人学者虽身处海外，却仍从中国文学中汲取精神养料，其学术研究是对中国传统的一种回望与坚守。我们发现华人学者面对传统时呈现出了一种特殊情形，即他们并非只面对其中某一个传统，而是同时直面远、近传统，在来回穿梭之间进行远传统和近传统的互渗与对话。对古典文学研究者而言，他们往往立足于远传统，这表现为以古典文学为研究对象。从诗歌翻译、儒家文本解读到小说戏剧翻译，再到中国诗论和作品的阐释，海外华人学者已涂绘出一幅完整的中国古典文学研究版图。同时，他们的古典诗学理念充满现代气息，这是因为他们也脱胎于近传统。海外华人多生活于"五四"的文化语境中，甚至直接受益于"五四"新文化观念。近传统成为其研治诗学的参照点，因此，他们往往以现代性眼光解读古典文学。陈世骧抬举"抒情"为中国文学道统，实际上是一种"传统的现代发明"。概而言之，古典文学研究者以远传统作为研究对象和学术基础，同时又以近传统作

---

① 参见刘再复：《回顾古典，回归我的六经：刘再复讲演集》，人民日报出版社2011年版，第141页；黄曼君：《回归中的超越——对"五四"文化精神的反思与辨析》，《华中师范大学学报》1989年3期；杨匡汉：《莼鲈之思》，东方出版社2009年版，第265页。

为其学术参照的价值坐标。

与古典文学研究者不同，现代文学研究者则更多地立足于近传统。夏志清、李欧梵和王德威分别确立了启蒙主义现代文学观、多元性现代文学观和抒情性现代文学观，对文学史之革命叙事进行了回应。饶有意味的是，新锐的现代文学研究者往往是通过回溯古典文学以实现重写现代文学史之任务的。夏志清以传统士大夫的口吻道出中国现代文学的"感时忧国"精神，此一表述分明呼应了杜甫那些忧国忧民的诗篇；李欧梵从严复和梁启超的文学主张寻获学术支撑，并认为现代文学研究应回望晚清乃至晚明；王德威不仅宣称晚清小说已触及欲望、正义、价值和真理等现代性表述，还以抒情贯穿历史，建构起了"有情"的现代文学史。总之，夏志清、李欧梵和王德威以近传统为立足点，在对远传统的回溯中回应了近传统，进而重写了中国现代文学史。上述华人学者的研究实现了远、近传统之间的对话。无论是古典文学研究者以近传统解读远传统，还是现代文学研究者借用远传统批判近传统，都说明了传统的连续性与可对话性。

海外华人学者出入于远、近传统之间，他们的诗学研究表达了一种现代性诉求，形成了对中国乃至全球现代性的探索：

第一，早期海外华人学者通过译介中国文学等方式参与了资本主义现代性，但这一过程充满了被动和苦涩。自国门被打开以后，有识之士"开眼看世界"，通过学习西方以期复兴，中国以被迫参与资本主义现代性的形式开启了现代化进程。在此一文化场域里，国人借用西方语汇翻译西方著作，以图启发国民文化朝向现代发展，形成以翻译实现现代性的局面。① 其中，海外华人学者致力于将中国古典文学介绍至欧洲国家，希望实现中国文学的世界性地位。然而，华人学者参与现代性的过程充满了被动与苦涩。陈季同翻译中国文学作品不是出于主动，而是肇因于西人对中国的误解。他认为希腊

---

① 参见刘禾：《跨语际实践——文学，民族文化与被译介的现代性》，北京生活·读书·新知三联书店2002年版。书中论述了翻译对中国现代性的发生与塑造具有重要意义。书中附录部分详细介绍了西方语汇通过日本而传入中国，并参与了中国现代性的建构。

战争诗充满仇恨、狂怒、复仇与掠夺,而中国诗歌则充盈着和平与和睦。①他实则是以外交官的口吻控诉侵略军蛮横践踏了和平之中国,这体现出其参与现代性时的心理苦痛。曾仲鸣的《中国诗史》同样以和平理念和爱国精神作为主线贯穿于中国文学,这与陈季同的诗学态度一脉相承。李辰冬研究《红楼梦》乃是因为九一八事变后中国采取不抵抗主义,法国人常以此向他质询中国的懦弱与失当。他说:"由于耻辱,由于苦闷,由于自己国家地位的低落,渐渐回想到我国光荣的古代文化。于是想把我国的固有文化,表彰一番,以作心灵的安慰。"②总之,在现代性席卷全球之际,海外华人学者面向西方读者介绍中国文学,展现出参与现代性的姿态,是为中国现代性的海外发生。

第二,海外华人学者投身于中国现代性的建构之中,这体现为坚守中国立场,并试图确立中国文学抒情形象。方重、陈受颐、范存忠、陈铨和钱钟书等人的中外文学比较从西方文学文本出发,试图在西方发现中国,甚至以中国臧否西方,体现出了鲜明而自觉的中国立场。进一步来说,华人学者自立现代性的结果是塑造出了中国文学抒情形象。早在20世纪30年代,陈铨和林语堂二人对此已有所发现。陈铨以"德语文献中的中国纯文学"为书名,说明其以抒情为角度锲入中国文学:不仅以抒情诗统摄中国诗歌,还以抒情标举中国小说和戏剧,认为《金瓶梅》《红楼梦》和《西厢记》的成功之处就在于抒情③;其后,林语堂在《吾国与吾民》和《生活的艺术》等相关著作中指出中国文学的独特之处在于"性灵"和"抒情",并视抒情为文学之正鹄。他认为:"一切有价值的文学作品,乃为作者心灵的发表,其本质上是抒情的。"④这从本

---

① 陈季同:《中国人自画像》,贵州人民出版社1998年版,第95页。
② 李辰冬:《红楼梦研究·台版自序》,见李辰冬《李辰冬古典小说研究论集》,中华书局2006年版,第161页。
③ 早在1925年,陈铨在《清华文艺》发表了《读王国维先生〈红楼梦评论〉之后》,对王国维视"《红楼梦》为解脱之书"提出了异议,认为《红楼梦》最大的价值在于抒情,在于情感释放过程中获得了绝对的自由。(陈铨《读王国维先生〈红楼梦评论〉之后》,原载于《清华文艺》1925年第1卷第2期,见吕启祥、林东海主编:《红楼梦研究稀见资料汇编》,人民文学出版社2001年版,第158页。)
④ 林语堂:《吾国与吾民》,东北师范大学出版社1994年版,第206页。

体论层面树立起了中国文学抒情形象。此后,陈世骧、高友工、林顺夫、孙康宜、蔡英俊、吕政惠、龚鹏程和郑毓瑜等继续以抒情为线索建构中国文学形象,形成了中国古典文学抒情传统的学术脉络;再后,王德威、黄锦树和陈国球借鉴古典文学研究成果,将抒情引入现代文学研究,勾勒出了"有情"的中国现代文学史。至此,中国文学抒情形象形成了完整的学术谱系。中国文学抒情形象的海外发明,表明华人学者在与西方文学的对比中,积极为中国文学代言。

第三,海外华人学者也意识到奉理性主义为圭臬的资本主义现代性的局限,他们开始从中国视角对之进行批判,这丰富了现代性的内涵。马克斯·韦伯曾指出理性的缺陷:"专家没有灵魂,纵欲者没有心肝;这个废物幻想着它自己已达到了前所未有的文明程度。"[1]针对理性现代性的缺陷,西方文论家给出的药方是以审美或抒情现代性进行治疗。在此意义上,海外华人学者对中国文学抒情传统的确立,也是对理性现代性的有力批判。王德威将陈世骧、沈从文等人的抒情论述与保罗·德曼和本雅明的言说并置,就有力地说明了此一问题。此外,林语堂在早期游学异域时,也发现西方现代文明因过度依赖机械导致过分注重逻辑,忽略了人情和生活。所以,他提倡以中国之情神益西方人,他说:"近情精神是中国所能贡献给西方的一件最好的物事。"[2]叶维廉也发现第三世界国家在努力追求理性主义和民主思想时,却被迫染上了"人性异化"这一负面现代性效应。对此,他认为要"以艺术家人文关怀的想象方式来应用生态科学技术把机器人性化"[3]。徐复观指出注重心性的儒道艺术精神"不仅有历史的意义,同时也有现代的、将来的意义"[4]。杜维明也强调儒家的全面性人格对于解救核战、环境和资源等全球现代性危机具有积极效应。概而言之,在确立中国学术现代性的过程中,海外华人学者并非全盘接纳以理性为支撑的资本主义现代性,而是以中国传统回应西方现代性,试图为本土知识

---

[1] 马克斯·韦伯:《新教伦理与资本主义精神》(修订版),陕西师范大学出版社2005年版,第106页。
[2] 林语堂:《生活的艺术》,东北师范大学出版社1994年版,第397页。
[3] 叶维廉:《道家美学与西方文化》,北京大学出版社2002年版,第162页。
[4] 徐复观:《中国艺术精神》,华东师范大学出版社2001年版,第1页。

寻找到世界性意义。

在对传统的理解上,海外华人诗学的独特之处在于强调传统的连贯性。其中,古典文学传统与五四新文学传统只有形态的差异,并没有完全断裂。五四新文学传统尽管大力鞭挞了古典正统文化,但却没有全盘否定旧文化,反而大力推崇其中的非正统部分,并以之作为新传统之合理性的基石。因此,五四新文学传统发现了古典文学传统不为人注意的一面,并将之发扬光大,可谓古典非正统文化的延续。所以,传统只有时间上的远近之分,并没有完全断裂。海外华人学者以学术实践告诉我们,现代文学的发生恰恰扎根于古典文学之中,古典文学乃是现代文学的母体。古典文学和现代文学为动态一体的学术理念,对那些将古典文学与五四新文学分为两截的观点来说是一种挑战。

三、受益于西学的第三方视野

海外华人诗学以中国文学为研究对象,但并非仅延续以感性著称的中国诗文评模式,也并非恪守于以考据为特征之汉学传统,而是按照现代学术体系,在逻辑性分析中创造性地解读中国文学,形成了其独特的第三方视野。

首先,海外华人学者往往以西方语言撰写学术著作。二战以前,华人学者多留学于法国和德国两地,因此涌现出了一批以中国文学为主题的法语和德语博士论文,包括法文著作13部、德语论著4部。二战以后,英语在世界上的地位逐渐确立,运用英语的华人学者愈来愈多。陈世骧、张心沧、柳存仁等人陆续出版了一批英文论著。同时,他们培养了大批中国学生,产出了大量博士论文。据黄鸣奋统计,仅1994年,由中国留学生或华裔学生完成的以中国古典文学为题的英语博士论文就有12篇之多。[①]其次,海外华人学者还通过与西方文学的比较阐发中国诗学。一方面,他们以西方比附中国是为了"求同"即发现中西文学的相同之处,并彰显了中国文学的世界意义,如李辰冬、郭麟阁评论《红楼梦》时以莎士比亚、但丁和歌德的作品进行比

---

① 黄鸣奋:《英语世界中国古典文学之传播》,学林出版社1997年版,第5页。

附，认为曹雪芹可与后三方比肩于世界文坛之上；另一方面，他们以西方比附中国是为了"存异"，即在比较中彰显中国特色，树立中国形象，如中国抒情传统论者认为西方的史诗和戏剧讲求客观叙述，而中国之抒情诗则注重情感之高扬，这使中西文学特色各异。需要指出的是"求同"与"存异"并非截然分离，因为华人学者常常在"求同"之时"存异"，又于"存异"之间"求同"。再次，海外华人学者以西方哲学和文学理论阐释了中国诗学。19世纪中期以来，西方的哲学和文学理论时有新变，各种理论观点轮番登场，形成众声喧哗的局面。这些理论不仅为西方学者所运用，还得到了海外华人学者的青睐。其中，最早运用西方理论的是李辰冬和郭麟阁，他们运用泰勒、圣勃夫和朗松的社会历史批评以及弗理契、克罗齐的艺术美学思想评论《红楼梦》。其后，陈世骧、夏志清、程抱一、周蕾等人，将现代主义、象征主义、新批评、结构主义、现象学、解构主义、女性主义和符号学等广泛运用于中国诗学研究之中。

通过借用西学研究中国问题，海外华人学者呈现出独特的第三方视野，使其既异于本土学者又有别于国外学者。他们之所以选择以西释中的文化策略，其原因在于两个方面：一方面，接受西方教育是海外华人学者转益西学于中国文学研究的知识前提；另一方面，身处西方语境是海外华人学者运用西学于中国诗学研究的文化驱动。自19世纪以来，西方话语称霸全球，华人学者要想进入西方学术界，让西方理解其中国文学研究，必须"入乡随俗"。陈季同就认为只有在西方读者熟悉的文化传统中讨论中国文化才能使其理解中国之精髓，他说："如果外在形式已变得尽可能的法国式，那么，相反，其本质和民族色彩却完全保留了原样。"[①]王德威亦言华人学者无法自外于西方理论，他说："'理论热'乃大势所趋。东亚研究学者不甘，也不能，自外于学院新潮理论所代表的'象征资本'交易。这是大势所趋，而国际学术对话下的利益效应一样不能小觑。"[②]因此，海外华人学者创造了独特的跨文化、跨语际和跨学科学术策略。

---

① 陈季同：《中国人自画像》，贵州人民出版社1998年版，第297页。
② 王德威：《海外中国现代文学研究的历史、现状与未来》，《当代作家评论》2006年4期。

总之，海外华人诗学从他者视角解读中国文学，推动了中国文学的研究进程。这表现在：第一，开创了新的文学研究路向，如李辰冬与郭麟阁借鉴泰勒、圣勃夫、弗理契和克罗齐的文论思想研究《红楼梦》，史诗结合，开创了小说批评派红学。第二，拓宽了文学研究范围，如李欧梵以卡林内斯库、本尼迪克特和哈贝马斯的思想理论探讨现代文学，使之走向更为宽广的文化文本研究。第三，突出了中国文学批评的现代性意味，如陈世骧从存在主义角度认为《文赋》是陆机以"光明对抗黑暗"的产物，突出了中国古典文学批评篇章的存在主义指征。概而言之，海外华人学者以西方作为方法阐释中国文学，不仅挖掘出了中国文学作品的丰富内涵，拓宽了文学的研究范围，还实现了中国古典文论的现代转化。

但是，海外华人诗学在发展过程中也出现了许多问题，诸如因身处海外无法全面、及时地接触中国文本而导致学术偏差；过分依赖西方理论导致消化不良，甚至生搬硬套；依据欧洲中心主义观念诠释中国问题，认为西优中劣，进而贬中扬西；以鲜明的民族主义立场看待中国文学，以西方为对立面阐释中国问题，却甚少相互发明等。这需要我们站在跨文化、跨语际和跨学科的高度上，在深入阅读其诗学文本的基础上，以公允和发展的眼光理解其诗学研究的选择和判断。

四、百年海外华人诗学之启示

近代以来，华人学者开始走向世界，引进西学于中国，又播撒国学于西方。他们以独特的文化身份解读中国文学，补充了海外汉学研究的阵营，为中西文化交流作出了巨大的贡献，为本土文学研究提供了宽广的视野。

以海外汉学史之眼光看，海外华人学者参与了海外汉学研究，是海外汉学的重要组成部分。如在20世纪20—40年代，留法学人钻研中国文学，造就了该时期法国的中国文学研究的高峰，如法国汉学家苏远鸣写道："在法国，有关文学研究的分量长时期以来都相当有限，至少直到第二次世界大战末仍是这样的。在这一时期之前，综合性的论述寥寥无几。我在此几乎只能提到徐仲年1933年出版的《中国诗文选》。"①在二战以前,徐仲年的《中国诗文选》是法国人了解中国文学的关键路径,占据着法国的中国文学研究的核心地位。苏远鸣还指出:"在文学方面,特别是在诗赋方面,我们不能贬低由华人编撰的,或以博士论文、或以译文集形式出现的著作,它们大部分都是优秀作品。"②戴密微也说:"他(笔者注:华人林藜光)的某些同胞,以在巴黎和里昂通过博士论文的形式,为法国的汉学带来了意义重大的贡献。"③可见,在20世纪上半叶华人学者对法国汉学研究具有重要的推动作用。

　　以中西文化交流之角度看,海外华人基于自身的文学素养,对中国文学传统进行了思考。早期海外华人研治中国文学,往往基于现实生存问题,但也客观上发挥了文化传播的作用。如王际真在生活窘迫的情况下,应出版商的要求为吸引英美读者的眼球而翻译了《红楼梦》。据夏志清记载,该译作出版后,王际真即被聘请至哥伦比亚大学任教。④而后来,海外华人研治中国文学,就基于对自身文化身份的认同了,如陈季同言:"我希望用我先天的经验来补助后天的所得,总之,像一位了解我所知道的关于中国一切的欧洲人那样去思考,并愿意就研究所及,指出西方文明与远东文明之间的异同所在。"⑤所以,海外华人即使身处异域,并没有放弃对中国文学传统的接续。

　　以中国学术史之眼光看,海外华人诗学是本土诗学研究的拓展,也是中国诗学研究的重要组成部分。一方面,华人学者取诸西学,为本土诗学带来了

---

①　陈世骧:《中国文学的抒情传统:陈世骧古典文学论集》,生活·读书·新知三联书店2014年版,第206页。

②　苏远鸣:《法国汉学五十年(1923—1973)》,见戴仁编:《法国中国学的历史与现状》,上海辞书出版社2010年版,第137页。

③　戴密微:《法国汉学研究史》,见戴仁编:《法国中国学的历史与现状》,上海辞书出版社2010年版,第121页。

④　夏志清:《王际真和乔志高的中国文学翻译》,《现代中文学刊》2011年1期。1958年,王际真对《红楼梦》进行复译,增译了小说中女子之间琐碎的对话与争吵,并强调上述描写与宝黛情史同等重要,这可看作功成名就之后王际真对此前译本受商业控制的一种回应。

⑤　陈季同:《中国人自画像》,贵州人民出版社1998年版,第5页。

原生的海外视野。他们长期身处欧美地区，熟习外国语言，能近距离地接触西学。他们在发生现场汲取西学，并以之阐释中国诗学，为本土诗学带来了有益的借鉴。大多数海外华人在中国出生并接受教育，具有扎实的国学素养。在此基础上，他们接受了异质文化的熏染与冲击，并以独特的理论视野反观中国诗学。这一陌生化效果，对发明和阐释中国诗学具有引领性意义。他们以他者的眼光解读中国文学作品，有助于更加清晰地发掘中国文学的特色。这启示我们应充分重视中国文本资源，并尝试释放其理论潜能。

（原载于《文学评论》2017年第2期）

华文行走文学的文化功能

华人行走文学是华人走向世界后出现的文学与文化现象。随着华人移居世界各地以及到世界各地旅行、留学、讲学、经商活动的开展,华人行走文学逐渐成为海外华文文学领域中一朵灿烂耀人的奇葩。华人行走文学的主体是旅行,但也包括到一个地方住下来学习、生活、工作即旅居期间的感受和思考,是在不断移动的人当中产生的文字表达。因此,华人行走文学就是指华人在不同的地方、不同的时间不断移动(旅行或旅居)时所写的感受和思考的文字。我这里之所以强调"感受和思考",主要是认为这些文字均有人生的体悟和给人启发的思想,读起来常有沉甸甸的感觉,既有审美的愉悦,也有人生及文化方面的启悟。

从华文行走文学文化功能方面去探讨,至少有四个方面的体现。

其一,故乡回望与眷念的民族情结。

华人移居他国,自有多种的原因,有的是为了生存,有的是为了寻找到更好的发展,有的则是为了在退休之后找到一块更安宁也符合自己理想的休闲之地。尽管因各人的状况不同,移居的理由也不同,但移居他乡总会有一种乡愁的牵绕。乡愁,这是从心底涌出来的孤寂感,是任何人装也装不出来的,也是人类与生俱来的一种文化依归感。从"日之夕矣,牛羊下来"的黄昏体验中,古代中国人就有了一种家国的归属感叹。古代的行旅送别诗篇中,更时时充满着一种文化与生命的伤感。正因为如此,我们常常会在华人的文字表述中发现那涌自心底挥之不去的乡愁——一种民族情结的故乡回望与眷念。

赵淑侠是旅居欧洲甚久的著名华人作家,她生活无忧,平安稳定,在法国、瑞士都住了很久,但还时常表现出一种人生的飘零感。其散文《飘零感》写道,在一个满天骄阳、先生上班、儿子上学之后的日子里,她在自家的院子里枯坐良久却陷入了空寞。环顾四周,是层层叠叠、深深浅浅的绿树和一耸一耸褐红色的欧洲式尖屋顶,彩蝶在盛开的玫瑰间起舞,完全是美好的季节与绚丽的世界。"然而,我被围在那些屋顶与绿荫之间,竟像置身于深山之谷,孤独而茫然。满心满身,都是汹涌而至的乡愁,都是挥不去撞不开的飘零之感。"她感受到她虽已在欧洲住了十几年,但并未完全成为外国人。"安全和上等的物质生活就是一切吗?高尚的社交圈子就能洗去那份浓重的乡愁吗?""我流着中国人的血液,背负着中国几千年来的文化背景,脑子里是中国思想,脸上生着中国人的五官,除了做中国人之外,我永远无法做别的什么人。只是,我深深感到我们这一代的中国人,正像那些由撒哈拉吹来的黄沙,分散在世界各个角落,只浮在表面,仿佛大风一吹随时都会高高扬起,永远摆脱不了那份不落实的感觉。"①这恐怕不仅仅是赵淑侠一个人的感受,而是像她这一代旅居国外良久的华人的群体心理,这种民族的乡愁如千千万万个心结常驻在他们的心里,时不时就会浮出表面,因为他们血液中的人种基因以及无法改变的文化基因使得他们难以去除掉这种对故乡的眷念。

洛夫是晚年才从台湾移居加拿大的,在温哥华过着诗一般画一样的生活。多雨的季节里,从他住所的窗外看出去是有如张大千泼墨的水墨画,在大雪的天气看雪,又是心旷神怡,如痴如醉的享受。但是,当温哥华遇到一场六十年来最大的雪,也是他平生所见最美最兴奋的一场雪,"突然从电视新闻中得知河北张家口遭到大地震,死伤惨重;西藏青海高原遭受严重雪灾,已有一千五百宗人冻死;而不幸无独有偶,近日加拿大魁北克等省也受到冰风暴侵袭;灾情亦相当严重",他则产生了一种一无所有的感觉,"而这时窗外的雪,再也不觉得纯白可爱了。"②洛夫对故乡的挂念是那般自然,那般真实,原因无它,一个旅居他国的华人情怀的故乡眷念。

与赵淑侠、洛夫相类似的经历,在华人作家笔下有诸多的体现。美籍华人庄因在白马湖居临窗而坐,面对一院冬阳,他唯一感到缺欠的"只是寄身天

---

① 袁勇麟编选:《海外华文文学读本·散文卷》,暨南大学出版社2009年版,第239—240页。

② 洛夫:《雪楼小品三题》,见袁勇麟编选:《海外华文文学读本·散文卷》,暨南大学出版社2009年版,第71—72页。

涯一己的孤寂罢了"。"虽没有捎来故乡讯息的风声,我对故乡的回忆及思情却渐然被阳光点燃起来。"①于是他自然而然地回忆起了四十年前在贵州的冬天曝书又晒棉被的日子。而旅居美国的诗人北岛在暮色苍茫、华灯初上的时候也会有一股"致命的乡愁"袭来,让他强忍着泪水进入在戴维斯的居所。"有时我在他乡的天空下开车,会突然感到纳闷:我在哪儿?这就是我的家吗?我家,在不同的路标之间。"②而晚些年移居美国的王鼎钧也对传说中的鬼魂将把他生前的脚印拣回来的故事进行了深刻的追问,"也许拣脚印的故事只是提醒游子在垂暮之年做一次回顾式的旅行,镜花水月,回首都有真在。若把平生行程再走一遍,这旅程的终站,当然是故乡了。"③所以,人们拣回去的远不止是脚印,而是与灵魂、人格同在的充满着美学意义的乡愁。

当然,离开故乡久了,或者是在东半球、西半球做候鸟式的往返,对故乡的认同也产生了各种变异,如韩籍华人作家许世旭则以父母所在尤其是母亲所在的地方为故乡。他的母亲移动到韩国哪个地方,他的故乡也就在哪里。"我的故乡有时候在全州,有时候在大邱,有时候在我出生的地方,可是当母亲在我家的时候,我却不把汉城当我的故乡,这是为什么。"④其实,作者是有故乡的,也是怀念故乡的,只不过父亲过世后,母亲成为了他们所要重点关注的对象,母亲也就成了故乡的象征。作者追溯为什么会产生这种变异时终于明白:"当老母离乡背井时,我竟失去了故乡。"⑤也就是说当父母早早离开故乡移居他国时,后代人已不知故乡在何方了。虽然故乡有了变异,但第二代的移民却依然会追问乡关何在,也依然会有乡愁的情结。晚些年从台湾移居美国的著名散文作家刘墉不断地在台北的家和美国的家之间往返,竟然也弄不清到底哪是归途哪是征途了。"如同每次回台与返美之间,到底何者是来,何者是往?也早已变得模糊。或许鸿雁的心底也是如此吧?只是南来北往地,竟失

---

① 庄因:《午后冬阳》,见袁勇麟编选:《海外华文文学读本·散文卷》,暨南大学出版社2009年版,第105页。
② 北岛:《他乡的天空》,同上书,第163页。
③ 王鼎钧:《脚印》,同上书,第101页。
④ 许世旭:《移动的故乡》,同上书,第12页。
⑤ 同上。

去了自己的故乡!"①虽然刘墉对家也有豁达的理解,他带着母亲回过北京的家,在台北、纽约、巴黎都有家,甚至小小的奈良也是家,但他最爱的还是王鼎钧对故乡的诠释:"故乡是什么?所有故乡都是从异乡演变而来,故乡是祖先流浪的最后一站。"他的豁达当中掺杂着无奈与凄怆。这或许也是一种故乡的变异之感吧。成为世界公民,这自然是一种理想和美好的幻想,但文化的根基却让人难以抹去故乡影子。

其二,地域文化血脉的精神呈现。

移居或定居国外的华人,在世界各地的旅行也包括回到中国的旅行,总会有他自己独特的观察角度和别样的思考,这种观察与思考总有着地域文化尤其是中华文化精神的血脉所在。像"马华作家"戴小华,无论是她的"中国行",还是"深情看世界",②她都会在行走之中不断地思考。她的《进埃及记》就通过考察古埃及人的建筑和发明纸草画艺术而开始了她认真地追问与思考。从古埃及人的发明创造看,他们与中华民族一样都是非常聪明的民族,"可是为什么经由这两大优秀的民族所创造的古老又辉煌的文明,到了现代会停滞,衰落了?""究竟文明衰落的根源,在于敌人还是自己本身?"③这种追问与思考当中,充满着对中华文明前途的无限关爱,寄托了对中华文明复兴的无限期待。在世界各地的旅行,仍然忘却不了的还是对中华文明的反思,在地域文化的考察中承传的还是中华地域文化的血脉与精神。新加坡华文作家王润华在加拿大境内的洛矶山脉看山,"不再用照相机去捕捉山的形象,而用我自己有思想的眼睛去看,有感受的耳朵去聆听,用心去了解"④,他所看到的山,有的充满智慧和信心,像一个仁者,这里面分明有着孔子"仁者乐山,智者乐水"的痕迹。他看山群,看出的是山的文化,看到的是"每座山拥有自己

---

① 刘墉:《爱,就注定了一生的漂泊》,见袁勇麟编选:《海外华文文学读本·散文卷》,暨南大学出版社2009年版,第159页。

② 戴小华著有散文集三种:《戴小华中国行》《天涯行踪》《深情看世界》,属于最典型的行走文学。

③ 戴小华:《进埃及记》,见袁勇麟编选:《海外华文文学读本·散文卷》,暨南大学出版社2009年版,第24页。

④ 王润华:《当洛矶山和我相遇在大冰原上》,同上书,第52—54页。

不同的泥土和岩石"①,"就因洛矶山群保存各自独立的文化传统,各座山还保留自己浓厚的地方色彩和风格,我们才会对每一座都感兴趣。"②这哪里是在为山的文化做辩护,分明是在为自己的民族文化在辩护。世界文化就如宏大的群山,它是由各民族文化的座座山峰构成的,国与民族无论大小,都有它各自独立的文化,也都有它存在的价值。这也正是从地域角度去审视文化,强调民族文化价值与意义的最好的诗性表达吧。

我们也看到了有美籍华人刘荒田那样总处于文化的边缘人与旁观者的观察与感受。他在旧金山的沙滩公园中观看篝火,却始终未能进入到他人的篝火圈内,他对此现象进行了无情的叩问,其结论是他的文化使他处于他者文化的边缘。"我仍旧旁观,离开故国这二十多年间,一直充当着这样倒霉的角色:在边缘看,无论热闹还是不热闹,无论走运还是不走运。不是从来不曾参与,总统大选日前去投票就是,然而,我不能剑及履及地进入迥异于故土的天地。"③这或许是最典型的文化隔阂,刘荒田在文化上给自己筑起了一道墙,这不仅是地域空间上的墙,更是文化心理上的墙。当然,当今的华人在北美许多已拆掉了这座墙,不少人已进入到主流社会,甚至担任了政府高级别的官员,或成为商界巨子,他们从边缘人已走入主流圈,这是一种新的变化。他们从跨地域继而跨文化跨语际实现了另一种飞跃,他们会不分地域不分种族地融入到篝火的狂欢圈中,将来他们的感受又会是另一种面貌。

在此,我们还不得不提到美籍华人行走文学的优秀作家少君,他对成都、长沙、上海等城市的阅读,依然有着一种返观的文化审视,一种自外向内的文化内省,同时又包含着对地域文化的思辨。他笔下的城市更多是带有地域文化色彩的文化城市,他的审视无疑给地域文化注入了新的精神诠释。

其三,面向世界的跨文化比较。

华人走向世界周游列国,见多识广,自然有了可资比较的对象。这种比较往往透露出他们的价值观,并体现出他们眼观八方胸藏世界的世界公民身

---

① 王润华:《当洛矶山和我相遇在大冰原上》,见袁勇麟编选:《海外华文文学读本·散文卷》,暨南大学出版社2009年版,第52—54页。
② 同上。
③ 刘荒田:《叩问篝火》,同上书,第156页。

份。施叔青与三毛以及林达的游记是具有开放视野和比较眼光的,其中所引出的话题众多,都可以从比较文化的角度去仔细领悟。还有陈之藩的《旅美小简》,时不时都有中西文化的相互比较,比如关于什么是成功,中美之间的概念与目标是不一样的,"美国人急于成功,也就容易做那些容易告一段落的事情"①。陈之藩通过日常生活的观察包括中美学生衣着的不同而引起了对成功哲学的思考与比较。又比如他在学习高速计算机课程时教授却拿出了中国的算盘让学生传看,于是引起了他对中国不珍惜自己的文化,而"真正的中国文化却被外国人发扬了"②的感慨。

华人行走文学中有比较意识的很多,其中从广东移居去澳大利亚的华文作家张奥列欧洲游历文章给我留下极深刻的印象。他的《欧洲之梦》写到在伦敦旅游所见到的英国趋于没落的诸种征象,比如建筑的破旧连清洗也无钱支付,交通混乱,人们工作的节奏缓慢,行为懒散,连白金汉宫皇家卫队的换岗仪式也不过一副装腔作势的派头,于是他将英国人与澳洲人作比较,认为澳洲人是有进取的,有朝气的,难怪澳洲的总理要求澳洲要摆脱保守落伍的英国人的阴影去求得发展,也才有那么多英裔人愿意选择长居澳洲。在游历过意大利之后,他则将意大利人与中国人相比,说"意大利人和中国人颇有点雷同的缘分"③,都有经商的细胞和肯捱肯干的性格。所以在澳洲移民中,意大利裔和华裔人口才是数一数二的。而在观览过风情万种的法兰西之后,他又指出,"法国人只有艺术眼光而缺乏生意头脑"④,这从法国的名牌手袋LV不善推销,对顾客爱理不理,还规定游客限买两个就可见出。这些比较既有案例,又有理性分析,读后颇能给人良多启悟。

其四,审美教育与文化知识传播。

行走文学通过写景写物或记事记行,最能表达作者的审美感悟,而且有

---

① 陈之藩:《成功的哲学》,见《蔚蓝的天·旅美小简》,黄山书社2009年版,第133页。
② 同上,第151页。
③ 张奥列:《欧洲之梦》,见袁勇麟编选:《海外华文文学读本·散文卷》,暨南大学出版社2009年版,第266—276页。
④ 同上。

些风景是很奇特的,作者表达的审美眼光也是独特的,这往往能给读者以美的教育与熏陶。新西兰华文作家胡仄佳观览澳洲大陆上的陆标红石头,当走近它之时,"感觉上给气憋住了,灵魂出窍,静穆中话却说不出来"①。它大气、霸气,令人感觉到它非人世之物,庞然有宇宙天外的气度。它的美是一种"荒凉之美",并且"永恒得意味深长"②。旅法华文作家卢岚的威尼斯游记,既写出了威尼斯的历史,又着重写到威尼斯旅行的艺术家们的情史轶事,其中贯串着作者对威尼斯美的感受,也同时将有关威尼斯的知识以及与威尼斯有关的美的故事传达给了读者。作者在其中还引用了不少著名诗人在威尼斯留下的精美的诗句以及一些著名作家对威尼斯所做的描写与判断,使此篇游记成为了真正的美文。读读它结尾的一段文字吧,那也是美得令人心颤的:

> 这个在水中建立起来的乌托邦城,千百年来在乌托邦中经历它的辉煌与衰落,却没有忘记不断地向世人出售它的乌托邦。小说家、诗人、音乐家、艺术家去到那里,往往第一眼便认定这个城是自己的知音、最爱、密友,向它倾诉自己的痛苦或心事,又从他们的笔下生出无数的乌托邦世界。这个世界的常用建筑材料便是一个"最"字:最美丽的,最神奇的,最神秘的,最魔的,最真的,最假的……但所有"最"字当中,最可怕的恐怕还是法国作家莫朗(Paul Morand)那个"最"字,他说:威尼斯沉到水底去,恐怕是它最美丽的结局吧?③

在行走文学中传播知识,自然是多数博学者的所爱。其中最喜欢"掉书袋"几近乎卖弄的,恐怕就是现在大陆执教的台湾作家龚鹏程了,但我们不得不佩服他学识的渊博,他那天文地理文博民俗无所不知无事不晓式的杂记,往往是由"游"与"行"引起,但展开之后往往不去写"游",而是去写庞而

---

① 胡仄佳:《荒原上的红石头》,见袁勇麟编选:《海外华文文学读本·散文卷》,暨南大学出版社2009年版,第282—283页。
② 同上。
③ 卢岚:《水城文波——写在威尼斯》,同上书,第234页。

杂的历史文化知识了。如他的《戏服》，从逛沛县观凌烟阁图画引起，则写出了历朝古人该穿什么颜色的衣服，纠正了诸多错误的认识，尤其是戏台上乱穿的无知。《孤独的眼睛》从游曲阜的少昊陵引起，谈起了少昊陵为什么会做金字塔型，并由此遐想：少昊的后裔是否到了阿尔泰山一带，成为流浪到中亚草原上的独目人呢？这些又都是一般读者闻所未闻的。作者将这些游记（其实更多近于札记）编成"行旅之一：孤独的眼睛"与"行旅之二：东看西看"集成一册，定名为《书到玩时方恨少》[①]，我觉得总是有点怪怪的。作者是"玩"（旅行）时翻出所读的书的知识呢？还是在"玩"（卖弄）书的知识呢？或许这两者都兼而有之吧。但不管怎么说，行走文学需要适当地传播知识，这倒是不容置疑的。正如龚鹏程所说，如果缺少知识，到了旅游地就随任导游哄弄，这与跑来跑去的羊无异。"故而工夫不在旅中，乃在于平时的涵茹积渐中。"[②]写行走文学要传播知识，全在于平时的积累，而读行走文学而增长知识，也正是在做涵茹积渐的功夫。有求才有供，作者与读者正是在供求的关系中建立起良性互动的。

（原载于《华文文学》2009年第5期）

[①] 参见龚鹏程：《书到玩时方恨少》，黄山书社2009年版。
[②] 同上，第5页。

论"欧华文学"中欧洲游记散文的文化视野与诗意抒写

欧洲华文文学发源早,历史久,作家众,成果丰,正如"欧华作协"创会会长赵淑侠女士所预言,欧洲华文文学如今早已是从一棵小树苗发展成绿树成荫繁花满枝了。①在"欧华文学"这口深井里,需要探寻与研究的东西太多,本文只取一角窥之,以期引起更多的研究者的兴趣。

一

欧洲的文化深厚,历史悠久,历史上著名的人物多,故事多,其自然风光往往与历史人物、文化事件联系在一起,"欧华作家"笔下的欧洲游记散文所言说的空间也就大,往往给读者留下可以回味的余地。"欧华作家"既有中华文化的背景,又长期居住在欧洲,观察与体验欧洲文化,自然会站在中欧两种文化的比较中去书写欧洲文化,既凸显出欧洲文化的独特性,又呈现出广阔、开放的文化视野。

池元莲正是这样一位充满文化比较意识的欧洲游记散文作家。她为台湾大学外文系毕业生,20世纪60年代初就已到德国学习,后又至美国柏克莱大学深造,获国际政治硕士学位,1969年随丈夫移民丹麦,后长年担任丹麦政府翻

---

① 1991年3月16日,"欧华"作协在巴黎成立,创会会长赵淑侠发表了主旨演讲《一棵小树》,她将新成立的"欧华"作协比做一棵才种下的小树苗,希望它绿树成荫,繁花满枝。见高关中:《写在旅居欧洲时——三十位欧华作家的生命历程》,独立作家出版社2014年版,第59页。

译及丹麦外交部的中文教师。由于对欧洲文化极为熟悉，在她的欧洲游记散文里常常会将欧洲国家包含的神话故事、文化事件、重要人物的逸闻趣事穿插其间，既增加文章的知识性、趣味性，同时又突出了欧洲不同国家文化的独特性。如她的《象征芬兰的三个"S"》，就通过观察芬兰人的长相与北欧人的不同而去博物馆探究了芬兰人的来源。原来芬兰人的老家本在俄罗斯北部，他们的祖先在一千年前经波罗的海迁居芬兰的南部海岸而发源的，他们的语言也是从俄国乌拉尔区带来的，故他们把自己的国家叫做Suomi（发音：苏奥米）。这是第一个"S"之谜；第二个"S"之谜则是芬兰人的性格与精神，芬兰人有坚忍不拔的民族性格，有冒险精神，这便是芬兰人的"思素"（Sisu）精神；而第三个"S"就是芬兰的蒸气浴（Sauna），芬兰人通过近乎宗教性仪式的蒸气浴不仅清理身体的污垢，也清理心理的忧郁尘埃。[1]这便是她在游历芬兰时察人体物并追寻其文化渊源的收获。这种游历不同于一般走马观花式的景观游览，而是更着重于文化的观察与探源。所以，在她的欧洲游记散文里，往往是将感性观察上升到理性思考，并表达出她对那个国家民族性格与文化精神的分析。像在《挪威人灵魂有个阴阳符号》一文里，作者直言她印象最不好的是瑞典人，最喜欢的是丹麦人，最欣赏的是挪威人。因为挪威人除诚实外，仿佛在他们的灵魂里有个阴阳符号。阳的那边是酷爱独立自由，崇尚个人主义、热爱冒险；阴的那边是内向、含蓄、心怀忧郁感。挪威人从不喜欢和陌生人打交道，喜欢散居，甚至在加入欧盟时还历经坎坷，开始大多数民众投反对票。但挪威人好动，爱冒险，能在大自然中单独生存，能接受大自然的挑战，经得住大自然的凶猛考验，他们把波涛怒吼的北大西洋当作他们游戏的地方，冰天雪地的南北极成为他们玩耍的后院，是一个出产冒险家、探险家的国度。但在他们的灵魂深处却有藏着深深的无可解释的忧郁，所以有挪威著名的画家蒙克（Munch）的名作《尖叫》与《忧郁》真实地传达出挪威人的内心情感。作者在文末则对此作了文化分析，认为挪威人的天生忧郁感是一种返祖现象，"他们到大自然中去冒险，和汹涌的波涛、狂风暴雪搏斗，一方面是把他们的

---

[1] 池元莲：《象征芬兰的三个"S"》，见《北欧缤纷——池元莲散文选》，人民文学出版社2000年版，第71—74页。

个人主义做最崇高的表达；另一方面，他们可以尽情地把内心的忧郁感向大自然尖叫出来，使其和风的呼啸、海的号啕融合成大自然之歌。这样，他们可以摆脱心灵上的忧郁枷锁。"①

自然，在池元莲那里，还会用文化比较的眼光去分析欧洲各国的语言和它们所体现出来的民族性格，有时还会带上中西文化比较的视角去比较中欧文化，表现出一种开阔的文化视野。如《喉咙病与三种女人——欧洲语言与民族特性》就分析了德语、法语、荷兰语、丹麦语、意大利语、西班牙语、英语等的不同，并揭示了语言与该民族性格的关系。作者当然不是一个呆板的语言学家，而是用一种文学的比喻去演说，给读者留下深刻的印象，如说丹麦人说话像嘴里含了一个马铃薯，发音常含混不清；荷兰语像漱口，将语言先在喉头"咯咯"地滚一下才吐出来；说意大利语是一位热情活泼的女郎，婀娜多姿；西班牙语是一个卖菜妇，喋喋不休，不高兴还泼口大骂；西班牙语虽为市井之语，但却充满活力，快如瀑布之水；英文和华文一样，包容性最大，词藻之丰富，有如两个深深的海洋。在欧洲各种语言比较之后，作者仍忘不了挺一下华文，说华文的象形文字是世界上最漂亮的文字，每一个字都是一幅写意画，唐诗是世界上最美丽的诗歌。②

而在一些欧洲华人艺术家那里，他们在欧洲看建筑、品名画，笔下所写不仅表现出他们独特的艺术观念，同时又在一种开放的文化视野下传达出他们的文化价值取向。居住在匈牙利的翻译家、旅行家也是演员兼编剧的余泽民，在他的欧洲游记散文里就常常持文化比较眼光与开放视野去品欧洲的建筑。如他的《画乳添乳》一文，就站在中西建筑文化的比较视野来谈中国与欧洲的建筑文化，并对北京时下的建筑乱象进行了深刻的批判。他认为在西方世界里，古典建筑遍地开花是对过去的借尸还魂，因为从古希腊古罗马始，西方建筑对门窗的尺寸、柱子的装饰、铁艺的造型甚至壁画的主题都定下了法则，每个城市的每条街巷，都串联成一个风格的整体。他们用新材料新技术建新建筑也

---

① 池元莲：《挪威人灵魂有个阴阳符号》，见《北欧缤纷——池元莲散文选》，人民文学出版社2000年版，第47页。
② 池元莲：《喉咙病与三种女人——欧洲语言与民族特性》，见《北欧缤纷——池元莲散文选》，人民文学出版社2000年版，第83—88页。

不失过去的魂,也是城市的魂。他说:"建筑的确有生命力,但是它的生命力依赖于历史、地理、文化和人种为血脉。如果血脉里有魂,作为肌肤的建筑就是活的,否则就是一张死皮。"①因此,北京城在天安门边上安放安德鲁的设计、在动物园隔壁建起气势宏伟的皇宫式的铸币大厦、在现代高层建筑顶上建起一大片塔楼,那都是很滑稽的事情。这些也只有懂得西方建筑文化的精髓,又能从欧洲建筑文化来反观、反思中国当代建筑文化才能做得到的。

  同样,在观赏欧洲琳琅满目的艺术品以及博物馆时,两位法国的华人画家熊秉明与林鸣岗也通过散文表达了他们对西方艺术的独到之见,其中包含着他们脚踏中西两种文化所具备的文化眼光,当然也表达了他们个人的文化意识与文化立场。熊秉明的《看蒙娜丽莎看》通过"看"与"被看"的关系分析揭示了蒙娜丽莎微笑的多重意义,又通过分析作者达·芬奇与作品中蒙娜丽莎的关系,揭示了艺术与哲学、图画与世界、艺术家与女性等诸多关系,而在文章最后,作者从艺术辩证法中有限与无限的相对关系出发,阐述了艺术家的创造物所具备的永恒意义:"而此刻,我们,立在芬奇坐着工作了多少晨昏的位置上,我们看蒙娜丽莎的看。在蒙娜丽莎目光的焦点上,她不给我们欣赏者以安适、宁静,她要从我们的眼窍里摄出谛视和好奇,搜出惊惶与不安,掘出存在的信念和抉择的矫勇,诱惑出爱的炽燃和爱之上的追问的大欲求,要把我们有限的存在扯长,变成无穷极的恋者、追求者、奔驰者,像落在太空里的人造星,在星际、在星云之际,永远飞行,而死在尚未触到她的时分,在她的裙裾之前三步的距离里。"②林鸣岗的《读画与鉴赏》则是从在巴黎时常充当"艺术导游"的角色出发,谈起了读画和鉴赏都离不开历史与文化,"对历史和文化理解越深入,越有独到的见解,艺术作品就会获得更多的内涵。"③他在表达了他对西方大师级画家如库因哲、梵·高、毕加索、莫奈等作品的评价之

---

  ① 余泽民:《画乳添乳》,见《欧洲的另一种色彩》,百花文艺出版社2008年版,第9页。
  ② 熊秉明:《看蒙娜丽莎看》,见袁勇麟编选:《海外华文文学读本·散文卷》,暨南大学出版社2009年版,第225页。
  ③ 林鸣岗:《读画与鉴赏》,见《一场花事一场梦:2009—2010年散文精品》,百花文艺出版社2011年版,第493—495页。

后,也毫不掩饰地表达了他对西方当代艺术的遗憾和怀疑,如一个"画家"在画布上割了一刀就割出了一个"第四空间",一张黑色帆布配上一个框就成了艺术品,一个"尿盆"往博物馆一放,就成了划时代的"大艺术家",等等。他以最简洁的语言表达了他的艺术观:"好画是'初看平平无奇,细看渐入佳境,再看百回不厌'。臭画是:'初看惊心动魄,细看索然无味,再看扭头就走'。"①林鸣岗是一个很有个性的艺术家,他的艺术观与他的作品一样,坚持向传统致敬,坚持着他的好画标准,在他眼里,毕加索也是一个优点和缺点一样多的艺术家,"他创造了艺术的新的一页,却也把艺术糟蹋得一干二净。他名气越大,作品反而越差。他被人捧坏了,被商业炒作弄糟了;他自以为是,目空一切,结果留下一大堆涂鸦的作品,粗俗、下作,境界很低。"②林鸣岗的文章和他的说话一样,"嘟嘟嘟"像机关枪一样发出,往往能击中问题的要害,表达出自己逸尔不群的独到之见。

两位画家的文章自然是纯粹艺术性的品鉴散文,但我将它们列入欧洲游记散文来论述,就是认为它们充当了"艺术导游"的角色,在欧洲尤其是在巴黎,不去看卢浮宫,进了卢浮宫不去看《蒙娜丽莎》,那怎么说是游历过法国呢?君不见,如今的卢浮宫内,为了游人的方便,馆内有专门的标志指明去看《蒙娜丽莎》的路向,而在蒙娜丽莎的画像前,永远都是围得水泄不通的人群,远观者看到的只是一片人头而已。读两位画家写的导游式散文,不是更能帮助我们了解欧洲的文化吗?

"欧华作家"与其他海外华文作家一样,有着观历各国文化与自然风光的优势,他们可以满世界跑,也经常在欧洲与中国之间来来往往,因此,哪怕是他们回到中国来观赏自然山水,写出的游记也都是天马行空,贯穿着比较意识的。如法国华文作家卢岚的《赴约丹霞山》,竟然是在与西方山岳的比较当中来写丹霞之美的,她下意识中已具备了一种开放的胸怀和比较的视野。她写希腊的奥林匹斯山来衬托丹霞的别致景色:"这座坐落于希腊帕罗奔尼撒半岛以西、高度不足三千公尺的山,论崇峻雄伟,不及非洲的阿特拉斯山

---

① 林鸣岗:《读画与鉴赏》,见《一场花事一场梦:2009—2010年散文精品》,百花文艺出版社2011年版。

② 同上。

脉;论千山万壑,不及纵贯北美、加拿大和美国落基山;论巍峨峭拔、峰顶终年积雪,不及阿尔卑斯山。当我来到丹霞的时候,又发现它缺少丹霞的崖壁相连,景涵万象而云烟变化的平远景致。"①又说:"就笔者走过的名山而言,论崇峻雄伟,以丹霞的六七百公尺的高度,方圆才二三百平方公里而言,自然比不上三四千公尺高的阿尔卑斯山,或阿特拉斯山。但丹霞山水的浓缩密集,景罗万象,形状不拘一格的独特景观和特有地貌,是任何名山所不具备的。"②

二

池元莲在其散文集《北欧缤纷》里曾提出过一个词叫"文化休克"③,意即不断在东西两种文化中出出进进,有时会遇到一件在情绪上骤然觉得震惊的事情,竟毫无准备,认为那简直是不可思议的一件事,但它居然发生了。池元莲的《旅行中的"文化休克"》就列举了几个非常典型的例子,并认为"文化休克"是旅行中最宝贵的收获,因为通过它你有了终生难忘的异域文化体验。她写道,一次晚宴上,一个美国人按美国习俗将碟子里的牛排及配菜都切成小块,然后拿叉子用单手将整道菜吃完了,但反过来他却对欧洲人一边切一边吃的吃法大为不解,批评欧洲人没有耐性,只切一块肉就急着放进嘴里。欧洲人万万没想到,他们所自豪的吃法反而被美国人轻视。她还写道意大利人的法庭里,骗子竟然可以大言不惭地说谎,甚至拿天主教的神迹发生来为自己辩护,而法庭里就像上演滑稽闹剧一般。这在其他人看来是绝对不可能发生的。在《社交的红绿灯》里,她还写到中西方社交礼仪的不同,中西在喝酒方面所形成的文化差异足以让西方人感到"文化休克"。④照我的理解,所谓"文化休

---

① 卢岚:《赴约丹霞山》,见《一场花事一场梦:2009—2010年散文精品》,百花文艺出版社2011年版,第425—427页。
② 同上。
③ 池元莲:《旅行中的"文化休克"》,见《北欧缤纷——池元莲散文选》,人民文学出版社2000年版,第177—183页。
④ 同上,第159—164页。

克"实际上是不同的文化发生了碰撞,形成巨大的文化差异,从而促使人们去思考,并领略文化差异带来的情趣和美感。

余泽民写到过他参加过匈牙利先锋戏剧家哈拉斯·皮特为自己筹办的一场葬礼,你无法想象到的是,在这葬礼上哈拉斯·皮特会在棺材里做搞笑的动作,还有年轻诗人一本正经地在致悼词。这是一场真实的戏剧,是作家创作的最后一个剧本。这很有趣,很先锋,虽不可思议但得到了作者的认同。他去参加了这一葬礼,不仅不觉得滑稽,反而会鼻梁发酸。因为哈拉斯已经是一个病人,几天前刚从临床死亡的绝境中抢救过来,他在举行过自己的葬礼后不到一个月内就病逝于纽约家中了。[1]余泽民还写到过在布达佩斯举行的"同性恋自豪节",写到过欧洲老夫少妻的浪漫,写到过欧洲警察也出租,还写到过他初到匈牙利时由于语言不通闹出的笑话[2],等等。这些文化现象虽然一时构不成"文化休克",但也是因为与作者原有的文化背景形成了差异,被作者视为新鲜奇异而被写入书中的。这也是在一种文化比较视野中寻找到中西文化的差异而构成的审美情趣。

自然,久居欧洲,"欧华作家"也逐渐适应并习惯这种文化差异了。正如池元莲写到的,她初期无法理解与适应丹麦人的幽默,曾多次责怪丹麦人的幽默满含恶意,最伤别人的感情,等到她经过二十年的亲身经验才理解到:"丹麦幽默的基本原则是阴阳颠倒,什么事情都要从反面来看。"[3]也由此领会到林语堂先生说过的"幽默是一种人生观的观点,是一种应付人生的方法",正好使用在丹麦的幽默上。[4]正是由于他们这种文化体验的真实抒写,给读者带来了知识的重构、不同文化趣味的熏陶以及从幽默、心理震撼而产生出来的审美享受。

---

[1] 余泽民:《参加自己的葬礼》,见《欧洲的另一种色彩》,百花文艺出版社2005年版。

[2] 这些事分别见余泽民《欧洲的另一种色彩》一书中的篇章《狂欢彩虹》《诗样的老夫少妻》《欧洲警察也出租》《初抵匈牙利时闹的笑话》,百花文艺出版社2005年版,第49页、第16页、第212页、第4页。

[3] 池元莲:《丹麦幽默》,见《北欧缤纷——池元莲散文选》,人民文学出版社2000年版,第111、113页。

[4] 同上。

三

"欧华作家"的欧洲游记散文叙写的多是欧洲城市,而欧洲的城市里有太多的著名建筑、太多的名人、太多的故事、太深厚的文化底蕴。爱上欧洲城市无需太多的理由,就是它们的艺术性、浪漫化,这太适合"欧华作家"们的诗性抒发了!于是,对欧洲城市的诗性抒写便成为"欧华作家"大展其文学才华最惬意的绿地了。

他们首选的是写欧洲城市里的名人轶事,而这些事这些人听起来是如此地具备浪漫气质和诗意氛围。如卢岚的《水城文波——写在威尼斯》,不仅仅是写威尼斯城的美丽,而是通过写到威尼斯来旅行过的作家、艺术家们所留下的文化波纹来书写威尼斯城的魅力,因为那里有孟德斯鸠、卢梭、蒙田,有歌德、拜伦、巴尔扎克、夏多布里昂,也留下过缪塞和乔治·桑的风流足迹以及拜伦为爱情创作的把浪漫主义发挥到淋漓尽致的情诗《四夜组曲》。"威尼斯就这样成为英国和世界文学的摇篮,成为浪漫派作家的麦加圣城。"[①]作者将这座水城的景点巧妙地与这些著名的文人及其故事勾连在一起,写出了威尼斯所具备的诗一般的浪漫气质和美学情怀。"这个在水中建立起来的乌托邦城,千百年来在乌托邦中经历它的辉煌与衰落,却没有忘记不断地向世人出售它的乌托邦。小说家、诗人、音乐家、艺术家去到那里,往往第一眼便认定这个城是自己的知音、最爱、密友,向它倾诉自己的痛苦或心事,又从他们的笔下生出无数的乌托邦世界。"[②]浪漫并值得游人向往与追求的艺术圣地,就这样被作者用诗一样的笔调尽情抒写。

同样,余泽民在他的《碎欧洲》一书里,也写了卡夫卡、哈谢克、肖邦、莫扎特、唐璜、梵·高及其弟弟提奥、雨果、波德莱尔、王尔德、巴尔扎克、济慈、雪莱、毕加索等名人,因为他们给欧洲各地的景点增加了文学艺术的色彩。当然,作家免不了会对他们做出诗性的致敬和艺术的理解。如余泽民写坐落于法国南部普罗旺斯的阿尔小城,就诗意般地描写过梵·高与

[①] 卢岚:《水城文波——写在威尼斯》,见袁勇麟编选:《海外华文文学读本·散文卷》,暨南大学出版社2009年版,第226—234页。

[②] 同上。

阿尔城太阳的关系,"阿尔的太阳让梵·高疯了,疯了的梵·高则让世界疯了。"① "想来,梵·高当年到阿尔是为阳光而来。在他眼里,再伟大的古迹也不过是坟冢,他想发现生命,阳光下的生命,被阳光晒疯了的生命,在心中蛰伏已久的生命力。他画阳光下阿尔的柏树,阿尔的橄榄树,阿尔的麦田,阿尔的葡萄园,阿尔的河流、小桥、房子、庭院和像阳光一样绚烂的阿尔的星空。"②

其次,"欧华作家"的欧洲游记散文喜欢用充满浪漫色彩的诗意抒写去给欧洲的城市加以整体定位,给读者刻下的是温馨、浪漫、甜蜜、舒适的印象。如池元莲写北欧五国的首都,就拿女性来比喻它们,说"瑞典的'海上美人'(笔者注:指斯德哥尔摩)是个艳如桃李、冷若冰霜、打扮过分整洁的女士,使人产生不敢接近之感。丹麦的哥本哈根容颜清新悦目,性情随和,是个令人可亲可爱的女人;挪威的奥斯陆是个毫不打扮、举止穿着运动式的自然女子;冰岛的雷克雅未克是一个童心未灭、乐天安命的快乐小女孩",而芬兰的赫尔辛基呢,城里建筑物新旧混杂,这个"波罗的海的女儿"则是因为"出身贫寒,受尽命运的折磨,饱经风霜。近年来才脱下粗麻衣,改穿最摩登的衣服"③。她的这些比喻形象、直观可感,又留给人可以想象与填充的空间,读后印象深刻。余泽民在写意大利的佛罗伦萨城时,说它是"比罗马更有胸襟、比威尼斯更为富有的自由城池"。他联想到诗人徐志摩曾用"翡冷翠"去译这个城市的名,他觉得"冷"字用得不妥,这大约是出于这位"情圣"诗人的匠心营造罢了。实际上,在余泽民那里,"这座城市的一切都是暖的:河水的倒影,老屋的墙皮,古巷的亲密,路人的表情,光线的颜色,空气的味道,食品的味道"④。作者运用艺术通感的手法将佛罗伦萨给人以温情、舒适、惬意的感受恰如其分地勾勒了出来。

---

① 余泽民:《他在这儿住过》,见《碎欧洲》,山东画报出版社2012年版,第161页。
② 余泽民:《高卢人的小罗马》,同上书,第166页。
③ 池元莲:《波罗的海的女儿——赫尔辛基》,见《北欧缤纷——池元莲散文选》,人民文学出版社2000年版,第79页。
④ 余泽民:《暖暖的弗洛伦萨》,见《欧洲的另一种色彩》,百花文艺出版社2008年版,第47—48页。

再次,"欧华作家"还常常以自己的浪漫而富诗意的情怀去观察、体验欧洲各国的城市,去观察欧洲各地的自然风光。余泽民说他第一次到布拉格就因为在地铁上被一个正在读诗的青年所吸引,于是就一眼爱上了布拉格。"不知是真实的错觉,还是错觉的真实,在2001年布拉格拥挤的地铁里居然遇到一个相貌精致的年轻人读诗集——这纯粹雪莱、拜伦时代的情调给我带来的兴奋与感动,让我至今无力用文字复述。就是这瞬间的浪漫,让我爱上了这座城市。虽然我还没有真正看到,但已感受到了。"[①]正是作者有着诗人般的气质与艺术家的个性,他的感受表达才如此诗情画意。也正因为如此,作者初抵布达佩斯,对一切都充满着好奇与兴奋,"只要稍有空闲,我就揣着月票乘车游逛,看奥匈帝国时代的老街,看白种、黑种、棕种的行人,看五颜六色的房子,看别出心裁的广告,看金发碧眼的面孔,看摇头摆尾的狗……乘车,就像搭乘海底世界的游览船,屏息静气地深入沉海,抑着心跳,看生命的斑斓。"[②]这种乘车的比喻与乘车的心情无疑也是极富诗性的,它将乘车与观看生命的丰富性联系起来,顿时将游逛的价值提升了,也将游逛浪漫化了。作者的艺术气质还体现在他对咖啡馆、酒吧的描写上,如他写维也纳中央咖啡馆,写布达佩斯的纽约咖啡馆、柏林的狂想咖啡馆,就不仅仅是介绍它们迷人的景致,更多的则是通过它们当中所包含的文人故事的描述,突出它们的人文气息。余泽民笔下的威尼斯,自然风光自然是最美的,是"另一种情调的'小桥、流水、人家'"。但在他的心中,流淌着的是托马斯·曼的《威尼斯之死》的旋律,所以"每次来这儿,无论周围的氛围如何轻快,我总能从空气里嗅到某种潮湿、某种凝重、某种阴郁、某种忧伤。"作者将他的这种心理反应比喻成"是一个膜拜美的人对近在咫尺却无法靠近的美所感到的惘然不知所措的紧张与绝望"[③]。这都是带有浓烈文人情怀的观赏,传达的是一种对美的渴求和诗性的感受。同样,捷克的老木对希腊爱琴海的描写也是充满诗性的,他

[①] 参见余泽民:《黄金牢》,见《欧洲的另一种色彩》,百花文艺出版社2008年版。
[②] 参见余泽民:《乘车癖》,同上书。
[③] 余泽民:《威尼斯之死》,见《碎欧洲》,山东画报出版社2012年版,第229—230页。

见到那儿的海"一排排柔和的海浪像爱人之间用温柔的肢体语言倾诉一样,轻轻地抚摸着浅黄色的沙滩,一声又一声、一遍又一遍不停地轻声而欢快地吟唱着……";"傍晚的爱琴海,是浪漫的天堂。长椅在夕阳下的剪影有了情侣就欢跃活泼起来。水汽蒙蒙的绿色海面,湛蓝的天,舒适的海风,彩色的云霞,暖暖的夕阳……爱琴海真的被爱浸泡了起来。"[1]爱琴海的柔和、浪漫而充满诗意,在一个硬汉的笔下出现本身就是一件浪漫与诗性过头的事情。

(原载于《中外论坛》2017年第1期)

---

[1] 老木:《爱琴海的遗迹》,见《石子路》,布拉格华文书局出版社2015年版,第253—259页。

细看和风入文来

——在中日文化的比较中看日本华文文学

改革开放，国门大开。在出国留学大潮中，中国留学生依然像一百年前一样，一是涌向欧美，二是流向东洋。二三十年过去了，留日的学生有的归国，有的居日。也有归国之后再重返日本的。他们当中的不少人，为了生存、生活与发展，成为了日本文化的熟知者。因为他们深知，不知日则不能居日，不与当地的文化融为一体，就难以在日本立足，更不用谈发展。他们从最初的异域感知到如今的深入其内，经历过的日子有酸楚的，有被刺痛的，当然也有深入了解与获取之后的甘甜与幸福。于是，就有了一批日本华文作家将自己的经历与感受形诸文字，并发挥文学的想象，创造出了一批用华语写作的诗歌、散文与小说来。

初入日本的感受永远是新鲜的，尤其是面对有着相同汉字但又有着不同含义的文化，产生误读是常有的事。但误读之中却又能增加一层对日本文化的了解，这在日籍华文作家笔下是挺有意思的一件事。这是文化碰撞，却又能在碰撞中发生文化的比较，从而产生出诗意。居日多年且现在还持日本居留证的学者林祁，就这样去书写她对日本汉字的体验：

> 好一个"樱前线"，中日相同的汉字，何止读音不同，连语感也不同。这"前线"两字，烽烟滚滚，让我马上闻到火药味。莫非樱花的到来了，也非来一场战斗不可？我疑心眼前的强风，是樱花团派来的前锋。可不，大凡美的到来，须得经历一番死拼。你若不

信，看看被撕裂的瓣瓣樱花吧。①

她认为，尽管日本人都知道"樱前线"是推荐赏樱的著名景点，但她宁可这样去误读，因为这听起来壮观，有轰轰烈烈的春之声。"樱前线"于是成为了她在中日两种文化的对照中体验日本赏樱文化的隆烈。而居日甚久且深晓日本文化的资深出版人、华文作家李长声在写日本人的赏樱文化时，也会在幽你一默之中连带出他的中国文化立场。如他的《落花时节读华章》虽然是为刘柠的书《散都东京——首都圈文艺散步》写序，但因为是在赏樱时节，故由此联想到鲁迅写上野樱花的文字"东京也无非是这样。上野的樱花烂漫的世界，望去确也像绯红的轻云"，他说："每当看见上野等处的樱花开得风起云涌，我总会想起鲁迅的话，也想起'人民战争的汪洋大海'。这是我被打上的时代烙印。"②这与林祁所理解的"樱前线"有异曲同工之妙。而在他的另一篇文章《赏花与聚饮》中又将日本的赏樱聚饮与中国的踏青相比，说中国的古人赏花多有点个人主义，而日本的赏花更像是村落共同体的狂欢。这大概是日本喜欢与中国唱反调的手法。"贵贱成群，花天酒地，背着樱花吃团子，这就把赏花改造成独自的日本文化。既是牧歌，也是哀歌的，用李白的一句诗以蔽之，那就是今朝有酒今朝醉。"③这也正是在一种比较的眼光中去看赏樱的了。

作为学日语出身又做过多年《日本文学》杂志编辑的"日本通"李长声来说，他的知识背景与文化经历使得他可以在中日文化的相互比较中能自如地解读日本的文字与文化。如他解读日语中的汉字"粹"，就从日本的风俗生活谈起，说18世纪的时候，京阪人把赶时髦叫做"粹"，其人称"粹者"；江户叫"意气"，其人名"通人"，故"粹、通、意气"三词同义。18世纪中叶以后，京阪文化式微，江户变成文艺中心，也叫起"粹"来，此时"粹"就表示一种庶民的美感。又说"粹"起于烟花巷，"所谓通，是玩家通晓烟花巷的习俗、教养，意气则是艺伎及妓女不拘旧规，为人飒爽，譬如江户的深川艺伎，

---

① 林祁：《"樱前线"》，见《莫名"祁"妙——林祁诗文集》，九州出版社2013年版，第63页。
② 李长声：《瓢箪鲇闲话》，海豚出版社2015年版，第130页。
③ 同上，第13页。

脸上淡妆，脚上不袜，艺名、说话像男人，意气风发。烟花巷和戏剧舞台培养、磨砺了美感，逛不起妓院、进不起戏院的人借助浮世绘和通俗小说赶时髦。游乐的趣味在庶民生活中逐渐形成"粹"这一特殊的美的生活理念，会玩，老于世故，通晓人情的机微。我们总觉得日本人色了吧唧，那就是他们露出了文化底色。"[1]因此，"粹"在日本是一种生活美，"粹"不"粹"都属于俗，是俗中之雅，就如北京话中所说的"范儿"一样，是土俗中的精粹。如果不是对日本文化有深的理解，就不会将这一代表日本人审美意识的词语解读得如此清晰而有趣。

所以，在李长声的多种随笔集如《纸上声》《日下书》《昼行灯闲话》《瓢箪鲶闲话》之中，多有相关在中日两种文化的比照下重新认识日本的文字。如《日本人与英语》[2]《莫须有的日本论》[3]《日本尤须中国化》[4]《缘廊的妙趣》[5]《活吃龙虾》[6]《咸萝卜的禅味》[7]《小和尚从哪里来》[8]以及《中国何曾不知日》[9]《你不必懂日本》[10]等，都会在带给读者知日懂日的文化知识的过程中表现出作者的文化体验和文化立场。尤其是那篇《你不必懂日本》，通过一位中国名人在日本就医的网文而谈出了知日的不易。作者深得鲁迅杂文的笔法，嬉笑讥讽，却道出了文化理解与交流的困难。故不管你是名人还是非名人，在半懂不懂之中大谈日本总会出笑话的。

懂日本的历史、文化，必然要懂日本的名人，尤其是懂在日本文学艺术领域占据显要地位的名人，他们犹若璀璨的明星闪烁在日本的文化史册上，他们的故事、经历、命运以及所创造的艺术成就往往会与一段日本的历史连在一

---

[1] 李长声：《粹》，见《昼行灯闲话》，译林出版社2015年版，第17—21页。
[2] 李长声：《纸上声》，商务印书馆2013年版，第171页。
[3] 同上，第182页。
[4] 同上，第187页。
[5] 李长声：《昼行灯闲话》，译林出版社2015年版，第1页。
[6] 同上，第12页。
[7] 同上，第22页。
[8] 同上，第28页。
[9] 李长声：《瓢箪鲶闲话》，海豚出版社2015年版，第22页。
[10] 同上。

起，同时也会体现出日本民族的性格与日本文化的特色来。

唐辛子的《日本女人的爱情武士道》就是一本写日本名女人的传记文学。[①]作者之所以将女人与爱情与武士道结合起来写，是因为她觉得她笔下的这几位日本名女人为了爱情和艺术都具有一种武士道的精神。也就是说日本女人表面看来很温顺，但为了生活、为了爱情，她们又可能表现出一种坚忍，一种威风凛凛，甚至带有一种男子气概。从这些女人身上，似乎也可窥见日本大和民族的某种精神。如宇野千代，是一位奔放自由、毫无顾忌的女性，她为爱而生，一生中恋爱无数又失恋无数，但前赴后继，无所畏惧。少年时她暗恋她的老师，在与第一任丈夫分手之后，先后与作家尾崎士郎、画家东乡青儿以及小她十岁的记者北原武夫或同居或结婚，但这三个男人又都背叛了她。对于负心的男人，她不追赶，不挽留，不计较，不拷问，而靠自己的能力写作、开杂志事务所挣钱，在93岁时因贡献卓著被日本政府授予"文化功劳者"的称号。

唐辛子此书所挑选的其他几位日本女性如濑户内寂听、柳原白莲、加藤登纪子、与谢野晶子都各有性格，其为人行事都带有反叛、激情、忠诚又保持个体独立自由的特征，尤其像加藤登纪子，在上大学时就成为了日本知名歌手，但当她邂逅日本学生运动领袖藤本敏夫之后，双双坠入爱河。她为被捕入狱的情人藤本敏夫而作的《一个人睡的摇篮》获得第十一届"日本唱片大奖"歌唱奖，后又以一曲《知床旅情》第二次获得第十三届"日本唱片大奖"歌唱奖。就在她的事业如日中天的时节，她仍坚持与服刑中的藤本敏夫在狱中结婚，并因怀孕待产而告别音乐界。这一切都是因为爱情。当丈夫出狱后，执意离开东京回到千叶乡下去创办"鸭川自然王国"，她为了爱情，又为他奉献一切，给了丈夫最大的自由，甚至在丈夫去世之后还继续着丈夫未竟的事业。对于这样的日本女人，用武士道去衡量她们的爱情与性格是再恰当不过的了。

唐辛子之所以写这样的日本女人，与她深入探索、理解日本文化是分不开的。也正是从这些女人身上，我们自然可以联想到当年去日本留学的秋瑾，那种血性当如男儿、高呼男女平权、主张妇女独立解放的思想与性格，也多少与她到日本留学所受到新思潮的影响相关。

---

① 参见唐辛子：《日本女人的爱情武士道》，复旦大学出版社2015年版。

也正是从比较的角度，我看徐曼所写的长篇小说《东京那边女人的故事》[1]所塑造的中国女性如杨小草、林雪影也多少带有日本女性的影响，作者不自觉地将一些日本女性忍辱负重又敢于担当的精神套到了到日本生活的中国女性身上了。尽管中国女性也有忍辱负重和敢于担当的这种特性，但作者对杨小草和林雪影的美化显然是按照日本女性的模式去刻画的。

徐曼的长篇小说标明的是"东京的女性故事"，而苏枕书的长篇小说《不许流光入梦来》[2]则标明"最清淡优美的两京风物小说"，后者写的是生活、出入于京都与京城北京的中国女性留学生的生活。从比较温和的角度去看，此篇小说所刻画的人物、所展开的叙述结构以及所呈现的叙述语言多少都带有中日文化交融之后的结果。作者所编织出的四位中国女性程松隐、陈青惠、冯云枝、钱静玉，出入在两京之间，其爱情与命运前期皆浪漫，后期皆平常，唯友情经流光岁月的洗刷长存而相互守望。作品的基调是清幽、淡寂的，人物刻画的线条是淡淡的，人物命运的展开也是在有意与无意之间淡然行走的，一切都在可接受之中，无需抗争也无需主动，平常乃为平凡人所享用，这一切都像就是作者顺其自然的描述，而不存在着着意的刻画。在这样的小说里，我们可以寻找到日本风物小说与风物画的影子，也可以寻找到中国明清小品与山水画的影子以及民国初期一些文人小说的影子。

其实，最能看出中日融合影子的，还在于作者的艺术语言。如作者写程松隐与日本学者竹下真史交往，去过许多和纸店，竹下真史家也曾是做和纸的。在叙述语言上此书就很有日本情调，"岁时更迭，四季的和纸啊"[3]，这很有些日本俳句的味道。"或许真史夫人家的作坊我们曾也到过罢"[4]，作者用一种不肯定的语气去叙述，更适合展开想象。"我们做出的纸在阳光下晾干，揭下，屋檐下的枫叶，春时嫩绿，秋来醉红。路遇川泽河滩，水波漫漫，白鹭扑棱棱飞起来，飞往烟水深处。"[5]这语言分明在描绘一幅风物画。此时

---

[1] 徐曼：《东京那边女人的故事》，北方文艺出版社2013年版。
[2] 苏枕书：《不许流光入梦来》，江苏文艺出版社2011年版。
[3] 同上，第85页。
[4] 同上。
[5] 同上。

的程松隐见到的竹下真史已是他人的丈夫，"而我也一直记得在那间法国餐馆告别前真史送我一卷云染雁皮纸。他微笑，雁皮纸细密坚实，确可寿以千年。"①在此章的结尾，作者专列一行写道："纸寿千年，大约是我收到的最好的心意罢。"②程松隐本可与竹下真史发展成夫妻，彼此也都颇有好感，但一切似乎又都在无缘。虽然回忆起来很美好，但现实中却包含许多难以道明说透的东西，故这语言之内充满着言外之味，也留下了诸多的想象空间，犹如中国画所留出的空白，言已尽而意无穷。

这便是中日文化交融之后作者获得的艺术境界。

苏枕书还写过《尘世的梦浮桥》③与《京都古书店风景》④两部散文集，其做派与笔法也多少有着和风的影子。在《尘世的梦浮桥》中有一些文字与俳句都是有作者自己翻译的，亦可以见出作者对日本古典文学的修养。作者写日本画家如竹久梦二的画风还曾影响到中国的丰子恺，也是在以一种比较的眼光看中日近代艺术。

此文收笔之际，突然收到我的朋友、曾任上海师大图书馆馆长的曹旭（字升之）教授寄来的一部散文集《客寮听蝉》⑤，那是他两度赴日期间所写的观感与体验文字，分"寂之美""物之哀""寮之缘""居之思""履之痕""心之灯"六辑，多从中日比较的眼光去叙说居日期间观物览景读书时的心情与感受。不过，曹旭教授已不属于我所论的范围之内，就置而不论了。但由此看出，无论旅日还是居日，因为有中国文化的前理解在，看日本说日本总是会带上比较的眼光的。

（原载于《东方丛刊》2018年第1期）

---

① 苏枕书：《不许流光入梦来》，江苏文艺出版社2011年版，第85页。
② 同上。
③ 苏枕书：《尘世的梦浮桥》，山东画报出版社2011年版。
④ 苏枕书：《京都古书店风景》，中华书局2015年版。
⑤ 曹升之：《客寮听蝉》，兰台出版社2015年版。

论洛夫中、后期诗歌的禅意走向及其实验意义

一

在台湾现代诗坛中，洛夫可以说是一位最能不断向自己挑战、最具勃发创造力、最有自己的独特风格与诗歌理想追求的诗人。从1957年他出版第一部诗集《灵河》起，40余年来他从未放弃过对诗歌的探险。1993年，他年届65岁，还出版了实验性诗集《隐题诗》，并且发表了《超现实主义的诗与禅》一文，进一步发展与完善了他在70年代已提出的诗学观，表明他多年来的探险就是要探索"超现实主义精神内涵与技巧的中国化"[①]的可能性，要在认识了中国禅诗与西方超现实主义诗有暗合汇通的基础上，"使东西方的艺术思想加以融会而成为一种新的美学和表达形式"[②]。洛夫的诗歌探险是很有意义的：在一定程度上说，他的诗歌探索也代表了中国现代诗的探索走向。研究洛夫中、后期诗歌的禅意走向及其实验意义，不仅有助于我们对洛夫的总体认识，或许还有助于我们思考中国现代诗的发展问题。

所谓"洛夫中、后期诗歌"，是指他从1970年以后开始的诗歌创作。我把洛夫的诗歌创作分为前、中、后三期。

前期为1957—1969年，代表作有《灵河》《石室之死亡》《外外集》和《西贡诗抄》。虽然前期当中《灵河》与《石室之死亡》的风格有较大差异，但在向西方现代主义尤其是超现实主义技巧学习方面是一致的。1967年出版的《外外集》和1968年创作的《西贡诗抄》，在技法上与《石室之死亡》虽有不

---

① 洛夫：《超现实主义的诗与禅》，见公仲、江冰主编：《走向新世纪——第六届世界华文文学国际研讨会论文集》，人民文学出版社1994年版，第153页。
② 同上。

同,但转变幅度不大。从思想情绪上看,它们是《石室之死亡》的延续。也就是说,此时的洛夫还笼罩在战争与死亡的阴影之中,如《泡沫之外》写战争使人变成了一堆闪烁而逝的泡沫,《海之外》里有沉船的意象,《果与死之外》还继续探讨死亡。这是洛夫在经历过战争之后对人生与死亡思考的继续。

中期为1970—1983年,这是他初步探索诗的禅机、禅趣,同时也陷入了摸索中的困惑时期。

后期为1984—1993年,这时他对禅有了更深的理解,对以禅意入诗也有了新的感悟,从而使他的诗禅意高涨。

二

洛夫中、后期诗歌在总体上趋向于禅意、禅趣的探索,并且尝试与超现实主义的技法相融合。禅是印度佛教传入中国以后在唐代产生变异的一种中国化宗教,实际上它融合了中国儒、道的某些精神,形成了它独特的宗教内涵。在修佛义理上,它主张明心见性,顿悟成佛,强调直观自得;在思维方式上,它追求"当下即悟",反对理性的羁绊,主张"教外别传,不立文字"与"活参""妙悟",用超越语言的方法去表现某种语言无法表达的东西;在修行方式上,主张"平常心是道""处处皆道场",以平淡自然、主客合一的态度去体悟人生与佛理的真谛。洛夫更多的是把禅看作一种人生智慧,他说:"东方的禅则重视见性明心,追求的是人性的自觉,过滤潜意识中的欲念而升华为一种智慧,借以悟解生命的本源。"① 超现实主义是欧美国家在本世纪20年代末到60年代间流行的一种现代主义文学流派,代表作家有布勒东、阿拉贡、艾吕雅和艺术家达利、阿尔普等。超现实主义崇尚梦幻和潜意识,借以反抗传统的文学艺术规范和超越被压抑的世界,在将梦幻与现实综合中达到"超现实"。在表现方法上,提倡"自动主义",强调创作的自发性、偶然性,并尝试在半催眠状态下进行自动写作。洛夫在20世纪50年代就是超现实主义的积极宣传

---

① 洛夫:《超现实主义的诗与禅》,见公仲、江冰主编:《走向新世纪——第六届世界华文文学国际研讨会论文集》,人民文学出版社1994年版,第150页。

者，他自己亦被人视为一个超现实主义的诗人。洛夫中、后期的创作，就尝试挖掘中国的禅与超现实主义暗合之处，以禅的思维方式和技法去改造、融会超现实主义，创造一种超现实主义与禅相结合的诗歌创作方式，"形成一种具有超现实主义特色和中国哲学内涵的美学"①。洛夫的探索有一个逐渐蜕变的过程，而且有较明显的阶段性递进痕迹。中、后期也有较大区别。下面我将对他中、后期诗歌的禅意走向作分析与描述。

（一）中期（1970—1983年）的情况较为复杂，创作亦呈多样化，但就禅意探索这点而言，大致可分为三个阶段。

第一阶段：禅境初试（1970—1974年）

这一阶段并不全指《魔歌》集，而应从《魔歌》集中1970年4月的作品开始。1970年4月以后，洛夫牛刀初试，创作了一系列具有禅机、禅趣的诗。这就是《随雨声入山而不见雨》《有鸟飞过》《金龙禅寺》等。洛夫此时刚从西贡回来，生活安逸，心境平和，常常冒雨上山到金龙禅寺，靠在树上看看书，或躺在大石块上看云飘过，颇为闲适写意。当这几首出于"任意挥洒""无心插柳"创作出来的诗得到了意想不到的赞许之后，洛夫在《我的诗观与诗法》中说："最令我自己不解的是，有时我会在极偶然的情况下，任意挥洒出一些'无心插柳'的作品。这就是说，这些诗往往是我自己并不以为然，而大多数读者却给予出乎意外高的评价，《独饮十五行》《金龙禅寺》《有鸟飞过》以及《裸奔》等即是如此。"②洛夫即更加自觉地走向禅了。这至少可以表现在几个方面：

1. 用禅的空观与人生观去观察人生、观察历史。如《水中的脸》《秋日偶兴》都以水中的面容为喻象来看待人生和时间；《长恨歌》中则认为杨贵妃不过是一个等待君王"双手捧起的／泡沫""一株镜子里的蔷薇""一缕烟"，而这段爱情与历史也不过是"风雨中传来一两个短句的回响"③。佛教常以梦、幻、响、泡沫、水中像、镜中花等喻象来比喻空相，洛夫上述诗中的

---

① 洛夫：《超现实主义的诗与禅》，见公仲、江冰主编：《走向新世纪——第六届世界华文文学国际研讨会论文集》，人民文学出版社1994年版，第150页。
② 洛夫：《诗的探险》，黎明文化事业公司1979年版，第160页。
③ 洛夫：《魔歌》，台北中外文学月刊社1974年版，第135—145页。

意象显然有佛教的影响。而他的《焚诗记》又以一种意在言外的方式表达了一种此生彼灭的生命观。

2. 以禅的静观方式去处理物象，追求一种物我合一的境界。如他自己也多次举例的《死亡的修辞学》，就是要把"我"融入大自然之中，在与自然合一的过程中去寻找"真我"：

> 我的头壳炸裂在树中
> 即结成石榴
> 在海中
> 即结成盐
> 惟有血的方程式未变
> 在最红的时刻洒落①

如《清苦十三峰》中"我"化身为草、树、云、火、风、河、峰。1974年他在《魔歌·自序》中总结了他这种物我合一的诗学观："诗人首先必须把自身割成碎片，而后糅入一切事物之中，使个人的生命与天地的生命融为一体。……所谓'真我'，就是把自身化为一切存在的我。"②

3. 以禅的思维方式乃至禅式的语言，构成诗的禅机、禅趣。如《焚诗记》：

> 把一大叠诗稿拿去烧掉
> 然后在灰烬中
> 画一株白杨
> 推窗
> 山那边传来一阵伐木的声音③

---

① 洛夫：《魔歌》，台北中外文学月刊社1974年版，第119—120页。
② 洛夫：《诗的探险》，黎明文化事业公司1979年版，第155—156页。
③ 洛夫：《魔歌》，台北中外文学月刊社1974年版，第159页。

全诗具有跳跃的思维，使节与节之间形成了空白。在此一物象向另一物象、此一空间向另一空间（同时也是时间）的转换中造成了一种禅意。就常识而言，诗稿只能化作一股烟，而不可能是一株白杨。但在具有禅观的诗人那里，这袅袅上升的白烟正是获得了新生的白杨。当认识到这一点，心情自然轻松了，心无挂碍了，所以推窗之时，山那边传来的伐木之声也便清脆悦耳了。这表示诗将变得更成熟了，但成熟之时却也是生命的绝期已至。诗就永远处于成熟与不成熟之间。这就寓含了禅机。

《清苦十三峰》中又有这样禅式的反诘：

> 为何山不是山，水不是水
> 为何风没有骨骼
> 为何树的年轮
> 不反过来旋转
> 为何黄昏不是
> 任何人的脸
> 为何点燃一盏灯之后
> 山又是山
> 水又是水
>
> 峰顶上的那块石头
> 谁蹲在上面并不要紧
> 问题是：
> 谁是那被雕着的
> 空白①

这两节诗中的禅意当然不仅仅是在于袭用了禅宗的语言，禅宗的青原惟信禅师说："老僧三十年前来参禅时，见山是山，见水是水，及至后来亲见知

---

① 洛夫：《魔歌》，台北中外文学月刊社1974年版，第102—103页。

识，有个入处，见山不是山，见水不是水，而今得个体歇处，依然见山是山，见水是水。"① 而在于它以禅宗的思维方式来思考山峰与宇宙存在之间的关系。山峰是被谁雕刻出来的？是风吗？是树吗？是灯吗？似乎一切都是，一切又都不是，而峰巅的那块石头背后衬托着的那大片空白又是谁雕出来的呢？这才是直截根本的发问。禅宗式的发问往往直探根源，从而超越一切边见。洛夫诗中所问的"空白是谁？"就是一种直探宇宙存在本源之问。山是空白衬托出来的，山是谁雕出来的我且不管，而问那空白究竟是谁雕出来的。这便有了玄机妙趣。

洛夫第一阶段的禅境初试是很有成绩的。在初试阶段，于他来说，对禅的感受是新鲜的，受到的刺激亦是最强烈的，故而在无意的运用之中能快速见出成效，乃至于一些诗成为他当时并不以为然但后来却最钟爱的禅意诗，也成为他中、后期的代表作和评论者的主要评论对象，如《金龙禅寺》《随雨声入山而不见雨》《死亡的修辞学》《焚诗记》《裸奔》等。但是，这一阶段他对禅的了解毕竟还不是太深，心境也并非达到一种平和安然，对于如何使禅的技法真正化作他自己的创作因素，并且与先前所崇奉的超现实主义结合起来感到迷惘和困惑。《巨石之变》（1974年9月）就代表了他此时的心态。此诗充满着火气和焦虑。诗中的巨石是一种孤愤，而并非达到禅的孤绝。虽然也用了禅宗"万古长空""一朝风月"的句子，但并无禅宗那种超越时空、超越人我对立，将万法与妙有绝对合一的立场。洛夫要变，正在等待变，《巨石之变》中有云："体内的火胎久已成形／我在血中苦待一种惨痛的蜕变。"②

第二阶段：时间之伤（1975—1979年）

这一阶段他几乎被时间所困，他在思考着时间，面对时间的流逝而自己的诗歌毫无进展，心中感到十分苦闷。洛夫曾有散文记述到当时的心境："不幸的是，这几个月来，我尽做一些'虚掷生命'的事，好像诗神已弃我而去，一行诗也没有写。这不仅是一种愧疚，一种感慨，也是我近来思考的焦点。"③《岁末无雪》《岁末无诗》道出了他企图蜕变的痛苦，他"决心重

---

① 转引自葛兆光：《禅宗与中国文化》，上海人民出版社1986年版，第138—139页。
② 洛夫：《魔歌》，台北中外文学月刊社1974年版，第195页。
③ 洛夫：《时间的震撼》，见《一朵午荷》，九歌出版社1983年第5版，第177页。

整他的形式与风格"①，却又一时无法实现这种重整与超越。在"众荷喧哗"之中他只有孤独地欣赏自己那朵寂寂的碧油伞。1976年是他最寂苦的一年，好在还有汉城之行作了弥补，使他写出了《午夜削梨》《晨游秘苑》等好诗。1979年他创作的《时间之伤》集中表现了他对时间的沉思。在这首诗中，我们看到，洛夫太执著于时间之相，而且太局限于个体的伤感，如他感到"时间的皮肤"在"一层层脱落"，时间的伤口在"继续发炎"，甚至对着镜子"发脾气"，而那象征时间的"风筝"，也只能抓住那犹断未断的绳子，并不能完全把握它。由于诗人未能超越时间来看时间，所以他的伤痛是很重很重的，即使"最后把所有的酒器搬出来／也无补于事"。诗中也有一节颇类似禅的诘问方式，几乎接近禅的超越立场了："又有人说啦／头发只有两种颜色／非黑即白／而青了又黄的墓草呢？"②然而，只以人死后的头发转换成了墓草青了又黄来否定头发只有黑白二色，仍然是不彻底的，未达到超越时间两极对立之相。因为依照禅的观点来看，头发本就无黑白青黄之色，只是因为你心中有了黑白青黄的区分，它才具有了相对性。洛夫的时间之伤是与他创作上无超越的痛苦紧密联系在一起的，他未能以超越的立场来看待时间，也就决定他未能以超越的立场来对待自己的诗歌探求。他太急于超越了，因而有了烦恼。这种心态反而阻碍了他对禅的进入。

第三阶段：寂苦的酿酒（1980—1983年）

洛夫在1979年其实也在进行创作的实验，《与李贺共饮》（1979年5月作）就是向古典的寻找，尤其在意象的营造上向盛唐两宋学习。1980年所作的《李白传奇》《水祭》等也是继续遵循着这一道路，企图在向古典的追寻中去重温"一壶新酿的花雕"③。洛夫在摸索、叩问，"气喘如牛"似地"攀登"，去搜寻那能够"惊我心且动我魄"的"蝉鸣"，实现"蝉蜕"④，但总是感到不能落实，有一种无所皈依的怅惘。他笔下的鹰也就只能是"一

---

① 洛夫：《岁末无诗》，见《因为风的缘故——洛夫诗选》，九歌出版社1991年版，第135页。
② 以上诗句见《时间之伤》，同上书，第166—171页。
③ 洛夫：《与李贺共饮》，同上书，第176页。
④ 以上见洛夫的《寻》，同上书，第209—210页。

落魄异乡的侠士",而在不断地感叹"今宵露宿何处"①。这与他在后来的"隐题诗"时期所创造的那种充满自信、而独与天地精神往来的鹰的形象大异其趣。

酿酒的阶段虽寂苦,但对洛夫是有益的,他心情渐趋平淡,并且重新审视过去的作品。他曾在"翻读自己的诗集时"感到"苦笑不已"②,又决心在"埋下了／夏日最后的蝉鸣"③之后诀别过去,并且也时有小诗尝试着禅思禅味,如《雨中独行》《泪巾》《清明四句》等。经过重新的酿造,洛夫又逐渐以平和的状态进入禅。

(二)后期(1984—1993年)是洛夫诗歌禅意高涨的时期。这段时间洛夫对禅的理解逐渐加深,并且在对禅与超现实主义的融会与沟通上不断实验,可以说在观念与技法上都比以前有了很大的超越。

如生死观、历史观、时间观。《观仇英兰亭图》中,视兰亭文人不过只是过客,他们当时所拿的"酒杯空了",所写的"诗稿灰了","而形骸早已轮回为山／投胎为水"④。这就透露出了禅的"空无"观。《形而上的游戏》把人类来之于自然又回归于自然,看作不过是上帝掷骰子时所画的一个漩涡,也含有超越生死与时间的一种禅观。《木乃伊启示录》说木乃伊企图装扮成不朽,但三千年后"皮囊终归是皮囊""虚无终归是虚无","如果活着只是游戏／又何必在乎次数"。⑤这便是佛学式的生死观与永恒观了。《所有鲜花都挽救不了镜中的苍白》充满"人生无常"的虚空感;《我以千页的空白,面对你们百年的惊愕》则以火来净化自己,就如叶子扫进炉子化为灰烬又会"升华为／百年孤寂"⑥,千年之后又化为清风明月。孤寂是一种禅境,千年后化为清风明月又是一种禅境。洛夫此时已真正领会了禅之"万古长空,一朝风月"的深刻含义。《洗脸》一诗中,他不再像以前那样会对着镜中已逝的青春发脾

---

① 洛夫:《鹰的独白》,见《因为风的缘故——洛夫诗选》,九歌出版社1991年版,第211—212页。
② 洛夫:《清明读诗》,同上书,第234页。
③ 洛夫:《月亮升起如一首挽歌》,同上书,第233页。
④ 洛夫:《月光房子》,九歌出版社1990年版,第27页。
⑤ 洛夫:《月光房子》,九歌出版社1990年版,第66、65、69页。
⑥ 洛夫:《隐题诗》,台北尔雅出版社1993年版,第136页。

气。由于认识到人生之相不过是镜中之像的一片空无,心不再如猿马惊啸,当心静之后,水虽仍如过去那样的柔柔,但此时的水已不再是以前的水,它以"一种凄清的旋律／从我的华发上流过"①,从而升华了。这表明他不再执著于发的黑白青黄,哪怕现在是白发,那也仍是华发。这便是禅对时间的超越。

如"真我"观。以前洛夫认为"真我"就是"化为一切存在的我",这是从"物我合一"的观点来看待"真我"。但到了《月光房子》集中的《临流》诗中,却又有了新的体悟:

> 站在河边看流水的我
> 乃是非我
> 被流水切断
> 被荇藻绞杀
> 被鱼群吞食
> 而后从嘴里吐出的一粒粒泡沫
> 才是真我
> 我定位于
> 被消灭的那一顷刻②

这正如禅宗的临渠睹影而开悟一样,只有从那水中的倒影和那随着流水被切断、随着泡沫而消失的虚幻不定的影子中,才真正悟到"如如"的佛性。"我"不为外在的影子所迷惑,也就不再为肉身的"我"所困缚,"真我"在被消灭的刹那间反而获得了。这便不仅仅是庄子的"物我合一"观,而是内求"真如"的佛性观了。

如语言观。《书蠹之间》以书的表白表达了一种对语言的认识:语言不过是历史铜镜上的尘垢,语言的历史遮蔽了真正的历史。禅的不立文字与无

---

① 洛夫:《月光房子》,九歌出版社1990年版,第44页。
② 洛夫:《月光房子》,同上,第214—215页。

言才是语言的真正本质。在《我什么也没有说,诗早就在那里,我只不过把语字排成欲飞之蝶》中,强调语言是过河之筏,使用后便可舍筏登岸。语调不如"深山一盏灯的沉默",故而我们说的所有语言都等于"我什么也没有说"①,而诗不过是死后复生之蝶,要超越语言,方可得到诗的意蕴。其实,"诗早就在那里",语言文字的排列是次要的。所以洛夫进行"隐题诗"的探讨,也正是要实现一种不立文字、不立诗题的语言超越。

除此外,洛夫还以禅的"平常心是道"的思考方式,从日常生活中发掘深刻的道理,同时也表现出他已开始进入不执著于实相的无缚无碍的自由心境和创作天地。《剔牙》《挖耳》《洗脸》《雨想说的》《邂逅》等诗就是一种非常自由的挥洒。《挖耳》以超越世俗尘念的心境来看待人世间的谣言,显得超脱自在;《顿悟乃在吃下一本厚厚的佛洛伊德之后》也是说按平常心行事就是人生之悟,至于佛说什么、经典说什么都是没有用的,吃饭便吃饭,睡觉便睡觉,做爱便做爱,不去研究什么"厚黑学"而做违背人的本心之事,就是禅之顿悟。洛夫再一次以他的诗表现了他对禅的理解。

洛夫还运用禅式的矛盾语以及诘问方式去创造诗的禅境。如《向日葵》中向日葵对太阳的发问,就表示了一种对自尊与偶像的反抗。《我不懂荷花的升起是一种欲望或某种禅》也是说禅正是在欲念的克服与制约中而达到精神净化的。莲花本是一种爱欲,要结籽,但佛却在莲花中坐化,得到升华。这自相矛盾吗?不,"种瓜得鱼不亦宜乎,禅曰:是的是的"②。《裸着身子跃进火中,为你酿造雪香十里》也是一种禅式的转化,是超现实的。裸者入火,身体却化为水。水与火的意象是佛教常用的喻象,水是静,火是动;水是寂,火是欲。为什么爱火,是因为要转化,像麦子之酿酒不是也要火葬吗?正如僧人圆寂之后也要火葬一样,他转化成新的东西了。正因为如此,裸者入火却可以酿造雪香十里。洛夫不仅在语言上巧妙地把矛盾语升华了,而且在诗的意境上也深化了。

洛夫在评周梦蝶诗时曾指出:"严格说来,他诗中的禅不一定就是佛家

---

① 洛夫:《隐题诗》,台北尔雅出版社1993年版,第38—39页。
② 同上,第60页。

的禅。"①这句话也可以移之于评洛夫。如果说周梦蝶诗中的禅"是一种妙净圆明的自性的觉醒"②,那么,洛夫诗中的禅更多的是超越两极对立之后的真我回归。所以,他更相信自己,也更充满狂禅式的叛逆。他更多的是借用禅的自尊、自立、自信来激励自己的探索与创造行为,他的孤绝是一种英雄式的高傲,写诗也完全成为生命的投入,正如他笔下的蝉,鼓腹而鸣,全不顾它还要轮回,"生死事小,且把满山槭叶/唱得火势熊熊"③;也如他笔下的鹰,"独与天地精神往来""只身闯入云端""奋力抓起/地球向太空掷去/精确地命中我心中的另一星球",它"乃一孤独的王者"④。比较纪弦《狼之独步》中的狼,虽然两者均独来独往,但洛夫的鹰更具有独尊性和精神性。鹰被洛夫赋予了一种禅性,它可以按照自己的意愿去创造新的存在。鹰实则成为洛夫精神的象征,也成为他禅意高涨时期的得意结晶。

洛夫中、后期诗歌创作是丰富多彩的,我在此分析他诗歌禅意的走向,只是就他趋向禅的这一主线而言的,这里并没有否定他在其他方面进行探讨的含义,也不否定他写的一些并不含禅意的诗,如写乡愁、写爱情等,但即使他在创作这类诗歌时,也还是受到禅的思维方式的启发的。

三

洛夫喜欢谈禅,喜欢在诗中用禅的某些思想和句子,但他并不是佛教徒,正如他曾两次受洗但并不真正皈依基督一样,他喜欢读禅谈禅完全是基于文学与艺术的需要。费勇在评价洛夫时说:"洛夫对于禅宗的兴趣,几乎是出于艺术上的一种自觉,他更多地将禅宗作为一种艺术思维方式,融入自己的诗

---

① 洛夫:《试论周梦蝶的诗境》,见《诗的探险》,黎明文化事业公司1979年版,第227页。
② 同上。
③ 洛夫:《八只灰蝉轮唱,其中一只只是回声》,见《隐题诗》,黎明文化事业公司1979年版,第44页。
④ 洛夫:《危崖上蹲有一只独与天地精神往来的鹰》,同上书,第34—36页。

歌创作。"①洛夫中、后期诗歌的禅意走向历程也表明，他读禅、用禅，虽然也吸收禅的某些思想来表达他对人生、历史、时间的理解，但更多的是用禅的精神、禅的思维方式来充实他的诗学观、语言观，并且借以试验诗歌的形式，其中包括诗歌的意象经营、语言的组合和形式的排列。他要像严羽一样，借禅来开拓诗歌的创新之路，以实现他将超现实主义和禅诗所表现出来的艺术思想和手法融为一体，"成为一种新的美学和表达形式"②的艺术理想。

洛夫的确是在进行长期的潜心研究并且不断实验的。纵观他几十年的诗观表白与创作追求，他所追寻的目标就是：向中国古典寻找超现实主义的传统，使传统现代化；寻找西方超现实主义与东方的禅的契合，使超现实主义技巧中国化。

从大方向上看，洛夫的这一追求与余光中、叶维廉等人的追求是一致的，他们无非都是要解决新诗与传统、古典与现代、西方与东方的问题。20世纪50年代，台湾诗坛围绕着"现代派"的"横的移植"论展开过论战，余光中、覃子豪、黄用、叶维廉等的文章都已涉及如何解决传统与现代的关系问题。余光中曾说："我们不承认'新诗与传统脱节'的论调"，并且举出了叶珊、痖弦等人的诗句如何"接受了旧诗的技巧，且将旧诗的韵味点化成更新的现实"。他提出的结论是："新诗是反传统的，但不准备，而事实上也未与传统脱节；新诗应该大量吸收西洋的影响，但其结果仍是中国人写的新诗。"③余光中20世纪60年代初还与洛夫论战过，认为洛夫当时试验的"超现实主义"太前卫，不太像中国人写的诗。④当然，在对待现代诗的观念上，尤其在试验将西方诗歌技巧中国化上，余光中与洛夫的差距是相当大的。余氏表现为稳健，洛夫则在不断创新。叶维廉在1959年曾指出：

---

① 费勇：《洛夫诗歌中的庄与禅》，见《洛夫与中国现代诗》，台北东大图书公司1994年版，第156页。

② 洛夫：《超现实主义的诗与禅》，见公仲、江冰主编：《走向新世纪——第六届世界华文文学国际研讨会论文集》，人民文学出版社1994年版，第153页。

③ 余光中：《新诗与传统》，见张汉良、萧萧编著：《现代诗导读·理论篇、史料篇》，台北故乡出版社1982年版，第16、18、22页。

④ 洛夫：《诗坛春秋三十年》，见《诗的边缘》，台北汉光文化事业公司1986年版，第16页。

照目前的中国现代诗看来……模仿的成分显然很严重，无论在取材上、意象上及技巧上都似乎尚未逃出艾略特、奥登、萨特维尔（Edith Sitwell）及法国各大师的路子，除了在文字上之异外，欧美诗的痕迹实在不少。这也可以说，自己的个性尚未完全地建立——至少中国许多方面的特性未曾表现，譬如就均衡一点及由均衡而产生出来的"刚"和"力"，又譬如中国文字本身超越文法所产生的最高度的暗示力量（这种力量的达成在文字艺术的安排）都未好好地表现过。①

洛夫主张学习西方但又要具中国个性，同时又要发挥中国传统美学力量。在《诗的再认》（1961年作）里，他又指出中国古典诗歌中就已包含矛盾语法情境，禅宗的"雨中看杲日，火里酌清泉"亦是，同时还指出"超现实主义表面无理但内含物之真象，实在可以说同源于'矛盾语法情境'"②。这也是最早把超现实主义与禅并提，把古典诗中含有现代诗的矛盾语法情境揭示出来的文章。之后，叶氏更进一步提倡"纯粹诗"与道家美学的返璞归真，又都是旨在发掘中国古典诗歌中的美学传统并使之得到现代诠释的。他的诗创作也力图把古典与现代相结合，但做得并不十分成功。正如张默所言："叶维廉是一个古典主义者，一个存在主义者与一个现代主义者。……他试图把'古代'与'现代'凑合在一起的那种大胆的气概，颇值得尝试与鼓舞。"并指出叶氏的一些诗如《赋格》"令我们感知'现代的'与'古典的'可以同时呈现（甚至并存）的可能性"③。应该说，洛夫是受到叶维廉的某些影响的。洛夫早期与痖弦、叶维廉等一同从事现代诗前卫思潮与技巧的推动，而洛夫认为叶氏最具深厚的理论修养。洛夫在《诗坛春秋三十年》中谈到，1959年左右的现代诗

---

① 叶维廉：《论现阶段中国现代诗》，见《从现象到表现——叶维廉早期文集》，台北东大图书公司1994年版，第276—277页。
② 叶维廉：《诗的再认》，同上书，第289页。
③ 张默：《现代诗的技巧》，见《现代诗的投影》，台湾商务印书馆1967年版，第6页。

论战,"在几位教授级诗人中,就理论修养而言,深厚莫如叶维廉"[①]。1969年之前,洛夫还特意翻译了叶氏用英文发表在美国 TRACE 季刊上的为"中国现代诗特辑"所作的"前言",并将其收入《中国现代诗论选》。叶维廉在此文重提中国古典诗歌中已包含可视为超现实主义或印象主义的表现手法。洛夫在1969年发表的《超现实主义与中国现代诗》中亦开始谈超现实主义与禅的相似,谈中国诗禅一体所包含的那种飞翔的、超越的、暧昧而飘逸的气质正与超现实主义的某些精神相吻合。后来在追求诗的纯粹性时,洛夫发现他与叶氏的看法大致不谋而合[②]。不过,后来叶氏更多倾心于老庄,而洛夫则更努力推动超现实主义与禅的融通,也更自觉地在诗歌创作中去实验将超现实主义技巧中国化,将中国古典诗词的超现实主义表现手法转化为自己的现代诗技巧,使古典真正走向现代化。在古典与现代结合、西洋与中国结合的诗探索方面,洛夫的贡献要比叶氏大得多。尤其是洛夫中、后期的诗作,在禅的思维方式启发下,向唐诗宋词中寻找意境与神韵,并与超现实主义的技巧相融会,其创作引人注目,其探索路向也对中国现代诗的走向甚有影响。如他的《月亮·一把雪亮的刀子》,以李白诗"床前明月光,疑是地上霜"化出:

床前月光的温度骤然下降
疑是地上——
低头拾起一把雪亮的刀子
割断
明日喉管的
刀子

同时,他又用王维"月出惊山鸟,时鸣春涧中"那样的手法,将"月出无声"的静化为动,写出了动静相宜的禅境:

[①] 见洛夫:《诗的边缘》,台北汉光文化事业公司1986年版,第16页。
[②] 洛夫:《现代诗二十问》,见《孤寂中的回响》,台北东大图书公司1981年版,第148页。

月亮横过

水田闪光

在苜蓿的香气中我继续醒着

睡眠中群兽奔来，思想之魔，火的羽翼，巨大的爪蹄捶击我的胸脯如撞一口钟

回声，次第荡开

水似的一层层剥着皮肤

你听到远处冰雪行进的脚步声了吗？

月出

无声①

  这禅境的创造中含有超现实主义的技法，其意象也是极其现代的。这种融古典诗词的意境、禅的思维方式和超现实主义技法为一体的探索是比较成功的。他的《床前明月光》《与李贺共饮》《清苦十三峰》《车上读杜甫》《走向王维》《湖南大雪》等诗，都是向古典的诗词寻意。这种做法对后来的新生代诗歌也产生过影响，这说明洛夫的探索合乎诗未来的走向。掌杉在分析新生代的血脉时就指出过，新生代的某些处理手法就是从传统中寻找来的，如苏绍连的《地上霜》《春望》《雾》等，就有洛夫的影响。②

  洛夫谈过自己对中外文学的吸收与形成自己独特表现手法的问题。他说："我的文学因缘是多方面的，从李杜到里尔克，从禅诗到超现实主义，广结善缘，无不钟情。"③在《我与西洋文学》中又说："我理想中的诗，乃是透过具体而鲜活的意象，以表现看似矛盾，而实际上又合乎普遍经验的诗。这种创作观念也可以说是我国禅诗与超现实诗两者的融合。"④他还举王维的诗

---

  ① 洛夫：《魔歌》，台北中外文学月刊社1974年版，第121—122页。

  ② 掌杉：《探求新生代血液的脉源》，见张汉良、萧萧编著：《现代诗导读·批评篇》，台北故乡出版社，第455—467页。

  ③ 洛夫：《我的诗观与诗法》，见《诗的探险》，黎明文化事业公司1979年版，第163页。

  ④ 洛夫：《诗的边缘》，台北汉光文化事业公司1986年版，第56页。

句"月出惊山鸟"为例,认为它所产生的禅境就是一种"知性超现实主义的艺术效果"[①],并且认为他自己的《金龙禅寺》正是运用这一手法的例证。洛夫之所以不承认他是一个纯粹的超现实主义诗人,原因在于他不断地对超现实主义进行约制与调整,他先在《超现实主义与中国现代诗》中申明他提倡的是加以适当约制的、在广义上融会超现实主义精神的"广义超现实主义",在《魔歌·自序》中又再次提出一个与"广义超现实主义"异名同质的"知性超现实主义",1987年他又说他"目前的表现手法早已超越了'超现实'手法",原因在于"在数十年的创作过程中,我曾将超现实手法作过批判性的调整,并与中国古典诗中暗合超现实手法的技巧相互印证,加以融会,而逐渐形成了我自己的一套独特的表现手法"[②]。1993年他又再次强调:"东方的禅或中国的禅诗即与西方超现实主义的诗有若干暗合汇通之处,而我参照这两类诗的特性所主张的约制超现实主义,更融入了现代精神和技巧,使它形成了一种新的语言。"[③]可见,洛夫的诗歌实验就是以引进中国的禅与禅诗来改造超现实主义,并创造一种融会中西、古今的表现手法,而不纯粹走西方超现实主义的道路。洛夫所追求的目标可以说是大多数现代诗人都梦寐以求的。尽管各人所走的途径不一样,但对于能形成一套融会中西、古今的表现手法还是极其向往的。每个人都试图这样去做,但要真正做好却非常艰难。洛夫的实验意义就在于:他不仅对此种表现手法有清醒的追求意识,而且还走出了一条成功的路。

洛夫从艺术的需要引进禅,主要还是在引进禅的思维方式与表达方式。由于他早先是主张超现实主义的,在理解禅时也就总与超现实主义比较,去寻找它们的某些契合处,并力图在诗中去实验这种融会。洛夫这种实验,主要还是围绕着两个方面来展开的,一个是意境的创造问题,一个是语言策略问题。这两大问题都是中国现代诗需要好好解决的。

现代诗还要不要意境呢?洛夫认为是要的。洛夫追求的纯诗,实际上就

---

① 洛夫:《诗的边缘》,台北汉光文化事业公司1986年版,第57页。
② 洛夫:《关于〈石室之死亡〉——跋》,见侯吉谅著:《洛夫〈石室之死亡〉及相关重要评论》,台北汉光文化事业公司1988年版,第200页。
③ 洛夫:《超现实主义的诗与禅》,见公仲、江冰主编:《走向新世纪——第六届世界华文文学国际研讨会论文集》,人民文学出版社1994年版,第153页。

是追求一种有古典意境或禅境的诗。他说过："现代诗人所追求的是那种真能影响深远，升华人生，'不涉理路，不落言筌'，为盛唐北宋所宗的那种纯粹诗。"①又说："超现实主义的诗进一步势必发展为纯诗。纯诗乃在发掘不可言说的隐秘，故纯诗发展至最后阶段即成为'禅'，真正达到不落言筌、不着纤尘的空灵境界。"②境界之中"最高者莫如禅境"③，而高度纯粹的诗即可达到"不落言筌、不着纤尘的'禅'境"④。那么，如何才能获得这种禅境呢？洛夫至少进行了如下两个方面的探索。

  首先，是获得一种静观的思维方式。洛夫在《魔歌》时期，曾主张一种主客合一的观物方式，主张诗人把自己完全与天地的生命融为一体。这一时期洛夫的实验也取得了较好的成绩，形成了自《石室之死亡》以来的风格大转变。但正如前述，此时的洛夫仍充满火气，并非完全取得一种禅宗的静观方式，以致造成他好长一段时间的苦闷。这种状况一直维持到1983年，他一边进行一些禅诗的实验，一边感悟。据洛夫自己的记述，他开悟的契机是1987年的元旦换日历时，偶然在旧日历的记事栏内发现不知何时写的一则有关诗的随想而获得的。这段话如下："诗人的静观，也就是一种超感性与超理性的直观法，乃视宇宙万物为一体，无你我，无主客，无过去、现在和未来，无形体与心之分。理性使人产生分别心，如事事以二分法来对待，来分析，真诗又如何产生？"⑤这段话的确可以说是已达到一种禅宗的静观方式，比之于洛夫过去只谈主客合一前进了一大步，它表明不仅要超越诗人与物的主客二分，而且要超越时间的区分、形体与心的区分，这样才能找到诗人的"真我"与静观。禅宗就强调超越一切相对的观念，做到"真我"的解脱。《五灯会元》卷四载南泉在面对不可能答的问题时，就用超越性解决。陆亘问南泉：养在瓶中的鹅，

---

  ① 洛夫：《泛论现代诗》，见《诗的探险》，台北汉光文化事业公司1986年版，第65页。
  ② 洛夫：《诗人之镜》，台北大业书店1969年版，第55页。
  ③ 洛夫：《试论王国维的"境界"》，见《诗的探险》，台北汉光文化事业公司1986年版，第118页。
  ④ 洛夫：《中国现代诗的成长》，同上书，第48页。
  ⑤ 洛夫：《月光房子·自序》，见《月光房子》，九歌出版社有限公司1990年版，第6页。

你如何在既不毁瓶又不伤鹅的情况下将它拿出来？南泉高呼"陆亘大夫"，陆亘应声而答，南泉即说"出来了"。禅宗就是不要使"我"的形体（假我）遮蔽了自性的"真我"。洛夫的随想若按时间推算，当在1986年，至少也不早于1985年。评论家张默说过："现代诗人如果真正能够由内省而及于静观，这个世界将可使你享用无穷的美妙。"①由于这种静观方式由朦胧到清晰的获得，洛夫才真正做到一种精神的安顿与自足，也才真正进入一种"大乘的写法"（借用林亨泰评洛夫语）。于是，他有了像《剔牙》《挖耳》《洗脸》《书蠹之间》《大悲四题》《咖啡断想》等"以平常心悟道"的诗，也有了像《山寺晨钟》《临流》那样颇具禅意、禅境的诗，还有了突出直觉与感受的《白色墓园》。

其次，是用禅打破因果律与切断联想的思维方式，造成诗境的空白与超越性。洛夫认为中国诗禅一体所获得的"言外之意"或"韵外之致"，就是禅宗的"悟"，也就是超现实主义追求的"想象的真实"和意象的"飞翔性"②。禅家经常使用简洁的遮断法来引导人超越现象的限制而直透本质，如：

> 襄州居士庞蕴，后之江西，参问马祖云："不与万法为侣者是什么人？"祖云："待汝一口吸尽西江水，即向汝道。"居士言下顿悟玄要。
> 问："如何是禅？"师（石头希迁禅师）曰："碌砖。"又问："如何是道？"师曰："木头！"③

老师以一个没有因果关系的东西来切断学生的思维，而使学生清理掉原先的思维障碍即内心的执著从而获得言外的顿悟。洛夫创造诗的禅境就往往使用这种手法。如《金龙禅寺》：

---

① 张默：《现代诗的特征》，见《现代诗的投影》，第53页。
② 洛夫：《超现实主义与中国现代诗》，见《诗的探险》，台北黎明文化事业公司1979年版，第100页。
③ 释道原：《景德传灯录》，台北新文丰公司1981年影印本，第146、259页。

> 晚钟
> 是游客下山的小路
> 羊齿植物
> 沿着白色的石阶
> 一路嚼了下去
> 如果此处降雪
>
> 而只见
> 一只惊起的灰蝉
> 把山中的灯火
> 一盏盏地
> 点燃①

诗中间突然插入的"如果此处降雪",可以看作是因白色石阶而触发的联想,但这中间并无任何因果关系,看起来完全是随机的。下一节也不是对它的回答。在这种不答之答之中,却造成了一种"韵外之致"的禅味,使诗的意境顿时飞动起来。两者之间意义与视境的转换,也就如同"采菊东篱下,悠然见南山"一样变得自然平淡,读者又何必去追问此地是降雪还是不降雪,降雪以后又是什么情景呢?

又如《问》:

> 在桥上
> 独自向流水撒着花瓣
> 一条游鱼跃了起来
> 在空中
> 只逗留三分之一秒
> 这时

---

① 洛夫:《魔歌》,台北中外文学月刊社1974年版,第46—47页。

你在哪里？

这最后一问并无确指，到底是问鱼在哪里还是问读者或作者在哪里？这三分之一秒的刹那却逼出了一个问题：如何才是真正的"鱼"或"我"。如果说鱼在空中，那是错误的，因为生活在空中的不可能是鱼，鱼在水中才会被称为"鱼"。但是事实上鱼又在空中逗留了三分之一秒，说鱼不在空中就不符合现象的事实，这时你怎么办？这便有了禅宗参话头似的玄机。禅宗面对这种情况有"不触机锋"之戒，因为禅的意境就只在那一刹那、一段景和一片空白，而不能脱口而答。所以，洛夫以只问不答作结，而把感悟留给了读者。

当然，这种空白与超越性的形成又不仅仅限于不答之答上，更多的时候则表现为意象的暗示。洛夫对暗示极为重视，他说："有时诗人对宇宙人生有着特殊的体悟，这种体悟不是一般日常语言所能直接表达出来的，便采用一种暧昧的方式，做不明确的表示，目的在求读者的感悟。这种暗示手法，通常用来传达一种哲思或启示，在我国的禅诗中用得最多，可以收到'不言而喻'的效果。"[2]他还把暗示与超现实主义联系起来，认为它更接近超现实主义"想象的飞越"或禅宗的"机锋"[3]。又说："诗惟一的价值乃在'以小我暗示大我，以有限暗示无限'。"[4]禅宗里有问："什么是道？"禅师则答："云在青天水在瓶"，这就是用意象来暗示：天上的云，瓶中的水，虽然所处地位有别，但两者在"湿性"上等无差别。自性平等就是道。洛夫的诗在意象经营上就颇得暗示之神髓。如《午夜削梨》：

那确是一只
触手冰凉的

---

[1] 洛夫：《酿酒的石头》，台北九歌出版社1992年版，第10页。
[2] 洛夫：《诗的语言和意象》，见《孤寂中的回响》，台北东大图书有限公司1981年版，第10—11页。
[3] 洛夫：《试论周梦蝶的诗境》，见《诗的探险》，台北黎明文化事业公司1979年版，第218页。
[4] 同上。

闪着黄铜肤色的
梨
一刀剖开
它胸中
竟然藏有
一口好深好深的井[①]

"黄铜肤色"的梨暗示人的种族性，胸中好深好深的"井"暗示作者有一种深藏胸中的乡愁，在午夜削梨时被唤起。作者对此并不直说而用暗示，这虽然颇得里尔克诗的表现手法，但却与禅结合化为中国手法了。

又如《月光房子》，以月光砌成的房子隐喻自己的心胸，虽然历经沧桑，从大草原、万仞悬崖等变成了：

一壶
以鲜花引火
以夏日骤雨烹煮的浓茶
或者是
一本厚实而温和的书

但只要：

最后又将我
还原为一张空白的纸
回首环顾，只见
一屋子
易燃的旧事

---

① 洛夫：《因为风的缘故——洛夫诗选》，九歌出版社有限公司1990年版，第149—150页。

一点火便把我烧了①

这暗示心胸不可彻底透明，它深藏的旧事仍然随时随地可以点燃。这便有了想象的飞翔性。

在语言方面的实验，洛夫更是不遗余力。如果说洛夫在《石室之死亡》中是向西方现代主义借用一些语言策略来反映其孤绝的话，那么在他的后期则是回归到中国古典诗歌包括禅诗中去寻找新的语言策略。然而，这种回归又不是纯然的返旧，而是参照超现实主义的特性，去创造一种新的富有现代技巧的语言。

矛盾语（the language of paradox）是洛夫以及台湾诗人最喜欢谈论的话题。这首先是从西方现代主义诗论介绍进来，然后又参照中国老庄与禅宗关于语言的观念进行比较。在台湾，夏志清教授翻译了耶鲁大学教授布鲁克斯（Cleanth Brooks）的《诗里面的矛盾语法》一文之后，布鲁克斯的《现代诗与传统》（*Modern Poetry and the Tradition*）中论矛盾调和与平衡的观点也一再被人引用。叶维廉《诗的再认》又将禅宗的"雨中看杲日，火里酌清泉"等同于"矛盾语法情景"。洛夫自然也接受这种观点，《石室之死亡》中就已有所运用，在评论周梦蝶诗境时又对其作了进一步的引申和总结。他说："所谓矛盾语法就是一种似非而实是的说法。老子说：'祸兮福所倚，福兮祸所伏'，就是最佳例子。……矛盾语法确能使诗产生'此中有真意，欲辩已忘言'的效果，从荒谬的情境中现出真境，从矛盾中发现和谐。"②他还指出了周梦蝶诗中不少矛盾语的例子，如"谁能于雪中取火，且铸火为雪"等。洛夫诗的许多语言也常常是反逻辑的、矛盾的，但却往往能起到突出直觉的效果，在可解与不可解之间达到了一种本质上的和谐。

如《白色之酿》：

---

① 洛夫：《月光房子》，九歌出版社有限公司1990年版，第133—134页。
② 洛夫：《试论周梦蝶的诗境》，见《诗的探险》，台北黎明文化事业公司1979年版，第230—231页。

且裸着身子跃进火中
为你酿造
雪香十里①

这与周梦蝶的"雪中取火""铸火为雪"有异曲同工之妙。
再如：

水来我在水中等你
火来
我在灰烬中等你②

街衢睡了而路灯醒着
泥土睡了而树根醒着
鸟雀睡了而翅膀醒着
寺庙睡了而钟声醒着
山河睡了而风景醒着
春天睡了而种籽醒着
肢体睡了而血液醒着
书籍睡了而诗句醒着
历史睡了而时间醒着
世界睡了而你我醒着③

这些诗句与禅宗里的"山上有鲤鱼，水底有蓬尘"④一样，看似与常识相反，却在艺术的世界里使人对熟知的事物产生了一种新的惊奇的发现与新的美

---

① 洛夫：《魔歌》，台北中外文学月刊社1974年版，第24页。
② 洛夫：《酿酒的石头》，台北九歌出版社有限公司1992年版，第68—69页。
③ 洛夫：《湖南大雪》，见《天使的涅槃》，台北尚书出版社1990年版，第20—21页。
④ 释道原：《景德传灯录》，台北新文丰公司1987年影印本，第67页。

感。这便是矛盾语产生的艺术张力。当诗人以直觉而当下直接地进入事物的如如之相时,也就获得了创作的自由。在这个时候,诗人的世界与禅的世界是一致的,诗的感通方式与禅悟也是相似的。

洛夫一直认为诗的语言是一种纯粹的、感性的语言,所以纯粹的诗就绝不是预先设计的一个模型,然后再将某些概念灌进去。①这与他早期提倡诗的"自动语言"相关。随着他提出要对超现实主义进行约制的进展,他的"知性超现实主义"又企图对"知性"与"超现实"这一矛盾加以统一。于是,到了《隐题诗》阶段,他则退到"半自动语言"。他对诗歌语言的形式排列问题仍然探索不已,这便是"隐题诗"对语言及诗歌形式关系的试验。"隐题诗"的形式虽是受中国古典诗歌的艺术形式的启发而创作的,但这种设想与探索却植根于洛夫的诗学观,即他认为"诗,永远是一种语言的破坏与重建"②。至于诗的题目,洛夫很早就认为它"犹如大衣左面一排多余的纽扣,对诗本身并无必然意义"③。"隐题诗"也正是将诗题的语言破坏然后重组,使题目变成无意义的东西,而让诗的语言本身来呈现意义。纪弦在谈现代诗时提出了一个"秩序"问题,他说:

> 现代诗否定逻辑,而代之以秩序。其秩序之确立,乃是出发自高级心灵生活之体验,而又恒受诗人绝对自由意志之支配。这是一个空前无两的大发明:一直觉之明灭,一顿悟之启开,神奇而又真实,一未有的境界之出现。错综时空,合一物我,变动万有之位置,交换一切之价值,或为整数之分裂,或为碎片之重组,重组了又分裂,分裂了又重组而止于诗的至善。④

---

① 参见洛夫的《诗的欣赏方法》与《诗的语言》二文,见《诗的探险》,台北黎明文化事业公司1979年版。
② 见《隐题诗》扉页之洛夫题词。
③ 转引自林亨泰:《大乘的写法》,见侯吉谅主编:《洛夫〈石室之死亡〉及相关重要评论》,台北汉光文化事业公司1980年版,第3页。
④ 纪弦:《现代诗的创作与欣赏》,见洛夫、张默、痖弦主编的《中国现代诗论选》,台北大业书店1969年版,第239—240页。

这与洛夫的理论如出一辙。现代诗的语言和意象为什么要不断分裂而又重组呢？就是因为现代诗的意义是变动不居的，多元性的，无限性的，这就决定了它不可能有预设的模式。"隐题诗"的语言试验跟禅也有关系。禅的语言强调偶然性与随机性，在顿悟与直觉之中语言往往是非逻辑的。"隐题诗"的语言也试图寻找某种天机因素，放弃一些习惯性语法，在随意的冲动中激荡出某些意想不到的惊人意象与句子。如"饲一尾月亮在水中原是李白的主意／金光粼粼中／鱼和诗人相濡以沫"[①]"水中他看到一幅倾斜的脸／穷困如跳蚤／处处咬人"[②]。而且，"隐题诗"将题目隐掉，读者若非细心，很难发现其中的玄机。这种玄机往往又超越"隐题"的形式，存在于诗的整体而透给读者某种禅机。因此，语言的破坏与重组之后又实现了对语言本身的超越。洛夫这种"半自动语言"实验是建立在超现实主义与禅相结合的基点之上的。

但是，这种"半自动语言"的实验是否行得通并且具有普遍的意义，很值得怀疑。尽管洛夫的"隐题诗"大部分在达到整体的有机结构上做得不错，但在某些具体的语句安排上还是碰到了困难，有时不得不作屈服与让步，甚至在选择诗句作标题时，也不得不尽量避免虚字。有时为了满足诗的有机结构，诗句的衔接就显得很勉强，如"咖啡匙以金属的执拗把一杯咖／啡搅得魂飞魄散"[③]，"蚯／蚓饱食泥土的忧郁"[④]。又如：

> 孩子走成一个黑点最后在雪的
> 童话中消失。公主
> 与黑衣武士，含羞草与
> 炸弹等之关系是否犹如

[①] 洛夫：《杯底不可饲金鱼，与尔同销万古愁》，见《隐题诗》，台北尔雅出版有限公司1999年版，第116页。
[②] 洛夫：《行到水穷处，坐看云起时（赠王维）》，同上书，第85页。
[③] 洛夫：《咖啡豆喊着：我好命苦，说完便跳进一口黑井》，同上书，第108页。
[④] 洛夫：《蚯蚓一节节丈量大地的悲情》，同上书，第106页。

第二辑　文化诗学批评的实践意义

都市中告示与墙、墙与上下左右的空无之关系①

这就有违禅的精神。禅主张天然，顺其本性，若在作诗时要扭曲语言或思想，就显得太造作矫情。这既不是中国禅诗的传统，也不是洛夫提倡的将超现实主义与禅诗相结合所应走的道路。如果洛夫尽以自己的诗句为题，或应友人的某种要求而作（如以老友瘂弦建房为题而作），就难免有一天会走向游戏主义。此外，洛夫的"隐题诗"虽然大多可以做到"无理而妙"，但语言上似乎求理太盛，理语太多，势必削弱诗的禅境。这与他追求诗之至境乃禅境也有了距离。禅宗讲"直下便见，拟思即差"，而洛夫则太过分强调形而上思考，这也存在矛盾。洛夫如何解决好这一矛盾，仍值得探索。

四

李英豪在很早时就看出"洛夫不是一个轻率的诗人，而是对自己要求很高甚至太多的诗人"②。洛夫几十年来的诗歌追求不断求新、求变、求精，不断地向自己提出挑战，甚至进行冒险的实验。他所追求的目标是很高很难的。他以一"孤独的王者"的气派在崎岖的道路上攀登，进行诗的探险。他的实验包括他的诗论是中国现代诗歌史上的宝贵财富。自本世纪初以来，中国现代诗一直在进行东方与西方、古典与现代相结合的实验。早期新诗人中，冰心常从古典诗词中获取意境与句意，使古典的题材融化在新诗的生命中。30年代的废名（冯文炳）亦尝试使用"禅家的语言"创造诗的禅趣。他还大量运用中国古典诗词、戏曲甚至散文中的句子，或加以引申，或赋以新义，构成新的意象。卞之琳、戴望舒、冯至、艾青以及20世纪40年代的"九叶派"诗人等，也都在摸索一条中西融合、古今汇通的道路。直至五六十年代的台湾诗人周梦蝶，也仍在作这种努力。而洛夫长期以来的探险及其成功的经验给我们的启示是：中

---

① 洛夫：《孩童与炸弹，都是不能对之发脾气的事物》，见《隐题诗》，台北尔雅出版有限公司1999年版，第50页。

② 李英豪：《论洛夫〈石室的死亡〉》，见《批评的视觉》，台北文星书店1966年版，第150页。

国现代诗的发展决不能走模仿西方现代诗的路径，必须在吸纳西方现代诗创作经验的同时，回归中国本土，以东方的智慧之光为动力，以丰厚的文化传统为基础，融会东西，沟通古今，形成一种有本土特色的现代创作方法与一套诗意语言系统和意象系统。处于世纪之交，这种启示是非常有益的。

历史以及个性都注定洛夫仍将去冒险与实验。我相信，洛夫还会对自己提出新的挑战，并开始他新的历程。

(原载于《现代中文文学评论》（香港）1995年第4期)

文化眼睛里的文化风景

——评也斯新作《游离的诗》

也斯是一个酷爱思考的学者兼诗人。他的艺术评论常发表与众不同的艺术见解,他的散文也常常对习见的事物和现象发出哲人式的疑问,同样,在他新近出版的诗集《游离的诗》中,也充满了一种文化性的思考。

此诗集的五十余首诗,大多是他离开香港到柏林、芝加哥、纽约等地之后写的,他置身于异乡之后再回过头来审视香港就有了不同的感觉,或者在与异乡友人聚首交流的启示下又获得了对香港文化的再认识,或者是在观察异国的变化以及香港新移民在移居他国后的文化状况时触摸到了文化变迁的一种具体形象。在获得一种间隔距离后,他回顾香港历史、审视香港的文化身份就有了更从容的心态。同时在与他国的比较中,也更体会出人类文化生存的艰难。

如《异乡的早晨》,诗人在芝加哥的早晨醒来,回想起昨夜里与由各处赶到他房间里聚会的中国人的交谈竟然恍如隔世,改变了意义。这难道是变化了的天气的缘故吗?不,是语言,是那些"混杂了不同口音的怨曲",那些"混杂在别的声音中学成的新的话语"都变成了"碎片",诗人从语言被撕裂当中感到了一种文化上的创痛。的确,当语言——这一文化的载体被割成不连贯的碎片时(我理解聚会的中国人中定操着各式语言,包括国语、粤语甚至美式英语在对话),哪怕都是中国人的聚会又怎能做到文化的认同与相通呢?诗人正是在游离于文化边缘时才感到中心失去的沉重,这就难怪诗人产生了如同米兰·昆德拉一样的感觉:"沉重的行囊/变得难以言说的轻"。

我最喜欢的还是他的《青蠔与文化身份》。这首诗令我想起了他在散文《书与街市》《蔬菜的语言》所表现出来的智慧。它在幽默与调侃的质疑当中充满睿智的思考。它是知性与感性的高度结合,又是现实与后现代的相互交错，在看似荒诞的排列中却透露出了严肃的文化思考。诗人以戏谑式的口吻来讨论文化的世界性问题，却给人留下极其深刻的印象，其个人观点的表露又是那么鲜明与不容置疑，那就是：文化永远是具体的，不可脱离历史的。我想，这大概是也斯自己也最为得意的一首诗吧，因为在这首诗里他把自己那份学者兼诗人的才能发挥到了极点。

与这种文化性的思考相切合，诗人在艺术形式上也多采用了一种语言与意念的跳跃方式，这很类似于后现代绘画中的拼贴。然而，正是在这种跳跃性的意念与形象并置中，突出了诗人时空交错的历史思考与文化思考。如《城寨风情》一样，从舞剧《小刀会》的布景联想到它的导演，再联想到香港的历史是否只是金钱的历史，从清兵的筑城反抗和英军的无理入侵联想到到底谁拥有主权和谁可以在香港建筑家园的问题，诗人在文化时空中思接千载，神游万里，其艺术处理的方式是非常新鲜而又贴切的。

（原载于《文艺报》1995年4月8日）

中国古典诗词的生命精神与哲学智慧

时间：2012年6月24日
地点：深圳图书馆"市民大讲坛"

我一直以来对古典诗词比较爱好，我是七七级的大学生，大学本科的毕业论文是从美学方面去分析李煜的词的。读硕士生时，论文写的是清代叶燮的文论研究，博士论文写的是《佛教与中国中古文学思潮》。一直到前几年，应《羊城晚报》"花地"编辑部的邀请，在《羊城晚报》开了近两年的专栏，叫做《诗词小札》，后来结集在中国青年出版社出版。我一个星期写一篇文章，主要是品读古人的诗词。两年之后结成集子出版了。我谈古典诗词，这也是受到老前辈刘逸生教授的影响。他是暨南大学的教授，写了《唐诗小札》等。我们在大学时都喜欢读他的书，他从艺术和审美的角度品读唐诗，影响了我们整整一代人。今天我主要从两个角度去谈古典诗词，即从生命精神角度去理解古人，从古人的哲学智慧中去接触古人。古人讲"思无达诂"，一首诗，每个人的解释、理解可以不一样，就像一千个观众有一千个哈姆雷特一样，其实一首诗被一千人读也有一千种理解。从这个角度说，我今天所奉献的只是我个人的体会和理解，不一定正确，但是如果能给大家以启发，我就觉得目的达到了。

一、诗来自于理想和现实的冲突

诗的悲情体现生命精神。因为诗来自于理想和现实的冲突，来自一种生命的悲情，乃至生命的抗争。孔子很早就说过诗可以"兴、观、群、怨"。"兴"是表达自己的一种感发；"观"可以从诗里面观察到社会；"群"具有团结群众的作用；"怨"包括怨刺、讽喻等。诗的作用很多，《诗经·毛诗大序》中讲到，诗来于"饥者歌其食，劳者歌其事"。饥饿的人为了求食求生存，表达自己心里的怨恨，就要唱出来。"劳者歌其事"，《诗经》中有描写为皇帝去服劳役或者做其他苦力生活的诗歌，尤其是《诗经》里的《国风》主要就是反映劳动人民日常生活的作品。钟嵘在《诗品·序》中特别讲到"嘉会寄诗以亲，离群托诗以怨"。欢乐的时候可以把诗寄给亲朋好友，大家可以经常聚会、学习，增加情谊，但是更多的时候是离开群体漂泊在外，往往要写诗表达自己的离愁别怨，尤其是在受到了不幸的打击或官场上的排挤，被流放他乡之时，就会写诗词抒发怨情。这一类诗词是很多的。例如屈原就是因为在朝廷受到打击、排挤，所以才写了《离骚》等。"至于楚臣去境，汉妾辞宫；或骨横朔野，或魂逐飞蓬；或负戈外戍，杀气雄边"，这是说背着枪出去打仗，去戍边了。"塞客衣单，孀闺泪尽"，这都是到了要写诗的时候了。"或士有解佩出朝，一去忘返"。这时候士被排斥在外，遭贬了，离去之后不能回到京城了，这自然会有怨诗产生。"女有扬蛾入宠，再盼倾国"，美人被召入宫，但是后来又遭到冷遇，这也要发出怨恨之声。在汉代和唐代都有这种宫怨诗。所以"凡斯种种，感荡心灵，非陈诗何以展其义"，没有诗就无法展开他的胸臆。"非长歌何以骋其情"，不歌唱就无法驰骋他的感情。钟嵘实际上把古人创作诗歌的来源、境遇总结了出来，我们从这里了解到古人是在哪些方面去体现他们激情四射的生命精神的。

白居易也说过，诗来自于"征戍行旅，含冤遣逐，冻馁病老，存殁别离"。生死问题、病老问题、在外行走问题，这些都可能是"情发于中，文形于外"。从《诗经》中的诗可以"怨"，到《离骚》的"骚"言志，那都是一种情绪的倾诉。其实离骚的"骚"也通发牢骚的"骚"，屈原就用《离骚》来发泄他的牢骚，并表达他的志向。

再到后来欧阳修还讲到"诗穷而后工"，诗人到了穷途、不是很顺利的时候，诗写得反而更好了。这就构成了中国古典诗歌的悲情传统。诗人欢乐时候出诗，但是在悲情的时候出诗会更好，更多。

悲情之一就是伤时，是古人面对时间的那种生命感慨，悲叹、感慨时间的流逝。像孔子这样一位古代的大思想家、教育家，也像现在的我们一样，面对时间消逝而无法把握。他站在水边,看着水不断流去而感叹:"逝者如斯夫,不舍昼夜!"时间是无法挽留的,生命也是有限的。《论语》中还讲"往者不可谏,来者犹可追"。过去的时间我们不可能再把它拉回来了,但是未来我们还可追赶时间。一方面在感慨时间难以挽留,另一方面也在激发自己要不断进取,成就事业。古人的悲情也就由此而生。

到了汉代,三国时期战乱频繁,国家之间互相争斗,士兵与民众死伤无数,当时的人活到四十岁已经算是长寿了。汉代的《古诗十九首》最早开启了对生命的思考。它讲"生年不满百,常怀千岁忧",一个人的生命不满百年,怎么样能够把握住岁月呢?既然把握不住,为什么不"昼短苦夜长,何不秉烛游"呢?意思是何不拿着蜡烛再去日以继夜的游呢?这样就能把时间把握得更好了。"仙人王子乔,难可与等期",像王子乔那样遇到神仙就可以活一千年的传说是等不到的,我们只有很少的时间。《古诗十九首》就经常这样感慨生命的短暂。

二、诗人伤时是为了惜时

古人不仅感觉到时间是难以挽留的,而且面对时间也感觉到人生很渺小。当时人的寿命就是四五十岁,现在人的平均年龄是七十四岁。但是要在这些时间中让自己能够有所成就,而成就往往又不大难以如愿时,就有了一种生命的悲叹。如曹操,他在统一北方之前写下了《短歌行》表达他的感慨,"对酒当歌,人生几何?譬如朝露,去日苦多",他感叹人生就像早上的露水一样,晒一下就没了。过去的日子欢乐的少,苦的多。"慨当以慷,忧思难忘。何以解忧,唯有杜康",只有靠喝酒来解愁。但是,曹操对时间的感慨并非消极,而是要抓紧时间建功立业,统一全中国,所以在这个时候,他就通过《短歌行》表达自己的愿望,希望能够招纳更多的人才。这就是他的忧虑,故"忧从中来,不可断绝",担心没有更多的人来投靠他。"月明星稀,乌鹊南飞。绕树三匝,何枝可依?"你们要寻找良枝就来依附于我吧!曹操用人是非常开放的,他的手下人才也非常多。"山不厌高,海不厌深",山越高越好,海越深越好,越大越好。他就想出了要招揽人才,为他的大事业来奋斗。

时间短暂,古人就尽量要在空间中去把握住时间,希望在短暂、有限的时间内,把自己的事业做强、做大。其实古人是有进取之心的,尽管是悲,却催生一种进取之心。

屈原感慨草木"春秋代序",人也有了"美人迟暮"之感。草木零落,老之将至。

陶渊明也说"盛年不再来,一日难再晨",一天很难再有另一个早晨。所以"及时当勉励,岁月不待人",这就是对年轻人的鼓励。古诗还说"劝君莫惜金缕衣,劝君惜取少年时"。

宋祁的词:"浮生长恨欢娱少,肯爱千金轻一笑。为君持酒劝斜阳,且向花间留晚照。"我们的生命常常恨欢乐的时间太少,喜欢千金却轻视欢乐的一笑,那么我就劝你能够喝着酒,在黄昏到来时,哪怕是天要黑了,时间不久了,也"且向花间留晚照",希望能够把日照的时间多挽留一些。这就是古人的进取之心,从时间的悲叹当中体现出自己的一种奋发、进取,对于时间的爱惜,对于事业的执着。

三、古人思考时间的意义也是在思考生存的意义

当然,古人对时间有时候还拷问得更深,而不仅仅是悲叹。唐代诗人张若虚的《春江花月夜》就最有时间意识的,穿越时空,也超越时空,在把空间转为时间的过程当中,把人和宇宙联系起来,有了宇宙意识,从而实现了一种生存意义上的超越,闻一多评价他有了"更夐绝的宇宙意识"。

"春江潮水连海平,海上明月共潮生。滟滟随波千万里,何处春江无月明"!这都是写的一种空间的意义。看着一江春水不断地流,滟滟随波有千万里之大。"何处春江无月明",哪个地方都有月亮在照着,这都是一个空间。"江流宛转绕芳甸,月照花林皆似霰;空里流霜不觉飞,汀上白沙看不见"等,写到的是江天一色的美景以及空中的一轮孤月。这都是写对空间的感觉。诗人从空间方面进一步深入到时间中去提问,"江畔何人初见月?"这个月亮在江畔的时候,是谁最先看到的?是古人中的谁呢?他恐怕早已不见了,这就有了时间的追问。"江月何年初照人?"这个江月哪一年

第一次照到人呢？按照现在的黑洞科学理论，宇宙是无穷的，起源于谁、起源于什么时候是没有解的，这就有了一种宇宙的追问之意。所以"人生代代无穷已，江月年年只相似"，人生一代又一代替换，而江上的月亮年年都是相同的。"不知江月待何人，但见长江送流水"，不知道江上的月亮在等待着谁呢？只见到长江的水在不断的流。这个时候，生命的悲情感就推出来了。古人在对空间与时间的思考中，感觉到了宇宙的无限与人生的短暂，感觉到了绝对与相对、有限与无限、历史与现实以及人与自然、人与社会的关系，这种思考是很深刻的。

李白的《把酒问月》沿袭了张若虚的《春江花月夜》的意思，"今人不见古时月，今月曾经照古人。今人古人若流水，共看明月皆如此"。

古希腊哲学家赫拉克利特也在问，人不可能踏进同一条河流，因为流水都是在走的。尽管你踏入了同一条河流，但是这一刻是这一刻的流水，下一刻就不再是上一刻的流水了。

所以说时间都在变动的，人生无常就是这么来的。今人、古人都像流水一样在转，今天看的月亮是如此，但是我们今天看的月和昨天看的月和明天要看的月绝对不是同一个月亮。

苏轼在游赤壁时作的《前赤壁赋》中说，"哀吾生之须臾"，意思是我的生命于须臾之间在转换。"羡长江之无穷"，长江不断的流，所以他很羡慕。这都是一种生命的感慨。

欧阳修写的词中也在讲，"把酒祝东风，且共从容，垂杨紫陌洛城东。总是当时携手处，游遍芳丛。"当时在洛阳有牡丹花开的时候，他与朋友是把酒祝东风，携手到处游，欢乐之声很多。接下去写到"聚散苦匆匆，此恨无穷"。大家聚在一起自然是欢娱的，但是聚又会散，而且是聚少离多，人生有多少欢娱呢？想起来就又悲恨无穷。"今年花胜去年红"，但是"可惜明年花更好，知与谁同"，不知道明年花更好的时候谁还和我在一起呢？这就是古人的一种忧虑，对于生命、世事难以把握的一种感慨。但是更多的是要惜取眼前。伤春伤时，悲秋悲生也就出来了。

四、把自己的心情对应到了春天秋天

前面说的是对时间的感慨。时间是有节点的，尤其是对于植物生命的一些节点，如花开花落；一些季节的节点，如春雨冬雪，人生更有一种对应的感发。所以伤春、悲秋都是对生命节点的年华反思。春天万紫千红，但很快就会过去。秋风至黄叶飘落，又会产生不幸的感伤。按照人类学家的讲法，人对大自然这种生命的律动是有感应的。春天来的时候心情会好，到了秋天的时候看到树叶衰落，会感觉到心情不好。冬天来了之后，更会感觉到时间的懦弱。所以伤春、悲秋也就自然成为了人类对生命的一种思考。

宋代词人晏殊做官做到了尚书，但是对于生命、时间还是把握不住，所以"时光只解催人老"，他相信时光在不断催人老去，这是将时间拟人化了。

李清照在早晨起来时，看到昨晚下了一场大雨，于是说"昨夜雨疏风骤，浓睡不消残酒"。昨夜睡觉很晚，喝过酒到现在酒味还没有消去。"试问卷帘人，却道海棠依旧。"她让丫鬟拉开帘子看窗外的花怎么样，丫鬟回答是没什么变化。但是诗人不这么看。"知否，知否？应是绿肥红瘦！"意思是你不知道吗？下了一场雨，虽然看着没变化，但是实际上花被打落了很多，叶子也长得更肥了一点。古人对于自然的感受非常细腻。从这个"绿肥红瘦"的过程，诗人看到季节的变化，对于大自然的生长与衰落有了一种生命的悲情感慨。

宋代大将军辛弃疾也在感慨，"更能消几番风雨？匆匆春又归去。"几番风雨后，春马上就跑掉了。所以，"惜春长怕花开早，何况落红无数"，我们要爱惜春天，怕它很快就会过去，变为残春，怕花开得太早了，希望开得晚一点。但是大自然的时令我们是挡不住的。还有落红无数，也就是落下的花瓣很多了。他由伤春而带出了自己对于家国的忧虑，对于自己有才而无法在抗金战场上驰骋的悲叹。所以他的伤春不仅仅是景色之伤，而是扩大到了一种富有社会政治意义的忧患意识，一种家国的悲痛之感，是社会之伤和国家之伤，从而使伤春有了更深刻的社会意义。

诗人蒋捷也写过两句非常好的词——"流光容易把人抛。红了樱桃，绿了芭蕉。"他与晏殊同样是在谈"时光只解催人老"，但他是通过一种画面的转换来描写时间流逝的。时间原本是很抽象的,但是他把时间具象化了,成为了一种画面。樱桃红了,芭蕉绿了,表示季节的变化。这就像给我们画了一幅油画一样,在色彩的转换之中,让人产生了被时间抛弃的感觉。在这种具体的物象的转化当中,我们看到时间转换为空间,抽象转化为具象,从而表达了他对于时间飞快溜走无法挽留的悲慨。这也是对于春天和时间的感伤。

白居易有送春之诗,说"送春曲江上,眷眷东西顾。但见扑水花,纷纷不知数"。送春送到曲江之上,看到的都是花不断地向水里掉落。"未有老到来,人间无避处。"当老到来的时候,想躲也躲不掉。不是你说我不要老就可以的,这不可能!所以"感时良为已,独倚池南树。今日送春心,心如别亲故。"今天送春走,就像把我的亲人送走一样。这里面有一种很强烈的生命嗟叹。

晏殊感叹"无可奈何花落去,似曾相识燕归来"。过去的燕子好像似曾相识,实际上不再是了。这也是对于时光、年华流逝的深刻感慨和惋惜。

刚才讲的是伤春,其实悲秋也是一样。楚国的宋玉很早就开始悲秋,他是悲秋之祖。"悲哉秋之为气也",为什么?因为"萧瑟兮草木摇落而变衰",所以引起了我们对于秋天的哀伤。

还有很多诗也写到了这一点,尤其是柳永的词"多情自古伤离别,更那堪冷落清秋节",他把秋天里的离别渲染得更有悲凉感。

吴文英的词说到"何处合成愁?离人心上秋",这个愁字怎么解呢?那就是要分离的人,他的心上面有个秋字,这就是愁。

赵翼讲"最是秋风管闲事,红他枫叶白人头。"秋天是怎么搞的?总是管我们人间的闲事干什么?你只管自然更替就可以了。这实际上是人把自己的心情、感受对应到了秋天。本来枫叶红了与人没有什么关系,但是人经一秋又多长了一岁,头发又白了许多,这就有关系了。

马致远的《天净沙·秋思》,被现代诗词评论家评为"秋思之祖"。他说到"枯藤老树昏鸦,小桥流水人家,古道西风瘦马"。这是什么?枯藤代表秋天到了。最后一句却是"断肠人在天涯",秋天里的旅行所见景色会不断地引起自己的感伤。

五、杜甫的孤独是一种社会的孤独

杜甫不愧是一位大诗人。他说,"万里悲秋常作客,百年多病独登台",这两句诗真是气概非凡!他一生颠沛流离,感慨有加,尤其是他在安史之乱以后居于夔州时写的著名诗篇《秋兴八首》,其对秋的描写与感伤是一流的。这些诗都非常好,我今天特别选了这一首来给大家讲。"玉露凋伤枫树林,巫山巫峡气萧森。江间波浪兼天涌,塞上风云接地阴。"安史之乱之后,国家形势不稳,故他在长江边上却想到了塞上的风云。"丛菊两开他日泪",虽然菊花已经开了两次了,但是"孤舟一系故园心",我像一叶孤舟,单独在长江上漂泊,但心所寄托的还是故国与故人。在这里你可以看到,他的孤独不是一己之孤独,表现出来的是一种生命的大孤独。在杜甫的诗中,出现孤舟、孤鸟的意象是非常多的。如"乾坤一腐儒""天地一沙鸥",在辽阔的空间里显得尤其孤独。杜甫的孤独感是一种社会的孤独,他的忧国忧民是一种生命光辉的大放射,是一种大孤独。读他的诗可以感觉到他的生命悲慨和生命激情的迸射。

当然,也有像辛弃疾所讲的"少年不识愁滋味,爱上层楼。爱上层楼,为赋新词强说愁"。少年时没有愁也要找一点愁出来。但是经历过人生艰难曲折和坎坷之后,就是"而今识尽愁滋味,欲说还休。欲说还休,却道天凉好个秋"。这时的辛弃疾心境是非常悲凉的,有才能而得不到重用,有抗敌计策而得不到皇帝的采纳,眼看着国家一天天的溃败,心里极其难受。所以登楼也就成为古人抒发怀才不遇的悲慨之声的典型行为。

在伤春悲秋的同时,我们经常会看到诗人在黄昏时的惆怅。我认为古人的黄昏感叹也是在寻找一种生命的归宿或者是生命的延续。因为在一天之内的黄昏里,人更容易产生惆怅。因为太阳要下山了,预示着时间的不可挽留。古代的神话与史诗写一个英雄的故事往往与日出、日落联系在一起。英雄出生不凡,往往在早晨,到英雄事业辉煌时就说他如日中天,就用中午的太阳来描写他。当英雄犯了错误走下坡路时,往往以太阳的陨落来表示。英雄和太阳的主题一直是人类学家所探讨的,在很多的古诗,尤其是长诗、史诗中经常这样描写。

黄昏时节很容易引起人的惆怅。李白的《菩萨蛮》中讲,"平林漠漠烟如织，寒山一带伤心碧。暝色入高楼，有人楼上愁。"黄昏时暮色茫茫，登高楼所见引发归家之愁。诗人想到的是"何处是归程，长亭更短亭"。要回家，实际上又没有办法回家。为什么？因为路程很远。五里一短亭，十里一长亭，一个长亭接着一个短亭，不断的相续下去，归程的遥远令人心生惆怅。

清人许瑶光在评《诗经》中描写黄昏思家的诗时说，"鸡栖于桀下牛羊，饥渴萦怀对夕阳"。黄昏时，鸡飞上了架，牛羊也从山上下来了，人又饥又渴，心里牵挂着家里，这时的心情是无限惆怅的。"已启唐人闺怨句"，是说《诗经》中的句子已经开启了唐人的闺怨之诗。其实这里的最后一句写得最好——"最难消遣是昏黄。"这可以说是最伤感的。长久在外旅行的人，还在寻找工作的人，对黄昏或许有同样的感受，古人的心情和今人的心情又何尝不相通呢？

当然，古人对时间也不是一味地感伤，也有欢快地看待时间变化的。我很喜欢张惠言词《水调歌头》里抒发的感受，读起来非常有雄迈感。读这首词时，我最喜欢里面的三句，"一夜庭前绿遍，三月雨中红透，天地入吾庐。"我有时候写书法也非常喜欢写这三句词。我觉得它写得太好了！一夜之间，看到庭院长出了小草，绿茵茵的，让人感觉到生机无限。"三月雨中红透"，三月之后雨水一来，树木花草到处都开花了，"雨中红透"给人一种透亮、开朗的感觉。时光变化给了你很多的感慨，而张惠言的感受却是"天地入吾庐"。从他的窗口看出去，天地尽收在他的庐中。或者反过来讲天地都进入他的房舍里来了，这时的"庐"也可以理解为心，也就是诗人的胸怀。这时就有了古人对于天地的接纳，并与天地生命相对接。在这里张惠言说，虽然时间在流逝，但是"容易众芳歇，莫听子规呼"，实际上是鼓励人自己要抓紧时间创造好的生活，所以"名山料理身后，也算古人愚"。我们应该牢牢地抓住自己眼前的东西，好好地活一把，那才是最重要的！

正是在这种伤春、悲秋、黄昏的感叹当中，人心与大自然相交感，生命与大自然交接、呼应。

其实古人在这方面早有总结。刘勰的《文心雕龙》就讲到"春秋代序，阴阳惨舒，物色之动，心亦摇焉"，大自然的景象在不断变化，人心也就与大自然产生共感。这就是古典文论中经常讲到的交感理论，或者是物感理论。

欧阳修讲到,"嗟呼!草木无情,有时飘零。人为动物,唯物之灵"。人是万物之灵长,所以"百忧感其心,万事劳其形,有动于中,必摇其精",所以古人在自然的感动与催发之下,通过诗歌将自己的思想表达出来。

古人正是从草木的生长和凋零的时间转换当中,从天地自然的流转当中感受到了生命的可贵和成功创业的迫切,也就是从时间流逝的单向性当中去追问自身生命的难以挽留。不仅仅美人才有迟暮之感,每个人也都有迟暮之感,这就有了一种人生的焦虑、无奈与恐慌,这才激发自己去把握好时间。

这是悲情之一——伤时,对于时间的感伤。

六、对历史的思索引发感伤

悲情之二——伤史,面对历史的生命探索。因为伤春也好,悲秋也好,经常会与历史交接在一起,尤其是见到历史古迹而有所触动的时候,人世的感慨与历史的纵深感、沧桑感会自然地结合在一起。

刘禹锡的两首诗就是这样的。"朱雀桥边野草花,乌衣巷口夕阳斜。旧时王谢堂前燕,飞入寻常百姓家。"这就是一种对时间、历史、人事变化的感慨。《西塞山怀古》中写道,"王濬楼船下益州,金陵王气黯然收。"三国时王濬率领大军向金陵进发,尽管有铁索锁住长江,但是他用火把它烧掉之后,吴国照样投降了。"千寻铁锁沉江底,一片降幡出石头"就说的此事。"人世几回伤往事,山形依旧枕寒流。今逢四海为家日,故垒萧萧芦荻秋"。在这里,历史又与秋天相遇了。就在这种伤往事的怀古当中,见出诗人对人生交替社会变化的感伤。

杜牧的《赤壁》写到:"折戟沉沙铁未销,自将磨洗认前朝。东风不与周郎便,铜雀春深锁二乔。"这就是对历史偶然性影响历史进程的思考。虽然历史不可能假设,也不可能重复,但这里对历史的追问,却有着引人思索的东西。

杜牧还有诗写到:"胜败兵家事不期,包羞忍耻是男儿。江东弟子多才俊,卷土重来未可知。"这是说的项羽的事,说如果他当时兵败之后能够忍气吞声,或许带领江东弟子能卷土重来,还有机会成功呢。但是项羽选择了自刎，成为了英雄，这是项羽的选择。当然对此事也有不同的思考，王安石就说，"江东子弟今虽在，肯为君王卷土来？"王安石认为江东弟子可能不会跟项羽走，因为他违背了历史的规律。在这里就有了对历史的不同见解，这也是因追问历史而引起的感伤。

李商隐有追悼贾谊的诗。贾谊很有才能，但是不被重用，流放于长沙，汉文帝把他请进皇宫，不是向他询问国家计策，而是问鬼神之事。"宣室求贤访逐臣，贾生才调更无伦。可怜夜半虚前席，不问苍生问鬼神。"这是对历史上英才的惋惜。其实古人的悲士不遇，也是在感慨自己的人生遭遇，这也有历史的纵深感。

七、人在天地之间如远行的客人

悲情之三——伤离别。汉乐府很早就说，"人生天地间，忽如远行客"。人在天地之间实际上就像远行的客人一样，我们居住在家只不过是居住旅馆而已，其实最终都会走向坟墓，所以才有"人生旅程"之说。

谢灵运诗讲，"怀人行千里，我劳盈十旬。"经过十年，"别时花灼灼，别后叶蓁蓁"，树已经长很大了。这里用别时和别后的对比，抒发了对时间对人生的感伤。故东晋大司马桓温见到自己以前栽的树已长得很高了，他会执其枝而落泪，感叹"树犹如此，人何以堪"。

还有很多诗都写到了这一点。例如"树初黄叶日，人欲白头时""雨中黄叶树，灯下白头人""落叶他乡树，寒灯独夜人"。这都是对于离别与人生的一种感伤。

黄庭坚说，"桃李春风一杯酒，江湖夜雨十年灯。"朋友得意时春风满面相聚饮酒，但分别之后十年的遭际却有着道不出的辛酸，这里面也包含着非常深厚的人生感慨。

"剪不断，理还乱，是离愁"，当然，李煜的"离"是家国之离，这种"愁"就还有更多的社会意义。

"杏花春雨江南"的意象、灞桥折柳的意象都与离别、思乡有关。

韦庄写到："人人尽说江南好，游人只合江南老。春水碧如天，画船听雨眠"。其实韦庄是北方人,他到达江南之后,还想回北方去。所以他记忆深刻的是"垆边人似月,皓腕凝霜雪。"意思是垆边卖酒的姑娘还是那样白,那样好,想起来都非常美好。就像歌曲《我的祖国》中的第二段所唱"姑娘好像花儿一样"。在电影《上甘岭》中,战士们一唱到这首歌就想起我们的祖国,有长江大河与稻花飘香,还有一群那么美好的姑娘,就更加坚定了保家卫国的决心。韦庄的江南是一种文化记忆,故"未老莫还乡,还乡须断肠"。当然还有陆游写的"小楼一夜听春雨,深巷明朝卖杏花"。他在京城即使是短暂的离别也念念不忘江南的景色。

  古人在送别朋友时经常会折柳枝送人。第一,杨柳依依,表示一种缠绵的感情,依依不舍;第二,柳树插在哪里都可以存活。旅人带着柳枝走了,把它插在他乡一样可以存活,代表了生命的意义。再加上"柳"与"留"谐音,所以折柳就表示有留你下来的含义。所以古人将人送至长安城外的灞桥,在那里折柳送人就成了固定的文化意象。李白有诗说:"此夜曲中闻折柳,何人不起故园情。"在听到有人吹《折柳》的曲子时,故乡之思也就涌出来了。这里的《折柳》笛曲就是一种文化符号了。远游思归,其实也是对于生命归属的反思。我们的生命归属在哪里?在远游的时候,这种思归之感更加强烈。例如王勃所写的"长江悲已滞,万里念将归。况属高风晚,山山黄叶飞"。气概非常大,长江都悲伤了,远远望去仿佛停止了一样。行走出万里之外,怀念的还是美好的家园。更何况在秋天里,山山黄叶飘飞,这种归属之感就会更加强烈。

  戴叔伦有诗写到:"旅馆谁相问?寒灯独可亲。一年将尽夜,万里未归人。"在旅馆里,没有谁来问候我,只有寒灯与我是亲切的。将近年关的时候还没有回家,这种"万里未归人"感慨就更深了。所以中国人才有每年都要回家过春节的习俗,每一个人实际上是每一个生命都有一种需要回家的归属感。我看到一个韩国人写的一篇散文,他说母亲是家的归宿。只要母亲在,这个家就在。母亲不在了,兄弟之间的互相来往就会少一些。只要父母还在,大家就会在每年春节回家,这就是一种对家的感觉。这篇散文写得特别好。

  所以说远游思归实际上是对自身生命归属感的一种反思。

八、对于自己生存境遇和身世的感叹

悲情之四——伤生悲世。对于自己生存境遇和身世的感叹,也是一种生命感慨。

《古诗十九首》最早发出了对生命的感慨:"出郭门直视,但见丘与坟。古墓犁为田,松柏摧为薪。"过去的松树、柏树都是很古老的,但是现在都被摧为柴禾了,沧海桑田,才有伤生悲世之叹,故所见景色也令人生愁,"白杨多悲风,萧萧愁杀人"。汉代战乱频繁,经常有因为战争、瘟疫、饥饿而死去的人,故伤生为当时风气。

到了晋代,王羲之写《兰亭集序》本是写大家雅集的欢娱,但里面也有"死生亦大矣,岂不痛哉!"的感慨,有"后之视今亦犹今之视昔,悲夫!"的悲叹。东晋大司马桓温经过旧地,看到他当年曾经种的树已长成大树了,抱着树就在那里哭道:"树犹如此,人何以堪!"这是伤时,也是伤生。

蒋捷写雨,写出不同人生时段听雨时心情的不一样。"少年听雨阁楼上,红烛昏罗帐"。年轻时候很荒唐,欢娱不知节制。"壮年听雨客舟中,断雁叫西风",因为壮年时要出去开创事业,颇有悲壮感。"而今听雨僧庐下,鬓已星星也。悲欢离合总无情,一任阶前,点滴到天明。"就让雨自己去下吧,从晚上一点一点地滴到天明,而诗人也一夜无眠。这时作者的心境是悲凉的。我们读到它,就会感觉到有一种生命的穿透感,感觉到心中为之一颤。所以唐代刘希夷才有《代悲白头翁》的诗。这诗写得非常好,也是对人生生命的一种思考。他说"洛阳城东桃李花,飞来飞去落谁家?洛阳女儿惜颜色,行逢落花长叹息"。虽然洛阳的姑娘还爱惜自己的颜色,但是碰到落花的时候也会叹息生命如此短暂。"今年落花颜色改,明年花开复谁在?"《红楼梦》中林黛玉的《葬花词》也有这种感觉,也是继承它的意而来的。"已见松柏摧为薪,更闻桑田变沧海。"沧海桑田的变化太大了!"古人无复洛城东,今人还对落花风。年年岁岁花相似,岁岁年年人不同。"读此诗你会感觉到古人对于生命的珍惜,也有一种很深的生命感慨,还有历史感!

还有一种是古人在被贬谪之后的生命悲慨,表现了一种孤绝之境的生命抗争。例如韩愈从京城被贬到潮州时所写的那首著名的诗,就充满了一种抗争感:"一封朝奏九重天,夕贬潮州路八千",他因为给皇帝写了《谏迎佛骨表》,得罪了皇帝,被贬至岭南,但他仍未失去为自己生命创造更多价值的斗志。"欲为圣明除弊事,肯将衰朽惜残年"。所以韩愈到了潮州为民众做了很多好事,才使得潮州的山山水水都姓了韩。

还有的诗是感士不遇,实际上这也是诗人在生存境遇中的生命呐喊。例如杜甫感叹李白的人生际遇:"不见李生久,佯狂真可哀。世人皆欲杀,吾意独怜才。"李白敢说直话,又有才,很狂,终身布衣,不受重用,故杜甫称赞他,与他同病相怜。实际上也是在感叹自己的时运不济。李商隐在《安定城楼》中对贾谊、王粲的怀才不遇抒发了感慨:"贾生年少虚垂泪,王粲春来更远游。"辛弃疾词感慨:"叹诗书、万卷致君人,翻沉陆",他感叹自己向皇帝写了万卷诗书,献计献策,但是如泥牛入海,一点反应都没有。于是也想起了当年贾谊孤独的处境,"甚当年,寂寞贾长沙,伤时哭。"陆游也写到:"一卷兵书,叹急无人付。"他也具有大才能,有各式各样的退敌之策,但是没有人可以接纳。"早信此生终不遇,当年悔草《长杨赋》。"借过去的事来讲现在,这都是一种生命的痛悔、悲慨,一种生命的无奈,一种生存境遇中的生命呐喊。

还有一种情况就是爱情的热烈和痛苦的绝唱,这些是古人生命精神的一种激情放射,我们不能不讲到这种爱情诗。如汉乐府《上邪》:"上邪!我欲与君相知,长命无绝衰。山无陵,江水为竭,冬雷阵阵,夏雨雪,天地合,乃敢与君绝。"这就是在拿生命发誓,非常悲壮。当然也有柳永式的"衣带渐宽终不悔,为伊消得人憔悴",为情而憔悴也是生命的投入。

古人对爱情的歌咏也体现了对生命的爱惜和尊重,尤其是一些悼亡诗,情真意切,写得很好。如元稹的诗:"曾经沧海难为水,除却巫山不是云。取次花丛懒回顾,半缘修道半缘君。"他说我过去经过那么多个花丛,意即阅过那么多漂亮的人,但是我就是懒得回顾。这一半是因为我的修道之心,一半却是为了你。这话讲得很痴情的。所以流行歌曲如蔡幸娟的《曾经沧海》、周华健的《曾经沧海也是爱》等都使用了这种古典意象。

还有李商隐的诗"春蚕到死丝方尽,蜡炬成灰泪始干"以及苏东坡的"十年生死两茫茫,不思量,自难忘",这些写爱情的诗其实都是和悲情相通的，也是与生命的悲慨分不开的。

上面讲的第一部分，就是诗的悲情体现生命精神。

下面讲第二部分，诗的思索体现哲学智慧。

古人往往通过诗去思考，去探索人生真理、社会真理，体现出了高度的智慧。他们的诗往往给我们无穷的启发。

智慧之一：化悲为健。

古人在面对无法抗拒的力量时经常会有悲凉感，但悲并非放弃，而是要寻求解救悲的办法，故悲往往又通向崇高，体现出雄健之感。这就是以君子自强不息的精神与灾难进行抗争。

例如鲍照写的《拟行路难》。他自己有才能，但就是得不到重用。尽管他自己的妹妹已嫁到宫中，成为了皇亲国戚，但是仍然得不到重用。"对案不能食，拔剑击柱长叹息！丈夫生世会几时，安能蹀躞垂羽翼？"大丈夫要大鹏展翅，不能把自己的翅膀收起来，听从命运的摆布。那么他的"弃置罢官去，还家自休息"就是一种义愤之词与反语。"朝出与亲辞，暮还在亲侧。弄儿床前戏，看妇机中织"，这都是无奈之辞。"自古圣贤尽贫贱，何况我辈孤且直"，他是那么孤愤和正直，所以是做不了官的，不如回家去吧。愤慨当中，也含有奋起之意。这就是化悲为健。所以他在另一首诗里又说道："人生亦有命，安能行叹复坐愁？"

李白写过《将进酒》，也写过《行路难》，其实这也是他在生命痛苦之后的一种精神发泄。他的《将进酒》中充满着一种无穷的生命活力。《将进酒》是一首悲壮而深沉的醉歌。虽然是喝醉之后的话，但是话中之意其实是很清醒的，不过是借酒来发泄自己既然不被重用那就干脆不与当朝者合作的见解而已，所以它又是一首雄壮而高亢的壮歌！他的"天生我材必有用，千金散尽还复来"的理念中充满自信。"古来圣贤皆寂寞，唯有饮者留其名"既是写实也是反语，面对生命的荆棘之路，他有悲愤，但是更多的是一种雄健。所以他在《行路难》中更多的是一种雄健之语。他写道："金樽美酒斗十千，玉盘珍馐直万钱。停杯投箸不能食，拔剑四顾心茫然。"这与鲍照的诗很相似，都是拔剑击案叹息。"欲渡黄河冰塞川，将登太行雪满山。"他想找到出路，但是总是有阻碍,正如他过去就感叹过的"大道如青天,我独不得出。"那么他现在就只好"闲来垂钓碧溪上,忽复乘舟梦日边。"他不是想做隐士,其实做梦也还是想回到皇帝身边的。所以"行路难!行路难!多歧路,今安在?"有那么多的路,我到底走哪一条呢?即使在这样的悲愤之中,他还是充满着自信,诗的结束语就是"长风破浪会有时,直挂云帆济沧海"。大家看,诗人的自信之心多么雄壮,这便是化悲为健。这是古人的一种智慧。

智慧之二:化困为通。

这里要讲到欧阳修,他当年被贬到湖北的一个很小的县城,是一个春风似乎都吹不到的地方。"春风疑不到天涯,二月山城未见花。"二月之时还看不到花,季节变换得太晚了,这里表示皇恩到不了诗人的流放之地。尽管如此,"残雪压枝犹有橘,冻雷惊笋欲抽芽。"新的生命又在积攒力量,又何必悲观呢?所以诗人最后说"曾是洛阳花下客,野芳虽晚不须嗟"。虽然山野之花开得晚一些,但是也不须叹息,无须悲观,还是有东山再起的机会的。

大家在这首诗中就可以看到诗人是如何化困为通的了。虽然欧阳修当时身处穷困,但是他要把这种处境变得通一些,这就要往远处看,心要通达起来。要使深层的艰辛困厄化为一种通达,不要总是纠缠在困境里,这也需要有很高超的哲学智慧。

生活在魏晋时代的阮籍处处受压制,心情压抑,酒后他带着人在野外走,以解心头之闷。但当他走到路的尽头时则大哭而返,这就是著名的"哭穷途"。这是魏晋人生命的一种悲慨。但是王维看待穷途就不一样了,他在《终南别业》一诗中写到:"行到水穷处,坐看云起时",走到无路可走的时候,不是哭泣,而是换一种心情在那里看风景,可能就又有了新的转机与生机。这就是化困而通。这里有了禅意,有了生命困境的化解。

苏东坡一生坎坷,因为"乌台诗案"被贬到黄州,后来又被贬惠州。他本来在惠州生活得很好,却因为一首诗里说了"报道先生春睡美,道人轻打五更钟"又再度遭贬。因为这首诗传到京城之后,皇帝在想,苏东坡竟然还睡得那么舒服,再贬!于是又把他贬到海南,当然最后他还是回到大陆。他在黄冈时写下了《定风波》这首词——"莫听穿林打叶声,何妨吟啸且徐行。竹杖芒鞋轻胜马,谁怕?一蓑烟雨任平生"。在这里诗人表示人生虽有一点风波,没有什么关系，自己这一生都是在风风雨雨中度过的，这点小风小雨怕什么？"料峭春风吹酒醒，微冷，山头斜照却相迎。回首向来萧瑟处，归去，也无风雨也无晴"。路上经历过的既没有风雨，也没有晴天。这就是苏东坡！从容淡定地对待人生的磨难。林语堂评价苏东坡是一个"快乐的天才"。虽然他的一生很坎坷，但是他都能以一种愉快的心去对待一切。这种心境就是化困为通。

黄庭坚也曾被贬到四川虔州，回来时他经过长江写了一首诗，说"投荒万死鬓毛斑，生入瞿塘滟滪关。未到江南先一笑，岳阳楼上对君山。"在经过瞿塘滟滪关时，船一旦掌握不好很容易翻船，人也会被淹死的。实际上是说他经历了九死一生才回来的。但是他毕竟回来了，回到了岳阳楼再来看君山之时，对过去的遭遇只是轻轻一笑，感觉到这个时候生命还是如此美好。这表现出了诗人对苦难轻淡处之的心态，也是化困为通。我觉得他是在为生命喝彩！正如《圣经》中的所罗门所说一切皆会过去！如果我们在任何时候都能以这种心态来对待所经历的事情，你就会平静的走过你的人生。一切皆会过去！从这个角度来讲，我觉得古典诗词中所体现的生命精神与智慧都是非常有启发意义的。

九、在自然中安顿生命并与自然生命对接

智慧之三：天人合一。

第一、在自然中安顿生命，体验自然生命的律动。

例如陶渊明辞官回家后，心境十分平和，他是真正在自然中找到了生命的归宿。《饮酒》诗里说："结庐在人境，而无车马喧。问君何能尔？心远地自偏。"心远了，地自然就偏了，很安静。如果你的心不安静，你见到什么都感觉是嘈杂的。他的《归园田居》写到了回到大自然的那种欢娱。"久在樊笼里，复得返自然"就道出了他回归田园之后的愉悦。在《归去来兮辞》中他还写到"归去来兮，田园将芜胡不归？"又说"园日涉而成趣，门虽设而常关"。自己的住处虽然设了一个门，但它经常关着。他在园子里却能找到无穷的乐趣。在自然当中寻找一种生命的安顿也是一种智慧。

对于生命的感应，对于大自然生命的律动，就是让你来体会一种节奏

感,只有很安静的人才会听到花开的声音。

刘方平就是这样安静的人,他有诗"更深月色半人家,北斗阑干南斗斜。今夜偏知春气暖,虫声新透绿窗纱。"他在夜深人静的晚上知道天气好像变暖了,为什么呢?因为外面有虫在叫——"虫声新透绿窗纱"。虫声通过窗纱清晰地透进来,让人从动物的生命律动中把握到季节的变换。这是一种很细微的感觉,是对大自然生命的一种感应,一种对接。如果没有一种安静的心态,怎么能去感应自然的生命呢?

第二、在自然中寻找哲理。

例如白居易写到"野火烧不尽,春风吹又生",这非常有哲理性。

韩愈的诗说,"天街小雨润如酥,草色遥看近却无"。草坪上的小道在下雨之后踩起来酥酥的,草都冒出来了。"草色遥看近却无",草很小,走近看不到,远看才可以看到它存在。"最是一年春好处,绝胜烟柳满皇都。"诗人认为这个世界比后来的满城烟柳还要好。为什么?草色是最具有生命力的!在这首诗当中一样有人生的哲理。

苏东坡也写到"春江水暖鸭先知",这也是有哲理性的,说的是任何事物都是有先兆的,并在一些看不起眼的现象中呈现出来。这是诗人在日常生活、自然当中可以体会出来的哲学智慧。

第三、自然与人的融合。

例如辛弃疾写到"我见青山多妩媚,料青山见我应如是。"诗人见到青山是那么妩媚漂亮,他想象到青山见到自己也应该是如此。

李白说,"众鸟高飞尽,孤云独去闲。相看两不厌,唯有敬亭山"。谁相看?是我与山互相看,我在看山,山也在看我。这就是人与自然的一种融合,经常是主客之间不加以区分。所以张孝祥才有诗说"尽吸西江,细斟北斗,万象为宾客。"他认为万象有宾有客有主,都是一种很自然的东西。

十、宋人的心地非常纯朴、平淡

智慧之四:日常生活的审美体验与审美升华。

日常生活中也会找到哲理,也会得到一种审美的体验和审美的升华。

我认为它也是一种智慧。例如白居易写的这首诗就非常有意思。"绿蚁新醅酒",新酿出来的酒很好,还长出了像蚂蚁一样绿绿的东西。"红泥小火炉",用小火炉煨着酒。"晚来天欲雪",晚上要下雪了,这时诗人邀请了刘十九。"能饮一杯无",你能来与我喝一杯吗?通过这短短的一首诗,我们可以感觉到古人对于日常生活带有一种美好享受。也许当年刘十九根本就没有与白居易喝酒,为什么?因为诗人要写出这样的诗,要赶马送到朋友住所,然后再把朋友接来,而这可能就赶不上喝酒了,不像现在发个短信就可以让朋友过来。但是就通过这样的事,我们可以看出古人对于现实生活,包括对于现实的享受和对于生命的尊重,对日常生活的享受也是对于生命的尊重。在这里你可以感觉到,他对日常的物件那么爱惜,那么享受,那种感情是又简单又纯朴。例如我们现在对老朋友说,来喝一杯吧!但是今天所有的人经常会陷入一种局当中。我就最怕别人请我吃饭,经常把我"装"进去。为什么?他们一般喜欢在吃完饭说,你帮我办个事吧!现在人际的交往过程当中,经常会被物欲化,不像古人那么简单。所以如果我们现在还能真诚邀请老朋友那样喝酒,就是最好的境界!我们最好追求这种境界,这是我们现代生活当中经常会被丢失的东西。

宋人杜耒所写的"寒夜客来茶当酒,竹炉汤沸火初红。寻常一样窗前月,才有梅花便不同。"虽然是以茶当酒,照样有别样情趣,更因为有了月下赏梅,所有的境界都变得不一样了。诗中饮茶是作为咏梅的背景出现的,但是你从中可以看出,古人所追求的境界非常纯净。

还有北宋读书的声音也是那么平淡,那么有情味。陈师道在《绝句》中说"书当快意读易尽",有本好书要赶快读完,当然如果是很沉闷的书,也不容易读完。"客有可人期不来",有好朋友,有好的、可心的人,你希望他来,但是他不一定就来,谈得来且又是可心的人是可遇不可求的。好书如此,好人也如此。"世事相违每如此",我们世上的事情,每次都可能与你的预料相违背。"好怀百岁几回开?"好的胸怀,快意之事一生当中又能有几回遇上?那就好好珍惜眼前的一切可爱之事可爱之人可爱之物吧。通过这种感受,你会觉得宋人的心地非常纯朴、平淡。

当然还有王禹偁说的"无花无酒过清明,兴味萧然似野僧。昨日邻家乞新火，晓窗分与读书灯"。寒食节不能做饭，所以"无花无酒过清明"，感觉很平淡。但是昨天去邻家重新讨来薪火把灯点燃，首先把机会分给读书。我觉得宋人的读书非常有境界，这种境界是我们当今世界、社会很难求得的。

智慧之五：以事说理，以物求理，探究终极。

例如宋代的理学家程颢说"万物静观皆自得，四时佳兴与人同。富贵不淫贫贱乐，男儿到此是豪雄"。这两句很好，富贵不淫贫贱乐，男儿到这种境界就是豪雄。不以富贵荣华为傲，而以平淡生活当作自己的追求。其实这就是一种很高的境界。

朱熹的诗中也多含有哲理，他的《观书有感》："半亩方塘一鉴开，天光云影共徘徊。问渠那得清如许？为有源头活水来。"这是告诉我们书读得多了，自然而然，知识的源头活水就来了。

苏东坡的诗也通过事来说哲理，如"横看成岭侧成峰，远近高低各不同。不识庐山真面目，只缘身在此山中"。那是说看问题、观察事物往往会有当局者迷的现象，其实看什么问题都可能有不同的角度，也许你会一叶障目，可能就看不到真面目。

苏轼的另一首诗说到："若言琴上有琴声，放在匣中何不鸣？若言声在指头上，何不于君手上听？"琴声是从哪里来的？如果说是在琴上，那么把琴放在盒子里，它为什么不响呢？如果你说是人的手指弹出来的，那么你怎么不在手指头上去听琴声呢？其实他要讲的是佛教的因缘和合之理。就是任何事物的构成都要靠互相之间的和合才能生成因果互为依靠、互为依赖。

十一、不违背自己的心就是最好的

智慧之六：淡泊名利，看轻生死。

晚唐的李洞所写："不羡王公与贵人，唯将云鹤自相亲。闲来石上观流水，欲洗禅衣未有尘。"这就是说想洗去身上穿的禅衣上的尘土，但实际上禅衣上没有尘土，诗表示了对这种丝毫不为尘世所染的生活与境界的向往。

僧人慧开也写到："春有百花秋有月，夏有凉风冬有雪。若无闲事挂心头，便是人间好时节。"能做到这种境界很难。尽管这是禅宗的说法，但是它对于我们人生都还是有启发的,那就是要淡泊名利。

像杨慎的《临江仙》所写的:"滚滚长江东逝水,浪花淘尽英雄。是非成败转头空。青山依旧在,几度夕阳红。"尽管三国争斗的历史很雄伟壮阔,但是非成败又有谁能说得清楚,功业伟绩回头一看都成烟了。这里面有一种历史的沧桑感,也有一种空幻感。诗人看得太透了,"白发渔樵江渚上,惯看秋月春风。一壶浊酒喜相逢,古今多少事,都付笑谈中。"过去的历史,曹操也好,孙权、刘备也好,都过去了。只有江上捕鱼的人与山上砍柴的人相逢了,把酒聊天,将三国之事作为谈资而已。《三国演义》的开篇词中就引了杨慎的这首《临江仙》。

其实古人在很多诗里都表现了这种思考。苏东坡说"长恨此身非我有,何时忘却营营?"长恨这个身体不是归我所有,之后都要变为泥土的,所以要看淡名利。"何时忘却营营?"人之一生总在那里计较一些小事情,眼光何不放远大一点呢?将某些事情看淡一点呢?苏东坡从海南回到大陆时,有人问他:"试问岭南应不好?"他怎么回答?"却道,此心安处是吾乡。"只要你心安了,到哪儿都是你的家乡。如此看,到岭南就没有什么好与不好的区别。苏东坡讲得多好!正是因为他以这种心境来对待各种困境,所以就一定没有迈不过去的坎坷。这也是一种智慧。

当然还有柳宗元的"千山鸟飞绝,万径人踪灭。孤舟蓑笠翁,独钓寒江雪。"他实际上已经把自己的整个心灵与宇宙相融合了。他也经历了被贬官的境遇,但并没有放弃自己的政见。这时的他虽然孤独一人,但在"千山鸟飞绝,万径人踪灭"的境地里,还在独独地坚持着自己的理想,在钓着自己的"寒江雪"。其实这也是说要坚持自己的理想,按照已选定的方向去做,不违背自己的心就是最好的,那就是要尊重自己的内心和原则,这样在这个社会上就可以做到心安的。这对我们当今的社会也是很有启发的。

我今天就讲这么多,如果有不对的地方,请各位多多指教。谢谢!

十二、与听众交流

提问:以前佛教的释迦牟尼(佛陀)在传教时,是从向低端人群传教开始的，例如传给一些老人。而当代的世界佛教界都在做高端讲座，做低端的讲座都要有直播、录制，他们就不肯做，而且收费很高。是否做低端传教，像佛陀那样才能成佛，而做高端的活动都是名利场？谢谢！

蒋述卓：您这个问题还不完全是低端和高端的问题。其实佛陀本身是一国的太子，实际上就是一个高端人士，但是他思考的是民间的、平常的道理。佛教兴起时具有革命性和平等意义。在佛教产生之前，婆罗门教把人分等级，而佛教恰恰就要抹平人与人之间的等级界限，提倡人皆可成佛，人皆是平等的。从佛教最早的起源来说，佛教是民间的，革命的，是有进步意义的。佛陀最早思考的是生、老、病、死四苦，后面还有四苦。说到对生、老、病、死这"四苦"的感悟，传说是佛陀到城门去看到的。小孩出生的时候，母亲是痛苦的。生出来的孩子第一声就是哭叫，也是痛苦的。而当人年老时需要拄拐，不能走路，不能自理，这就是老的苦。病的时候更苦，人去世了需要有人埋葬他，在埋葬的时候还要哭他，这也是苦。当然还有"求不得苦"等，想要什么东西却得不到，这也是痛苦。佛陀思考的都是人间最平凡的道理，从中得出人生的哲理。所以他强调通过"四谛"即苦、集、灭、道，最后真正达到自己追求的境界。

你讲的名利场现象，是指当代佛教已经变味了，很多寺庙不是为了向大家传播道理，而将重点放在了获利上。这种情况也是有的。现在有个别僧侣往往将自己的利益放得很高，不是把传播真理和传播人生的道理当作自己主要的任务，而是把牟利、谋财当作自己的责任。我认为这与佛教本身是相违背的，他们应该教会众生能够认真地对待人生，用正确的态度去对待世界，这才是佛教的真谛。

提问：我对于古诗词的认同与您不太一样。关于中国的文人骚客所写的中国古典诗词，我认为其中持悲观观点的居多。就是您讲的"悲壮"，前面也还有一个悲字。从初唐开始，"初唐四杰"的边塞诗也是非常悲壮的。而王维的境界也非常高，您可以再解说一下王维吗？谢谢！

蒋述卓：在唐代，有建功立业之心的人很多，因为初唐时期，江山是靠打下来的。初唐时不断有开边拓疆的战争，所以唐代版图很大。当时的很多人，不论是书生还是普通人，都要走戍边之路，到部队去锻炼一下。所以当时就有了"百无一用是书生"这种说法，人们宁愿做"百夫长"（相当于现在的连长），带领100个人，也不愿意做书生。但是后来有了"诗赋取士"，这种情况就改变了，文人们又有了进入仕途的一条新路。通过科举取士，实际上在唐代就开始奠定了这样的基础，开始更加注重知识了。这是一个很大的变化。

对于王维来说，他早年官也做到很大，但是他从中年之后渐渐走向平静。主要是因为当时社会上有一些不好的现象，他自己对此多有愤慨之词，所以他在中年就辞官了。在白居易时代有"大隐""中隐""小隐"之说，而王维就选择了"中隐"的生活，既居住在城市里，拿着官方的俸禄，又不做很多事，并早早就在城外终南山建了别墅，然后把那里修葺一新，经常到那里去过自己平淡的生活。

在人生的过程中有起有落，在碰到坎坷、挫折的时候，我们应该以平静之心对待，不要寻死觅活的，这是不对的。但是也有一些刚烈之人，采取的手段也不太一样，这取决于你自己的选择。如果都选择走向空幻，那也是不对的，因为社会毕竟是需要人办事的，你应该在这个社会中寻找到一种方法，要以出世之心去入世，这样你可能就会很好地处理工作之间的关系，包括与上级的关系。你如果很有心计去工作，就会没兴趣工作，也做不好工作，因为每天都想着怎么去拍马屁。这样你自己内心就会很痛苦，别人也会看不起你，甚至领导也会觉得你这个人不可用。那么你何不按照自己的个性和生活好好去工作呢？以平常之心、自然之心去对待，这样会更好。以出世之心去做入世之事，可能是一种好的选择。谢谢！

提问：今年是"诗圣"杜甫诞辰1300周年。有人说，现代出不了大诗人，更出不了思想家。原因很简单，现在是太平盛世，没有"安史之乱"。我就在想，中国人要推动历史向前发展，难道出几个大诗人就那么难吗？难道就真的在这个问题上永远禁足不前吗？蒋先生您认为呢？谢谢！

蒋述卓：一个时代有一个时代的文学和艺术，唐诗宋词已经达到了诗歌创作的最高峰。我认为古人太厉害了，把所有东西都写成最好的了。所以如果我们用古典诗词的方式去超越古人，真的太难了！因为我们现在面对的文体太多了，例如现在有很多电视剧、电影。现在写诗的人可能比读诗的人还多。写现代诗也经常写不出感觉，反而让流行歌曲在很大程度上占据了大众的市场。

从一个角度来讲，我认为唐诗宋词在当时都是流行歌曲，都是在歌楼里唱的。例如"客舍青青柳色新"都是被广为传唱的。王维、王昌龄的词可以到处唱。但是现在的诗歌谁可以唱、可以背呢？背不了。除了少数的现代诗如卞之琳的《断章》，其他的长诗都是背不了的。这就涉及很重要的一点，你的诗必须得到大众的接受和喜爱。从某个角度来讲，流行歌曲有时候就代替了现代诗歌。尽管我们认为流行歌曲是大众的，有点看不起，其实流行歌曲中也讲了很多的哲理，有时候还给我们主流价值观提供了积极的因素。比如崔健的《一无所有》就表露了当时年轻人的心态。尽管当时他说"一无所有"，但是年轻人却要带着他的恋人一起走行天下，"你这就跟我走"。崔健的歌与北岛的诗一样，都在追求理想。

大家所熟知的《潇洒走一回》，也是流行歌曲，是情歌。情歌中也讲到"我用此爱换一生"，这表现出了对爱情的尊重。但它也有一种对人生的向往，尽管目标还没有把握住，未来还存在着很多的忧虑，但是"何不潇洒走一回"？我们来到世上，就是要去拼，就是要去做，是想爱就爱，想干事就干事，那么何不潇洒走一回呢？有什么可消沉的？这种流行歌曲中同样有积极的精神。包括描写失恋的歌，那英唱过的《梦一场》很悲凉，但是结尾处写到"让你在没有我的地方坚强，让我在没有你的地方疗伤"，失恋了照样会走出来，坚强地活下去，不会去自杀。这不就是一种新精神吗？其实在流行歌曲中也有很多新精神，甚至会与伦理教育合谋。我现在正在做这方面的研究。例如陈红的《常回家看看》，歌词很土，无非就是想爸爸，想妈妈，回去给妈妈刷刷碗，陪爸爸聊聊天。只要孝顺的人在春节的时候唱一下这首歌，马上就回家了。这比在大会上教育要孝道，要尽孝的报告更有力！其实很多日常生活的哲理都在我们的诗词与散文中。《读者》杂志里面的很多散文确实不错。我常常读一下《读者》中好的散文，作为我一天当中片刻的精神享受。尽管我的工作时间安排得很满，但是我还是会寻找很安静、平淡的散文来读，因为这会让我心境平淡下来。

于丹讲的东西为什么大家能接受？因为她能给人一定的启发。所以我去读古诗词，是用我的生命去读它，用我的心态去与古人对接。在阅读中我才能够找到我与古人的生命精神方面相通、相鸣的感觉。其实古人离我们的生活

并不远,古人的生活对于我们现代人的生活都有很多的启示,就看你怎么去反思它。

从这个角度来讲,我们的大诗人肯定会出现,但是可能就像西方文艺复兴时代的达·芬奇、莎士比亚一样,做的可能是戏剧,不一定出现李白、杜甫这样的人。但是以后肯定会出科学技术大师、艺术大师等等。随着我们文化的繁荣,社会的进步,伟大民族复兴时代到来的时候,我们的大师就可以出现。但这需要期待,因为文化不是一天两天喊出来的,是需要培育出来的。

提问:对于一些古诗词,从上小学到大学都会学习到,老师也会解释这句话是什么意思,这个词代表什么意思。现在到了我们教育下一代的时候,有些人说不要给小孩解释,就让他自己去读,让他感受诗的那种韵律,慢慢有一天,他自然而然就会感受诗歌到那种美。我担心,如果这样对孩子说,只让他去读,会不会让他们对诗产生厌烦的情绪?这确实是一个很纠结的问题。

蒋述卓:这关系到全社会怎么培养一种热爱中国古典诗词、热爱文化的气氛。现在一讲国学,就让小孩子背诗、《弟子规》《三字经》背得越多,给孩子压的任务越重。其实这是不好的,反而会南辕北辙,引起坏效果,孩子读下来会觉得无趣,没有味道。但是我们应该给孩子读好的诗词,关键是要选择让孩子感兴趣的诗词来读。一切皆从兴趣开始,不要去强迫他读。就像让小孩参加各式各样的兴趣班,让孩子不堪重负,那就失败了。所以我们认为,给小孩子读一点好的古诗词是应该的。现在中小学的老师讲古诗词,可能讲得太零碎了,把字、词、句的意思讲得太多太细了,反而把整首诗的意象、诗的生命的东西都被割裂了。今天我讲的诗中有一些也来自中小学课本,也都是我们读过的。但是我想,要尽量给学生一种完整的东西,让他们体会到古人是如何有智慧、有境界、有韵味的。这样小孩就会爱上读古诗词,否则很容易引起小孩子的逆反心理。

我们中学的文学教育,总是课文中的考试点放在第一,所以就很难进行素质教育。现在对学生进行素质教育只是在课后,离开了书本之后就没有素质教育了,这是很可悲的!所以我主张教育应该改变一下方式,希望通过初中、高中老师对古诗词的讲解,能够让学生爱上古诗词,而不是逆反。全社会更应该创造一种热爱古典诗词古典文化的气氛,包括对古诗词的朗诵,我觉得应该多多鼓励的。为什么我们要做端午诗会？做中华诗词的吟诵？因为吟诵好中华诗词也是可以起到培养人的作用。当然这里还有各式各样的方式，我希望大家要带着一种无功利之心而去做国学的培养。如果做什么都急功近利，都在想我要培养小孩能力多一点，要让他将来能力强一些，这就麻烦了！如果我们搞中华诗词吟诵、做古诗词教育都很功利，那么功利就会败坏一切！所以应该以一种超脱的方式去进行古诗词教育，包括对小孩子的教育，只是给他一种素质，给他一种修养就足够了。

诗词传统与文化精神传承

刚刚播放的中央电视台的《中国诗词大会》在国人中掀起了一股诗词热，这正如前年有人在微信上发出一个"我有一樽酒，足以慰风尘"的诗句接续一样，一时也掀起过古体诗词创作的热潮。这说明古典诗词确实是中国一张最引人注目的文化名片。文化传统有多深，诗词的传统就有多深，反过来，诗词的吸引力有多大，文化传统的吸引力也就有多大。

中国人喜欢诗，已经喜欢而且深入到骨髓里去了。且不说春秋战国时中国就有"赋诗言志"的传统，而且还成为军事联盟与外交的手段，更不用说唐代建立起"诗赋取士"的制度，单就20世纪这一百年来说，国人对诗是又喜又爱又恨，就说明爱诗作诗已成为国人的文化习惯。这一百年来，新诗自然出了不少名家名作，如卞之琳、徐志摩、闻一多、艾青、北岛、舒婷等，但由于新诗的难以记忆和背诵，加之后来一些新诗的晦涩或缺少诗味，始终难让国人提起对新诗的兴趣。曾经有一阵，竟然产生过"饿死诗人"与"写诗的比读诗的人还多"的说法。而古典诗词随着国学热的兴起与对传统文化的大力提倡，又逐渐占领人们的阅读领域，回归人们的生活视野。这一方面说明国人的诗心未灭，另一方面也说明文化传统与现代生活的接轨与融合是完全可以做到的。

我一直认为，在文学尤其是诗歌领域，现代人的心灵与古代人的心灵是相通的，因为他们面临的都是人类的生存与幸福的问题，面对的是如何处理人际关系和生活危机问题，面对的是缕缕乡愁和亲情挂念问题，面对的是国家和个人的命运交织问题……因此，古人在诗歌内体现出来的生命忧患和责任担当，表现出来的哲学智慧和精神探索，才会在现代人中引起共鸣。正是在这一点上，《诗经》之诗、唐诗宋词才走进现代人的生活。它们所表达的情感和问题追寻，才与现代人不隔不离。惟其如此，传统才不再是旧时的衣裳，而是鲜活的生命、启人的智慧和现代人的疗伤药方。在此时，国人传承的不仅仅是一种文体，而是一种心灵与心灵的对话，生命与生命的对接，是传统融入现代之后的精神接续。

由此说来，国人读诗就不再只是偏重于记忆，而要着重于理解，着重于精神的传承。我们不希望看到的是，《中国诗词大会》以后带来的仅仅是"飞花令"的满天飞，又多出了若干个武亦姝与彭敏，而是希望中国诗词的文化精神在国人的心中真正扎下根来。其实，中国文化的精义大多都可在古典诗词中找到对应。如屈原、杜甫的忧国忧民、文天祥的浩然正气、李白的俊迈与清傲、苏轼的豪爽与通脱等等，都一一体现出中国文化的血脉。当然，现代人读诗，又会有选择性地读，尤其是在帮助现代人寻找解决现代社会问题与精神忧虑中去读，这样就更能发现古典诗词的现代价值了。比如，处于环境污染严重的今天，我们会更喜欢古代诗人对大自然的尊重和维护，古人对大自然生命节律的体验往往会让我们为之心动，如从"今夜偏知春气暖，虫声新透绿窗纱"中，我们会感叹今日生活的喧闹与浮躁以及我们对大自然生命节奏的忽视。如在人际关系更看重利益交往和人人心机重重的今日，我们更喜欢古人的那种"晚来天欲雪，能饮一杯无"的直爽与坦荡。我们会在古人诗中照出今人的精神贫乏、缺血与缺钙，会找到要更为重视精神支持与精神享受的良方与途径。

当然，读诗或作诗完全是出于个人的兴趣与爱好。在当今阅读碎片化和媒体多元化的时代，爱诗读诗或许可以大众化，但作诗可能只能是小众化的。尤其是作诗，当前有许多诗词协会或诗社，活动不断，创作也颇多，但如果不能很好地传达现代人的思想，不能将传统文化精神与现代精神进行很好的融合，不能打动现代人的心灵，那还是徒有古典之衣而无古典之神的。我们期许，对诗词的喜爱会唤起国人对传统文化回归的热情，但我们也应冷静地看到，热与冷总是相对而言的。如果我们对传统文化采取一种持之以恒的爱护与传承的态度，并在制定相关的措施与营造环境氛围上多加努力，传统文化在我们这个几千年文明从未断过的国家里，定会灵根再植，重现辉煌。

（原载于《南方日报》2017年2月17日）

文化传统与艺术原创

深圳大学"3号艺栈",章必功校长取这么一个名字非常好。取名不仅仅是一个符号,更重要的是这里面很有意义,比如说"艺栈"不仅仅是艺术家的客栈,也可以理解为艺术家都从这里出发,它是一个起点,又是一个摇篮,可以源源不断地培养出更多的艺术家。

从这里看每一个口号的创立、每一个概念的创立都需要创意,亦即原创。暨南大学广告系大二的学生在今年上海世博会征集志愿者口号的时候,将作业投过去,她的口号很简单,就是"世界在你眼前,我们在你身边",结果入选了。原创的辐射力非常大。

我们的城市设计经常有一些雷同,没有原创,在建筑方面也是如此。如果只有技术、工程师的眼光,没有艺术家的眼光,创作的作品将会很遗憾。所以在国外,建筑学院都是放在艺术学院的,理念上很大的不同。在国外,建筑学家必须是一个艺术家,但是我们国内的一些建筑学家考虑的只是功能的实用,没有考虑到怎么样使建筑成为一个艺术品。这一点恰恰是中西之间的差别。

关于文化传统与艺术原创,我初步思考了这么几点提供给大家:

第一,文化传统本身是包含有原创性的,原创是艺术价值的集中体现,只有原创才会成为传统保留和继承下去。举一个很简单的例子,比如说书法,书法的变异是有传统的,书法在不断的变异当中才有了传统的形成,从篆书到隶书到行书再到草书,这中间的发展规律是非常合理的,每一次变化都成了原创。其实,任何文化之所以能成为传统,它当年肯定是独一无二的。

第二,文化传统走进现代会进一步增加现代艺术的原创意味,也就是说传统在变异或者变革当中使得现代艺术的原创意义更进一步增强。比如说杨丽萍创作的《云南映像》，打了一个牌子叫"原生态"，它不是民间舞蹈简单的组合，而是原创加以新的组合与改造，从而使得它成为了现代艺术的一部分，其原创意味很强。陈逸飞的油画为什么受很多人的欢迎？外国的收藏家把他的油画价格抬得那么高？就在于陈逸飞能够对文化传统有一种深刻的理解，用油画的形式来表现中国式的题材，他的《双桥》还有《黄河》所具有的意境绝对是中国式的。这是传统走进现代以后能够使现代艺术增加原创意义的典型例子。

第三，提倡文化传统主要在于提炼文化精神，在于受到观念的启发，而不仅仅在于某些文化的元素。如果把继承文化传统只理解是一些文化元素的简单继承反而会破坏文化传统。比如北京的一些现代建筑上面建一个小亭子，就很像一个穿西装的人上面戴一个小瓜皮帽，结果这批"戴帽工程"的建筑成为了笑话。但是，如果是一种精神的继承就不一样了。像上海的艺术博物馆用商朝鼎的形状形成它的造型，这个造型就很有艺术意味。北京奥运会开幕式运用了中国画画轴的方式，既传统又现代，随着画轴的展开，把中国几千年的文化史传达了出来，构想非常好。击缶的场面也是非常传统，又很现代，具有原创性，在这方面很佩服张艺谋的构想，这是某种观念、某种精神，而不是某种元素的简单继承。

第四，对传统文化资源的利用和改造，需要原创去加以提升、提炼，成为新的艺术品，其中少不了对文化传统的深度理解。我看到很多动漫的设想非常好，但是对文化传统的理解还需要进一步加深。现在水墨动画越来越少，而水墨动画制作起来非常有传统意义，国内国外很受老百姓欢迎。如果水墨动画从中国的传统中吸取更多营养，可能还会出更多的原创性作品。

（原载于《深圳大学学报》2009年第4期）

城市文学：21世纪文学空间的新展望

21世纪将是一个城市化飞速发展的世纪，在这一世纪内，西方发达国家将进一步完善高度发达的城市化和城乡一体化，而发展中国家也将出现向新的现代型的城市化飞速迈进的时期。

西方发达国家在20世纪70年代，城市化已达到相当高的水平，并开始出现大规模的城市郊区化，尤以美国为突出代表。尽管美国曾为了挽救中心城市的衰落而发起"市区复兴运动"，但最终没有收到明显的成效而不得不放弃这一努力。[①]因此，以郊区化为标志的城乡一体化将成为21世纪发达国家城市化的主流。发展中国家在二战后相继开始其现代城市化进程，中国从20世纪80年代起正式加入这一行列，并在90年代形成异常迅猛的城市化浪潮。1990年中国城市467个，到1999年便达到668个，城市总人口为2.3亿[②]，城市在以每年几十个的惊人速度增长。与此同时，城市群、城市带也逐步形成。中国经济学家王建曾设想，到2010年中国将基本完成现代化，届时中国将出现京津冀、沈大、吉黑、济青、湘鄂赣、成渝、珠江三角洲、长江中下游和大上海九大都市圈。[③]

现代城市化促使城市文学日益兴起并蓬勃发展。从19世纪开始，西方文学中，城市文学便开始大量涌现。中国城市文学在20世纪80年代才大量出现，并迅速在90年代形成汹涌澎湃的城市文学浪潮。与西方相比，中国城市文学的历史十分短暂，它的兴起对于向来以乡土文学为主体的中国文学来说，也便具有

---

① 孙群郎：《美国现代城市郊区化及其影响》，见王旭、黄柯可主编：《城市社会的变迁》，中国社会科学出版社1998年版，第130—131页。
② 参见《城市化道路怎么走？》，《经济时报》2000年5月19日。
③ 王建：《美日区域经济模式的启示与中国"都市圈"发展战略的构想》，《战略与管理》1997年第2期。

了与西方文学所不同的异常重要的意义，它已经并将在21世纪进一步拓展中国文学的表现空间与审美格局。

一

对于中国文学来说，城市文学对于整个文学的拓展首先表现在对于文学现代性空间的拓展上。文学的现代性是文学在以工业化、城市化为标志的现代化过程中所呈现出来的必然特性。现代的审美风尚、话语、意识、理念，现代的物质景观、生活内容、生活方式是现代化的必然产物，是现代性的具体体现。它随着现代化的进程而不断地更新着自己的内容，拓展着自己的疆域，并赋予自己时代的文学以崭新的面貌。因此，文学的现代性在某种程度上意味着它的当代性，它是现代化进程的折光与反映。

在乡土文学、军事文学、历史文学等几个中国文学的主要的类型中，文学的现代性异常微弱。乡土文学直面乡村生活，具有恒定的质素，从《诗经》中的"国风"到唐代山水田园诗、明代的小品文，直至沈从文的《边城》、刘绍棠的《蒲柳人家》，它的审美意识、审美风尚，它的物质景观、生活内容历千年而不变。即使是在现代化飞速发展的现当代，处于强大的现代意识、城市意识的笼罩之下，它对于现代化所带来的一切拒斥多于接受。这在当代许多以城乡冲突为主题的小说中有着突出的反映。乡村生活在话语、意识、理念、景观、生活等方面，与现代化的城市生活之间的巨大落差，对乡土文学的现代性形成极大的制约。

历史文学的现代性更为微弱，历史文学旨在复现早已逝去的历史风云，它远离当下的现代生活、城市生活，它所展现的一切，思想、意识、理念、生活与现代化的城市生活殊不相类。因此，在本质上，历史文学是与文学的现代性无关的。军事文学的题材更为特殊，军营生活、战争场面是其所描绘的核心。尽管最新的科学技术总是首先在军事领域得以运用，并使现代军队的一切呈现出与往古迥然不同的面貌。但是军事领域的一切毕竟与普通人的生活乃至感受完全不同，从而使得军事文学中现代性呈现出极为特殊的面貌。因此，从总体上来看，中国文学的现代性空间是极其狭小的。正如中国的城市化远远落后于其工业化一样[①]，中国文学对于现代性的展示同样远远落后于中国现代化的进程。而城市文学的出现极大地改变了这一文学面貌，为文学的现代性提供了极为深广的展示空间。

城市文学将目光投向当下中国急剧变化的城市生活，城市的每一个新动向，从物质景观的巨变到精神世界的潮流涌动，都会得到精确的描绘。文学是时代的风雨表，城市文学更是现代化的敏感神经。现代化促使城市的一切迅速更迭，新景观、新技术、新产品、新思想、新观念以令人难以想象的速度出现，并迅速落伍，各领风骚三五天，由此形成了城市审美风尚的时尚性。唯新是从成为人们的普遍心理，时髦成为审美的普遍标准。中产阶级的奢侈豪华、时装的炫目与华丽、追星族的狂热、网络爱情的风靡无不体现出这种审美的时尚性，它是现代化的具体而生动的表征。而城市文学对于当下城市生活的直接切入，对于现代化、城市化的同步叙述，对于这种审美时尚性的直接演绎，使得城市文学具有高度的现代性，中国文学现代性的空间也因此得到了极大的拓展。城市文学在20世纪90年代的强劲崛起，已经改变了整个中国文坛的面貌，形成城市文学、乡土文学两极对立的文学格局。在21世纪，随着城市化进程的进一步加快，这种两极对立的文学格局将会逐步向城市文学一极倾斜，乡土文学将逐步式微。尽管由于中国乡村的广袤无垠，乡土文学仍然具有极其广阔的空间，但是这种文学格局演变的趋势却不会因此而有所改变，而中国文学的现代性也由此而进一步增强，文学现代性施展的空间也会因此而更加广阔。

二

在当代中国，伴随着城市化兴起而出现的市民社会，对于城市审美风尚的流向、城市文学空间的拓展具有重大影响。中国历史上并无西方意义上的市民社会的存在。中国向来是一个集权制国家，中央集权经历代王朝的强化，至明清达到顶峰。集权制的发达使得西方意义上的市民社会根本不可能存在。当

[①] 在工业化和城市化进程中，城市化一般高于工业化，但中国城市化大大滞后于工业化的发展。参见中国科学院国情分析研究小组：《国情研究第三号报告：城市与乡村——中国城乡矛盾与协调发展研究》，科学出版社1994年版，第19页。

代中国具有现代特点的市民社会,直接导源于中国在经济改革中所确立的利益驱动机制。利益驱动作为一个强有力的杠杆,使中国社会阶层发生了巨大的分化,"造就了一大批脱离了单位体制等其他政治控制单元的个体劳动者、私营企业主及其从业人员、'三资'企业职工以及文化个体户、科技开发人员之类的'无上级'人士所构成的新型社会群体。他们实际上构成了当代的初步意义上的'市民社会'。"①

市民社会在20世纪80年代中期开始萌芽,并在90年代随着市场经济的正式确立而强劲崛起,成为城市社会构成的主体,从而也成为当代城市文学最为主要的接受群体、消费群体。市民社会以实利原则为核心,以世俗快乐为其追求的目标,由此导致城市审美风尚向消费型的世俗化模式转换。在物质生活上,豪华住宅、名贵汽车、星级饭店、高级游乐场、时髦的服装、高档的写字楼,包罗万象的购物中心,总之,一切使生活趋于高雅、精致、舒适的东西,都成为整个城市社会的普遍追求,尤以市民社会中日益富有的中产阶级最为突出。这种物质性的渴求,是市民现世哲学的具体体现,它的所有选择,其旨归完全在于现世的享乐。它紧紧与现实的生活相联系,而抛弃了那种超脱于世俗生活之上的、具有某种终极指向的审美意识、审美风尚。因此,这种审美完全是消费性的,呈现出世俗化的特性。精神生活领域同样如此。城市社会风靡的大众的文化,如各种流行音乐、卡拉OK、MTV、通俗杂志……完全是一种"快餐"性的文化,它的消费特性非常类同高级游乐场等物质性的消费。它所要求的不是对于灵魂的质问、心灵的震颤与悸动,不是对于生命深度的追寻,它所追求的只是强烈的感官刺激,仅仅满足于浅层次的精神需求。

这种消费型、世俗化的审美,内在地存在着多元化的审美价值取向。它不具排他性,各种审美价值取向可以和谐共存,没有任何一种审美风尚能够凌驾于其他审美风尚之上而居于绝对统治地位。在这里,个人完全有选择的自由,它体现出市民社会所具有的自由的本质特性。因此,个人选择的自由对于市民社会多元化的审美价值取向的形成具有极端重要的作用。美国从20世纪50

---

① 朱光磊:《大分化新组合——当代中国各阶层分析》,天津人民出版社1994年版,第43—44页;转引自夏之放:《转型期的当代审美文化》,作家出版社1996年版。

年代开始，个人主义盛行，热衷于"实现自我价值"[①]，群体意识日益淡薄。这种现象在90年代日益突出，从而使得审美价值的多元化的走向极其显著。而在中国，随着利益驱动机制的确立，市场经济的逐步形成，个人选择也日益突出。与此同时，国家权力意识形态的约束力松动，知识分子意识形态也日益边缘化，具有某种强制性的、人为倡导的、占主流地位的审美风尚，实际上已不复存在。由此，多元化的审美追求业已成为当代中国市民社会的审美价值取向。

城市文学直接将自己的目光对准当代市民社会，进行广泛的扫描。上至百万富翁、高级白领，下至工薪阶层、下层市民、打工一族，市民社会各阶层的审美意识、爱好、风尚无不得到全面而深刻的展示。这在以"新生代"为代表的中国当代城市文学中有着突出的表现，其势头在更为年轻的"七十年代作家"身上更为迅猛。因此，在属于市民社会的城市文学中，市民多样性的审美追求更能得到充分的体现。

三

现代科技作为现代化的强劲动力，对于现代化进程的影响极其巨大，科学技术的每一次革命都极大地改变了整个人类的生活面貌，同样也为文学不断开拓着新的空间，使文学不断呈现出新的面貌。当代文化工业的形成与蓬勃发展，城市文学新的形态——网络文学的出现，便完全是现代科技的直接产物。

20世纪50—60年代，现代科技的突飞猛进使得西方发达国家中城市文化工业飞速兴起并蓬勃发展。20世纪80—90年代，城市文化工业在中国也开始出现。激光排版印刷、数码技术等高科技的广泛运用，使得图书装帧日益精美，出版日益快捷，影视视听效果达到撼人心魄的程度。由此，中国的图书市场、音像市场迅速走向繁荣。对于城市文学来说，繁盛的城市文化工业无疑为其展示了前所未有的表现空间，从而成为城市文学向深广之处发展的强有力的后盾

[①] 参见ON Self-fulfillment as Self-actualization, see R.H.Stensrud, "Self- Actualization", in Ragmond J.Corsini, ed, *Encyclopedia of Psychology*, Vol.3（1994）, pp359—360。

与依托。

在现代科技中,对城市文学影响最为直接的是信息技术,尤以网络最为突出。它空前地拓展了作家的视野,并促使新的城市文学形态——网络文学的出现。20世纪90年代后期异军突起的网络技术,对于城市社会面貌的改变是全球性的,它将整个地球连成一个得以瞬间沟通的整体,国与国之间巨大的空间障碍不复存在,"地球村"业已成为现实。由此,城市文学作家的视野空前扩展,对于新事物的了解与接受以前所未有的速度在进行着,其范围之广,速度之快,都是此前所难以想象的。中国有句古语叫做:"秀才不出门,便知天下事",这种非常夸张的语言,却是网络时代城市文学作家面貌的逼真描述。任它世事如白云苍狗般如何变幻,节奏再快,频率再高,作家们也不再手足无措。天下之事,无论巨细,已尽在网中。因此,网络的出现对于城市文学作家把握生活的意义是极其巨大的。

网络不仅拓展了作家的视野,更直接导致新型的城市文学——网络文学的出现。无论在何种层面上,网络文学都是一种具有绝对意义的城市文学。无论是作者、读者,还是它所描绘的生活,都完全属于城市世界。当前网络文学还只是刚刚起步,网络文学的总体水平并不高。

网络文学的现实意义并不在于它所取得的文学成就,而在于为城市文学提供了一个新的生存空间,一种新型的、完全不同于书本的阅读审美感受。王朔曾在"网络之星丛书"跋中认为:"这之后一切将变。""网络为我们提供了前所未有的自由表达自我的机会,使每一个才子都不会被埋没,今后的伟大作家就将出现在这其中。"[1]无疑,网络文学所展示的巨大的文学生成空间的意义,是不能低估的。而21世纪,随着网络文学的进一步成熟,这种文学空间拓展的意义将会更加突出。

然而,对于网络文学来说,更为重要的乃是它所呈现出的新型的阅读审美感受。网络本身所具有的虚拟性,使得网络文学在审美风格上也必然呈现出某种虚拟性。在网络文学里,想象性的空间更为巨大。电脑屏面空间的有限

---

[1] 参见"网络之星丛书":《蚊子的遗书》《性感时代的小饭馆》《我爱上那个坐怀不乱的女子》,花城出版社2000年版。

性，决定了呈现于我们面前的，永远只能是作品中的一页，它无法为我们提供一个共时性存在的文本整体，文本是在页面的滚动中存在的。因此，巨大的文本内容以及边写边上网而未能完成的文本内容，由于无法共时性地呈现于我们的面前，从而完全成为一种想象性的存在，具有极强的虚拟性，由此所带来的感受，也呈现出与阅读书本完全不同的特性。而正是这种极其强烈的审美虚拟性，巨大的想象性的空间的存在，使得网络文学具有了极其巨大的魅力。

想象性是文学的根本特性，而网络文学使文学的这种根本特性得以强化。文学，特别是城市文学也因此步入了一个崭新的阶段。

（原载于《中国文学研究》2000年第4期）

论城市文学研究的方向

一、现状与不足

如果我们从1983年北戴河首届城市文学理论笔会算起的话，城市文学的研究也已有了十七八年的历史了。在这将近二十年的时间里，城市文学的研究取得了长足的进展，无论是对于城市文学本身的文学研究，还是对于城市文学的文化社会学的研究，都取得了丰硕的成果。尽管人们在许多方面仍然存在着不同的看法，但是，至少我们对于城市文学的发展脉络、城市文学的特性、城市人的生态与心态、城市文化与文学、城市化与文学、城市生活方式与文学等方面都有了一定程度的了解。就20世纪80年代至今的城市文学研究的进程来看，它明显地受着我国当代城市化的进程以及当代城市文学本身发展程度的制约。20世纪80年代，我国当代城市文学刚刚处于起步阶段，大规模的城市化浪潮也还没有开始。因此，当时对于城市文学的文学研究相对薄弱，而在较为深入的文化社会学研究中，却又存在着大量搬用西方城市社会学理论对中国当代城市社会现实进行演绎的弊端。20世纪90年代，我国进入城市化迅速发展时期，城市文学也随之异军突起，无论是中国的城市还是城市文学都发生了巨大的变化，进入了一个崭新的阶段。由此，城市文学的研究也出现了崭新的局面，无论是文学研究还是社会学研究都有较为深入的发展。文学研究方面集中于对以"新生代"以及20世纪70年代作家为代表的城市小说的探讨，文化社会学研究方面则避免了20世纪80年代直接套用西方城市社会学理论的缺陷，更加切合20世纪90年代中国城市社会的实际，深入阐发城市各方面与文学的深刻关系。在这方面，李洁非现在仍在进行的"城市化与文学"系列研究十分突出。因此，从深度上来看，20世纪90年代迄今的城市文学的研究比80年代有较大的进展。

然而，从总体上来看，当前城市文学的研究仍然存在着明显的不足，具体表现在以下几个方面：首先是研究的随意性。大量的研究资料表明，当代城市文学的研究是极其散乱的。众多的研究者只是根据自己的兴趣，选取特定的目标，作浅尝辄止的探寻，对其进行系统性研究的人很少。20世纪80年代的吴亮、徐剑艺，现在的李洁非是对城市文学进行较为系统研究的为数不多的代表。其次是研究的微观性。也许是由于进行城市文学研究的都是一些研究当代文学的学者的缘故，他们的目光紧紧盯住20世纪90年代的"新生代"小说本身，最多把目光延伸到80年代或新中国成立以后。而对于20、30、40年代的城市文学，则不予理睬，完全把它们推给了现代文学的研究学者。对于现代城市文学尚且如此，对古代城市文学则似乎更加不屑一顾，甚至对于其是否存在都很怀疑。因此我们可以看到，大量的文章仅就90年代的城市文学本身来谈论城市文学，鲜有将其纳入整个城市文学发展的历史视域，对其生成与变异，在宏观考察的基础上，进行深刻的理论透视，从而揭示出城市文学本身的特性及其发展规律的文章。其次是缺乏比较的眼光。比较是文学研究的一个极其重要的手段，特别是异质文化间的文学比较更能揭示出文学的共通的规律。而从80年代至今的大量的城市文学研究文章中，几乎没有一篇将中国当代城市文学与西方城市文学进行比较研究的文章，其比较意识的薄弱、研究视域的狭窄由此可见一斑。如果不能在古今中外的城市文学的整体中去透视我国当前的城市文学，要想对其有多么深刻的认识，对城市文学的发展规律有多么深刻的把握，几乎不可能。再次是理论深度不够。现在的大量研究仍停留在现象描述的阶段，理论建构不多。比如对于以"新生代"为代表的90年代的城市文学，人们似乎在"欲望"二字之外，难以再说出更为深刻的东西。即使是论述较为深刻的城市与文学关系方面，仍给人某种不足之感。最后，研究的力度不够。城市文学已经在当代特别是90年代获得了十分巨大的发展，在某种程度上形成了城市文学与乡土文学并存的文学格局。然而，从宏观的角度对城市文学进行深刻的理论透视的专著仍未见出现，这与当前城市文学蓬勃发展的形势是极不相称的。

二、理论建构的基点

20世纪80年代北戴河城市文学理论笔会上,便已提出城市文学理论的建构问题,但是从城市文学研究的现状及其存在的不足来看,这种成果是十分有限的。未来城市文学研究的方向、研究的核心,无疑仍然是城市文学理论的建构问题。在某种程度上,它是中国城市文学研究的一个理论目标。要实现这一理论研究的目标,一些资料性的前期准备工作是必不可少的。这种工作理论界也一直有人在做,比如20世纪90年代初徐剑艺便编选了《新都市小说选》,现在陈晓明编选的《中国城市小说精选》也已经出版。这两部选集囊括了新时期以来大部分典型的具有代表性的城市小说,但是,由于选择工作是在编选者特定的标准之下进行的,(比如,陈晓明就直接把"欲望化叙事"作为其选择的标准),因此,这两部选集都不是当代城市小说的荟萃,许多在我们看来是典型的城市文学作品都没有入选。因此,这两部选集都存在着范围狭窄的缺陷。我们现在要做的是,在更大范围对城市文学作品进行搜集编选,这种工作应该在整个文学史的范围内进行,包括古代、近代、现代而不能仅仅局限于当代特别是八九十年代。对于城市文学理论的建构来说,这种城市文学作品的编选工作是非常重要的,它是对于研究对象范围的框定,是城市文学理论建构的基础。笔者以为在这种城市文学作品编选的同时,更应该进行《城市文学史》写作,对城市文学发展的历史进行详尽的清理。就目前的情况来看,人们对于城市文学从古到今发展历史本身的认识是十分薄弱的,尽管已有多篇文章对此进行了梳理,但是这种梳理大多只是蜻蜓点水式的,给人的只是一种粗浅的印象。一般文学史中虽有这方面的内容,但是,很少有专门从城市的角度着眼的。因此,对于城市文学要想在宏观上进行更为深入的研究,这种城市文学专门史的写作便显得非常重要。

无论是文学作品的编选还是文学史的写作,都是以特定的文学观为基础的,前些年文学史界重写文学史热正是当代文学观念变革的产物。城市文学作品的编选与《城市文学史》的写作同样必须以某种城市文学观为基础,而从80年代以来,理论界对于城市文学的认识一直未能够达成某种共识。事实上,对于城市文学概念的讨论一直是研究的一个焦点。在对于何谓"城市文学"的认识上，不仅观点众多，莫衷一是，而且即使是对提城市文学，人们也态度各异，肯定者有之，怀疑、否定者同样有之。比如，80年代曾镇南就认为，"都市文学"是一个很宽泛的概念，不可能也不必要对其进行严格的界说。①雷达也承认"城市文学"是一个不得已而用之的概念，经不起穷根究底的推敲和质询。②90年代，王干对于"城市文学"定义的必要性和可能性上存在的困惑，进行了明确的理论阐述。他认为，当代文学研究本身便存在着命名、定义的困难。当代文学的发展呈多元态势，且存在着极强的"覆盖率"，而命名是以一元方式进行的，这就造成了某种不确定性。城市文学是一个正在生长着的新概念，对其进行定义的必要性、可能性及局限性都是难以回答的。③诸如此类的反对意见还有很多，然而，更为明确的反对意见来自于作家。如汪曾祺认为，提"城市文学"是理论先行，为时过早；王安忆则认为，对城市文学作一个界定是痛苦的，她从不有意考虑写城市还是写农村，城市农村只是作为人物活动的一个舞台、场景而存在的。④如果我们单独来看这些反对意见的话，会觉得不无道理。但是，一旦把它们纳入整个文学史的框架内，其目光的短浅，对于像新感觉派小说这样的城市文学的存在的漠视便十分明显，从而使得其论说显得十分的苍白。

就对城市文学进行定义来说，存在着两类主要的观点，一类是依据惯常的题材标准对城市文学进行定义，另一类则是突破题材的层面，从其他方面来对城市文学的特质进行界定。前者如：凡以写城市人、城市生活为主，传出城市之风味、城市之意识的作品，都可以称作城市文学。⑤这种观点是80年代前期的主要观点。而从80年代后期开始，从题材层面上对城市文学的特质进行界定成为主流，而且观点非常多。人们从审美、城市人身份、现代意识、都市意识、物化等等许多方面进行了各种各样的界说，这其中有两种观点非常重要，

---

① 曾镇南：《"都市文学"琐谈》，《芳草》1987年第12期。
② 雷达：《关于城市与文学的独白》，《天津文学》1986年第10期。
③ 王干：《老游女金：90年代城市文学的四种叙述形态》，《广州文艺》1998年第9期。
④ 《激战秦淮状元楼——94中国城市文学国际学术研讨会话题》，《贵州日报》1994年8月21日。
⑤ 幽渊：《城市文学理论笔会在北戴河举行》，《光明日报》1983年9月15日。

一个是对于城市文学的现代意识、都市意识的强调,一个是从物化方面对城市文学进行的界说。现代意识在80年代末开始被人们提到了异乎寻常的重要位置,认为现代意识、都市意识应该是都市文学的核心。这种观点比比皆是,不胜枚举,如:"从创作方面来说,城市文学不仅是题材的问题,关键在于是以陈腐的传统观念,还是以现代意识去观照正在蜕变中的城市生活和都市人的复杂心态。所以说,现代都市意识是城市文学的灵魂。"①"我们所说的都市文学并不等同于题材意义上的表现都市生活状况的文学,而必须是用现代意识观照现代都市生活,反映都市生活流向和价值观念变迁,刻画现代都市人格和心态,具有都市审美风貌和艺术表现特征的文学。"②对于这种观点表述得最为清楚明晰的是司徒杰:"都市文学所抒写的题材理所当然地应该是都市生活,这是我们界定'都市文学'这一概念的起点线。也就是说,都市文学首先应该是'都市的'文学,以期在题材上和'乡土的'文学区别开来。但'都市的'文学不一定就是都市文学——逆命题不成立……在理解'都市文学'这一概念的时候,我们并不能把它仅仅看作是'都市的'文学,以期只在题材上和'乡土的'文学相对应,而应更多地把它理解为现代都市意识观照下的文学,以期在文化的指谓上和建立在自然经济基础上的传统意识观照下的文学相区别。"③从物化角度对城市文学进行界说的主要是李洁非,他认为"在真正的城市文学中,必须包含物和商品的理念,人的命运和他们彼此的冲突、压迫,不论表面上看起来是不是采取了人格化形式,必须在其背后抽取出和归结到物、商品的属性。"④

之所以说这两种观点非常重要,一方面是由于它们代表了当今城市文学中的主要观点,另一方面而且是更为主要的方面在于,当把现代意识或者是物和商品的理念作为城市文学质特征的时候,城市文学的涵盖面被大大地压缩

---

① 张韧:《现代都市意识与城市文学》,《开拓》1988年第1期。
② 戎东贵、陆跃文:《新时期都市文学的发展和走向》,《当代文坛》1990年第1期。
③ 司徒杰、钟晓毅:《圆梦都市文学》,《广州文艺》1995年第2期。
④ 李洁非:《城市文学之崛起:社会和文学背景》,《当代作家评论》1998年第3期。

了。现代意识是整个人类社会现代化进程在人类意识领域的表现，而物化则是人类社会进入工业化时代之后的产物，两者在人类历史的进程中基本上是同步的，它们的上限最多只能推至西方工业革命的年代，而在我国则更晚。当我们把城市文学限定在这样一个大致的范围之内的时候，对于城市文学更深一层的追问便开始了——对于我们来说，用"城市"来限制文学到底意味着什么？

三、空间——考察城市文学的一个视角

对于文学可以有多种考察的角度，其中之一是时间的。我们习惯上从时间的角度，在大的时间段上将整个文学分为古代文学、现代文学、当代文学三个大的部分。我们也可以从时间的角度对整个文学总体进行另外一种划分，依据作品描写内容所属的时代与作者写作年代的差异，将整个文学总体分成三个部分，一个是历史文学，一个是现实的文学，一个是未来的文学。历史文学，顾名思义，不管它的写作年代如何，它的内容无疑是远离作者生活写作年代的，像《三国演义》这样的历史小说是它的主体。而现实的文学则是对于作者当下生活的直接演绎与反映，因而具有即时性。在各个历史时期的文学中，现实的文学占据着主导地位。未来文学，则主要是指科幻小说，如凡尔纳的《海底两万里》，它所描写的内容与历史文学一样远离作者的现实生活，只不过它是指向未来，而历史文学是指向过去的。因此，从时间的角度来看，这三者构成了整个文学的总体。如果我们可以这样来看待整个文学总体的话，那么与时间相对应，我们也就可以从空间的角度来对文学进行重新的整理。

就空间而言，存在着各种各样的空间形态，大到山川平原、湖泊海洋，小到亭台楼阁、房屋居室，空间以无限多样的形态存在着。就人类的生存空间来说，有两种空间占据着异常重要的地位，那就是城市与乡村。自从人类从蒙昧时代走出，并日益向文明时代迈进之后，城市与乡村便构成了人类生存空间的主体。文学对人类生活的反映便集中在这样两个空间之上。由于城市在根本上是一个空间性而非时间性的概念（尽管城市有它自己的历史），因此，当我们用"城市"来限制文学的时候，它实质上意味着是从空间这一独特的角度对文学所进行的一种概括。从这种角度去理解城市文学，在某种程度上，不失为

从宏观上对城市文学进行整合的一种新的途径。

当我们把城市文学中的城市作为一种空间场景引入的时候,随之而来的问题便是,在文学作品中,存在着大量的在空间上既有城市空间场景也有乡村空间场景的作品。在这些作品中,城市与乡村这两个场景大量地转换,相互交织。那么又如何能够根据空间场景来判定作品的城市文学属性呢?显然,如果我们用空间来界定城市文学的话,那么这是一个必须要加以解决的问题。在此,我们引入"前景位置论"。

所谓前景是相对于背景而言的,前景与背景是两个相互对应的概念。任何人物的活动都是在一定空间场景之内的活动,而空间与空间、场景与场景之间存在着大与小、同质与异质的关系,而且就它们与人物的关系而言,也存在着远近、亲疏的不同。由此,空间、场景便呈现出前景与背景的不同。一般而言,人物直接活动于其中,眼之所及,目之所触的空间场景便是前景。而与之有着密切关系,对其有着重大影响的更大范围的空间便是背景。因此,就空间的大小上来讲,背景要大于前景。就其与人物的关系来说,前景比背景更为直接密切。一般来说,前景与背景之间可以是同质的,也可以是异质的,要依据背景的层次而定。

从根本上来说,城市与乡村是两个异质空间,两者之间有着根本的不同,且其内部各部分之间存在着质的同一性。因此,当人物完全活动于城市、乡村这样一个单质空间内的时候,在其前景与背景之间便存在着高度的一致性,两者完全是同质的。因此,在空间上,这种前景与背景完全同一的空间便具有了某种典型性。这种空间的典型性使得在此空间上反映人类生活的作品也具有了典型性,即是说在城市空间与乡村空间之间对应地存在着典型形态的城市文学作品与典型形态的乡土文学作品,它们在各自的空间上保持着高度的纯粹性。比如废名的《竹林的故事》、沈从文的《边城》、刘绍棠的《蒲柳人家》等,在这些作品中,它所展现的完全是一个乡村生活的世界,没有丝毫城市的影子。同样,在刘呐鸥的《都市风景线》、王安忆的《长恨歌》、邱华栋的《手上的星光》、林坚的《驶出欲望街》、卫慧的《上海宝贝》等作品中,其城市空间的纯粹性同样突出。

对于这样典型的城市文学与乡土文学,我们很容易从整个文学作品的整体中将其提取出来。而当作品中城市空间与乡村空间同时出现的时候，这两种空间之间的关系便决定了整个作品的归属问题。就空间意义上来讲，城市与乡村是两个对等的空间，但是当它们共同出现在作品中的时候，其地位则是不一样的。在这两者之间，必有一个居于主导的前景位置，而另一个则居于从属的地位。当城市空间在作品中处于主导的前景位置的时候，作品便具有城市文学的性质。反之，当乡村居于主导的前景位置时，作品便是乡土文学而非城市文学。显而易见，无论是哪种情况，作品中的空间都不再具有纯粹性。因而，它们都不再是典型的城市文学或典型的乡土文学。如此来看的话，在城市文学与乡土文学中便存在着两大类，一类是典型形态的城市文学、乡土文学，一类是非典型形态的城市文学、乡土文学。在典型的城市文学与典型的乡土文学两极之间，存在着大量的中间交叉地带。从典型的城市文学向典型的乡土文学一极看，城市文学的典型性逐步减弱，直至最终消失，而乡土文学的典型性逐步增强，直至成为典型的乡土文学。反之，从典型的乡土文学向典型的城市文学一极看的话，其情形正好相反。

在整个中国文学史上，典型形态的乡土文学无论是在古代文学、现代文学还是在当代文学中都大量地存在着，即使是非典型形态的乡土文学也异常众多，而且在整个中国文学的整体中所占的比重非常大。因此，说中国是乡土文学的国度是一点也不过分的。反观城市文学，其情形截然不同。典型形态的城市文学在古代文学中非常少，大量存在的是非典型形态的城市文学。而在现当代文学之中，无论是典型形态的城市文学还是非典型形态的城市文学都很多。特别是进入20世纪90年代之后，城市文学更是大量涌现，大有超过乡土文学之势。

四、人类文明进程史中的城市文学研究

作为对应的两极，典型的城市文学与典型的乡土文学各有自己鲜明的特质，它们分别展现了人类的不同特性。概而言之，乡土文学与城市文学是人类历史进程中永远存在、永远必须要面对的冲突的双方——自然与文明的鲜明表征。乡土文学是自然的代言人，它所言说的永远是人的天然本性，表现着一种

恒定不变的质素，它意味着善良、纯朴、和谐、安宁等。这种恒定的质素虽历经千年而不变。从先秦时期的《诗经》到唐代山水田园诗、明代的小品文、直至沈从文的《边城》、刘绍棠的《蒲柳人家》，人性的至朴与纯真始终如一。典型乡土文学的发展历程，展示了自然在文明的不断冲击下所保留的程度。而城市文学则记录下人类迈向文明的每一个脚步，一部城市文学发展史同样是一部人类文明的进程史。当我们感叹几千年的乡土文学在审美意识、审美风尚、物质景观、生活内容等方面存在着惊人相似的时候，我们在城市文学中看到的则是物质景观的巨大变迁、精神世界的剧烈动荡、审美风尚的频繁更迭。当我们把《三都赋》《三言二拍》《骆驼祥子》《都市风景线》《上海的早晨》《钟鼓楼》《顽主》《环境戏剧人》《上海宝贝》等放在一起的时候，便可以看到，无论是物质景观还是人物的精神世界，其间的差异何异于天壤之别。

人类在逐步走向文明的进程中所发生的巨大的变异，人类文明的每一次进步及其付出的惨痛的代价，都在城市文学中得到了鲜明的展示。在某种程度上可以说，乡土文学标志出人类文明起步的地方，它为人类美好而纯真的一面留下许多弥足珍贵的记忆，为人性的纯朴与善良唱着永恒的赞歌。而在城市文学中，我们则可以看到人类在其文明进程中走过了怎样的历程，到达了何方。因此，对于城市文学，我们不能仅仅局限于其本身，而必须在乡土文学的参照下，在整个人类文明历史的进程中去研究。也只有把城市文学纳入人类文明历史的进程去考察，才能够真正认识、理解城市文学存在的巨大价值与意义。

（原载于《学术研究》2001年第3期，王斌为第二作者）

当代艺术生产对都市人审美意识的培养

现代工业社会的长足发展以及城市化进程的加快极大地满足了城市人的现代化生活要求,这使得城市人对价值取向、文化精神与人格理想的寻找开始由具有几千年文化积淀的乡村文明转向现代化的城市文明,由寻找"乡村之根"转向寻找"城市之根"。因此,探索城市人审美意识的建构,无疑是当前进行城市文明建设所不能回避的话题,而艺术在这一建构过程中无疑起着举足轻重的作用。

一、艺术生产对都市人理性化审美意识的培养

首先,整个中国社会的整合基础从政治领域转移到了广泛的社会经济领域,构成了市民社会理性化的内在依据,因为市民社会是与商品经济相联系的,以契约关系为联结纽带的,具有民主精神与法制意识的人群共同体。由于后现代国家在经济薄弱的基础上,急切地想要实现工业化,以赶上西方发达国家,因此政府必然提出把经济目标作为社会运行的支配性目标,从而使得政治行政系统的目标日益退出中心位置而指向社会经济领域。社会经济本位的确立,使得经济原则成为了支配社会行为的主导性原则,它促使在政治原则占主导地位的情况下,存在着的社会组织单位的性质和等级结构、社会资源分配格局以及人们的行为方式,逐渐趋于瓦解,走向崩溃,从而为一种新的以经济为基础的社会整合力量的出现创造了条件。这就使得建构在贸易与商业基础上的"市民理想"的出现成为可能,从而导致必须把市民社会内部的理性化提到最重要的位置上来。表现为在社会制度方面,对适合于工商业发展的制度进行了制定和捍卫,在日常生活层面上,对适合于社区正常发展的文化价值观念进行

了守护和深化。

其次，国家政权对市民社会的正确引导和扶持，为市民社会的理性化准备了外部条件。由于后现代国家的市民社会发展的短暂和缓慢，导致它一直未能成为一股独立自主的政治力量，形成自己独特的制度模式和文化价值体系。因此，后现代国家的市民社会，表现为与现实社会在政治、经济、文化方面的同构性，可以说是现实社会和政治权利在都市领域的延伸。这样一种状况的存在，使得后现代化国家的城市化进程，遇到了强有力的阻力（主要表现为市民社会以非理性化的方式，利用现实政治及社会结构中的所存在的漏洞，勾结腐败官僚进行权钱交易等）。从而使得理性化的市民社会所应该具有的社会公平、平等竞争原则、对市民责任的合理要求遭到了破坏，使得市民社会的理性化日益显得难能难为了，以致政府不得不清除腐败，扶持和促进各种不同社会空间（像学校、新闻机构等）的良性发展，从而避免这些空间被单一的以赢利为目的的市场逻辑所扼杀。这些都为在特定条件下的后现代化国家的市民社会的理性化，提供了强有力的外部条件。

毋庸置疑，中国市民社会的理性化确实已取得了一定的发展，而市民社会的理性化必然刺激当代艺术对都市人理性化审美意识的培养。笔者认为，都市人的理性化审美意识主要表现为对自身平民身份的愉悦认同，对都市社区关系的主动认可，对自身独立的人格理想的顽强追求，对都市与自我情感的苦苦寻觅（这里的情感指的是一种理性支配下已理性化了的情感，不同于那种仅凭一些突发性的偶然因素作用而产生的类似于"应急性"的感性的情感）。

唐小兵先生曾在《蝶魂花影惜分飞》中说："人们用极其崇高的甚至悲壮的气概和'淋漓的鲜血'换来的现代进步和解放，最终却必然是对平民那种安宁琐碎的日常生活的肯定和保证。"确实，市民理性化审美意识觉醒的最先表现，就是对主流意识形态话语进行了反抗和消解。而作为人类灵魂的导师的知识分子也从启蒙导师的位置上滑落下来，放弃了富有启蒙意识和拯救愿望的知识分子话语，转而采用民间叙事话语，融入市民社会，对市民社会所必然要求的文化价值和审美趣味进行寻找，对市民社会的多样性、复杂性、不确定性进行考察与分析。

在当代中国的文坛，首先是先锋作家消解了社会一切的价值观念，解构了附庸在政治理想基础之上的虚拟的乌托邦。然后，王朔的"痞子文学"更是对任何无尚崇高的精神以及价值观念进行了嘲讽。接着出现了如池莉的《午夜起舞》、刘恒的《贫嘴张大民的幸福生活》、李肇正的《城市生活》等许多作品。这些作品从平民立场出发，以平民利益为根本，关注平民生活，并在美学追求上关照广大平民的审美趣味，把"平民都市"审美意识更推到了一个新的发展阶段。

《西洋镜》也表现了作者建构理想市民人格审美意识的强烈愿望。故事发生在封建传统文化根深蒂固的皇城北京，表现了当时北京古城的市民，在以"西洋镜"事件为中心的西方文化的冲击下所表现出的种种心路历程。作者成功地塑造了一个追求新知、开放进步、思维敏锐、行为大胆，能主动地接受西方优秀文明成果的"能得风气之先"的市民形象——小刘。同时也通过对谭师傅、谭小姐、小刘父亲和叔叔以及一些市民的言语行为，在"西洋镜"出现后的种种新变的描述，反映了市民人格所固有的参与精神、多元思维与创新意识等精神品格，他们是和宫中人不同的一群人。老佛爷看到西洋戏所想到的只是"洋人在这个方面就是比咱们有长进"。而作为上层市民的谭师傅却意识到，比这更大的变故可能要来了。宫中人只会把偶然引起火灾的"西洋镜"驱逐出去，而市民却利用"西洋镜"拍摄了中国第一部电影《定军山》。市民的杰出代表小刘更是不仅接受了"西洋镜"这一先进技术，而且也接受了西方的优秀的社会文明成果（包括爱情观念和爱情表达方式），因此，才有了小刘与谭小姐的"中国第一吻"的产生。市民社会确实是一个充满了活力的社会，市民人格也确实是一种能能动地不断融入新质的新型人格。

当然，现在人们常常谈论的知识分子的文化守护，如果丧失了市民之根，也只能是一句空话。因为任何的思想、文化与精神都必须有一定的物质基础和心理基础，当知识分子被现实的政治世俗化和市民社会挤向了边缘的时候，他们就必须重新寻找自己的文化守护之根了，而不是简单地把自己的传统的以政治为中心的价值追求与人文理想，移植到新的以经济为中心的世俗市民社会中来。从某种意义上说，王金之争和《十才子批评书》虽然某些观点是错误的，但引起巨大反响的原因，恐怕是因为他们敏锐地感觉到知识分子对理性化的市民文化建构的失职以及知识分子的价值、文化心理的现代转型还没有完成的缘故。另外，无疑也是他们确实已隐隐约约地感受到了市民社会的某种要求、某种躁动而作出回应的结果。

二、艺术生产对都市女性审美意识的培养

"乡土中国"的自然条件和自给自足的经济形式，使得男女的性别差异导致了男女在参与家务上的不平等，在参与社会公众活动领域的不平等，在发展与选择机会上的不平等，最终导致了男女在社会地位上的不平等。而在中华人民共和国成立初期，计划经济的刚性体制虽然在某些方面保障了妇女的权益，但却也使得男女不平等的历史现象在新的历史条件下得以延续。因为那种把男女平等关系置于男性参照系中所进行的定位与考察，最终只能导致女性简单地模仿男性，甚至出现男性化的倾向。这样使得整个社会的审美意识出现了男性化的倾向。

而20世纪80—90年代的政治、经济、社会体制的改革最直接的结果是促进了商业文明的发展，这使得女性从原始的简单的主要以体力来决定社会地位的农业社会中解脱出来，从而为女性意识的觉醒提供了契机。特别是随着城市化的加速发展，由于城市不同于乡村的时空环境以及城市的劳动方式和生活方式的改变和城市的职业分化的细微，都使得城市女性在拥有生存资料、掌握社会信息方面一点儿也不亚于男性，这些都使女性从以男权为中心的社会中解放了出来。因此，有人说："城市是特意为女人准备的。"另外，女性还开始通过自己的组织、国家政府以及联合国组织不断从法律、经济、政治、文化上，要求建立一种全新的性别体系。国际社会也一直要求各国政府，注重性别分析和性别规划，力求将社会发展、经济发展与妇女发展的规划政策协调起来。因此，性别已越来越成为了观察经济和社会发展以及环境问题的一个新的视角。在某种程度上，女性更是已成为衡量城市文明的"风向标"。的确，物质化、商业化的都市给了女人许多陷阱，而更多的是给了女人许多的选择，从而使得女性在都市文明的条件下能更细致地考察自己的生存状况和精神状况，重塑社会的性别规范和性别秩序，这都使得女性意识走向了自觉。这些都使得都市女性以及整个都市社会的女性审美意识得以萌芽和发展，并走向成熟。

法国女权主义理论家西蒙娜·德·波伏娃指出:"女人不是天生的,她是被变为女人的。"确实,在以男权为中心的社会里,女人把这种男权社会加给她们的外在的、强制性的社会规定内在化和心理化了。从而导致了性别歧视和女性自我遮蔽的产生。而在新的都市文明的条件下,女性对自身的传统的女性审美意识以及传统给予女性的审美意识都进行了重新的阐释、颠覆、拷问与替代。

首先,在有些女性作家作品中出现了女性极端地嘲讽、仇视男性,甚至于把男女两性进行极度的对立,出现女性对男性的暴力场面。在《致命的飞翔》中就出现了北诺对男人的暴力事件。这一方面,是女性性别意识出现了恐慌的表现;另一方面,也表现了女性对男权意识进行反抗的心态。其次,在另外的一些作品中,更表现了一种对女性自强自立审美意识进行主动建构的意识。在近期的特区文学中,王海玲的《在特区的第一桶金》中的蓝黛,就表现出了一种要求脱离男性的强烈愿望,她时刻在内心提醒自己:"女人是不能做一株依附男人的藤蔓的,永远永远不能做藤蔓。"这里表现的就是女性的那种要求在社会上独立自强,自己能主宰自己命运的意识。也许正是这一女性意识的存在,使得蓝黛的行为虽然越出了传统道德的规范,却没有了传统道德支配下的痛苦。她变成了一个非常务实、冷静、开放的都市女性,虽然这种新型的女性意识在她身上,是以一种歪曲的形式表现出来的。另外,张欣的《岁月无敌》中的千姿,就把实现个人目标的立足点建立在自身力量的积累与迸发上,她反对乔晓菲式的"女人=交换物"的生活方式与生存模式(即心甘情愿地用自己的美貌、肉体、感情获取男人的权力、地位、钱财等),肯定了在新的历史条件下,女性在面对多重选择的情况下追求女性独立、实现自己价值的进步的价值观。

另外,女性在挣脱了政治权利与物欲权利的双重压迫之后,就必然注重对基于女性意义上的性别审美意识,进行逐步的复位和生发,并使之发展下去。从而使女人从"人"的自觉,转向了"女人的自觉"。当前的中国作家中,有许多的女性作家就主张回到对生命的、对自然的本真体悟上去,以女性的身体和经验作为审美感知的原点,从而促使自己的生命体验得到审美的提升与超越。当代作家陈染、林白、海男、徐小斌等,就以自陈自述的方式,通过对女性独异体验的书写，把女性的长期遮蔽的，处在无名、混沌状态下的身体感觉和心理流程进行了揭示。女性开始用自身的眼光，洞悉自我，寻找自身的本质、生命的意义与社会地位。开始从女性的立场出发来审视外部世界，并且对自身的女性自然属性进行高扬。

女性审美意识的极致，就是在男女两性平等共存对应互补的基础上，建立一种消除两性对抗，超越性别视角，注重双性和谐的审美意识，从而升华出既是女性的，又属于全人类普遍共同的精神内涵的审美意识，从而实现对男性审美意识进行补充，对人类审美意识进行丰富的目的。当代的服装设计艺术就总是在寻求一种男女的和谐，从初期富有创意而又大胆地突破了传统思维限制的情侣衫，到后来几乎所有的内衣、运动服以及部分西装的设计都讲究男女两性的搭配与和谐。近期的服装设计更是表现了这一审美趣味，女性服装的质地可能是非常女性化的，但它的样式却可以是趋向男性化的，而男性服装的设计却正好相反。这些都反映了艺术对市民的双性和谐审美趣味的寻找与建构。

正是由于艺术对都市人女性审美意识的培养，才使得在当前的都市审美风尚中出现了一道亮丽的风景，使得都市人早已习惯化了的男性审美风尚中出现了一道新奇的女性审美风景。

三、艺术生产对都市人后现代审美意识的培养

20世纪60年代，后现代主义作为一种涉及艺术、文学、语言、历史、政治、伦理、哲学等观念形态的诸多领域的泛文化思潮，开始在西方发达国家出现，它是晚期资本主义后工业社会的产物，它企图用逆向思维分析方法对现代主义的理论基础、思维方式、价值取向进行批判、否定和超越。随着改革开放力度的加大、城市化进程的加速、现代科技的发展、东西方文化交流的扩大以及世界一体化的迅猛发展，产生于西方社会的后现代主义文化已开始渗透到我国都市人的审美意识里面。在这一过程中艺术无疑起了推波助澜的作用。当代的某些先锋文学和新写实主义文学以后现代主义为武器，指斥"形而上学"，反对理性主义，取缔"深度模式"，宣扬非理性、不可通约性、不确定性、易逝性、碎片性与零散化等思想文化。一方面，这些都给都市人的审美意识的建

构带来了混乱，也给现代都市人带来了无理想、无正义、无道德、无责任，享乐当代以及游戏人生的生活，这是我们所应反对的。但是另一方面，后现代主义也给艺术带来了新的思维模式，新的观照角度，从而为生活在现代科技高度发展而导致了某种程度的异化的都市人，带来了一些新的艺术享受，促进了都市人审美意识的发展，丰富了都市人的审美生活。

曾在都市风行一时的动画片《人猿泰山》就表达了一种消解中心、固守边缘的后现代审美意识。现代哲学和文化提倡"人类中心主义"，认为人是"万物之灵"，强调人类征服自然改造自然的能力。几乎所有现代性的解释都存在以个人主义为中心的成分，因此统治、征服、控制、支配自然（包括其他所有物种的生命）的欲望，是现代精神的中心特征之一。但是这种对人的先在性质的肯定，却导致了人与自然关系的恶化，使得人越来越受到自然界的报复。后现代主义哲学却把现代哲学中的中心与边缘颠倒过来，从而达到消解中心与主体的目的。艺术中的后现代主义思想，流露出的对人与自然内在的一致性、双向互动性的思考以及对人与自然的平等和谐关系的提倡，是一种消解了人类中心的固守边缘的审美意识。它不仅有利于人与自然的和谐，而且也有利于人与人之间的和谐。因为"人类中心"的消解，在一定程度下影响到对"自我中心"的消解。确实，人与自然是一个有机整体，世界万物都有其自身的经验、价值和目的存在。人猿"泰山"在遇到来对猿进行科学考察的人类以后，他对自己未来的生活方式，群体选择表现出前所未有的犹豫。一方面，"泰山"是人，只有和人在一起，他才能消除自己那种孤独感、失落感，才有了那种种的归属感，才有了属于人类社会的一切高级的情感（包括爱情）；另一方面，面对人类利用现代的枪炮宰杀猿群时，他又坚定地站到了养育自己的猿群这一边，为了保护猿群甚至不惜牺牲自己的生命。他与自己的同类现代人展开了战斗，也放弃了回归人类群体的打算。电影通过人猿"泰山"独特生命历程的描述以及科学家和自己的女儿最终选择了与猿群为伍的结局，表明了自己的文化立场：人应该与自然（包括其他所有物种的生命）达到内在的一致，人与自然应是一种内在的同构性的关系，而不应把自然当作一种外在附属物，作为满足自己欲望的工具，进行肆意的统治和掠夺。这些都对建构城市人新型的审美意识，具有极其重要的意义。

另外，在20世纪80年代的新写实小说中，作家所表现的态度就是接受生活，认同生活，适应生活，忍受生活。它消解了传统现实主义文学的批评理性，即用所谓"终极的意义"来批判、否定、超越日常生活。现代主义的"工具理性"不仅否定了非理性在人类意识中所应有的地位，而且遮蔽了人类神学的、形而上学的、审美和伦理学的理性。这种单面"工具理性"不仅导致了人的物化，而且导致了现代大规模破坏性技术对世界的控制与压迫。工业化和技术化使得机器变成了社会的中心，使得整个人类社会变成了一台高效机器，使得人们的生活完全机械化，工人变成了社会机器中一个可交换的元件。这必然消解个别现象的复杂性和丰富性，而使得个别现象从属于一定的概念和规律。现代都市人由于单一的劳动方式、生活方式、工作环境的影响，对过强的"工具理性"的反感，必然自发地产生对个别现象的具体性，生活现象的复杂性，甚至对某些带有神秘性和模糊性的事物的兴趣。新写实追求的人生目标就是"好好过日子"，正是这种要求自己好好过日子的精神，使得都市人开始关注自己的非理性的日常生活层面和社会的生活层面，从而为都市人机械化的生活带来温馨和趣味。

再有，由于人类的现实存在是个别存在，不同的文化共同体都有其独特性。为了使不同的文化共同体进行有效的交往和沟通，现代主义努力寻找各个文化共同体之间普遍存在的东西，作为交往和沟通的客观基础。这样就产生了现代主义的同一性思维。这种同一性思维的错误，在于它否定了世界的多义性与多元性，从而把复杂的世界还原成为单一的简单的世界，这种思维模式的存在极大地扼制了人的创造力和想象力，使人性趋于单一，不利于人的自我完善。而艺术中的后现代主义热衷于寻求世界的差异性、多样性、不确定性，从而导致都市人产生多元化的审美意识。这也是都市人追求多样化的文化生活和社会生活在艺术中的表现。另外，这还使都市人在关照他人的生活中，出现了难得的宽容意识。当代的设计艺术正表现了这一追求，因为设计是群体的事情，各种不同的人要在其中食、住，在其中追寻自己的乐趣，追寻适合自己的趣味，并祈求福祉。所以，设计艺术为了满足人类社会发展的多维性以及人类需求的多元性，而不得不关注社会的复杂性，人的多样性和文化的多元性，以使自己的产品能满足大众的需要，这又反过来促使了大众的多元化审美意识的产生。

现代主义强调历史的连续性和进步性，注重用未来的眼光审视现在和过去的历史，努力寻找推动历史前进的动力以及贯穿历史的某种规律性和本质。但这种历史意识的存在，显然会消解历史长河中出现的偶然性的历史现象，消解某些散落在历史主流之外的历史断片。这种历史观对现实社会的影响是，使我们对自己的当下生存产生了历史虚无感。随着市民社会的不断强大，更使得普遍的市民对那种千篇一律的生存状况的意义发出了追问。而艺术中的后现代主义历史观，较好地解决了这一问题，因为后现代主义割断了历史的联系，认为历史的全部就是片断，这样市民就为自己当下的生存找到了一种合理性。最近都市流行的新片《洗澡》就反映了这种新的历史观。

四、艺术生产对都市人时尚审美意识的培养

城市在促使人们接触机会大大增加的同时，却又使这种接触变得更短促，更肤浅。实际上，都市人总是以偶然的、临时的接触关系，代替社区中较亲密的、稳定的人际关系。在这种情况下，人生成功的谋略在某种程度上就下降到谨慎地讲究时装与礼貌的境地。而个人的身份与地位在相当程度上就取决于一些俗套的表征（如仪表、派头、时尚等），正是城市人的这些需要导致了审美时尚的盛行。另外时尚作为一种集体性的具有切实可行性的行动潮流，总能给人一种亲切感、依赖感以及群体感。因为追求某种时尚的人都具有着某种相同的趣味，因此，在这一群体里城市人最容易沟通，最容易获得某种理解并满足自己的某种要求。时尚的产生有其特有的社会、经济、生活方面的原因，但是时尚的制造，引导和发展无疑都离不开艺术，时尚一旦背离艺术的精神、文化的精神也就走向了死亡。因此，艺术对都市人的时尚审美意识的培养，无疑有着举足轻重的作用。

时尚在文化上总表现为对传统文化进行复古、反抗或创新，并且，这一切的进行总是以追求某种美或趣味为口号，以渗透了艺术因素的某种新颖的行为方式为表征。文化渗透在艺术形式里，构成了艺术的内涵，而时尚的产生与流行都要以艺术为载体，因此，艺术成了文化的融合剂，成为了"文化时尚"

的引导者。每一种时尚的产生都与精典的艺术有一种隐隐约约的联系,有时甚至就是把浸染了深厚的古代文化精神的艺术照搬到现代,或者把有着高尚文化品位的精典艺术回归到民间,从而创造了时尚。中国古代的女性服饰,不断地成为了被现代社会的都市人所追求的时尚,其中就可能存在着现代女性对古代的东方女性美的倾慕与崇拜。

余秋雨"文化散文"的兴起,就掀起了中国的一场文化热,从而为"文化时尚"的兴起准备了条件。近几年来,不断地在各地举行的大型文化知识经济活动,如亚运会、奥运会、山东孔子文化节、湖南龙舟节等,就是这一"文化时尚"正在蓬勃发展着的表现。近年来中国大陆艺术品拍卖市场的兴起和发展,也说明了这样一个事实。当不同身份的都市人带着各自不同的目的,在艺术品拍卖市场进行角逐,当当代艺术家的作品、前卫艺术作品、美院毕业生的艺术作品以及邮品等都能进入拍卖市场的时候,笔者认为,所有这些都在客观上不同程度地表现了对复制文化的抗拒,对浸染在艺术形式中的原创文化的珍重。即使是完全从西方引进的主要是对人体美进行高扬的选美大赛,在比赛中,其中不仅存在着一个重要的纯文化的指标(即进行文化知识的测试),就是人们对她们的容貌、风度、气质的评估,也时时流露出东方民族所特有的文化品位。在广州,由于政府对城市文化建设的重视,特别是最近推出的祈求有维也纳金色大厅效应的"纪念堂之夜——造就广州金色殿堂"的计划,使得不少普通市民不断地出现在高雅的艺术场所,广州市以高雅艺术来带动"文化时尚"的兴起,确实是一个诱人的成功之举。近年来,甚至兴起了一种理念化的"文化时尚",水上婚礼、桥上婚礼、跳伞婚礼等,无不是理念和理想的产物,它使得"时尚文化",在艺术的引导下找到了又一个闪光点。

另外,现代企业的经济活动中心不断地由物向人倾斜,由价值向人心倾斜。又由于人类对美具有与生俱来的追求情结,因此,在从事一切活动时,总按照美的规律来建设自身和建构客体。物业不应该是非人性的,而应该是充满情感和多彩多姿的,因此,物业不断寻求与追求美(包含了自由精神)的艺术,也就成为必然了。确实,企业只有将商品进行高度的艺术化,使之符合公众的生理和心理,才会有生命力,才会源源不断地为社会公众提供美的商品、美的建筑、美的时装、美的服务、美的景观,从而使得各种"物业时尚"的流行有了凭借，有了内容，有了品位。

最近几年兴起的注重民族艺术与民族文化，注意吸取抽象艺术表现方法，并找寻与现代物业相结合的装饰艺术，由于克服了功能主义设计中人性的缺失，而开始盛行起来，它的范围遍及建筑、室内、家具、工艺品、时装等诸多领域。它既顺应了"物业时尚"的要求，又推动了"物业时尚"的发展。同时，现代广告艺术也推动了"物业时尚"的流行，广告注意把某些现代生活观念、某种新的时代潮流和个性追求与物业相结合，并进行艺术包装，从而使得时尚的引领者、追逐者，在广告所造成的特有压力下（即广告以特有的方式说服了大众的，某种"物业时尚"具有珍贵性，它会给参与者某种殊荣或潜在的优越感），促使了"物业时尚"的兴起。

时尚只有在创新中才能成为时尚，创新总是不断地为时尚提供新的追逐对象、新的观念、新的体验方式，从而为时尚制造新的感受，注入新的活力。但由于艺术形式本身具有很大的可塑性，艺术形式对内容具有很大的兼容性，因此，时尚的每一次创新都是以艺术的创新为前提的。因此，可以说未来的时尚总是和艺术联系在一起的。在某种程度上，是艺术在要求着、控制着"未来时尚"的产生和形成。最近上网成为了一种时尚，这除了上网能快速简便地查到丰富的资料和信息，并带来经济效益之外，更是由于艺术对网络进行了渗透的缘故，在网络世界中出现的自我，根本不是现实世界中的真正的自我，是经过艺术处理了的作着"白日梦"的自我。网民在这里获得了一种对本真自我进行表达的快感，对自我形象进行完美塑造的满足，对另外一个虚拟的他进行欣赏的快感。

第一部网络言情小说《第一次的亲密接触》就具有这些特点，小说开头的部分是对漫不经心、杂乱无章，甚至带有黄色下流趣味的网络生活的描述。但小说却正是要通过这一现象揭示出网络世界有产生爱情的可能性和特别性，并且为下面的网络爱情的抒写塑造一个环境。确实，艺术对网络的渗透产生了一种新的艺术形式，网络的隐秘性和对网上制作者的保护性，使得爱情找到了新的体验方式，而艺术也有了新的抒写方式。网络特有的隐秘性，使男女双方便于去储藏那在恋爱过程中产生的秘密的不能重复的心灵颤动，从而为读者双向地、立体地去感受那份由于男女性别、心理、性格、生命流程的不同，而带有各自独特性的不能复制的恋爱的心跳创造了条件。因此，这部小说可以说是带有男女两性爱情自传性质的，在爱情体验上双向互补的新型爱情小说的开山之作。另外，即使是最近在都市流行的跳舞机时尚，也是电子游戏与舞蹈结合的产物。

  在某种意义上，创新是与开放紧密联系在一起的。没有开放的心态和开放的行动，创新就无法产生，而创新又为进一步的开放准备了条件。20世纪70年代末，当中国人从蒙昧中惊醒后，最先的表现就是在艺术上具有了开放的心态。交响乐、芭蕾舞、西洋绘画、抽象艺术、朦胧诗、荒诞剧以及现代小说，一个个不断地成为了人们所追求的时尚。这又为20世纪80年代的美学热的出现创造了条件，为进一步接受外来事物准备了心理方面的条件。现在的年轻的都市人正在以更开放的态度创造着时尚，全球各地的风土人情、观念方式，只要他们认为是美的，他们就会去追求，并把它变为时尚。他们可能去追逐世界各地不同肤色的青年们所创造的时尚，追求吃一样的食品，穿一样的时装，看同一场比赛，玩同一场景、相同规则的游戏，把民族性的时尚与世界性的时尚结合在一起。

  确实，由于艺术所具有的特有的美，往往成为了新的时尚的触发点，从而为时尚的形成创造了条件，提供了契机。

  总之，艺术是都市文明的记载者和传播者，它使都市有了活力，有了理想和追求，它不仅对都市人格理想和社会理想进行了建构，而且也建构了都市人的审美意识。

（原载于《求是学刊》2002年1月，张康庄为第二作者）

广场文化：城市文化的新资源

随着经济的发展和市民小康生活的宽裕，广场文化日益成为中国大陆城市文化中最活跃的娱乐与休闲方式。丰富多样的广场文化增加了城市的动感与色彩，显示了城市的文化个性。它集民俗文化、商业文化以及体育文化于一体，开创了政府与民间互动共创的新形式。广场文化成为当代城市文化不可忽视的新资源。

一、广场文化兴起的原因

20世纪90年代以来，各地城市都注重兴建起广场来。这首先是各地政府出于经济发展和经营城市的需要。政府兴建广场最初是要改善城市形象，将广场修建得优美些，是为了改善投资环境，吸引更多的人到当地投资兴业、居家从商。城市市长们也开始有了经营城市的理念，他们将城市经营好，才能使城市进入一个良性循环的发展轨道。抓好城市市容与城市文化建设，进而推动城市经济的发展，是广场文化发展的第一推动力；大连市最早启动城市广场以及城市市区的建设，它起了最初的示范性作用，带动了全国经营城市热。

其次，广场文化的兴起与市民文化的形成相关。20世纪80年代以前，城市广场的作用与功能是政治性的，只用于政治集会、游行和节日庆典的举行，而现在修建广场，除了改善环境、吸引投资、发展经济的目的外，就是要给市民提供娱乐休闲的空间。由于城市产业结构的调整，从事第三产业人员比重增加。加上劳动生产效率提高，市民不仅实行正常的八小时工作制度，而且还享有双休日的自由支配时间。卡拉OK文化在20世纪90年代初的盛行就是市民渴望文化与休闲的具体表征。市民在温饱之后，又注重养生保健，在空地跳舞、练拳等体育活动也成为市民文化的一大景观，兴建广场正好适应市民娱乐休闲的需求。

再次，广场文化的兴起是提倡精神文明建设的必然要求，是城市物质文明与精神文明发展的结晶。物质文明发展起来以后，精神文明建设自然要提到政府工作与市民生活的重要位置上来。从政府来说，是要"两个文明"一起抓，不能一手硬一手软。建设与发展广场文化也包含着用先进健康的文化去抵制那些丑恶落后的文化现象，如赌博、"三陪"等，它是一种积极的引导和主动出击的途径与手段。对市民而言，生活中也需要有健康的文化渠道和条件，给他们以调节情绪、提高余暇生活空间与质量的机会与场所，广场文化的出现正符合他们精神生活的渴求，填补与充实了他们的余暇时间。参与广场文化建设，不仅是市民对政府提倡精神文明的积极响应，也成为他们发展自身的内在要求。"好雨知时节，当春乃发生。"广场文化正是在物质与精神都具备的良好的基础上，在政府提倡、引导和市民主动参与的双重推动中蓬蓬勃勃地发展起来的。

二、广场文化的形式与特点

广场文化，顾名思义为城市广场所呈现的文化现象以及在广场之中所展示出来的文化：它包含有很富有文化气息、表现出较高美学趣味的广场建筑、雕塑以及配套设施；在广场上进行的专业或民间的各种艺术性表演或展示；广场中群众性的各种娱乐、体育等休闲活动等。广场文化的主要载体是各种含有文化与审美意味的艺术性活动。广场文化不同于庙会或在大型体育场所、展馆举行的各种文化性活动的地方，就在于它专属于"广场"。

广场文化的形式大致有如下类型：

表演类。广场一旦建成，就有各种各样的艺术表演，包括广场晚会。这种表演一般由政府机构组织，有专业的，也有民间的。还有一些是企业为了促销活动而进行的文艺表演。除此以外，常设性的环境艺术装置也具有强烈的表演性，如定时开放的音乐喷泉、水幕电影、大型激光灯表演、利用高层建筑形成的灯光瀑布和真实瀑布等等。这种表演经常是逢周末或节日才进行的，或者是定时开放,一般都是有组织性的。

展览类。在广场上进行书法、绘画、摄影等免费展览。这种展览往往由社团、协会等群众性组织举办,一些配合地方政府中心工作进行宣传的展览也常在广场进行,如计划生育、纳税、法律、教育宣传等。如果此类宣传包括图片展览没有艺术性,应不属于广场文化范围,但如果它们采取艺术漫画或结合艺术表演如小品、相声、歌舞等方式进行,又可视为广场文化。

休闲娱乐类,这是广场文化中最普通最常见的一种形式。市民每天早上或夜间在广场进行的各种健身性的集体舞、秧歌舞以及各类拳术、剑术等,它们的组成往往是自发性的,无主无从,出现个别领袖或辅导者,也完全是出于热心和自愿。由于这种形式主要是群众性自发地参与,从而使得广场变得充实而富生气,形成了广场特有的休闲文化现象。有的地方还在广场内辟出一角,专供人唱卡拉OK。演唱者只要交一两元就可上台表演一番,充分展示一下自己的表演欲望和艺术才能。这当中有艺术天分的演唱者不乏其人。

广场文化是新时代、新精神、新生活的产物,是政府与群众共同创造的新事物,虽然它的出现时间还不长,但已初步形成了鲜明特色。

其一,公共性。这是广场文化最突出的特点。广场是城市公共生活最集中的地方,是政府公益性最能体现的地方,也是城市公共文化集中展示的地方。广场作为城市的公共空间,成为市民社交、休闲与受教育的场所,也成为外来旅游者旅游与休憩之处。广场上所进行的任何文化活动,均向公众开放。这种公共性决定广场文化必走平民化道路,即使是高水平的文艺演出,也要兼顾到雅俗共赏。同时,公共性又决定了广场文化的主体是公众,广场文化若没有公众的广泛参与就会变得枯燥干瘪。

其二,节庆性。广场的起源就是为了公众的集会与庆典,这决定了广场文化必带有节庆的喧闹与热烈的色彩。所以,现在的广场文化多举办各种节庆,包括常设的文化艺术节,有的节庆还从不知名走向知名,从地方走向全国甚至国际。如广西南宁市的"大地飞歌"国际民歌节,开办以来就成为了广场文化中的品牌。又如大连的"国际服装节"就引进了世界大牌的艺术团和国际歌星在本市的广场上演出,经济与文化的联手使得该节闻名遐迩。节庆性决定了广场文化应具有宏大的气势和热闹的气氛。如果没有节庆所产生的文化魅力，就吸引不了观众，形不成气氛。

其三，审美性。广场文化的主要载体是各种文艺、体育等具有艺术性的活动，各种节庆亦需要艺术活动支持配合。这些文化体育活动有的属较高雅的艺术活动，如广场交响乐、专业团体的文艺晚会等，具有较强的审美性。即使有的活动是出于自娱自乐，如跳舞健身，也包含一定的审美在内。自然，广场文化的审美性是寓教于乐的，它对提高公众的文化素质具有潜移默化的教育作用。广场文化又成为向公众进行审美教育的公共课堂。

三、广场文化的价值与意义

广场文化作为城市文化的新资源、新时尚，它的价值与意义有待深入研究，并引起重视。

第一，有助于城市文化形象的塑造，展示城市的文化个性，提高城市文化品格。

广场文化的缤纷绚丽、多姿多彩，往往会成为城市一道亮丽的风景线，既然广场是城市的"客厅"，管理者都想把这"客厅"装扮得美丽大方，对外可迎八方宾客，展示自己城市的精神风貌；对内则使居住者生活得心情舒畅，并轻松自在享用它，观赏它。广场文化又必然反映出各地城市的地方性，从而展示出城市的个性。有个性的城市才可以说得上有一定的文化品格，个性模糊、缺乏特色的城市就很难说有什么文化品格。像上海每年均在人民广场上演交响乐，就与它中西融合并颇带洋气浪漫的城市个性与品格极相符合。

第二，可以开掘地方文化资源，提升地方文化品位。

各地城市建设广场文化，就是要尽量地开掘与调动地方文化的资源，使得地方文化传统、文化遗产得到更多的继承与发扬，并改造成适应新时代需要的文化。像广西南宁"国际民歌节"的形成，最初就是从开发壮族的民歌节"三月三"发展而来的。"三月三"从田间山野走入城市广场，再进一步演变为一年一度的国际性民歌节，它不仅丰富了地方文化资源，而且提升壮族山歌的文化品位，使其步入国际歌坛，享誉世界。可以说，地方文化资源借广场文化的展示与推动，成为有显示度的城市文化，从而充实了城市文化内涵。

第三，开创了社区文化建设的新途径、新方式。

在城市文化建设中，社区文化占据着极其重要的地位和作用。社区文化成为城市文化的主要阵地与载体。现在不少大城市，不仅仅只建一两个广场，而是分社区建多个广场，使广场文化与社区文化建设融为一体，真正使市民享受到市政的公共设施和文化利益。有的城市还将广场的文艺演出分配给各社区，促使各社区必须经常性地考虑自己的文化建设任务，从而推动了社区文化的建设。2001年广州市举行"都市热浪——群众文化广场文化活动"，在各区和社区的努力下，全年共举行广场文化活动达60场，参加人次达30万。大连市以市区中山广场、人民广场、奥林匹克广场、五四广场为中心，辐射到其他广场、社区及公园，从1996年至2000年，全市开展了以"绿色的旋律"为主题的广场文化活动达600多场，参加演出人数达6万人次，观众人数达300万人次。社区文化是最能反映老百姓生活的文化，也最具广泛的参与性。广场文化与社区文化的结合，拓宽了社会文化建设的道路。

第四，有利于形成良好的审美文化生态，强化对市民审美意识与文化人格的培养。

从生态环境上看，由于城市广场敞亮的空间和优美的自然环境，广场往往构成了市民生存、生活方式的一部分，春秋冬夏，广场都可以成为调节市民文化生活的重要场所，也成为城市生态环境建设的重要组成部分。而广场文化的连续与持久，又形成了城市良好的审美文化生态。广场文化按照"用优秀的作品鼓舞人"的指导思想，不断推出具有较高审美趣味的新作，可以形成良性的美育环境，强化对市民审美意识的培养。市民在观赏与参与广场文化的过程中，会逐渐培养起健康的审美情趣，提高自身的文化素质。广场文化作为一种公共的群体行为，它依靠良好的审美文化生态，不仅是展示市民精神文明建设的风貌，更重要的是它的创造作用，因为它可塑造和优化市民的群体文化人格。

第五，可以探索文化产业的发展道路。

从目前来说，广场文化尚未形成一定的经济效应，组织与管理者大多还是将广场文化视为一种纯粹的公益事业，而忽视了它的产业价值，不把它纳入到文化产业的范围加以考虑。其实不然，如果将广场文化所产生的效应放大来看，它所形成的产业价值应该是可观的，不过它往往是间接获得，而不是直接取利，关键看广场文化是否能有品牌效应并具有吸引力。还拿南宁市的广场文化"大地飞歌"国际民歌节来说，它虽然只一年一次，但这一次对该市的旅游业、餐饮业以及文化音像制品所产生的带动作用是非常明显的。由于旅游人数的增加，它还可以提供不少就业机会。在节日期间，"大地飞歌"的节目可以制成VCD、录音带等大量销售，国际歌星亦可以带动广告业的发展，仅这几项收入就能产生巨大经济效益。当然，大量的广场不会获得这样的机遇和条件，但将广场文化的组织、策划交给文化经纪人、广告商等去运作，或许能走出一条产业化道路，也能保证广场文化的可持续发展。广场文化的公益性与商业性并不是完全矛盾的，公益性通过一定的商业性操作可以得到更好的实现。

四、广场文化建设尚存在的问题与解决办法

当前广场文化存在的最大问题是个别城市只有广场，而没有文化、或者文化味不浓、品味不高。有的城市不顾自己的经济实力，贪大求洋，将广场建得很大很豪华，使财政背上很重包袱，如何组织有品位的文化活动却顾不上。再加之广场疏于管理，文化活动基本处于放任自流、自生自灭状态，这势必影响到广场文化的声誉，给广场文化日后的发展造成一定阻碍与困难。

与之相关的问题是，由于未将广场文化纳入文化产业内思考，寻找不到一条较好的经济支持之路，难以保持正常的系列运作和可持续发展。

这两大问题若不解决，广场文化难以真正成为城市文化的亮点，并将白白浪费这一宝贵的文化资源。

上述问题的解决，一要依靠文化、宣传部门加强领导，精心组织与策划，引入较多的高品味文化活动进入广场；二要发挥社区的积极性，激发群众参与的热情，并派出专家进行指导，逐步提高群众表演的水准；三是必须走出一条产业化道路。具体操作可以让广场管理部门相对独立，并赋予一定的责权利，使其在一定范围内独立自主开展产业化尝试。如出售广告权与活动冠名权，广场书报影碟销售，其赢利可用于维护并帮助日常广场的群体文化活动，可能的话也可使每周或每月的广场晚会能做到收支平衡。

广场文化是当代城市大众文化表现最突出的一种形式，它虽还不成熟，但却深为城市大众所喜爱、所接受，它由地方政府推动，由民间文化参与，是政府与民间互动的结果。它的文化价值、美育价值以及文化产业价值等应加以高度重视与开发，使其能真正成为城市文化的新资源，体现出城市的个性与文化品格。

参考文献：

杨苗青、刘小钢主编：《文化都市——大城市以文化论输赢》，广州出版社2002年版。

袁鼎生等主编：《生态审美学》，中国文史出版社2002年版。

葛丽君、刘国强：《浅谈广场文化》，《中国文化报》2000年12月7日。

邹荣：《对广场文化美学问题的探讨》，《宁夏大学学报》2000年第2期。

闵桂芝：《多元并存的广场文化走向》，《理论界》1999年第3期。

（原载于《广东社会科学》2003年第4期）

城市文化与城市审美

一、21世纪是城市时代

中国城市化的快速发展应该是自上个世纪80年代后期起。据目前城市发展报告所登载的材料以及一些专家提出的数据来看,中国在2003年城市化水平已经达到了42%,东南沿海地区已经达到了50%,2050年也就是本世纪的中叶,将会达到75%,也就是说达到目前发达国家城市化的平均水平。

我们国家城市化水平现在处于一个快速发展的时期。从1949年开始到1998年这一时期,城市化发展是比较缓慢的,但到20世纪80年代后期则发展迅速,每年都增加20多个城市,现在全国有800多座城市,预计到2010年左右会发展到1000座。中国城市化水平发展到目前状况,应该说是一个加速发展时期。如果城市化发展出于25%左右,那是刚刚起步阶段;进入到40%—50%,那就是一个加速发展时期;进入到75%左右,那就是说城市化水平已经相当高了。中国城市化水平的发展应该说是非常快的,尤其是上个世纪90年代之后可谓发展飞快。

中科院院士、清华大学建筑研究所所长吴良镛教授,他也是我国关于城市发展主要主持者之一,前几年他就提出来在21世纪我国城市居民数量将超过农村居民,预计到2050年中国城市人口将达10亿到11亿。最近发表的《中国城市发展报告(2003—2004)》中,有专家甚至有这样的预计,说将来在东南沿海一带,8%土地将会承载中国50%的人口,那也就是说城市在东南沿海一带将会更加集中。中国土地承载量是非常惊人的,大家不用担心说中国城市化发展之后人口承载不起了,实际上按照世界上城市化发展的规律来看,人口相对集中是会加速经济的发展,甚至能够使国家获得更大的成功。

回顾中国近代化的进程，或者说近代化普遍发展进程的规律，大概有三项：工业化、城市化、市场化。工业化是一个现代化发展的时间纵轴，也就是从农业化进入到工业化，这是现代化发展的必由之路。城市化则是现代化的横轴开展，这也是现代化空间的铺开。中国从农村改革到城市改革，现代化的程度或者说现代化改革的速度在不断的向纵深发展，也就是在空间上铺开。那么市场化就是为现代化提供一个体制保证。从中国现代化进程我们可以看到，它应该是工业化城市化齐头并进的，但是在上个世纪80年代之前，也就是说50—70年代，我国的工业化水平一直是高过城市化的水平，甚至于高过23%，也就是说原来的工业化并没有完全带动城市化，就造成了中国工业化与城市化水平之间相分离，经济不能增长、城市不能发展的局面。尤其是在60年代，中国的工业化不是在相应的城市来展开，却把它放到了贵州、四川等西南边陲之地，尤其一些军工企业，都往山里搬，工业化怎能带动城市化呢？唯一比较成功的就是大庆，工业成功地带动了城市化，但是很多地方工业和城市化是不能互相促进的。

但是上个世纪80年代之后，工业化和城市化就出现了相互促进和推动的局面，使得城市化水平快速发展，尤其是广东珠江三角的城市，靠"三来一补"企业，小工业带动了城镇包括城市的快速发展。中国在走城市化道路的时候，原来是设计先走城镇化之路的，或者是中小城市化的，但到现在越来越认识到中国的城市应该走城市群的发展道路，也就是说中国城市组团重要性越来越显现出来。比如说大北京城市群（以北京、河北、天津、唐山为主的一个城市群）、长三角城市群（以上海为龙头的，包括杭州、苏州、昆山、南京等等的长三角城市群）、华南城市群（以广州和深圳为龙头，带动中山，东莞，珠海等珠江三角的城市群），这三大城市群人口只占全国人口的7.53%，土地只占到全国的1.24%，但GDP却占到了全国的30%，利用外资高达73%，可以看出城市群的经济效应和辐射效应是非常大的，因此在现在中国城市发展战略中提出了三大组团和七大城市带的发展构想，这是经过许多专家研究后提出来的。

三大城市群的组团是珠江三角洲的组团、长江三角洲的组团和经济环渤海城市组团。三大组团和七大城市带这个构想将是中国下一步城市化发展的重要战略以及重要措施。2001年诺贝尔经济学奖得主之一斯蒂格利茨提出中国的城市化将是区域经济增长的火车头,并产生最重要的经济应。联合国环境规划署署长提出来,城市的成功就是一个国家的成功。这是许多现代化国家取得现代化成功的经验,比如说日本,上个世纪80年代,它也是城市化的过程中发展起来的,尤其是日本的东京,现在是全世界最大的城市,无论是经济总量还是人口,都是一个巨型城市,它对日本经济所起到的带动作用是非常明显的。

一个国家的成功需要城市的成功,城市的成功反过来看又是一个国家成功的标志,这也就是说现代化往前发展的时候,城市经济和城市化发展互不可分。也有国外的专家提出:中国的城市化和美国的高科技两者并立,将是影响21世纪人类进程的两大关键因素。他认为美国的高科技可带动全球的科技发展,但是如果中国城市化发展成功,就预示着中国现代化的成功对全球的影响也是至关重要。但是城市化带来三个问题。其中一个问题是人口大量增加,造成了交通拥挤、住房困难、治安难以管理等等。这个问题实际上在日本东京20世纪60年代城市化时也遇到了,这是需要解决的。还有就是能源消耗增加,因为城市化之后,能源相对集中,它的效能利用是大的,但是同时消耗也增加,比如说汽油、天然气、电力。第三则是生态环境恶化。这些都是需要解决的。

二、中国当代城市文化的特点

首先要明白我国城市文化发展的背景和定位。中国城市文化的发展的背景,我认为它是在三重文化语境中发展的,包括前现代文化语境、现代文化语境、后现代文化语境。这三种文化语境都制约或影响着中国城市文化的性质。前现代文化语境是指我国现代文化还带有很重的农业文化的痕迹,包括一些城市在扩大的时候还留下城中村。像广州的城市化尽管取得很大成绩,但是到现在城中村的改造还困难重重,这是因为一开始的时候就没有设计好,使得城中村残留城中,城市没有纯粹化,城中村就影响到了整个城市化的成熟。现代文化语境就是工业化文化语境,也在城市文化中保留着,而且占主要的成分。后现代文化语境,尽管中国还没有进入后现代工业时期,但是西方后现代文化已渗透到中国来,它表现出随意性、不确定性、消解中心、消解崇高的特点,还有就是一次性消费、无深度、平面化等,这些都体现在我们的文化中。像香港周星驰的《大话西游》就是典型的后现代文化，它将降魔的英雄消解掉，重新改造。现在大家看到的《武林外传》《疯狂的石头》等等，也包含了黑色幽默、并置、反讽等后现代特质。中国城市文化只能说是非成熟的转型期的城市文化，也就是说中国的城市文化还在发展的过程中，没有定型，而且带有转型期的城市文化的特征。

之所以如此，有几个原因：一是农业文化的痕迹还很重，比如说城市管理为什么老是管理不好，就是因为管理体制没有理顺，或者说管理模式落后，还带有一些农业文明的痕迹。二是产业结构社会结构的调整没有完全完成，第三产业、服务业还没有占到城市产业中最重要的部分。如果是成熟的城市，第三产业应该要占到60%~70%，但是现在的城市离此标准是有很大的距离的。上海从上世纪80年代开始，进行了产业结构的大调整，出台了一个很好的政策，叫作"腾笼换鸟"。让80万上海纺织工人中的50万下岗转产到服务业，只保留30万纺织工人，这是一个很大的也很成功的产业结构调整。这50万纺织工人转到各种服务业之后，整个城市的产业结构就发生很大的变化。这种果断的转型，使上海的社会结构、产业结构发生了根本性的变化，再加上浦东开发，整体的领先优势就体现出来。三是价值观念还没有完全转变，还带有很强烈的农村文化的价值观念。

城市化的定义是什么？我认为城市化不仅仅是人口向城市集中的过程，同时也表明它的社会结构、生活方式、价值观念、文化等的变化过程。这不仅仅是一个经济学上的城市概念，经济学上的城市概念是指人口相对集中扩大，但是从社会学、文化学的概念看，就应该包括社会结构、职业结构，包括生活方式、价值观念、文化等等都发生了变化，这么一个过程完成了才是真正的城市化。

中国城市文化的特点大约包括五个方面：

第一是世俗性。世俗是相对神圣来说的，就是相对于过去的政治生活，中国的城市文化越来越走向世俗性，日常生活推到了前面，政治生活越来越隐退，物质消费越来越突出，务实的东西越来越看重，这种世俗性在中国城市文化当中是很重要的一个方面。世俗不等于庸俗，庸俗是一个贬义词，如果是庸俗化我们是要批判的，但是世俗我认为是老百姓应该享受的。从天上掉到人间这就是世俗，相当于过去对一个神、一种宗教或政治的狂热，老百姓回到平平凡凡的日常生活中，我觉得这是中国文化应该有的。

第二个方面的特点就是消费性。在城市文化中消费越来越重要，以前我们只重视生产，但生产和消费是一个共同的生产环节，没有消费，生产时无法取得效益的，没有消费对象生产出来的东西是无效的、无意义的。所以在消费方面，我们越来越重视，尤其是文化消费成为了当前城市文化的瓶颈，也成为了中国文化城市的重点。中国城市文化消费从目前来看是很滞后的，物质消费占了绝大多数，占到60%~70%，文化消费只占到了30%左右，而这30%的文化消费中教育消费又占去40%，教育占的量是最大的，其次是买一些文化用品，真正看电影、看戏、看音乐会、买书的文化消费只占10%都不到。所以文化消费是目前我们消费的瓶颈，要使中国城市文化完全走向成熟，促使文化消费进一步增长，这将是我们今后重要的一个战略步骤。现在我们重视文化产业的发展，重视动漫和电影电视的制作，目的就是要提供出让老百姓能够消费得起的文化产品。

我们的文化产品也受着消费性的制约，比如电视产品的制作越来越看重收视率，重视消费性。像《玉观音》这部电视剧，国际上热门的电视剧所具有的几大特点它都有，它首先是警匪片，这是一个热门题材；第二它是反毒、禁毒片，反毒品题材也是国际上热门的题材，引人注意又十分刺激；第三它又是爱情片，而且还使卧底的武警缉毒女战士跟一个贩毒分子发生稀里糊涂的爱情，生了一个孩子，禁毒女战士在暴露了身份之后不得不跑到北京，隐姓埋名，然后又发生了第二场爱情故事；第四个卖点就是亲情，贩毒分子和女主角在见面斗争之后，贩毒分子还把自己的儿子亲手掐死了。这种片子是为了消费性而制造出热点卖点的，当然它也采用了一些新的手法，看起来很新潮，叙事也很吸引人，老百姓不仅能够看得懂，而且能够被吸引。如果换一部片子，像《周渔的火车》可能看了半天都看不懂。

第三个方面的特点就是流行性。这种流行性就是时尚，比如说流行音乐、演唱会、时装表演，包括"美在花城""明日之星"类选秀，现在还有"超女"，这些都是流行性。"超级女声"就是抓住了流行性这么一个特点而制造出来的一个文化现象。

第四个方面的特点是大众性。所谓大众性就是城市文化发挥了让大众普遍得到享受的功能。不要一说大众化就认定它不好,其实大众化也有它的好处,它使得大众能够在愉悦的享受中接受潜移默化的教育。并不能说大众文化中就丧失了教育意义,大众化的东西里也蕴藏着教育的意义。例如,有一些流行歌曲确实缺乏教育意义,宣扬一夜情、三角恋爱等,这些都不好,但是不可否认确实有一些流行歌曲也进行了伦理教育,比如说陈红演唱的《常回家看看》就进行了一种孝道的教育,大家一听就懂。还有李春波的歌曲,像《工作》,就说一个很平常的东西:好好工作就是你的职业,你只要工作好就是贡献,不要贪大也不要好高骛远。有一些歌曲听起来就有伦理性,或者是有职业道德性。其实流行歌曲包括一些艺术品,照样承担着伦理、道德教育的功能,关键是看艺术家怎么写,而这基于大众接受程度的一种道德教育,比你在上面做几场政治报告更有利。所以大众性是很重要的。

第五的特点就是多元兼容性。价值多元化,趣味更加多元化,同时也使得大家都能够容纳。那天我看《武林外传》,开始我看一两集不喜欢,但是多看了几集之后,我觉得我也能够接受,我觉得就是多元化。本来我的审美趣味应该还是偏高一点,不一定喜欢,但是看来看去觉得它也有教育意义,比如说我昨天看的一集,说的就是到底什么是江湖,这个女孩子之所以到外面闯荡江湖,终于明白了闯荡江湖就是想找到自己喜欢的东西。别看这部电视剧打打闹闹充满调侃的口气,但是也蕴含着一些教育的意义。也就是说我们在制作一个文化产品时,必须要考虑它的多元兼容性。

三、城市文化资源与城市文化建设

我们在建设城市文化时必须要考虑到城市文化资源,要利用城市文化资源才能做好城市文化建设,同时还要将城市的审美意识贯穿其中。首先是一种认识和理念,现在从国家领导人到省市一级的领导人,越来越认识到文化的重要性。从党的十五大报告开始,我们国家的领导人就提出了文化是综合国力的表现。以前我们只看重经济的发展、物质的增长,但是对一个国家来讲,它的文化也是综合国力的表现。这个观念提出来之后,可以说对于整个中国的文化建设起到了关键性的指导作用。另外，有的城市管理者也认识到文化是城市的核心竞争力，一个城市的竞争力自然是在它的经济，但是它的核心竞争力还是文化。一个城市不管它的经济增长多块，但是城市建筑乱七八糟，居民素质非常低下，那么这个城市就没有文化，就没有灵魂，这个城市是不可能有竞争力的。原广州市委书记林树森同志也提到"大城市以文化论输赢"，实际上就是提到城市间的竞争要以文化来竞争。文化气氛、文化面貌所体现出的文化生态，往往是一个城市能够吸引人才、能够提高经济竞争力的一个重要体现。

（一）城市历史文化传统的利用与转换问题

城市多多少少有一些历史，历史是一座城市的根，是城市的记忆，如果你把这个城市的记忆抹掉了，那这个城市就彻底毁灭了，城市的记忆是城市很重要的财富。城市的历史既是城市的发展资本，也是城市的个性和品位所在。如果不把历史发挥到极点，城市的个性无法发挥，品位也没有根据。改造与建设有历史的城市时，我们不能搞建设性的破坏，而应该作融合性、精神性的转换。所谓作融合性、精神性的转换，就是不仅仅只作个别因素的转换，而是要将历史与现代融合起来，在精神上继承并弘扬。

举一个例子，比如丽江古城就很典型，历史和现代融合与转换得非常好。丽江在大地震之后，当时丽江的领导者有英明的决策，没有拆掉旧城市加以改造，而是将新的城市建在古城外面，从而保留了一个世界文化遗产。现在大家到丽江去可以体验到它的古朴之美、宁静之美。它还保留着纳西古乐以及东巴文化。丽江我去了三次，有一次住了一个星期，到处都转了，拍了很多照片。这个地方之所以保存得好，还依靠当地居民的文化素质。举一个例子，他们在门口贴对联，但颜色不一样，家里有人去世，第一年贴白对联，第二年贴绿对联，第三年贴黄对联，第四年才贴红对联。有一副绿色的对联写着"杏红还艳任它妍，梅白有情同我素"，我估计这是他们自己编的。这对联虽然不是很对称，但意思表达出来了。他写了虽然他家中有变故，杏花开了，红了，让它艳吧，但是白色的梅花还那么有情，它同我一直保持着素洁。整体上的意思是表示他家刚刚从悲痛中走了出来，这就是文化。还有就是潮州古城经过改造和建设之后，"潮州八景"进一步突出，去年李嘉诚先生出资，又要将湘子桥重新恢复，恢复过去的浮桥形式，这个恢复别看是一个小小的动作，却表明了潮州对古城文化的重视。它表明这个城市是有文化、有记忆、有个性的。

而有的地方就并非如此了。比如岳阳楼，前年我到岳阳看了，这么好一个地方没有充分利用起来，甚至风景区内的碑刻都残破不堪。范仲淹在岳阳楼提倡"先天下之忧而忧，后天下之乐而乐"的忧乐精神，历任国家领导人如胡耀邦、江泽民等都去视察过，足见对岳阳楼文化的重视，但这个城市的管理者没有将岳阳楼的文化发挥到极点。这不仅仅是岳阳楼的景区建设的问题，还应该在城市发展与建设里将忧乐精神体现出来，总之应该对岳阳楼的文化作全面地发掘。只看一个岳阳楼没有好好地建设、挖掘，你就知道他的文化眼光不高。再去洞庭湖的君山一看，里面更是糟糕，迷信色彩倒是非常浓，做的雕像有的根本就没有文化，也没有美感。但是那个地方恰恰有很多文章是可以做的，这就是没有人进行文化策划与创意。

广州的北京路，对千年古道的发掘和利用就非常好，使这座古城有了更深厚的历史沧桑感，体现出文化的穿透力。还有武汉的黄鹤楼，原来是毁掉了的，在20世纪80年代初期要重建它的时候争议非常大。有的市民反对，说我们都没有钱吃饭、住房，为什么要花那么多钱去修复那座楼？但是当时的市政府就决定勒紧裤腰带也要把黄鹤楼建起来，因为这是武汉的标志，缺了一个黄鹤楼，武汉市的整个风景线就没有了。武汉长江大桥就像一根扁担挑起两边的景色，没有两边标志性建筑的话，可以说两边的地平线淡然无味。况且黄鹤楼还是一个文化的标志，有丰富的历史传说，有唐代大诗人李白等在此吟诗颂唱。这就是对城市历史文化传统的利用和转换。

当然也就继承转换得不太好的。比如说北京的建筑就走了一段弯路，在一段时期，北京兴起了建筑的"戴帽子"运动，每座新建筑搞一个大屋顶之外，还要在楼顶加一个小亭子，说这样代表中国文化。结果很难看，这就是没有进行精神性的转换，只是用部分因素去构建，也没有很好地与现代融合，就可能不伦不类，弄得现在拆也不是，不拆也不是，是很大的建筑败笔。从另外一个角度来看，历史建筑重建是可以的，东莞的可园实际上地方很小，自从高架路建完之后就显得可怜巴巴的，我曾经提议，要不然将可园搬移重建，要不然将高架路拆掉。其实可园也可以搬到一个新的地方，进行重建。浙江绍兴的兰亭是搬移过的，在魏晋王羲之那个时期兰亭是在半山上，现在这个兰亭是清代重建的。历史建筑完全可以进行这样的整体性重建，不要拘泥于那个地方。

（二）城市建筑、雕塑与城市的形象。城市是有形象理论的，城市形象的设计就是从文化与形象的意义上对城市进行总体的设计，并渗透着一种美学的思想。而城市形象里最主要的有两个，一个是建筑，一个是街道。城市建筑是一个城市可视的有形的城市文化，标志性的建筑和雕塑往往是一个城市形象最重要的体现。比如上海有"东方明珠"，广州有"五羊"雕塑。另外就是城市的街道，广州有上下九街道的骑楼，这是城市很重要的建筑，丽江古城街道的设计那是非常有艺术性的，水从雪山上下来，贯穿到古城每一个地方，街道就依水而划分出来。街道设计要考虑居民的方便与实用，但同时又要有审美性。

城市的建筑至关重要，建筑是凝聚的音乐，但如果处理不当，它就会成为"噪音"。原来梁思成等人都提出过警告，在长安街一带不能再有大的建筑躯体跟故宫一样，如果躯体上盖过故宫的话，就使得故宫黯然失色。但现在的东方广场体积庞大，实际上就破坏了这个地方的风景线，甚至破坏了这个地方街道的脉络，这就是建筑上的一个败笔。国家大剧院，不单单是单体建筑的造型跟周边环境的设计不符，而且破坏了整个长安街总体的设计路向。大家都觉得这里的建筑，应该是一个具有传统风格的建筑，才与它的名相符。但是也有好的例子，陕西历史博物馆是仿唐代的建筑，让人有典雅、开放、恢弘的感觉。广州的南越王博物馆，设计得也很有历史感和审美性。我曾经在《新快报》上谈到过，广州火车东站包括中信广场这一带的建筑与街道的设计是失败的，道路拥挤，每个建筑又缺乏个性，这一个城市建筑群，效能未发挥出来，审美性又不够。

雕塑是一个城市的眼睛，是城市乐章中的音符。很多雕塑往往成为城市的标志，比如说广州的"五羊"、珠海的"渔女"、华沙的"美人鱼"等。城市街道里的雕塑，也能够调节城市的节奏。比如说广州的上九、下九路设计了很多城市雕塑，使上下九有了历史意味同时又有了节奏感，因为街道中的雕塑就好像是音乐在演奏过程中的一个个音符，不仅可以烘托气氛，而且可以调节节奏。这种雕塑造得好，就可以增加城市的美学吸引力。现在城市雕塑已经引起大家的重视，但在上世纪80年代、90年代，有许多城市的领导者搞城雕，却较少成功者，很多城雕意义不明确或者雷同化，有的城雕往往是按照城市领导者的意志去做，重视政治意义了，可是忽视了美学意义。比如说江西的南昌，八一大桥上还搞了一个白猫一个黑猫，这跟南昌城市有什么关系？城市的街道需要规划，城市的雕塑也需要很好的制作，才能使整个城市的形象突显出来。

另外还有城市建筑的色彩，必须讲究主色调。青岛市的美就美在色彩、美在和谐。蓝天、大海，还有白色的墙、绿色的树，然后再加上红色的屋顶，从崂山上往下看那是非常美非常和谐的。在厦门鼓浪日光岩上眺望，你也会觉得它的建筑非常和谐，色彩非常协调。一个城市的色彩应该有统一的规划，单体建筑颜色不可随意乱造，城市规划不仅要规划单体的建筑和群体的建筑是否和谐，还要看单体建筑的颜色是否与总体建筑的风格相统一，这是要对一个城市作整体的美学设计才可以做到的。

（三）广场文化。广场文化是城市文化的新资源，广场是一个城市的客厅，广场的文化形式和特点很重要，必须引起重视，广场文化特点有公共性、节庆性、审美性、生态性。广场文化的价值在于有利于城市文化形象的塑造，展示城市文化的个性。上海人民广场可以说造得比较好，在那里散步是比较惬意的。还有大连的星海广场，也属于精品。广场不仅仅是一个过道，而是应该让人停留，能够让人在那儿尽情享受的休闲场所。广场也有利于开掘地方的文化资源、提升地方的文化品位，比如说南宁市的国际民歌节，在广场上演出，已经成为一个城市的文化品牌。广场也开创了社区文化建设的新途径、新方式。现在一些城市的领导者还没有完全重视到这个问题。另外广场也有利于形成审美的文化生态，强化对市民审美意识和文化人格的培养。我们现在的广场文化在对市民的培养作用方面还不够重视，香港的广场虽然比较小，但是市民论坛往往就会吸引很多市民，这对市民的素质培养非常重要。

（四）放大城市文化名人的文化影响。比如说巴金和上海的关系、沈从文和凤凰城的关系。凤凰城没有沈从文的话，就没有那么大的吸引力，大家去那儿看就是冲着他的小说来的，这么一个小城市，因为有了沈从文而增加了魅力。还有苏东坡、郭沫若与乐山的关系，王羲之、陆游、鲁迅与绍兴的关系，绍兴的文化旅游就是围绕着这几个名人开展的。放大文化名人的影响，能够提升城市的文化品位和审美品味。

一个城市的文化建设还必须有精神文化生态，这就包括学术气氛和大学，城市要有学术自由的环境，要有学术流派的形成。著名大学往往是这个城市的名片，上海市政府明确说复旦大学是上海的一张名片，所以复旦大学进行一百周年校庆的时候上海市鼎力支持，北京大学也是北京的一张名片。总之大学创造了城市的文化氛围与文化精神。还有厦门的鼓浪屿，产生过著名的诗人舒婷，许多优秀的钢琴家都是从鼓浪屿这个地方出来的。没有良好的精神文化生态、文化得不到发展，城市缺乏精神思想的滋润，就没有灵魂，没有活力和动力。

一个城市的文化特色与城市的形象也非常关系密切。文化资源、文化特色在城市的定位中是起关键作用的。西安就定位在文化古都上，于是它恢复城门城墙，现在还按照以前文献的记载重新恢复芙蓉园，又创造了一个好的景点，西安在恢复文化景致方面不遗余力，这就是充分利用资源；桂林是以自然资源为主的，必须将自然的山水资源发挥到极致，这是它的文化特色，也是它的文化资源。法国戛纳是一个小城市，但一年一度的国际电影节使它扬名天下。一个没有文化特色和个性的城市就没有差异竞争的优势，就会没有内涵，没有灵魂。一个城市文化特色、文化个性是非常重要的。城市形象对外宣传的关键因素包括文化特色、地理特色、风土质感。

四、城市文化建设的重要途径：策划与创意

城市文化建设的途径——策划与创意，是城市文化建设很重要的问题，也涉及城市的美学。文化资源是一个城市的地理、政治、人文、艺术等等人文文化的积累和存量，它积累什么、保存什么，这是它的文化资源。城市的文化资本，是指通过一定的文化策划和创意，对城市所有的资源从文化层面上进行新的整合，从而提升和创造城市的价值和形象，增加城市的无形资产，创造出有效的经济价值，实现文化经济一体化。这就靠文化创意了。资源是有价值的，但是没有经过转换不能成为资本，资源成为城市的无形资产之后，这个资源就开始转化，能创造出有效的经济价值，就变成文化资本了。

一个城市的经营与创意是很重要的，比如说城市的经营就是将城市作为

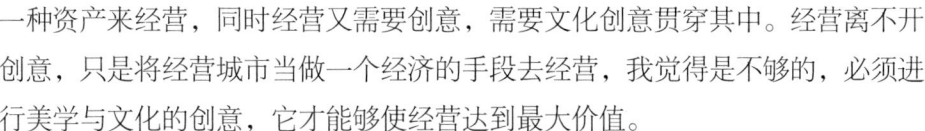

一种资产来经营,同时经营又需要创意,需要文化创意贯穿其中。经营离不开创意,只是将经营城市当做一个经济的手段去经营,我觉得是不够的,必须进行美学与文化的创意,它才能够使经营达到最大价值。

文化创意在一个城市文化建设过程中非常重要。文化创意就是文化策划,它也是打造一个城市的核心竞争力的重要手段。像云南的迪庆县更名为香格里拉县就是非常重要的一个行动,这带动了香格里拉整个的旅游,这实际上就是文化创意带来的结果。1933年,英国一个作家写了《失去的地平线》,说有香格里拉这么一个地方,很宁静、远离城市,在东方的某个地方。香格里拉本来是一个藏语,是"心中日月"的意思,象征一个美好理想的精神家园,很多人都在寻找这个地方。云南将迪庆定为香格里拉就赋予了它丰富的文化意义。还有博鳌水城的创立,也是由文化创意带来的。博鳌这个地方非常小,当时地产商蒋晓松到那儿创业的时候,还不到两万人,但是现在经过改造,成为了一个非常具有吸引力的小城市,"亚洲论坛"就设在那儿。广州今年迎接古船"哥德堡"号也是一个文化创意,提升了整个广州的城市影响力。当时瑞典恢复"哥德堡"号的时候,都没有想到会有这么一个意义,广州抓住这个契机,做成了一个盛大的节日,甚至把瑞典的国王和王后都请了过来,使城市的无形资产增加,也让西方世界进一步了解了广州。广州市和广东省对这个方面的宣传我觉得还不够,对"哥德堡"号以及海上丝绸之路的宣传还没有达到极点,在全国还没有形成影响。我想"哥德堡"号的形状应该注册商标,形成一条产业链,但是没有人做,光是让人参观一下船就完了。扬州搞了一个"烟花三月旅游节",吸引力非常大,其中的各项旅游都离不了文化。这也需要文化创意。深圳华侨城一年一度举办欢乐节,整个深圳市的文化气氛和文化生态以及它的知名度,如果是没有深圳华侨城的话,它会黯然失色。华侨城不仅仅带来经济效益,更重要是带来了文化的辐射力、影响力。华侨城里面有很多台综艺节目,也包含着丰富的文化创意。

以文化为主题的产业将成为新经济的核心,以创意为基础的文化产业将成为社会经济发展的新动力引擎,将会对城市文化建设有极大的推动作用。上个世纪90年代开始,全世界开始注意文化创意,韩国在金融危机之后就提出了文化立国,韩国文化观光部长就提出21世纪是以文化建立新时代的世纪,20世纪上半叶是军事征服，下半叶是经济征服，新的世纪就是文化征服了。日本有一个"新文化产业论"的观点，认为文化将成为经济进步的新形象，日本文化立国提的也比较早。美国的版权业，很早就领先于汽车业、航天业、装配业，美国城市体育文化产业已经超过了石油工业和证券交易所的收益，NBA不仅仅是球员打球，带动的是整个广告业、制造业等等，一个球员在NBA拿的收益小于他在广告业取得的收益。

我们可以看到中美之间的贸易顺差现在是1147.97亿美元，但是中美之间文化产业的贸易逆差是1：10，美国是10，我们是1。我们在经济顺差方面是领先，但是在文化产业上是逆差。一部《泰坦尼克号》拿走了中国当年全部电影业收入的1/10，1999年我国电视产品出口只有1000万美元，只相当于《泰坦尼克号》总收入的1/200。日本索尼公司收购了美国好莱坞七大片厂中的三个公司。日本的动漫影响对中国是巨大的，一休、阿童木、机器猫、蜡笔小新等，我们的小孩子如数家珍；其次是美国的唐老鸭和米老鼠，在我国儿童中影响更大更深；中国动漫形象除了孙悟空、葫芦娃，其他的都还提不上。美国还在抢注我们的花木兰。韩国在1997年提出文化产业发展，到2000年我国每四个网络游戏中一个就是韩国的，现在韩剧的影响也了不得。韩国银行称十亿票房收入可以创造三个收入岗位，2003年两部电影就创造了400多个岗位，20集《冬季恋歌》制作费用每集三亿韩元左右，仅2005年一年就带来旅游收入三亿美元。每一部韩剧都制造了一条旅游路线，韩国人的文化产业、文化创意是非常成功的。从1997年开始到现在，它的影视剧产品已经覆盖到亚洲，而且向世界进发，文化产业取得了巨大成功。

创意产业所赢得经济效益很大，对一个城市的影响也很大。叶文智是一个创意大师，他策划旅游业非常成功，他不仅策划了飞机穿越天门洞，还经营凤凰古城和南方古长城，具有很大的影响力。张艺谋的文化产业策划也是很成功的，如他将外国的歌剧《图兰朵》引入中国演出，做了《印象刘三姐》，现在又在做《丽江印象》《西湖印象》，对提升城市的品牌和经济效益都是有促进的。现在上海也有了四大文化产业群，分布在城市的四块地方，涉及画廊、设计、动漫与旅游品产业，这预示着上海文化产业的起步抢占了制高点。城市文化产业的兴起，意味着现代城市经济增长方式已经发生革命性的变革，城市经济迅速增长，促进城市文化产业发展，而城市文化产业的迅速发展又为城市经济的进一步发展提供一种新的强大的动力。

城市文化建设中应该处理好四大关系。第一是传统跟现代的冲突与调和。对传统要尊重而且要进行精神性的转换，在文化建设当中，传统是一种根基，转换好是非常有意义的。第二是精英文化跟大众文化的冲突和调和。在现代社会，精英文化和大众文化之间的界限虽也会模糊与淡化甚至可以转化，但是其中的区别还是存在的。精英文化可以通过大众化的手段和途径来实现它的价值。比如张艺谋，就将精英意识进行大众化的操作，照样可以取得成功。精英和大众也是因国情不同而转化的，在国外是大众化的文化产品，到了中国可能就成为精英的东西了，比如说《大河之舞》《猫》这样的音乐剧，本来在西方是非常普通的。是大众化的剧目，但是因其制作高中国票价也高等原因，就成了精英才能够看得起的东西了。现代舞在西方本来是大众化的，但是在中国却成为精英化的东西，现代舞到大学去演一些大学生可能还看不懂，还需要讲解。广州现代舞团也是想搞普及，就跑到农村去演，农民根本不理解，我觉得这就是文化错位，现代舞是在城市里的，必须是在白领中演出才能够被接受。相反的例子是，赵本山把他的"刘老根艺术团"演的二人转搬到上海去演，结果不到一个星期就回去了，上海人难以接受。上海是很洋气的城市，能允许你农民艺术到那儿演？不行的，上海城市文化跟农民文化根本不相融，刘老根艺术团在农村可以演一演。这就有一个文化定位问题。第三是理想与现实的冲突和调和。比如说拍婚纱照就是一个很好的调和，婚纱照是一个很理想化的东西，现实生活当中哪里有那么多富有诗情画意的生活，但是影楼可以将这种生活布置好，不同的穿着，不同的背景，这是一种审美幻想的制造，但是可以满足你的精神需要，老百姓喜欢、市民需要，这就是理想和现实的调和。第四就是历史和现实的冲突与调和。过去的历史在现在的情况下怎么跟现实结合，尤其是怎样尊重历史，这是需要考虑的。一些历史剧，戏说成分太多，有把历史荒诞化的趋势。

城市文化建设中应该体现的审美原则是什么呢？我认为有四大原则。

第一，日常生活审美化原则，这就是说在城市文化建设当中我们必须尊重日常生活，将日常生活加以审美化。这种审美化我觉得符合老百姓的利益。

老百姓得到温饱之后,也希望得到审美的欣赏,比如说产品包装有一点美学趣味,橱窗展示更加吸引人,广告更具艺术化,家居、出行、旅游也越来越强调审美。有专家反对日常生活审美化,认为这是资产阶级审美化,我觉得这个帽子戴得过高。绝大多数民众都是向往美的,买一个产品都希望它既适用又美观。

第二,感性形象表达原则。越来越多的城市要求一种感性形象的表达,城市的外观是建筑,所以灯光工程越来越多,灯光工程就是把城市的轮廓表现出来。还有就是广告,广告更是追求形象表达。由于依赖感性形象的表达越来越多,在城市文化建设中也越来越重视明星效应,如政治明星、文艺明星、时装设计师、美发师、健美师等。在视觉时代,作为一个城市来说,越来越重视感性的审美的幻象出现。

第三,动感、快感与美感相结合原则。不断的创造这样的节日那样的节日,其实就是产生动感、快感与美感,每年有新年晚会,还有赛车、足球等,西班牙的一些城市有西红柿节,还有斗牛节等等。城市必须动静结合,如果没有的话城市就没有吸引力了。

第四,重视虚拟审美空间的审美意识的原则。所谓虚拟审美空间主要是指我们的网络文化建设。其实网上的虚拟城市也很重要,因为网上虚拟生活越来越成为真实生活的部分。有虚拟的机器人,还有虚拟的网络主持人,将来还可以有虚拟的生日宴会。比如一家四口人分布在四个地方,通过网络就可以过生日,你把电脑一打开,约定一个时间吃饭,然后通过网络输配公司将一桌的菜定下来,通过摄像头和荧屏,大家就可以共同来庆贺生日了。这个生日过了没有,过了,但是在虚拟空间里过的,几个人并没有坐在一起。面对面谈过话,吃过菜了,但都不是传统的方式,这就是虚拟的真实空间。虚拟这个词,越来越成为哲学当中要思考的问题。虚拟照我们平日里的理解不是真实的,但现在虚拟可以是真实的,真实也可以是虚拟的。到底是我们在创造生活,还是我们在模仿电视里的生活?其实很多人是在模仿电视里的生活,名人用了什么洗发水我也用什么洗发水,名人穿什么服装我马上穿什么服装,是我们在模仿电视,模仿流行的生活。反过来,我们的生活当然也在丰富着虚拟的生活。当然,虚拟的审美空间,也包括城市网站的建设,城市网站应该建设好,如果人家进入政府网站一看，缺少审美力，也是影响城市形象的。

最后我还要提到一个问题：人应该诗意地栖居在大地上，也应该包括城市，不能说只有乡村才有诗意。如果城市人到星期六、星期天都到乡村去寻找诗意，那就完了，那要城市化干什么？如果城市化没有诗意，不适合人居住，就是我们的创造失败了。所以我认为创造人适合居住的城市，就是要创造富有诗意的城市。我们的居住环境要富有诗意化，交通设计要便利还要有审美性，哪怕是过街天桥都应该是审美化的。从另外一个角度来说居住环境的诗意化，还包括小区的管理和居住、周边商业网点的布局、体育场所的安排，都有一个以人为本和诗意设计问题。还有就是精神享受，包括能否看到音乐会、体育比赛等。为什么有的人向往大城市而不到小城市里居住，为什么很多知识分子要集中北京，搞艺术北漂的人现在还相当多，就是大城市能给他精神享受。一个大城市没有精神享受的时候，就会显得死气沉沉。

个性的发展和市民素质的提高，也是诗意栖居的重要条件。个性发展与素质相关，如果个性发展受到压抑，素质会受影响。市民素质高，他们的个性发展相对会自由宽松。你到一个城市，觉得那里市民的素质低就感觉不愉快，就觉得它没有诗意。一个城市的审美文化、审美意识渗透在一切物质的东西之中，也表现在精神的东西内，既渗透在城市的街道中，也表现在城市的生活方式和市民的举手投足之间。文化和审美不可分，审美是城市文化中很重要的一部分，我们讲城市建设需要创意或者审美，目的就是将这个城市建设得更有诗意。

（原为演讲稿，后载于《城市文化评论》第2卷，上海三联书店2007年版）

发挥广州在粤港澳大湾区文化建设中的引领作用

广州文化底蕴深厚，两千多年的城市文明为文化产业的发展抹上了厚重的底色，与珠三角其他城市的交合互动，形成了广州独特的文化亮点。作为省会城市，它在岭南文化的引领力和辐射力上呈现出无限活力。在粤港澳大湾区文化建设中，广州如何在打造世界级城市的同时构筑岭南文化高地，发挥其在粤港澳大湾区文化建设中的引领作用，从而建成大湾区文化中心，打造社会主义文化强国的城市范例，就成为当前广州文化工作的重中之重。在我们看来，广州应在如下三个方面着力：

一、以时尚创意推动岭南文化的创造性转化与创新性发展，建设活力充沛、引人入胜的岭南文化中心

文化的传承，不只是静态的，也是动态的。同理，传承不仅仅是守望，也是要创造。任何传统文化都可以因时代召唤而被激活，从而加入到新的历史进程里去。以传统工艺为例，我们不应该只将这些传统工艺视为非物质文化遗产，还可以将其激活为时尚。过去，我们一谈到非物质文化遗产，首先想到的就是保护，而一旦保护就容易将其固态化了，久而久之，这种非物质文化遗产就变成了一种"被展示"的文化。事实上，经过新技术的加入与激活，非物质文化遗产也可以成为一种活态的文化产品，而且是具备创造性的文化，即使是在被展示的同时也可以是体验性的。在这一点上，故宫博物院的文化产业开发、顺德香云纱的重塑为我们做出了榜样与示范。又比如，广州的"王老吉凉

茶"的制作工艺是属于非物质文化遗产,但其制作与销售都已经活态化并且实现了现代产业化。

目前正热的"粤菜师傅",也是要走将传统手艺活态化并产业化的道路。粤菜中的广府菜不仅是广州的传统文化之一,同时也是广州文化产业的招牌之一。打造时尚而又经典的广府菜,对于"食在广州"的城市形象的重要性,不言而喻。因此,广州要激活自身的"粤菜文化",除了继续传承外,还要在时尚感、在增加展示与体验上下功夫。具有近百年历史的"广州酒家"在这方面有了一些探索。比如,采用中西结合的方式提升传统工艺,让菜式变得时尚起来。

时尚与传统这两个要素并不一定是对立的——传统借时尚而生成新的因素,时尚助传统而流行开去。比如,现代建筑艺术向传统寻求资源,并根据现实的要求创造出新的经典,同样会形成时尚。建筑师张锦秋设计的陕西历史博物馆,就是在吸收唐代建筑素雅大方的优秀传统上创造出的"新唐风"建筑。这种传统与时尚相结合的创新创造是值得我们学习借鉴的。例如,在"广州手信"的设计上,使其如何做到内容与形式、传统与现代的结合,变成时尚的礼品,设计业还有很大的空间。

此外,面对新技术的大量涌现,文化的创新创造也要求我们敢于接受、善于接受并勇于创造。比如,广州的动漫制作以及"酷狗音乐"走在了行业的前列,起到了先锋作用。但未来,面临5G技术的到来和广泛使用,广州文化产业尤其是以网络技术为依托的文化产业,如何抢占先机,实现技术与时尚的结合,是需要突破的重点。同时,文化产业毕竟是以内容为主的产业,没有文化内容,技术就会流于形式,流于空泛。如何融进时尚因素,将具有岭南文化底蕴的故事讲好,会成为广州文化产业品牌打造和产业升级的重要抓手和途径。

二、以"文化+""创意+"的创新发展战略,发挥广州在粤港澳大湾区产业协作中的核心引擎作用,构建粤港澳大湾区文化产业全方位合作的格局

2018年,《广州市关于加快文化产业创新发展的实施意见》提出"建成国

际性文化产业枢纽城市"的目标。广州创建国际文化产业枢纽,既要构建广州与其他全球城市的文化节点,成为全球创意、文化资源、金融资本、人力资源流通的枢纽,同时,也要发挥广州在粤港澳大湾区文化与相关产业发展中的辐射和带动作用。

广州文化产业的发展定位和战略布局,应具有全球化、国际性的大视野,以世界先进城市为标杆,借鉴伦敦、巴黎、纽约等城市的空间布局理念,做好广州的城市功能分区,突出文化的引领功能,打造区域文化创意典范,加强对文化产业的战略性规划和引导,形成差异发展、互为支撑、布局合理的文化产业集群。如天河区主导新兴文化业态发展,海珠区主导影视创意、文化会展业发展,越秀区主导新闻出版、文化旅游业发展,荔湾区主导创意设计业发展等。

广州还应抓住文化创意产业发展的前沿趋势,深入研究粤港澳大湾区的优势产业和潜在产业,以之为基础,通过"创意+""科技+""金融+"融合路径,推动以大湾区优势文化产业和相关产业为基础,创新大湾区产业协作模式,构建粤港澳大湾区文化合作融合示范区。如广东作为网络文学的生产大省,拥有全国数量最多的网络作家,同时,香港是中国电影的重要生产基地,而佛山近年来也大力发展电影产业,广州可以借助不同城市的优势产业,共同建设中国网络文学与数字文化内容生产中心,推动网络文学与电影、电视、动漫、电竞等产业的深度融合,促进粤港合作,引领广佛同城的文化融合发展等,从而发挥广州在粤港澳大湾区产业协作中的核心引擎作用。

此外,广州应借助联合国全球"创意之都""设计之都"的创建的契机,推动广州建成全球创意设计中心,制定"创意广州"发展战略,构建从政策体系、产业布局、智库建设、人才集聚、平台搭建、资本扶持、氛围营造等全方位发展的战略格局,以创意引领、共赢共享、协作发展的思路,深入研究大湾区各城市产业协作、跨界创新的可能性。

总之,广州要以高定位、高标准、高对标构建粤港澳大湾区全球创意设计中心,从而引领性地推动粤港澳大湾区相关区域相关产业构建起完整的产业链,推动广州文化设计、创意设计和工业设计对粤港澳大湾区产业的升级与提质的核心引擎,形成区域内部文化资源和相关产业要素的流动,构建粤港澳大湾区产业合作的新格局。

三、构建国际传播体系，创新人文交流格局，搭建文化交流平台，建设全球文化中心

无论是粤港澳大湾区发展规划的国家战略，还是广州市对自身发展的规划要求，成为引领性的全球城市是广州未来的目标。全球城市与文化发展之间形成了相辅相成的关系。推动广州成为全球文化中心，不仅是建设粤港澳大湾区对广州文化地位的要求，也是广州提升自身国家影响力、塑造全球城市形象的内在要求。

近年来，广州的全球城市影响力不断提升。但在整体的国际传播影响力、文化影响力方面仍存在不足，与北京、上海、香港等第一梯队的差距仍然明显。这就意味着广州成为引领型全球城市，需要做好如下工作：

第一，着力打造数字时代广州城市形象全球传播的系统工程。在媒介融合时代，广州提升自身国际传播能力，需要因应当今全球社交媒体的传播趋势，建构"集国内外官方媒体、政府自媒体、企业自媒体、社会组织自媒体和公众社交媒体于一体的全球传播网络"，形成全方位对外传播的媒体矩阵，更需要在议题设置，对政治、文化、经济等方面的广州故事进行全方位覆盖，不仅要有官方的、主流的、宏大的声音，更需要民间的、个体的、微观的角度和故事，充分利用文化创意新业态、新形态、新经济的特点，推动文化创意产业在城市形象传播方面的作用。

第二，全力推进创意时代多元主体参与全球人文交流的全新格局。创意文化时代，文化遗产与人文艺术的全球交流发生了新的变化，一方面，新技术推动下，全球人文交流变得更为个体化和互动性；另一方面全球文化旅游业态的勃兴，使人文交流愈来愈民间化、商业化。在这种趋势下，广州要转换人文交流的思路，改变过去由政府主导的文化宣传和交流模式，着力于营造推动不同国家城市与广州之间开展社会性、民间性文化交流合作的氛围和条件，促使各种民间力量和组织成为推动广州对外文化交流的主体，在更广泛的合作领域中寻找共同话题、共同语言、共同叙事模式、共同价值观，践行"命运共同

体"的价值理念。

第三,重点构建文化经济时代以资源配置为基础的全球文化交流的产业平台。以文化创意产业为基础的全球文化经济,是在全球范围内通过文化资源的配置,实现从产业合作到文化合作的最有效方式。因此,文化交流平台的建设,应着力于平台在文化资源全球配置中的枢纽和节点作用,通过文化协作平台的构建,推动各种文化要素、资本要素和人力资源的集聚与整合,从而形成紧密的文化协作的内在动力。广州应以文化经济、产业协作和资源配置的思维,进行更具前瞻性的、以市场为导向的全球文化交流平台打造工程,推动"广州文化产业交易会"成为特色鲜明、产业集聚、效果明显的产业交易平台,推动扶持经过多年建设、具有较大国内国际影响力的文化会展平台,如中国音乐"金钟奖"、中国(广州)国际纪录片节、羊城国际粤剧节、中国国际漫画节等,进一步做大做强,推动这些专门的平台与更广泛的文化领域、产业领域合作的开展,使其成为中国与全球其他国家进行全方位产业协作、文化交流的基础。

大学在城市产业转型中的角色定位
——以文化创意产业为例

从世界各国城市发展史看，城市之间的竞争逐渐从物质层面转向文化层面，朝着资源竞争—资本竞争—技术竞争—文化竞争的方向发展，文化软实力成为提升城市综合竞争力越来越重要的因素。2009年7月，国务院审议通过《文化产业振兴规划》，标志着文化产业已经上升为国家的战略性产业。2010年5月，中共中央政治局常委李长春在广东调研时强调，要把提高自主创新能力作为加快经济发展方式转变的核心，大力发展文化事业和文化产业作为调结构、促转变的重要抓手。中共广东省委、广东省政府印发的《广东省建设文化强省规划纲要（2011—2020）》更提出，今后十年，广东省文化及相关产业增加值实现年均增长12%以上；到2020年，广东省文化及相关产业增加值超过8000亿元，占全省GDP的比重达8%，广东成为全国乃至亚太地区具有核心竞争力的文化产业中心。文化产业，特别是文化创意产业被寄予推动城市制造业在金融危机中升级换代、逐步把"中国制造"提升为"中国创造"的厚望。

面对当前的经济结构调整和产业转型对智力资源、创新型人才的迫切需求，如何定位自身角色、采取何种方式和行动最大限度发挥积极作用，是大学特别是高水平大学必须直面和解决的问题。本文拟以文化创意产业为例，就大学在该产业发展过程中的知识生产与共享、创意及管理人才培养、文化软实力提升等方面扮演的角色和发挥的作用略作探讨。

一、大学作为知识创新的"源头"，将成为带动城市文化创意产业发展的策源地和依托力量

大学作为知识的生产、传播与使用的重镇，在当今的知识经济时代发挥

着越来越重要的作用。追求学术、培养高质量的人才是大学的核心使命，但面对瞬息万变的世界，大学需要具备改革和自我更新的能力，转变为能够为变化的社会服务的机构。从神圣的"象牙塔"到社会的"服务站"，大学在深度参与社会、为经济社会发展做出重要贡献的同时，依然面临"两极"之间的抉择和调适。

文化创意产业是近年来由进入知识经济时代的发达国家提出的概念，是指奠定在城市文化积累基础上，通过开拓和利用创意、技术及知识产权，生产、分配以文化内容和创意成果为核心价值的文化产品和服务，为社会公众提供文化体验的具有内在联系的行业集群。它以文化创意、知识产权和高科技为核心内容，与新经济（知识经济）结合，抓住了现代文化产业的核心和实质，居于文化产业价值链的高端，被誉为21世纪最具发展潜力的朝阳产业。各个国家都在不遗余力地竞相鼓励和扶持，以期在未来的竞争力占据有利位置。

高等院校尤其是研究型大学，是基础研究的基地，是培养杰出的创新型、探索型人才的专门机构，能提供对社会发展产生深远影响的创新性成果，在知识创新中发挥源头作用。在知识与创意已经逐步取代资源与劳动力、成为财富创造与经济的主要源泉的大背景下，作为知识创新的源头、智力和经济的综合体，大学本身所拥有的智力、人才、资源和文化产业的优势，将形成地域性的集聚效应，从而影响甚至引领所在城市文化产业的发展。大学完整的学科布局、齐全的学科门类、产学研相结合的独特优势，都是发展文化产业的重要基础。通过产学研结合，大学能够把智力资源与科技成果及时转化为生产力，直接促进高校文化产业与所在城市文化产业的融合与渗透，发挥策源地和依托力量的作用。

较之企业的实验室、专业的研究机构或政府部门，大学集中了优质的教师和学生，提供了追求真理、探索学术的浓郁氛围，并通过教学相长、代代相传，几百年来形成了良好而有效的传统，找到了思考问题和解决难题的方法，可以为社会的发展、个体的成长提供启迪并引导大众解决更新、更大的问题。以创意为产业生产第一推动力的文化创意产业，将更加注重个体的创造性，唯有积聚众多充满创造性的人才、形成良好的氛围，文化生产才能产生市场效益。存在于现代社会的现代大学与社会联系更加紧密，源于实际问题、置身应用语境、着眼公众利益、兼顾社会、经济或社会因素的知识生产方式,将为以创造为核心的产业发展提供更好的对接和启发。

在国内,清华大学、中国人民大学、中国传媒大学、厦门大学、西安交通大学等知名高校相继成立了文化创意产业研究中心或研究院,依托于国家级大学文化科技园或人文社科重点研究基地,整合与文化创意产业相关联的优势学科资源、研究成果和教育资源,专事文化创意产业研究,致力于产学研一体化的探索,推动已有创意成果的产业化转化,直接为培育创意阶级、促成创意产业成长提供智力支撑。

二、大学可成为城市文化创意产业的"孵化器",为创意的产生、管理、产业化提供平台

大学依托在自然科学、人文社会科学领域的科技资源和学术资源,依托学校的品牌优势和大学科技园的平台优势,可以建设一批高水平的文化产业创新基地和文化创意产品孵化基地等,发挥文化产业领跑者的作用。

文化创意产业孵化器通过提供研发、生产、经营的场地,通讯、网络与办公等方面的共享设施,系统的培训和咨询,政策、融资、法律和市场推广等方面的支持,降低文化创意企业的创业风险和创业成本,提高文化企业的成活率和成功率,打造产业集群,推动文化产业发展。它具有创业、孵化、实验、研发、培训、展示、交易、示范、辐射等多种功能,是加快文化创意产业基地和区域性特色文化创意产业集群建设的重要载体。

大学可以充分利用自身的有利条件和潜力优势,开展文化创意产业孵化,为初创时期的大学生文化创意产业企业提供商情分析、成果鉴定、企业战略、法律顾问等多种形式的管理咨询服务,培育企业并引导社会各界认识创意、体验创意、消费创意、享受创意;为企业的产品开发及市场转化投资或帮助融资,是实现文化创意产业人才培养、创意成果转化和服务创意经济的重要平台,具有强大的创意资源聚合与创意辐射能力。

大学教给学生的创新意识、创新思维、创新方法、创新能力,是高校发挥文化创意产业"孵化器"功能的首要条件。无论是管理和培育功能的发挥,

还是投融资平台的建立，高校所拥有的创新能力、氛围是基础，因此，大学的教学科研要努力探索和准确把握社会发展的需要，增强学术、科研与实际问题的相关性。

但是，高校主要承担人才培养和科学研究的重任，文化资源的社会转化、学术成果转化为生产力都需要专业化的过程，仅仅依靠高校自身无法实现，因此，打破体制"围墙"，大力推进产学研结合，是促进高校文化成果转化的重要途径。在当前知识生产模式转型的情况下，由高校联合企业、智囊团、咨询机构、政府部门等社会资源，共同创办文化创意产业孵化器将成为更为可行的路径。

三、处于中心城市的大学更有利于培养创新型、复合型的人才

在文化创意产业中，文化是发展这一产业的灵魂，文化创新必须以人文、科技的广博知识为基础，透过丰厚的人文素养，才能形成完美的联结，成为卓越创新的源泉。美国哈佛大学最为成功的正是它数百年一直坚持的本科生博雅教育（人文教育），适应智力、社会和文化变化的能力是哈佛成功的主要源泉。美国麻省理工学院、芝加哥大学、斯坦福大学等世界一流大学虽然各有特色，但无一例外对于本科生所开设的通识教育都相当成功。在所有人才培训机构和场所中，大学毫无疑问是最适合人文性、复合型人才成长的土壤。

此外，知识生产方式的转变，要求大学培养的人才具备跨学科、协作意识、责任意识等多种素质。在当代社会，直接有效的技能一再被强调，人文类的知识和素养则不断被弱化，而在工作时需要发展整体的理解和更加复杂的系统知识如创意和革新时，这一培养模式就会开始显示出局限性。因此，在文化创意产业人才的培养上，处于中心城市的大学，更有利于在人才培养上突破这一局限，实现以学生为中心、以知识为基础、以教育为中心、以研究为推动力；植根于本国而具有国际视野；追求高质量和高效率；专业教育和人文教育相结合。

大学对社会的服务是通过培养杰出的人才发挥引领作用，保证社会健康发展的方向。斯坦福大学在硅谷形成中所起的决定性作用，哈佛大学和麻省

理工学院对于美国东部高科技产业区的强大支持功能,早已为世人所瞩目和认同。北大毕业生李彦宏创办的百度公司、电子科技大学毕业生丁磊创办的网易公司、深圳大学毕业生马化腾、张志东等人创办的腾讯等企业,预示了信息产业的巨大前景,成为广州、深圳乃至中国发展所瞩目的希望所在,无意中引领了"创意之都"、创意城市、创意产业的脚步。从长远看,文化创意产业与高等教育可实现良性的互动,相得益彰。高等教育通过培养创新型、复合性的人才,孵化、扶持文化产业发展,帮助其成长壮大并实现良好市场效益,同时,文化产业的发展将为高等教育的发展提供资金资源和问题导向,更好地实现产学研的结合,对提高科研水平、办学质量将起到反哺作用。

广州是华南地区的文化教育、科技中心,拥有众多的高等院校和科研机构,集中了广东省2/3的高等院校、97%的国家级重点学科,目前已形成了比较完善的教育体系,可以为文化创意产业发展培育大量的高素质人才。这里的大学将更容易实现与城市本身的互动,在注重学生人文素质的培养的同时,不断融入创意时代的知识和内容,推动专业教育与文化创意产业市场的接轨;结合文化创意产业和时代发展的需要,改革人才培养的方案和探索育人的途径。

四、大学在提升产业背后的文化软实力方面大有可为,将从根本上增强城市文化创意产业的国际竞争力和发展后劲

大学本身就是一个国家文化的重要载体,它长久积淀所形成的文化传统、培养的领袖型学生、为推动社会、国家乃至世界所作的贡献,直接决定了一个国家在国际上的竞争力和引领度。世界范围对于哈佛、耶鲁的认同,中国对于北大、清华等大学的厚望,甚至认为"哈佛就是美国""北大清华代表着中国的未来",从侧面反映了大学在国家文化软实力方面的底蕴和根基。具体到文化产业发展,大学承担着推进学术创新、传播所在国的文化和价值观念、影响世界对国家认同的重要职能;从更为宽广的视角说,大学的质量和所培养的人才,直接决定了所在国企业在国际一体化竞争中的地位和后劲。

我国的文化和产业还处于努力"走出去"的阶段,打入国际市场、积极参与市场竞争是必经之途,而"走出去"的背后是在全球化的态势下中国文

化能够在多大程度上被世界接纳、在世界上有多大影响的问题。以动画产业为例，中国的动漫作品在全球化的竞争中处境尴尬，与之相对照的是，美国、日本等利用中国题材再创作的《花木兰》《三国志》《功夫熊猫》等作品在世界范围内广受欢迎，这一方面说明中国题材具有征服海外市场的能力，但仔细探究之下可发现，这些受欢迎的作品只是借用了中国文化的壳，引入了畅销商业元素，而剥离了中国文化的内核，作品中所传达的依然是其他国家的文化和思想。纯正的中国文化对于外国观众来说依然陌生。中国动画产业原创力不足的一个重要原因在于缺乏内涵，缺乏为世界所接纳的文化、宗教支撑之下的哲理和观念。

作为承担文化传承、知识创新和推进的大学，在其核心的基点——学术研究、培育人才、服务社会方面，并通过学术风气的熏陶和人才在社会上的领袖作用，传播中国的文化和价值，进而形成国家的软实力方面，大有可为。努力创造、培育、重构和发展新文化，应该成为当前和今后一个时期高校特别是高水平研究型大学的主要任务之一，这也是高校履行其对社会发展的服务能力、扩大对社会文化事业发展的贡献率义不容辞的使命之一。传统文化如何在现代社会实现转化、贡献对人类社会发展有价值的价值观和学术文化成就、提升公民素质，这都是大学发挥作用的重要方面。

诚如斯坦福大学校长G.卡斯帕尔在北京大学百年校庆的大会演讲中所言：斯坦福大学和硅谷成功发展之间并无秘诀可言，如果有的话，对于斯坦福大学来说，它只是顽强地坚持着一所注重研究型的大学的总体目标和基本原则。这就是：在教学与研究中树立追求一流的意识；在无数的诱惑面前把握科学和研究；自由制订研究计划；积极寻求与工业界的合作，以丰富研究的进程而又不偏离学校的方向；保持一个相互渗透的环境，以及坚持研究的开放性，以把握机遇，不断创新。

广州文化创意产业依托广州市雄厚的经济实力、完善的基础设施、深厚的文化积淀、完整的产业体系，经历了从起步到聚集、到专业园区，从自发到自觉地过程，已经形成了一定的品牌效应，奠定了良好的基础。如现已建立文化创意产业园34个，重点发展数字内容、文化传媒、创意产品制作、分销与版权贸易、咨询策划、设计创意等高端行业，意在成为国际性的创意之都和文化名城；软件和动漫产业是全国四大基地之一，优势明显；以番禺长隆集团为代表的主题文化创意公园，成为全国有代表性的成功案例等。与此同时，广州文化创意产业面临着国内外城市之间的竞争压力、高端业务发展不充分、与经济的融合度还不高等问题。在此背景下的广州高等院校，在创建全国乃至世界一流大学的过程中，将明确自己的角色定位，更好地履行自己的科学研究、人才培养与服务社会的使命，通过开放的研究、积极的合作、不断的创新，形成"硅谷效应"，在服务国家、城市及产业的发展上发挥自己独特的功能。

参考文献

①弗兰克·H.T. 罗德斯著，王晓阳、蓝劲松等译：《创造未来：美国大学的作用》，清华大学出版社2007年版。

②詹姆斯·杜德斯达著，刘彤主译：《21世纪的大学》，北京大学出版社2005年版。

③项仲平、刘静晨：《文化创意产业背景下高校艺术教育的发展路径探究》，《浙江传媒学院学报》2009年第3期。

④《全球化语境下的中国动漫》，《出版广角》2009年第8期。

⑤卜希霆、李伟：《创意的聚合与辐射：高校文化创意产业孵化器研究》，《现代传播（中国传媒大学学报）》2009年第4期。

⑥陈洪捷：《知识生产模式的转变与博士质量的危机》，《高等教育研究》2010年第1期。

⑦许宏：《从"硅谷现象"看我国大学在高新技术产业化中的角色定位》，《高等教育研究》2001年第1期。

⑧王晓玲：《论发展文化创意产业——基于建设国家中心城市的视角对广州文化创意产业发展的研究》，《城市观察》2009第3期。

⑨顾作义、颜永树：《广东文化创意产业现状及发展思路》，《学术研究》2009年第2期。

⑩汪明义：《大学：提高国家文化软实力的重要阵地》，《人民日报》2010年5月7日。

附录：文化观照与现实关怀
——蒋述卓文艺思想述评

郑焕钊

一

20世纪80年代，随着新时期思想和观念的解放，对文学审美本质的重新肯定成为人们进行学术研究的前提。与此同时，以学术方法的创新为前提，对文学审美本质及其规律的重新阐释构成新时期文艺理论的重要特征，以学术方法的创新为前提，对文学审美本质及其规律的重新阐释，构成新时期文艺理论的重要特征，文艺社会学、文艺心理学、文艺文化学、比较文艺学等学科就在这一趋势下产生。宗教文艺作为文艺文化学的一个方面，从宗教角度探讨中国文学和审美的内涵、特征和规律，构成当时古典文论文化学研究中的一股重要力量。

蒋述卓教授对宗教文艺的研究从兴趣开始，而逐渐走向有意识的学科建构。从博士论文《佛经传译与中古文学思潮》开始，他相继完成《佛教与中国文艺美学》《山水美与宗教》《宗教艺术论》等专著，以其"宏观俯视"与"微观剖析"（钱仲联语）的研究方法，在宗教文艺研究领域实现了多个突破：如《佛经传译与中古文学思潮》是第一本系统研究佛经翻译与中古文学思潮的专著，《佛教与中国文艺美学》是本土第一部对佛教与文艺美学进行深层次系统探讨的著作，《宗教艺术论》是国内首部从文化学的角度系统对宗教艺术的涵义、特征、媒介等进行研究的成果。这些突破正得力于他对方法论的自觉。

对文学与文化关系的深刻认识，构成蒋述卓文学观念和方法的基础。早在1986年刚刚攻读博士学位之际,他就发表了《把古代文论放到中国文化背景中去考察研究》的文章,认为古代文论的浓厚的民族特色是因为植根于中国文化背景,研究古代文论正为了揭示其在中国的文化背景中滋长的方式、民族的特色和发生的规律,以之丰富世界文学理论,并为本土文论建设提供帮助。而在中国文化背景中,精神气候、思维方式和民族性格、哲学的渗透与科技的发展对古代文论的发展都具有重要的影响。而在后来发表的《文学与文化关系漫谈》中,更对文学与文化的关系进行系统的阐述,他指出,"文学与文化之间存在着有机的内在联系。文化可视为一个大系统,在这个大系统中包含有文学,也就是说文学与文化间存在着部分与整体之间的重合,而且文学这一部分与文化这一整体之间存在着相同与类似的信息。文化作为涵盖面较文学更宽泛的学科来说,在许多方面呈现为文学的本源、传统、背景与环境"。将文化设置为文学研究的背景,实际上是为文学研究提供一种观察视野。

对文化与文学关系的"渗透"和"折射"的深刻理解,形成《佛经传译与中古文学思潮》一书最为基本的方法论特色,并由之带来研究视野开拓和研究结论的创新。作为国内首部从佛经传译的角度来观照中古文学思潮变化的学术著作,该书深入探讨了佛经传译与中古文学思潮、志怪小说与佛教故事、玄佛并用与山水诗的兴起、四声与佛经的转读、齐梁浮艳藻绘文风与佛经传译、北朝质朴悲凉文风与佛教等六方面的关系。他指出,当佛教中的哲学、道德、审美诸观念渗入中国文化结构之中后,便会成为中国社会文化精神、文化氛围的一部分,然后才在文学思潮的嬗变中折射出来。[①]以整个社会心理和时代精神作为文化中介,来探索佛经传译对中古文学思潮的影响,这就突破了以往研究中从直接的宗教题材和形式进行比附的简单做法,可以揭示更为隐秘的影响关系和更深层次的影响效果。著名学者钱仲联先生高度评价该书,称许"其征引译经诸贤论述文献,沉沉黔颐。取材也丰而硕,论证也真而谛,盖能以宏观俯视,微观剖析者"。因此,钱仲联先生认为,"是书之刊,将为中古文学论史探讨者及编撰者增益新知无疑耳"[②]。该书经乐黛云的极力推荐而被季羡林

---

① 蒋述卓:《佛经传译与中古文学思潮》,江西人民出版社1990年版,第2页。
② 同上。

先生收录进其主编的"东方文化"丛书，受到学术界的好评，在大陆及港台都产生重要的影响。

20世纪90年代初，文艺美学在中国刚刚兴起，蒋述卓教授出版《佛教与中国文艺美学》一书，从文艺观念和理论层面来系统探讨佛教对中国文艺的影响，这在当时极具开拓性。在蒋述卓看来，中国古代文论、文艺美学的很多概念具有相通性，而基于中国文化基本精神的影响，诗、文、画、乐在创作和评论上也彼此沟通、互相渗透，提供了整体观照的必要和可能。[①]然而，"佛教在宗教意义上提供的只是一种宗教图式，在哲学意义上提供的是丰富而又独特的世界观、认识论和思维方式，就本身而言并无所谓文艺美学观念，但它却深深地参与了中国古代文艺美学的形成过程"[②]。这就意味着，在佛教与中国文艺美学之间，需要以文化作为中介来寻找两者影响的途径。因此，文化视野在这里就不仅仅成为学术研究的一种可供选择的视野，而是决定研究是否实现的根本所在。事实上，在这之前，尽管坊间已有佛教美学相关著作的出版，但对于佛教如何与文艺美学发生关联、佛教又是如何具体影响到中国文艺美学这样具有根本性和关键性的问题，却由于研究方法的限制而无法开展或深入。《佛教与中国文艺美学》将这一问题作为主要解决的课题，一方面，极力挖掘佛教对中国文艺美学产生影响的概念、思想和思维方式，努力构建佛教与中国文艺美学的内在理论体系；另一方面，力图挖掘佛教影响中国文艺美学的途径，尤其注意当一个佛教概念被中国文艺美学所吸收时，它是如何转换过来的、有没有什么中介、它们在那些地方有相通之处或契合点，除了在细节上寻找一些实证之外，还特别注意文化精神氛围的影响以及佛教思维方式对古代文艺美学思维方式的启发与改变。前者注重研究的系统性，后者注重研究的深层次。在这一方法的统摄下，该书系统地研究了佛教心性学说与文艺创作心理的关系、佛教境界说与艺术意境理论的关系、佛教法身论与艺术传神论的关系、禅宗与艺术独创论的关系、禅学与诗学的关系、佛教与艺术真实论的关系、佛教与中国文艺美学中的悲剧意识的关系、佛教对文艺美学通俗化倾向的推进的关系、佛

---

① 刘绍瑾、李凤亮：《文艺美学的反思——"文艺美学在中国"学术研讨会侧记》，《学术研究》1999年第2期。

② 蒋述卓：《宗教文艺与审美创造·自序》，暨南大学出版社2005年版，第2页。

教中道观与艺术辩证法的关系等,组合成全面、完整的佛教与中国文艺美学理论系统。正如评论者所言,这一系统,"既能认清佛教对中国文艺美学的影响和贡献,亦能认清这种影响和贡献在文艺美学发展史中的价值和地位,也有利于研究者和读者从更广阔的文化、宗教、社会背景下去考察中国文艺美学发展的历程和趋向,认清佛教与中国文艺美学联系的现实意义和有益昭示"[①]。而在纵深层面,突破了以往同类研究只注重佛教对文艺美学中某一观点、某一理论的启发,如佛教的"顿悟"启发了宋代严羽等的"妙悟"说、佛教的"境界"启迪了唐代王昌龄的"意境"说等,而能够从深层次上抓住这些佛教观点或理论与文艺美学观点和理论的内在联系,揭示出这种理论联系的原因和内在机制。

从佛教与中国文学的阶段性研究,到佛教与中国文艺美学的整体性和深层次观照,再到宗教艺术论的系统建构,正显示出蒋述卓教授宗教文艺研究的逐渐自觉。作为国内首部从宗教人类学和文化学的角度对宗教艺术进行系统研究的著作,《宗教艺术论》填补了国内这一领域的空白。诚如王德胜所言,"从发生学的意义来认识宗教与艺术间的关系,无论其对于人类宗教精神、宗教活动的把握有多么深刻和独到,都不能代替对于'宗教艺术'本身问题的揭示。因为很显然,即便'艺术'的发生在人类精神的审美之维上被确定了,但由于宗教作为一种意识存在的特殊性和复杂性,却仍然使得'宗教艺术'作为一个问题被遗留在了一般艺术学的范围之外"[②]。宗教艺术作为一种特殊的艺术形态,正需要从宗教活动自身去寻求其特殊的发生发展规律,以及其内涵和特征。在《宗教艺术论》中,蒋述卓教授将宗教艺术界定为"以表现宗教观念,宣扬宗教教理,跟宗教仪式结合在一起或者以宗教崇拜为目的的艺术。它是宗教观念、宗教情感、宗教精神、宗教艺术与艺术形式的结合"[③]这一界定凸显了宗教艺术的宗教性特征(表现宗教观念,宣扬宗教教理,跟宗教仪式结合在一起或者以宗教崇拜为目的),而并非一般性的受到宗教影响的艺术。原始艺术因为自身也就是原始宗教,因而它们都是原始艺术,而对人为宗教时代

---

① 张利群:《佛教与中国文艺美学》,《文艺研究》1993年第4期。
② 参见王德胜:《认识宗教艺术》,《中华读书报》2000年4月5日。
③ 参见蒋述卓:《宗教艺术论》,暨南大学出版社1998年版。

宗教艺术范围的划分，也能够让人们不至于无法把握。由此，这一概念的清晰性和有效性对于重建宗教艺术的理论就具有了根本性的意义，显示出这一概念的巨大的学术价值。当然，《宗教艺术论》的创造性和贡献不止在这一方面，对宗教艺术审美价值的认识，透过跨学科的文化学视野来进行学术观照，以大量的中国少数民族的本土资源作为基础，建构本土的宗教艺术理论，丰富了世界宗教艺术的原有理解。

二

对洛夫中、后期诗歌的禅意走向及其实验意义的批评，对史铁生作品中的宗教意识的探讨，对宗教艺术与当代艺术之间关系的关注，呈现出蒋述卓教授文艺思想的另一个鲜明特征，即对现实的关怀意识以及对文艺未来的关注。他对以宗教文艺为中心的古典文艺美学的研究，其原初动力正是为了建构当代具有民族优秀内涵的本土文艺理论，而对当代文学发展和人文环境的极大关切，使他在当代文艺理论的建构中，始终保持着一份古典的人文情怀和融通古今的自觉意识。

（一）关于古代文论现代转换中的"融合古今文论"思想

蒋述卓教授最有启发性的思考是提出"古为今用"意义上的"用"，并不是一般意义上的"利用"，而是"转换"意义的"用"。在这里"转换"是从整体出发的，而"利用"则是从部分着眼。"'利用'是把古代文论当作文化传统的一部分，努力使古代文论传统在现代社会的条件下生成新的东西"，"转换是从整体出发，不是说古代文论的思想内容和话语体系可以全部实现转换，而是指可以从整体出发去对待古代文论传统，将其视为可再生、可重建的东西，使它在现代社会中获得新的生命"[①]。区分"转换"与"利用"正在于明确古代文论现代转换的基础，是对于古典文艺理论精神的尊重，从解释学的意义上确立了古今对话的主体性。古代文论之所以可"用"，其当代价值和现

[①] 蒋述卓、刘绍瑾：《古今对话中的中国古典文艺美学》，暨南大学出版社2012年版，第46页。

代意义的发挥，就在于古代文论所具有的独特精神和智慧。当代文论之所以需要古代文论的参与，正是当代文论"西化"所产生的对本土文学创作和现实人文语境的隔膜。古代文论之所以"失语"，一方面是古代文论者不了解当代文学创作和批评的情况，对当代人文现实缺乏必要的理解，而另一方面又与当代文论参与者对古代文论的漠视有关。①从这一意义上，要进行古代文论现代转换，实现古代文论与当代文论的融合，其基础就在于对古代文论当代意义和现代价值的理解。他指出，"文化是流动的，中国古代文论作为中国文化传统的一部分，也随着文化传统的流动而进入当代文化与文学的建设中。古代文论作为精神文化、思想观念方面的遗产，更是以其思想的继承性和超越性，跨越时空，对当代文化建设产生积极影响"②。

基于上述认识，他认为古代文论的现代价值和当代意义，主要是在人文精神方面，"作为本土传统的中国古代文论，由于当代文类和文化语境的变化，它的某些概念和范畴体系已然失去效能，但它的精神却是不会失效的，而我们对古代文论的继承应更多地放在对其思想方法和文化精神的传承和延续上，并在当代文化中发挥其作用"③。因此，他反对将转换理解为一种挪移，用古代文论的范畴去解释当代文学的问题，从而造成生硬和不合的简单化做法。"现代转换首先应该有一种思维方式的调整，有一种对当下文艺生产状况的精神回应。"而正因此，在古今文论的融合上，他提出了三种途径：（1）立足于当代的人文导向与人文关怀，面向当代人文现实，开展现实与历史的对话，吸收古代文论的理论精华。（2）立足于民族精神与民族性格的继承与发扬，寻找古代文论的现实生长点，探索其在理论意义上和语言上的现代转换。（3）从继承思维方式和批评形式入手，将古代文论特有的思维方式以及独有的批评方式与技法融入到当代文论批评与文论中去，创造具有鲜明

---

① 蒋述卓：《论当代文论与古代文论的融合》，《文学评论》1997年第5期。
② 蒋述卓、刘绍瑾：《古今对话中的中国古典文艺美学》，暨南大学出版社2012年版，第7页。
③ 蒋述卓：《传承与延续：叩问中国古代文论的当代价值》，《学术月刊》2006年第6期。

民族特色的当代文论。①

（二）关于当代批评失语中的"文化诗学"的批评建构

1995年，在《走文化诗学之路——关于第三种批评的构想》中，蒋述卓教授提出"文化诗学"的批评建构思想，成为国内"文化诗学"的首创者之一。他指出"文化诗学，顾名思义就是从文化的角度对文学进行批评。这种批评既不同于过去传统的文艺社会学中那种简单的历史批评或意识形态批评，又不简单袭用西方后现代主义文化或西方人所建立的第三世界文化理论的文化批评理论。它应该是一个立足于中国本土文化语境、具有新世纪特征、有一定价值作为基点并且有一定阐释系统的文化批评"②。"文化诗学"阐释系统以文化关怀和人文关怀为价值基点，从叙述者的文化立场与文化背景、文学作品与文化背景的关系以及批评的时代性三个层次来建立批评的话语系统；在具体操作上，重视分析作品表现出来的文化哲学观、作品所具有的文化内涵和反映的社会文化心态、并要求从跨世纪的角度关注作品对文化人格的建设。"文化诗学"的批评建构，尤其重视在文化对话中来完成，强调要在东方与西方、现在与未来、作者与大众、作品与社会之间进行对话，其以文化作为立足点，在中西文化融合的基础上来运用概念、术语。与当时正在国内学界如日中天的"文化研究"不同，"文化诗学"的本土建构，尤其重视文学文化批评的审美性，"着重发扬中国传统批评理论与方法的优势，使传统文学批评理论与方法在现代化的转化过程中得到审美维度的再确立和审美意义的再开掘"。而同时也"使西方文学批评的各种新理论与方法在经过中国文化的选择、过滤与转化之后，归结并提升为审美性，从而成为文化诗学的有机组成部分"③。

作为一种阐释系统的建构，"文化诗学"具有强烈的现实语境，这就是当前文学批评的双重"失语"现象：一方面，批评界面临多元化的创作找不到对应的理论与方法进行批评，而中国传统的批评话语一时又派不上用场；另

---

① 蒋述卓：《论当代文论与古代文论的融合》，《文学评论》1997年第5期。
② 蒋述卓：《走文化诗学之路——关于第三种批评的构想》，《当代人》1995年第4期。
③ 同上。

一方面，一些持后现代主义理论的批评家操持西方话语来批评文学，看似有语实则货不对板，仍是"失语"的情形。从这一角度来看待蒋述卓的文化诗学批评建构，我们可以发现这实际上是他对于古代文论与当代文论融合的另一种阐释。尽管"文化诗学"这一概念最早是由美国新历史主义首席代表斯蒂芬·格林布拉特（Stephen Greenblatt）在1980年《〈文艺复兴自我塑型〉导论》一书中提出的，但与童庆炳等其他学术团队一样，中国本土文化诗学的建构，自始不是作为美国新历史主义的一种回应或模仿，而是基于本土文学理论和文学批评的现状而有针对性地发起和建构的。但与童庆炳"文化诗学"团队的"古代文论的意义阐释派"、以刘庆璋、程正民、张进教授为代表的"比较文学研究派"和以蔡镇楚、侯敏、郭宝亮为代表的"传统文献资料考证派"的理论不同，对现实的强烈的关怀意识、对融合古今文论的学术追求，构成蒋述卓"文化诗学"以文学批评为核心的学术特色。他的"文化诗学"批评在价值基点上的人文关怀和话语方式上审美诉求，正源自于对古代文论现代价值的实践倡扬。而他与学术团队一起完成的《文化诗学：理论与实践——20世纪中国文学批评的跨文化视野与现代性进程》一书，正是在回顾20世纪文论在文学批评的文化诗学方面的成功与失误中，来寻找"文化诗学"批评的精神基础和理论资源，为20世纪中国文学理论和批评建设的策略选择提供借鉴，具有强烈的中西对话的意识。特别需要注意的是，在回顾西方文学批评的文化轨迹时，所选取的六位批评家巴赫金、韦勒克、诺斯罗普·弗莱、海登·怀特、厄尔·迈纳、詹姆逊等，非常鲜明地代表了20世纪西方批评理论的各个重要面向，他们尽管阵营不同、时代不同、观念不一，但其内在的文化整体性和方法论却代表了融合形式/文化批评的"文化诗学"的趋势。对20世纪中国文学批评进程的回顾，则尤其重视中西对话、古今融通的"文化诗学"批评的经验启示，因为西方批评理论的意义重在理论特色和启示，而20世纪中国文学批评的现代进程则直接构成当下本土"文化诗学"建构的历史语境和现实前提。王国维的初步试验、郭沫若、闻一多、朱光潜在西方文论中国化上的"融而未冥"、宗白华在跨越古今、融合中外基础上的自我建构乃至王元化以"综合研究法"所建立的独具个性的"文化诗学"方法论，正展示出一条"文化诗学"建构的本土轨迹，这种理论反思极富寓意。正是以此，蒋述卓一方面回应了古代文论转换讨论中质疑古代文论现代转换可能的疑问,同时也为本土"文化诗学"建构提供富有启发意义的范例,为其阐释系统提供坚实的理论基础。

(三)对城市化和消费时代的诗意认同

世纪之交,蒋述卓教授在中国学术界首倡"城市诗学"、建构面向大众文化时代的"文艺文化学"、并关注消费时代和传媒时代对文学存在方式及其意义所带来的变化,以一种宏观的文化视野和乐观的历史理性,及时地回应中国文艺现实的最新变化,并以其一贯的人文情怀,试图以文艺介入的方式为当代中国社会的变化建构一份诗意的认同。对城市化和消费时代的诗意认同,其理论基础同样与文学与文化的关系相关,因为文学艺术的创造活动受到各种因素的制约,政治、经济、空间、时代、技术、媒介等都直接制约着文学艺术的创造和发展,影响着文学艺术形式和内容的变化[①]。

20世纪90年代中国迎来城市化的热潮,促使当代中国的文化空间和文学空间发生极大的变化。蒋述卓敏锐地意识到,城市化的到来,对于一直以乡土文学为主体的中国文学而言,具有极大的意义。因为城市文学的发展,能够进一步拓展中国文学的表现空间与审美格局,为中国文学的现代性提供深广的展示空间,使市民多样性的审美追求得到充分的体现,并为新型的阅读审美感受的形成提供基础。[②]作为国内首部城市文学和电影方面的专著,《城市的想象与呈现》从城市审美风尚和意识、当代都市文学的现状特征、审美价值、都市女性小说的审美意识流变、当代城市电影的状况、电影中的城市文化形象和内涵、叙述方式等方面,对城市审美、文学和电影的现实进行极富条理的梳理,对20世纪80年代以来城市文学与城市电影的审美流变进行剖析,并对其文化内涵进行揭示。尽管有些地方仍显得单薄,但作为开创之作,该书却成为当代城市文学和电影研究不可迈过的基石。

从城市文学到"城市诗学",凸显了蒋述卓教授对当代城市的独特理解和现实关怀。他指出,在西方作家的笔下,城市往往成为遭诅咒的对象,是

---

① 蒋述卓:《城市的想象与呈现》,中国社会科学出版社2003年版,第1页。
② 蒋述卓:《城市文学:21世纪文学空间的新展望》,《中国文学研究》2000年第4期。

反诗意的，但城市发展至现在，由于有科学技术与文化的支持，城市的经营日趋人性化、诗意化，城市也可以建设成为人诗意栖居之地。[①]也就在这一意义上，他提出"城市诗学"的构想，并将研究的视野从城市文学转向城市文化，如对广场文化、都市文化风景线等城市文化空间的研究，并构想对城市建筑、道路、交通、购物商城、社区文化、时装表演等进行综合的研究。与当代以"实践性品格、政治学兴趣、批判性取向以及开放性特点"为基本特征的文化研究对于城市文化和大众文化的批判性分析不同，蒋述卓教授对于城市文化和大众文化予以更多的肯定。因此，他在城市文化的研究等方面具有了一种理论原创的能力，比如对于"打工文学"的思考，他区别了现实关怀和终极关怀，认为"对于发展中国家来说，现实关怀仍然是作家人道主义精神的重要部分，文学的底层意识仍然显得十分重要和必要"[②]，以现实关怀观照"打工文学"现象，使他能够发现其透露出来的新人文精神，作为"这个时代这个社会的一脉气息、一种文化状态、一个阶层精神、面貌的表现"，其所具有的文化意义和理论意义，也就获得了体现。

消费时代和新兴传媒时代的降临，从经济和技术两个方面，对文学的发展同样造成"撞击"，文学在消费主义和技术媒介的推动下，其存在方式发生了新的变化，并引发了日常生活审美化现象的出现。面对文学边界的扩张，学术界发出"文学终结论"的担忧，对文学边界的危机和意义的危机忧心忡忡。与这种悲观不同，蒋述卓教授借助于历史的理性鉴照，对此表达了一份不同于学界的乐观，他指出作为人文学者，应该承认消费时代的到来，积极应对文学的变化。面对文学的扩容，应该确立一种开放、流动、多元的文学观，因为在历史的长河中，"文学"本身正是在社会各种"媒介"的启发、催化与传播中获得灵感、素材和意义的。媒介对文学的影响不自今日始，只不过因为当下电子媒介的发达、视觉形象的凸显，传统的文学观似乎受到了当代媒介文化更为强烈的侵袭。但是，文学既不会因为传媒的发达而湮没，也不应固守其成而画

---

① 蒋述卓：《城市的想象与呈现》，中国社会科学出版社2003年版，第283页。
② 蒋述卓：《现实关怀、底层意识与新人文精神》，《文艺争鸣》2005年第3期。

地为牢。①积极应对传媒时代文学所发生的变化,思考什么是文学的文学性以及传媒时代文学存在方式的变化,才是人文知识分子所应具有的一种姿态,也是文艺学学科自我调整和建构的需要。②文学理论要对现实具有阐释的能力,就必须积极应对文艺现实的变化。

针对人们对消费时代由于文学艺术的商品化和日常生活审美化所可能带来的文学艺术的意义减弱、感染力削减和创造个性的丧失的担忧和恐惧,蒋述卓认为,人们面对这个现实时,对其可能的负面影响想象的多,而对其积极意义思考的太少。他认为,文学扩容所导致的日常生活审美化对于文学而言也并非坏事,"一个时代有一个时代的文学艺术,在当今信息时代与消费时代,文学艺术发生扩容、变异并产生变种,应该是可以理解、容忍并逐渐接受的"③。在蒋述卓看来,坚守一份"日常生活的诗意",认同一种消费时代的文学意义,对理解和把握当下"文学"生态及其存在方式是极为重要的。他对消费时代文学意义的辩护,正意图从积极或正面的方面去理解文学存在的价值以及发展的前途问题,以此来纠正当前的理论界、批评界对文学存在的价值、文学的意义、文学的发展路向太过于悲观的情绪,使得人们对于消费时代文学的意义具有一种更为积极和乐观的姿态。

(原载于《新疆大学学报》2012年第6期)

---

① 蒋述卓、李凤亮:《传媒时代的文学存在方式》,广西师范大学出版社2010年版,第285页。
② 蒋述卓:《消费时代文艺学的自身调整与建构》,《学术研究》2006年第3期。
③ 蒋述卓:《消费时代文学的意义》,《文学评论》2005年第6期。

粤派批评丛书

大家文存

《康有为集》 郑力民 编
《梁启超集》 付祥喜 陈淑婷 编
《黄遵宪集》 龙扬志 编

名家文丛·第一辑

《黄药眠集》 刘红娟 编
《钟敬文集》 包莹 编
《萧殷集》 傅修海 编
《梁宗岱集》 付祥喜 编
《黄秋耘集》 吴琪 编

名家文丛·第二辑

《刘斯奋集》 刘斯奋 著
《饶芃子集》 饶芃子 著
《黄树森集》 黄树森 著
《黄修己集》 黄修己 著
《黄伟宗集》 黄伟宗 著
《谢望新集》 谢望新 著
《李钟声集》 李钟声 著

名家文丛·第三辑

《蒋述卓集》 蒋述卓 著
《程文超集》 程文超 著
《林岗集》 林岗 著
《陈剑晖集》 陈剑晖 著
《郭小东集》 郭小东 著
《金岱集》 金岱 著
《宋剑华集》 宋剑华 著
《江冰集》 江冰 著
《徐肖楠集》 徐肖楠 著

专题研究·第一辑

《『粤派评论』视野中的『打工文学』》 柳冬妩 著
《中外粤籍文学批评史》 古远清 著
《粤派网络文学评论》 西篱 主编

专题研究·第二辑

《『粤派批评』与港澳台及海外华文文学研究史》 贺仲明 主编
《粤派传媒批评》 陈桥生 著
《『粤派批评』与现当代文学史研究》 宋剑华 主编